SANGUE VADIO

JAMES ELLROY

SANGUE VADIO

Tradução de Alberto Gomes

P EDITORIAL PRESENÇA

FICHA TÉCNICA

Título original: *Blood's a Rover*
Autor: *James Ellroy*
Copyright © 2009 by James Ellroy
Tradução © Editorial Presença, Lisboa, 2010
Tradução: *Alberto Gomes*
Ilustração: *Corbis/VMI*
Capa: *Catarina Sequeira Gaeiras /Editorial Presença*
Composição, impressão e acabamento: *Multitipo — Artes Gráficas, Lda.*
1.ª edição, Dezembro, Lisboa, 2010
Depósito legal n.º 305 872/10

Reservados todos os direitos
para Portugal à
EDITORIAL PRESENÇA
Estrada das Palmeiras, 59
Queluz de Baixo
2730-132 BARCARENA
E-mail: info@presenca.pt
Internet: http://www.presenca.pt

Para

J. M.

Camarada: por tudo o que me deste

Índice

PRÓLOGO 13

PARTE I – Descalabro Total 27
PARTE II – Um Íman Que só Atrai Trampa 219
PARTE III – Zona Zombie 341
PARTE IV – Cartel dos Escarumbas 551
PARTE V — Arma Incriminatória 669
PARTE VI — Camarada Joan 723

EPÍLOGO 797

O barro jaz inerte, mas o sangue é vadio;
O alento é um bem que não perdura.
Levanta-te, rapaz: tempo terás para dormir
Quando a jornada terminar.

A. E. HOUSMAN

OUTRORA

Los Angeles, 24/2/64

DE REPENTE:
A carrinha do leite fez uma curva apertada à direita e galgou o passeio. O condutor perdeu o controlo do volante. Carregou a fundo nos travões, em pânico. As rodas traseiras derraparam. Um furgão blindado da Wells Fargo embateu de frente contra a parte lateral da carrinha.
Anota agora:
Sul de Los Angeles, 7.16 da manhã, cruzamento da 84.ª com Budlong. Bairro residencial da negritude. Pardieiros miseráveis, com pátios de terra à frente.
A colisão imobilizou os dois veículos. O condutor da carrinha bateu contra o tabliê. A porta do seu lado escancarou-se por completo. O condutor cambaleou e tombou no passeio. Era um negro com cerca de quarenta anos.
O furgão blindado tinha algumas amolgadelas no capô. Três guardas apearam-se e avaliaram os estragos. Eram homens brancos, com calças justas de caqui. Usavam cintos *Sam Browne* com pistolas nos coldres fechados.
Ajoelharam-se ao lado do condutor da carrinha do leite. O tipo esperneava e ofegava por ar. A pancada contra o tabliê tinha-lhe aberto um lanho na testa. Escorria-lhe sangue sobre os olhos.
Anota agora:
7.17. Céu nublado de Inverno. A rua em sossego. Ninguém a circular. Ainda nenhum tumulto por causa do acidente.
A carrinha do leite estremeceu com um sacão. O radiador tinha rebentado. Um silvo agudo e o vapor começou a espalhar-se amplamente. Os guardas tossiram e esfregaram os olhos. Saíram três homens de um *Ford* de 1962 estacionado alguns metros atrás.

De máscaras nos rostos. Com luvas e sapatos de sola de borracha. Traziam cintos de trabalho com granadas de gás enfiadas em bolsas. De manga comprida e abotoados de cima a baixo. A cor da pele estava oculta.

O fumo envolveu-os. Avançaram e sacaram de pistolas com silenciador. Os guardas tossiam, o que ajudou a abafar o som da aproximação. O condutor da carrinha do leite sacou de uma pistola com silenciador e deu um tiro na cara do guarda mais próximo.

Ouviu-se um ruído seco. A testa do guarda rebentou. Os dois outros guardas levaram as mãos aos coldres. Os homens mascarados alvejaram-nos pelas costas. Ambos se dobraram e caíram para a frente. Os homens mascarados alvejaram-nos à queima-roupa na cabeça. Os disparos e o ruído dos crânios a rachar ecoaram com um ruído abafado.

São 7.19. Continua tudo em silêncio. Ainda não há transeuntes, nem nenhum tumulto por causa do acidente.

Barulho agora — dois tiros seguidos de ecos intensos. Clarões de disparos, de formato estranho: rajadas disparadas através da fresta na blindagem do furgão.

As balas fizeram ricochete no passeio. Os homens mascarados e o condutor da carrinha atiraram-se ao chão. Rebolaram em direcção ao furgão blindado. Clarões de disparos. Ouviram-se mais quatro tiros. Quatro mais dois: um carregador de revólver completamente esvaziado.

O Homem Mascarado n.º 1 era alto e magro. O Homem Mascarado n.º 2 era de estatura média. O Homem Mascarado n.º 3 era encorpado. São 7.20. A rua continua sem transeuntes. Um grande balão dirigível no céu arrasta atrás de si bandeirolas de publicidade a grandes armazéns.

O Homem Mascarado n.º 1 levantou-se e agachou-se por baixo da fresta na blindagem. Tirou da bolsa uma granada de gás e arrancou a cavilha de segurança. Jorraram jactos de fumo. Enfiou a granada na fresta. O guarda que estava no interior gritou e tossiu intensamente, acometido de vómitos. A porta traseira abriu-se com estrondo. O guarda saltou e caiu de joelhos no pavimento. Estava a sangrar do nariz e da boca. O Homem Mascarado n.º 2 assestou-lhe dois tiros na cabeça.

O condutor da carrinha do leite pôs uma máscara de gás. Os homens mascarados enfiaram máscaras de gás por cima das que tinham no rosto. Uma neblina de gás jorrava pela porta traseira. O Homem Mascarado n.º 1 retirou a cavilha de uma segunda granada de gás e atirou-a para dentro do furgão.

Os fumos explodiram em clarões e assentaram numa névoa ácida de cor vermelha, rosada e transparente. Começou a ouvir-se um certo tumulto na rua. Havia pessoas a espreitar à janela, outras a abrir as portas da entrada. Alguns sujeitos de cor surgiram nos alpendres.

São 7.22. Os fumos já se dispersaram. No interior do furgão não havia um segundo guarda.

Agora entram no furgão.

Mal cabiam dentro. Era um espaço apertado. Havia sacos de dinheiro e pastas de couro amontoadas em prateleiras. O Homem Mascarado n.º 1 procedeu à contagem: dezasseis sacos e catorze pastas.

Mãos ao saque. O Homem Mascarado n.º 2 tinha um saco de serapilheira enfiado nas calças. Pegou nele e abriu-o.

Mãos ao saque. Encheram o saco. Uma das pastas abriu-se. Viram montes de esmeraldas embrulhadas em plástico.

O Homem Mascarado n.º 3 abriu um dos sacos de dinheiro. Um rolo de notas de cem espreitou do interior. Arrancou a cinta com o bloco de tabulações do banco. Jactos de tinta salpicaram-no e atingiram-lhe os orifícios da máscara. Ficou com tinta na boca e nos olhos.

Tossiu, cuspiu tinta, esfregou os olhos e saiu a cambalear pela porta. Cagou as calças e ficou ali a esbracejar. O Homem Mascarado n.º 1 afastou-se da porta e enfiou-lhe dois tiros nas costas.

São 7.24. *Agora sim*, um grande tumulto. Uma selva de ruídos agitados, confinados aos alpendres.

O Homem Mascarado n.º 1 avançou para lá. Sacou de quatro granadas de gás, arrancou as cavilhas e lançou-as. Atirou para a esquerda e para a direita. Elevaram-se fumos vermelhos, rosados e transparentes. Um céu ácido, uma minifrente de tempestade, um arco-íris. Os idiotas dos alpendres gritaram e tossiram e correram para dentro dos barracos.

O condutor da carrinha do leite e o Homem Mascarado n.º 1 encheram quatro sacos de serapilheira até à borda. Estava ali o saque inteiro: os trinta sacos de dinheiro e as pastas com as esmeraldas. Avançaram para o *Ford* de 1962. O Homem Mascarado n.º 1 abriu a mala. Atiraram os sacos e as pastas para dentro.

7.26.

Levantou-se uma aragem. O vento fez rodopiar as nuvens de gás e dispersou-as numa fusão de cores extravagantes. O condutor da carrinha do leite e o Homem Mascarado n.º 2 olharam atónitos através dos óculos das máscaras.

O Homem Mascarado n.º 1 colocou-se à frente deles. Ficaram irritados: *Que foi? Não tapes o espectáculo de luz.* O Homem Mascarado n.º 1 alvejou ambos na cara. Os balázios despedaçaram-lhes os vidros dos óculos e os tubos de respiração das máscaras e despachou-os num segundo.

Anota agora:

7.27. Quatro guardas mortos, três assaltantes mortos. Nuvens de gás rosado. Chuva ácida. Fumos a transformar os arbustos num cinzento maligno.

O Homem Mascarado n.º 1 abriu a porta do condutor e enfiou a mão debaixo do assento. Ali estava: um maçarico e um saco castanho cheio de grânulos com abrasivos químicos. Os grânulos pareciam um híbrido resultante da mistura entre alpista e gelatina.

Procedeu lentamente.

Avançou para junto do Homem Mascarado n.º 3. Despejou-lhe grânulos nas costas e enfiou-lhe outros mais na boca. Acendeu o maçarico e queimou o corpo. Avançou para o condutor da carrinha do leite e para o Homem Mascarado n.º 2. Despejou-lhes grânulos nas costas, enfiou-lhes outros mais nas bocas e queimou-lhes os corpos.

Agora o sol já era bem visível. Os fumos dos gases captaram os raios de sol e transformaram uma pequena faixa do céu num enorme prisma. O Homem Mascarado n.º 1 arrancou no carro para sul.

Foi o primeiro a chegar ao local. Como sempre. Tinha o seu próprio rádio-transceptor multibanda e costumava interceptar as frequências rádio das patrulhas policiais para se inteirar de possíveis assaltos nos bairros negros.

Estacionou perto do furgão blindado e da carrinha do leite. Observou a rua. Viu uns quantos pretos a mirar a carnificina. O ar causou-lhe ardência nos olhos. O seu primeiro palpite: granadas de gás e uma colisão simulada.

Os pretos repararam nele. Ostentaram aquele seu ar habitual de «Oh, merda». Ouviu sirenes. A voz no rádio-transceptor dizia seis ou sete equipas. Cruzamento da Newton com a 77.ª: duas divisões de patrulha a caminho. Tinha três minutos para inspeccionar o local.

Viu os quatro guardas mortos. Viu dois homens queimados junto ao passeio do lado leste, a alguns metros de distância.

Não fez caso dos guardas. Examinou os homens queimados. Estavam profundamente calcinados, com as roupas queimadas e grudadas à pele rachada. O seu primeiro palpite: traição instantânea. Toca a foder a identidade de parceiros dispensáveis.

O alarido das sirenes estava agora mais próximo. Um miúdo acenou-lhe do fundo da rua. O homem retribuiu-lhe o cumprimento.

Já tinha o *gestalt* da cena. Há merdas pelas quais se espera uma vida inteira. E, quando acontecem, *reconhecemo-las de imediato*.

Era um homem corpulento. Usava fato de sarja e um laço de tecido axadrezado. Com pequenos números «14» bordados no tecido. Tinha alvejado e abatido catorze assaltantes armados.

AGORA

AMÉRICA:
Espreitei quatro anos da nossa História através de janelas. Foi uma longa vigilância móvel e rusgas com arrombamento de portas aos pontapés. Tinha licença para roubar e carta livre para me movimentar.
Segui pessoas. Usei escutas e gravações e captei grandes acontecimentos de forma elíptica. Permaneci na sombra. A minha vigilância liga o Outrora ao Agora, a um nível nunca antes revelado. Estive lá presente. A minha reportagem é corroborada por boatos credíveis e informações privilegiadas. Um manancial de papelada fornece a verificação necessária. Este livro é o resultado de dossiês públicos roubados e diários privados usurpados. É a soma de uma aventura pessoal e de quarenta anos de erudição. Sou executor testamentário literário e agente provocador. Fiz o que fiz e vi o que vi e fui apurando gradualmente o resto da história.
Veracidade de escrita pura e conteúdos de escândalos de imprensa. É esta conjunção que lhe confere o elemento picante. Dentro de vós carregais já a semente da fé. Lembrais-vos da época que esta narrativa abarca e pressentis a conspiração. Estou aqui para vos dizer que é tudo verdade e que essa verdade está muito longe de corresponder àquilo que pensais ter acontecido.
Ireis ler com alguma relutância e acabareis por capitular no final. As páginas que se seguem obrigar-vos-ão a sucumbir.
Vou contar-vos tudo.

OUTRORA

PARTE I
DESCALABRO TOTAL

14 de Junho de 1968-11 de Setembro de 1968

1
Wayne Tedrow Júnior

(Las Vegas, 14/6/68)

HEROÍNA:
Tinha montado um laboratório na sua suíte no hotel. As prateleiras das paredes estavam cheias de provetas, pipetas e bicos de Bunsen. Uma chapa eléctrica de três bocas permitia fazer a conversão de pequenos lotes. Estava a preparar um produto anestesiante de qualidade. Desde Saigão que não produzia droga.

Uma suíte no Hotel Stardust, financiada por Carlos Marcello. Carlos sabia que Janice tinha cancro terminal e que Wayne tinha conhecimentos de química.

Wayne misturou pó de morfina com amoníaco. Dois minutos de fervura libertaram fragmentos de mica e sedimentos. Ferveu água a 83 graus. Acrescentou anidrido acético e reduziu as proporções de ligação. O líquido a ferver libertou excipientes orgânicos.

A seguir, os precipitantes, segundo o método de cocção lenta: diacetilmorfina e carbonato de sódio.

Wayne misturou, mediu e baixou o lume de duas bocas. Olhou à sua volta. A empregada tinha deixado ficar ali um jornal. Os cabeçalhos eram todos sobre *ele*.

A morte de Wayne Sénior devido a «ataque cardíaco». James Earl Ray e Sirhan Sirhan na prisão.

A foto *dele* na primeira página. Sem nenhuma referência a ele próprio. Carlos tinha abafado a agitação em torno da morte de Wayne Sénior. O Sr. Hoover tinha mitigado as consequências dos assassinatos de Martin Luther King e de Bobby Kennedy.

Wayne observou enquanto a massa de diacetileno se formava. Aquela mistura iria deixar Janice semianestesiada. Estava empenhado em conseguir uma grande encomenda da parte de Howard Hughes. Hughes era viciado em narcóticos farmacêuticos. Poderia preparar-lhe uma mistura privada e levar-lha quando fosse à entrevista.

A massa assentou sob a forma de cubos e emergiu do líquido. Wayne viu fotos de Ray e Sirhan na página dois. Tinha colaborado no assassinato de Martin Luther King. Tinha participado a fundo nesse plano. Freddy Otash tratara de arranjar bodes expiatórios para arcar com as culpas: Ray como culpado da morte de King e Sirhan como culpado da morte de Bobby Kennedy.

O telefone tocou. Wayne agarrou no auscultador. A linha encheu-se de cliques do misturador de frequências. Só podia ser uma linha federal segura e só podia ser Dwight Holly.

— Sou eu — disse Wayne.

— Mataste-o?

— Sim.

— «Ataque cardíaco», que merda. «Enfarte súbito» teria sido melhor.

Wayne tossiu. — O Carlos está a tratar disso pessoalmente. Consegue abafar seja o que for nesta zona.

— Não quero que o Sr. Hoover se exalte por causa disto.

— Está *abafado*. O problema é: e quanto aos outros?

— Fala-se sempre de conspiração — disse Dwight. — Costuma surgir esse tipo de merdas sempre que uma figura pública é despachada a sangue-frio. O Freddy instigou o Ray de forma dissimulada e o Sirhan às claras, mas perdeu peso e tratou de mudar de aspecto. No geral, diria que estamos safos em relação aos dois casos.

Wayne deu uma olhada à droga ao lume. Dwight foi despejando mais notícias. Freddy Otash tinha comprado o Casino Golden Cavern. Vendido por Pete Bondurant.

— Estamos safos, Dwight. Diz-me que estamos safos e convence-me.

Dwight riu-se. — Pareces um bocado à rasca, miúdo.

— Estou um bocadinho tenso, sim. O parricídio tem esse lado engraçado.

Dwight riu-se. As panelas de droga começaram a ferver. Wayne baixou o lume e olhou para a fotografia em cima da secretária.

É Janice Lukens Tedrow, amante/ex-madrasta. Tirada em 1961. Está a dançar o *twist* no Dunes. Está sem parceiro, perdeu um sapato e tem a bainha do vestido rasgada.

— Ei, estás aí? — perguntou Dwight.

— Sim.
— Ainda bem. E ainda bem que da tua parte está tudo controlado.
Wayne olhou para a fotografia. — O meu pai era teu amigo. Estás a encarar isto com muita ligeireza.
— Que merda, miúdo. Ele tinha-te despachado para Dallas.

Grande Dallas. Novembro de 1963. Ele estava lá nesse Grandioso Fim-de-Semana. Agarrara o Grande Momento e iniciara assim a sua Grande Aventura.

Era sargento na Polícia de Las Vegas. Era casado. Licenciado em Química. O pai era um mórmon ricaço e importante. Wayne Sénior estava envolvido até à ponta dos cabelos em assuntos da extrema-direita. Tinha realizado operações do Ku Klux Klan para o Sr. Hoover e Dwight Holly. Distribuía panfletos altamente racistas. Seguia o credo da extrema-direita e mantinha-se actualizado. Estava a par do golpe contra JFK. Tinha sido um trabalho de facções múltiplas: exilados cubanos, renegados da CIA, a Máfia. Sénior tinha oferecido a Júnior o bilhete de ingresso naquelas actividades clandestinas.

Um trabalho de extradição, com uma condição: matar o extraditado.

A polícia tratara de subornar alguém para realizar o trabalho. Um chulo negro chamado Wendell Durfee tinha esfaqueado um *croupier* do casino. O homem sobreviveu, mas não importava. O Conselho de Gestores do Casino queria que Wendell fosse eliminado. Era a Polícia de Las Vegas que se encarregava desses trabalhos. Eram tarefas de envergadura, com grandes bónus em dinheiro. Eram testes. A polícia queria testá-los para ver quem tinha tomates. Wayne Sénior tinha influência na polícia. Tinha conhecimentos sobre o golpe contra JFK. Sénior queria Júnior lá para a ocasião. Wendell Durfee apanhou um avião de Las Vegas para Dallas. Sénior duvidava que Júnior tivesse tomates. Achava que Júnior devia matar um negro desarmado. Wayne apanhou um avião para Dallas a 22/11/63.

Júnior não queria matar Wendell Durfee. Não estava ao corrente do golpe contra JFK. Fez parelha com um colega do Departamento de Extradição chamado Maynard Moore que trabalhava na Polícia de Dallas. Era um psicopata bronco que fazia uns biscates relacionados com assassinatos.

Wayne entrou em conflito com Maynard Moore e tentou não matar Wendell Durfee. Acabaria por tropeçar em queda livre no meio da confusão após o atentado. Associou Jack Ruby a Moore e àquele mercenário de direita, o Pete Bondurant. Tinha visto Ruby despachar o Lee Harvey Oswald em directo na televisão.

Ele sabia. Só não sabia que o seu próprio pai sabia. Tudo rebentou naquele domingo.

JFK estava morto. Oswald estava morto. Wayne localizou Wendell Durfee e aconselhou-o a fugir. Maynard Moore intercedeu. Wayne matou Moore e deixou Durfee fugir. Pete Bondurant intercedeu e deixou Wayne viver.

Pete achou que o seu próprio acto de misericórdia tinha sido prudente e que o acto de misericórdia de Wayne tinha sido precipitado. Avisou então Wayne que Wendell Durfee poderia voltar a aparecer.

Wayne voltou para Las Vegas. Pete Bondurant mudou-se para Las Vegas para executar um trabalhinho a mando de Carlos Marcello. Pete seguiu no encalço de Durfee e anotou certas dicas: é um cabrão violador ou algo pior. Corria o mês de Janeiro de 1964. Pete soube que Wendell Durfee tinha apanhado um voo para Las Vegas e contou a Wayne. Wayne foi atrás de Wendell. Três negros agarrados ao pó intrometeram-se no caminho. Wayne matou-os. Wendell Durfee violou e assassinou Lynette, a mulher de Wayne.

Era a sua própria queda livre. Começou em Dallas e continuou aos trambolhões por aí fora até ao Agora.

Wendell Durfee escapou. Wayne Sénior e a polícia trataram de safar Wayne das mortes dos três drogados. O Sr. Hoover mostrou-se condescendente. Mas Dwight Holly, o velho camarada de Sénior, não. Nessa altura Dwight trabalhava para a Agência Federal de Narcóticos. Os três drogados traficavam heroína e estavam sob investigação. Dwight barafustou junto do procurador-geral. Wayne Júnior tinha-lhe lixado a investigação e agora queria vê-lo acusado e julgado. A polícia forjou provas e ludibriou o grande júri. Wayne saiu ilibado dos assassinatos. Aquilo deixou-o vazio. Saiu da polícia e entrou então para a Vida do Crime.

Mercenário. Traficante de heroína. Assassino.

Lynette estava morta. Wayne jurou encontrar Wendell Durfee e matá-lo. Lynette era a sua melhor amiga e companheira e o muro que conseguira mitigar-lhe o amor que sentia pela segunda mulher do seu pai. Janice era mais velha, tinha-o visto crescer e ficara com Sénior pelo seu dinheiro e influência. Janice retribuía o amor de Wayne. O afecto circulava nos dois sentidos. Perdurou e *cresceu* simplesmente.

Wayne começou a conviver com Pete e a sua mulher Barb. Pete era unha com carne com um advogado da Máfia chamado Ward Littell. Ward era um ex-agente do FBI e um dos elementos-chave do assassinato de JFK. Trabalhava para Carlos Marcello e para Howard Hughes e acirrava um contra o outro para ganhar vantagem. Wayne teve Pete e Ward como professores. Aprendeu a Vida do Crime com eles. Foi em ritmo de queda livre que absorveu o currículo por eles ministrado.

Pete era um ferrenho activista pela causa dos exilados cubanos. O Vietname estava a ficar ao rubro. Howard Hughes andava a acalentar projectos loucos para comprar Las Vegas. Wayne Sénior associou-se ao guarda mórmon de Hughes. Ward Littell criou ressentimentos contra Sénior. Um renegado da CIA recrutou Pete para uma rede de droga entre Saigão e Las Vegas: seria financiada por Carlos Marcello e os lucros reverteriam para a causa cubana. Pete precisava de um perito em química para a produção das drogas e recrutou Wayne. O ódio de Ward por Wayne Sénior aumentou. Ward lixou Sénior e informou Wayne de que o seu pai o tinha enviado para Dallas.

Wayne cambaleou, esbracejou e mal se aguentou de pé. Decidiu foder com Janice na casa do seu próprio pai e certificou-se de que Wayne Sénior o veria.

«A Vida do Crime». Um paraíso para mórmones acabados, peritos químicos renegados e assassinos de pretos.

Wayne Sénior divorciou-se de Janice. Espancou-a com uma bengala de ponta de prata para compensar pelo valor do acordo de divórcio. Janice passou a coxear desse dia em diante, mas continuou a jogar golfe sem problemas. Ward Littell vendeu Las Vegas a Howard Hughes pelos preços inflacionados pela Máfia e iniciou um caso esporádico com Janice. Wayne Sénior alargou a sua influência junto de Howard Hughes e começou a dar graxa ao antigo vice-presidente Dick Nixon. Dwight Holly saiu da Agência Federal de Narcóticos e voltou para o FBI. O Sr. Hoover instruiu Dwight para arrasar Martin Luther King e o movimento de luta pelos direitos civis. Dwight recorreu a Wayne Sénior para operações de fraude postal contra o Ku Klux Klan, numa operação destinada a apaziguar as choraminguices do Departamento da Justiça.

Wayne produzia heroína em Saigão e despachava-a prontamente para Las Vegas. Perseguiu Wendell Durfee durante quatro anos. O país explodiu em motins e numa violenta tempestade de ódio racial. O Dr. Luther King derrotou o Sr. Hoover em todas as frentes morais e esgotou o velho pelo simples facto de *existir*. O Sr. Hoover tinha tentado tudo. O Sr. Hoover queixou-se a Dwight, dizendo-lhe que tinha feito tudo ao seu alcance. Dwight soube ler a deixa e recrutou Wayne Sénior. Este queria que Wayne Júnior participasse no atentado. Sénior achava que precisavam de um empurrãozinho para conseguirem recrutá-lo. Dwight tratou então de encontrar Wendell Durfee.

Wayne recebeu uma informação pseudo-anónima. Encontrou Wendell Durfee nos bairros degradados de Los Angeles e matou-o em Março. Tinha sido um golpe planeado em segredo. Dwight reuniu provas forenses e coagiu-o a participar no atentado. Wayne colaborou com o pai, com Dwight, Freddy Otash e o atirador profissional Bob Relyea.

Os médicos diagnosticaram a Janice um cancro em fase terminal. As lesões das pancadas que levara tinham impedido a detecção precoce da doença. O negócio da droga de Saigão dividiu-se em facções e rebentou o caos. De um lado: gorilas da Máfia e exilados cubanos dementes. Do outro: Wayne, Pete e um mercenário francês chamado Jean-Philippe Mesplede. Abril e Maio foram pura queda livre. As eleições estavam próximas. Martin Luther King estava morto. Carlos Marcello e os outros rapazes da Máfia decidiram despachar Bobby Kennedy. Pete foi coagido a participar. Freddy Otash resolveu não participar no atentado contra King. Ward Littell continuou a limar arestas com Carlos e Howard Hughes. Tinha herdado um dossiê que incriminava a Máfia e deixara-o à guarda de Janice por uma questão de segurança.

Wayne foi ver Janice no dia 4 de Junho. O cancro tinha-lhe roubado as forças e as curvas e tornara-a frouxa. Fizeram amor pela segunda vez. Ela contou-lhe mais coisas sobre o dossiê de Ward. Wayne revistou-lhe o apartamento e encontrou-o. Era um dossiê muito pormenorizado. Denunciava especificamente Carlos e a sua operação em Nova Orleães. Wayne decidiu enviá-lo a Carlos, juntamente com uma mensagem.

«Senhor, o meu pai planeava chantageá-lo com este dossiê. Poderíamos discutir este assunto, senhor?»

Robert F. Kennedy foi morto a tiro duas horas depois. Ward Littell suicidou-se. Howard Hughes ofereceu a Wayne Sénior o trabalho de Ward como intermediário/contacto com a Máfia. A sua primeira missão: comprar a lealdade de Dick Nixon, o principal candidato às eleições pelo Partido Republicano.

Carlos ligou a Wayne e agradeceu-lhe a advertência. Disse-lhe: «Vamos jantar juntos.»

Wayne decidiu assassinar o pai. Decidiu que Janice deveria espancá-lo até à morte com um taco de golfe.

Carlos tinha uma suíte a imitar o estilo romano. Um totó vestido com uma toga fazia de centurião e deixou Wayne entrar. A suíte tinha colunas romanas de imitação e objectos artísticos oriundos do saque de Roma. Das molduras dos quadros nas paredes pendiam etiquetas com preços.

Tinha sido preparado um bufete. O totó sentou Wayne a uma mesa lacada, gravada com as letras SPQR[1]. Carlos entrou. Estava vestido com calções de seda áspera e uma camisa de fraque manchada.

Wayne levantou-se. Carlos disse-lhe: — Deixa-te estar. — Wayne sentou-se. O totó serviu comida em dois pratos e desapareceu. Carlos serviu vinho de uma garrafa com cápsula de rosca.

— É um prazer, senhor — disse Wayne.

— Não finjas que não te conheço. És o tipo do Pete e do Ward e trabalhaste para mim em Saigão. Sabes mais sobre mim do que devias, para além das merdas todas que constam desse dossiê. Conheço a tua história, que é uma história do caraças comparada com as histórias de outros palermas que tenho ouvido ultimamente.

Wayne sorriu. Carlos tirou dos bolsos dois bonecos de cabeça oscilante. Um deles representava Robert F. Kennedy. O outro boneco representava o Dr. Martin Luther King. Carlos sorriu e arrancou-lhes as cabeças.

— *Salud*, Wayne.

— Obrigado, Carlos.

---

[1] Acrónimo da expressão latina *Senatus Populusque Romanus*: «O Senado e o Povo Romano.» Esta expressão era inscrita nos estandartes das legiões romanas e fazia parte do brasão da cidade de Roma. (*NT*)

— Andas à procura de trabalho, certo? Não vieste aqui para um aperto de mão e um envelope de agradecimento.

Wayne provou o vinho. Era de uma colheita recente, comprado numa loja de bebidas.

— Quero ocupar o lugar do Ward Littell na sua organização, bem como o posto na organização de Hughes que o meu pai acaba de herdar do Ward. Tenho as aptidões e os contactos necessários para provar o meu valor, estou preparado para o favorecer em todos os meus negócios com o Sr. Hughes e estou a par dos castigos que o senhor impõe em caso de deslealdade.

Carlos espetou o garfo numa anchova. O talher deslizou e salpicou-lhe a camisa de fraque com azeite.

— Onde é que o teu pai vai estar durante isto tudo?

Wayne fez tombar o boneco de Robert F. Kennedy. Um dos braços de plástico soltou-se. Carlos coçou o nariz.

— Muito bem. Mesmo que eu seja sensível a favores e esteja inclinado a gostar de ti, porque é que o Howard Hughes se lembraria de procurar fora da sua própria organização, cheia de lambe-cus com os quais se sente à vontade, um ex-chui marado dos miolos que anda por aí a matar pretos por mera diversão?

Wayne estremeceu. Apertou o copo de vinho com tal força que quase lhe partiu o pé.

— O Senhor Hughes é um xenófobo viciado em drogas. Consta que injecta narcóticos numa veia do pénis e eu posso fabricar...

Carlos desatou às gargalhadas e deu uma palmada na mesa. O seu copo de vinho tombou. Voaram pedaços de pimento e salpicos de azeite.

— ... drogas para o estimular e sedar e diminuir-lhe as capacidades mentais, ao ponto de o tornar muito mais dócil em todos os seus negócios consigo. Sei também que o senhor tem um envelope muito gordo para dar ao Richard Nixon, caso ele seja eleito. O Senhor Hughes entra com vinte por cento e faço intenção de gamar a reserva de dinheiro do meu pai e dar-lhe a si mais cinco milhões limpos.

O totó da toga entrou. Trazia uma esponja e limpou a mesa num abrir e fechar de olhos. Carlos estalou os dedos e o totó da toga desapareceu.

— Voltando ao teu pai. O que é que o Wayne Tedrow *Sénior* vai estar a fazer enquanto o Wayne Tedrow *Júnior* lhe espeta a faca onde mais lhe dói?

Wayne apontou para os bonecos e depois para o céu. Carlos fez estalar os nós dos dedos.

— Está bem. Alinho.

Wayne ergueu o copo. — Obrigado.

Carlos ergueu o copo. — Recebes duzentos e cinquenta mil ao ano, mais extras, e passas a ocupar desde já o antigo posto do Ward. Preciso que supervisiones as compras de negócios legítimos, iniciados com empréstimos do Fundo de Pensões dos Camionistas, para assim podermos lavar esse dinheiro e desviá-lo para um fundo clandestino destinado à construção de hotéis-casinos algures na América Central ou nas Caraíbas. Sabes bem do que precisamos. Queremos um tipo maleável, um anticomunista do género *el jefe* que faz o que lhe mandam e que mantém todos esses protestos merdosos dos dissidentes *hippies* reduzidos a um burburinho abafado. O Sam Giancana está já a tratar disso. Vamos limitar o esquema ao Panamá, à Nicarágua e à República Dominicana. É essa a tua tarefa principal. Fazes as coisas acontecer, fazes com que o teu amiguinho drogado continue a comprar os nossos hotéis e asseguras-te de que mantemos os nossos gajos infiltrados, pois talvez possam ajudar-nos a ganhar umas massas.

— Aceito — disse Wayne.

— O papá não te vai ver chegar — disse Carlos.

Wayne levantou-se com demasiada rapidez. Aquele mundo romano de imitação rodopiou. Carlos levantou-se. Tinha a camisa manchada de salpicos e quase ensopada nalgumas partes.

— Não te preocupes que vou tratar da tua protecção nisto.

Janice tinha uma suíte a imitar uma casbá no Hotel Dunes. Wayne assegurava-lhe enfermeiras a tempo inteiro. Janice mantinha-se agora confinada ao hotel.

A enfermeira do turno da tarde estava a fumar na varanda. A vista era um misto de espectáculo de luzes e neblina do deserto. Janice estava enfiada na cama, com o ar condicionado no máximo. O seu organismo estava esquizofrénico. Ora ficava quase enregelada, ora quase a escaldar.

Wayne estava sentado ao lado dela. — Está a dar um jogo de golfe na televisão.

— Acho que já tive golfe que chegue.

Wayne sorriu. — *Touché.*

— A reunião com o Hughes. Não é para breve?

— Daqui a uns dias.

— Vai contratar-te. Vai perceber que és mórmon e que o teu pai te ensinou umas coisas.

— Bem, lá isso ensinou.

Janice sorriu. — Com quem te vais encontrar? Refiro-me ao tipo do Hughes.

— Chama-se Farlan Brown.

— Conheço-o. A mulher dele era a campeã lá do clube de Frontier, mas da única vez que joguei com ela ganhei-lhe.

Wayne riu-se. — Mais alguma coisa?

Janice riu-se. Isso fê-la tossir e suar. Afastou as cobertas. A camisa de noite abriu-se. Wayne viu novas covinhas e mais pontos flácidos.

Limpou-lhe a testa com a manga da camisa. Ela roçou o nariz no braço dele e mordeu-o na brincadeira. Wayne fez uma careta de dor fingida.

— Ia dizer-te que ele bebe e anda atrás de mulheres, como todos os bons mórmones. Existe uma santa trindade para homens como ele: coristas, empregadas de bar e putas.

O quarto estava gelado. Aquela simples conversa deixara Janice encharcada de suor. Janice mordeu o lábio. O sangue pulsava-lhe nas têmporas. Tocou na barriga. Wayne acompanhou-lhe o circuito da dor com o olhar.

— Merda — disse Janice.

Wayne abriu a pasta e preparou uma injecção. Janice estendeu o braço. Wayne localizou uma veia, limpou-a com algodão e fez um torniquete manual. Agulha e êmbolo, já está.

Numa fracção de segundo...

Janice retesou o corpo e depois descontraiu-se. As pálpebras estremeceram. Bocejou e aterrou.

Wayne verificou-lhe o pulso. Batidas leves e regulares. O braço dela não pesava quase nada.

O jornal *L. A. Times* estava aberto sobre a mesa-de-cabeceira. Apresentava um tríptico de fotografias: John F. Kennedy, Robert F. Kennedy, o Dr. Martin Luther King. Wayne dobrou o jornal de forma a ocultar as fotos e observou Janice a dormir.

2
Don Crutchfield

(Los Angeles, 15/6/68)

MULHERES:
Dois grupos de miúdas passaram pelo parque de estacionamento dos motoristas. As raparigas do primeiro grupo pareciam empregadas de loja. Usavam roupas da Ivy League[2] e penteados volumosos. As raparigas do segundo grupo eram *hippies* genuínas. Usavam calças de ganga com remendos, berloques e outros adornos pacifistas e cabelos compridos e lisos que baloiçavam com o movimento.

Iam e vinham. Os motoristas acenaram. As lojistas retribuíram-lhes os acenos. As miúdas *hippies* fizeram um gesto obsceno aos motoristas e estes puseram-se a uivar.

Parque de estacionamento da gasolineira da Shell, na esquina de Beverly com Hayworth. Quatro bombas de gasolina e uma loja//escritório. Três motoristas estavam refastelados nas suas viaturas.

Bobby Gallard tinha um *Oldsmobile Rocket*. Phil Irwin tinha um *Chevy 409*. Crutch tinha um *GTO* de 1965. Era o motorista novato. Costumava conduzir o carro do chefe: um *Hurst 390* de quatro velocidades, pintado com aquela cor castanho-chocolate dos negros.

Bobby e Phil estavam zonzos devido à vodca forte e ao calor do meio-dia. Crutch ainda estava meio apanhado pelo desfile das raparigas. Perscrutou a rua à procura de mais transeuntes. Nada: só umas velhas judias de passo apressado em direcção à sinagoga.

Voltou a pegar no jornal. Bocejos: mais paleio sobre James Earl Ray e Sirhan Sirhan. Mais bocejos: «América de Luto» / «O Antro

---

[2] Ivy League: a associação de oito universidades privadas do Nordeste dos EUA, conotadas com um elevadíssimo nível académico e um certo elitismo. (*NT*)

do Réu Acusado do Assassinato». Ray parecia reduzido a um simples mariquinhas e Sirhan a um árabe de toalha na cabeça. Ei, América, a tua dor não pára de bailar.

Folheou mais páginas. Um combate de boxe de pesos-pluma no Forum e um anúncio de fazer crescer água na boca: a revista *Life* oferece milhões de dólares por uma foto do Howard Hughes! Uma ruiva passou na rua. Crutch acenou-lhe. A tipa fez uma careta como se ele não passasse de um cagalhoto de cão. Os motoristas estavam a emitir vibrações *ruuuuins*. Eram ordinários e inerentemente marados. Usavam o parque de estacionamento como poleiro enquanto aguardavam ofertas de trabalho da parte de detectives rascas e advogados de casos de divórcio. Perseguiam esposas infiéis, arrombavam portas aos pontapés e tiravam fotos aos palermas apanhados em flagrante. Era um trabalho de alto risco, com grandes risadas e possibilidades de saborear carne feminina. Crutch era novato naquelas andanças e apetecia-lhe manter aquele trabalho para sempre.

O jornal referia-se a Howard Hughes como um «multimilionário eremita». Crutch sentiu o cérebro fervilhar. Podia passar fome até ficar reduzido a pele e ossos e trepar depois por um cano de calefacção acima para tirar uma foto. Clique: uma polaróide e toca a sair dali.

O parque dormitava. Bobby Gallard folheava revistas de cricas e emborcava *Smirnoff* com 50% de volume alcoólico. Phil Irwin limpava o seu *Chevy 409* com um pano de camurça. Phil fazia trabalhos de vigia e servia de bufo a Freddy Otash. Freddy Otash era um exímio artista da chantagem e guarda-costas *freelancer*. Era um ex-polícia de Los Angeles. Tinha perdido a licença de investigador privado num caso de dopagem de cavalos. Phil era o seu motorista preferido e cãozinho obediente.

O parque dormitava. Sem trabalho e sem cricas a passar na rua, era o tédio total na gasolineira.

O tempo estava quente e húmido. Crutch bocejou e direccionou a saída do ar condicionado para os tomates. Aquilo espevitou-o e fê-lo viajar mentalmente. Adeusinho ao tédio da gasolineira.

Tinha vinte e três anos. Tinha sido expulso do Liceu de Hollywood High por ter feito filmagens às escondidas no balneário feminino. O seu pai vivia num contentor da organização caritativa Goodwill perto de Santa Anita. Crutch Sénior mendigava, passava o dia a fazer apostas a dinheiro e alimentava-se exclusivamente de tortilhas de carne fumada. A sua mãe desaparecera a 18/6/55, tinha Crutch dez anos. Tinha-se levantado da cama, saíra de casa e nunca mais voltara. Todos os anos enviava-lhe um cartão de boas-festas pelo Natal e uma nota de cinco dólares, sempre com diferentes carimbos de correio e sem remetente. Crutch tinha elaborado o seu próprio dossiê pessoal sobre a mãe desaparecida. Ocupava quatro caixas grandes. Era assim que matava o tempo. Ligava para zonas do país inteiro para averiguar o paradeiro dela em departamentos policiais e hospitais e consultava obituários. Essa demanda tinha sido iniciada nos seus tempos de liceu.

Nada: Margaret Woodard Crutchfield continuava completamente *desaparecida*.

O trabalho de motorista tinha-lhe aparecido de repente. Foi assim: Costumava andar com o seu colega de liceu Buzz Duber. Buzz partilhava da mesma paixão dele por pequenos delitos. Delitos menores, do género:

Hancock Park. Casas grandes e escuras. Casas de meninas betinhas. *Toc, toc.* Ninguém em casa? *Óptimo.*

Entrar sem ser visto, munido de uma lanterna portátil, e toca a vasculhar as divisões luxuosas. Entrar nos quartos das miúdas e sair com conjuntos de *lingerie*.

Fê-lo algumas vezes com Buzz. Fê-lo *imensas* vezes sozinho. O pai de Buzz era Clyde Duber, um famoso detective privado. Trabalhava em casos de divórcio e livrava as celebridades de sarilhos. Infiltrava miúdos universitários em grupos esquerdistas e punha-os a chibar actos subversivos. A polícia apanhou Crutch num desses roubos de cuequinhas. Apanharam-no com umas cuequinhas de renda preta na mão enquanto mordiscava uma sanduíche que tinha gamado do frigorífico de Sally Compton. Clyde pagou-lhe a fiança e conseguiu limpar-lhe o cadastro. Clyde arranjou-lhe trabalhos de motorista e de vigilância. Clyde dizia que espreitar pelas janelas era admissível, mas delitos de entrada forçada e violação de domicílio não. Clyde dizia: «Agora *pago-te eu para espreitares, miúdo.*»

O parque dormitava. Bobby Gallard pintou com *spray* uma cruz gamada no seu *Oldsmobile*. Phil Irwin engoliu alguns comprimidos com um pouco de uísque *Old Crow*. Crutch continuava a sonhar acordado com Howard Hughes. O cérebro fervilhava-lhe de novo: assaltar-lhe o apartamento chiquérrimo no último andar! Entrar lá usando ganchos de escalada!

Surgiu um carro da polícia não identificado. O parque de estacionamento revitalizou-se de imediato. Crutch viu de relance uma gravata de tecido axadrezado vermelho e cheirou-lhe a piza.

Em linha recta: Crutch seguiu atrás de Bobby e de Phil. Scotty Bennett saiu do carro e esticou as pernas para voltar a sentir o sangue circular. Media um metro e noventa e oito e pesava cento e cinco quilos. Trabalhava no Departamento de Assaltos da Polícia de Los Angeles. Tinha números «18» bordados no laço.

O assento de trás estava atulhado de paletes de cerveja e caixas de piza. Bobby e Phil enfiaram-se lá dentro e serviram-se. Crutch deu uma olhada ao interior do carro e verificou o tabliê. Ainda continuavam lá: as fotos da cena do crime, cobertas de fita-cola e amareladas.

A obsessão de Scotty: aquele grande assalto ao furgão blindado. Inverno de 1964. Ainda por resolver. Guardas assassinados e assaltantes queimados: ainda por identificar. Sacos de dinheiro e esmeraldas roubados.

Scotty apontou para as fotografias. — Nunca esquecerei.

Crutch bebeu cerveja. Scotty tinha sempre aquele aspecto imponente e intimidativo. Trazia dois revólveres de calibre 45 e um cassetete preso por uma correia. Bobby e Phil empanturraram-se de cerveja e piza. Transformaram o assento de trás num chiqueiro de jardim zoológico. Crutch apontou para a gravata de Scotty.

— Da última vez tinhas números «16».

— Dois negros assaltaram uma loja de bebidas na esquina da 74.ª com Avalon. Por acaso eu estava no fundo da loja, com uma espingarda *Remington* nas mãos.

Crutch riu-se. — Tudo uma questão de quebrar o recorde, certo? Disparos fatais no cumprimento do dever?

— Correcto. Tenho mais seis do que o meu concorrente mais próximo.

— O que é que lhe aconteceu?

— Foi morto a tiro por dois negros.

— E o que lhes aconteceu a *eles*?

— Assaltaram uma loja de bebidas na esquina da Normandie com Slauson. Por acaso eu estava no fundo da loja, com uma espingarda *Remington* nas mãos.

O interior do veículo cheirava a queijo fermentado e a detergente. Scotty torceu o nariz. Phil estava acocorado a comer no passeio. As calças quase lhe caíam e deixavam à mostra o rego do rabo. Scotty levantou-o bruscamente pela cintura.

Phil voou pelos ares, com aquela expressão de «Salvem-me» estampada na cara que Scotty inspirava. Aterrou de pé e ficou imediatamente em sentido. Bobby engoliu em seco e pôs-se em sentido. Scotty piscou o olho a Crutch.

— Procuro dois homens brancos que andam num *T-Bird* de 1962, cor azul-pálida e com abas azul-escuras nos guarda-lamas. Andam a assaltar churrascarias, a roubar talões de caixa, a fazer reféns de clientes e a forçar mulheres a fazer-lhes mamadas. Agradecia que andassem de olhos bem abertos.

— Nenhuma descrição física? — perguntou Crutch.

Scotty sorriu. — Usavam máscaras. As vítimas femininas descreveram-nos como sendo «normalmente apetrechados».

— «Apetrechados», hã? — Bobby e Phil ficaram boquiabertos. Crutch esboçou um leve sorriso. Scotty agarrou na piza e na cerveja restantes e aliciou-o a provar. Um pedaço de salsicha caiu no casaco de Scotty. Phil estremeceu e limpou-lhe o casaco.

Scotty entrou no seu carro e zarpou na direcção leste. Crutch avistou uma loira nas bombas de gasolina.

— Ele acha-se muito duro, mas sei que conseguia vencê-lo — disse Phil.

O parque de estacionamento voltou a dormitar. Bobby surgiu com a ideia de um esquema. O seu advogado judeu de estimação iria aparecer para o pôr a par dos pormenores. O esquema envolvia um marido fodilhão metido com prostitutos. O cliente é a mulher do tipo. Missão: alugar um quarto num hotel rasca e encontrar o marido no seu bar favorito. Providenciar um encontro casual. Trazer fotos e filme.

Buzz Duber passou pelo parque de estacionamento. Crutch falou-lhe da oferta milionária por uma foto do Howard Hughes. O cérebro de Buzz fervilhou de ideias. Disse que conhecia um preto anão. O tipo fazia papéis de pigmeu em filmes passados na selva. Podiam fazê-lo entrar no covil do Howard Hughes escondido debaixo do carrinho do serviço de quartos.

Freddy Otash passou pelo parque de estacionamento. Tinha perdido algum peso. Pôs-se a gabar um hotel de jogatina de pequenas apostas que tinha comprado em Las Vegas. Propôs a Phil um trabalho de vigilância. Meio pedrado, Phil arrancou do parque.

Crutch e Buzz ficaram zonzos de tanta cerveja e piza. Crutch teve visões de Dana Lund à janela, sob uma luz suave.

Ouviu-se uma buzina incrivelmente estridente. Crutch abriu os olhos. Merda, ali estava Chick Weiss, o advogado charlatão preferido de Phil.

Com o seu *Cadillac* de judeu. Com o seu estúpido penteado frisado e fato de janota inglês. Com a sua fixação marada em arte das Caraíbas.

— Tenho um trabalhinho de panascas para ti — disse Weiss. — O tipo gosta de filipinos cor de chocolate bem apetrechados e consegui arranjar um mutante com um pau de vinte e seis centímetros. A mulher quer o divórcio, e quem a poderá censurar por isso?

O marido tinha um quarto para fodas no Ravenswood. Crutch levou uma *Rolleiflex* com *flash*. Buzz calçou sapatos de arrombar portas.

O Mutante encontrou-se com eles no átrio da entrada. Tinha a chave da porta do quarto. Crutch ficou irritado. Estava mortinho por acção com arrombamento de portas. Juntaram-se para conferenciar. Crutch disse ao Mutante que passasse prontamente à cena de sexo com o marido. Buzz disse-lhe que tratasse de arranjar uma iluminação decente. O Mutante pediu-lhes que o seu *schvantz* aparecesse na foto pois prestava serviços a cônjuges de ambos os sexos e queria divulgar o seu estatuto de gajo bem fornecido. Queria mais trabalhos de divórcios.

Combinaram uma contagem decrescente de quatro minutos. O Mutante zarpou para o quarto 311. Crutch mexericou na câmara e aprontou-a para disparar. Buzz contava os segundos com um cronómetro.

10, 9, 8, 7, 6, 5, 4, 3, 2, 1 — *vamos*.

Correram escadas acima. Atravessaram corredores e encontraram o quarto 311. Buzz abriu a porta. Crutch aprontou a máquina fotográfica. Seguiram o ruído de grunhidos amorosos até a uma porta e entraram de roldão.

Sexo anal em cheio. O Mutante em cima do porco do marido, com o pirocão monstruoso bem à vista. Crutch pôs-se a disparar a máquina. *Pop pop pop pop*: o quarto ficou repleto de clarões do *flash*. O marido balbuciou a ladainha habitual dos maricas: *Como pudeste fazer-me isto?* O Mutante enfiou as calças e saiu pela escada de incêndio. Buzz viu um saco de erva em cima da cómoda e fanou-o. Crutch pensou: *Isto é que é vida.*

— Aquilo de certeza que tinha um metro de comprimento — disse Buzz.
— Menos de trinta centímetros — disse Crutch. — Não te esqueças que o Chick Weiss nos deu a medida.
— Podíamos voltar a usá-lo. Ficaste com o número dele? — disse Clyde Duber.
— Podemos encontrá-lo através do Grémio do Screen Actors — disse Buzz. — Tem andado a fazer um papel de actor secundário num programa qualquer da televisão.

Escritório de Clyde Duber, Beverly Hills. Paredes de pinho nodoso, troféus de golfe e sofás de couro vermelho. Topem só aquele friso na parede:

Tudo material relacionado com o tal assalto ao furgão blindado. Clyde estava obcecado com aquele assunto. Aquele caso bicudo ficara-lhe entalado na garganta. Via-se uma moldura com uma nota manchada de tinta. Havia fotos emolduradas de corpos queimados e esmeraldas espalhadas. Via-se o sargento Scotty Bennett a espancar dois negros.

Clyde tinha um dossiê de detective amador sobre o caso. Era o seu projecto de estimação. Scotty costumava mimá-lo com pormenores curiosos. Clyde adorava as gravações dos interrogatórios de Scotty pois ouviam-se negros a gritar.

— O Freddy Otash comprou um hotel em Las Vegas — disse Crutch.

Clyde serviu-se de um uísque triplo. — O Freddy é um merdas. Circulam por aí uns boatos, é tudo o que tenho a dizer.

— Conta ao papá aquela coisa do Hughes — disse Buzz.

Crutch coçou os tomates. — A revista *Life* oferece um milhão de dólares por uma foto do Howard Hughes. Acho que conseguíamos obtê-la.

Clyde fez-lhes um gesto obsceno. *Uns miúdos* — eram o fardo deste homem branco. Miúdos motoristas, miúdos infiltrados, miúdos totós a fazer vigilâncias.

Buzz deu uma cotovelada a Crutch. — Tens planos para esta noite?

— Pensei dar uma volta de carro.

— Merda, vais pôr-te a espiar a Chrissie Lund.

— Quem é a Chrissie Lund? — perguntou Clyde.

— É uma caloira da Universidade da Califórnia do Sul. Deixou o Crutch completamente de beicinho.

Clyde bebeu um gole de uísque. — Não faças nada que eu não fizesse. Tipo um artigo 184 do Código Penal: arrombamento e violação de domicílio.

Crutch corou e olhou para o friso na parede. Anotação mental: comprar laços de tecido axadrezado e fazer um corte de cabelo à escovinha como o Scotty Bennett.

Buzz borrifou o seu uísque com gasosa. — Arranja-nos um trabalho de infiltrados, papá. Manda-nos para um grupo de comunas.

— Népias. São demasiado verdes e muito bota-de-elástico. Para essas cenas funcionarem, é preciso saber falar ao estilo dos comunas. Vocês, os miúdos, não sabem nada sobre tumultos sociais. Tudo o que vocês, miúdos, sabem é ficar apanhados por cricas de universitárias às quais não conseguem deitar a mão.

Buzz riu-se. Crutch corou. Anotação mental: estudar o dossiê e tentar encontrar mais brochistas como aqueles que o Scotty arranjava.

— Quem encomenda esses trabalhos de infiltração?

Clyde afastou a cadeira para trás com um pontapé. — Maluquinhos da direita cheios de grana. São todos doutores e reis. Há o Dr. Charles S. Toron, o Rei da Eugenia. Há o Dr. Fred Hiltz, o Rei dos Panfletos Racistas. E o Dr. Wesley Swift, o Rei da Bíblia Nazi.

— O Dr. Fred é dentista — disse Buzz. — Os outros tipos obtêm diplomas por correspondência, como todos esses pregadores pretos.

— Dentista *excomungado* — disse Clyde. — Ficou viciado em cocaína anestésica e começou a dar cabo dos dentes aos clientes.

Crutch lembrou-se de Dana Lund. Anotação mental: levar uma lente difusora. Buzz tirou do bolso o saquinho de erva. Clyde revirou os olhos com ironia: *miúdos*.

— Isso lembra-me que o Dr. Fred tem um trabalho para nós. Uma mulher roubou-lhe dinheiro e desapareceu.

Buzz olhou para Clyde. Crutch olhou para Clyde. Ambos os olhares diziam *Escolhe-me a mim*. Clyde atirou uma moeda ao ar. Buzz escolheu «coroa». Saiu «cara» quando a moeda aterrou no chão.

Crutch tinha um poiso nos Apartamentos Vivian. Era um prédio rasca logo a sul dos estúdios de cinema da Paramount. Viviam lá assistentes técnicos e ajudantes de palco. Havia figurantes a prestar favores sexuais à hora de almoço numa arrecadação onde eram guardadas as esfregonas. Crutch tinha toda a sua tralha amontoada em duas divisões.

A sua tralha: arquivos, material fotográfico, cenas para o carro, equipamento de escutas telefónicas e de gravação. Clyde tinha-o ensinado a fazer vigilâncias. Tinha fios de telefone e cabos de electricidade amontoados por todo o lado. Tinha uma pilha inteira de revistas *Playboy*. Tinha exemplares da revista *Car Craft* desde 1952. O seu papel de parede consistia em quarenta e uma coelhinhas da *Playboy*.

Instalou-se para passar a noite. Ocupou-se a actualizar os apontamentos sobre o último paradeiro conhecido da sua mãe. Natal de 1967: Margaret Woodard Crutchfield escreve com remetente de Des Moines. O resultado após verificar todos os registos conhecidos: zero. Um ano antes, em 1966: um cartão de Natal enviado de Dubuque. O resultado após verificar todas as cidades de permeio e todos os registos: zero.

Ficou inquieto. Buzz estava sabe-se lá onde, pedrado com sabe-se lá o quê. Buzz tinha aquele lado mau que lhe faltava a ele. Buzz andava com um falso crachá de polícia e coagia as putas a prestar-lhe favores sexuais. Mas essa cena para ele não dava. Era melhor abster-se disso.

Lá fora estava quente. Preparava-se uma tempestade de Verão. Crutch decidiu dar uma volta de carro. Percorreu Hollywood Boulevard e depois seguiu em direcção à Strip. Pôs-se a observar as pessoas. As raparigas de cabelo comprido excitavam-no e os rapazes de cabelo comprido irritavam-no. Pôs-se à procura do tal *Bird* de 1962 e dos bandidos brochistas do Scotty. Viu dois maricas num *Bird* de 1962 e nada mais.

Seguiu para leste, em direcção a Hancock Park. Desligou os faróis e parou na esquina da 2.ª com Plymouth. Aquela enorme casa espanhola atraía-o.

Viu luzes trémulas nas janelas, tanto no piso de cima como no rés-do-chão. Viu Chrissie com uma camisola da universidade: um mero vislumbre e nada mais. Depois desapareceu. Viu Dana na cozinha a prender o cabelo atrás da nuca.

Buzz não percebia. Ninguém percebia. Era por isso que nunca contava a ninguém. Não tinha nada a ver com Chrissie Lund. Tinha tudo a ver com Dana Lund, que tinha cinquenta e três anos.

3
Dwight Holly

(Washington, D. C., 16/6/68)

ESCARUMBAS:
O restaurante estava repleto deles. O Sr. Hoover fez uma contagem do número de empregados. Dwight viu os olhos dele piscar. Criados pretos, lobistas pretos, um preto que era craque do basebol. O velho rabeta estava fragilizado. Sorvia a sopa como um paralítico. Tinha perdido algumas capacidades, o cérebro ainda faiscava e os seus circuitos eram alimentados a ÓDIO.

Restaurante Harvey's no centro de Washington, à hora movimentada do almoço. Um local-chave para se ser visto. Grandes miradas de olho em acção.

— Foi o Wayne Tedrow Júnior que matou o Wayne Tedrow Sénior? — perguntou o Sr. Hoover.

— Sim, senhor. Ele mesmo.

— Desenvolva, por favor.

Dwight afastou o seu prato para trás. — Carlos Marcello subornou a Polícia de Las Vegas e o médico-legista do condado de Clark. Homicídio com forte traumatismo contuso, referenciado como ataque cardíaco.

O Sr. Hoover sorriu. — Se fosse enfarte, teria confirmado o aspecto ligado ao golfe.

Dwight acendeu um cigarro. — Não vou pedir mais detalhes, senhor. Vou recomendar as suas fontes e avançar.

— O capitão Bob Gilstrap e o tenente Buddy Fritsch inspeccionaram a cena do crime. Sabiam do rancor entre Tedrow pai e filho e estão ambos em dívida para com o Senhor Marcello.

— O Senhor Marcello é um maravilhoso amigo da comunidade das forças da lei do Nevada, senhor. Envia sempre cestos de prendas magníficas pelo Natal.

O Sr. Hoover ficou *extasiado*. — A sério?

— Sim, senhor. Os fundos falsos dos cestos ocultam fichas de casino e notas de cem dólares.

O Sr. Hoover *rejubilou*. — Sabe se o Júnior participou em alguma operação recente em Memphis?

Dwight pestanejou. *Os meus lábios estão selados.* O Sr. Hoover cortou um pedaço de torrada e enxotou um empregado que se aproximava da sua mesa.

— Você é um homem eloquente, Dwight. Compreende o seu público e tenta agradar-lhe de modo inimitável.

— Limito-me a estar à sua altura, senhor. Não passa disso.

Acção entre escarumbas do lado esquerdo. Um empregado preto estava a dar graxa ao preto que era um craque do basebol. O Sr. Hoover deixou de prestar atenção à conversa e sintonizou-se nos pretos. Tinha setenta e três anos. O seu hálito fedia. Sangrava das cutículas. Vivia à base de dedaleira e anfetaminas de aplicação subcutânea. Um médico administrava-lhe injecções diárias.

Clique: voltou a concentrar-se. Clique: voltou à conversa *contigo*.

— Os nossos outros homicídios. Os mais badalados e mais investigados, susceptíveis de causar falatório.

Dwight apagou o cigarro. — O Ray e o Sirhan são psicopatas, senhor. Os depoimentos deles confirmam a paranóia e o público americano já não espera outra coisa senão ilusões megalomaníacas das bocas dos seus assassinos. Vai *haver* falatório, mas com o tempo será substituído pela indiferença pública.

— E os Tedrows? Estamos expostos nessa matéria? Tranquilize-me com esses seus modos falsamente sinceros.

— A morte do Sénior não tem nada de suspeito — disse Dwight. — Sim, ele dirigia operações do Ku Klux Klan para nós, mas isso nunca veio a público. Sim, espalhava panfletos racistas, mas nunca foi publicamente tão inconstante como o nosso compincha Fred Hiltz dos panfletos racistas. Sim, foi designado para ocupar o posto do Ward Littell junto do Howard Hughes, o que pode ter dado azo a especulações. Sim, acho que agora o Júnior vai conseguir esse posto. E não, não acho que nada disso nos possa expor de modo significativo.

O Sr. Hoover espetou o garfo no último pedaço de torrada. A mão tremia-lhe. Uns politiqueiros que cirandavam de mesa em mesa miraram-no.

— Poder. Terá sido esse o motivo do Júnior?

— Conheço-o desde que nasceu, senhor. Acho que «ódio totalmente justificado» é uma descrição melhor.

Um pregador preto acercou-se dos politiqueiros. Circularam risadas e palmadinhas nas costas. O tipo usava botas de *cowboy* com a batina. Dwight reconheceu-o. Apresentava maratonas televisivas de angariação de fundos para uma doença qualquer dos pretos e apoiava merdas esquerdistas.

— O Príncipe Bobby e o Martin Lúcifer King foram-se, deixando desconsolados os moralmente incapacitados e providenciando um benfazejo alívio aos sãos — disse o Sr. Hoover. — A Operação Coelho Negro não obteve os resultados que esperávamos e sem dúvida que agora rodopiam por aí nuvens tóxicas de nacionalismo negro. Gostava que investigasse o Partido dos Panteras Negras e a organização dos Escravos Unidos, também conhecidos como «E. U.», como alvos potenciais para uma acção de desestabilização. Estou a pensar num programa de contra-inteligência a grande escala. Também há em Los Angeles duas cabalas de importância menor que talvez precisem de ser vigiadas. Atente só nestes nomes sinistros: a Aliança das Tribos Negras e a Frente de Libertação Mau-Mau.

Dwight ficou com a pele arrepiada. — Tenho um informador em Los Angeles. Posso lá ir de avião e falar com ela.

— *Ela*, Dwight? A informadora confidencial n.º 4361 do FBI?

Dwight sorriu. — Sim, senhor. Talvez precisemos de um infiltrado e ela conhece todos os esquerdistas dúbios que estão em cativeiro.

— Todos os esquerdistas deveriam viver em cativeiro.

— Sim, senhor.

— Faça também uma paragem em Las Vegas. Para averiguar o estado de saúde mental do Wayne Tedrow Júnior.

— Sim, senhor.

— Os Mau-Mau eram uma seita canibal africana sem qualquer ressentimento contra nós. Coisavam com babuínos e comiam os próprios filhos.

— Sim, senhor. Estou a par dessa história.

— Os seus conhecimentos não me surpreendem. Você é o meu rufia obediente formado em Yale.

Vivia em suítes de hotéis. Os agentes itinerantes tinham alojamento no país inteiro, pago pelo FBI. Dwight gostava do Hotel Statler em Los Angeles e do Sheraton em Chicago. O Mayflower de Washington era enganadoramente chique. O serviço de quartos não funcionava, os canos chiavam, a cama rangia.

Os seus dossiês de estudo e bilhetes de avião estavam ali sobre a secretária. O Sr. Hoover tinha-os mandado entregar durante a hora do almoço. Panteras/Escravos Unidos/Mau-Mau/Tribos Negras. *O Sr. Hoover queria isto*. O voo para Los Angeles partiria dentro de duas horas.

Dwight engraxou os sapatos, limpou a arma e fez elevações na barra da porta. Estas tarefas corriqueiras acalmavam-lhe os nervos e permitiam-lhe restringir-se a uma única bebida por noite. *Estava tudo sob controlo*. O golpe contra Robert F. Kennedy era inteiramente obra de Carlos. Era o *seu* sonho húmido. Sirhan Sirhan quase se babava. Nunca chegara a identificar Otash de forma credível. Jimmy Ray tinha sido apanhado no aeroporto de Londres. O perigo de extradição iria alastrar. Jimmy acabaria por falar: isso era certo. Otash andava a correr em círculos. A história de Jimmy iria soar a fantasias de gajo branco.

Pete iria aguentar. Otash iria aguentar. Acabaria por prevalecer o consenso do louco isolado. O Sr. Hoover calaria todas as opiniões divergentes. O único factor imprevisível era o miúdo Wayne.

«Conheço-o desde que nasceu, senhor.»

Bem como o pai dele e o meu pai e o Indiana há muito tempo já.

O seu pai era o «Papá» Holly, um arrivista e propagandista do Klan. O Papá Holly tinha enriquecido a vender bugigangas do Klan durante o auge dessa organização na década de 1920. O Papá tinha engendrado os seus filhos Dwight e Lyle fora do casamento e enviara Louisa Dunn Chalfont de volta para o Kentucky. Dwight e Lyle tinham crescido em acampamentos do Klan. O Papá tinha-os ensinado a escrever com «K» todas as palavras duras começadas por «C». O Papá odiava judeus, papistas e pretos e considerava o Klan um logro total.

O Papá subiu ao posto de Ciclope Enaltecido. O Papá vendia túnicas do Klan feitas à medida, roupas do Klan para *kriança* e também *kostura kanina*. O Papá enriqueceu. A prosperidade na década de 1920 manteve-o na mó de cima. Um esquema de violação e suicídio descarrilou-lhe a vida: o seu mentor, o Grande Dragão, tinha atacado uma jovem num comboio. A rapariga ingeriu mercúrio e matou-se. A história fez correr rios de tinta nos jornais. A censura enraivecida fez cair o Klan. Políticos apoiados pelo Klan foram expulsos em massa. O Papá procurou novas oportunidades e investiu fortemente em acções da Bolsa. A sua fortuna não parou de aumentar até à Terça-Feira Negra.

Dwight tinha doze anos nessa altura. Lyle tinha nove. Tinham perdido a casa ampla em Peru, no Indiana, e tinham-se mudado para uma cidade merdosa. O Papá começou a ignorá-los e arranjou um protegido: um tipo mais novo chamado Wayne Tedrow. Juntos imaginavam esquemas de enriquecimento rápido e distribuíam panfletos racistas. Os parolos do Indiana apreciaram as tiradas dos *kartuns kómicos* e apupos dirigidos ao Traidor Franklin Roosevelt. Wayne Tedrow teve um filho com uma rapariga da zona, por volta de 1934. Wayne Júnior era um miúdo brilhante, com queda para a química. Dwight gostou dele desde o início como se fosse um irmão mais novo/filho.

O Papá Holly bateu a bota em 1939. A cirrose matou-o. Wayne Sénior criou Wayne Júnior em Peru. Largou a sua primeira mulher e casou com uma tipa chamada Janice Lukens. Dwight e Lyle arranjaram empregos extenuantes e entraram para a universidade. Dwight entrou para a Faculdade de Direito de Yale. Lyle entrou para a Faculdade de Direito de Stanford. Wayne Sénior levou a família para o Nevada e enriqueceu com o racismo e bens imobiliários. Dwight alistou-se nos Fuzileiros, foi mobilizado e matou japoneses na ilha de Saipan. Lyle alistou-se na Marinha, foi mobilizado e matou japoneses em barcos. Dwight juntou-se ao FBI em 1946. Lyle entrou para a Polícia de Chicago em 1947. Ambos se mantiveram em contacto com os Tedrows.

Wayne Júnior tornou-se estudioso e aventureiro. Prestou serviço no 82.º Batalhão Aéreo entre meados e final da década de 1950 e tirou um diploma em Química. Dwight arranjou trabalhos de escritório temporários e desenvolveu uma relação com o Sr. Hoover. Quase faliu no início de 1957. O Sr. Hoover concedeu-lhe uma pequena folga para descansar. Lyle demitiu-se da Polícia de Chicago. O Sr. Hoover deu-lhe um trabalho a tempo inteiro: aproximar-se de Martin Luther King, infiltrar-se e subverter a Conferência de Líderes Cristãos Sulistas.

Lyle deu o seu melhor, mas falhou. Lyle falhou porque até gostava de Martin Luther King e porque o Dr. King era imparável.

Wayne Júnior entrou para a Polícia de Las Vegas. Dwight foi transferido para a Agência Federal de Narcóticos. Trabalhava nos escritórios do Sul do Nevada e passava tempo com Wayne Sénior. A vida de Wayne Sénior implodiu em Dallas. Seguiu-se uma grande caça aos pretos. Wayne Júnior eliminou três escarumbas que Dwight supostamente iria inculpar. Pois, gostava do miúdo. Mas velhas amizades não são desculpa. Ninguém brinca com o agente Dwight C. Holly.

Perseguiu Júnior. Ward Littell e Pete Bondurant intercederam. Wayne Júnior saiu ilibado daquele incidente com os pretos drogados. Ward e Pete puxaram os cordelinhos *para* Dwight e forjaram umas tréguas frágeis. Dwight foi nomeado investigador-chefe do Gabinete do Sul do Nevada. Não ficou lá muito tempo. O emprego aborrecia-o. O Sr. Hoover aliciou-o a voltar para o FBI.

Lyle suicidou-se em Agosto de 1965. O incidente foi ligeiramente suspeito. Nessa altura Ward Littell estava em conflito com Lyle. Ward espalhava sofrimento aonde quer que fosse e às vezes transformava mágoas menores em incidentes fatais. Lyle Dunn Holly, morto aos quarenta e cinco anos. Bêbedo, jogador de apostas e mulherengo. Um tipo de boa índole que se dispersou demasiado.

O Dr. King obrigava o Sr. Hoover a dispersar-se. Era a porra de um urso-pardo contra um *chihuahua*. O Dr. King era um comunista ferrenho. O Sr. Hoover era um conservador ferrenho. O Dr. King fodia mulheres com prazer. O Sr. Hoover coleccionava antiguidades e pornografia antiga. A História deu as boas-vindas ao Dr. King. A História retirou o tapete de boas-vindas ao Sr. Hoover e fê-lo cair de cu. E foi assim que o Sr. Hoover congeminou a Operação Coelho Negro e tentou *tudo*.

Escutas, gravações, rusgas ilegais, extorsão, campanhas de feroz descrédito público. Vigilâncias. Difamação jornalística. Insinuações, coacções, infiltrações, intermediários, propaganda, guerra psicológica. A Operação Coelho Negro prolongou-se durante três anos. Os elementos-chave tinham nomes de coelhos. O Dr. King era o Coelho Vermelho. Dwight era o Coelho Azul. Lyle foi o Coelho Branco durante algum tempo. O Coelho Vermelho tinha um conselheiro maricas com o nome de código Coelho Cor-de-Rosa. Wayne Sénior era o Pai Coelho. A operação foi uma caça fanática ao coelho e um descalabro total. O Dr. King ascendia enquanto o Sr. Hoover mirrava. O Dr. King proferiu a sua famosa tirada negro-floreada «Tenho um sonho». O Sr. Hoover disse a Dwight que também *ele* tinha um sonho sem nunca o ter declarado em palavras. Ficou-se pelo éter dos sonhos. O Coelho Azul tornou o sonho realidade em Memphis. O Coelho Azul viu uma menina de cor ser morta por uma bala perdida.

Dwight fez um total de cinquenta elevações na porta. Ficou encharcado de suor e com os músculos doridos. Tomou um duche, vestiu-se e fez as malas. Pegou depois no seu estojo de emissão de cheques anónimos.

Um cheque-postal e um envelope. Trezentos dólares para o Sr. George Diskant em Nyack, Nova Iorque.

Endossou o cheque, selou o envelope e removeu quaisquer impressões digitais.

O voo partiu tarde de Dulles. Dwight comeu amendoins salgados e leu memorandos sobre os militantes negros.

Os Panteras Negras. Um nome fixe, uma mascote fixe. Fundados em 1966. Membros constituídos por ex-presidiários e negros ressentidos. Imensas reuniões, imensa agitação pública, crescimento exponencial assegurado. Ódio à polícia. «Manos» célebres: Eldridge Cleaver, Huey Newton e Bobby Seale. Retórica do tipo «Abaixo a Bófia!». Troca de tiroteios não fatais com a polícia. Um tiroteio fatal em Oakland, na Califórnia: 28/10/67.

Huey Newton ficara ferido. Um polícia fora morto. Os processos criminais continuavam pendentes.

Os Panteras odiavam os Escravos Unidos. Era a dança das facções dos negros. Os Escravos Unidos tinham um lema chamativo: «Estejas onde estiveres, aí estão os E. U.»

Tiroteio fatal: 6/4/68, dois dias após o incidente em Memphis. Oakland de novo: aquele ponto quente de ódio aos brancos. Os Panteras chamaram-lhe emboscada. A polícia chamou-lhe «vigilância táctica». Foi morto um Pantera. Eldridge Cleaver ficou ferido. Nota de rodapé: o Irmão Cleaver tinha sido condenado por violação.

Dwight folheou mais páginas. A maior parte dos departamentos policiais das grandes cidades tinha dossiês sobre os Panteras e dispunha de informadores negros infiltrados. Recolhas de alimentos, programas educativos, revivalismo da cultura negra. Número de membros em crescimento, prestígio e um toque de modernidade, influência menor sobre os jornais.

Um palpite instintivo: *os Panteras são demasiado conhecidos para operar de forma total.*

No Verão passado, o FBI tinha realizado um programa de contra-inteligência a meio gás. Objectivo: criar dissensões entre os Panteras e os Escravos Unidos. Alguns agentes de San Diego fizeram circular a habitual literatura racista. Os Panteras chamavam «estúpidos come-tripas» aos Escravos Unidos. Os Escravos Unidos chamavam «pretos costeleta de porco» aos Panteras.

Um palpite instintivo: *os Escravos Unidos eram demasiado conhecidos para operar de forma total.*

Nota para o Sr. Hoover: não aumentar a pressão sobre os Panteras ou os Escravos Unidos. Limitar-se às operações habituais. Ambos os grupos acabarão por ficar desacreditados com o tempo.

Dwight folheou mais páginas. Deparou-se com textos sobre a Aliança das Tribos Negras e a Frente de Libertação Mau-Mau. Eram espalhafatosos, bizarros e nitidamente criminosos.

Operações de fachada entre rivais nos bairros negros de Los Angeles. Reduzido número de membros em ascensão gradual. Ambos os grupos: «Tentando alegadamente vender narcóticos para financiar as suas actividades.»

Não tinham sido mobilizados informadores conhecidos. A nomenclatura que parecia saída dos episódios das comédias radiofónicas de negros: «Lorde Alto-Comissário», «Ministro da Propaganda», «Regente Pan-Africano». Dossiês de denunciantes sobre os participantes-chave:

Um totó com quatro detenções por droga. Um maricas que era empregado de um *drive-in*, com dois assaltos à mão armada. Um artista da vigarice/sacerdote de vudu. Um especialista da jogatina com noventa e uma detenções e um cadastro do tamanho de uma lista telefónica. Um violador «politicamente motivado». Arrivistas, oportunistas, Panteras Negras frustrados. Palhaços dados a caprichos e carnificinas.

Dwight ficou com pele de galinha. Remexeu com nervosismo no seu anel da formatura em Direito e leu mais páginas.

Mais nomes, datas e locais. Mais detalhes sobre as contendas entre a Aliança das Tribos Negras e a Frente de Libertação Mau-Mau. Uma nota do sargento Robert S. Bennett: «Quanto aos homicídios do assalto ao furgão blindado de 24/2/64, os rumores de participação da ATN e da FLMM não podem ser confirmados.»

Agitação nas esquinas das ruas. Lutas de socos, queixas por condução sob o efeito do álcool, rixas levianas. O maricas do *drive-in* era chulo de travestis. O especialista da jogatina prostituía a própria esposa para pagar as dívidas de jogo. O Regente Pan-Africano era dono de uma livraria de material pornográfico e enrabava a cabra de estimação do vizinho.

Os arrepios de pele de galinha intensificaram-se. Ficou com os nervos em franja. Pediu mais cedo a sua única bebida por noite. Pronto, recosta-te e sonha com a Karen.

Informadora confidencial n.º 4361 do FBI: Karen (sem segundo nome próprio) Sifakis. Nascida a 1/2/25, cidade de Nova Iorque. Diplomada por Yale, professora de História, quacre[3] esquerdista subversiva.

Tinha a ficha dela. Adorava as velhas polaróides das vigilâncias. Karen em 1949, numa animada festa de homenagem ao activista Paul Robeson; Karen às portas da prisão de Sing Sing: o casal de espiões Rosenberg tinha acabado de lá entrar. Los Angeles, 12/3/61: Karen numa manifestação contra a bomba atómica. A sua foto favorita: Karen em pose de oração enquanto a bófia de Berkeley racha cabeças à volta dela.

Dava aulas de História na Universidade da Califórnia em Santa Barbara. O marido era um advogado esquerdista na Nova Iorque judaica. Viajava para leste duas semanas por mês. Tinham parado de foder há quatro milhões de anos. Mantinham-se juntos por obscuras razões comunistas e por causa da filha de dois anos. Karen desprezava a violência. Fabricava bombas, fazia explodir monumentos e assegurava-se sempre de que nenhum ser humano ou cão de guarda ficaria ferido. Operava sob a aprovação directa do agente especial Dwight C. Holly.

Favor em troca de favor. O agente Dwight deixava-a destruir estátuas de heróis nacionalistas radicais. Livrava de apuros os camaradas activistas dela com alguma regularidade. Karen denunciava comunas que excediam a baixa tolerância dela à agressão física. Estava agora novamente grávida, aos quarenta e três anos. Tinha sido uma cena do

---

[3] Quacres: grupo religioso de tradição protestante que rejeita qualquer tipo de organização clerical. (*NT*)

tipo ejacular para um frasco/tubo de ensaio que requerera a assistência do marido. A Karen Sifakis: valha-me Jesus Cristo, porra.

Tinham-se conhecido em Yale, no Outono de 1948. Ele era um agente federal novato. Ela era estudante universitária experimental no Smith College/Yale. Tiveram uma conversa de duas horas em público. Beberam uma garrafa de uísque, fumaram um maço de cigarros e ficaram impressionados um com o outro para sempre. Ele gostava do aspecto dela. Ela gostava do aspecto dele. Só três anos antes é que ele soube que esse sentimento era mútuo.

Los Angeles, Agosto de 1965. Os tumultos no bairro negro de Watts, merdas de negros em escalada total. O Sr. Hoover ficara horrorizado. Mandara investigar as fichas de todos os professores universitários que tinham assinado petições a favor dos negros. Dwight trabalhara uma semana inteira nessas fichas. Estava lá o nome de Karen. Estava lá a fotografia de Karen. Merda, é aquela rapariga grega, alta e ruiva de Yale.

Fez algumas averiguações. Descobriu que Karen tinha escrito a sua tese de doutoramento sobre o Ku Klux Klan do estado do Indiana. Referido com proeminência: Walter «Papá» Holly em pessoa.

Fez algumas entrevistas. Apurou que uns palhaços do Klan do Indiana tinham linchado o avô de Karen, que era um imigrante grego. Tinha sido em 1922. O Papá Holly chefiava um dos *kapítulos* do Klan em dois condados a sul do local do linchamento.

Fez mais pesquisas. Foi buscar o ficheiro de Karen aos Arquivos Centrais do FBI. Eliminou-lhe os registos de detenções em marchas de protesto em nove cidades. Esfalfou-se para que o avô dela tivesse uma espécie de justiça tardia.

Um dos tipos do linchamento tinha gerado um neto neonazi. Dwight localizou-o numa prisão no Ohio. O tipo era uma peste ruim. Dwight conseguiu que fosse transferido para uma ala só de negros. Os pretos deram-lhe uma sova de bradar aos céus.

Foi de avião até Los Angeles e bateu à porta de Karen. Ela reconheceu-o mesmo passados dezassete anos. Ele disse-lhe o que tinha feito e que o seu pai era o Papá Holly. Ela perguntou-lhe por que razão o tinha feito. Ele disse que queria dar-lhe uma coisa que mais ninguém pudesse dar-lhe.

Ela convidou-o a entrar.
Fizeram um acordo.

Dwight forçara depois a porta da casa dela. Leu o diário dela, onde Karen descreve com ternura o lambe-cus do seu amante dos fascistas.

Ela diz-lhe sempre: «Somos demasiado circunspectos para nos auto-imolarmos.» Ele diz-lhe sempre: «Somos demasiado altos e bonitos para perdermos.» Às vezes ele acorda de pesadelos e dá consigo enroscado nos braços dela.

O voo sofreu turbulências. O sinal de apertar o cinto de segurança piscou. Dwight rabiscou umas notas à pressa numa ficha:

«As melhores opções são a ATN e a FLMM. Verificar os ficheiros de várias agências policiais e listas de subscritores de propaganda racista (correspondência esquerdista contra os brancos) para pistas sobre possível trabalho de infiltração (material secreto de Wayne Sénior/Dr. Fred Hiltz).»

A turbulência amainou. O avião desceu. Lá estavam aquelas luzes enormes. Céus, Los Angeles era uma cidade bonita de se ver.

O quarto estava quente. O condicionador de ar de janela funcionava mal e fazia circular um ar bafiento. O suor de ambos tinha encharcado os lençóis até ao colchão. Karen chamava-lhe uma «foda de sauna». Dwight beijou-lhe o cabelo húmido, que parecia brilhante e ainda mais ruivo.

O marido tinha voltado para leste. Tinha um nome, claro, mas Dwight nunca o dizia. Dina estava no infantário. Tinham três horas.

Karen rolou sobre as costas. Estava grávida de três meses. Notava-se um pouco. A sua flexibilidade estava a transformar-se em curvas.

Espreguiçou-se. Agarrou-se às barras da cama e arqueou as costas. Dwight pôs a mão na barriga dela e baixou-a devagar. Karen rolou para junto dele. Dwight pôs a perna por cima dela e puxou-a para junto de si.

— Tens a certeza de que não é meu?

— Tenho. Foi inseminação artificial e tu não estavas sequer perto do receptáculo.

Dwight sorriu. — É uma menina.

— Não necessariamente.

— As meninas dão menos problemas. Qualquer filho varão que desses à luz significaria problemas para mim. Ia passar o resto da minha carreira a limpar-lhe o cadastro e a tirá-lo da cadeia.

Karen acendeu um cigarro. — A Dina vai acabar por fazer explodir o monte Rushmore. Já começa a emitir certas vibrações.

— A Dina vai casar com um republicano. E sabes como sei isso? Está sempre a pedir-me para lhe mostrar o meu crachá.

O condicionador de ar da janela cedeu por fim e um ar gelado envolveu-os. Karen começou a tremer e enroscou-se nele.

— Um colega meu precisa de ajuda. Está a ser avaliado para ocupar uma cátedra, mas esteve na lista negra desde 1951 a 1954. O presidente do comité de cátedras odeia-o e pode usar isso para influenciar a decisão.

Dwight riu-se. — Pensava que todos os professores universitários eram uns comunas idealistas, acima de merdas dessas.

— Eu sim, mas eles não.

— Eu trato de extraviar ou limpar a ficha dele. Diz-me do que precisas.

Karen soprou anéis de fumo. Colidiram com o ar frio e dispersaram-se. Dwight tirou-lhe o cigarro e apagou-o.

— Fumar é mau para as mulheres grávidas.

— Só fumo um por dia e só quando estamos juntos.

— Preciso de ajuda.

— Conta-me.

— Talvez dirija um programa de contra-inteligência contra alguns grupos de militantes negros. Eu próprio trato de arranjar o infiltrado, mas posso precisar de ajuda para conseguir um informador.

Karen beijou-o no pescoço e passou o dedo pela cicatriz de uma navalhada no ombro.

— Por que razão deveria ajudar-te numa coisa dessas? Dá-me uma justificação e explica-me como é que isso encaixa no nosso acordo.

Dwight encostou a testa à dela. Ficaram ambos de olhos muito próximos. Aquele azul estranho, salpicado de manchas escuras: era uma verdadeira mulher grega.

— Porque andam por aí a vender droga e a aproveitar-se dos protestos sociais para ganhar dinheiro. Porque são uns merdas que abusam das mulheres. Porque conseguem arranjar imensos jovens negros impressionáveis que estão mortinhos por fazer coisas loucas que lhes destruirão as vidas para sempre e porque o benefício social geral que conseguirão por fazer parte do negócio se reduzirá a zero.

Karen beijou-o. — Está bem. Vou pensar nisso.

— Neste caso a razão está do meu lado. Podias ajudar-me nisto e fazer algo de válido.

Karen mordeu os lábios. Dwight beijou-a e impediu-a de continuar. Comunicaram telepaticamente. Karen recitou o credo de ambos.

— Não farei mais comentários sobre a natureza interesseira da nossa relação, senão ainda me acuso a mim mesma de ser uma colaboradora dos fascistas e desato a fugir de ti aos berros.

No momento certo e perfeitamente oportuno, logo a seguir a um beijo. Dito de forma mais do que impassível e sem grande humor.

Dwight teve um ataque de riso. Karen tapou-lhe a boca e ele mordeu-lhe a mão para a obrigar a parar. Karen apontou para as roupas dele. O livro de cheques tinha caído do casaco dele.

— Esses cheques anónimos. Nunca me contaste *porquê*.

— Já te disse que os envio.

— Só me dizes isso, mas mais nada.

— Também és assim.

— É assim que nos mantemos seguros juntos.

Estavam de rostos muito próximos. Karen inclinou-se sobre a cara dele.

— Fizeste algo de terrivelmente errado. Não te vou perguntar, mas ficas a saber que sei.

Dwight fechou os olhos. Karen beijou-lhe as pálpebras. Dwight perguntou: — Amas-me?

— Vou pensar nisso — disse Karen.

4

(Las Vegas, 17/6/68)

Os homens do xerife tinham fechado o trânsito na Fremont. Os casinos de apostadores menores tinham as bandeiras a meia haste. Uma comitiva de carros pouco chamativa avançava lentamente.

Para que percebam: era um desfile fúnebre em memória de Wayne Tedrow Sénior.

Meio-dia em Las Vegas, 43 graus e a ficar cada vez mais quente. Os vereadores da cidade com chapéus de *cowboy* e fatos de assar ao sol, uma inspiração de última hora do prefeito da cidade. Sénior era um peso-pesado. Prestemos-lhe homenagem.

A procissão de carros arrastava-se. Os espectadores a pé assavam sob o calor e miravam boquiabertos, entorpecidos pelo sol. Alguns empregados de cozinha ostentavam cartazes e apupavam. Wayne Sénior dirigia o sindicato deles e tinha-os lixado com acordos laborais paralelos.

A Polícia de Las Vegas tinha enviado uma guarda de honra. Wayne estava em cima de um estrado com Buddy Fritsch e Bob Gilstrap. Buddy estava *nervoso*. A sua postura dizia: *Preciso de uma bebida*. Provavelmente tinha visto o corpo de Wayne Sénior.

Passo de caracol: os carros seguiam em ritmo lento e quase colados uns aos outros. Os turistas saltitavam e acenavam com latas de fichas de jogo e garrafas de cerveja. Manifestantes negros exibiam cartazes contra a polícia. Um subgrupo lançava provocações a Wayne pois ouviu cânticos abafados que diziam: «Branco assassino!»

Sonny Liston subiu para o estrado. Um merdoso qualquer berrou: «Grande coça que levaste do Muhammad Ali!» Sonny mandou-o à merda, arrancando algumas gargalhadas à multidão. Sonny estava a beber uma lata de aguardente *Everclear*. Buddy e Bob afastaram-se dele. Wayne desceu do estrado.

— Mataste-o? — perguntou Sonny.
— Sim — disse Wayne.
— Óptimo — disse Sonny. — Era um filho-da-puta racista. *Tu* também és um filho-da-puta racista, mas só matas pretos que o merecem.

O idiota merdoso voltou a berrar: «Grande coça que levaste do Muhammad Ali!» Sonny atirou-lhe com a lata e perseguiu-o. A multidão preparou-se para um pouco de diversão. Aproximou-se um *Cadillac* descapotável. O assento de trás estava apinhado de coristas. Sorriram e acenaram, mas depressa se contiveram: *ups*, temos de pôr um ar triste.

Wayne viu Carlos Marcello do outro lado da rua. Trocaram sorrisos e acenos. Wayne foi empurrado. A multidão amontoou-se e empurrou-o para cima do estrado. As pessoas pareciam irritadas. Wayne percebeu porquê: Dwight Holly estava a abrir caminho, exibindo o crachá na mão.

Wayne afastou-se para um canto à sombra e com alguma privacidade. Dwight encontrou-o rapidamente.

— Os meus pêsames pelo teu pai, mas também eu o teria morto no teu lugar.

— Agradeço o comentário, mas não quero falar mais desse assunto.

— Já nos conhecemos há muito, filho. Não devias levar a mal uma brincadeira.

— Temos uma história comum. Talvez lhe chames afecto, mas eu não.

Dwight acendeu um cigarro. — Diz-me que o assunto foi abafado.

— Referes-te a ter contado ao Senhor. Hoover, é isso?

Dwight revirou os olhos com impaciência. — Não sejas picuinhas, Wayne. Diz-me que a coisa foi abafada e depois eu trato de transmitir a mensagem.

— Foi abafado, Dwight. Diz-me que temos tudo sob controlo lá em Memphis e ficamos quites.

Dwight aproximou-se mais dele. — Houve uma pequena fuga de informação lá. Já te conto, mas primeiro tens de ouvir o discurso fúnebre.

Wayne vacilou um pouco. Um manifestante avistou-o e fez-lhe um gesto com o punho cerrado. Dwight puxou Wayne para trás do estrado.

— Já estás bêbedo. Andas em compadrio como o Tio Carlos e daqui para a frente talvez também com o Hughes. Seria muito mau amigo teu se não te dissesse para teres cuidado.

Wayne aproximou-se ainda mais. — «Amigo»? Mas tu é que me obrigaste a ir a Memphis, caralho!

Dwight aproximou-se ainda mais dele. Empurrou Wayne contra um lampião de rua e imobilizou-o.

— Aquilo do Wendell Durfee vinha com um preço, miúdo. E não me digas que de certa forma não querias fazer esse trabalho.

Wayne empurrou Dwight para trás. Nada de gestos bruscos, não o irrites. Dwight reagiu com calma e sacudiu o casaco de Wayne.

— Actualiza-me em relação ao Carlos. Alguma coisa para alegrar o velho rabeta.

— São notícias requentadas. Os Rapazes da Máfia querem vender o resto dos hotéis deles ao Hughes e manter lá dentro os seus tipos de confiança para deitar a mão a parte dos lucros. O Hughes quer uma cidade pacífica. Alguém tem de ocupar o lugar do Ward Littell e essa pessoa sou eu.

«*O Sénior era um racista! O Júnior é um assassino!*», ouviu Wayne de forma ténue.

— O envelope para o Dick Nixon. Fala-me disso.

— Como é que tu...?

— Temos uma escuta na casa dele em Key Biscayne. O Nixon falou disso ao Bebe Rebozo.

O vento soprou e fez baloiçar o estrado. O cântico «Sénior/Júnior» subiu de tom.

— Os Rapazes da Máfia querem construir casinos na América Central ou nas Caraíbas e querem que as coisas sejam retardadas lá no Departamento da Justiça. Gostavam que o Jimmy Hoffa tivesse sido absolvido em 1971. Acham que o Nixon vai ganhar as eleições e que será receptivo.

Dwight anuiu com a cabeça. — Por agora vou acreditar.

— E quanto à tal «fuga de informação»? Em Memphis? Ias dizer que...

— Estou a tentar investigar uns subscritores de propaganda racista. Gostava de dar uma olhada às listas do teu pai.

Wayne abanou a cabeça. — *Não*. Estou fora desse esquema racista. Fala com o Fred Hiltz.

— Bolas, Wayne. Não estou a pedir-te o fim do mundo, só estou a pedir...

— *Fuga de informação? Em Memphis?* Vá lá, não me venhas com essa.

Dwight pegou num maço de cigarros, mas estava vazio. Atirou-o para o meio da multidão.

— O agente especial responsável por St. Louis ligou-me esta manhã. Há rumores vindos do Grapevine Tavern.

— Não estou a perceber.

— É uma espelunca de merda. Um dos irmãos do Jimmy Ray é dono de uma parte. Pus o sítio sob escuta. Circulavam por lá uns rumores da treta e o Jimmy engoliu que nem um crédulo. Um prémio de cinquenta mil dólares pela morte do Martin Luther King. O Otash atraiu o Ray com esse rumor e tratou de o convencer a fazê-lo.

Sénior/racista, Júnior/assassino, Sénior/rac...

— Continua. Não estive metido nessa parte do trabalho.

— Uns parolos quaisquer descobriram o microfone da escuta. Acharam que era coisa do FBI e agora fala-se que o golpe foi feito em conluio com o FBI.

Wayne ficou irritado. — Conversa é conversa, Dwight. E rumores não passam de rumores.

— Sim, mas apontam bastante na direcção do Jimmy e dessas histórias malucas que ele anda por aí a contar.

— Ou seja?

— Ou seja, que a coisa pode ou não cair no esquecimento. E, se não cair, vamos ter de fazer alguma coisa a esse respeito.

— «*Nós*» ou *tu*?

Dwight agarrou-o pelo laço. — *Nós*, filho. Aquilo do Wendell Durfee vinha com um preço.

O soro fisiológico tinha acabado. A enfermeira estava a dormir no sofá. Janice tinha adormecido a ver televisão.

Wayne verificou-lhe o pulso. Oscilava entre fraco e normal. Estava a dar o noticiário da noite, com o som baixo. Um repórter fazia o relato habitual sobre o assunto Luther King/Bobby Kennedy e abordou depois a disputa eleitoral entre Nixon e Humphrey.

Convenções para breve: Miami e Chicago. Dois primeiros escrutínios assegurados. Protestos potenciais em ambos os locais das convenções. O balanço da votação Richard Nixon *versus* Humphrey Hubert: um empate total por enquanto.

Wayne observou enquanto o Dick Manhoso e o Hubert Cordial se gabavam e exibiam. Tinha Farlan Brown sob escuta. A notícia do Grapevine corroía-o. «Conversas» e «rumores» poderiam significar problemas com testemunhas. Dwight queria ver as listas de subscritores de Wayne Sénior. Estavam escondidas num abrigo antibombas nos arredores de Las Vegas. Sénior chamara-lhe sempre o seu «Covil Racista». Estava lá guardada uma enorme quantidade de literatura racista.

Janice agitou-se e estremeceu. Wayne instalou um novo saco de soro fisiológico. Nixon e Humphrey continuavam no blá-blá-blá. Janice abriu os olhos.

— Olá — disse-lhe Wayne.

Janice apontou para a televisão. — Que homens mais sem graça. Se continuar viva, não vou saber em quem votar.

Wayne sorriu. — Erraste sempre nessa questão do aspecto.

— Sim. O que explica o meu azar com os homens.

O soro começou a correr e chegou ao tubo. Wayne mexeu no controlador de gotas para regular o fluxo. Janice estremeceu. O líquido chegou-lhe às veias do braço e conferiu-lhe um pouco de cor ao rosto.

— O Buddy Fritsch ligou hoje — disse ela.

— E?

— Está assustado. Disse que tem havido uns rumores.

Wayne desligou a televisão. — Acerca daquela noite?

— Sim.

— E?

— O Buddy e uns vizinhos têm andado a falar. Disseram que viram um homem e uma mulher no exterior da casa.

Wayne agarrou-lhe nas mãos. — Estamos protegidos. Já sabes quem conheço e sabes que estas coisas são sempre resolvidas.

Janice abanou a cabeça e libertou as mãos. Reuniu alguma da força que lhe restava. A cama deslizou. Wayne agarrou-lhe no braço para que a agulha não se desprendesse.

— Em breve deixarei de estar por cá, mas não quero que as pessoas saibam que o fizemos.

— Querida...

— Não devíamos ter feito aquilo. Foi odioso e vingativo. Foi errado.

Wayne ajustou o controlador de gotas. O saco continuou a alimentar o tubo. Janice perdeu os sentidos instantaneamente.

Wayne verificou-lhe o pulso. Oscilava entre fraco e normal.

— Os meus pêsames pela morte do seu pai — disse Farlan Brown.

— Estas coisas acontecem, senhor. Ele tinha um coração fraco e cedia a maus hábitos.

— Maus hábitos? Um mórmon de vida saudável como ele?

Wayne sorriu. — Os mórmones bebem e fodem mais do que o resto do mundo junto, como tenho a certeza que o senhor sabe por experiência própria.

Brown deu uma palmada nos joelhos. Era alto, amigável e cultivava um falso estilo rústico. Os óculos à Michael Caine ampliavam-lhe os olhos míopes. A decoração da sua suíte era uma imitação do estilo Tudor. O Grupo Hughes ocupava os seis andares superiores do Desert Inn. O figurão importante descansava no último andar.

— O senhor é muito estranho — disse Brown.

— Pense em mim como o filho do meu pai. Dê-me o trabalho e eu trato do assunto.

Brown acendeu um cigarro. — Diga-me por que razão devo dar-lhe o trabalho e convença-me em menos de um minuto.

— Conluio — disse Wayne. Brown deu uma pancadinha no relógio. Wayne arregaçou as mangas e mostrou o seu *Rolex* de ouro. Wayne Sénior tinha-lhe ensinado esse truque.

— O Howard Hughes é um xenófobo delirante, viciado em narcóticos farmacêuticos e transfusões de sangue carregado de vitaminas. Os empregados referem-se a ele como «o Drácula». O Senhor Hughes conta com homens lúcidos como o senhor para serem os seus intermediários com o mundo, para lhe facilitar as negociações com os políticos corruptos e figuras do crime organizado que mandam no estado do Nevada e, provavelmente, no país inteiro. Sou o elemento de ligação do Carlos Marcello com a comunidade empresarial. Sou um químico brilhante e consigo fabricar compostos que deixariam o próprio Drácula todo pedrado, porra. Vou ser o homem do dinheiro do Senhor Marcello junto do Nixon e da administração presidencial do Nixon. O Drácula anda a subornar o Senhor Nixon com promessas de cinco milhões de dólares e vou pilhar os bens do meu pai até juntar essa soma. Vou entregá-la pessoalmente ao Senhor Nixon, juntamente com os quinze milhões do Senhor Marcello, lá na Convenção do Partido Republicano. Estou encarregado de supervisionar o próximo grande projecto do Sr. Marcello e dos seus amigos do crime organizado, que é a construção de hotéis-casinos luxuosos nalguma amigável república das bananas gerida por um ditador a sul daqui, e posso garantir-lhe que as Linhas Aéreas Hughes vão ter os direitos exclusivos para transportar esses trouxas. O senhor devia pensar seriamente em mim para esse trabalho, porque sabe quem conheço e que sei coisas e porque tem o bom senso comum e pragmático de saber que lhe trarei benefícios a todos os níveis.

Brown consultou o relógio. — Cinquenta e cinco segundos. Você já estava numa posição vantajosa junto do Senhor Hughes e agora também está em vantagem comigo.

— Porque é que eu estava numa posição vantajosa junto do Senhor Hughes?

— Porque em 1964 você matou uns pretos viciados em droga e o Senhor Hughes acha que você seria o homem indicado para afugentar as pessoas de cor dos hotéis dele.

Wayne falou num tom *brando*. — Estou fora do negócio racista, senhor. Por favor, diga ao Senhor Hughes que não estou disposto a fazer isso. E diga-lhe também, por favor, que vou pedir um encontro pessoal com ele antes de o senhor me contratar.

Brown falou num tom *brando*. — Senhor, neste momento você está drasticamente incapacitado.

Wayne despejou quatro cápsulas sobre o colo dele e saiu.

Duas horas. Três no máximo.

Voltou para a sua suíte e espreguiçou-se. Imaginou o Drácula a fazer piruetas à volta dos anéis de Saturno e a saltar por cima das luas de Júpiter. Talvez ande por aí a voar ou a despenhar aviões. Talvez esteja a foder a actriz Kate Hepburn no parque de estacionamento dos estúdios de cinema da RKO.

O telefone tocou. Wayne atendeu. Brown interrompeu-lhe o «Olá».

— O trabalho é seu. E o Senhor Hughes *vai* recebê-lo.

5

(Los Angeles, 18/6/68)

— O Clyde contou-me que gostas de procurar mulheres.

Bam — as primeiras palavras do Rei Racista. *Bam* — à porta, sem aperto de mão nem apresentações.

— Sim, senhor. É verdade — disse Crutch.

O Dr. Fred Hiltz riu-se. — Ele disse «mirar as mulheres», mas não vou insistir nesse ponto.

A fazenda racista de Hiltz, uma grande mansão espanhola. Beverly Hills, um espaço de alta qualidade, vizinhos judeus a rodo. Uma gigantesca sala de estar abaixo do nível do solo, decorada com arte racista.

Belas telas. Os mestres revisitados. Um linchamento de Van Gogh. Quadros de Rembrandt representando câmaras de gás. Matisse a cometer atrocidades no Congo. Paul Klee a retratar Martin Luther King a arder numa fogueira de lenha.

Crutch observou as paredes. Man Ray a retratar Bobby Kennedy morto sobre uma laje. Picasso a retratar a primeira-dama Lady Bird Johnson a lamber a crica a Anne Frank.

Foda-se...

Crutch teve um ataque de tonturas. Hiltz disse: — Encontrei uma gaja na churrascaria Lawry's Prime Rib. Chamava-se Gretchen Farr. Demos umas quecas e fiquei viciado. Roubou-me catorze mil dólares lá no abrigo antibombas no pátio das traseiras. Encontra-a e recupera o meu dinheiro.

Judeus com cornos de demónios retratados por Frederick Remington. Grant Wood a retratar o presidente Lyndon Johnson estripado e esquartejado.

— Descrição? Última morada conhecida? Uma fotografia, se tiver alguma.

Hiltz levou Crutch a passo rápido lá para fora. A típica expulsão à mendigo: *Raus! Mach schnell!* Atravessaram corredores compridos. Contornaram gatos e caixas de areia para gatos. Nas paredes estavam coladas fotos de JFK na morgue.

O pátio continha um jardim de estátuas. Um campónio mexicano estava a dar mangueiradas num Cristo vestido ao estilo do Ku Klux Klan. Hiltz disse: — Não tenho fotos. A Gretchen era fotofóbica. É uma gaja alta e mamalhuda, de pele ligeiramente latina. Estava instalada no Hotel Beverly Hills e por isso pensei que fosse decente. Pus o Phil Irwin atrás dela, mas o tipo afundou-se nos copos e deixou-me pendurado. Tentei contratar o Freddy Otash, mas ultimamente não aceita trabalhos temporários.

O mexicano regou Hitler e Hermann Goering à mangueirada. As caganitas de pássaro e a sujidade decompuseram-se.

— Que mais pode dizer-me sobre ela?

— *Não estás a ouvir.* Não sei *népias*. Deixei-me conduzir pela piroca e isso custou-me catorze mil dólares. *Percebeste?* Estou a contratar-te a *ti* porque sabes encontrar pessoas e *eu* não.

Um gato trepou pelo Mussolini acima e ficou lá empoleirado à espera de pássaros. Hiltz obrigou Crutch a andar a passo de marcha até a uma escada subterrânea e empurrou-o por ali abaixo. Aproximaram-se de uma porta de aço reforçado. Hiltz destrancou-a e ligou um interruptor. Lâmpadas fluorescentes iluminaram um covil racista de quatro metros por quatro.

Paredes forradas com folhetos racistas. Ódio aos pretos, ódio aos judeus, ódio aos papistas, ódio aos japoneses, ódio aos chinocas, ódio aos hispânicos, ódio aos comunas, ódio aos filhos-da-puta dos opressores brancos. Cartazes racistas amontoados no chão. Caixas cheias de braçadeiras nazis. Bonecos vudus racistas sob a forma de almofadas de alfinetes: Jackie Kennedy Onassis, o papa Paulo VI, o Martin Lúcifer King.

Hiltz agarrou num dos cartazes. Um enorme escravo de cobrição a esfaquear um mercador judeu apavorado. O escravo de cobrição tinha um volume gigantesco entre as pernas. O judeu tinha garras nos pés e cauda de ratazana. O cartaz dizia: O GENOCÍDIO É O MANDATO SAGRADO DE ALÁ!!!!!

— Os escarumbas adoram estas merdas. Nem imaginas o mercado que todas estas tretas e *tsuris* dos militantes negros criaram. Tenho um negócio paralelo a operar. São panfletos de prisão para negros *shvoogie*, supostamente escritos por aqueles pretos radicais da cadeia de San Quentin. Sabes quem os escreve realmente? Um judeu que gosta de pretos e com quem costumo jogar golfe.

Crutch espirrou. O covil racista fedia a mofo e a mijo de gato. Voltou a sentir tonturas.

— A Gretchen Farr. Diga-me de que é que falaram. Diga-me o que ela lhe contou sobre si mesma. Diga-me...

— Não falámos, fodemos. Fizemos o sessenta-e-nove e à canzana. Não perdemos tempo com discussões.

— Mas pode dar-me *alguma coisa* que eu possa...

Hiltz levantou a tampa de um enorme cesto da roupa. O interior estava cheio de notas de cem dólares. O montante devia rondar cerca de meio milhão.

— Eis o mistério que persiste, estúpido *schmendrick*. Ela só me gamou catorze mil. E sei isso porque todas as noites conto as minhas massas. Queres saber a minha opinião? A Gretchen foi subtil. Essa crica ladra só me gamou aquilo que achava que eu não ia notar.

Crutch olhou para dentro do cesto. Hiltz agarrou numa nota e enfiou-lha no bolso da camisa.

— O almoço é por minha conta. Descobre-a e depois arranjo-te uma cena a três com a Brigitte Bardot e a Julie Christie. Acredita, tenho influência suficiente para isso.

Escarumbas, pirocas, pretos, foda à canzana. Uma potencial cena a três. Um trabalho pago à hora para Clyde Duber & Associados.

Crutch seguiu de carro até ao parque de estacionamento e procurou Phil Irwin. Phil estava a falar com Chick Weiss sobre um trabalho relacionado com um caso de divórcio. Crutch chamou-o à parte e fez-lhe as perguntas habituais. Phil tinha umas ideias vagas quanto a Gretchen Farr. Não era de admirar: a partir das dez da manhã Phil só tinha ideias vagas. Sim, o Dr. Fred tinha-o contratado. Sim, tinha ligado à Polícia de Los Angeles e para o Gabinete de Registos e Identificação Civil do Departamento do Xerife e ficara a saber que aquela gaja Farr tinha o cadastro limpo. Tinha falado com o recepcionista do Hotel Beverly Hills, mas o tipo recusara-se a mostrar-lhe o livro de registos. Depois metera-se nos copos em Tijuana. Tinha levado um grupo de rotários a ver o espectáculo de mulas. — O Dr. Fred tinha--o despedido.

Crutch fez a *grande* pergunta: — O Dr. Fred é judeu?

— Não, mas todas as ex-mulheres dele são judias — respondeu Phil. Chega de aturar o Phil. Próxima paragem: o Hotel Beverly Hills.

Seguiu de carro até lá e orientou-se. Espetou com o falso crachá de polícia na cara de um empregado larilas e causou uma forte impressão. O empregado larilas foi chamar o recepcionista larilas. O recepcionista larilas olhou desconfiado para a roupa rasca de Crutch. Crutch disse--lhe que trabalhava para Clyde Duber. O recepcionista larilas gostou de saber isso. Clyde tinha desenvoltura e um *je ne sais quoi*. Está bem, miúdo, vamos falar.

Crutch fez as perguntas habituais relativamente aos trabalhos temporários. O recepcionista larilas respondeu. Referiu Gretch Farr como sendo «de pouca confiança». Tinha alugado o quarto 21 por três semanas. Chegara a perguntar-se como ganharia ela a vida e veio a saber que prestava favores sexuais a europeus ricos e a clientes latinos de ambos os sexos. Todas as manhãs pagava em dinheiro pelo alojamento e extras. Gretch tinha dado referências ao registar-se no hotel: uma linha telefónica chamada «Central Telefónica Bev». Era um serviço de recepção de chamadas para a multidão de aves de arribação. A própria Gretch era a quintessência das aves de arribação.

E era tudo. O recepcionista larilas afastou-se todo dengoso para adular umas herdeiras viúvas com *poodles* ao colo. Crutch foi a um telefone público e ligou para as informações. Central Telefónica Bev: 8814 Fountain, na zona oeste de Hollywood.

Seguiu de carro até lá e orientou-se. A morada correspondia à entrada de uma farmácia de prescrições rápidas. Todos os motoristas compravam aí os seus estimulantes.

Estacionou. Penteou o cabelo. Prendeu o crachá falso na lapela do casaco e enfiou na boca pastilhas elásticas *Clorets*. Ensaiou a piscadela de olho à Scotty Bennett. Anotação mental: comprar alguns laços de tecido axadrezado.

Entrou. Uma velha estava a operar um painel telefónico propriamente dito. O lugar era claustrofóbico: três metros e meio por quatro e meio no máximo. Cheirou-lhe a *spray* insecticida.

A velha reparou nele. Crutch não a reconheceu de imediato. Bev Shoftel, a Brochista. Uma lenda em Los Angeles. Tinha fornecido coca a todas as grandes estrelas na década de 1930.

— Esse crachá é falso — disse ela. — Todas as manhãs como os meus cereais *Rice Krispies* e sei bem o que são brindes.

— Sou detective privado. Trabalho para o Clyde Duber — disse Crutch.

Bev tirou os auscultadores e sacudiu o cabelo. Voaram flocos de caspa.

— Já fazia mamadas ao Clyde Duber ainda tu não eras nascido. Mamei o Buzz Duber no dia em que fez doze anos, por isso não penses que me intimidas.

Crutch piscou o olho. A pálpebra estremeceu-lhe com um espasmo. A Bev Brochista riu alto.

— A resposta é não. Seja lá o que queres, a resposta é não.

— A Gretchen Farr. Disseram-me que ela é de pouca confiança e preciso de dar uma espreitadela à ficha de chamadas dela.

— *Nyet* — disse Bev. — E nem penses em pedir-me um broche, pois já tenho sessenta e três anos e retirei-me desse negócio.

— Podia ajudar-te, fofura. Acredita, tenho influência suficiente para isso.

Bev voltou a rir. — Acabou-se a comédia, fofura. Mas fizeste-me rir e por isso dou-te uma borla. Ouvi a Gretchie falar espanhol ao telefone.

Soou uma chamada no painel. Bev enfiou os auscultadores. Crutch disse: — Por favor.

— Desaparece — disse Bev.

Broches. A Bev Brochista a fazer broches a Buzz e a Clyde. Agora Buzz consegue os broches por via da coacção. Os ladrões brochistas de Scotty.

Era de mais. Aquilo deixava-o agitado. Não sabia que rumo seguir.

Foi à farmácia de serviços rápidos comprar *Dexedrines*. Engoliu quatro comprimidos com café, acalmou-se e voltou a ficar agitado. Voltou para casa e folheou umas quantas *Playboys*. Foi até ao telhado e viu uma rapariga apanhar banhos de sol. Os comprimidos trouxeram-lhe lembranças. Dana Lund à beira da piscina, com um fato de banho de peça única e sem alças. Dana a fazer de pau-de-cabeleira numa festa de liceu.

Dana. Gretchen Farr. Trabalhos em hotéis. Gretchen dá quecas com homens *e* mulheres.

Crutch sentiu aquela *veeeelha* sensação e agarrou nas suas *veeeelhas* ferramentas.

A farmácia estava fechada. Bem como a Central Telefónica Bev. Havia um caminho de acesso pedonal a um parque de estacionamento nas traseiras. As nuvens absorviam o luar. A porta lateral parecia frágil.

Crutch enfiou uma gazua n.º 4 no buraco da fechadura. Bastaram duas sacudidelas para fazer deslizar as linguetas principais. Enfiou uma gazua n.º 6. Girou tudo em uníssono. O trinco deslizou. A porta abriu-se.

Entrou e fechou a porta. Os vapores do insecticida fizeram-no espirrar. Pegou na lanterna de bolso e ajustou o foco num feixe de luz estreito. Viu um arquivador ao lado das fichas do painel telefónico.

Três gavetas sobre calhas. Assinaladas: «A a G», «H a P» e «Q a Z». Tentou abri-las. Estavam as três trancadas.

Concentrou-se na fechadura da gaveta «A a G». Enfiou uma gazua n.º 5 até ao fundo. Um puxão e *pop...*

«A a G.» Aaronson, Adams, Allworth. Alguns B, C e D. Echert, Ehrlich, Falmouth. Ali estava, Gretchen Farr.

Segurou a lanterna com os dentes e agarrou no ficheiro com as duas mãos. Nada volumoso. Tinha uma única folha. Leu-a rapidamente. O registo de chamadas só remontava a três semanas atrás, a finais de Maio de 1968.

Nenhuma morada nem dados pessoais sobre a própria Gretch Farr. Só uma lista das chamadas recebidas.

Joalharia AVCO em Santa Monica, um total de quatro chamadas. Seis chamadas de consulados estrangeiros: Panamá, Nicarágua, República Dominicana. Hã? *Qu'é isto? Que grande salgalhada até agora.*

Três nomes masculinos: «Lew», «Al», «Chuck». Uma série de chamadas a pedir a Gretchen que entrasse em contacto: todas com indicativo de Los Angeles.

Du-32758/«Não quis dar o nome». Sal/N.º 52808. Conhecia aquele nome e número: o actor que era amigo de Clyde.

Pegou no bloco e copiou tudo. Ficou todo suado por causa daquela violação de domicílio. Os vapores do insecticida faziam-lhe comichão no nariz. A porra da lanterna estava a causar-lhe dor nos dentes.

O Bar Klondike, na esquina da 8.ª e La Brea. Um Santo Graal da culinária grega e pólo de atracção a cheirar a alfazema para os homossexuais.

Crutch telefonou a Buzz do telefone público da rua. O passeio parecia uma enorme audição de figurantes *cowboys* untados de vaselina. Crutch deu a Buzz a referência Du-32758 e disse-lhe para verificar a lista de moradas por números. Buzz pegou na lista, passou-a a pente fino e disse a Crutch «Nada feito». Crutch disse-lhe para ligar para a Companhia Bell a solicitar uma pesquisa clandestina.

A acção no passeio começou a ficar demasiado escandalosa. Crutch enfiou-se no carro e vigiou a porta. O *Lincoln* de Sal tinha voltado ao parque de estacionamento. Sal *vivia* no Bar Klondike. Sairia de lá mais cedo ou mais tarde, com ou sem o engate da noite.

Sal Mineo. Informador a soldo de Clyde e de Fred Otash. Duas nomeações para os Óscares e depois o derrapanço total. Um larilas com queda para se meter em sarilhos.

Crutch voltou a orientar-se. Os comprimidos tinham-lhe posto a cabeça às voltas. O Teatro Toho ficava logo a sul. Casais elegantes a fazer fila para ver um estúpido filme de arte. As miúdas tinham cabelo comprido e liso. Cada leve movimento das suas cabeças fazia saltar faíscas.

Alguém tamborilou com os dedos no pára-brisas dele. Crutch viu Sal Mineo: cabelo encaracolado e penteadinho a rigor e calças de ganga justas. Sal abriu a porta do carro de rompante e entrou. Exibia aquele seu ar de maricas italiano encantado.

Crutch dobrou a esquina e voltou a estacionar. Sal disse: — Podias ter entrado. Não tinhas de ficar toda a noite à espreita.

— Não estava à espreita.

— Estás sempre à espreita.

— Merda, pá. Estava *à espera*.

— Estavas *à espreita*.

Crutch riu-se. — Está bem, estava à espreita.

Sal riu-se. — O Clyde quer algo, certo? Se trabalhasses por conta própria estarias agora a espreitar alguma miúda pela janela.

Crutch apertou o volante com força até os nós dos dedos ficarem brancos. Sal ergueu as mãos: ei, não foi por mal.

— Está bem, recomecemos. Em que é que posso ajudar-te a ti e ao Clyde?

— A Gretchen Farr. Roubou dinheiro a um dos clientes do Clyde e sei que a conheces.

Sal acendeu um cigarro. — Conheço-a, sim. Sei que fode carradas de tipos e que tem por hábito sacar-lhes dinheiro, mas não estou a ver o que te levou a associá-la a mim. Se me explicares isso de forma convincente, digo-te o que precisas de saber.

Aquele ar amuado, aquele cabelo italiano oleoso — Crutch cerrou os punhos.

— Investiguei uns números de telefone. Ligaste para o serviço dela há duas semanas.

Sal abriu a janela para o fumo sair do carro. Uniu os joelhos e fez um ar de inocente.

— Eu diria que Gretchen Farr é um nome falso. Não me perguntes como sei, mas sei. Não faço ideia do paradeiro dela, porque ela nunca diz a ninguém onde mora. Como disse, fode carradas de tipos, rouba-os ou pede-lhes emprestado e depois desaparece. Liguei para o serviço dela porque ela tinha ligado para o meu serviço. Não chegámos a falar propriamente. Já a encaminhei antes para certos homens, mas geralmente é ela que trata de arranjar os seus próprios clientes. A nossa Gretch é *muuuuuito* cuidadosa. Assegura-se sempre de que os seus clientes da foda não circulam nos mesmos círculos.

Esquemas de fodas, carradas de fodas, fodilhões...

— Fotografias?

Sal abanou a cabeça. — Não. É a tipa mais arredia a câmaras que já vi.

— Os «fodilhões». Dá-me alguns nomes.

— *Não*. Não me lembro *realmente*. A Gretch *pagou-me* para lhe apresentar clientes e prometi-lhe que não contava a ninguém. Que eu morra já aqui se não é verdade.

Crutch bateu com força no volante. Bateu com força no tabliê. Sal pôs aquele seu ar ingénuo e não cedeu.

— Sentes-te melhor, querido?

Crutch flectiu as mãos. Sentiu picadas nos dedos e nas palmas. Sal abanou a cabeça de caracóis oleosos e suspirou.

— Porque é que achas que Gretchen Farr é um nome falso? — perguntou Crutch.

— É demasiado hispânica para se chamar Farr. Quando muito, é hispano-americana.

— E *de certeza* que não *vive* em Los Angeles?
— Não, limita-se a passar por cá, mete-se em sarilhos e segue caminho.
— Associados conhecidos? Conheces *alguém* que a conheça?

Sal lançou-lhe aquele seu olhar ingénuo. — Pareces resignado, por isso vou dar-te uma dica. Apresentei a Gretchie a um agente imobiliário chamado Arnie Moffett, que é um tipo *horrível* que costumava ser o chulo do Howard Hughes. Comprou uma série de velhos poisos de foda do Hughes em Hollywood Hills e por isso talvez a Gretchie esteja num deles.

Crutch fez estalar os nós dos dedos. Doía-lhe a cabeça. Não conseguia orientar-se. Os seus pensamentos atropelavam-se e dispersavam-se em todos os sentidos.

— Estou à espera do dia, querido — disse Sal.
— Que dia?
— O dia em que vais perceber que não és assim tão forte.

Aqueles nomes do registo de chamadas: «Al», «Lew» e «Chuck». Talvez fossem clientes das fodas da Gretchen. Talvez esses nomes o ajudassem a reorientar-se. Talvez lhe fornecessem novas ideias.

Combateu o efeito das *Dexedrines* com *Seconal* e uísque *Old Crow*. Dormiu e ligou aos três tipos durante a manhã. Atirou-lhes com o nome Gretchen. Assustou-os. Marcou encontros com eles no Café Carolina Pines: três potenciais clientes com uma hora de intervalo entre cada um. Chegou cedo ao Pines e instalou-se numa cabina recuada. Devorou panquecas com café e refrescou as ideias.

Al apareceu a horas. Estava irritado. Seu merdas, sou um homem casado. Trouxeste-me aqui para me interrogar sobre algum esquema ilícito em que me meti. Crutch mostrou-lhe o crachá. Al revelou o seguinte:

Tinha conhecido a Gretch no Trader Vic's. Deram umas quecas à hora do almoço na casa dele e na casa dela. Ela tinha um poiso em Beachwood Canyon. Não sei bem onde, pois ia sempre para lá bastante tosgado.

A Gretchie disse que tinha recursos. Referira esquemas de importação/exportação. Tinha-lhe pedido cinco mil dólares e ponderara no pedido dela. Quase cedera. Mas algo o impedira.

A tipa emanava algo de furtivo. Tinha-lhe revistado a bolsa e encontrara quatro passaportes diferentes. E recusara-se a adiantar-lhe a massa.

Passaportes de que países? Céus, não sei. Associados conhecidos? Pessoas de quem ela falava? Miúdo, limitámo-nos a *foder*.

Crutch jurou guardar segredo e disse a Al para se pisgar. Al pisgou-se. Apareceu Lew. Estava irritado. Seu imbecil, sou um homem casado. Trouxeste-me aqui para me interrogar sobre algum esquema ilícito em que me meti. Crutch mostrou-lhe o crachá e Lew revelou o seguinte:

Tinha conhecido a Gretchen na Churrascaria Stat's Char-Broil. Tinham um esquema. Davam quecas no Hotel Miramar e num poiso qualquer perto de Beachwood Canyon. Ela tinha-lhe cravado cinco mil dólares e pisgara-se. Ele tinha tentado encontrar o poiso no Canyon, mas sem sucesso. Estava bêbedo de todas as vezes que lá tinha ido. Não conseguia encontrar o raio do sítio.

Associados conhecidos? Passaportes? Temas de conversa? Miúdo, não estás a perceber-me: nós quase nem falávamos.

Crutch jurou guardar segredo e disse a Lew para se pisgar. Lew pisgou-se. Apareceu Chuck. Estava irritado. Seu merdas, sou um homem casado. Trouxeste-me aqui para me interrogar sobre algum esquema ilícito em que me meti. Crutch mostrou-lhe o crachá e Chuck revelou o seguinte:

Tinha conhecido a Gretchen na Churrascaria Westward Ho Steak House. Tinham dado uma queca numa casa a quilómetro e meio a leste de Beachwood Canyon. Era uma casa alugada. As etiquetas com os preços ainda estavam afixadas à mobília — eu já devia ter calculado.

Tinha emprestado cinco mil dólares à Gretchie. Ela tinha-se pisgado. Ele ligara então para a tal Central Telefónica Bev para tentar encontrá-la. A velha Bev mostrara-se muda que nem uma esfinge e mandara-o dar uma volta. No dia seguinte recebera uma prenda pelo correio.

Uma polaróide: Chuck e Gretchie Farr a foder. Chuck percebeu a mensagem: desiste senão a tua senhora recebe *isto*.

Chuck tinha desistido. Não sabia népias sobre passaportes e associados conhecidos. De que é que falavam? Miúdo, limitávamo-nos a *foder*.

Crutch jurou guardar segredo. Chuck pisgou-se. Crutch pediu lápis e papel à empregada e desenhou e redesenhou Gretchen Farr.

Os clientes das fodas tinham-lhe fornecido descrições ligeiramente diferentes. Uma anglófona de sangue hispânico? Seguramente, talvez sim, talvez não. Bev tinha-a ouvido falar espanhol. Gretchen tinha recebido chamadas de três consulados: Panamá, Nicarágua, República Dominicana. Países hispânicos. Festival de Hispânicos em 1968. É uma tipa selvagem, de cabelo escuro, pele clara a puxar para o escuro — vá lá, lápis, trabalha aí.

Desenhou Gretchie de seis maneiras. Deu-lhe penteados diferentes e pô-la a sorrir e a franzir o sobrolho. Sentia um espírito selvagem guiá-lo. O lápis partiu-se. Crutch engasgou-se e ficou fodido quando percebeu aonde aquilo tudo tinha ido parar.

Tinha desenhado Gretchen Farr como Dana Lund, seis vezes seguidas. Gretchie era Dana em versão de pele morena.

A Joalharia Avco ficava na praia. A montra exibia relógios de luxo dispostos sobre escaparates de veludo. Crutch enfiou-se debaixo de um toldo às riscas. Estava muito tenso. Tinha o estômago a funcionar à base de panquecas gordurosas e resíduos de drogas.

Entrou na joalharia. Atrás do balcão estava um tipo com um ar picuinhas a mexer numas pérolas. Mediu Crutch da cabeça aos pés. Casaco azul-marinho e calças cinzentas: *okay*, serve.

— Faça o favor?

— Queria fazer-lhe umas perguntas se não se importar.

— Com certeza. Estava a pensar nalguma peça em especial?

«Peça» soou-lhe estranho. — A Gretchen Farr — limitou-se a dizer.

O picuinhas remexeu nas pérolas. — E isto está relacionado com quê?

— É uma investigação.

— Já percebi isso, mas o senhor parece demasiado jovem para ser detective da polícia.

— Sou detective privado.

— Duvidoso, mas vou dar-lhe o benefício da dúvida.

Crutch sentiu picadas na pele devido ao calor. — Oiça, alguém ligou do seu número para o serviço de chamadas dela. Só estou a tentar...

A sineta da porta tocou. Entrou uma velha dama com um *chihuahua* nos braços. Emanava dela uma vibração de potencialíssima cliente de pérolas.

— A Senhorita Farr veio cá há coisa de duas semanas quando eu estava fora — murmurou o picuinhas. — Deixou uma mensagem para eu lhe ligar e assim fiz. Falámos várias vezes ao telefone. Queria aconselhar-se sobre a delapidação de uma série de esmeraldas valiosas que tinha em sua posse. Perguntei-lhe pela origem das gemas, mas não conseguiu dar-me uma resposta imediata e achei isso estranho.

A velha dama soltou o *chihuahua*. O estafermozinho pôs-se a latir assim que pisou o chão. O picuinhas contornou o balcão, irradiando sorrisos e êxtase.

Buzz designava o trabalho para Hiltz como «o caso». Na sua cabeça, Crutch chamava-lhe «o *meu* caso». O Dr. Fred tinha dinheiro para pagar as horas de trabalho de Clyde. *Cherchez la femme*: o Rei Racista tinha uma grande tusa pela Gretchie. Buzz ligou para a Companhia Bell e subornou um dos funcionários manga-de-alpaca para identificar aquele número clandestino. Mas até agora nada. Sondou também os contactos de Clyde na polícia acerca de casos de drogas relacionados com a *belle* Farr. Até agora nada. Arnie Moffett era a única pista pertinente. Buzz chamou-lhe uma pista «quente». Crutch chamou-lhe uma pista «escaldante».

Foram discutir o assunto para o terraço de Crutch nos Apartamentos Vivian. Caía o crepúsculo. Estava calor. O sol poente pintava o céu de um verde-musgo. Buzz estava a fumar um charro e falava ininterruptamente, tudo relacionado com carros e gajas. Crutch remexia no seu telescópio.

Avistou uma cena extra nos estúdios da Paramount: coristas boazonas. Avistou Lonnie Ecklund a trabalhar num *Mercedes* de 1953. Viu uns bêbedos sair trôpegos do Nickodell. Viu Sandy Danner fumar um cigarro às escondidas da mãe no alpendre das traseiras. Lonnie/Sandy//Buzz/Crutch: Liceu de Hollywood High, ano de 1962.

Dana Lund estava fora do alcance da sua visão. Crutch virou o telescópio para oeste. Viu Barb Cathcart entretida a grelhar cachorros--quentes. Usava um *top* tingido de várias cores e um medalhão da paz. Via-se-lhe o decote sardento do peito. Barb cantava com um grupo chamado The Loveseekers. Perdiam sempre quando tocavam no Concurso de Bandas. Barb tinha-lhe mostrado a crica na Primavera de 1958. Nessa altura o seu mundo tinha-se descentrado. Bobby, o irmão da Barb, era prostituto. Dizia-se que tinha uma pila de trinta e cinco centímetros.

Esmeraldas, poisos da foda, listas da foda, registos da foda, clientes da foda...

— És mais esquisito do que eu — disse Buzz.

— Vamos lá encostar o Arnie à parede — disse Crutch.

As misturas de sedativos com estimulantes conferiam vigor. Quatro *Dexedrines*, dois *Seconal* e tragos bem fortes de uísque *Jim Beam*. Foram para Miracle Mile sentindo-se a *levitar*. Crutch sentia os globos oculares dilatar-se.

A agência imobiliária Moffett Realty era um sítio modesto. Ficava logo ao lado do Ma Gordon's Deli, o «Lar do Herói Hebreu». A porta estava aberta. As luzes estavam acesas. Um tipo magricelas estava refastelado atrás da única secretária existente. Vestia uma camisa de bólingue vermelha com o nome ARNIE bordado.

Estava absorto. Olhava para um espelho giratório enquanto espremia pontos negros. Crutch pigarreou. Buzz pigarreou. Arnie continuou absorto.

— Hum... Senhor? — disse Buzz. Crutch fez-lhe sinal para estar calado.

Arnie disse: — Miúdos universitários, é? Querem alugar um dos meus sítios para uma festança com cerveja a rodos e levar gajas para lá.

O escritório pareceu rodopiar. Rodopiaram luzes estranhas. Crutch disse: — Somos detectives privados.

Arnie levantou-se. Agarrou nos tomates e disse: — Então detectem-me isto.

Crutch viu VERMELHO. Escritório VERMELHO, luzes VERMELHAS, mundo VERMELHO. Deu um pontapé nos tomates de Arnie. Agarrou-o pela cabeça. Assestou-lhe uma pancada na nuca. Atirou-o de cara ao chão. O nariz de Arnie estalou. Espirrou sangue. Arnie cambaleou e tentou agarrar o telefone em cima da secretária. Crutch arrancou o fio da parede e atirou com a porra do telefone ao chão.

Buzz tremia. Os seus lábios faziam coisas estranhas. Crutch viu a mancha de urina nas calças dele e cheirou-lhe a merda.

Arnie esbracejava. Escorria-lhe sangue do nariz devido à queda contra o chão. Crutch pôs-lhe o pé no pescoço e imobilizou-o. Disse-lhe: — A Gretchen Farr.

Arnie balbuciou algo. Buzz correu para a retrete com um ataque de vómito. Crutch atirou um lenço ao chão. Arnie rolou sobre as costas e comprimiu o lenço sobre o nariz para estancar o sangue. Crutch sacou do frasco de bebida. Arnie fez-lhe sinal que também queria dar um trago e inclinou a cabeça para trás. Crutch deu-lhe pequenas goladas. Uísque *Jim Beam* com 50% de volume alcoólico.

Arnie respirou fundo, arfou e tossiu. Notava-se que Arnie tinha *savoir-faire*. Arnie disse: — Seu merdas ruim.

Crutch acocorou-se. Manteve-se afastado da poça de sangue. Sentiu os circuitos do cérebro reconectarem-se enquanto o escritório girava e rodopiava.

— A Gretchen Farr.

— É uma comuna. Uma espécie de esquerdista de transição, com mais nomes do que metade do mundo.

— Continua.

— A tipa ouviu dizer que eu costumava arranjar gajas para o Howard Hughes.

— Continua — disse Crutch. Arnie fez-lhe sinal a pedir mais bebida. Crutch deu-lhe mais três goladas. Arnie engoliu o uísque misturado com sangue e respirou fundo.

— A tipa alugou um dos meus poisos. Em Hollywood Hills, uma casita simples. Duas semanas de aluguer, veio e foi-se.

— Continua.

— São uns poisos nojentos. Cenários para filmes da foda, festanças de bebedeira e alugueres de curta duração.

— Continua, Arnie. Quanto mais depressa me contares, mais depressa me vou daqui.

O lenço estava empapado de sangue. Arnie deitou-o fora e limpou o excesso de sangue caído nas calças. Buzz apareceu enquanto fechava a braguilha. Parecia ter ficado de um verde psicadélico.

— Desembucha, Arnie — disse Crutch.

— Desembucha *o quê*? É uma comuna com uns esquemas marados.

— *Arnie...*

— Pronto, está bem. Sondou-me para tentar sacar informações sobre a organização do Howard Hughes. Disse que queria encontrar um tipo chamado Farlan Brown. Eu disse-lhe que o conhecia. É aquele putanheiro que se faz passar por mórmon para cair nas boas graças do Hughes. Quando o tipo passa por Los Angeles vai sempre ao Dale's Secret Harbor.

O mundo pareceu distorcer-se: Hughes, Gretchie, esmeraldas e aquele milhão de dólares...

— Cópias das chaves, Arnie. Da casa que a Gretchen alugou e de todos os outros poisos.

Arnie assentiu com a cabeça e levantou-se. Crutch amparou-o. Arnie vacilou durante um minuto inteiro. Crutch retesou bem as pernas e equilibrou-se. O seu Mundo Vermelho estava a girar e a rodopiar.

Buzz pirou-se para ir mudar de roupa e ir ter ao Dale's Secret Harbor. Crutch continuava zonzo da bebida e dos barbitúricos. Ocorreu-lhe a ideia de voltar a falar com Phil Irwin para que verificasse os registos das cartas de condução. Parou num telefone público e ligou para o Departamento de Veículos Motorizados da polícia. Referiu o nome de Clyde Duber e os dados de que dispunha sobre Gretchie. Nada, apenas uma tal Gretchen Farr de oitenta e dois anos de Visalia. Ligou para o Dale's Secret Harbor e deixou mensagem para que Buzz lhe telefonasse. Buzz ligou-lhe e pô-lo ao corrente: sim, tinha andado a perguntar. Soubera que Farlan Brown era *de facto* um tipo importante do Hughes. O seu trabalho principal eram as Linhas Aéreas Hughes.

Era tarde. Crutch passou pelo parque de estacionamento. O *Chevy 409* de Phil não estava lá. Voltou a orientar-se. O efeito da bebida e dos barbitúricos estava a transformar-se em irritação e bocejos. Tentou o Canter's Deli, o Linny's Deli e o Art's Deli: Phil comia sempre qualquer coisa pela noite dentro com o advogado judeu Chick Weiss.

Três paragens e nem sinal de Phil. Seguiu de carro para o Salão de Jogos Tommy Tucker, na esquina de Washington com La Brea. Phil gostava de carne negra. Era tarado por cricas de cor. O salão de jogos ficava em frente de um bordel de escarumbas. Talvez Phil estivesse lá.

Sim, estava lá. Viu o carro dele perto da porta das traseiras. Estacionado. A baloiçar. Lá está o cu branco dele à mostra no assento de trás. E umas pernas gordas e escuras todas abertas.

Aquilo parecia não ter fim. Crutch estacionou e deixou de olhar. Phil e a tipa preta iam acrescentando uma banda sonora recheada de «Oh, fofura». Crutch tapou os ouvidos durante o crescendo. A tipa preta saiu do carro. Usava um penteado de carapinha e pesava uns cem quilos. Voltou sem pressas para o salão de jogos. Phil *caiu* para fora do carro. Levantou-se e entrou para o *GTO* de Crutch. Ei, conheço este chaço.

Crutch saiu do carro e espreguiçou-se. Phil cambaleava. O seu fato de treino dos Dodgers estava todo amarrotado.

— Andas a seguir-me?

— Bem, ando à tua procura.

— Foda-se, à uma da manhã?

— Vá lá. Tipos como nós não têm horários normais.

Phil acendeu um cigarro. Precisou de usar quatro fósforos. Fedia ao perfume da tipa preta.

— Temos um trabalho, certo? Temos um trabalho e foste à minha procura.

Crutch abanou a cabeça. — Não, é só um segundo interrogatório. Gostava de falar contigo sobre a Gretchen Farr.

Phil soprou um anel de fumo de forma estranha. — Está bem, vinte dólares.

— *Vinte dólares?*

— Sim. Andei a sacar umas coisas ao Dr. Fred sobre o esquema e conto-te tudo por vinte dólares.

Crutch tirou do bolso um rolo de notas e pegou em duas notas de dez. Phil atirou com o cigarro para cima de um *Oldsmobile* de 1964. Esborratou a pintura cor-de-rosa dos pretos.

— Muito bem. Portanto, entreguei ao Dr. Fred um par de relatórios «sem pistas», sobretudo porque não me apeteceu andar a seguir essa ave de arribação da Gretchen por todos esses sítios distantes e porque me pagaram para largar o trabalho.

— Quem? Quem é que te pagou?

— Um acordo a dinheiro. Anónimo. Um serviço de mensageiro mandou-me a massa e fiz uma busca sobre o remetente. E ouve só, era a Empresa de Ferramentas Hughes. Pensei, céus, *isto é mesmo* interessante. Depois perdi o interesse e meti-me nos copos.

Outra vez o Hughes. Farlan Brown, o homem do Hughes. O Mundo Vermelho outra vez às voltas.

Phil bocejou. — Todo esse período de tempo ficou turvo na minha cabeça, mas tenho a impressão de que cheguei mesmo a *ver* a Gretchen Farr, algures em Hollywood Hills. Estava lá com uma gaja mais velha que tinha uma cicatriz de navalhada no braço direito. Também vi um *Comet* de 1966, talvez branco... matrícula parcial ADF2... Foda-se, eu sei lá! Estava completamente bêbedo.

83

O Departamento de Veículos Motorizados de Hollywood tinha um serviço de registos com atendimento de vinte e quatro horas. Os polícias podiam lá ir verificar os registos pessoalmente. Crutch enfiou vinte dólares na mão do funcionário nocturno e referiu o nome de Clyde Duber. O tipo levou-o à sala dos registos.

Crutch dispunha do ano e do modelo, bem como de uma matrícula *parcial*. Não era o suficiente para uma identificação rápida. Phil era um alcoólico. A memória dele era duvidosa. O *Comet* podia não estar registado na Califórnia. As fichas de registo estavam enfiadas em caixas grandes, organizadas por condados de origem e por ordem alfabética do nome dos registados. Comecemos pelo condado de Los Angeles, *F* de Farr. *Mãos à obra.*

Puxou caixas para baixo e verificou rapidamente o conteúdo. Nenhuma Gretchen Farr/nenhum *Comet* de 1966 no condado de Los Angeles. Continuemos a partir daqui.

Esfalfou-se. Verificou fichas de registo durante a noite inteira. Verificou condado a condado. Começou em *F* de Farr e verificou todos os registos arquivados nessa letra. Gretch provavelmente usava nomes falsos. Farr podia muito bem ser o seu décimo sexto apelido ou o quadragésimo segundo. Sentiu que o seu sistema orgânico não parava de expelir resíduos das drogas ingeridas. Sentiu também uma enorme dor de cabeça e cansaço. Teias de aranha colaram-se-lhe às mãos e ficou com a cabeça coberta de poeira.

Viu chegar a madrugada pela janela. Chegou ao condado de Kern. Nenhum *F* de Farr na lista, passemos ao *G* e ao *H*. Fez uma busca nos registos de aluguer da Agência Hertz, dispersos por vários departamentos ao longo do estado. Acertou *em cheio*.

Um *Comet* de 1966, de cor branca, matrícula ADF-212. Registado fora do condado de Kern e ficha enviada para o condado de Los Angeles. Alugado pela agência de Sunset-and-Vermont.

Crutch pegou na ficha do registo e correu para um telefone público no exterior. Ligou para o número da Agência Hertz. Identificou-se como o Sargento Robert S. Bennett da Polícia de Los Angeles. O totó da Hertz acreditou. Scotty/Crutch contou uma grande tanga sobre o *Comet* de 1966 e Gretchen Farr: — O que é que pode dizer-me sobre isso?

O totó vasculhou entre a papelada. Não encontrou nada sobre Gretchen Farr: não era de espantar. Scotty/Crutch disse: — Quem alugou esse carro recentemente e quem o tem agora? O totó disse que o *Comet* iria ser devolvido às dez dessa noite. Duas semanas de aluguer. O cliente: uma mulher chamada Celia Reyes. Morada local: Hotel Beverly Hills. Carta de condução da República Dominicana, o ponto quente das Caraíbas, a tão badalada e promíscua República Dominicana.

Crutch estacionou no exterior da Fazenda Racista. Ouvia-se uma ópera estridente no pátio das traseiras. Percorreu a rampa de acesso. O portão estava destrancado. Havia ninhos de pássaros nas estátuas do ditador nazi. A música saía aos berros pela porta do abrigo antibombas.

Crutch aproximou-se e desceu ruidosamente as escadas de propósito. O Dr. Fred estava sentado a um estirador a desenhar um cartume. Olhem-me só aquele escarumba com cabeça de melancia.

O Dr. Fred usava uma túnica e sandálias do Klan. Um revólver *Luger* no coldre do cinto amarrotava-lhe a túnica na cintura. A música era ensurdecedora.

O Dr. Fred reparou em Crutch. Ligou um interruptor no estirador e matou uma ária a meio de um berro. Sacou rapidamente da *Luger* e fez uns malabarismos à pistoleiro.

— Tens olhos castanhos. És judeu?

— O senhor também tem olhos castanhos.

— Sim, mas eu *sei* que não sou judeu.

Crutch esfregou as orelhas: a reverberação dos berros persistia.

— Tens sangue nas calças — disse o Dr. Fred.

— Foi a trabalhar para si, senhor.

— Estás mortinho por me contar alguma coisa. Queres a minha opinião? Acho que cheiras a dinheiro.

Aquele abrigo é que *cheirava*: a mofo, a bolor e seguramente a dinheiro.

— Gretchen, Arnie Morffett e Farlan Brown. Conte-me o que ainda não me contou.

— Por que razão havia eu de fazer isso, estúpido *schmendrick*? Sabes o que quer dizer *schmendrick*? É sinónimo de *schlemiel*.

— Estou a tentar ajudá-lo, senhor. Só estou...

— ... um miúdo aventureiro que se meteu em sarilhos com o Duber. E agora meteste-te em sarilhos comigo. O Clyde está-te seis dólares à hora, mas eu vou dividir um milhão inteiro

Estava um esquilo sentado nas escadas. O Dr. Fred apontou a *Luger* e disparou. Uma explosão sónica estrondeou no abrigo. O esquilo vaporizou-se. O Dr. Fred agarrou na cápsula que ainda rodopiava no chão.

— Sabia que a Gretchen estava a enrolar-me, mas não pensava que pudesse roubar-me. Uma crica é uma crica, mas uma ladra é uma ladra.

Crutch esfregou as orelhas. — As coisas são mais complicadas.

— Porque dizes isso? És um estúpido *schmendrick*. És igualzinho ao Phil Irwin, mas sem as carraspanas.

— Não queira aldrabar um aldrabão, senhor. Tenho juntado uns nomes e todos vão dar ao mesmo sítio.

— O Drácula — disse o Dr. Fred.

Crutch disse: *hã?* Restos do estrondo sónico ainda lhe ensurdeciam os tímpanos.

O Dr. Fred guardou a arma no coldre. — E pronto, comecei a desconfiar da Gretchie. Revistei-lhe a bolsa e encontrei o número do Arnie Moffett. Liguei ao Arnie e ele mostrou-se colaborante. E pronto, paguei-lhe pelo exclusivo sobre a Gretchie. Ele disse-me que a Gretchie estava a tentar ter acesso a um dos figurões do Howard Hughes chamado Farlan Brown.

— E então? — disse Crutch. Os últimos resquícios do estrondo sónico desvaneceram-se.

— Então, era *eu* que queria ter acesso ao Hughes. Temos a mesma sensibilidade racial e tenho um plano de purificação que ele pode financiar. Eu tinha um rival chamado Wayne Tedrow Sénior. Ambos dominávamos o negócio da propaganda racista. Ele acaba de morrer e o doido do filho, o Wayne Júnior, pode vir a ser o novo braço-direito do Drácula. E ando a pensar que esse fodilhão mórmon chamado Farlan Brown é a chave. Sou demasiado controverso para estabelecer o contacto, mas um miúdo falhado como tu podia enfiar-se lá de forma inócua. A revista *Life* está a oferecer um milhão de dólares por uma foto do Hughes e um miúdo oportunista como tu podia chegar lá perto.

Distorção, rodopios, desvios e sangue nas calças. Crutch disse: — Sim, senhor.

6

(Las Vegas, 20/6/68)

Outra suíte de hotel. Outra refeição rasca do serviço de quartos.
O Sr. Hoover tinha-lhe dito para ficar em Las Vegas. O assassinato de Wayne Sénior atormentava-o. Queria que Wayne Júnior fosse amansado e avaliado. Daí ter feito aquela paragem de treta. Daí o tempo gasto na Polícia de Las Vegas. Daí a salada murcha e o bife duro como borracha.

Dwight afastou o prato para o lado. A comida exigia-lhe demasiado esforço. Abrandava-o e absorvia-lhe a energia que conseguia à base de nicotina e café. Os tipos de Chicago eram donos do Stardust. O FBI era supostamente antimáfia, mas mantinha ali uma suíte arrendada. O Sr. Hoover não tinha queixas em relação ao crime organizado. Quem fazia isso era estritamente essa ovelha negra do Bobby Kennedy e foi isso que lhe causou a queda. O Sr. Hoover odiava comunas, pretos e esquerdistas irritantes como melgas. Era provável que o Sr. Hoover *adorasse* saladas murchas e bifes duros como borracha.

A porra do Stardust. Quatro mil máquinas de jogo e suítes forradas a veludo. Os tipos de Chicago estavam mortinhos por passar a espelunca para as mãos do Howard Hughes. O Conde Drácula estava mortinho por comprar o sítio. Os tipos iam chupar o Conde até ao tutano com o desvio de dinheiros dos lucros.

E Wayne Tedrow *Júnior* está a viabilizar isso. Wayne anda a comer a madrasta moribunda. Ambos mataram Wayne *Sénior*. Dwight e Sénior conheciam-se há *muiiito* tempo. Dwight achava Júnior *muiiito* maluco. Agora fazia intenção de safar Júnior da acusação de homicídio qualificado.

Demasiados factores acusatórios.

Lá fora estavam 45 graus. Os ventiladores de parede expeliam um ar gelado. Dwight teve aquela sensação de estar encurralado num hotel e deambulou pela suíte.

Os problemas não paravam de se amontoar. Buddy Fritsch estava *demasiado* nervoso. O agente especial responsável por Las Vegas dizia que os rumores de que Júnior tinha matado Sénior andavam a envenenar o ar do deserto. O Sr. Hoover estava a perder o controlo da situação, embora ainda a controlasse até certo ponto. Sirhan Sirhan não parava de espumar raivoso da boca em Los Angeles. Jimmy Ray não parava de espumar raivoso da boca e continuava a lutar contra a extradição. O caso do Grapevine Tavern começava a transparecer. Nessa manhã tinha visto um telex da ATF, a Agência de Álcool, Tabaco e Armas de Fogo. O Sr. Hoover tinha-o enviado num ataque de nervos. A ATF poderia pôr o Grapevine Tavern sob vigilância. Os habituais clientes brancos andavam a trasladar drogas e armas. Conflitos entre agências. As escutas do Grapevine saíram pela culatra e inspiraram conversas de conspiração. A maior parte dessas conversas de conspiração era insignificante. Mas desta feita talvez não. Talvez fosse necessária uma interdição. Mas a interdição *não* iria resultar pois a ATF andava por ali a rondar.

Proximidade. Conversa barata de Jimmy Ray. Conversa barata no Grapevine. Conversa barata *válida*: o irmão de Jimmy Ray era um dos proprietários do estabelecimento.

Um descalabro total

Tinha os nervos em franja. Mal conseguia dormir. Memphis arrancava-o do sono todas as noites às três da manhã. Os ruídos dos carros pareciam-lhe tiros. Sentia os pequenos desconfortos causados pela cama como se alguém estivesse a bater-lhe.

Dwight foi à janela do quarto. As suítes de hotel davam-lhe saudades de Karen. As suítes de hotel faziam-no ansiar por verdadeiros quartos. Tinha entrado ilicitamente em casa de Karen meia dúzia de vezes. Queria ficar ali imóvel com ela ausente. Queria ter provas instintivas de que ela não tinha outros amantes. Encontrou a tranquilidade que procurava e deu as provas por confirmadas. Certa vez ela tinha-lhe invadido a suíte em Washington. Dwight tinha encontrado sinais de invasão, procurara impressões digitais e encontrara duas impressões latentes de Karen Sifakis. Ela tinha visto o seu estojo de cheques anónimos. Tinha lido o seu diário. Ele tinha escrito «Amo-a como a porra» apenas dois dias antes.

Disseram assim indirectamente um ao outro: «Espiei-te.» Dwight tinha lido o diário dela. Karen provavelmente escondera as páginas que não queria que ele lesse. Importunou-o com a história dos cheques. Talvez um dia ele lhe contasse.

Dwight serviu-se mais cedo da sua única bebida por noite. O crepúsculo veio e foi-se. O céu escuro pulsava e contrastava com todos aqueles néones de Las Vegas.

Janeiro de 1957. Estradas geladas na auto-estrada Meritt Parkway. Ele trabalhava no Gabinete do FBI em Nova Iorque. Conduzia um carro do FBI a toda a velocidade. Estava a caminho de Cape Cod para um fim-de-semana com a namorada. Galgou um separador central e colidiu com um carro que vinha no sentido contrário. Matou as duas filhas adolescentes do Sr. e Sra. George Diskant.

Ele próprio sofreu ferimentos menores. O Sr. Hoover abafou todas as investigações junto da Polícia Estadual do Connecticut. Dwight deu entrada no sanatório de Silver Hill, perto de New Caanan. Passou de ataques de choro a longos períodos de silêncio. Manteve-se em Silver Hill durante um mês e quatro dias. Recuperou dos nervos e voltou ao trabalho. Manteve-se longe das mulheres até conhecer Karen.

Dwight sorveu lentamente a sua única bebida por noite. O espectáculo do céu começava a irritá-lo. Pegou no dossiê sobre militantes negros e leu.

A segunda leitura confirmou a primeira. Os Panteras e os Escravos Unidos: demasiado conhecidos e demasiado infiltrados. A Aliança das Tribos Negras e a Frente de Libertação Mau-Mau: obscuros, com grande potencial de exposição.

Karen podia arranjar-lhe um informador. Tanto ele como ela podiam ser brancos ou negros. Tanto ele como ela podiam denunciar ambos os grupos por razões políticas.

Talvez um chui. Talvez um ex-chui. Talvez um chui ou um ex-chui com passado duvidoso. Aquela ideia outra vez: verificar as listas de subscritores de correio racista.

Wayne Júnior tinha acesso às listas de subscritores de Wayne Sénior. Wayne Júnior tinha dito que estava fora da cena racista. O Dr. Fred Hiltz era informador do FBI. Era unha com carne com aquele detective privado de Los Angeles, Clyde Duber. Clyde era unha com carne com o agente especial responsável.

De repente soou uma campainha no corredor. Dwight apanhou um susto tremendo.

7

(Las Vegas, 20/6/68)

O Conde estava a engolir comprimidos com uma beberagem vermelha. Parecia sumo de fruta e sangue. Usava uma bata cirúrgica e sapatos improvisados com caixas de lenços *Kleenex*. Usava cabelo comprido. As unhas eram verdadeiras garras. Tinha um gorro de lã e óculos de sol de vendedor de automóveis.

Wayne estabeleceu contacto visual. Foi difícil. Farlan Brown estabeleceu contacto visual. Tinha mais prática. Fez de mestre-de-cerimónias.

O andar *penthouse* do Desert Inn. *Chez* Drácula. Um quarto de hospital com enormes televisores de parede a parede. Três ecrãs com noticiários. Seres lendários martirizados. Assassinos acusados. Nixon contra Humphrey e os resultados das votações a piscar nos ecrãs.

O som estava reduzido a um murmúrio. Wayne desligou o som. A sua cadeira ficava ao lado da cama do Drácula. O homem cheirava a desinfectante industrial.

— O Senhor Tedrow sabe que tem perguntas para lhe fazer — disse Brown.

O Drac enfiou uma máscara cirúrgica. A sua voz ouvia-se abafada.

— Senhor, acredita que um atirador isolado abateu o presidente John F. Kennedy?

— Sim, senhor. Acredito.

— Acredita que um atirador isolado abateu o senador Robert F. Kennedy?

— Sim, senhor. Acredito.

— Acredita que um atirador isolado abateu o reverendo Martin Luther King?

— Sim, senhor. Acredito.

O Drácula suspirou. — Ele é um realista, Farlan. Um mórmon ferrenho e nada dado a caprichos.

Brown uniu as mãos em pose de oração. — Escolheu sabiamente, senhor. O Wayne tem todas as aptidões necessárias e conhece as pessoas certas.

O Drac tossiu. A sua máscara inchou. Escorreu-lhe expectoração pelo queixo.

— Conhece os nossos amigos italianos. É verdade?

— É sim, senhor. Conheço bastante bem o Senhor Marcello e o Senhor Giancana.

— Venderam-me uns hotéis-casinos maravilhosos e tenciono comprar vários outros.

— Ficarão satisfeitos por lhos vender, senhor. Apreciam a sua presença em Las Vegas.

— Las Vegas é um ninho de incubação para bactérias de negros. Os negros têm uma alta percentagem de glóbulos brancos. Nunca se deve apertar-lhes a mão. Emitem partículas de pus pelas pontas dos dedos.

Wayne manteve-se impassível. Os segundos arrastavam-se. Brown sorriu e interveio.

— O Wayne vai igualar a sua contribuição para o Senhor Nixon, senhor.

O Drac assentiu com a cabeça. — O Dick Manhoso. Emprestei algum dinheiro ao irmão dele em 1956. A coisa veio à tona e caiu em cima do Dick. Podia até ter dado a eleição a ganhar ao Jack Kennedy.

— Eu entrego o envelope durante a convenção — disse Wayne. — O Senhor. Marcello quer garantir a nomeação.

Brown sorriu. — Sou delegado. Miami em Agosto, meu Deus.

— Os negros vão revoltar-se e vai ser necessária uma sedação em massa — disse o Drac. — A solução talvez seja tranquilizante para animais. O Senhor Tedrow podia supervisionar o fabrico da fórmula e testar a dosagem nalguns mendigos negros encarcerados.

Wayne manteve-se impassível. Os segundos arrastaram-se. Brown sorriu e interveio.

— O Wayne disse que vai supervisionar a convenção para nós. É um facto ou não, Wayne?

— É, sim. Será um prazer dar uma olhada e fazer o que puder para proteger os nossos interesses.

O Drac deu mais uns goles na sua bebida vermelha. — É Chicago que me preocupa. Há facções de jovens a mobilizarem-se para criar um confronto em massa que irá tirar credibilidade aos democratas. Está disposto a ajudá-los a pregar umas quantas partidas?

— Com todo o prazer, senhor.

— O Hubert Humphrey é dócil e porcino. Aposto que tem uma grande percentagem de glóbulos brancos. Nasceu para perder as eleições presidenciais e morrer de leucemia.

Wayne anuiu com a cabeça. Brown anuiu com a cabeça. Um enfermeiro entrou no quarto. Deixou uma piza a escaldar em cima da mesa-de-cabeceira do Drac. Brown enxotou-o dali.

— Senhor, leu o meu memorando? Os nossos amigos italianos estão a desenvolver um projecto de hotéis-casinos para a América Central ou para as Caraíbas. O Wayne vai supervisioná-lo e as Linhas Aéreas Hughes terão os direitos exclusivos dos voos.

O Drac cheirou a piza. — Que países?

— Panamá, Nicarágua ou República Dominicana — disse Wayne.

— Bons locais. Todos eles regiões com baixa percentagem de glóbulos brancos. Senhor Tedrow, confirma ou nega um rumor que me chegou aos ouvidos e que me tem deixado perturbado?

Wayne sorriu. A piza fumegava. O Drac disse: — O seu pai foi assassinado?

Brown crispou-se levemente. Wayne disse: — A resposta é um não categórico, senhor.

8

(Los Angeles, 20/6/68)

Vigilância:
O parque de estacionamento da Agência Hertz. 22.56. Devolução rápida de veículos em atraso. O *Comet* de 1966: estaria lá dentro de quatro minutos, senão pagava multa.

Crutch sentou-se no seu *GTO*. Usava um laço de tecido axadrezado e um penteado à Scotty Bennett. Tinha comprado o laçarote e cortara o cabelo à escovinha nesse mesmo dia. Era para festejar o seu caso e o acordo com o Dr. Fred. E para celebrar a sova da noite anterior.

Tinha nas mãos a sua *Rolleiflex* com lente *zoom*. Tinha as cópias das chaves que Arnie Moffett lhe dera. O laço destoava do pólo. O corte de cabelo destoava dos penteados da moda. Os tipos de Los Angeles usavam o cabelo comprido. Que se foda isso tudo: ele e Scotty eram *avant-garde*.

Estava calor. Ligou o ar condicionado e direccionou-o para os tomates. Tinha falado com Buzz uma hora antes. Más notícias: ainda não havia resultados da busca relativa àquele número ilegal. Anotação mental: não falar ao Buzz nem ao Clyde do acordo com o Dr. Fred. Conseguir a foto do Hughes e só depois partilhar com eles.

Entraram carros no parque: *Buicks, Fords, Dodge Darts*. Pessoas a sair dos carros e a largar as chaves à pressa no escritório. Contagem final: 22.57, 22.58, 22.59. Pontualidade ao segundo: o tal *Comet* de matrícula ADF-212.

Vinha do lado oriental de Sunset Boulevard. Saía vapor pelas frestas do capô.

O radiador provavelmente queimara.

Apearam-se duas mulheres. Crutch ajustou o *zoom* e observou-as de bem perto.

Gretchen Farr/Celia Reyes: alta e pele de tom latino. Só podia ser ela. Era branca, com um certo toque de hispânica. Usava uma camisa bege e calças de ganga à boca-de-sino. Era deslumbrante e bem proporcionada. Cerca de trinta e dois anos. A companheira era ainda mais deslumbrante.

Talvez dez anos mais velha. Nela, *todos* os encantos indefinidos eram ainda mais exacerbados. Mais baixa, com um andar indolente e deslizante. Pálida. Óculos. Cabelo quase negro, com estrias grisalhas. Braços nus e uma cicatriz de navalhada: Phil Irwin já o tinha notado.

Entraram no escritório. Crutch ia disparando fotos. Película de alta velocidade: seis fotogramas a entrar e seis fotogramas a sair.

Entraram num *Fairlane* de 1963. Crutch focou o *zoom* no *máximo*. Estrias de lama na matrícula, impossível ler os números. *Para quê trocar de carro? São mesmo profissionais.*

O carro saiu na direcção de Sunset Oriental. Crutch seguiu-o. Guiava com uma só mão. Mudou de faixa e deixou um táxi interpor-se. O carro virou para norte na Berendo, para oeste na Franklin e para norte na Cheremoya. Crutch fez a curva demasiado apertada e fez embraiagem dupla com demasiada rapidez. O motor foi abaixo. O *Fairlane* afastou-se a toda a brida para norte.

Crutch ligou a ignição, carregou com demasiada rapidez no acelerador e encharcou os carburadores. *Calma agora*: não estragues isto. Esperou um minuto inteiro. Verificou as moradas nas cópias das chaves que Arnie lhe dera. O sítio que Gretchen Farr tinha alugado ficava a quilómetro e meio colina acima. Havia mais três poisos usados para festas num raio de quase um quilómero. O poiso de Gretchie era um desses quatro locais.

Calma agora. Reorienta-te. Gira a chave *devaaaagarinho*.

Conseguiu. O motor arrancou. Seguiu para Beachwood Canyon e de caminho ia espreitando janelas. Viu o brilho de inumeráveis televisores ligados. Viu uma festa de charros. Viu uma miúda *flower-power* a dançar sozinha o *wah-watusi*.

Estradas sinuosas pelo desfiladeiro acima. Primeira morada: Gladeview, 2250. Ali está: uma pequena casa de estilo artesanal.

Escuridão. Nenhumas luzes, nem sinal do *Fairlane* de 1963. Verifica os outros poisos: *elas vieram aqui acima por alguma razão.*

A casa mais próxima ficava a seis quarteirões para sudoeste. Seguiu para lá e parou junto do passeio. Merda, nenhumas luzes, nem sinal do *Fairlane*. Seguiu na direcção da próxima casa, quatro quarteirões mais a sul. Em cheio: uma pequena casa de estuque. Com luz numa janela e o carro na rampa de acesso.

Estacionou ao lado do passeio e aproximou-se. A janela da frente tinha as cortinas corridas. Deixavam escapar uma luz ténue. Viu sombras mover-se. Atalhou caminho pela rampa e seguiu as sombras até às traseiras da casa. As janelas laterais estavam entreabertas para deixar entrar ar e não tinham cortinas. Acocorou-se sob os parapeitos e continuou a seguir as sombras.

Ouviu palavras abafadas. Palavras soltas: «Tommy», «Grapevine», «incriminação». As sombras aproximaram-se da última janela. As duas mulheres apareceram. Trocaram um olhar. Abraçaram-se e beijaram-se.

Crutch pestanejou. Isto não é real — sim, é real. A imagem persistiu, flamejante.

Gretchen/Celia enfiou as mãos por baixo da camisa da mulher com a cicatriz de navalhada. A mulher com a cicatriz de navalhada soltou o cabelo e sacudiu-o. A luz da janela reflectiu-se nas madeixas grisalhas.

Voltaram para o corredor. Voltaram a reduzir-se a sombras. Crutch pestanejou e seguiu de janela em janela, sempre bem agachado. Viu sombras fundir-se, mas não *elas mesmas* em carne e osso.

Voltou para o carro e esperou. Não conseguia reorientar-se. A respiração e o pulso eram intermitentes

Ambas saíram de lá meia hora depois. Levaram bagagens para o *Fairlane* e meteram-nas na mala. O luar permitiu-lhe ver alguns detalhes. Gretchen/Celia parecia alheada. A mulher com a cicatriz de navalhada tinha-lhe tirado todo o batom dos lábios com os beijos.

Entraram no carro e arrancaram. Era tarde. Não havia trânsito para poder dissimular a presença dele. Não podia segui-las. Ficou ali sentado enquanto a luz dos faróis do carro delas desaparecia.

Não podia fazer nada.

Tinham-no deixado ali pendurado.

Sabia que não ia conseguir adormecer. Decidiu pôr-se em movimento. Passou pelas outras casas e viu festanças de bebida a serem iniciadas. Uma variedade de folgazões: miúdos da moda, miúdos universitários e cabelos compridos por toda a parte. Voltou à casa de estuque, forçou a fechadura de uma porta lateral e entrou. Sentia-se cheio de audácia. Acendeu as luzes do interior.

Foi o quarto que o atraiu primeiro. A cama ainda estava tépida. Tocou nas almofadas e imaginou as formas delas nos lençóis. Viu um cabelo grisalho na colcha. Apertou o rosto contra a colcha e deixou-se ficar ali.

Algo lhe disse para sair dali. Entrou no carro e arrancou. Continuou a circular pelo cume do desfiladeiro. Descreveu preguiçosas formas em oito em volta da casa de estuque. O tempo desmaterializou-se. Os faróis iluminaram uma casa espanhola pintada de branco. A porta da frente era de painéis de madeira e estava coberta com estranhas marcas. Algo lhe disse para sair e ir ver aquilo.

Assim o fez. Estacionou junto do passeio e avançou. Iluminou a porta com a lanterna e examinou as marcas. Que estranho: padrões geométricos gravados a vermelho-escuro.

Linhas verticais que desciam até ao alpendre. Um pássaro despedaçado sobre o tapete da porta.

Pertences a este lugar. Isto podia ser teu.

Algo lhe disse que a porta estava aberta e que devia entrar imediatamente. Assim o fez. A sala de estar estava escura como breu e cheirava a mofo. A mobília estava coberta com folhas de plástico. Seguiu um cheiro metálico e gredoso até à cozinha. Ficou com a respiração descontrolada. As mãos tremeram-lhe. A lanterna parecia saltar-lhe da mão. Estabilizou o feixe de luz com as duas mãos e foi então que viu aquilo.

As entranhas no lava-loiça. O braço decepado/a mão que faltava/a pele acastanhada, tudo pertencente a uma mulher. A tatuagem geométrica no bíceps. O corte profundo que a atravessava e contornava. As pedras verdes, esboroadas e enterradas até aos ossos.

DOCUMENTO ANEXO: 21/6/68. Cabeçalho e subcabeçalho do *Los Angeles Herald Express*:

OBJECÇÕES PRELIMINARES NO CASO KENNEDY
Réu Sirhan Acusado do Assassinato: «Sou Um Preso Político»

DOCUMENTO ANEXO: 24/6/68. Cabeçalho e subcabeçalho do *Milwaukee Sentinel*:

CUSTÓDIA BRITÂNICA PARA RAY,
SUSPEITO DO HOMICÍDIO DE KING
FBI Apelida de «Fantasioso» o Seu Discurso de Conspiração

DOCUMENTO ANEXO: 27/6/68. Subcabeçalho do *Los Angeles Times*:

«Guardas Zionistas Envenenaram-Me a Comida»,
Afirma o Réu Acusado do Assassinato

DOCUMENTO ANEXO: 2/7/68. Cabeçalho e subcabeçalho do *Hartford Courant*:

PROVÁVEL EXTRADIÇÃO DE RAY
Réu Acusado do Assassinato de King Refere «Conspiração
Generalizada para Me Explorar»

DOCUMENTO ANEXO: 8/7/68. Subcabeçalho do *San Francisco Chronicle*:

FBI Assegura ao Presidente: Assassinato de King
Foi Obra de Atirador Isolado

DOCUMENTO ANEXO: 12/7/68. Subcabeçalho do *Nashville Tennessean*:

Hoover Perante a Legião Americana:
«Ray Era o Atirador Isolado, Pura e Simplesmente»

DOCUMENTO ANEXO: 13/7/68. Cabeçalho e subcabeçalho do *Des Moines Register*:

CORRIDA RENHIDA ENTRE NIXON E HUMPHREY
Dirigentes da Convenção Prevêem Agitações da parte
de «Subversivos da Juventude *Hippie*»

DOCUMENTO ANEXO: 16/7/68. Cabeçalho e subcabeçalho do *Seattle Post--Intelligencer*:

NIXON *VS.* HUMPHREY — ESTÁ RENHIDO
Miami e Chicago Preparam-Se para «Convenção Animadíssima»

DOCUMENTO ANEXO: 18/7/68. Artigo do *Las Vegas Sun*:

O PITORESCO FREDDY OTASH

Foi polícia de Los Angeles e detective privado das celebridades, bem como instrutor militar dos Fuzileiros durante a Segunda Guerra Mundial. O impetuoso miúdo líbano-americano de uma pequena cidade do Massachusetts viveu já mais de nove vidas ao longo dos seus 46 anos e está agora a começar a Vida Número Dez como dono e gerente do Hotel-Casino Golden Cavern.
Bem-vindo a Las Vegas, Sr. Fred Otash!
Comprou o Golden Cavern ao «Grande» Pete Bondurant, ele próprio também um personagem pitoresco e ex-polícia de Los Angeles, detective privado e mercenário. «O Pete Bondurant queria reformar-se», disse Otash a este repórter. «Escolhi o Golden Cavern por causa de uma canção chamada "Vegas Is My Lady"».
Freddy Otash tem usado muitos chapéus durante a sua vida. «É verdade», disse ele. «E já me arrancaram uns quantos chapéus da cabeça.» Quando lhe pediram que explicasse, respondeu: «Fui escorraçado da Polícia de Los Angeles sem justificação. Obtive a minha licença de investigador privado e averiguei histórias de escândalos para a revista *Confidential*, mas a revista viria a encerrar portas por causa de processos difamatórios. Esse boato de que dopei um cavalo de corrida chamado *Wonder Boy*? É 100% falso. Sim, perdi a minha licença por causa disso, mas, quando as celebridades de Hollywood se metem em sarilhos, ainda dizem aos berros "Chamem o Otash!". Por conseguinte, continuo a ser o homem a quem recorrem em Los Angeles.»
Charles «Chick» Weiss, o advogado de casos de divórcios de Beverly Hills, confirma as declarações de Freddy Otash. «O Freddy é o rei dos detectives privados de Los Angeles, apesar de ter perdido a licença e se dedicar agora ao negócio dos hotéis. Oiça, trato de casos de divórcios e às vezes não é nada bonito. O Freddy é a minha ligação com a comunidade dos motoristas, esses tipos que seguem as esposas infiéis nos seus encontros extramatrimoniais. É um guerreiro

urbano treinado para a luta, precisamente o tipo indicado para vencer numa cidade de grandes tensões como é Las Vegas.»

«O Howard Hughes que compre todos os grandes estabelecimentos da Strip e da zona dos casinos da zona do Glitter Gulch que quiser», disse Otash a este repórter. «Mas cá eu estou aqui para servir os funcionários públicos em excursões custeadas pelo Estado e os operários que querem divertir-se sem precisar de perder tudo. Não chamem ao meu estabelecimento um "casino fino" nem um "casino para apostadores menores". Digamos que sou amigo do jogador consciencioso do seu orçamento e que aprecia o retorno do investimento feito.»

Clyde Duber, detective privado de Los Angeles, dá-nos uma visão discordante da perspectiva de Fred Otash, reivindicando que *não* é uma opinião minoritária. «O Freddy é rigorosamente um extorsionista», disse ele. «O único amigo dele é o dólar todo-poderoso e pode dizer-se que Las Vegas é o sítio perfeito para ele.»

Esta doeu! O que tem a dizer sobre isto, Freddy Otash?

«O Clyde tem é ciúmes», diz Otash com um sorriso irónico. «Esteve sempre numa posição subalterna em relação a mim e isso sempre o amargurou. Sim, sou um tipo pitoresco e tenho alguns defeitos. Sabe qual é o meu lema? "Faço tudo menos assassinar e trabalho para qualquer um, excepto para os comunistas." Quem pode argumentar contra isso?»

Quem, de facto? E dito como um verdadeiro residente de Las Vegas! Por isso, e uma vez mais, seja bem-vindo à Jóia do Deserto, Sr. Fred Otash!

DOCUMENTO ANEXO: 20/7/68. Comunicado via telex do FBI. De: Agente especial responsável Wilton J. Laird, Gabinete de St. Louis. Para: Agente Especial Dwight C. Holly. Assinalado: «Confidencial 1-A: Estritamente Reservado ao Destinatário.»

Agente especial Holly,

No referente à nossa conversa telefónica e ao seu memorando prévio (Memorando Confidencial 1-A n.º 8506) a solicitar uma actualização sobre rumores relacionados com o homicídio de Martin Luther King que circulam no Grapevine Tavern em St. Louis, submeto o seguinte, que talvez seja merecedor da sua atenção:

1. — Foi descoberto equipamento de vigilância electrónica, talvez manufacturado pelo FBI, nas instalações do Grapevine Tavern entre o início e meados de Junho deste ano. Os informadores confidenciais do FBI que frequentam o estabelecimento relataram que esse equipamento foi descoberto por NORBERT DONALD KLING & ROWLAND MARK DEJOHN, ex-presidiários, clientes habituais do Tavern e reconhecidos «líderes» de vários outros clientes habituais do Tavern (CLARK DAVIS BRUNDAGE, LEAMAN RUSSELL CURRIE, THOMAS OGDEN PIERCE & GEORGE JAMES LUCE), todos ex-presidiários e activistas de numerosas organizações paramilitares da extrema-direita.

2. — A descoberta do equipamento deu origem a crescentes conjecturas entre os sujeitos acima mencionados. Ou seja: que o equipamento fazia parte de uma operação de monitorização destinada a atrair e envolver JAMES EARL RAY, o réu acusado do assassinato de King, numa conspiração «a mando do FBI» para assassinar King. Embora seja obviamente absurdo, refira-se que este rumor poderá ser prejudicial para o prestígio do FBI, tendo em conta os numerosos comentários depreciativos feitos recentemente pelo Sr. Hoover sobre King, e tendo em conta que CHARLES ELDON RAY, o irmão de Ray, é proprietário de uma parte do Tavern.

3. — Este gabinete não participou na instalação dos aparelhos de vigilância electrónica, se é que o equipamento descoberto nas instalações do Grapevine Tavern foi realmente manufacturado pelo FBI. Se alguma outra equipa de campo do FBI instalou o equipamento, o facto é que eu não soube disso pessoalmente, nem esse equipamento foi instalado por nenhum agente sob o meu comando.

4. — Segundo declarações feitas pelos clientes habituais do Grapevine Tavern acima referidos, havia discussões frequentes relativas a um «prémio» de 50 000 dólares pela morte de King, que seria alegadamente pago por uma cabala de segregacionistas abastados a qualquer «Guerreiro de Raça Branca» capaz de «se opor à hegemonia liberal de Lyndon B. Johnson e eliminar o Martin Lúcifer King». Numerosos clientes habituais do Grapevine Tavern referiram este tipo de discurso afrontoso nos meses precedentes à morte de King.

5. — Os boatos de «conspiração de assassinato pelo FBI» têm aumentado de virulência e frequência. Mais alarmante ainda, fontes confidenciais do Gabinete de St. Louis da Agência de Álcool, Tabaco e Armas

de Fogo informaram-me que o Grapevine Tavern será em breve posto sob vigilância da ATF, por haver provas de tráfico de armas a decorrer nas instalações do próprio Grapevine Tavern. Os clientes habituais do Grapevine Tavern acima referidos não são suspeitos de tráfico de armas, mas a proximidade da ATF em relação ao Grapevine Tavern parece-me inquietante dada a virulência e frequência dos boatos contra o FBI e o facto de <u>CHARLES ELDON RAY</u> ser dono de uma parte do estabelecimento.

Respeitosamente, agente especial responsável Wilton J. Laird, Gabinete de St. Louis / <u>INFORMAÇÃO CONFIDENCIAL / POR FAVOR DESTRUIR DEPOIS DE LER.</u>

<u>DOCUMENTO ANEXO</u>: 26/7/68. Artigo do *Los Angeles Herald Express*:

AINDA POR DESLINDAR: «A GRANDE GOLPADA»
E O POLÍCIA AINDA OBCECADO

Terça-feira, 24 de Fevereiro de 1964. Estava frio em Los Angeles e havia nuvens de tempestade no céu. O silêncio do início da manhã foi rompido pela colisão de uma carrinha que transportava leite com um furgão blindado da Wells Fargo que transportava uma carga de vários milhões de dólares em notas e esmeraldas de valor inestimável. A sossegada esquina entre as ruas 84.ª e Budlong transformou-se num cenário de holocausto e poucos minutos depois estavam mortos quatro guardas armados e dois membros de um ousado grupo de assalto: estes últimos obviamente atraiçoados e abatidos por um colega do gangue. Este caso de assalto e homicídio continua por deslindar há quatro anos e meio.

«Não exactamente», declarou o sargento Robert S. «Scotty» Bennet no Café Piper. «Foi há quatro anos, cinco meses e dois dias.»

Ao sargento Bennett ninguém o contraria no que diz respeito ao caso em que tem trabalhado tão arduamente durante tanto tempo. Tem sido o chefe das investigações desde essa manhã sangrenta e a sua determinação em deslindar o caso tornou-se uma lenda no Departamento da Polícia de Los Angeles. O próprio sargento, com um metro e noventa e oito de altura, é uma lenda. Matou dezoito assaltantes armados no cumprimento do dever e celebra esse recorde no seio da Polícia de Los

Angeles com pequenos números «18» bordados nos laços de tecido axadrezado que usa sempre. Quando o questionámos sobre essas mortes, respondeu: «Quando se dispara balas, não há maneira de voltar atrás». É uma resposta divertida que esconde uma verdade dolorosa: os detectives que trabalham na Divisão de Assaltos da Polícia de Los Angeles enfrentam rotineiramente criminosos armados e perigosos e fazem parte de uma raça de homens determinados que se orgulham de usar na barra da gravata o número «211», que designa o artigo do Código Penal da Califórnia relativo a assaltos à mão armada. «A Golpada», como esse assalto é conhecido no seio da Divisão de Assaltos, é um tópico quase permanente de especulações e Scotty Bennett refere-se a isso com grande satisfação. «Foi planeado na perfeição», disse ele. «A falsa colisão da carrinha do leite foi muito violenta e potencialmente fatal, o que obviamente convenceu os guardas de que era verdadeira. O bando de assaltantes tinha conhecimento da carga que o furgão blindado transportava e nunca conseguimos apurar exactamente como obtiveram essa informação. Mais importante ainda, nunca descobrimos se o grupo de assaltantes era composto por homens brancos ou negros.»

O sargento Bennett sorveu o seu café e continuou. «A golpada foi concebida e executada com audácia», disse ele. «E estou convencido de que o líder do gangue decidiu de antemão matar os seus subordinados no próprio local e impedir a determinação das suas identidades, queimando-lhes os corpos até ficarem irreconhecíveis. Até aí tudo bem, mas ocultar a identificação da raça requer mais do que queimar a superfície da pele e o tipo despejou nos corpos um acelerador químico que agravou muito a destruição de tecidos causada pelas queimaduras. Nunca conseguimos identificar o produto químico que ele usou e essa é outra das razões para o facto de o assalto continuar por deslindar.»

Há outras razões?

«Bem», disse o sargento Bennett, «sabemos que muitos dos sacos de dinheiro roubados do furgão blindado continham maços de notas envoltas em cintas explosivas de tinta e foram encontrados salpicos de tinta na cena do crime. Além disso, têm surgido periodicamente notas manchadas de tinta na zona sul de Los Angeles e estou convencido de que havia pelo menos uma componente parcial negra no gangue. Além do mais, a origem das esmeraldas permanece indeterminada. Era uma carga muito valiosa e os intermediários do consignador e do consignatário tinham assinado cláusulas de confidencialidade junto da Wells Fargo, o que obstruiu a investigação.»

E quanto ao rumor persistente de que as esmeraldas tinham vindo da América Central ou das Caraíbas?

O sargento Bennett disse: «Não passa disso, de um mero rumor. Inteiramente infundamentado.»

E quanto ao rumor de que a golpada foi planeada e executada por uma organização de militantes negros?

Scotty Bennett desatou às gargalhadas. «Para quê usar de rodeios? Os militantes negros têm a mania das grandezas e reclamam sempre o crédito pelos seus feitos. Os Panteras e os Escravos Unidos estão infiltrados de informadores e por esta hora já teríamos pistas. Há neste momento dois grupos de militantes desordeiros a causar problemas em Los Angeles: a Aliança das Tribos Negras e a Frente de Libertação Mau--Mau, mas não os vejo a executar nada que seja mais complicado do que assaltar uma loja de bebidas ou roubar carteiras.»

E o líder do grupo? O cabecilha implacável que matou os seus próprios homens no local?

Scotty Bennett riu com mais vontade ainda. «Diga-lhe o seguinte: quando disparo aquelas balas, não há maneira de voltar atrás.»

DOCUMENTO ANEXO: 27/7/68. Memorando interno do FBI. Assinalado: «Fase 1 Confidencial» / «Estritamente Reservado ao Director» / «Destruir Depois de Ler». Para: Director Hoover. De: Agente especial Dwight C. Holly.

Senhor,

O que se segue expõe o projecto e as finalidades do nosso PROGRAMA DE CONTRA-INTELIGÊNCIA destinado a desacreditar e aniquilar os movimentos de militantes negros em geral e grupos nacionalistas negros mais restritos e específicos. Dependendo da sua aprovação, chamei ao programa OPERAÇÃO IRMÃO RUUUUIM. É uma alusão à nossa mal-sucedida OPERAÇÃO COELHO NEGRO e celebra ironicamente um tique verbal dos negros pois costumam usar «ruim» com o sentido de «bom». Os homens negros, tratam-se muitas vezes por «irmão» e achei que gostaria desta ideia. Como deve saber já, um grupo de extremistas negros chamado «Nacionalistas Negros da Nova Líbia» desencadeou violência racial em Cleveland, no Ohio, na semana passada, provocando onze mortos, incluindo três polícias brancos. Esta é a altura ideal para dar início a um PROGRAMA DE CONTRA-INTELIGÊNCIA de pequena escala física que pode vir a colher grandes resultados à escala nacional.

Acredito firmemente que tanto o PARTIDO DOS PANTERAS NEGRAS (PPN) como os ESCRAVOS UNIDOS (EU) são demasiado conhecidos e estão já demasiado infiltrados. Creio que os nossos objectivos ficariam melhor servidos se nos centrássemos na ALIANÇA DAS TRIBOS NEGRAS (ATN) e na FRENTE DE LIBERTAÇÃO MAU-MAU (FLMM), ambas sediadas em Los Angeles. O nosso PROGRAMA DE CONTRA-INTELIGÊNCIA poderia colocá-los no mapa e ao mesmo tempo desacreditá-los por completo. Ao controlarmos a percepção pública de dois grupos menos conhecidos, estaríamos também a desacreditar o movimento militante negro como um todo. Estudei os relatórios iniciais do FBI sobre a ATN e a FLMM que o senhor me enviou e requisitei à Divisão de Inteligência os dossiês da Polícia de Los Angeles sobre os membros dessas organizações. Defendo firmemente que são alvos perfeitos para um PROGRAMA DE CONTRA-INTELIGÊNCIA e que a sua destruição deveria ser o derradeiro objectivo da OPERAÇÃO IRMÃO RUUUUIM. Julgo que a nossa meta deveria ser atingida da seguinte maneira:

1. — Corre o rumor de que ambos os grupos planeiam vender narcóticos como meio para financiar as suas actividades, o que nos pode proporcionar oportunidades para explorar a sua criminalidade inerente e sublinhar publicamente o facto de que a actividade criminosa e a actividade política subversiva são uma e a mesma coisa.

2. — Precisamos de encontrar um informador confidencial de alto calibre, capaz de cair nas graças de um ou de ambos os grupos e que nos envie assiduamente relatórios detalhados sobre essas actividades políticas. Julgo que seria mais eficaz se fosse uma informadora. Uma mulher versada no jargão da esquerda revolucionária teria mais hipóteses de atrair confidências e inspirar conversas indiscretas, além de que teria mais capacidade de manobra entre os dois grupos (de dominação masculina) sem criar rancores. Perto do final do recrutamento terei a assistência do informador confidencial n.º 4361 do FBI.

3. — O fulcro da incursão deveria ser a implantação de um infiltrado negro, com a missão de descobrir e relatar as actividades criminosas

da ATN e da FLMM. O ideal seria que esse infiltrado tivesse experiência policial. Também ideal (mas muito mais improvável) era que tivesse um historial de animosidade racial contra os brancos. Com vista a essa possibilidade, requisitei uma grande quantidade de ficheiros pessoais da polícia e estou de momento a tentar consultar as listas de subscritores do correio racista do falecido Wayne Tedrow Sénior e de um informador confidencial do FBI, o Dr. Fred Hiltz. O Wayne Tedrow Júnior recusou-se a dar-me acesso às listas do seu pai, mas vou insistir com ele.

4. — Dependendo do seu consentimento, mudar-me-ia então para Los Angeles e estabeleceria lá uma residência temporária, bem como um escritório cosmeticamente dissimulado para a OPERAÇÃO IRMÃO RUUUUIM. Solicito um fundo de 60 000 dólares para as despesas iniciais.

Em conclusão:

Acredito firmemente que a ALIANÇA DAS TRIBOS NEGRAS e a FRENTE DE LIBERTAÇÃO MAU-MAU nos oferecem uma oportunidade única para desestabilizar e desacreditar os intuitos subversivos do movimento da militância negra em geral. Fico a aguardar a sua aprovação e resposta.

Respeitosamente,

Agente especial Dwight C. Holly

DOCUMENTO ANEXO: 28/7/68. Comunicado via telex do FBI. De: Agente especial responsável Marvin D. Waldrin, Gabinete de Las Vegas. Para: Agente Especial Dwight C. Holly. Assinalado: «Confidencial 1-A: Estritamente Reservado ao Destinatário.»

Agente especial Holly,

No seguimento do seu memorando anterior (Memorando Confidencial 1-A n.º 8518) a solicitar informações sobre rumores relacionados com a morte do SR. WAYNE TEDROW SÉNIOR em 9/6/68, reuni a seguinte informação:

A. — Circulam rumores, todos eles infundamentados, de que a morte do SR. TEDROW foi de facto um homicídio, segundo informadores dentro do Departamento da Polícia de Las Vegas e segundo o médico-legista do condado de Clark.

B. — Uma das fontes parece ser um agente da Polícia de Las Vegas que alegadamente viu o corpo do SR. TEDROW na noite da sua morte.

C. — Um assistente do médico-legista disse ao nosso informador: «Não foi nenhum ataque cardíaco, não com a cabeça rachada daquela maneira.»

D. — Testemunhas oculares que são vizinhas do SR. TEDROW disseram alegadamente a agentes propagandistas que o filho e a ex-mulher do Sr. Tedrow (ele o ex-SARGENTO WAYNE TEDROW JÚNIOR e ela JANICE LUKENS TEDROW) foram vistos perto da casa do SR. TEDROW na tarde de 9/6/68.

Encaminharei todos os dados futuros sobre esta matéria de acordo com as directrizes Conf. 1-A.

Marvin J. D. Waldrin, agente especial responsável por Las Vegas. Estritamente Confidencial / Por Favor Destruir Depois de Ler.

DOCUMENTO ANEXO: 30/7/68. Comunicado via telex do FBI. De: Agente especial responsável Wilton J. Laird, Gabinete de St. Louis. Para: Agente especial Dwight C. Holly. Assinalado: «Confidencial 1-A: Estritamente Reservado ao Destinatário.»

Agente especial Holly,

Na sequência do Memorando 1-A n.º 8506: os rumores relativos a «escutas do FBI» e a um «atentado mandatado pelo FBI» contra o rev. Martin Luther King têm aumentado de intensidade e frequência, segundo fontes implantadas informalmente no Grapevine Tavern.

Respeitosamente,

Wilton J. Laird, agente especial responsável por St. Louis. ESTRITAMENTE CONFIDENCIAL / POR FAVOR DESTRUIR DEPOIS DE LER.

DOCUMENTO ANEXO: 1/8/68. Comunicado via telex do FBI. De: Agente Especial Responsável Marvin D. Waldrin, Gabinete de Las Vegas. Para: Agente Especial Dwight C. Holly. Assinalado: «Confidencial 1-A. Estritamente Reservado ao Destinatário.»

Agente especial Holly,

Em relação ao n.º 8518 e à minha resposta de 28/7/68, eis uma adenda:

A. — Fontes exteriores à Polícia de Las Vegas e ao Gabinete do Médico-Legista do Condado de Clark referem rumores «abundantes» e «generalizados» de que houve homicídio na morte de <u>WAYNE TEDROW SÉNIOR</u>.

B. — Informadores confidenciais do FBI no *Las Vegas Sun* referem que o jornal considera a hipótese de efectuar uma investigação, sobretudo por causa do «passado atribulado» de <u>WAYNE TEDROW JÚNIOR</u> e do seu alegado envolvimento actual com <u>JANICE LUKENS TEDROW</u>.

Encaminharei todos os futuros dados de acordo com as directrizes Conf. 1-A.

Marvin D. Waldrin, agente especial responsável por Las Vegas. <u>ESTRITAMENTE CONFIDENCIAL / POR FAVOR DESTRUIR DEPOIS DE LER</u>.

DOCUMENTO ANEXO: 3/8/68. Transcrição literal de telefonema gravado pelo FBI. Assinalado: <u>«Gravado a pedido do Director»</u> / <u>«Classificado Confidencial 1-A: Estritamente Reservado ao Director»</u>. Interlocutores: Director Hoover, agente especial Dwight C. Holly.

JEH: Bom dia, Dwight.

DH: Bom dia, senhor.

JEH: Antes que pergunte, a resposta é sim. Arranque com a <u>OPERAÇÃO IRMÃO RUUUUIM</u> da maneira que descreveu no seu memorando.

DH: Obrigado, senhor.

JEH: O nome contém uma qualidade sublime que faz lembrar a selva. Como em: «O irmão John Edgar Hoover é *ruuuuim*.»

DH: O senhor é mesmo *ruuuuim*. E poderia acrescentar: «de um modo inimitável».

JEH: Poderia e devia. Quanto ao tema da arte da selva, ouvi esta manhã uma canção muito inquietante na rádio.

DH: Sim?

JEH: Chamava-se «The Tighten Up». Um conjunto negro chamado Archie Bell and the Drells. A canção veiculava um ar de insurreição e sexo. Tenho a certeza de que os liberais brancos vão achá-la autêntica. Disse ao agente especial responsável por Los Angeles para abrir um ficheiro sobre o Sr. Bell e apurar a identidade dos seus Drells.

DH: Sim, senhor.

JEH: Chega de bonomia. Dwight, estou muito perturbado com os falatórios acerca de Wayne Sénior e do Grapevine Tavern. Tenho lido os comunicados relevantes e encaro esta confluência de conversas soltas como um insulto pessoal e uma afronta ao FBI. O Wayne Sénior era uma mais-valia do FBI e o James Earl Ray matou o Martin Lúcifer King sem qualquer ajuda sua ou parte, e também sem qualquer ajuda desta agência, de Wayne Sénior, de Wayne Júnior, de Fred Otash, desse parolo atirador de elite chamado Bob Relyea ou de qualquer outra fonte exterior. Está a entender-me, Dwight?

DH: Sim, senhor. Entendo.

JEH: Ponha cobro a esses rumores, Dwight.

DH: Sim, senhor.

JEH: Bom dia, Dwight.

DH: Bom dia, senhor.

9

(Miami, 5/8/68)

A Collins Avenue estava cheia de elefantes de ambos os lados. Estavam enfeitados com bandeiras do Partido Republicano e agitavam as trombas sob o calor. Uma equipa de sujeitos carnavalescos comandava-os com chibatas. Usavam cartolas decoradas com crachás do Nixon. Um dos tipos dava amendoins aos animais. Outro deles incitava os mirones a aplaudir.

O barulho era intenso. Wayne esquivou-se das pessoas que ostentavam cartazes. Uma maré de cartazes do Nixon ondulava por cima da sua cabeça. Arrastava atrás de si duas enormes malas de viagem. Nixon estava no Hotel Fontainebleau. Tinha de ir a pé. Não podia ir de carro. A debandada de elefantes tinha interrompido o trânsito.

A convenção começara há breves minutos. O ar estava abafado e os termómetros marcavam 34 graus. Pairava no ar um odor a excrementos de elefante. Wayne tinha o fato todo amarrotado e o seu estômago contorcia-se de enjoo.

Surgiram no passeio mais malucos a agitar cartazes. Apareceram cubanos a cantar «*Cas-tro rua! Cas-tro rua! Cas-tro rua já!*». Pareciam prontos para desencadear um motim. Wayne reparou que levavam cassetetes de borracha nos bolsos. Os apoiantes de Nixon abriram alas para os deixar passar.

Viu o Hotel Fontainebleau mais à frente. Dois tipos grandalhões avistaram Wayne e abriram caminho pelo meio da multidão. Vestiam fatos escuros e usavam auscultadores. Tinham *walkie-talkies*. A multidão topou-os e afastou-se rapidamente para os deixar passar.

Os dois tipos grandalhões conseguiram aproximar-se dele. Agarraram nas malas e levaram Wayne dali num rodopio de tratamento VIP. Dois minutos de confusão total. Chegaram ao hotel. Uma porta lateral abriu-se, os ajudantes de cozinha afastaram-se e chegaram a um elevador. Subiram num instante. Avançaram tão rápidos por um corredor forrado com uma carpete espessa que os sapatos pareciam largar faíscas. Os dois tipos grandalhões fizeram uma vénia e desapareceram. Um grandalhão ainda mais encorpado abriu uma porta e desapareceu num ápice.

Wayne pestanejou. *Zap* — ali está o ex-vice-presidente Dick Nixon. Num *Technicolor* confuso. Com calças de tela de algodão e camisete *Ban-Lon*. A precisar de fazer a barba da uma da tarde.

— Olá, Senhor Tedrow — disse ele.

Wayne conteve-se para não voltar a pestanejar. Nixon aproximou-se dele com as mãos nos bolsos, sem o cumprimentar com um aperto de mão.

— Lamento ter sabido do seu pai. Tinha-se tornado um bom amigo meu.

Wayne anuiu com a cabeça. — Agradeço a atenção, senhor.

— E a encantadora Janice? Como é que ela está?

— Está a morrer, senhor. Está bastante mal devido ao cancro.

Nixon fez uma cara desolada. Não foi convincente. O Sr. Sincero não convencia.

— Lamento imenso saber disso. Transmita-lhe os meus desejos de melhoras, por favor.

— Obrigado, senhor. Assim farei.

Lá fora o ruído era ensurdecedor. Wayne ouviu «*Ni-xon!*» e bramidos de elefante.

— Não quero ocupar-lhe mais tempo, senhor.

— Muito bem, mas certamente apreciaria algum tipo de reconhecimento.

— Gostaria de transmitir isso aos outros, senhor. É a verdade.

— Quer que lhe diga que vou esforçar-me por ser merecedor do vosso trabalho.

Wayne quebrou o contacto ocular e observou a suíte. Emblemas e outras bugigangas presidenciais espalhados por todo o lado. O ex-vice-presidente tinha reservado a Grande Sala com direito de preferência.

— O meu Departamento da Justiça não irá agir antecipadamente contra a sua gente — disse Nixon. — Soube que tem projectos na América Latina ou nas Caraíbas. A minha política para o país que você escolher terá em conta a continuação desses projectos. Se a eleição for renhida, agradecia alguma ajuda nas urnas.

Wayne fez uma vénia. Nixon franziu o nariz.

— A minha mulher foi dar um passeio esta manhã. Disse que a praia estava coberta de merda de elefante.

— Em Chicago vai ser merda de burro, senhor.

— O Hubert Humphrey é um brochista mole e amansado. Não tem capacidade para liderar este país.

— Sim, senhor.

— Os *hippies* estão a mobilizar-se para Chicago.

— Estão sim, senhor. E vou lá estar para lhes dar uma mão.

Carlos tinha um apartamento em Biscayne Bay. Wayne tinha tempo de sobra. Percorreu Miami num carro alugado.

Um mapa das ruas da cidade levou-o para longe da zona onde estavam os elefantes. Mas não conseguiu esquivar-se à confusão causada pelas movimentações da convenção. A cidade estava infestada.

Havia idiotas com cartazes por todo o lado. Queixas para todos os gostos: Vietname, Segurança Social, política para Cuba. Miúdos de cabelo comprido a difamar o Dick Manhoso e a lamentar a morte do Dr. King. Latinos agitados a exigir «*CASTRO RUA JÁ*».

Comitivas de cinco e de dez veículos. Carros alegóricos com crianças e cães vestidos para a ocasião. Elefantes insufláveis presos às antenas dos carros. Idiotas com megafones a vomitar uma ladainha de frases ininteligíveis.

Balões vermelhos, brancos e azuis. Uma verdadeira epidemia de bandeiras do Nixon. Bandeiras do filho favorito: em número reduzido ao lado do ex-vice-presidente. Um desfile de doze cadeiras de rodas de um lar de idosos: velhinhas debilitadas pelo calor.

Doze nixonitas. Um caos de balões e cadeiras de rodas. Quatro velhinhas com máscaras de oxigénio. Quatro velhinhas a fumar.

Janice estava a morrer. Vira-a lutar para viver e depois desejar morrer em momentos de lucidez intermitente. Preparava drogas para ela. Janice vivia agarrada ao soro intravenoso e debatia-se contra a letargia. Preparava drogas para o Drácula. Tivera mais três encontros com o Drac e Farlan Brown. Farlan era esperado na convenção. Tinham agendado um encontro.

O Drac queria ser dono do condado de Clark no Nevada. Os Rapazes queriam vender-lhe a sua parte a preços usurários. Para alimentar o fluxo de dinheiro. Passar a pente fino os livros de contas do Fundo de Pensões dos Camionistas à procura de devedores de empréstimo em falta. Usurpar-lhes os negócios. Apropriar-se deles, vendê-los e alimentar assim o fluxo de dinheiro. Castro enxotou os Rapazes aos pontapés para fora de Cuba. Agora precisavam de encontrar um novo ponto quente latino, entrincheirar-se e reconstruir.

Mais bandeiras. Mais comitivas de carros. Mais outra brigada de cadeiras de rodas: veteranos mutilados do Vietname.

Wayne deixou de olhar e virou para uma rua lateral. Tinha produzido heroína em Saigão. Tinha visto a guerra destruir vidas. A causa anticastrista irritava-o. Essa desconfiança tinha sido desencadeada pelo fim-de-semana que passara em Dallas.

Dwight não parava de lhe ligar. Um Dwight Holly persistente era uma pressão intensa, porra. Aquela mania de armar-se em Big Brother controlador duplicara as preocupações. Dwight dizia que o Grapevine Tavern continuava a fervilhar. Dwight dizia que Las Vegas fervilhava de más-línguas sobre a morte de Wayne Sénior. Dwight queria ver as listas de subscritores de Sénior. Mas Wayne continuava a recusar-se. Dwight continuava a pressioná-lo.

Wayne atravessou uma estrada comprida e sobrelevada e desembocou em ruas ao nível da superfície. Pareceu-lhe ver...

Um carro a segui-lo. A mudar constantemente de faixa. Um carro azul que ora seguia quase colado a ele, ora se deixava ficar para trás.

Wayne virou três vezes à direita. Mudou continuamente de faixa. Quando entrou numa rua de duas vias, o carro azul deixou de poder ocultar-se: recuou, aproximou-se, recuou. Wayne teve um vislumbre do condutor: um tipo corpulento e de pescoço largo.

Há ali uma ruela...

Wayne guinou à esquerda. O carro do perseguidor travou, derrapou e embateu nuns caixotes do lixo. Wayne ziguezagueou por mais duas ruelas e acabou por o perder de vista.

Era uma festa. Sam Giancana chamou à festarola «toca a impingir o Nixon». Santo Trafficante riu-se e mandou-o calar. Carlos estava a assar um porco no terraço. Uma multidão de paus-mandados e prostitutas de aluguer. Imbecis a soprar cornetas ruidosas. Delegados da convenção com apelidos italianos. Três bares e um bufete com um quilómetro de comprimento.

Wayne circulou por ali. O apartamento era maior do que o estádio Orange Bowl de Miami. Deambulou de divisão em divisão e perdeu-se duas vezes. Era a semana do regresso ao velho lar[4]. Viu um rufia que tinha detido por burla por volta de 1961. Viu um actor maricas que tinha detido num buraco da glória num lavabo público[5]. Viu um bando de prostitutas trazidas de Las Vegas.

Sam Giancana apareceu ali com uma mulher. Wayne captou o nome «Célia» e «*hola*» em vez de «olá». Carlos aproximou-se deles e chamou-lhes a atenção para as horas dando uma pancadinha no relógio. Wayne captou as palavras «covil» e «cinco minutos».

Wayne continuou a circular. De repente, uma enorme agitação. Do grelhador no terraço saltaram chamas que pegaram fogo a umas cortinas. Um dos paus-mandados extinguiu as chamas com um sifão de água gasosa, arrancando uma grande salva de palmas dos convivas.

Uma prostituta de aluguer levou Wayne até ao covil. Carlos, Sam e Santo já lá estavam refastelados. As paredes eram de painéis de contraplacado. Um friso de fotos mostrava Carlos a jogar golfe com o papa Pio.

A prostituta saiu. Wayne sentou-se.

— Ele disse «Obrigado»? — perguntou Sam.

Wayne sorriu. — Não, mas chamou «brochista mole» ao Hubert Humphrey.

Santo riu-se. — Nisso, tem toda a razão.

— O Humphrey não pode vencer. É muito brando na questão do caos social — disse Carlos.

— É amigo dos comunas — disse Sam. — Veio lá do Movimento dos Agricultores e Operários do Minnesota. São cem por cento vermelhos.

---

[4] No original, *old week home*: prática festiva decenal e bem americana, similar a um festival citadino, em que se celebra a cultura e a história locais com desfiles, reuniões (de famílias, antigos alunos, amigos), homenagens a novas e velhas glórias locais e visitas a locais de interesse. (*NT*)

[5] Buraco da glória (*glory hole*): buraco feito nos separadores entre as casas de banho, através do qual um dos utentes dos lavabos introduz o pénis para ter sexo, maioritariamente sexo oral, com a pessoa no outro compartimento, de forma completamente anónima. Esta prática sexual é mais comum entre a comunidade homossexual. (*NT*)

Santo deu um sorvo no seu licor *Galliano*. — O Howard Hughes. Conta-nos as últimas notícias e as mais importantes.

— Quer comprar o Stardust e o Landmark — disse Wayne. — Garanti-lhe que estão à venda. O Farlan Brown acha que ele pode estar a infringir leis antimonopólio, o que poderia levar a adiar as compras para o ano que vem.

Carlos deu uma golada no seu conhaque *XO*. — Esses brochistas lá do Departamento da Justiça.

Santo bebericou um pouco mais de *Galliano*. — Sim, mas estão em final de mandato e sem força para impor o que quer que seja. E devo dizer que o nosso rapaz Dick não vai deixar que merdas dessas nos atrapalhem.

Sam deu um gole no seu licor de anis. — Os tipos infiltrados. É isso que me preocupa. Temos de manter a nossa gente lá nas instalações.

Wayne anuiu com a cabeça. — O Senhor Hughes concorda. Convenci-o de que a transição correrá muito melhor assim.

Carlos bebia agora uísque *Drambuie*. — Os livros de contas do Fundo de Pensões dos Camionistas. Como é que isso está a correr?

— Quero comprar bancos e empresas de empréstimo, para assim conseguir lucros marginais e obter o dobro como fachadas para o branqueamento de dinheiro. Estou interessado num banco em Los Angeles que é propriedade de negros. As Linhas Aéreas Hughes ficam em Los Angeles e precisamos de um canal de escoamento perto da fronteira.

Sam abanou a cabeça. — Não gosto de negociar com pretos.

Carlos abanou a cabeça. — São impetuosos e facilmente ficam agitados.

Santo abanou a cabeça. — Têm sido desmoralizados pelas políticas da Segurança Social.

Sam deu novo sorvo no seu licor de anis. — Políticas essas que o nosso Dick vai tratar de destruir.

Wayne sentiu picadas no corpo. Tinha comichão na pele. Os ouvidos latejavam.

— O Wayne está a ter uma reacção adversa a esta conversa — disse Santo.

— Em certos aspectos, o Wayne é um livro aberto — disse Sam.

Santo sorveu mais *Galliano*. — E que livro é esse? *Negros da Selva Que Chacinei?*

— Há muito tempo que o Wayne é um caçador de pretos — disse Carlos.

Sam riu-se: — Então talvez esteja aí o busílis, não?

— O que é o «busílis»? — perguntou Santo. — Pareces um panasca a falar assim.

Carlos olhou para Wayne. Ergueu as mãos e baixou as palmas: *calma aí, calma, calma.*

Santo tossiu. — Muito bem, mudemos de assunto.

Sam tossiu. — Muito bem, e quanto à política? Eu cá voto pelo Dick.

Carlos tossiu. — E quanto à tua viagem de prospecção? Vamos lá saber disso.

Sam bebia agora conhaque *XO*. — Fui aos três sítios. Para mim, são completamente diferentes uns dos outros. O Panamá tem a porra do canal, a Nicarágua tem a porra da selva e a República Dominicana tem a porra da brisa insular. Os três têm tipos da direita a puxar os cordelinhos e isso é o mais importante. A minha amiga Celia é lá da República Dominicana e tem andado a fazer lóbi pelo seu país.

Carlos fez um gesto obsceno com o dedo. — O Sam é um enconado.

Santo fez um gesto obsceno com o dedo. — A Celia isto, a Celia aquilo. O Sam ficou apanhadinho por aquela crica lá da ilha.

Sam corou. Carlos ergueu as mãos e baixou as palmas: *calma aí, calma, calma.*

Santo bebia agora *Drambuie*. — A equipa principal. Falemos disso. Assim que escolhermos o lugar vamos ter que mandar alguns tipos para lá.

Wayne tossiu. — Quero levar o Jean-Philippe Mesplede.

Carlos engoliu em seco. Santo engoliu em seco. Sam engoliu em seco. Cruzaram-se olhares em três direcções. Mesplede tinha lixado Carlos no negócio de heroína em Saigão. Era um mercenário franco-corso. Era um militante anticastrista. Tinha estado em Dallas naquele fim-de-semana do atentado. Tinha disparado do pequeno outeiro verdejante.

Sam suspirou. — Reconheço que é uma boa escolha, mas temos problemas com ele.

— Ouvi dizer que ele está aqui em Miami — disse Santo. — Sempre que há merdas contra Fidel, lá está o Jean-Philippe.

— É aqui que todos dizemos «Águas passadas não movem moinhos»? — interveio Sam.

Carlos bebeu mais um pouco de *Drambuie*. — Há três nomes que não param de me vir à ideia. Um passarinho não pára de me dizer que o Mesplede quer acabar com eles.

Bob Relyea. Gaspar Fuentes. Miguel Díaz Arredondo.

Um atirador saloio e dois exilados cubanos. Parte da cabala de Saigão. Relyea tinha-se juntado à facção de Carlos e tinha lixado Wayne e Mesplede. Relyea tinha-se juntado à equipa de Memphis e limpara o sebo ao Dr. King. Fuentes e Arredondo eram anti-Wayne e anti-Mesplede. Tinham literalmente desaparecido na Primavera anterior.

— Tenho que reconhecer que é uma boa escolha — disse Santo com um suspiro.

— Sei que ele fala espanhol. «Águas passadas não movem moinhos»? Eu cá não sei, digam-me vocês — disse Sam com um suspiro.

— Quero que seja esse tipo — disse Wayne.

Santo deu novo sorvo no *Drambuie*. — O Mesplede vai querer acabar com aqueles tipos.

— A decisão é tua, Wayne — disse Carlos.

Wayne circulou pela Pequena Havana de Miami. O calor da noite enchia as ruas de gente e insectos. Enxames de bicharada, bombardeamentos de bicharada. Bichos maiores que os monstros Rodan e Godzilla. Bichos a embater-lhe no pára-brisas. Ligou o limpa-pára-brisas e transformou-os em polpa. A Pequena Havana estava QUENTE.

Continuou a circular. De olhos postos na movimentação nos passeios. Adegas, bancadas de fruta, pessoas a vender sorvetes de raspadinhas de gelo. Distribuição de panfletos. Uns palermas carregados de panfletos e vestidos com *T-shirts* que diziam «Morte ao Fidel». Gabinetes políticos: Alpha 66, Venceremos, Batalhão pelo 17 de Abril. Virou na Flagler e viu fileiras de casas. Não parava de verificar o espelho retrovisor de tantos em tantos segundos. Sim, lá está outra vez aquele carro azul, à distância de dois veículos.

Carregou no acelerador, dobrou quatro curvas como um louco e encontrou um lugar para estacionar na Flagler. Nem sinal do carro azul, muito bem.

Começou a caminhar. O fato voltou a colar-se ao corpo. Foi empurrado de um lado para o outro da rua por imbecis. Lançaram-lhe olhares estranhos: cá tu não és cubano, és um branco merdoso. O céu explodiu. Topem só aquelas luzes! Wayne detectou a origem: fogo-de-artifício lá na convenção.

As pessoas olhavam pasmadas. Papás a segurar nos filhinhos ao colo. Uma cena de pancadaria numa esquina paralisou a meio de um golpe.

Wayne continuou a observar. Um tipo que distribuía folhetos agitava uma pequena bandeira. Wayne olhou pela montra de um café e viu Jean-Philippe Mesplede.

O olhar foi mútuo. Mesplede levantou-se e cumprimentou-o com um aceno de cabeça. *Le grenouille sauvage, habillé tout en noir.* O sapo negro, todo vestido de preto. Camisa preta, casaco preto, calças pretas: *le grand plus noir.* Preto negríssimo.

Wayne entrou no café. Jean-Philippe abraçou-o. Wayne sentiu *pelo menos* três pistolas debaixo da roupa dele.

Sentaram-se. Mesplede ia a meio de um quinto copo de *Pernod* anisado. Um empregado trouxe outro copo.

— Ça va, Wayne?

— Ça va bien, Jean-Philippe.

— E o teu negócio em Miami?

— Política.

— *Par exemple, s'il vous plaît?*

— Por exemplo, estava à tua procura.

Mesplede flectiu as mãos. Os *pitbulls* tatuados nos braços ficaram de dentes arreganhados e com uma erecção. O tipo era um ex-pára-quedista francês. Tinha estado na Guerra da Argélia e na batalha de Dien Bieu Phu na Indochina. Traficava heroína para onde quer que fosse.

Começaram a falar em francês enquanto bebiam *Pernod*. O fogo-de-artifício iluminava as vidraças à volta deles. Relembraram o Vietrame e o seu acordo de operações. Mesplede amaldiçoou Carlos, *le petit cochon*, esse porco. Wayne disse uma piada sobre estranhas companhias de cama. Águas passadas. Carlos tinha trabalho para eles. Deixa-me contar-te.

Ça va, Wayne. Está bem.

Wayne descreveu o plano do casino e expôs as opções territoriais. Mesplede disse uma piada sobre a geopolítica do Panamá, da Nicarágua e sobre o comércio e agricultura da República Dominicana. Os actuais déspotas estavam empenhados em eliminar dissidentes e contramovimentos comunistas. Wayne bebeu um pouco mais de *Pernod* e começou a ficar com a fala entaramelada devido ao licor. Mesplede desviou a conversa para o assunto Cuba. Continuava fiel à Causa. Lyndon B. Johnson, Nixon, Humphrey, todos eles uns *cochons*, uns porcos castristas. As eleições não passavam de uma *merde*. A política de neutralidade em relação a Cuba iria prosseguir. Continuaram a discutir sobre isso mais *un peu*. Mesplede sabia que *la Causa* irritava Wayne, pois detestava o negócio de venda de drogas. O período que passara nas operações fizera-o odiar o negócio do tráfico. Estranhos companheiros de cama — *oui, oui*, com certeza.

Chegaram à fase do sim-ou-não. Mesplede disse talvez. Primeiro tinha assuntos urgentes a tratar. Wayne ergueu três dedos. Mesplede assentiu com a cabeça. Wayne disse que tinha falado com Carlos. Agora é a *minha* vez. Deixo-te matar dois de três.

O fogo-de-artifício extinguiu-se com um floreado. *Vlam*, claridade de meio-dia à meia-noite. A luz na montra desvaneceu-se. Mesplede começou a falar em inglês.

— Quem tem permissão para ficar vivo?
— O Bob Relyea.
— Eu sei porquê, mas informa-me com precisão.
— Participou numa grande golpada em Abril. Convive de perto com algumas pessoas com quem me dou.
— Em Memphis.
— Sim.
— Também estavas lá.

Wayne sentiu picadas no corpo. — Estava, sim.

Mesplede cuspiu para o chão. — Uma vergonha. Um golpe terrível para os negros americanos. Simpatizo com eles, porque lhes admiro a arte do *jazz*.

Picadas, rompantes de calor, insolação iminente...

— Podes eliminar o Fuentes e o Arredondo. Não posso permitir que a coisa vá mais longe que isso.

Mesplede encolheu os ombros e assentiu com a cabeça. — Se calhar estão aqui em Miami.

— Vamos procurá-los.

Seguiram no carro alugado de Wayne. Mesplede empestou-o com o fumo de cigarros franceses. Circularam. Saíram do carro e foram a bares e adegas abertos toda a noite. Deram gorjetas e fizeram perguntas sobre Fuentes e Arredondo. Não conseguiram apurar nada.

Wayne estava zonzo devido ao *Pernod*. Não parava de vigiar o espelho retrovisor, mas nem sinal do carro azul. A certa altura *julgou* ver um descapotável acastanhado mudar de faixa. O veículo aproximou-se, afastou-se e voltou a aproximar-se. O condutor: um miúdo de cabelo à escovinha, com vinte e poucos anos.

Aquilo estava a deixá-lo esquizóide. Fez curvas evasivas que deixaram Mesplede enjoado. O descapotável acastanhado tinha desaparecido. Voltaram à Flagler e tornaram a percorrê-la a pé. Os escritórios sediados naquela rua ficavam abertos até tarde. Comité de Acção pela Liberdade Cubana, Fórum pela Liberdade Cubana, Conselho pela Liberdade Cubana. Mesplede adorou aquilo. Falou em espanhol e cativou uma quantidade de folgazões nocturnos. Cravaram-lhe cigarros. Mesplede tentou sacar-lhes informações. Conseguiu um total de três dicas.

Dica n.º 1: Fuentes e Arredondo tinham ido para o Midwest. Dica n.º 2: talvez estivessem a assaltar grandes armazéns. Dica n.º 3: talvez estivessem a assaltar estações de serviço em Chicago.

Eram quatro da manhã. Mesplede adormeceu no carro. Wayne acordou-o e deixou-o na albergaria onde estava hospedado. Depois voltou para o seu hotel, já bastante zonzo. Elefantes e Dick Nixon. Cuba, carros em perseguição, monstros da Máfia, bicharada que fazia lembrar o Godzilla.

Destrancou a porta. A luz do quarto estava acesa. O homem do carro azul estava sentado na única cadeira existente. Segurava na mão uma *Smith* de calibre 38. Usava um distintivo da Procuradoria-Geral do Nevada na lapela do casaco.

Wayne fechou a porta e apoiou-se na ombreira. O tipo apontou para a protuberância da arma dele. Wayne atirou o seu revólver de calibre 45 para cima da cama.

— Chuck Woodrell — disse o tipo.

Wayne *bocejou*. — Diga-me o que é isto. Já sei, mas diga-me na mesma.

Woodrell *bocejou*. — Você e a sua madrasta mataram o seu papá. O procurador-geral sabe que é um homicídio e gostava de o incriminar. Sabe que você trabalha para o Tio Carlos e para o Senhor Hughes, mas *mesmo assim* não se importa, porque ele é um tipo com tomates. Temos uma impressão digital ensanguentada da Janice. Encontrámos oito pontos de coincidência e portanto é um argumento conclusivo. Não queremos incriminar uma mulher moribunda, mas trabalho é trabalho.

 Wayne esfregou os olhos. — Quanto?

 Woodrell bocejou e espreguiçou-se. — Porque é que você e o Buddy Fritsch não me arranjam um suspeito? Isso mais cinquenta milonas já dá para abafar o caso.

10

(Los Angeles, 6/8/68)

O escritório-fachada estava equipado: três quartos mobilados a couro sintético e tapetes e colchas puídos. Os aparelhos de ar condicionado funcionavam. O sofá podia ser convertido em cama. Era um espaço amplo. Dwight achou que poderia viver ali a tempo inteiro.

Silver Lake. Um escritório-suíte financiado pelo FBI no cruzamento de Sunset com Mohawk. Uma escola de barbeiros, uma loja de fruta e uma livraria de material pornográfico no andar de baixo.

Karen vivia a cerca de quilómetro e meio a noroeste. Aquela zona era um bom local para clientes espontâneos de quecas à hora do almoço. Dwight registou o escritório como «Empresas Cove». Era convenientemente brando e uma espécie de piscadela de olho ao poiso de Karen no cruzamento de Baxter com Cove.

Dwight mudou-se para o escritório-fachada. Arrumou as roupas no armário e instalou um pequeno fogão eléctrico e uma cafeteira eléctrica. Conectou-se a duas linhas telefónicas normais e a uma linha segura com misturador de frequências. Descarregou o seu equipamento de vigilância. Guardou no cofre uma caixa com armas incriminatórias.

Estava absolutamente estoirado. Tinha apanhado o voo nocturno em Washington. O assento era para anões: viajara com as pernas comprimidas contra o peito. A única bebida e o único comprimido que tomara tinham-lhe proporcionado uma hora de sono repleta de pesadelos.

O Sr. Hoover tinha autorizado uma transferência de dinheiro: sessenta milonas para um banco na baixa da cidade. Era o seu orçamento para seis meses. Despesas de manutenção, pagamento aos informadores e despesas variadas. OPERAÇÃO IRMÃO RUUUIM em andamento.

Ligou os condicionadores de ar de janela para produzir aquele efeito de iglu. *Aaaah*, Los Angeles em Agosto: calor, sem a mínima trégua. Tinha três janelas com vista, todas viradas para a vertente norte. Espeluncas de comida mexicana, delinquentes de origem mexicana, *smog* em *Cinemascope*.

O Sr. Hoover andava a tratá-lo com altivez. O velho rabeta andava num frenesi mesquinho e quezilento. Boatos em estéreo: o Grapevine e Wayne Júnior. Dwight tinha dito ao Sr. Hoover que ambos os casos tinham sido abafados. Não passava de uma mentira descarada para ganhar tempo. O Departamento de Álcool, Tabaco e Armas de Fogo estava a apertar o cerco ao Grapevine. Dwight tinha enviado Fred Otash a St. Louis para verificar a situação. O acordo com Wayne Júnior poderia estoirar a qualquer momento. Wayne recusava-se a abrir mão das listas de subscritores racistas de Wayne Sénior. *Idem* em relação às listas do Dr. Fred Hiltz.

Wayne dizia que se tinha retirado desse negócio do racismo. O Dr. Fred estava a pedir demasiado dinheiro. Dwight tinha ligado ao agente especial responsável por Los Angeles na noite anterior a informá-lo da sua chegada. Jack Leahy tinha referido o Sr. Hoover de forma mordaz e quase imprudente. Jack chamava ao velho rabeta «a Annie Anfetaminas». Dwight rira-se e relembrara a última conversa telefónica que tivera com o Sr. Hoover. O Sr. Hoover ficara enraivecido, amuado e arrogante. O Sr. Hoover exibia agora um comportamento anormal. O Sr. Hoover tinha elaborado a lista dos operacionais Memphis só para dizer SEI DE TUDO.

Dwight começou a sentir arrepios. O iglu estava *demasiado* gelado. Vamos lá investigar o bairro negro.

Cartazes de publicidade a uísque de malte assinalavam a fronteira. Mais à frente via-se publicidade a cigarros de mentol. Cerveja *Schlitz*, licor de malte *Colt .45*, cigarros mentolados *Nigports* e *Kools*. Consumismo para escarumbas. Orgulho afro. Negros elegantes, com feições de branco e cabelo negróide.

Dwight continuou para sul. O veículo federal que conduzia suscitava olhares assustados e caretas de troça. Estava calor. O *smog* pairava baixo. Uma data de irmãos *ruuuuins* na rua. Sessões de música *jive* e jogos de apostas nos parques de estacionamento. Uma data de tipos com redes no cabelo. Uma data de chapéus de copa baixa e aba curta sobre cabelos alisados. Uma data de rusgas de rua por parte da Polícia de Los Angeles.

Passou pelo quartel-general dos Panteras. O mural exterior parecia elevar-se no ar: dois gatos negros a estripar um porco cor-de-rosa que sangrava. O porco tinha um crachá amarrado ao corpo no qual se lia OPRESSOR FASCISTA. O pano de fundo era a Última Ceia. Huey Newton fazia de Jesus. Eldridge Cleaver e Bobby Seale faziam de discípulos principais. Os outros discípulos usavam *T-shirts* que diziam «Libertem Huey»[6].

O quartel-general da organização Escravos Unidos estava fechado. Os guardas à porta usavam óculos de sol espelhados e boinas pretas. Estavam a guardar um sistema de amplificação colocado no passeio que debitava um jorro de algaraviadas. O som de bongos marcava o ritmo. Dwight ouviu «Encher o Insecto Branco de Insecticida».

Basta. Dwight virou para oeste. A Aliança das Tribos Negras tinha um escritório no cruzamento da 43.ª com Vernon. O friso da porta estava decorado com punhos negros, armas e chuis brancos merdosos com pilas pequenas. A Frente de Libertação Mau-Mau, mais quatro quarteirões para sul. Arte mural canibal: polícias brancos a gritar dentro de caldeirões enquanto uns tipos pretos os condimentavam e remexiam.

Basta. Aquilo era uma salgalhada do tipo presidente Mao à mistura com comédia de negros e laivos da série televisiva *Ramar da Selva*. Dwight virou para oeste. Passou pelo Banco Popular do Sul de Los Angeles. Lembrou-se dos apontamentos que fizera sobre os dossiês. Aquele banco era alegadamente um ponto de lavagem de dinheiro.

Karen era docente convidada na Universidade da Califórnia do Sul. Um palpite oportuno levou Dwight a passar por lá e apanhou-a no momento em que os alunos saíam da aula. Os miúdos usavam o cabelo comprido e tinham um ar desleixado. A expressão nos seus rostos dizia «*Chiça!*» quando repararam no fato cinzento dele e na arma no cinto.

---

[6] Huey Newton: fundador e líder do Partido Político de autodefesa dos Panteras Negras, a organização política que advogava a luta pela igualdade racial nos EUA. Em Outubro de 1967 foi acusado do homicídio de um agente policial durante uma rusga policial em que ele próprio foi baleado, mas seria ilibado dessa acusação em 1970. Bobby Seale: co-fundador dos Panteras Negras. Eldridge Cleaver: outro dos líderes dos Panteras Negras. (*NT*)

A sala do anfiteatro era enorme. Karen continuava no estrado. Dwight saltou para o palco, provocando ondas de som. Karen levantou a cabeça e sorriu.

Beijaram-se ali no estrado. Alguns dos alunos repararam e a expressão nos seus rostos dizia «*Hã, que é isto?*». Karen segurou num diapositivo contra a luz. Dwight examinou-o. Era o Sr. Hoover, por volta do ano de 1952.

— Não me digas. Estás outra vez a ensinar a lista negra.

— Não me digas que achas que aquilo era justificado.

— Não me digas que não ajudei alguns dos teus amiguinhos comunas a recuperar os seus empregos.

— Não me digas que não te retribuí com favores recíprocos.

Dwight sorriu. — O Fulano de Tal está na cidade?

— Sim.

— Quando parte?

— Amanhã de manhã.

— Então vemo-nos amanhã à noite?

— Sim, parece-me óptimo.

Sentaram-se no palco e deixaram as pernas baloiçar. Ambos eram altos. Os seus pés roçavam no chão. Karen pegou num dos cigarros dele e acendeu-o.

— Um por dia, certo?

— Sim, e só quando estamos juntos.

— Não sei bem se acredito em ti.

— Pronto. Às vezes também depois do pequeno-almoço.

Dwight tocou-lhe na barriga. — Já se nota mais.

Karen tocou-se também. — É a Eleanora.

— E se for um rapaz?

— Então será Fulano de Tal ou Dwight.

— E tens a certeza de que não é meu?

— Querido, não foi uma concepção imaculada e tu não estavas sequer perto do receptáculo.

Dwight levantou-se e espreguiçou-se no palco. Bocejou. Sentiu-se tonto por um breve instante.

— Tens dormido bem? — perguntou Karen.

— Mal como tudo.

— Pesadelos?

— Sim.

— Algum acto horrível sancionado pelo FBI que gostarias de confessar?

— Neste preciso momento não.

Karen atirou o cigarro ao chão e espreguiçou-se ao lado dele. Dwight afagou-lhe o cabelo e contou os pontinhos pretos nos olhos dela.

— Há pontinhos novos?

— Não.

— Os olhos de uma pessoa mudam à medida que se envelhece. É perfeitamente normal e não devias afligir-te com isso.

— Aflijo-me com tudo.

Karen afagou-lhe o cabelo. — Não estava a acusar-te. Só estava a comentar.

Dwight aproximou-se mais dela até as cabeças de ambos se tocarem. Sentiu o cheiro a champô de amêndoas.

— Encontra-me esse informador. Uma mulher. Depois trato de a dirigir a ela e ao meu infiltrado e mantenho-os separados.

— Vou pensar nisso.

— Podias ser útil nisto. Estes dois grupos ainda estão por infiltrar e isso significa que dispõem de todo o espaço de manobra para fazer coisas más.

Karen franziu um pouco a testa. — Favor recíproco?

— Claro.

— Há um comício aqui na semana que vem.

— Contra a guerra?

— Sim.

— Não me digas. Queres que mande retirar a equipa de fotovigilância.

— Podes fazer isso?

— Claro. Vou ligar ao Jack Leahy.

Karen rolou sobre as costas e espreguiçou-se. Dwight tocou-lhe na barriga. Julgou sentir Eleanora dar um pontapé.

— Amas-me? — perguntou ele.

— Vou pensar nisso — disse Karen.

Estavam sentados no covil. Dwight tinha insistido: o covil estava agora isento de arte racista. O resto da Casa Racista irritava-o.

— Cem milonas — disse o Dr. Fred. — Isso e mais um pequeno favor e já podes fazer um exame detalhado de todas as minhas listas.

Dwight bocejou. — Qual é o favor?

— Ajude-me a encontrar uma mulher. Sacou-me catorze milonas e sumiu de vez.

Dwight encolheu os ombros. — Ligue ao Clyde Duber. Ele trata-lhe disso.

— Já o fez. Tenho agora um miúdo idiota a trabalhar para mim. Está agora em Miami, mas não sei se vale um chavo. Vá lá, Dwight. O dinheiro e um pequeno favor.

Dwight abanou a cabeça. — Dez mil dólares e meio quilo de cocaína que tenho guardado. Material de alta qualidade. Vai dar-lhe uma pedrada como nunca sentiu, até acabar por o matar.

O telefone tocou. O Dr. Fred atendeu, resmungou algo e escutou. Dwight ouviu ruídos de estalidos. Parecia ser uma chamada vigiada do FBI.

O Dr. Fred anuiu com a cabeça e passou-lhe o auscultador. Dwight ouviu um grunhido com sotaque do Oklahoma a sobrepor-se aos estalidos. A voz do outro lado da linha disse: — Dwight, é o Buddy Fritsch. Isto aqui está um descalabro total e é melhor vires cá.

Uma pequena avioneta levou-a até ao Aeroporto McCarran de Las Vegas. Depois apanhou um táxi até à esquadra da Polícia de Las Vegas no centro. Buddy estava encafuado no seu gabinete. Estava meio tosgado. Deambulava de um lado para o outro. Três cigarros ardiam num cinzeiro.

Dwight fechou a porta e trancou-a. Buddy parou de deambular e reparou nele.

— Um tipo da Procuradoria-Geral anda a apertar comigo. Tem uma impressão digital da Janice e deu andamento ao processo. Ofereceu-me dinheiro, sim, mas continuo sem ver qualquer hipótese de saída, a não ser entregar o Wayne e...

Dwight agarrou nele. Atirou-o para cima da secretária e atingiu-o com um arquivador. Depois arrancou o aparelho de ar condicionado da parede e lançou-o para cima dele. Deu-lhe três pontapés nos tomates.

— Vais arranjar-me já uma besta qualquer para ser inculpado pela morte do Wayne Sénior, e depressinha!

11

(Miami, 8/8/68)

Instalação de escutas: os fios, os alicates, as chaves de parafusos. Os buracos de perfuração, os suportes, o pó no rodapé. Dedos desastrados: mãos suadas a agarrar em engenhos do tamanho de um mosquito.

O Hotel Eden Roc. Trabalho de perfuração: da suíte 1206 à suíte 1207. Crutch estava a trabalhar com Freddy Turentine. Freddy era o «Rei das Escutas». O seu currículo de trabalhos de escutas era impressionante. Os seus préstimos tinham sido cedidos à Clyde Duber & Associados, pois Freddy costumava trabalhar para Fred Otash, o «Rei dos Extorsionistas».

Continuaram a perfurar. A suíte 1206 era o posto de escuta. Farlan Brown chegaria em breve à suíte 1207. Horas contabilizadas: o trabalho «Encontrar Gretchen Farr» estava prestes a atingir uma despesa de cinco dígitos.

Continuaram a perfurar. Furaram a parede da suíte 1207 e enfiaram fios. Crutch forçou a fechadura da suíte 1207. Instalaram microfones nos abajures do quarto. Instalaram escutas nos dois telefones existentes. Ocultaram os fios na parede com gesso branco e retocaram com tinta. Enfiaram placas deflectoras nos orifícios perfurados e alisaram as arestas com uma lixa. Varreram o pó do rodapé e voltaram para a suíte 1206.

Um trabalho extenuante que causava cãibras nos dedos: quatro horas seguidas. Crutch tinha os poros incrustados de gesso. Tinha os dedos doridos. Tinha pó de gesso nas orelhas, nos olhos e nas narinas. Lavou-se com um duche. Freddy foi fazer uma sesta para o quarto dele. Crutch ligou o televisor da sala de estar e baixou o som. O ecrã estava virado para a consola das escutas. Agarrou numa cadeira, enfiou os auscultadores e ouviu estática na suíte ao lado.

Ficou absorvido com as tretas que estavam a passar na televisão. Nixon tinha sido escolhido pela população à primeira volta, bocejo//ronco/soporífero. Nixon emitia vibrações de estupidez. Fazia aquele gesto do V de vitória e parecia um robô saloio. O noticiário passou a mostrar imagens de tumultos. O Congo de Miami em chamas. Tudo em resultado de distúrbios em torno de um projecto de habitação para os pretos. Os pretos estavam a atirar pedras e a disparar contra condutores brancos. Bandos de negros, fogo-posto, pilhagem. Acção em tempo tórrido. Imagens cativantes.

Crutch bocejou. Há seis semanas que sofria de um défice de sono, tudo por causa do SEU CASO.

O *SEU* caso. Não o caso do Clyde nem do Buzz Duber. O *SEU* acordo paralelo com o Dr. Fred. A *SUA* tentativa de conseguir aquele milhão de dólares por uma foto do Hughes. O *SEU* acordo paralelo em relação ao acordo paralelo: Gretchen Farr era Celia Reyes. Acrescente-se a mulher com a cicatriz de navalhada. Acrescente-se a casa com marcas na porta e o corpo esquartejado na cozinha.

O SEU CASO.

Farlan Brown estava a caminho de Miami. Wayne Júnior já cá estava. Júnior tinha as listas dos subscritores de correio racista de Wayne Sénior. O Dr. Fred queria essas listas. Júnior trabalhava para Farlan Brown e para o Drácula Hughes. O Dr. Fred queria vender ao Drac o seu plano de pureza racial. Ideias loucas, sem dúvida. Mas ideias loucas com cifrões anexados.

$$$$$$$$$...

Crutch tinha ocultado os seus conhecimentos secretos. Tinha-os ocultado de Clyde, de Buzz e do Dr. Fred. Não sabem que Gretchen era Celia. Não sabem da mulher com a cicatriz de navalhada, nem da Casa dos Horrores em North Tamarind.

O SEU CASO: a decorrer há seis semanas já.

O seu quarto já estava cheio de dossiês. O dossiê da sua mãe ocupava-lhe a maior parte do espaço do chão e das prateleiras. Tinha alugado um segundo quarto no centro da cidade, no Hotel Elm: doze dólares por semana. Uma espelunca de pensionistas estupidificados pelo rum e que mijavam no lavatório. Colocou lá algumas caixas de arquivos e resmas de papelada. Estava mergulhado no trabalho a tempo inteiro.

Trabalho de arquivo: ficha principal, ficha de automóvel, ficha forense, ficha sobre o número 2216 de North Tamarind.

Investigou sobre a Casa dos Horrores. *Não* era uma casa alugada por Arnie Moffett para festas. Ficava *perto* da casa alugada de Gretchen/Celia e de outras casas para festas. Proximidade não implicava que houvesse alguma relação. Sim, mas... a estranha investida daquela noite fazia com que *tudo* parecesse estar relacionado. Sentia-se flutuar num estado onírico. Gretchen/Celia e a mulher da cicatriz de navalhada a beijarem-se — e o seu mundo a reequacionar-se.

Investigação sobre a casa. Resultado: a Câmara de Comércio de Hollywood era proprietária da Casa dos Horrores e utilizava-a para sessões de angariação de fundos. Estava desocupada desde meados de 1967. Crutch voltou a vasculhá-la e revistou todos os quartos à procura de impressões digitais. Só conseguiu algumas manchas e impressões parciais sem utilidade. A Câmara de Comércio deixou-o consultar o ficheiro relativo aos angariadores de fundos. Havia listas de grupos, mas nenhuma lista de convidados. *Não havia maneira de saber quem tinha estado naquela casa*. A empregada da Câmara de Comércio contou-lhe algo arrepiante: às vezes uns porcalhões duns *hippies* forçavam a entrada e ocupavam a casa. Pergunta: o que é que Gretchen//Celia e a mulher com a cicatriz de navalhada *ainda* estavam a fazer na casa de Moffett? Resposta fácil: ocupação ilegal sem pagar renda depois de a verdadeira renda ter expirado. Pergunta: quem teria subornado Phil Irwin para deixar de procurar Gretchen? Resposta possível: Farlan Brown, por via da Empresa de Ferramentas Hughes. Brown ouvira falar desse trabalho e não queria que ninguém lixasse Gretchen. O motivo? Vá-se lá saber, porra!

Passou da ficha da casa para a ficha do automóvel.

Subornou um empregado na Agência Hertz. Gretchen/Celia tinha devolvido o *Comet* de 1966 com o radiador queimado. Isso implicava um período em que o veículo não estaria disponível para aluguer. Por conseguinte, o *Comet* não fora tocado desde a noite da sua devolução. Crutch voltou a subornar o tipo da Hertz e conseguiu duas horas a sós com o *Comet*. Procurou impressões digitais e obteve uma latente. Passou cinco semanas a verificar à mão cartões de impressões digitais femininas no Departamento do Xerife do Condado de

Los Angeles e no Departamento da Polícia de Los Angeles. Até agora não encontrara nenhuma impressão digital coincidente.

Passou da ficha do automóvel para a ficha forense.

Clyde sabia de pormenores sujos sobre o médico-legista do condado: Tom Takahashi, de alcunha «Japonoca». O Japonoca Tom era um fodilhão de raparigas de menor idade, com queda por jovens cricas japonesas. Crutch apertou com ele e disse-lhe para não contar nada a Clyde sobre aquilo tudo. O Japonoca Tom concordou. Crutch levou-o à Casa dos Horrores duas noites após a sua primeira entrada forçada. Partilharam uma garrafa de uísque *Jim Beam* para acalmar os nervos. Trabalharam à luz de um candeeiro petromax. Crutch tirou fotografias. O Japonoca Tom examinou e ensacou o corpo esquartejado e recolheu amostras de tecido. Crutch fotografou a tatuagem no braço e as marcas geométricas na parede. O Japonoca Tom removeu as pedras verdes esboroadas do corte no braço e guardou-as num saco separado.

Aquilo demorou horas. O cheiro era nauseabundo. Crutch segurava no petromax enquanto o Japonoca Tom retirava as larvas das partes esquartejadas. O Japonoca Tom chamou àquilo um «crime de evisceração». A vítima era uma mulher latina jovem. O Japonoca Tom mandou analisar o sangue dela e ligou a Crutch para o informar dos resultados. Era do tipo sanguíneo O+, muito comum, sem qualquer característica que se destacasse. O Japonoca Tom encontrou estranhos fragmentos de pó no tecido do corte e mandou analisá-los. Muito estranho: o exame toxicológico não dera em nada. Crutch pediu a um gemólogo que analisasse os fragmentos de pedra verde. Seriam esmeraldas? Não, apenas vidro verde.

Passou da ficha forense para a ficha da tatuagem. Investigaria a partir daí.

Crutch percorreu um total de quarenta e sete salões de tatuagens em Los Angeles e arredores. Mostrou a foto da tatuagem parcial a inúmeros tarados das tatuagens. Mas até agora nada. Passou da ficha da tatuagem para a ficha das pistas. Foi novamente ao Departamento da Polícia de Los Angeles e ao Gabinete de Registos e Identificação Civil do Departamento do Xerife. Verificou os livros de fotos cadastrais, telexes e ficheiros de interrogatório sobre ocorrências locais que mencionassem Gretchen/Celia, mas não encontrou nada. Passou dos ficheiros da polícia para os ficheiros do Serviço de Imigração e Naturalização. Examinou fichas de fotos de todas as imigrantes oriundas de todos os países latinos existentes e não encontrou nada sobre Gretchen/Celia. Lembrou-se da Central Telefónica Bev e de que Gretchen//Celia tinha recebido chamadas de três consulados estrangeiros: Panamá, Nicarágua e República Dominicana. Ligou para os três consulados e obteve três vezes o mesmo resultado: não havia nenhum registo de chamadas destinadas a Gretchen/Celia. Acabou por descobrir que a carta de condução dominicana era falsa. O Departamento de Veículos Motorizados da República Dominicana não tinha qualquer registo desse documento. Aquela chamada de um número clandestino para a Central Telefónica Bev? Ainda sem qualquer resultado.

Passou dos cifrões para os pontos de interrogação e recomeçou: cifrões, pontos de interrogação e zero resultados.

O beijo. As sombras dentro e fora do seu campo de visão. O cabelo com estrias grisalhas da mulher com a cicatriz de navalhada. Uma mulher sem nome. Gretchen/Celia tinha dois nomes. *Crutch queria saber o nome daquela mulher*. Desenhou retratos dela e pendurou-os nas paredes. Tinha-lhe conferido as suas verdadeiras feições e não as feições de Dana Lund.

A conversa delas — «Grapevine», «Tommy», «incriminação» —, o que significaria? Verificou listas telefónicas do país inteiro. Encontrou registos de 216 restaurantes, hotéis, motéis e bares chamados Grapevine. Não sabia por onde devia começar a verificar, ou *se* deveria sequer começar a verificar, ou se aquilo significaria alguma coisa.

Portanto, Gretchen/Celia fodia com homens e roubava-lhes dinheiro. «Al», «Chuck», «Lew», o Dr. Fred, provavelmente Farlan Brown. Sal Mineo tinha desembuchado tudo o que sabia. Gretchen//Celia era alegadamente uma esquerdista. O que é que *isso* queria dizer? Era intenção dela «aproximar-se» de Farlan Brown: que me dizes a isto? A mulher com a cicatriz de navalhada, como é que *ela* encaixava nisto tudo? A mulher encontrada morta na Casa dos Horrores: estaria *ela* relacionada com esta história toda?

Crutch continuou a dar voltas à cabeça enquanto via televisão. Viu imagens de um motim de negros e ouviu estalidos nos auscultadores provenientes da escuta instalada na suíte ao lado. *Mera* estática: a suíte de Farlan Brown continuava silenciosa.

A Joalharia Avco. Gretchen/Celia a aconselhar-se para relapidar esmeraldas. Os fragmentos de vidro verde no braço da mulher esquartejada. Pontos de interrogação, cifrões...

Tinha percorrido Las Vegas seis vezes. Tinha localizado e seguido Farlan Brown e Wayne Júnior. Tinha-os visto no Desert Inn. Tinham subido no elevador privado até ao covil do Drácula. Brown *não* viu Gretchen/Celia em Las Vegas. Tem a certeza disso. Talvez ela nunca se tenha deitado com ele. Talvez o tenha roubado em Los Angeles e fugira de seguida. Crutch tinha feito uma verificação dos registos telefónicos das linhas aéreas de Miami em relação aos nomes Gretchen Farr e Celia Reyes. Obtivera zero Gretchens, mas nove Celias e fez uma verificação das cartas de condução de todas elas. Nenhuma delas era *ela*.

Fez uma verificação dos registos das linhas aéreas de Miami sobre Wayne Júnior e o resultado foi positivo. Verificou registos de hotéis e localizou-o no Doral. Seguiu Wayne Júnior três vezes e quase achou que ele talvez se tivesse apercebido de que estava a ser seguido. A Procuradoria-Geral do Condado de Clark informou Clyde Duber de um rumor que circulava em Las Vegas: Wayne Júnior talvez tivesse despachado Wayne Sénior em Junho.

Tudo isto deixava-o aturdido. Tudo isto obrigava-o a reorientar-se e a reconectar todos os seus circuitos mentais.

As perseguições correram muito bem. Wayne Júnior encontrou-se duas vezes com um tipo vestido de preto e de aspecto estrangeiro. Crutch foi ao seu quarto na pensão e verificou-o nos registos. Jean-Philippe Mesplede, mercenário francês, quarenta e cinco anos. Mesplede e Wayne Júnior percorreram duas vezes a Pequena Havana. Crutch seguira-os. A finalidade de tudo aquilo: estavam à procura de dois cubanos chamados Gaspar Fuentes e Miguel Díaz Arredondo.

O motim dos negros complicou-se. O ecrã do televisor quase estremeceu. Pretos a atirar *cocktails* Molotov. Pretos a perseguir brancos com mocas de madeira. Crutch ouviu movimentos na suíte ao lado.

Sim, é a voz de Farlan Brown. É ele a dar gorjeta ao paquete. Novamente o ruído da porta. O paquete a ir embora. O barulho de alguém a discar um número no telefone. Bocejo, lá está Brown ao telefone com a mulher.

Blá, blá, os miúdos estão bem, o cão tem pulgas, também te amo. O ruído da chamada a desligar. O ruído de uma porta a abrir. A voz de uma mulher jovem.

Sim, topem-me só isto...

Negociaram: cinquenta dólares por uma mamada, cem dólares por uma mamada e uma foda. Brown optou pela segunda proposta. A cama ficava junto do aparelho de ar condicionado, cujo zumbido abafou a maior parte dos ruídos da foda. O clímax chegou um pouco difuso.

Brown pôs-se com gabanços pós-coito: tenho muita influência junto do Howard Hughes. A prostituta disse «Ai sim?». Brown continuou a disparatar. Sou um tipo elegante, fixe, na crista da onda. Sou director das Linhas Aéreas Hughes. Vou gerir os voos fretados das Linhas Aéreas Hughes destinados a umas novas e maravilhosas estâncias de veraneio da Máfia.

A prostituta reprime um bocejo. As molas da cama chiam. O ruído de um fecho a ser corrido. Adeus, querido: lá sai ela pela porta fora.

Brown estava novamente ao telefone. Crutch premiu botões da consola e activou a linha de escuta. Ouviu sons distorcidos e um tom de marcação. Ouviu um ríspido «Está lá?».

— Freddy, é o Farlan — disse Brown.

Um homem disse: — Que se passa, paisano?

Crutch reconheceu a voz: era Fred Otash, o Extorsionista.

Começou a gravar. A bobina girou. Ouviu sons distorcidos e vozes igualmente distorcidas.

Brown: — ... Miami. Tu sabes, para a convenção.

Otash: — O Nixon. Meu Deus, esse caralho do reformado tem nove vidas, porra.

Brown: — Desta feita é de vez. Vai ganhar.

Otash: — Tenho um esquema de apostas lá no Cavern. O meu tipo lá diz que a aposta está ganha.

Brown: — Vou apostar então.

Otash: — Então faz a aposta, seu mórmon brochista de merda.

Brown: — Uma milona no Dick. A sério, Freddy. Cheira-me a vitória.

Otash: — A mim cheira-me que estás a aldrabar-me no preço do quarto. É isso, não é? O teu velho amiguinho Freddy agora é hoteleiro, por isso toca a escorraçá-lo.

(Risos, seis segundos de duração.)

Brown: — ... Freddy, saíste-me cá uma boa peça.

Otash: — Uma boa peça *mesmo*. Sou um americano bem apetrechado de verga, de ascendência libanesa.
(Risos, nove segundos de duração.)
Brown: — Muito bem. Preciso de uma suíte grande no Cavern. É uma festa para uns delegados democratas, mesmo antes da convenção. Bebida e miúdas, Freddy. Já sabes como funciono.
Otash: — Para quando?
Brown: — 23 de Agosto.
Otash: — Dou-te a suíte 308. É o meu canto privado, por isso trata-a bem, senão atiço o Drácula contra ti.
Brown: — Uuui! Isso não!
Otash: — Pois é o que vai acontecer-te *mesmo*, seu mórmon brochista.
Brown: — Brochado, queres tu dizer.
Otash: — Então, confirma-me lá ou nega-me este rumor.
Brown: — Diz lá.
Otash: — Quero a verdade. O Wayne Júnior está a trabalhar para o Conde?
Brown: — Sim. A alto nível, se queres saber.
Otash: — O caralho do Júnior acaba sempre por aterrar de pé.
Brown: — Mais pormenores?
Otash: — Sem comentários.
Brown: — Sendo assim...
Otash: — Pois. Vemo-nos a 23. Obrigado, vai-te foder e adeusinho.

Dois cliques de chamada terminada: Miami e Las Vegas. Crutch passou a escutar a linha dos microfones. Ali estava: bocejos, rangidos da cama, silêncio e roncos.
Premiu interruptores e desligou os cabos de alimentação. 1.14 da manhã. Tinha o estômago a roncar de fome. Tinha estado de vigilância durante a hora do jantar e durante o resto da noite. Ligou para o quarto de Freddy Turentine e acordou-o. Disse-lhe que tinham um trabalho de escuta em Las Vegas, uma suíte de hotel a 22 de Agosto. Freddy disse «Lembra-me amanhã» e desligou.
A televisão continuava ligada. Nixon a fazer o gesto do V de vitória. Que grande totó. Tinha sempre aquele ar de quem precisava de fazer a barba.

Crutch bocejou e ao mesmo tempo ficou inquieto. Engoliu quatro *Dexedrines* e pegou nas chaves do carro alugado.

Curvas erradas e inversões de marcha acabaram por o desorientar. O Doral ficava perto do Eden Roc. O hotel de Wayne Júnior ficava a uns meros dois minutos dali. Ruas de sentido único conduziram--no a uma estrada sobrelevada. A água da baía agitava-se cheia de confetis e cartazes de Nixon a boiar. Os sinais de saída confundiram--no. As ruas laterais desviaram-no do rumo pretendido. Sentiu o cheiro de fumo. Ouviu disparos. Os quarteirões foram substituídos por bairros-de-lata de pretos. Viu dois pretos queimar um *Plymouth* de 1959.

Os pretos repararam nele: Branquelas! Branquelas! Branquelas! Crutch carregou no acelerador e inverteu a marcha. Os pretos perseguiram o carro. Um preto alto atirou um pau em brasa e acertou na janela de trás. O pau desfez-se. A janela manteve-se intacta. Os pretos gritaram *slogans* indignados e voltaram a concentrar-se no *Plymouth*.

Crutch orientou-se. Conduzia rapidamente e mantinha-se afastado do fedor a fumo e das chamas. O quociente de pretos na rua passou a incluir pretos bêbedos e mandriões refastelados nos alpendres. Chegou a uma zona livre de pretos e voltou para a estrada sobrelevada e para a praia de Miami propriamente dita. Aquele desvio fizera-o sentir-se completamente *vivo*. Sintonizou o rádio até encontrar uma estação de música *soul*. Deliciou-se com o tema «The Tighten Up» de Archie Bell and the Drells.

Estacionou à porta do Doral. De olhos postos na porta enquanto ouvia a estação de música *soul*. O DJ debitava tretas comunas pró--motim com boa música de negros à mistura. Wayne Júnior saiu às 2.49 da manhã e enfiou-se no seu carro alugado. Crutch seguiu-o.

O trânsito causado pela convenção ainda era intenso. Perseguir assim um veículo era fácil. Crutch manteve-se a dois carros de distância. Wayne Júnior restringiu-se às zonas livres de pretos e seguiu para a Pequena Havana. Passou pela albergaria para recolher o Franciú Jean-Philippe Mesplede. Crutch intuiu o objectivo: mais uma tentativa para encontrar Gaspar Fuentes e Miguel Díaz Arredondo.

A Flagler fervilhava de agitação. Os cafés estavam abertos até tarde. Um tipo da rádio fazia entrevistas aos transeuntes na rua. Fogo posto à porta do Conselho para a Liberdade Cubana: uns latinos a queimar um Fidel de palha.

Mesplede e Wayne Júnior entraram em acção. Crutch tinha agora a certeza. Largaram o carro e percorreram estabelecimento atrás de estabelecimento enquanto faziam perguntas. Crutch continuou a circular de carro. Percorreu lentamente a Flagler e *observou*. Mesplede e Wayne Júnior fizeram um giro de uma hora e voltaram a enfiar-se no carro. O trânsito era escasso agora. Crutch manteve-se a quatro carros de distância.

Wayne Júnior parou junto ao passeio e entrou numa cabina telefónica. Mesplede manteve-se no carro. Crutch travou e parou a *oito* carros de distância.

Pegou nos binóculos e observou. Wayne Júnior enfiou moedas de vinte e cinco cêntimos na ranhura: uma chamada de longa distância, sem dúvida. Crutch via-o agora bem *peeeerto*. Os lábios de Wayne Júnior moveram-se. Dois segundos e *paragem*: agora Wayne Júnior limitava-se a ouvir.

E a tremer. E a empalidecer. Desligou, voltou para junto do carro e debruçou-se sobre a janela do lado de Mesplede.

Mais movimento de lábios. Crutch focou de *muito* perto. A conversa parecia ter-se transformado num verdadeiro pânico. Mesplede pôs-se ao volante e arrancou com os pneus numa chiadeira de borracha queimada. Wayne Júnior acercou-se de um táxi ali estacionado e enfiou-se na parte de trás.

O táxi arrancou. Crutch seguiu-o. O trânsito era demasiado disperso para poder aproximar-se. Decidiu desligar os faróis e guiou-se pelas luzes traseiras do táxi. Atravessaram uma *enooooorme* extensão de Miami.

A paisagem foi substituída por terrenos agrícolas. As estradas eram agora mais irregulares e sinuosas. O táxi seguia mais à frente. Crutch acendeu os faróis para *ver*. Estradas de terra batida que desembocavam num decrépito campo de aviação. Viu um pequeno avião de dois lugares na pista.

Parou o carro. Não conseguia ver o táxi. Saiu e semicerrou os olhos no escuro. Estava perplexo. Não via népias.

A luz repentina de holofotes. Crutch ficou encandeado. Pestanejou. Esfregou os olhos. Recuperou parte da visão. Viu Wayne Júnior especado ao lado do avião, a olhar directamente para ele.

12

(Las Vegas, 9/8/68)

— Já arranjei um suspeito — disse Buddy Fritsch.

Estava um frio de rachar no covil. Fritsch estava a servir uísque com soda e salgadinhos de milho *Fritos*. Chuck Woodrell estava engripado e não parava de fungar pelo nariz. Dwight não parava de remexer no seu anel da formatura em Direito. Wayne estava de rastos devido ao voo turbulento e às trinta e seis horas sem dormir.

Eram nove da noite. Miami parecia um sonho febril. Os fusos horários de Wayne tinham sido esticados de forma desproporcionada.

Fritsch fez passar em redor uma tira de fotos cadastrais de um detido: três perfis de um negro. Sylvester Dawkins, de alcunha «Pappy», com quarenta e oito anos. Um homem magro com um ar de «vai-te foder». Escrito no verso da tira: cadastro por assalto desde 1942 em diante.

— Caramba, rapaz — disse Woodrell.

— Escondam as criancinhas — disse Dwight.

— É um assaltante de domicílios, com tendências de violador — disse Fritsch. — Estava sob custódia perto de Barstow na noite em que o Wayne Sénior morreu, o que para nós não faz diferença nenhuma. Não tem álibi para essa noite e aquilo lá em Barstow é uma pequena esquadra de polícia, com dois agentes apenas. Posso suborná-los facilmente.

A tira de fotos voltou a circular. — Sarilhos à vista — disse Woodrell.

— Cadeira eléctrica, querido — disse Dwight.

Wayne fechou os olhos e devolveu a tira de fotos.

Fritsch deu um sorvo na sua bebida. — O condado de Washoe acusa-o de dois assaltos com homicídio. Portanto, não é propriamente um tipo que contribua para a sociedade. Faz assaltos e violações de domicílio encharcado de barbitúricos e por isso será uma testemunha mais do que miserável.

Woodrell trincava *Fritos*. — Gosto do tipo. Parece que acabou de descer das árvores há cinco segundos.

— Tenho uma transparência com impressões digitais — disse Fritsch.
— Podemos passá-la por uma amostra de sangue e antedatá-la.

Dwight esfregou o pescoço. — Quanto?

— Cinquenta mil da minha parte — disse Woodrell.

Fritsch torceu o nariz. — Hã... vinte mil para mim? E é com esse dinheiro que também vou comprar os tipos lá de Barstow?

Dwight anuiu com a cabeça. — Vou falar com quem tu sabes. Ele quer este assunto bem coberto.

— Não — disse Wayne.

Fritsch deteve-se a meio de uma golada. Woodrell deteve-se a meio de uma dentada. Wayne disse: — Mais dinheiro não.

Woodrell suspirou. — Isto deve ser o maior favor que alguma vez te farão na vida inteira.

Fritsch suspirou. — Não te armes em bolchevique, filho.

Woodrell riu-se. — O Senhor Sensível. Com tantos pretos que já tem no currículo.

Wayne olhou para ele. — Pára já com isso. Não me faças ir mais longe.

Woodrell corou e os joelhos tremeram-lhe. Fritsch exclamou «Santo Deus». Dwight apontou para os dois e para a porta. Ambos perceberam a deixa e saíram. Dwight levantou-se e içou Wayne da cadeira. Agarrou-o pela parte da frente da camisa e esbofeteou-o.

Wayne sentiu o rosto arder. A bofetada deixara-lhe marcas escuras donde saía sangue. Verteu lágrimas de dor. Não passara de uma bofetada de amor segundo os padrões de Dwight Holly.

— É pela Janice. É por nós os dois e por tudo aquilo em que já enfiaste as mãos. É por este buraco de merda em que ambos estamos metidos.

Wayne limpou o nariz. Tinha a boca cheia de sangue. As lágrimas secaram rapidamente.

— Isto tem que acontecer. Por isso, deixa acontecer *e não me deixes ficar mal*. Preciso de ti para isto e talvez precise de ti para o Grapevine. O Otash foi para St. Louis. Vamos ter de falar com ele sobre isso e talvez precisemos de nos envolver nisso a dado ponto.

O sangue tinha um gosto estranho. Dwight amparou Wayne, pois as pernas dele tinham fraquejado.

— Preciso que te envolvas nisto. Preciso das listas de subscritores do teu pai e quero-te lá no Grapevine se as coisas porventura se agravarem.

Wayne anuiu com a cabeça. Dwight deixou de o amparar. Wayne cambaleou mas manteve-se de pé.

Os lençóis estavam húmidos. A camisa de noite dela estava encharcada. O pulso oscilava entre fraco e regular. Wayne ajustou o controlador de gotas e deixou fluir a droga no tubo do soro.

Heroína. Produzida por ele. Um sintético à base de morfina.

Janice relaxou o corpo. Wayne limpou-lhe a testa e tentou enxugar os lençóis com uma toalha. A enfermeira do turno da noite estava a dormir na sala de estar. Janice era toda ela suor e arrepios.

Wayne agarrou-lhe nas mãos. — Vai ser preciso fazer uma coisa para termos alguma segurança. Vais perceber quando ouvires. Não foi ideia minha e não há maneira de o evitar.

Janice fechou os olhos. Escorreram-lhe lágrimas. Soltou as mãos. Pareciam não ter peso, reduzidas a veias e ossos.

Wayne voltou a ajustar o controlador de gotas. A droga escorreu do saco de soro para o tubo e depois para a veia. Janice perdeu os sentidos, acometida de tremores.

O pulso osculava agora entre fraco e normal. Wayne ajeitou-lhe o cabelo sobre a almofada. Agarrou no telefone ao lado da cama e ligou para Mesplede em Miami.

Três toques. Um «*Oui?*» estremunhado.

— É o Wayne.

— Sim, claro. O meu amigo americano em apuros.

— Preciso que me faças uma coisa.

— Claro.

— Fui seguido por um miúdo lá em Miami. Não sei porque me seguia, mas significa sarilhos.

— Sim? E que pretendes?

— Vinte e poucos anos, estatura média, cabelo à escovinha. Conduz um carro alugado da Agência Avis. A matrícula é GQV-881.

— Sim? E que pretendes?

— Descobre o que ele anda a fazer e acaba com ele.

A casa-forte ficava a cerca de trinta e dois quilómetros a leste de Las Vegas. Wayne Sénior alcunhara-o de «o *bunker* do Führer». Era um quadrado de cimento coberto de vegetação rasteira, afundado numa duna de areia. Ficava logo à saída da auto-estrada I-15.

Wayne tinha trazido uma lanterna, uma lata de gasolina e um isqueiro *Zippo*. O local ficava a quilómetro e meio da auto-estrada interestadual. A casa-forte continha exemplares de todos os folhetos racistas e as listas de subscritores de Sénior.

Estacionou numa zona de inversão de marcha perto de uma estação de serviço da Chevron e avançou a pé pelo deserto. Era meia-noite e estavam 41 graus. Os pés enterravam-se na areia, reduzindo-lhe as passadas a uma caminhada penosa. Caminhava em câmara lentíssima. Não parou de pensar em Dallas durante esse tempo todo.

Chegou à casa-forte. Removeu ramos de arbustos, destrancou a porta e retirou literatura racista. Os títulos destacavam-se nas capas. Viu *A Geração da Miscigenação* e *Guisado de Judeus: Um Livro de Receitas*. Viu *Papa Pôncio: Como os Papistas Controlam as Nações Judaicas Unidas*. Viu fotos adulteradas do Dr. King e de crianças negras. Viu edições fac-similadas de livros clássicos de *kódigo* do Klan.

Esvaziou as prateleiras. Arrastou papéis e ficou com os braços manchados de tinta. Viu cabeçalhos racistas. Viu *cartoons* racistas pornográficos. Viu fotografias de linchamentos com legendas cómicas.

Fez uma grande pilha de literatura racista. Tinha quase dois metros e meio de altura. Regou-a com gasolina, acendeu o isqueiro e ateou fogo.

As chamas lamberam de imediato a pilha até ao alto. O enorme céu escuro ficou vermelho.

13

(Las Vegas, 10/8/68)

O céu passou de vermelho para laranja. Dwight manteve-se ao lado da estação de serviço enquanto observava.

As chamas iluminaram o solo do deserto e a auto-estrada. Viu o carro de Wayne na zona de inversão de marcha. Era *este* o resultado de ter-se deixado guiar pelo instinto neste trabalho de perseguição.

Dois empregados da estação de serviço mantinham-se ali boquiabertos. Um vento quente soprou fumo na direcção deles. Dwight foi a uma cabina telefónica, enfiou algumas moedas na ranhura e ligou directamente para Los Angeles.

O fumo era denso devido aos fragmentos de papel. Dwight sentiu picadas na garganta. Karen atendeu prontamente.

— Está?

— Sou eu.

— Que raio, não deves ligar quando ele está na cidade.

— Fala mansinho comigo. Só um minuto, por favor — disse Dwight.

Karen respondeu algo. Dwight não conseguiu perceber. Tinha os olhos cheios de lágrimas e mal conseguia ver. Não sabia dizer se era do fumo ou daquele amor louco que sentia por Wayne.

14

(Miami, 10/8/68)

Fumo e fogo. Os pretos recusavam-se a desistir. Tiros, sirenes e um espectáculo de luz às quatro da manhã.

Crutch entrou no parque de estacionamento da Agência Avis. A embraiagem do seu carro alugado tinha rebentado. As mudanças não entravam. O carro arrastava-se aos solavancos. Tinha ligado para a agência e o empregado dissera-lhe: Rai's parta o motim. Venha imediatamente.

Veículos militares blindados desciam Biscayne Boulevard. O governador tinha chamado a guarda. Via-se uma fileira de carros da polícia e um jipe de seis lugares. Foda-se, o condutor está a fumar um charro.

Fumo e fogo. Um calor de pântano. E aquele céu laranja a tornar-se roxo.

O carro deu novo solavanco e o motor foi abaixo perto das bombas de gasolina. Crutch apeou-se e espreguiçou-se. Foi atingido pelo calor e pelo fumo. Estava com dor de cabeça. Tinha operado o posto de escuta a tempo inteiro. Já estava acordado sabe-se lá desde quando...

Alguém ou algo o empurrou. Tombou dentro do carro. Bateu com a cabeça na alavanca das mudanças. Os braços bateram contra o tabliê. Esse alguém ou algo imobilizou-o. Esse alguém ou algo era completamente negro.

Depois sentiu um joelho contra as costas. Depois uma arma contra o rosto. Com o silenciador enroscado no cano e o percutor semiactivado.

— Porque é que andas a vigiar o Wayne Tedrow? Sê honesto. Respostas evasivas conduzirão a uma morte ainda mais horrível.

O sotaque francês. Era o Franciú. *Couture* francesa toda em negro.

— Vou repetir. Porque é que andavas a vigiar o Wayne Tedrow?

Crutch tentou rezar. As palavras chegaram-lhe entarameladas ao cérebro. Sentiu as vias urinárias inchar. Conteve-se. O peso em cima do seu corpo ajudou-o a conter-se. Lembrou-se da sua pata de coelho da sorte e de obscuras crenças da Igreja Luterana.

— Vou repetir.

Sentiu o canal defecatório inchar. Conteve-se. O peso em cima do seu corpo ajudou-o a conter-se. Abriu a boca. Soltou um guincho e conseguiu emitir alguns sons. Deus ou outro cabrão qualquer invisível alimentou-o com uma sopa de letras. Viu a sua própria mãe. Ouviu «Dr. Fred», «Howard Hughes», «incriminação no Grapevine», «milhão de dólares». Ouviu «mulher morta», «mulher desaparecida», «mulher com cicatriz de navalhada», «pedras verdes». Ouviu «Por favor não me mate» seis mil milhões de vezes em seis segundos.

Fechou os olhos. Sentiu os ductos lacrimais inchar. Conteve-se. Morder a língua ajudou-o a conter-se. Passaram-se seis mil milhões de anos em seis segundos. Viu a sua mãe e Dana Lund seis mil milhões de vezes. Tentou lembrar-se de rezas e hinos religiosos.

O peso em cima do seu corpo cessou. Comprimiu os seus canais, vias e ductos e manteve-se seco. Cheirou-lhe a brande. O aroma atingiu-lhe os lábios com força. Abriu a boca. Inclinou a cabeça para trás e emborcou. Tinha a garganta contraída. Abriu a boca ainda mais e deixou o líquido escorrer. Abriu os olhos e viu o Franciú.

— Não é a primeira vez que me dá para ser simpático. Deves confirmar a minha percepção da tua determinação jovem e capacidade de aquiescência.

Crutch arrastou-se para o assento de trás. As batidas do seu coração não paravam de se multiplicar. Estava coberto de suor da cabeça aos pés. O Franciú espreguiçou-se no lugar do condutor. Deu uma golada do frasco de brande e passou-o para trás. Crutch tragou mais brande e olhou pela janela. Viu mais fumo, mais sirenes e polícias antimotim: os pretos recusavam-se a desistir.

— Talvez te peça que me dês informações — disse Mesplede.

Crutch anuiu com a cabeça: sim-senhor, sim-senhor, sim-senhor.

O frasco continuou a passar da frente para trás. Estabeleceu-se uma sintonia. Mantiveram-se de olhos fixos um no outro enquanto o Franciú monologava. Tudo relacionado com CUBA. *Le grand putain* Fidel Castro e a Causa da Libertação Cubana. A traição de JFK na baía

143

dos Porcos. Lyndon B. Johnson a apaziguar os comunas. A acomodação amaricada da América e as Caraíbas como um Lago Vermelho a alastrar. Homens de coragem dispostos a esmagar a Maré Vermelha.

O frasco continuou a passar da frente para trás. O discurso continuou. Crutch deixou-se embalar naquela onda de chorrilhos sobre a actualidade do mundo.

15

(Las Vegas, 10/8/68)

A enfermeira do turno da noite tinha feito uma pausa para jogar nas *slot machines* no rés-do-chão. Wayne deparou-se com ela no casino.

— Está com um ar doente. Vou buscar-lhe qualquer coisa — disse ela.

Wayne subiu as escadas para queimar o excesso de inquietação. Todo ele cheirava ainda a papel queimado. A suíte não estava fechada à chave. Entrou no quarto de Janice.

As luzes estavam acesas. O suporte e o saco de soro fisiológico estavam tombados no chão. O tubo continuava ligado ao braço de Janice. A agulha estava semi-inserida.

Duas ampolas vazias em cima da mesa-de-cabeceira. *Seconal* e *Dilaudid*. Um bilhete breve: «Seja qual for o teu plano, que não seja por minha causa, por favor.»

Wayne sentou-se na beira da cama. A camisa de noite dela continuava encharcada. Aquela imagem fê-lo recuar a 1964. Tinha chegado a casa e encontrara Lynette. Wendell Durfee tinha ido lá a casa e saíra. Uma tempestade de Inverno assolava Las Vegas. Sentara-se ao lado de Lynette e escutara o tamborilar da chuva.

Janice morrera agarrada aos lençóis. Wayne soltou-lhe as mãos e colocou-lhas sobre o peito.

A zona oeste de Las Vegas fervilhava de agitação às duas da manhã. Nos bares circulava uma atmosfera de ar refrigerado. Mas nos bairros-de-lata não. As pessoas ficavam na rua até tarde para se refrescar.

Wayne circulou de carro. Passou pelo Wild Goose, pelo Colony Club e pelo Sugar Hill Lounge. Foi assaltado por recordações antigas. Letreiros que diziam ALÁ É O SENHOR. Noctívagos a preparar churrascos em bidões enormes. Ruas com nomes de presidentes e outras designadas por simples letras.

Tinha a morada de Pappy Dawkins. Devia ser à saída do cruzamento da Monroe com J. Perscrutou rostos. Só negros. Carros parados, com os faróis acesos. Velhos calhambeques com ar condicionado. Vencer o calor. Deixar o ar condicionado ligado durante a noite inteira para conseguir dormir.

Lá estava o local: uma espelunca de blocos de cimento pintados de vermelho-púrpura e apoiada em suportes de contraplacado.

Wayne estacionou e aproximou-se. As luzes estavam acesas. A porta estava aberta. A sala da frente estava mobilada com assentos de carro recuperados de alguma sucata. Uma dúzia de ventoinhas fazia circular o ar.

Lá dentro estavam sentados dois negros ao lado um do outro num assento de couro de um *Chevy*. Pappy parecia mais velho do que as fotos cadastrais tiradas aquando da sua detenção. O outro homem tinha mais de cinquenta anos e usava vestimenta de pregador.

Repararam nele. Reconheceram-no. Wayne soube que o tinham reconhecido. As ventoinhas faziam circular um ar nauseabundo: um fedor a mijo de gato e a marijuana rançosa.

Wayne fechou a porta. O cheiro intensificou-se. Pappy disse: — Sargento Wayne Tedrow Júnior.

Wayne tossiu. — Já não.

— Está a dizer que já não é polícia ou que é o único Wayne Tedrow que resta?

— Ambas as coisas.

O outro homem disse: — Ele quer alguma coisa. Devias deixá-lo falar.

Pappy fez girar um cinzeiro. — Aqui o reverendo Hazzard anda a tentar converter-me. Visita-me uma vez por mês, quer eu lhe peça ou não. Se lhe digo «Este branco filho-da-puta matou três manos aqui há uns tempos», a resposta provável dele é «Oferece-lhe a outra face».

Wayne dirigiu a palavra a Hazzard: — Isto não demora mais que um minuto.

Pappy atirou o cinzeiro. Derrubou uma ventoinha. A aragem começou a soprar de forma desordenada. Uma série de traças voaram agitadas.

— O reverendo Hazzard acredita em dar a outra face, mas eu insisto enfaticamente em não o fazer, a não ser que queiram vergar-se e beijar-me este meu cu preto como carvão.

Hazzard tocou no braço de Pappy. Pappy agarrou num sapato caído no chão e atirou-o. Outra ventoinha derrubada. Uma aragem atingiu a parede do fundo. Voou pelo ar uma foto de Malcolm X que estava presa com fita-cola.

— O reverendo Hazzard diz «O perdão aproxima-se da santidade», mas eu insisto enfaticamente que não, a não ser que você queira começar por pedir desculpa por ter morto o Leroy Williams e os irmãos Swasey e quaisquer outros pretos desconhecidos que também possa ter morto pelo caminho.

— Pappy, por favor — disse Hazzard.

— Peço desculpa, senhor — disse Wayne.

Pappy agarrou noutro sapato. — E é tudo o que tem para dizer?

— Não, há mais.

— E isso inclui o quê?

Wayne sentiu as pernas tremer. — Uns polícias estão a tentar incriminá-lo num caso. Mas eu não quero que isso aconteça. Vou arranjar-lhe algum dinheiro, mas tem de sair de Las Vegas.

Pappy gritou animado. — Deixar tudo *isto*? Só porque tu o dizes, branco cabrão?

— Deixa-o falar, Pappy — disse Hazzard.

Pappy gritou em falsete: — Só quando acabar de me divertir e me tiver vingado, a começar por: «Ei, Júnior, volta a pedir desculpa.»

— Peço desculpa, senhor — disse Wayne.

Novo gritinho: — Só mais uma vez! Começo a gostar disto!

Wayne abanou a cabeça. Sentiu as pernas quase ceder. Pappy atirou o sapato *contra* ele. Wayne desviou-se. Pappy enfiou a mão no bolso. Wayne lançou-se para o chão.

Metal a faiscar. Wayne ficou de boca colada à sujidade do tapete enquanto sacava da arma que levava no coldre do tornozelo. Pappy sacou desajeitadamente uma automática de cano curto. O reverendo Hazzard ficou petrificado. Pappy rolou do assento e apontou para Wayne.

Dispararam em simultâneo. O chão explodiu junto do rosto de Wayne. Fez mira através do pó de estuque e *apertou lentamente* o gatilho. Atingiu Pappy no meio do peito. Pappy girou e apertou o gatilho. A sua mão contraiu-se em espasmos. Disparou tiros em todas as direcções.

As balas acertaram nas ventoinhas. Balas encamisadas: as lâminas das ventoinhas desfizeram-nas em fragmentos que saltaram em ricochete. Os estilhaços das balas transformaram-se em projécteis de metralha. Rebentaram e despedaçaram a garganta do reverendo Hazzard, que arfou e saltou do assento. Wayne fez mira e *apertou lentamente* o gatilho. A bala atingiu Pappy no meio da cara. Caiu para trás. A cabeça embateu numa ventoinha em movimento e jorrou sangue.

16

(Las Vegas, 10/8/68)

A sala da esquadra estava mergulhada em silêncio. A partir da meia-noite a Polícia de Las Vegas dispunha apenas de uma pequena equipa. Quatro detectives atendiam os pedidos oriundos da cidade inteira. Eram pagos para dormitar nas secretárias ou entrar em acção.

Estavam a dormir. Dwight não conseguia dormir. O fogo no deserto continuava a atormentá-lo. Tinha ido ao Golden Cavern há uma hora. Fred Otash continuava desperto. Tinham discutido a ida dele a St. Louis. Freddy passava o seu tempo no Grapevine. Os rumores da golpada: sempre em crescendo. Os agentes de tais rumores: seis cabrões da direita. A vigilância da ATF: intermitente, mas em decurso. Conclusão: não podemos avançar já com a ATF por perto. Aguardar por enquanto.

Dwight bocejou. As salas de esquadra pela noite dentro consolavam-no. Eram retratos de naturezas-mortas da polícia. O agente especial responsável por St. Louis prometera enviar um telex tardio. Dwight instalou-se na cadeira ao lado da máquina.

A sala da esquadra estava em silêncio. Os polícias dormitavam. Os bêbedos nas celas de detenção ressonavam. A máquina de telexes trepidou. Dwight pegou na folha que saiu.

Notícias concisas e merdosas. Ficam avisados: a ATF tem o Grapevine Tavern sob vigilância apertada.

Dwight rasgou a folha e atirou-a para o caixote do lixo. Um polícia de patrulha entrou na esquadra. Era um novato magro e alto e estava muito agitado. Anunciou as boas notícias aos berros, acabando por acordar a equipa.

Mais mortos! Alguém limpou o sebo àquele tratante do Pappy Dawkins e a um pregador preto!

A rua estava selada. Dwight mostrou o crachá ao polícia de vigia ao perímetro e avançou até à zona do cordão policial. No interior do perímetro: três carros-patrulha, o carro do médico-legista e dois pretos mortos, deitados em macas.

Pretos bem vivos no exterior do cordão policial: totós em camisa de noite, roupa interior e pijamas. Um gorducho a devorar asas de frango às quatro da manhã, foda-se.

Dois polícias de patrulha junto da casa. Buddy Fritsch à paisana, com um ar justificadamente estupefacto.

Dwight emitiu um assobio longo e estridente. Fritsch ouviu-o e olhou nessa direcção. Dwight apontou para a sua viatura do FBI. Fritsch afastou-se dos polícias de patrulha e avançou directamente para ele.

Dwight abriu a porta de trás. Fritsch entrou. Estava a tremer. Tirou do bolso um pequeno frasco e deu dois goles rotineiros. Dwight entrou e fechou a porta. Ambos eram altos: os seus joelhos tocavam-se.

— E então?

— E então, quem achas que foi? Tenho quatro testemunhas oculares. Entrou um homem branco, ouviram-se tiros, o homem branco saiu depois. Cerca de um metro e oitenta e cinco, oitenta e poucos quilos, pálido, cabelo escuro. Lembra-te alguém que conhecemos?

O frasco de álcool cheirava bem: uísque pesado e adocicado. Fritsch deu mais duas goladas.

— O Wayne voltou a perder as estribeiras. Quando aquele rapaz não sabe o que fazer, sai para a rua à caça de pretos.

Agitação ao fundo do quarteirão. Dwight observou. O gorducho a incitar um bando de zulus numa aclamação do poder negro.

Fritsch voltou a mamar do frasco. — Além do mais, ligaram-me lá da morgue. A Janice Tedrow tomou comprimidos e foi-se desta para melhor.

— Quanto? — perguntou Dwight.

— Nada feito. Lamento, mas desta vez a coisa não vai com dinheiro.

— *Quanto*, Buddy? Tu, o Woodrell, a Procuradoria-Geral e todos os que forem precisos para arrumarmos com este assunto.

Fritsch abanou a cabeça. — Ná, *ná*. Nada feito. Desta vez o teu rapaz não se safa.

Dwight remexeu no seu anel da formatura em Direito. — Diz aí um número. Sê generoso contigo. Arranjo-te o dinheiro e deixo-te subornar quem quiseres.

Fritsch abanou a cabeça. — Ná, *ná*. Nada feito. Lamento, Wayne, mas já mataste escarumbas a mais. Estamos em 1968, miúdo. «Os tempos estão a mudar.»

Dwight riu-se. Fritsch riu-se. Dwight disse: — Diz aí um número à tua escolha.

— Ná, *ná*. Nada feito. Desta vez nem tu nem o Senhor Hoover vão poder safar o Júnior.

— Tens a certeza?

— Claro que tenho a certeza. A porra duma certeza absoluta e total de que desta vez não há preço.

— Então, uma última vez. Para que fique registado.

Fritsch espetou o dedo no peito de Dwight. — Para que fique registado, *não*. Para que fique registado, aqui há uns tempos lesaste-me e não estou para aturar mais merdas tuas. Podes ser o rufia preferido do Senhor Hoover, mas eu sou um oficial de posto e um veterano condecorado da Segunda Guerra Mundial e não vou engolir mais merdas de um idiota qualquer lá do Indiana que se acha muito rijo só porque andou em Yale.

Dwight sorriu e apontou para o frasco. Fritsch sorriu e passou-lho. Dwight bebeu um grande gole e devolveu-o. Fritsch sorriu e espreguiçou-se. O casaco abriu-se. Dwight tirou o cinto da arma e enfiou-o debaixo do assento. Fritsch engoliu em seco. A sua maçã-de-adão moveu-se várias vezes.

Dwight sacou da sua *Magnum*, abriu o cilindro e inseriu cinco balas. Fritsch revirou os olhos com ironia: não tentes aldrabar um aldrabão. Dwight rodou o cilindro e fechou-o.

— Estás a fazer *bluff* — disse Fritsch.

Dwight encostou o cano da arma à sua própria cabeça e disparou. O percutor acertou numa câmara vazia.

— Quanto?

— Vai-te foder. Estás a fazer *bluff*. Aqui quem manda sou eu. Sou um oficial de posto e esta é a minha cena do crime.

Dwight encostou o cano da arma à cabeça e disparou. O percutor acertou numa câmara vazia. Buddy Fritsch borrou-se todo. Dwight sentiu o fedor.

— Quanto?

— Vai-te foder.

Dwight encostou o cano da arma à cabeça e disparou. O percutor acertou numa câmara vazia. Buddy Fritsch mijou-se nas calças. Dwight observou enquanto a mancha alastrava.

— Quanto?

— *Vai-te foder, vai-te foder, vai-te foder, vai-te foder!*

Dwight encostou o cano da arma à cabeça e disparou. O percutor acertou numa câmara vazia. Buddy Fritsch começou a soluçar.

— Quanto? — disse Dwight. Fritsch continuou a soluçar. Dwight abriu a janela. Ouviu cânticos de aclamação do poder negro e viu punhos negros erguidos no ar.

— Duzentos mil — disse Fritsch.

— São teus — disse Dwight.

Foi preciso um telefonema proactivo. Aquilo lembrou-lhe Janeiro de 1957. Tinha deixado duas pessoas mortas na auto-estrada Merritt Parkway. O Sr. Hoover tinha-o salvado da situação.

Dwight telefonou da sua suíte no hotel. Ouviu dois toques de chamada e depois um «Sim?».

— É o Dwight Holly, senhor.

— Sim? E qual é essa coisa tão urgente que deseja discutir?

— O Wayne Tedrow matou dois negros. Preciso de uma grande quantidade de dinheiro para abafar o caso e agradecia a sua ajuda.

O Sr. Hoover tossiu. — E a quantia?

— Duzentos mil limpos.

— O Júnior está preso?

— Não, senhor.

— E onde está ele então?

— Suponho que na casa de Wayne Sénior no lago Tahoe.

— Ele costuma ir para lá descansar depois de matar negros?

— Sim, senhor.

— E assiste ao programa de variedades musicais *Soul Train* para se distrair e expiar a culpa?

— Quer-me parecer que produz compostos narcóticos para propósitos de sedação e sono.

O Sr. Hoover respirou com esforço. — Já não me telefona há muito tempo, Dwight. A última vez foi em Janeiro de 1958, acho.

— Está perto, senhor. Foi em 1957.

— Está a pôr em dúvida a minha memória, Dwight?
— Não, senhor.
— Foi em Janeiro de 1958. Nesse dia na auto-estrada de Cross County estava um calor invulgar para a época do ano.
Aquela *noite*, estradas geladas, a auto-estrada Merritt...
— Isso mesmo, senhor. Tinha-me esquecido. Já foi há tanto tempo.
— Vou enviar as verbas, Dwight. Sou tão mole consigo como você o é com o Júnior.
— Obrigado, senhor.
— O Grapevine Tavern, Dwight. Têm circulado rumores estranhíssimos. A ATF não pode vigiar o local para sempre. Essas conversas indignas vão ter que ser abafadas a qualquer momento.
— Compreendo, senhor.
— Boa noite, Dwight.
Dwight começou a dizer «Boa noite, senhor», mas tossidelas e o clique de chamada desligada interromperam-no.

O miúdo tinha perdido peso. O cabelo tornara-se mais ralo. Viam-se cabelos brancos recentes entre os cabelos castanhos. Tinha passado de um corpo definido para um corpo esquelético no espaço de uma semana.
A casa funerária cheirava a hortelã. Dwight detectou o odor do fluido de embalsamamento na base desse cheiro. Wayne estava sentado ao lado do caixão de Janice. A tampa estava fechada. Era de mogno envernizado.
Dwight pegou numa cadeira. Wayne olhou para ele.
— Os tacos de golfe dela estão ali dentro.
Dwight sorriu. — Ela teria apreciado esse pormenor.
— Tentei avisá-lo.
— Calculei que fosse isso.
— Ela tinha quarenta e seis anos, nove meses e dezasseis dias.
— És um químico. Tinhas que saber uma coisa dessas.
— És advogado. Conta aí o que se passa.
— A coisa foi abafada — disse Dwight. — Falei com o Senhor Hoover. Se tivesse falado com o Carlos, ele teria descoberto que tinhas perdido o controlo da situação. Toda a gente vai acabar por saber mais cedo ou mais tarde. Portanto, é melhor voltares a entrar no jogo.

Wayne levantou-se e pôs-se ao lado do caixão. Debruçou-se e passou os dedos pela textura da madeira.
— Ainda temos o Grapevine — disse Dwight.
— Compreendo — disse Wayne.

17

(Los Angeles, 19/8/68)

— Gosto do teu laço e do teu penteado — disse Scotty Bennett. Crutch corou. O laço axadrezado e o cabelo à escovinha eram os seus amuletos da sorte. Começara a usá-los no mesmo dia em que tinha visto a Casa dos Horrores. Tinham profetizado toda a sua treta mágica.

Estavam na sala de impressões digitais latentes. Crutch estava a verificar manualmente fichas de impressões digitais. Há dois meses que não fazia outra coisa.

— Conta-me isso outra vez. Viste uma rapariga no Woody's Smorgasburger. A tipa bebeu uma *7UP*, deixou impressões digitais num copo e desde então tens tentado determinar a identidade dela.

Crutch corou. — Certo. Tenho andado a fazer um trabalho para o Clyde e tenho-me enfiado aqui sempre que posso.

Scotty riu às gargalhadas: miúdo, tu matas-me. Enfiou uma nota de dez dólares no bolso de Crutch. Ajeitou-lhe o laço e passou-lhe a mão pelo cabelo à escovinha.

— Tenho quarenta e sete e tu vinte e três. Eu sou polícia e tu não. Larga o laço e deixa crescer o cabelo. Talvez tenhas mais sorte com as miúdas.

A nota de dez dólares ficou ali semipendurada do bolso. — Liga à Laurel. Webster-64882. Diz-lhe que eu disse para ser simpática — disse Scotty.

Crutch voltou a corar. Scotty piscou-lhe o olho e foi consultar as fichas da Divisão de Assaltos. Fichas de impressões digitais pareciam saltar dos dossiês, gritando *Examina-me!*

De volta ao trabalho.

Pegar na ampliação da foto. Agarrar na lupa. Pegar na seguinte ficha de impressões digitais e assinalar os pontos de coincidência. Tinha memorizado a ficha com a impressão digital do carro alugado. Conhecia cada arco e espiral. Verificara já seis zilhões de fichas de impressões digitais desde o dia 21 de Junho.

Examinava, atirava as fichas para o lado, bocejava, espreguiçava-se, pestanejava. Ramelas de cansaço acumulavam-se nos cantos dos olhos. Estava a trabalhar rapidamente, uma ficha por minuto e...

Então:

Uma nova ficha. Arcos e espirais que lhe eram familiares. 1, 2, 3, 4, 5, 6, 7, 8, 9, 10 pontos de coincidência: um total com validade em tribunal.

Crutch examinou a ficha e a ampliação. Esfregou os olhos, semicerrou-os e *olhou*. 11, 12, 13, 14: correspondência perfeita.

Virou a ficha. Leu os dados estatísticos no reverso:

«Klein, Joan Rosen/mulher branca/data de nascimento: 31/10/26, Nova Iorque. 1,64 metros, 54 quilos, olhos castanhos/cabelo castanho e grisalho. Sinais particulares: cicatriz de navalhada no antebraço direito.»

Ela, essa mesma, aquela mulher. Tinha um nome: JOAN.

Tinha quarenta e um anos. Nascera no Dia das Bruxas. O seu cadastro parecia ser parcial. Crutch viu detenções e nenhuma condenação. Denúncias por actividades comunistas. Violações da Lei dos Estrangeiros e Sedição remontando a 1944. Dois assaltos à mão armada (1951 e 1953), nenhum registo policial de condenação.

Denúncias por actividades comunistas. Assaltos. Sem fotos cadastrais anexadas. Crutch correu para o laboratório fotográfico...

O seu novo quarto de arquivos já estava atulhado. Caixas de arquivo, pilhas de arquivos, o enorme gráfico na parede. Tinha dois poisos na mesma cidade. Dormia nos dois locais. Mantinha o ficheiro da mãe nos Apartamentos Vivian. Mantinha os arquivos dos seus casos no Hotel Elm. Tinha um fogão eléctrico e utensílios de barbear em ambos os locais.

Crutch foi ao Hotel Elm. A primeira coisa que captou a sua atenção foi o gráfico. Usara fita-cola para prender papel corrector à altura dos olhos. Adicionou mais alguns rabiscos. Desenhou linhas e setas e redigiu os progressos do dia e relatórios sucintos.

Pegou no lápis de cera e usou um espaço livre no gráfico. Escreveu «Joan» e rodeou a palavra com um círculo. Desenhou algumas setas com penas pretas e pequenas pontas afiadas, que apontavam para:

«Pistas do Farlan Brown sem resultados até à data (10/8/68). Brown encontro no Golden Cavern (23/8/68). Fred T. instalará escutas na suíte.»

«Gretchen Farr/Celia Reyes: negativas todas as verificações de registos até à data (10/8/68).»

«"Grapevine", "Tommy" & "incriminação": o que significam?»

«Identificação da tatuagem, marcas na parede & pó em partes do cadáver: sem resultados até à data (10/8/68).»

«Número de telefone clandestino: rastreio da companhia telefónica em curso.»

Examinou o gráfico. Traçou setas que apontavam para «Joan». Circundou o nome com enormes pontos de interrogação.

Deitou-se em cima da cama. Examinou as fotos do laboratório. Uma única tira de fotos cadastrais. Uma de rosto completo, duas de perfil. Joan Rosen Klein com uma placa de identificação pessoal pendurada do pescoço.

Os números da placa forneciam uma data: 12/7/63. Sabia já o prefixo do livro de registos. Significava «detida por suspeita». Tratara-se provavelmente de uma rusga na via pública ou tivera o azar de estar no sítio errado e à hora errada. Joan era comuna e suspeita de dois assaltos: tinha atraído as atenções.

Nessa altura tinha ela trinta e seis anos. Agora parecia ter o mesmo aspecto. Usava óculos. Estava a sorrir sob a luz do *flash*. Aquele cabelo quase preto, com estrias grisalhas. A linha do queixo largo e austero. Aquela expressão de compostura no rosto.

Crutch fechou os olhos e voltou a abri-los para reexaminar as fotografias. Viu estrias grisalhas que não detectara nas primeiras vezes.

A cama estava coberta com livros da biblioteca. Tinha-os requisitado após chegar de Miami. Todos se debruçavam sobre o mesmo assunto: Cuba.

Mantinha-se em contacto com Jean-Philippe Mesplede. O Franciú era agora um amigo. Trocavam chamadas de longa distância, de Los Angeles para Miami. O Franciú gostava dele. O Franciú achava que ele era um miúdo difícil de compreender e recusava-se a encarar o seu caso com seriedade. Quanto a isso, ele que se fodesse, que pensasse o que quisesse. O Franciú achava que não passava tudo de um caso de uma namorada ladra. Crutch manteve-se calado quanto às verdadeiras dimensões daquele assunto.

Wayne Tedrow Júnior queria ver Donald Linscott Crutchfield morto, mas Jean-Philippe Mesplede compadecera-se. O Franciú dizia que Wayne Júnior era «instável e politicamente suspeito». Wayne Júnior mantinha alianças com a direita e reprimia as suas tendências esquerdistas. O Franciú não podia cometer homicídio no caso de um homem tão comprometido.

Por conseguinte, Crutch continuou vivo para trabalhar no seu caso e magnetizar toda a sua treta mágica.

Os telefonemas que trocavam eram todos sobre o assunto Cuba. Uma ilha encantadora. Uma meca para os turistas. Um paraíso violado pelos comunas. Jack Kennedy tinha traído a invasão da baía dos Porcos. Lyndon B. Johnson tinha apaziguado Castro. O próximo presidente diria amém às suas políticas de delação. O Franciú estava mortinho por arrasar os comunas e reclamar a cornucópia das Caraíbas. Areias brancas. Casinos chiques «nacionalizados» e transformados em antros do Terceiro Mundo. Morenaças em biquínis cor-de-rosa.

Crutch folheou livros da biblioteca e arrancou fotos relevantes. Topem só isto: Fulgencio Batista todo agarrado à Jane Russell. Topem só isto: a piscina no terraço do Hotel Capri. Topem só isto: peões assalariados a transportar ricaços em riquexós.

Prendeu a foto na parede com fita-cola. Arrancou uma foto de Fidel Castro a discursar exaltado. O Franciú chamava «o Barbas» a Castro. Os seus pêlos faciais abrigavam ninhos de piolhos comunas.

Crutch colou a foto de Castro na parede e espetou-lhe o canivete. Acertou quatro vezes no Barbas em seis tentativas. A foto começou a rasgar-se.

O telefone tocou. Crutch agarrou no auscultador com um gesto ágil. Disse: «¿*Hola*? ¿*Qué tal*?» A voz do outro lado disse: «Hã?»

O canivete caiu da parede. Fidel estava agora *mucho* rasgado. A voz do outro lado disse: — É o Larry da Companhia Telefónica Bell. O Buzz Duber disse-me para lhe ligar. Localizei o tal número clandestino.

Crutch agarrou no bloco de notas. — Força.

— É uma casa em Carmina Perdido, em Santa Barbara. O nome do inquilino é Sam Flood. Foi tudo o que consegui apurar.

E já era muito. «Sam Flood» era o nome de Sam Giancana quando se fazia passar por cidadão cumpridor da lei, segundo Clyde lhe tinha contado. Sam Giancana tinha ligado a Gretchen/Celia através da Central Telefónica Bev.

Larry começou a disparatar: Ei, e a minha grana, imbecil? Crutch desligou e escreveu «N.º tel. clandestino/Giancana» no gráfico de parede.

As palavras pareciam vibrar. Crutch circundou-as com pequenos pontos de interrogação. Sentiu necessidade de desenhar Joan. Colou a tira de fotos cadastrais dela ao papel do gráfico e lançou mãos à obra com papel e caneta.

Captou a austeridade e a delicadeza dela em retratos alternados. Nunca conseguiu captá-la completamente de uma só vez. Conferiu-lhe penteados diferentes. A cada retrato que iniciava, alisava e tornava a encaracolar aquelas encantadoras madeixas grisalhas.

18

(Las Vegas, 19/8/68)

O serviço fúnebre foi breve. O padre apressou-se. Nuvens de tempestade implicavam chuva a qualquer momento. O discurso fúnebre incluiu metáforas relativas a jogos de golfe no paraíso.

Janice Hartnett Lukens Tedrow: 1921-1968.

Carlos Marcello e Dwight Holly assistiram à cerimónia. Farlan Brown também estava lá. O Drácula tinha enviado cinco mil dólares em flores. Tinha comparecido metade dos funcionários dos clubes de golfe do Dunes e do Sands.

Wayne manteve-se no fundo. O ar seco começou a ficar húmido. Era um cemitério segregacionista. Uma estrada separava a secção dos brancos da secção dos negros. Do lado branco trabalhavam coveiros brancos. Do lado negro trabalhavam coveiros negros. Os coveiros da cerimónia fúnebre de Janice Tedrow eram *croupiers* do jogo de apostas vinte-e-um em dia de folga. Usavam coletes vermelhos, laços e óculos escuros. A ameaça de chuva deixara-os inquietos.

A treta dos jogos de golfe no paraíso prolongou-se. Wayne olhou para o outro lado da estrada. Estava a começar uma grande cerimónia fúnebre. Limusinas, um carro funerário, uma carrinha de caixa aberta, cheia de rosas. Dezenas de negros vestidos de preto.

Wayne aproximou-se. Ninguém lhe prestou qualquer atenção. Viu um cartão afixado num cavalete. Declarava a data e o nome do defunto: reverendo Cedric D. Hazzard.

O carro funerário estava estacionado ali perto. Quatro homens retiraram um caixão. Um pregador abriu a porta do passageiro. Uma mulher negra apeou-se. O pregador dirigiu-lhe a palavra com modos lisonjeiros. A mulher fê-lo calar-se com pequenos sorrisos e gestos.

Envergava um vestido de crepe preto, um pequeno chapéu de topo achatado e não usava véu. Olhou para a estrada e viu Wayne. Entreolharam-se durante um breve instante.

DOCUMENTO ANEXO: 20/8/68. Cabeçalho e subcabeçalho do *Seattle Post-Intelligencer*:

NIXON GANHA TERRENO EM SONDAGENS PÓS-CONVENÇÃO
Ex-Vice-Presidente Distancia-Se do Provável Candidato Democrata Humphrey

DOCUMENTO ANEXO: 20/8/68. Cabeçalho e subcabeçalho do *Milwaukee Sentinel*:

PREVISTA VITÓRIA PARA HUMPHREY NA 1.ª VOLTA
«Espera-Se Problemas com *Hippies* na Convenção», Declara Chefe da Polícia de Chicago

DOCUMENTO ANEXO: 21/8/68. Subcabeçalho do *Des Moines Register*:

«*Hippies*», «*Yippies* Radicais», «*Schmippies* Anarcas»: Polícia de Choque Diz Estar Preparada

DOCUMENTO ANEXO: 21/8/68. Artigo do *Las Vegas Sun*:

GRANDE JOGADORA DE GOLFE, GRANDE SENHORA

Janice Tedrow foi entregue ao descanso eterno no Cemitério de Wisteria na manhã de segunda-feira. As bandeiras de todos os clubes sociais de Las Vegas foram içadas a meia haste em honra da mulher que foi nove vezes campeã do clube feminino Thunderbird, seis vezes campeã do clube feminino Sands, catorze vezes campeã do clube feminino Riviera e todos os anos vencedora do Torneio de Angariação de Fundos contra a Poliomielite organizado pelo condado de Clark desde 1954.

«Janice Tedrow continuou a jogar golfe mesmo quando sofria de cancro terminal», declarou o seu médico, o Dr. Steve Mandel. «Isso significa talento e força de vontade.» E, com a igreja a rebentar pelas costuras com funcionários dos clubes de golfe locais, podemos dizer que assistiram à cerimónia fúnebre porque aquela mulher era uma verdadeira campeã com quem o cidadão comum se identificava.

Janice Lukens era natural de uma pequena cidade do Indiana. Casou com o investidor/negociante imobiliário Wayne Tedrow Sénior em 1947 e em breve se mudaria para a Cidade Rainha do Deserto, onde participou em numerosos comités de caridade e praticou o mais feroz golfe feminino a que o estado do Nevada alguma vez assistiu. O ano de 1968 tem sido trágico para o clã Tedrow. Wayne Tedrow Sénior morreu de ataque cardíaco em Junho e agora eis-nos perante a morte prematura de Janice aos 46 anos.

«Os caminhos do Senhor são insondáveis», declarou o reverendo G. Davis Kaltenborn a este repórter após o serviço funerário. «Foi por essa razão que escolhi o golfe como tema central da minha homenagem. A vida é um caminho imprevisível rumo a um desfecho incerto. Partilhei este pensamento com o enteado da Senhora Tedrow depois da cerimónia e ele disse-me que compreendia perfeitamente.»

Descansa em paz, Janice. O juiz de partida do Dunes disse-me que conseguiste seis tacadas na derradeira vez que jogaste golfe neste mundo. Vejo ainda imensas outras jogadas de golfe para ti lá nas nuvens.

<u>DOCUMENTO ANEXO</u>: 21/8/68. Artigo do *Las Vegas Sun*:

HOMICÍDIO-SUICÍDIO CHOCA COMUNIDADE NEGRA

Sylvester «Pappy» Dawkins, de 48 anos, tinha sido condenado duas vezes por roubo e era um notório toxicodependente. O reverendo Cedric D. Hazzard, de 52 anos, era pastor na Igreja Baptista de New Bethel, na zona norte de Las Vegas. Sendo um baluarte da comunidade negra da Cidade Rainha do Deserto, era tão respeitado como Pappy Dawkins era desprezado.

E no entanto os dois homens eram uma espécie de amigos. Costumavam reunir-se com frequência na pequena casa desarrumada de Dawkins na zona oeste de Las Vegas e discutiam todo o tipo de assuntos pela noite dentro. Agora em luto, os negros de Las Vegas interrogam-se sobre qual teria sido o tema da conversa antes de tudo descarrilar terrivelmente nessa noite do dia 10 de Agosto.

«Não sabemos realmente o que provocou esta horrível tragédia», declarou aos repórteres o tenente Byron Fritsch, do Departamento da Polícia de Las Vegas. «Só sabemos que Pappy baleou o reverendo Hazzard e que a seguir disparou sobre si mesmo.»

Uma horrível tragédia, sem dúvida. Pois vários membros da congregação do reverendo Hazzard descreveram de modo comovente os diligentes esforços do seu defunto pastor para levar a palavra de Deus a Pappy Dawkins e ajudá-lo a recuperar o equilíbrio moral. «O Ced era uma pessoa assim. Pode perguntar a qualquer um que o conhecia», declarou Kenneth S. Wilson, diácono da Igreja Baptista de New Bethel.

«O meu defunto marido era um homem corajoso e sincero que guiava os outros com o coração. Estava empenhado na bondade e na justiça social», declarou Mary Beth, a viúva do reverendo Hazzard. Com 44 anos, a Sra. Hazzard é a principal dirigente do Sindicato dos Trabalhadores Hoteleiros de Las Vegas e liderou várias acções de caridade na comunidade negra local. Encontra-se hoje duplamente enlutada. Em Dezembro de 1963, o seu filho Reginald, então com 19 anos, desapareceu e nunca mais foi visto. Reginald era um excelente aluno no Liceu de Seminole e tinha ganho prémios de química em concursos de ciências. A Sra. Hazzard mantém-se optimista apesar das tribulações de Job que recaíram sobre ela. «Sim, o meu filho está desaparecido há muito tempo e o meu marido morreu», disse ela. «Por mais sincera que fosse a missão do Cedric em reabilitar Pappy Dawkins, sempre a considerei precipitada e imprudente, mas o Cedric acabou por morrer nesse acto de compaixão. Venero-o por essa atitude. Quanto a mim, não, não vou sucumbir à derrota nem ao desespero. Tenho deveres a cumprir e nada me demoverá.»

Mais de trezentas pessoas assistiram ao funeral do reverendo Hazzard. Estima-se que o Cemitério de Wisteria recebeu tributos florais na ordem dos dez mil dólares. A Sra. Hazzard e os membros da congregação de New Bethel distribuíram posteriormente as flores por doentes dos hospitais locais.

Reverendo Cedric Douglass Hazzard: 1916-1968. Descansa em paz.

DOCUMENTO ANEXO: 22/8/68. Cabeçalho e subcabeçalho do *Las Vegas Sun*:

HUGHES DE OLHO NO STARDUST

Irão as Leis Antimonopólio Frustrar os Planos do Rei dos Casinos?

DOCUMENTO ANEXO: 23/8/68. Cabeçalho e subcabeçalho do *Las Vegas Sun*:

BILIONÁRIO EREMITA ANUNCIA AO CONDADO DE CLARK: «QUERO COMPRAR-TE!»
Hughes Apostado em Febre de Aquisições de Hotéis

DOCUMENTO ANEXO: 23/8/68. Comunicado via telex. De: Unidade de Supervisão, Gabinete de St. Louis, Agência Federal de Álcool, Tabaco e Armas de Fogo. Para: Todo o pessoal da Unidade de Campo n.º 112. Assunto: Vigilância do Grapevine Tavern.

Cavalheiros,
Prosseguir com a vigilância do local a tempo inteiro, segundo as directivas previamente enviadas.
Thomas T. Wiltsie, Agente Responsável.

DOCUMENTO ANEXO: 24/8/68. Memorando enviado ao gabinete. De: Fred Turentine. Para: Clyde Duber & Associados (a/c de: Clyde Duber, Buzz Duber, Don Crutchfield). Assunto: Vigilância electrónica da suíte 308, Hotel-Casino Golden Cavern, Las Vegas (ref: investigação Dr. F. Hiltz/Gretchen.Farr).

C. D., B. D., D. C.,
Não obtive praticamente nada com a vigilância de ontem no Cavern. Vou ser franco: tudo se resumia a mórmones ricos & prostitutas & conversa barata sobre a convenção dos democratas em Chicago. O Farlan Brown falava excitado da sua intenção de lá ir (a org. Hughes está a cobrir-lhes as apostas políticas dando graxa à org. Humphrey). Não foi discutido nada de pertinente em relação ao Dr. Hiltz e G. Farr. Captei parte de uma conversa unilateral do Fred Otash ao telefone sobre um encontro a 30/8/68 com Wayne Tedrow & «talvez outros», mas nada mais. Resumindo, um fiasco. D. C. vai estar em Chicago para a convenção e por conseguinte pode fazer o acompanhamento a partir de lá. O

microfone já foi desactivado, mas continua no local. Removo-o quando der uma olhada à suíte já desocupada.

Cumprimentos,

F. T.

DOCUMENTO ANEXO: 25/8/68. Transcrição literal de telefonema gravado pelo FBI. Assinalado: «Gravado a pedido do Director / Classificado Confidencial 1-A: Estritamente Reservado ao Director.» Interlocutores: Director Hoover, agente especial Dwight C. Holly.

JEH: Bom dia, Dwight.
DH: Bom dia, senhor.
JEH: Já passou muito tempo.
DH: Concordo, senhor.
JEH: O Wayne Tedrow Júnior. Dê-me aí o resultado da sua última desventura no Congo da pretalhada.
DH: O caso foi abafado, senhor. A investigação do médico-legista concluiu que se tratou de homicídio-suicídio e os jornais assim o relataram.
JEH: Fico grato. E o Grapevine Tavern? Ainda continua a ser uma caixa de Pandora de falatório contra o FBI?
DH: Sim, senhor.
JEH: E a ATF? Ainda continuam lá empoleirados a vigiar?
DH: Por enquanto sim, senhor.
JEH: Não podem ficar lá empoleirados para sempre.
DH: Estou ciente disso, senhor.
JEH: Falemos da OPERAÇÃO IRMÃO RUUUUIM. Os pretos que o Wayne Júnior matou abriram-me o apetite.
DH: Consegui uma cópia das listas de subscritores do Fred Hiltz. Estou a examiná-las à procura de pistas de possíveis infiltrados.
JEH: E pagaste-lhe com as verbas que te forneci para salvar o Júnior.
DH: Sim, senhor. Dez mil dólares e meio quilo de cocaína.
JEH: Coitadas das fossas nasais dele. Até me arrepia só de pensar nisso.
DH: Sim, senhor.

JEH: E ainda continua à procura de um informador? De preferência uma mulher?

DH: Sim, senhor.

JEH: E a informadora número 4361 está a ponderar recomendar candidatos?

DH: Ela está a considerar essa hipótese, senhor.

JEH: Aaah, Dwight. Essa sua inflexão melancólica da palavra *ela* revela laivos de puerilidade.

DH: Há certas coisas que não se consegue disfarçar, senhor.

JEH: O filho do homem do Klan e a pacifista quacre. Até Deus deve estar maravilhado com essas conversas de travesseiro.

DH: São animadas, senhor.

JEH: Alguma vez falam de mim?

DH: De forma polémica, senhor.

JEH: E não o perturba que ela possa registar essa vossa relação dúbia para a posteridade? O currículo dela refere que mantém um diário regular. Pode muito bem ter rabiscado algumas notas sobre o seu amante reprimido.

DH: Invadi-lhe a casa, senhor. Até à data, as notas dela têm sido elogiosas.

JEH: E com toda a justiça, tenho a certeza.

DH: Obrigado, senhor.

JEH: Começo a ir abaixo, Dwight. Sei-o bem e sei que você também sabe. Sou um pugilista que esteve no ringue durante muito tempo, mas continuo a ser perigoso por causa disso e não apesar disso.

DH: Compreendo perfeitamente, senhor.

JEH: Bom dia, Dwight.

DH: Bom dia, senhor.

DOCUMENTO ANEXO: 25/8/68. Excerto do diário privado de Karen Sifakis.

Los Angeles,
25 de Agosto de 1968

Devia estar em Chicago. O Fulano de Tal vai passar lá a caminho de Filadélfia e vai ligar-me por causa de relatórios. A coisa vai ser ruim; toda a gente sabe isso; toda a gente sabe que Nixon contra

Humphrey não é escolha nenhuma e que a guerra irá continuar, independentemente do resultado das eleições de Novembro. Esta entrada e quaisquer outras entradas que possa escrever durante a convenção ficarão registadas aqui no meu segundo diário, aquele que escondo na escola e que o Dwight nunca deverá ver. Por causa dos nomes que eu possa registar. O Sr. Hoover (e o Dwight por acréscimo) está feliz com os dossiês e julga que no movimento todos se conhecem uns aos outros e que estamos todos conluiados num vasto espectro de actividades políticas. Claro que isso não é verdade. Podem ocorrer casos amorosos a um nível generalizado — normalmente breves e apaixonados e condenados ao fracasso por questões de sectarismo —, mas não uma conspiração política sujeita a investigação criminal. A paranóia define a direita (embora o Dwight tenda a evitá-la e a critique ocasionalmente com um humor sardónico) e também a esquerda. Todos se conhecem uns aos outros e suspeitam uns dos outros e *precisam* uns dos outros também. As agendas políticas e as agendas pessoais dividem-se ao longo dessas linhas, o que certamente define as mundivisões adversárias, agendas conspirativas e uma profunda camaradagem entre mim e o Dwight.

Meu Deus, Dwight Chalfont Holly e «camarada» numa única frase!

Chicago vai ser ruim. Danny T. e Sid F. ligaram a informar de notícias antecipadas. São marxistas nixonitas na sua determinação em lixar o Hubert Humphrey e eleger o homem que irá instilar uma maior repressão e providenciar uma maior hipótese de revolução num qualquer momento posterior ambiguamente pressentido. Claro que vai haver vidas destruídas e perdidas nesse processo e só pessoas utilitárias como eu (e, atrevo-me a dizer, como o Dwight) compreendem essa loucura puramente destrutiva. O Dwight consegue levar-me a fazer quase tudo, desde que consiga persuadir-me de que isso poderá evitar destruição e morte nessa altura. Chicago parece ser um momento largamente desejado de indignação sincera e um ódio horrível que está política e espiritualmente mandatado para lá de quaisquer considerações utilitárias, e é isso que me assusta.

A vedação à volta do edifício da convenção está encimada por arame farpado e foram destacados 5000 soldados antimotim, com outros 5000 de sobreaviso. O W. H. N. (que, secreta e morbidamente, adora armamentos) disse que Maury W. viu caixas de lança-foguetes a serem descarregadas no Aeroporto de O'Hare. Está a decorrer uma greve dos taxistas; uma grande companhia local de motoristas de autocarro está pronta para entrar em greve; o sindicato IBEW dos operários eléctricos entrou em greve a 8 de Maio e por isso os serviços telefónicos na cidade e arredores estão num caos total. O W. H. N. prevê uma presença de 100 000 radicais ou simpatizantes de radicais (na sua maioria uns palermas agitadores da contracultura e de uma esquerda ilusória). Vai ser ruim porque é mais do que certo que vai ser ruim e é preciso tomar uma posição com consequências horríveis e que consiga chamar as atenções de uma forma horrível, o que torna tudo isto ainda mais complexamente deplorável para mim.

Por isso, vou rezar pela paz e sentir a Eleanora crescer dentro de mim e fazer amor com o Dwight, que sabe muitas das coisas que faço, embora não as possa confrontar porque o momento da explicação moral iria deixá-lo louco.

Como sempre, irei maravilhar-me no rescaldo das minhas orações e ponderar sobre o grande ou reduzido benefício quantificável que a nossa estranha camaradagem de ideologias conflituosas traz ao mundo. Benefício mútuo. Soa a algo doentiamente capitalista, mas é totalmente igualitário dentro desse contexto de compromisso.

O Dwight precisa de uma informadora para se infiltrar na ATN e na FLMM. Já quase me convenceu de que ambos os grupos são doentiamente egoístas, ideologicamente corrompidos e destrutivos. Deveria apresentá-lo à Joan?

DOCUMENTO ANEXO: 25/8/68. Cabeçalho e subcabeçalho do *Los Angeles Times*:

CONVENÇÃO DEMOCRÁTICA PRESTES A COMEÇAR
Ameaça de Protestos na Cidade Ventosa

DOCUMENTO ANEXO: 25/8/68. Cabeçalho e subcabeçalho do *San Francisco Examiner*:

TROPAS CHEGAM A CHICAGO
Tensão Aumenta enquanto Jovens Manifestantes Se Mobilizam

DOCUMENTO ANEXO: 25/8/68. Comunicado via telex. De: Unidade de Supervisão, Gabinete de St. Louis, Agência Federal de Álcool, Tabaco e Armas de Fogo. Para: Todo o pessoal da Unidade de Campo n.º 112. Assunto: Vigilância do Grapevine Tavern.

Cavalheiros,
Investigação do Grapevine a ser terminada a 1/9/68. Concluir todas as operações de vigilância nessa data. O procurador-geral considera que não há bases suficientes para acusação.

Thomas T. Wiltsie, agente responsável

19

(Los Angeles, 25/8/68)

Listas:
Subscritores de correio racista, participantes de reuniões racistas, admiradores de *cartoons* racistas.
Dados cruzados com:
Folhas de cadastro, listas do Departamento de Veículos Motorizados, listas de grupos subversivos.
Dados cruzados com:
A própria literatura racista. Amostras de exemplares. Toda aquela treta de ódio ao homem branco. Dados dos subscritores negros cruzados com a porra das listas todas.
Dwight estava a trabalhar no escritório-fachada. Tinha erigido pilhas de papelada com o material do Dr. Fred e cópias em papel químico da Polícia de Los Angeles e do Departamento de Veículos Motorizados da Califórnia. Ódio, ódio, ódio. Enormes pilhas de papéis: os Himalaias do ódio.
Estava ocupado com essa tarefa desde a sua ida a Las Vegas. Tinha começado pelos ficheiros dos serviços de inteligência das polícias municipais. Estava à procura de polícias negros com experiência de infiltração. Não obteve nenhum nome. Voltou a concentrar-se nas listas de subscritores. Conseguiu obter papéis, fez a triagem e montou prateleiras para arrumar a papelada. Era uma caça a nomes de negros. Tentar descobrir um negro cheio de ódio. Recrutá-lo, coagi-lo ou encurralá-lo — e ensiná-lo a *voltar* a encher-se de ódio.
A abundância de nomes era avassaladora. A literatura racista e as fotos racistas proporcionaram-lhe momentos de riso. Os homens brancos tinham pilas pequenas, os homens negros tinham pilas grandes; a diáspora do tamanho da pila definia a história dos negros. Os

médicos judeus espalhavam anemia falciforme. A actriz Audrey Hepburn dera à luz o filho negro do desportista Jim Brown. O músico Lawrence Welk era realmente negro. O jazzista Count Basie era realmente branco. John Glenn era o primeiro astronauta preto do mundo.

Dwight continuou à caça de nomes. De *A* a *Z* e toca a recomeçar. Uma agulha num palheiro merdoso. *U, V, W, X, Y, Z* e de volta ao *A*.

Arthur Atkinson era um nazi negro. Willis Barrett assinava a revista *Caçador de Brancos*. Ricky Tom Belforth subscrevia a revista *Implora Que Seja Preto: Mulheres Brancas Suplicam por Verdadeiros Homens!* Bistrip, Blair, Blake, Bledsoe — alto aí, o que é isto?

Marshall E. Bowen/5652 South Denker, Los Angeles. Subscritor de folhetos racistas contra os judeus, 1965-1966.

O nome soou-lhe familiar. Pegou nas listas do Departamento de Veículos Motorizados e procurou pela inicial *B*. Lá estava: Marshall *Edward* Bowen/homem negro/1,78 metros, 79 quilos. Data de nascimento: 18/5/44. Carta de Condução n.º 08466. Morada anterior: 8418 South Budlong. Nota redigida na ficha do DVM: verificar antecedentes para admissão na Academia da Polícia de Los Angeles, 11/3/67. Morada actual, em cheio no alvo: 5652 South Denker novamente.

Anomalia. Incongruência. Subscritor de propaganda racista contra os brancos, potencial polícia de Los Angeles.

Sim, e o nome *voltou* a soar-lhe familiar.

Pegou na lista dos grupos subversivos. Em cheio no alvo, n.º 2: lá está Marshall E. Bowen outra vez.

Em reuniões dos Muçulmanos Negros. Em reuniões da Liga dos Cobras Negras. *Oooooh, Irmão Ruuuuuim!*

Ligou para a Polícia de Los Angeles. Conhecia lá um tipo no Departamento de Pessoal que lhe fornecia dados confidenciais às escondidas. O tipo atendeu a chamada e Dwight referiu o nome Marshall Bowen. Tinha-se inscrito no departamento em Março de 1967. Tinha sido admitido?

O tipo disse que precisava de verificar. Dwight aguardou em linha durante seis minutos. O tipo voltou todo excitado. Em cheio no alvo, n.º 3: Marshall E. Bowen tinha sido admitido na Polícia de Los Angeles.

Diploma da Academia obtido em Junho de 1967. Destacado para a Patrulha de Wilshire. Ainda continuava destacado em Wilshire. Excelentes relatórios de avaliação de condição física.

Marshall, o *mano ruuuim*.

Porque:

Subscreveste literatura racista. Foste a reuniões de comunas. Mano, que comportamento *ruuuim*. Podiam escorraçar-te da Polícia de Los Angeles com um chuto nesse teu cu preto.

Porque:

Os tipos que verificaram os teus antecedentes fizeram asneira e não toparam o teu historial racista. Os esquerdistas que odeiam brancos são sumariamente excluídos da Polícia de Los Angeles.

Mano ruuuuuuim. Seu canalha explorável, coercível e prestes a perder o emprego. Esse teu cu preto pertence-me.

Dwight ligou a Freddy Otash em Las Vegas. Freddy era um ex-agente da Polícia de Los Angeles e estava a par das cenas no seu departamento.

O telefone tocou nove vezes. Otash atendeu numa voz ríspida.

— Quem fala?

— É o Dwight, Freddy.

— Oh, merda. Não me digas. O Grapevine — disse Otash.

Dwight riu-se. — A ATF vai encerrar a vigilância no dia um. E nessa altura entramos nós em acção.

— E vamos encontrar-nos com o Wayne no dia treze?

— Certo, e acho que tu e eu devíamos encontrar-nos antes disso.

Otash suspirou. — O Wayne está pronto para isto?

— Acho que sim — respondeu Dwight.

— Meu Deus, o Wayne Júnior. Não se pode contar com ele, *nunca* se devia contar sem ele.

Dwight acendeu um cigarro. — Queria perguntar-te uma coisa sobre a Polícia de Los Angeles.

— Diz lá.

— Tem a ver com o processo de verificação de antecedentes. Refiro-me a um miúdo de cor chamado Marshall Bowen. Participou em reuniões de comunas e foi admitido na Polícia de Los Angeles no ano passado. Explica-me lá como é que essa merda comunista conseguiu escapar pelas frinchas.

Otash bocejou. — *Conheço* esse puto Bowen. Era um infiltrado do Clyde Duber. O Clyde desinfectou-lhe o currículo e infiltrou-o numa série de grupos comunas.

— Freddy, és um homem branco — disse Dwight.

— Não sou, não. Sou libanês, porra — disse Otash.

Marshall Bowen, *mano ruuuuuim*.

Clyde apontou para o friso na parede. Dwight examinou as fotografias. Mostravam aquele caso do assalto ao furgão blindado em Los Angeles. Corpos queimados, notas manchadas de tinta, esmeraldas. Um polícia corpulento a espancar dois negros.

Dwight espirrou. O escritório de Clyde estava mergulhado numa temperatura subpolar. A poltrona parecia causar-lhe espasmos de sonolência.

— Esse caso — disse Clyde. — É um passatempo meu e foi assim que conheci o Marsh.

— Sei um pouco sobre isso. O Jack Leahy esteve nisso durante dez segundos a mando do FBI.

— Certo. Continua por resolver e desde então têm aparecido no gueto notas manchadas de tinta. Às vezes a Polícia de Los Angeles aperta com as pessoas que passam essas notas, só para não perderem essa situação de vista. Foi o que aconteceu com o Marsh. Passou inocentemente uma nota de vinte e, *ups*, deu de caras com o Scotty Bennett.

Dwight bocejou. Sentia o rabo afundar-se. O raio da poltrona parecia envolta numa nuvem de sonolência.

— Não pares.

Clyde soprou anéis de fumo. — Então o Scotty apertou com o Marsh e já se sabe que a coisa fica bem feia quando o Scotty Bennett decide apertar com alguém. O Marsh ligou a um amigo dele, que por sua vez me ligou a mim. Livrei o Marsh da enrascada com o Scotty e fiz dele um infiltrado. Enfiei-o em meia dúzia de grupos comunas insignificantes e em grupos de cor e certo é que o Marsh se revelou um óptimo espião. O tipo adora acção e por isso candidatou-se à Polícia de Los Angeles. Conseguiu ser admitido, apesar dos protestos do Scotty.

Dwight bocejou. — E como é o tipo politicamente? Não pode ser um esquerdista nem odiar os brancos, senão a Polícia de Los Angeles não o teria admitido.

Clyde fumava cigarro atrás de cigarro. — Politicamente? O tipo é um jogador. Vive para o jogo, vê tudo como um jogo e os únicos cabrões que não sabem que é um jogo são esses ricaços dementes da direita que me pagam para introduzir espiões. *Uma verdadeira mina de ouro.* Tenho sacado setenta e cinco mil por ano ao Fred Hiltz e ao Charlie Toron.

Dwight esfregou os olhos. — Acabo de fazer um negócio com o Dr. Fred.

— O meu rapaz, o Don Crutchfield, está agora em Chicago a tentar localizar um imbecil dum mórmon qualquer.

— Um mórmon esquerdista?

— Um mórmon de direita e lambe-cricas que andava a foder com uma gaja com quem o Fred também andava enrolado. Céus, nem perguntes. A coisa tem sido assim durante o Verão todo e só nisso já gastei trinta e dois mil dólares.

Dwight pegou no telefone em cima da secretária. Clyde fez-lhe sinal com a cabeça para avançar. Dwight ligou para o tipo que conhecia no Departamento de Pessoal da Polícia de Los Angeles. O tipo ainda não tinha arrumado a ficha de Marsh Bowen. Dwight perguntou-lhe acerca do actual horário de trabalho de Bowen. O tipo disse que Bowen tinha ido a Chicago visitar o pai doente.

Clyde soprou anéis de fumo que roçaram no tecto. Dwight pousou o auscultador.

— O Bowen está em Chicago e não posso sair daqui. Podes pôr esse teu tipo Crutchfield a segui-lo? Quero ter uma ideia acerca dele antes de o abordar.

— Com certeza. Mas, já agora, gostava de saber do que se trata.

— O Senhor Hoover quer provocar uma certa agitação entre os pretos.

Jantaram virados para o televisor. A cobertura do período pré-convenção tomava conta dos meios noticiosos. Era um espectáculo sinistro. O prefeito Daley parecia cosmicamente irritado. O Hubert Humphrey parecia antecipadamente derrotado. A câmara mostrou miúdos de cabelo comprido no exterior do edifício. Tinham um ar malévolo. Não paravam de vaiar as fileiras da polícia de choque. Os polícias pareciam gárgulas ali à espera no poleiro.

Karen olhava para o televisor com muita atenção. Dwight continuava a debicar a sua comida. Dina estava a desenhar num caderno de colorir. Desenhava sempre helicópteros e carros da polícia, o que deixava Karen quase demente.

As imagens iam desfilando no ecrã. Os cânticos sinistros soavam como batedeiras avariadas. A câmara focou multidões de negros. Uma mulher devorava batatas fritas.

Wayne estava em Tahoe, a caminho de Chicago. Era o Sr. Mago. O Drácula e Farlan Brown eram elfos mal-intencionados. O Sr. Mago era um actor experiente. O espectáculo tem de continuar. Superaria a sua última asneirada com pretos e seguiria com o espectáculo.

As imagens iam desfilando no ecrã. Dina coloriu um cão sorridente e acrescentou-lhe colmilhos. Karen apertou o joelho a Dwight e tentou evitar fumar.

Um negro gordo a louvar o Dr. King. Um exercício de confabulações de feitos imaginários. As luzes foram apagadas para uma mostra de diapositivos. A foto de King surgiu no ecrã. Dwight fechou os olhos. Tinha o pulso acelerado. Respirou fundo uma série de vezes e tentou recompor-se. Karen inclinou-se sobre ele.

— Tens andado ansioso ultimamente.

— Ando com um sono de merda.

— Quando ficas ansioso também eu fico ansiosa.

Dwight abriu os olhos. — Não fiques, está bem?

Karen sorriu. — Diz-me como é que vou conseguir isso.

Dwight premiu o botão do controlo remoto. A TV desligou-se. Dina não notou. Karen passou a mão pela perna dele.

— Eu devia estar em Chicago.

— Céus, querida.

— Apetece-me rebentar estátuas fascistas.

— Que não seja eu a impedir-te.

— Talvez tenha um informador para ti. Uma mulher chamada Joan.

20

(Chicago, 25/8/68)

Estava calor no centro histórico de Chicago. Uma brisa turbulenta vinda do lago fizera subir os termómetros. Os polícias usavam capacetes e camisas de manga curta. Estavam armados com bastões e cassetetes. Os *hippies* usavam trajes que denegriam a bandeira nacional. Estavam armados com garrafas de *Coca-Cola* e pedras.

Motim potencial. Ambos os grupos estavam mortinhos por isso. O calor da noite dizia: AVANCEM, sabem bem que é isso que querem.

Crutch observava. Com o saco de mercearia bem preso na mão e mantendo-se fora de alcance. O cabelo à escovinha e a roupa discreta camuflavam-no. Os cabeludos deixá-lo-iam em paz. A polícia achá--lo-ia simpático.

Mas que porra de merda. Vir de Miami para *isto*.

Confronto cara a cara. Os polícias avançaram cinco centímetros. Os *hippies* avançaram oito. A distância encurtou e o ambiente tornou-se claustrofóbico.

Crutch continuou a observar. As *Dexedrines* e o café tinham-no deixado psicadelizado. Estava acordado há trinta e seis horas. Estivera ocupado com o posto de escuta no Hotel Ambassador East. Farlan Brown tinha dado uma festa na suíte ao lado. Bebida, miúdas e conversas políticas entusiasmadas. Brown fodia as raparigas e subornava os delegados. Prometia-lhes voos das Linhas Aéreas Hughes e extorquia-lhes detalhes sobre a viagem de campanha de Humphrey, para que Wayne Tedrow e companhia pudessem lixar Hubert.

Os polícias avançaram cinco centímetros. Os *hippies* avançaram oito. A distância encurtou. O ódio intensificou-se.

Crutch continuou a observar. O confronto estava a deixá-lo inquieto. Clyde tinha-o sobrecarregado de trabalho. Tinha de se ocupar do posto de escuta e de uma tarefa adicional: seguir um polícia de Los Angeles pela cidade fora. Buzz estava agora ocupado com essa tarefa.

Os polícias avançaram. Os *hippies* avançaram. Um imbecil gordo gritou «Porcos fascistas!». Os polícias investiram contra a multidão. Os *hippies* hesitaram. Um tipo de cabelo encaracolado atirou uma pedra. Fez ricochete no capacete de um polícia magricela. Os polícias romperam a linha da multidão com os bastões estendidos à sua frente. Os *hippies* não tinham espaço para dar meia-volta nem para arremessar projécteis. Ceifagem total: os polícias espezinharam, deram pontapés e cacetadas e derrubaram corpos sobre o pavimento.

Um carro avançou até junto da confusão. Viu-se o clarão de uma chama vermelha. Dois pretos atiraram contra a polícia uma bomba improvisada com um saco de merda de cão em chamas. Não chegou a atingir os polícias. O saco rebentou e a merda em chamas queimou uns miúdos caídos no chão. Os pretos esboçaram o gesto do punho cerrado e pisgaram-se.

Crutch voltou a correr para o hotel e instalou-se no posto de escuta. Da vertente sul podia ver carros a arder e o brilho de chamas perto do lago. A consola das escutas estava virada para a parede do lado norte. Ouviu ruídos de foda e sucção através do amplificador de som. Pôs os auscultadores. Os ruídos de foda e sucção eram agora mais intensos. Esta parte do trabalho para o Dr. Fred era uma pura perda de tempo.

Este trabalho ocupava toda a carga horária de Clyde Duber, mas ainda não havia nenhuma informação sobre Gretchen/Celia e Joan Rosen Klein. Talvez Clyde andasse a fazer fintas aos seus horários. Clyde tinha-lhe dito para não pressionar Farlan Brown em pessoa. Todo aquele falatório era irrelevante para as mulheres.

Era uma da manhã. Crutch comeu dois bolinhos para reduzir o efeito dos barbitúricos. Pousou a tira de fotos cadastrais de Joan sobre a consola. Não parava de olhar para Joan e reparar em novos pormenores.

O *seu* caso estava completamente encalhado. Sam Giancana ou alguém próximo dele tinha ligado a Gretchen/Celia. Era uma pista importante, mas também um beco sem saída. Não se pode pressionar um vulto da envergadura de Sam Giancana.

A caminho do aeroporto decidira forçar a porta do escritório da agência imobiliária de Arnie Moffett. Não encontrara mais nenhuma anotação sobre Gretchen/Celia. Tinha consultado os ficheiros de pessoas desaparecidas tanto no Departamento do Xerife como no Departamento da Polícia de Los Angeles à procura de registos de miúdas latinas com tatuagens. Não encontrara nada. Pôs a circular o nome e os dados de Joan Rosen Klein junto dos seus contactos policiais a nível nacional. Catorze departamentos policiais, catorze polícias. Polícias da unidade de roubos, polícias da divisão contra actividades subversivas, polícias da divisão de espionagem. Ninguém sabia nada acerca da Joan Comuna.

Talvez ela tivesse ficha no FBI. Essa abordagem era arriscada. Teria de pedir a Clyde que falasse com os seus contactos no FBI. Por enquanto, Joan pertencia-lhe somente a ele. Manteve o exclusivo dessa pista somente para si.

Os ruídos de foda e sucção esmoreceram, sendo substituídos pelas palavras «paga-me, paga-me». Crutch folheou um livro da biblioteca inteiramente dedicado a Cuba. Ataques de rebeldes, campos de cana-de-açúcar queimados, o fiasco da invasão da baía dos Porcos. Continuou a ler livros. Continuou a fazer chamadas de longa distância para o Franciú. Mesplede continuava à procura dos dois exilados vira-casacas: Fuentes e Arredondo. Tinham atraiçoado *le sacré la Causa*. Eram assaltantes. Talvez andassem a dar o golpe em grandes armazéns em Des Moines ou em Duluth. O Franciú, o seu mentor sem papas na língua, trabalhava com Wayne Tedrow, mas continuava a desconfiar dele. O Franciú e Wayne trabalhavam agora para o Conde Drácula. A sua missão: fazer trapaças na convenção e sodomizar a campanha de Outono de Hubert Humphrey.

Freddy Turentine apresentou um relatório sobre a operação de escuta ao Golden Cavern. Um fiasco: só putas e mórmones. *Mas* Fred Turentine tinha ouvido Fred Otash referir um encontro a 30 de Agosto com Wayne Tedrow e «talvez outros». Talvez fosse uma pista importante. Wayne poderia dizer alguma coisa ou fornecer alguma pista sobre o covil do Drácula. Uma foto/um milhão de dólares: a oferta da revista *Life* continuava válida. O Franciú disse que poderia requisitar um grande furo jornalístico sobre Wayne. Crutch disse que poderia providenciá-lo. Fervilhar de ideias: ligar a Fred Turentine e dizer-lhe para manter o equipamento de escuta no local.

O telefone tocou na suíte do lado. Crutch enfiou os auscultadores. Ouviu ruídos de estática e vozes distorcidas na linha. Accionou interruptores e captou a voz de Farlan Brown.

— ... Wayne, olá. Meu Deus, que horas são? Já não abro as cortinas desde o tempo em que o Coolidge ocupava a presidência.

Wayne Tedrow: — É uma hora e vinte.
Brown: — Da tarde ou da manhã?
Tedrow: — Da manhã. Estou agora no Aeroporto O'Hare. Estou à espera do tal homem de quem te falei. Vem no voo de Sioux Falls.
Brown: — Um mercenário francês em Sioux Falls, no Dakota do Sul. Essa é nova para mim.
Tedrow: — O tipo está a tentar localizar uns colegas que já não vê há muito tempo.
Brown: — Não vai encontrá-los em Chicago. Tudo o que temos aqui é luta de classes.
Tedrow: — O aeroporto está um caos. É só miúdos pedrados e repórteres. Parece um palco gigante.
Brown: — O Hubert está fodido. O Dick vai levar-lhe a melhor.
Buzz entrou na suíte. Crutch acenou-lhe.
Tedrow: — Vamos precisar de dormir um pouco. Vemo-nos daqui a cinco ou seis horas.
Brown disse qualquer coisa. A linha encheu-se de estática. Crutch tirou os auscultadores.
— Este Bowen é uma ave rara — disse Buzz. — Não bebe nem anda atrás de gajas. Deve ser o preto mais aborrecido do mundo inteiro. Gosta de ir à porra de museus e a lojas de queijo.
Crutch devorou um bolinho. — Agora encarrego-me eu disto.
— Disto o *quê*? É uma e trinta da manhã. O Bowen está em casa com o papá e a porra da cidade inteira está a enlouquecer.
— Sinto-me inquieto.
Crutch devorou um quarto bolinho. — Volto daqui a cinco ou seis horas.
Buzz consultou o seu bloco de apontamentos. — Este tipo é mesmo quadrado. Vinte e três horas e dezasseis minutos: passa por duas churrascarias e por um bar de *topless* chamado Coelhinho Fofinho. E aonde é que ele vai? Vai à livraria do Senhor Sid, que está aberta toda a noite.
Crutch riu-se. Buzz deixou cair a cabeça sobre o peito e imitou sons de ronco. Algo explodiu lá fora. Crutch olhou pela janela e viu um carro da polícia em chamas.

A noite de Chicago estava em ebulição. Circulavam nas ruas legiões de cabeludos. Aquela brisa do lago agitava-lhes as bandeiras vermelhas.

Circulavam polícias em movimentações laterais. Tudo parecia sincronizado. Das ruelas surgiram polícias montados. Os cavalos cagaram no passeio. As pessoas atiravam coisas pelas janelas. Uma verdadeira saraivada de fruta e bricabraques. Os projécteis nunca acertavam nos polícias *nem* nos *hippies*. Parecia uma declaração pública. Ninguém saberia dizer quem eram os alvos.

Crutch atravessou a confusão no seu carro alugado. O trânsito fluía a um ritmo mais lento do que um caracol. Uma abundância de pequenos acidentes rodoviários. O pai de Marshall Bowen morava na esquina da 59.ª com Stony Island. Era um bairro da classe média de cor: casas de dois andares junto à rua.

Uma olhada às horas: 2.41 da manhã.

Crutch estacionou à frente da casa. Viu uma luz acesa no piso superior. Colocou a tira de fotos de Joan no painel de instrumentos e examinou-as.

Esperou. Começou a ficar um pouco inquieto. O cérebro dizia-lhe *Avança* mas o corpo dizia-lhe *Dorme*. Marshall Bowen saiu de casa às 3.09.

Caminhou até à esquina e entrou numa rua principal. Crutch deu-lhe dez segundos de avanço. Inverteu a marcha e entrou no cruzamento. Bowen estava a três lojas de distância, à esquerda.

Crutch abrandou a marcha e observou. O trânsito pedonal era rápido. Bowen espreitou alguns bares e continuou a andar. Viu polícias a fumar prazenteiramente na rua. Alguns cabeludos contornaram a esquina do fundo e toparam-nos. Crutch dispunha de um bom campo de visão.

Bowen observou montras e continuou a passear sem pressas. Crutch viu um cabeludo com uma garrafa de *Coca-Cola* na mão erguida. Outro cabeludo enfiou um trapo no gargalo e ateou-lhe fogo. Todos os cabeludos ficaram excitados ao ver a chama. Um dos cabeludos lançou a garrafa directamente contra os polícias.

A garrafa rebentou a pouca distância deles. A explosão foi um fiasco. Os cabeludos gritaram «Abaixo a Bófia Fascista!» e desataram a fugir às gargalhadas. Marshall Bowen voltou-se para trás: Ei, mas que é isto?

Os polícias caíram-lhe em cima. Bowen ergueu as mãos: *não, por favor*. Os polícias começaram a espancá-lo e a maltratá-lo até tudo se tornar numa imagem indistinta.

21

(Chicago, 26/8/68)

Estojo de química.
Wayne estava na casa de banho de Farlan Brown. As paredes espelhadas reflectiam a sua imagem. Estava com péssimo aspecto. Estás demasiado velho, demasiado magro, demasiado acabado.

Pegou num copo pousado no lavatório. Pegou no uísque que trouxera do voo e misturou-o com fragmentos de ópio e um *Valium* esboroado. Misturou tudo com a extremidade de uma escova de dentes e engoliu de uma só golada.

Sentiu o efeito passar do estômago para a cabeça. E depois o já esperado formigueiro. Apoiou-se contra o rebordo do lavatório e olhou-se nos espelhos. Ocorreu a esperada inversão do seu aspecto anterior.

Foi para a sala de estar. Estavam lá todos os elfos do Drácula. Contagem de cabeças: Brown e Mesplede. Seis rufias para Sam Giancana e oito polícias de folga. No chão, exactamente no centro: uma grande mala rectangular, cheia de venenos.

Os rufias e os polícias estavam sentados, misturados uns com os outros. Brown e Mesplede estavam de pé atrás do bar. Estavam a beber *Bloody Marys* à laia de pequeno-almoço, encimados por talos de aipo. Mesplede tinha distribuído cigarros franceses. A suíte inteira estava mergulhada em fumo.

Brown fez um sinal com a cabeça: o espectáculo é teu, Wayne.

— Anfetaminas, alucinogénios e haxixe. Dêem isto aos miúdos e assegurem-se de que não há jornalistas por perto quando o fizerem. Há algumas provas de infiltração. Têm aí literatura subversiva e diagramas para o fabrico de bombas. Naquela mala estão pelo menos cinquenta detenções por delitos de classe A; cada miúdo que detiverem

irá denunciar duas dúzias de outros e assim todos vós podereis vingar-
-vos dos democratas por terem montado o espectáculo deles na vossa
cidade.

Alguns dos polícias aplaudiram. Alguns dos rufias assobiaram. Um
dos polícias entregou um ficheiro a Mesplede e formulou com os lábios
as palavras «Estão aqui». Um rufia obeso fez estalar as articulações dos
dedos.

Brown deu uma palmadinha nos joelhos. Mesplede acenou com o
seu talo de aipo.

Estojo de química: Wayne preparou um *cocktail* para tomar na
cama. *Nembutal* e uísque *Jack Daniel's*: uma dose comprovadamente
segura, preparada por um químico profissional.

A bebida desceu até ao estômago com uma sensação de calor e lá
assentou. Wayne espreguiçou-se e aguardou o baixar da cortina da consciência. Era a sua décima sexta dose bem calculada desde que estivera na
zona oeste de Las Vegas.

Em breve poria cobro a isso. Os compostos que preparara em Lake
Tahoe durar-lhe-iam até à semana seguinte. Ultimamente andava
a reduzir os períodos de sono de forma gradual. Em Tahoe dormira
mais de vinte horas seguidas. Mantinha-se em contacto com Carlos e
o grupo de Hughes através de telefones seguros. Dissera-lhes: Estou
a recuperar no bosque. Tenho um problema numa vértebra.

Acreditaram. Atribuíram as suas ausências a doenças. Dwight tinha
encerrado aquele assunto dos homicídios. Com o tempo aquilo cairia
no esquecimento. Mais dois pretos mortos, ninguém se importaria.

A cortina começou a baixar. Viu a mulher negra vestida de negro
enquanto a luz esmorecia.

22

(Las Vegas, 26/8/68)

Freddy Otash descreveu o *gestalt* do Grapevine.
Era uma espelunca de pacóvios com um ambiente rústico e infestada de pormenores de extrema-direita. Reluzentes néones de publicidade à cerveja *Hamm*. Uma data de abetos de poliéster. Fotos de cricas coladas por cima dos urinóis. Revistas de armas amontoadas por todo o lado. Guardanapos com *cartoons* racistas: escarumbas, fora daqui.
Dwight e Freddy estavam a boiar na piscina do Golden Cavern. A água estava gélida como um fiorde. Dispunham da parte funda só para eles. Freddy descreveu o *gestalt* dos rumores.
Emanavam de seis canalhas: Brundage, Kling, DeJohn, Currie, Pierce e Luce. Faziam assaltos à mão armada, traficavam comprimidos e tinham tendência para fazer desatinos de direita. Eram bêbedos incorrigíveis e uns drogados. Eram um grupo fechado. Todas as noites encerravam as portas do Grapevine e ficavam a falar de baboseiras até tarde. Tinham as chaves da espelunca. Os proprietários confiavam neles e sabiam que deixariam ali o dinheiro das bebidas consumidas e que encerrariam o local quando fossem embora. *Não* eram alvos da vigilância da ATF. Isso era bom. A ATF não iria investigar esse homicídio em massa.
Um empregado trouxe uma *Cuba Libre* para Freddy e um chá gelado para Dwight. Continuaram ali a boiar e a conversar. Freddy disse que aquilo era um trabalho para três homens. Dwight disse que não, que eram precisos quatro: o Wayne conhece um mercenário francês da Córsega. O tipo parece perfeito para este trabalho. Vamos metê-lo nisto.
Freddy concordou. Uma loira bem fornecida passou perto da piscina, proporcionando-lhes alguma distracção. Dwight untou-se com

mais creme solar. Discutiram a reunião do dia 13: nessa altura já teremos o Wayne e o mercenário e damos o retoque final no plano.

— A coisa tem de ser circunscrita — disse Dwight. — Só aqueles seis palermas e mais ninguém. É tarde, estão sozinhos a falar de politiquices sem interesse e aquilo tudo explode.

— Concordo — disse Freddy. — A Polícia de St. Louis intervém, investiga a cena do crime, faz os testes e diz: «É tudo. Todos os números condizem.»

— Vamos ter que disparar de forma bem audível — disse Dwight. — Queremos uma saraivada de tiros sobrepostos que sejam ouvidos e notados. Não podemos usar silenciadores porque deixam fragmentos nas balas disparadas.

— Concordo — disse Freddy. — Todos eles costumam andar com armas, mas não vamos ter tempo para os desarmar e matá-los com as suas próprias armas. Vamos precisar de levar armas com origem comprovada de St. Louis.

— Concordo e deixo isso a teu cargo — disse Dwight. — Nesta história és tu o tipo de St. Louis e portanto arrombas umas quantas lojas de armas ou casas de penhores e roubas algumas armas que os investigadores possam identificar posteriormente. E que sejam revólveres, Freddy. Nada dessas automáticas que costumam encravar.

Freddy deu um sorvo na sua *Cuba Libre*. — Concordo. Enfiamos-lhes os balázios, metemos lá as armas com que se mataram uns aos outros, tiramos-lhes as armas existentes e deslocamos os corpos para condizer com o derrame de sangue. Essa parte do esquema é mais do que clara.

Dwight bebericou chá gelado. — Entramos e saímos em menos de quatro minutos. Disseste que eles põem sempre a *jukebox* a tocar nas alturas, certo?

— Certo. A pior música do Oklahoma, num berreiro total.

— Ainda bem. Abafará em parte os tiros e os vizinhos já estão habituados à chinfrineira habitual. Quando sairmos aumentamos o volume, pois assim haverá mais hipóteses de algum residente local fazer uma chamada a queixar-se do ruído e uns parolos lá da polícia de patrulha acabarão por responder à queixa e encontrar os corpos.

Freddy estava a boiar por baixo da prancha de mergulho. — Precisamos de mais um detalhe essencial.

— Cocaína — disse Dwight. — Snifaram uma cena pura e passaram-se completamente. Deixamos lá umas linhas no balcão. Pedimos ao Wayne para liquefazer uma porção. Arranjamos agulhas finas e seringas de insulina e enchemo-los de coca depois de mortos. Podemos injectá-los entre os dedos dos pés, pois deixa marcas demasiado pequenas para serem detectadas na autópsia.

— Será uma coisa muito organizada e circunscrita — disse Freddy. — Será classificado para a porra da eternidade como homicídio múltiplo de brancos ignorantes e dado como «caso encerrado» num máximo de doze horas.

Dwight anuiu com a cabeça. — Vamos tornar a coisa convincente. E não te preocupes com o Wayne, ele é de confiança.

Freddy riu-se. — Nós para aqui preocupados com ele, mas ele é que é o assassino implacável.

Dwight riu-se. — Sorte a nossa por aqueles cabrões serem brancos.

Um empregado aproximou-se com um telefone com a luzinha a piscar. Freddy saiu da piscina e debateu-se com o fio e o auscultador. Dwight fechou os olhos para não ser incomodado pela luz do Sol.

— É para ti — disse Freddy. — Esse teu tipo, o Bowen, está preso em Chicago.

23

(Chicago, 26/8/68)

O Franciú passou a Crutch um bolinho de haxixe. O motorista deles era um polícia *em serviço*. O giro pela zona dos motins de Chicago prometia ser um entretenimento total.

Tinha sido ideia de Mesplede. Tinha encontrado Crutch no vestíbulo do hotel. Crutch gostou da sugestão. Bowen estava na cadeia. Buzz estava ocupado com o posto de escuta. A observar o decurso da História, sem dúvida.

Mesplede tinha-lhe dito para se manter longe de Wayne Tedrow: «Já devias estar morto, *mon ami*.» Crutch concordara. Mesplede insistira: «Pode ser que um dia te peça para escutares os segredos sujos do Wayne.» Crutch concordara novamente. A História não parava de o seguir: primeiro em Miami e agora *isto*.

Os rapazes das bandeiras vermelhas. As raparigas sem sutiã. Os polícias com charutos apagados. As ninfetas a atirar flores à Guarda Nacional.

O polícia motorista estava a beber uísque *Old Crow*. A sua viatura tinha ar condicionado. Puderam assistir àquele espectáculo cinematográfico sem o calor da noite.

Os distúrbios nas ruas. A acção de bastões e pedras arremessadas. Os miúdos cabeludos todos ensanguentados. O miúdo sem um olho. O miúdo de dentes partidos.

— Reconheço que a guerra é impopular — disse Mesplede. — Reconheço a sua natureza prolongada, mas nunca reconhecerei a sua absoluta necessidade.

Crutch olhou pela janela. Um *hippie* fez-lhe um gesto obsceno. Uma rapariga *hippie* mostrou-lhe as mamas.

— Donald, acreditas numa Cuba livre? — perguntou Mesplede.

— Sim, patrão. Acredito.

— Acreditas que a perfídia da baía dos Porcos exige uma resposta continuada?

— Sim, patrão. Acredito.

— Acreditas que Fidel Castro deve ser derrubado e que os quinta-colunistas que apoiaram o regime dele devem sofrer os castigos mais severos?

— Sabe bem que sim, Patrão.

O polícia motorista tinha trazido um rádio portátil. Mesplede estendeu o braço por cima do assento e carregou no botão *Play*. O polícia motorista sintonizou até encontrar uma estação de música *country*. Ouviu-se um tenor branco: «Adoro bandeiras e licor de milho. Pacifistas e erva não é coisa para mim.»

Mesplede fez uma cara de enjoado e voltou a sintonizar. *Jazz* desarmonioso: aaah, *oui*. Crutch fez uma cara de enjoado. Aquilo parecia uma sinfonia de instrumentos avariados. O bolinho de haxixe estalou-lhe na cabeça. As cores no exterior alteraram-se. Viu filamentos e imagens em duplicado.

O polícia motorista virou para uma rua lateral. A intensa acção de rua desapareceu. Pequenas casas de um só piso, completamente escurecidas e adormecidas.

Mesplede desligou o rádio. O polícia motorista encostou e parou. Crutch estava a ver as coisas em duplicado e triplicado. Mesplede saiu e fez sinal a Crutch para o seguir. Crutch saiu e testou o seu equilíbrio no passeio. As imagens duplicadas e triplicadas reduziram-se a imagens normais. As passadas em cima do passeio enrijeceram-lhe os músculos frouxos.

Seguiu Mesplede. Avançaram até à porta de uma pequena casa de paredes húmidas. Mesplede forçou a fechadura com uma gazua. Crutch apreciou-lhe a destreza: duas voltas com uma gazua n.º 4.

Entraram na casa. Escuridão total. O ruído do ar condicionado abafou-lhes os passos. Crutch foi direitinho ao letreiro MULHERES que via na sua cabeça.

Seguiu Mesplede. O barulho do ar condicionado intensificou-se. Desembocaram num corredor e continuaram a avançar. Pararam junto de uma porta. Mesplede ligou um interruptor. A luz recaiu sobre dois tipos hispânicos que dormiam em camas individuais.

Agitaram-se um pouco no seu sono. Um dos tipos resmungou algo. Mesplede disse: — Comunistas e traidores cubanos. Mata-os por mim, por favor.

A sinfonia de música explodiu. As cores explodiram e dissiparam-se. Crutch sentiu algo frio na mão. Viu os tipos hispânicos envoltos em filamentos de imagens duplicadas e triplicadas.

O outro hispânico resmungou algo. Ambos os tipos abriram os olhos e olharam para a porta. Ambos remexeram nervosamente nas suas mesas-de-cabeceira.

Crutch ergueu a arma e apontou. As imagens separadas convergiram numa só. Disparou de olhos fechados. O carregador disparou automaticamente. Uma saraivada de tiros sobre as camas. Ouviu os sons abafados do silenciador. Sentiu o cheiro a sangue com os olhos fechados. Abriu os olhos e viu dois homens sem rosto a tentar gritar.

24

(Chicago, 27/8/68)

A prisão estava sobrelotada. Os radicais e os cabeludos ocupavam todo o espaço das celas. A prisão costumava estar geralmente cheia de pretos. O motim tinha invertido as quotas raciais.

Um guarda conduziu Dwight ao longo do estreito corredor. Esta passagem desencadeou imensos punhos erguidos e frases do tipo «Abaixo a Bófia!». A sala de interrogatório ficava mais à frente, num corredor perpendicular. Marshall Bowen estava à espera dele.

Um aspecto nada mau. Em boa forma física, com um ar de pessoa ponderada. Um bom pseudo-agitador.

O guarda deixou-os a sós. Dwight atirou um maço de cigarros para cima da mesa. Bowen abanou a cabeça e arrastou a sua cadeira para trás.

Dwight virou a sua cadeira ao contrário e sentou-se. Esta pose surtiu efeito, pois Bowen aproximou mais a sua cadeira.

— Você não é advogado. É polícia.

Dwight acendeu um cigarro. — Sou as duas coisas.

— FBI?

— Correcto. A propósito, chamo-me Dwight Holly.

Bowen esboçou com a cabeça um cumprimento falsamente humilde. — Trabalha para o Gabinete de Chicago?

— Não. Sou um agente de campo nacional.

— E está preocupado pelo facto de um polícia de Los Angeles ter sido severamente agredido sem justificação?

Dwight sorriu. — Não vejo nenhum ferimento. Dizer «severamente» é um exagero, como bem sabes. Também sabes que não podes processar a Polícia de Chicago e vencer. Aliás, se apresentares queixa, vais prejudicar *severamente* a tua reputação junto da Polícia de Los Angeles.

Bowen sorriu. — O agente na recepção viu o meu crachá. Já estaria fora daqui se as coisas não estivessem todas baralhadas por causa desta loucura.

Dwight atirou um saco de erva para cima da mesa. — Ele viu isto?

Bowen cerrou os punhos e fez uma careta que dizia «Já percebi». A sua reacção foi-se aprofundando.

— Isso é uma ameaça. E significa que vem aí uma proposta.

Dwight apagou o cigarro. — O Clyde Duber diz-te olá.

— Então trata-se de um trabalho de infiltrado?

Dwight abanou a cabeça. — Responde a algumas perguntas.

— Está bem.

— Diz-me qual é a tua reacção a esta loucura toda.

— Incomoda-me. A nível pessoal, sinto-me mais do que politicamente afrontado.

— E o tratamento injusto que os negros deste país têm recebido? Podes dizer-me a tua opinião sobre isso?

— Não costumo pensar muito sobre os negros. E você?

— Penso mais neles do que devia.

Bowen riu-se. — E porquê?

Dwight abanou a cabeça. — Militância negra. Certamente que terás as tuas opiniões sobre isso.

Bowen encolheu os ombros. — É compreensível, é histórica e até mesmo legalmente justificável. É ambiguamente recomendável e fornece oportunidades a ideólogos duvidosos e empreendedores criminosos.

Dwight fez-lhe uma pequena vénia com a cabeça. — Porque quiseste ser polícia?

— Por causa da excitação.

— Estás a gostar do teu trabalho na Patrulha de Wilshire?

— Ando um bocado aborrecido.

— Quem odeias mais? Polícias brancos ambiciosos como eu ou os pretos inúteis que compõem a maioria do seu povo e em relação aos quais te sentiste sempre superior como a porra?

— Conforme a situação.

Dwight agarrou em duas tábuas da cadeira e arrancou-as. Bowen não pestanejou sequer.

— Quero infiltrar-te. Quero criar um cenário para que te expulsem da Polícia de Los Angeles e introduzir-te depois na Aliança das Tribos

Negras e/ou na Frente de Libertação Mau-Mau, para criar dissensão política e criminal. Ser-te-á pedido que cumpras essa missão, sob a minha direcção, durante o tempo que eu assim decidir. Concluída a missão, poderás escolher entre juntar-te ao FBI com um salário na ordem dos dois mil dólares ou voltar para a Polícia de Los Angeles como sargento, com um salário conforme a esse posto e uma apreciação de atitude, mais-valias e ambição para a promoção a tenente. Certa vez uma mulher quacre muito sábia disse-me isto: «Atenta bem no que procuras, pois isso que procuras anda à procura de ti.» Se procuras excitação, este trabalho irá dar-te toda a excitação que conseguires aguentar.

— Aceito — disse Bowen.

Depois pestanejou, estremeceu e hesitou.

25

(Chicago, 28/8/68)

O Aeroporto O'Hare de Chicago estava num caos. Um grande número de chegadas, um grande número de partidas, um grande volume de passageiros que entravam e saíam da cidade. Os terminais estavam transformados em campos de refugiados. As filas para o *check-in* e para a recolha de bagagem pareciam destinadas a durar o dia todo. Os ânimos exaltavam-se. Voavam insultos. Pequenos empurrões redundavam em cenas de pancadaria.

Os vendedores de jornais faziam negócio. Toda a gente lia o *Chicago Tribune*. Topem só o motim em Lincoln Park. Topem só o motim que está a gerar-se em Grant Park. As fotos noticiosas tinham captado bocas abertas prestes a gritar.

Wayne leu o *Tribune* enquanto era acotovelado por repórteres e padres esquerdistas, seus camaradas na fila para o *check-in* da bagagem. Tinham passado duas horas juntos. Falemos de ultrajes: vamos aqui estar mais nove horas.

O *Tribune*, página seis: «Radicais capturados com diagramas de bombas. Em discussão acusação de sedição.»

Wayne amarrotou o jornal e deitou-o fora. Uma freira com aspecto de lésbica e com um crachá com a pomba da paz na lapela olhou-o de sobrolho franzido. Wayne estava de rastos. O encontro no Hotel Golden Cavern aconteceria dentro de dois dias. O esquema do Grapevine parecia estar iminente.

Os táxis despejavam passageiros e embarcavam novos passageiros que tinham chegado nos voos. Wayne olhou em redor. Aquele miúdo ali parecia-lhe familiar: o laço apatetado e o cabelo à escovinha.

Wayne reconheceu-o. O miúdo que o tinha seguido em Miami, agora com um ar mais duro. Tinha dito a Mesplede para o eliminar.

O miúdo não viu Wayne. A freira lésbica tornou-se agressiva. Fez sinal a duas freiras negras para se meterem à frente de Wayne.
Wayne não se importou.

26

(Las Vegas, 29/8/68)

Dedos escorregadios. Os fios não paravam de escorregar e falhar os buracos. As mãos tremiam-lhe imenso. Tinha a cabeça em água.

— Estás com tremores, miúdo — disse Fred Turentine.

Crutch fez um esforço para voltar a concentrar-se. Trabalho de escuta: suíte 307 no Hotel Golden Cavern. O encontro Otash/Tedrow era no dia seguinte. Era a última verificação que faziam daquele local.

Enfiou fios pela base do candeeiro e dobrou-os. O alicate escorregou. O candeeiro vacilou e quase tombou. Fred Turentine disse-lhe: calma nisso, miúdo.

Tinha morto dois homens. Ainda não assimilara bem isso. Agora o Franciú estava de volta a Miami. Não parava de lhe ligar. O telefone tocava incessantemente. Os hispânicos mortos eram comunas e traidores da Causa Cubana. Tiravam vidas e ele tirara-lhes as vidas a eles, mas essa parte não lhe tinha custado. Mas custava-lhe rever as imagens na sua cabeça. Nessa altura estava completamente pedrado. Revia as imagens na sua mente em *VistaVision* e *Cinerama*. O seu mundo era composto de imagens em duplicado. Revia as imagens com o dobro da nitidez e a metade da velocidade.

Fred agarrou num fio solto e voltou a colá-lo. Crutch remexeu na caixa de ferramentas.

Não conseguia dormir. Não conseguia pensar no seu caso. Não parava de olhar para as fotografias de Joan.

27

(Los Angeles, 29/8/68)

A ventoinha do tecto não parava de agitar os lençóis. O ar fresco dava-lhes arrepios. Dwight sentiu uma contracção. Sabia porquê: Eleanora acabava de dar um pontapé.

— Devia estar em Chicago — disse Karen. — Não devia estar numa cama desdobrável num escritório-fachada do FBI.

Karen agora estava mais roliça. Os mamilos estavam maiores. Os ossos das ancas já não eram visíveis.

— Aquilo foi péssimo. Ainda bem que não foste.

— O Fulano de Tal estava em Lincoln Park. Chamou àquilo um «massacre».

Dwight agarrou nos cigarros. Karen pareceu ficar tentada. Dwight voltou a pousá-los.

— Não me faças ciúmes, senão espeto-lhe com um caso de sedição.

Karen riu-se. — Pareceu-te inevitável?

— Se queres dizer pré-planeado e por consenso mútuo, então sim.

— És muito religioso, sabias. Compreendes a tua responsabilidade pessoal para com Deus, mas és desleixado e muito negligente na tua prática secular.

Dwight sorriu. — Confio em ti para essas percepções. Aliás, há dois dias cheguei a citar-te a um tipo lá em Chicago.

— Como é que me descreveste?

— Como sendo muito sensata.

— Não como sendo dúbia e comprometida nos meus afectos?

— Não chegámos tão longe.

Karen beijou-lhe o ombro. — Conseguiste arranjar o teu infiltrado?

— Sim.

— Então alguma coisa está errada.

— Porque dizes isso?

— Estás tenso, mas estás a tentar não parecer tenso. Fazes sempre uns movimentos com as mãos quando estás a tentar convencer-me de que as coisas estão bem.

Dwight flectiu as mãos. O anel da formatura em Direito começava a ficar solto. Andava a perder refeições e funcionava à base de café.

— Pronto, tens razão.

— Foi alguma coisa má que fizeste ou alguma coisa má que estás a planear?

Dwight lançou-lhe um olhar esclarecedor: assunto encerrado. Karen rolou sobre as costas e pôs as mãos dele em concha sobre o volume da barriga.

— Já tenho o meu infiltrado. É incrivelmente competente, mas por agora não posso dizer-te mais.

— Está bem. E agora precisas de um informador.

— Certo. E tu conheces a tal Joan.

Karen espreguiçou-se. — Vou ter de fazer umas perguntas. Não a conheço pessoalmente. Vai ter de ser alguém a procurá-la por mim.

Dwight sentiu uma pulsação sob as mãos. Suave, como se Eleanora se tivesse movido em vez de dar pontapés.

Karen estendeu a mão para pegar nos cigarros dele. Dwight agarrou nos cigarros e atirou-os para o chão. Karen riu-se, fazendo estremecer a barriga. Então *sim*, Eleanora deu pontapés.

— Amas-me? — perguntou Dwight.

— Vou pensar nisso — disse Karen.

28

(Las Vegas, 29/8/68)

Era ela. Sabia que seria ela. Tinha ido buscar a fotografia só para voltar a vê-la.

Era uma foto do Departamento de Veículos Motorizados do Nevada. Mary Beth Hazzard a posar para a foto da carta de condução. Tinha nascido a 4/6/24. Era dez anos, um mês e catorze dias mais velha do que ele.

Wayne estava sentado no carro no exterior do Departamento de Veículos Motorizados. Tinha subornado um funcionário para obter uma cópia da ficha de condução dessa mulher. Licença emitida em 4/6/40. Nenhuma infracção. «Deve usar lentes correctoras para conduzir.»

Tinha lido aquele artigo no jornal. Tinha-a visto no funeral. A viúva Hazzard. O filho desaparecido. O seu marido fui eu que...

Mary Beth Hazzard dirigia o Sindicato dos Trabalhadores Hoteleiros. O sindicato estava em conflito com o Conselho de Proprietários Hoteleiros. O problema em questão era a segregação. O Drácula possuía uma vintena de hotéis sob a mira do sindicato. Estavam a decorrer piquetes numa dúzia de locais. A Polícia de Las Vegas estava a supervisionar esse assunto.

Wayne olhou para a foto. Não conseguia tirar os olhos dela. Gostava da forma do rosto dela e da ondulação do cabelo.

29

(Las Vegas, 30/8/68)

Os cabos de alimentação funcionavam. Os cabos que ligavam a suíte 307 à suíte 308 estavam firmemente posicionados. No dia anterior, Crutch tinha feito um pequeno furo de vigilância na parede. Acesso confirmado a som e a imagem.

A consola estava virada para a parede comum às duas suítes. Crutch instalou-se com os auscultadores postos. Fred Turentine tinha voltado para Los Angeles. Crutch iria desempenhar esse trabalho sozinho.

O Franciú tinha-lhe ligado na noite anterior. A conversa tinha-o acalmado. Fuentes e Arredondo eram uns párias e uns comunas ferrenhos. A Polícia de Chicago depressa encerraria a investigação. O Franciú elogiara-lhe a coragem e descrevera-lhe um plano que andava a congeminar.

Ataques de sabotagem. Incursões aéreas à ilha com lança-chamas e explosivos plásticos. Incursões sobre os campos das milícias de Castro. Incursões para lançar folhetos de propaganda. Um negócio de heroína para financiar a operação.

O Franciú relatara-lhe as vis acções de Fuentes e Arredondo. Verdadeiros piolhos comunas aninhados na barba do *putain* Fidel. Crutch começava a entusiasmar-se com os comunas que tinha morto. Tinha ido a uma costureira para bordar pequenos números «2» no seu laço axadrezado.

A porta da suíte 308 abriu-se. *Clique/bam*: é esse o som. Crutch espreitou pelo orifício de vigilância. Mesmo a horas: Fred Otash e Wayne Tedrow.

Sentaram-se. Tagarelaram. Estavam sentados longe do microfone oculto no candeeiro. As vozes eram ténues.

Clique/bam: a porta novamente. Desta vez: um homem alto e de fato cinzento. Crutch ouviu ruídos de distorção e começou a ler-lhes os lábios. Fred Otash e Wayne chamaram Dwight ao outro homem.

O fio que ligava a consola ao orifício de vigilância estava retesado. Crutch pegou numa cadeira e acomodou-se. Nota: voltar a colocar gesso amanhã no orifício de vigilância.

A campainha tocou. Fred Otash abriu a porta. O *sacré* do Franciú: lá está o Jean-Philippe Mesplede.

Confluência. Uma expressão de Clyde Duber. Tem tudo a ver com quem se conhece, a quem se dá graxa e como todos se interligam.

Wayne apresentou Fred Otash ao Franciú. Envolveram-se numa conversa distorcida pelo ruído estático. Fred Otash apresentou Dwight ao Franciú e disse que o apelido dele era Holly.

Confluência. Dwight Holly conhecia Clyde. Dwight Holly tinha pedido a Clyde para seguir Marsh Bowen em Chicago.

Crutch orientou-se. Os auscultadores estavam bem apertados e o orifício de vigilância estava ao nível dos olhos. O pessoal da suíte 308 arrastou cadeiras para junto do microfone oculto no candeeiro. Fred Otash foi ao pequeno bar buscar uísque com soda e batatas fritas. Dwight Holly recusou a bebida. Os outros tipos aceitaram. Crutch teve um pressentimento: aquilo não tinha nada a ver com o caso dele.

Anota as horas: 15.18. Põe a fita a gravar, ao vivo.

Os tipos refastelaram-se. Fragmentos de frases sobrepunham-se. Dwight e o Franciú acenderam cigarros. Fred Otash parecia gorducho e petulante agora que recuperara a sua corpulência habitual. Wayne parecia muito desgastado e demasiado magro.

— Chega de tretas — disse Fred Otash numa nitidez perfeitamente captada pelos auscultadores.

— Vão estar lá seis homens — disse Dwight Holly. — Ficam sempre lá após aquilo fechar. Só ficam eles e mais ninguém, e não me parece que possam mudar de hábitos na noite em que vamos aparecer lá.

— Quando é? — perguntou Wayne.

— Da minha parte estamos prontos — disse Fred Otash. — Já tenho as armas incriminatórias para deixar na cena do crime e o Dwight já arranjou a droga. Acho que podemos entrar e sair em cinco minutos.

— Quatro minutos. Vai ser fácil liquidá-los — disse Dwight Holly.

— Já estarão bêbedos e vão ficar espantados. O que interessa é forjar as provas forenses. A Polícia de St. Louis tem um laboratório criminal merdoso, mas mesmo assim quero que o derrame de sangue e as trajectórias de balas façam algum sentido.

Crutch começou a suar. Os auscultadores húmidos colavam-se-lhe à pele com pequenos estalidos. «Seis homens», «armas incriminatórias», «derrame de sangue»...

— «Grapevine.» É um coloquialismo americano, certo? — disse Mesplede. — Quer dizer «uma fonte de informação»[7]. Portanto, é idiomático. E, por conseguinte, torna-se no nome do local de encontro de malfeitores.

Fred Otash riu-se. Dwight também. Wayne encolheu os ombros. Crutch não percebeu a tempo.

20 de Junho. NESSA NOITE. *Fragmentos de conversa: Grapevine / Tommy / incriminação — Joan e Gretchen/Celia.*

Os auscultadores *escorriam* suor. Crutch tirou-os, limpou-os e voltou a colocá-los. Ouviu quatro vozes distorcidas, zumbidos, bipes, estalidos e silvos na linha. O suor tinha obstruído os cabos de alimentação, que *merda.*

Mais bipes e silvos na linha. O ruído de mastigação: Fred Otash e o Franciú a comer batatas fritas. Crutch tirou os auscultadores, sacudiu-os para os secar e voltou a colocá-los. Encostou-se ao orifício de vigilância. Semicerrou os olhos para ver melhor. Tentou ler-lhes os lábios e os gestos e sincronizá-los com os silvos. Ouviu guinchos, estalidos e, aqui e ali, palavras à mistura.

Ouviu «Memphis». Viu Wayne crispar-se. Ouviu «bode expiatório», «King», «Ray». Viu Dwight Holly e Wayne trocar olhares constrangidos. Ouviu ruídos de mastigação. Semicerrou ainda mais os olhos. Respirou mais fundo. Acabou por embaciar o orifício de vigilância. Perdeu um minuto inteiro em que só ouviu *bip-bip-bips.*

Ouviu «testemunha».

Ouviu «Grapevine» novamente.

COMEÇOU A ENTENDER.

Fred Otash estava a fazer um monólogo. A sua voz grave reduzira a intensidade dos silvos na linha. Crutch ouviu «Sirhan». Ouviu «Bob-

---

[7] Alusão à expressão inglesa idiomática «through the grapevine»: algo que chega ao conhecimento através de rumores. (*NT*)

by Kennedy». Fred Otash imitou o gesto de disparar: *pum, pum*, estás morto. Wayne e Dwight Holly trocaram um olhar muito constrangido.

COMEÇOU A ENTENDER MELHOR. Tinha a bexiga quase a rebentar. Comprimiu-a, respirou fundo e conteve-se.

O orifício de vigilância estava embaciado. A linha da escuta estava obstruída. A porra do barulho da mastigação de batatas fritas piorara aquilo ainda mais. Crutch tirou os auscultadores, sacudiu-os e voltou a colocá-los. Cuspiu no vidro do orifício de vigilância e limpou-o com a camisa.

Conseguiu ver melhor. Conseguiu ouvir melhor. Viu os lábios do Franciú mover-se. Ouviu palavras incoerentes e «Dallas». Ouviu a palavra francesa «*cuisine*», «Cuba», «vingança».

O som morreu de repente. Crutch abanou a cabeça. O ruído nos auscultadores dissipou-se e a linha de escuta voltou a conectar-se. Ouviu silvos, estalidos, distorções, zumbidos e bipes. Ouviu «*Le grand putain* Jack». Viu Jean-Philippe Mesplede adoptar uma pose de atirador.

E mijou-se nas calças.

E borrou-se nas calças.

E vomitou e engasgou-se.

Tirou os auscultadores. Correu para junto da consola, puxou pelo fio principal e arrancou gesso da parede. Tinha causado um pequeno buraco que dava para a suíte 308, um buraco agora sem fios. O gesso tinha caído na sua suíte. Espreitou de olhos semicerrados e encostou o ouvido ao buraco: meu Deus, por favor, por favor, por favor.

A reunião tinha terminado. Os homens estavam à porta. Dwight Holly disse: — Só mais uma coisa.

Os outros homens anuíram com as cabeças. Dwight Holly disse: — Nada de mulheres. Se lá estiverem mulheres, não vamos.

Fred Otash anuiu com a cabeça com relutância. Mesplede revirou os olhos com impaciência. Wayne Tedrow agarrou no pulso de Dwight Holly.

30

(St. Louis, 3/9/68)

Armas incriminatórias, confirmado. Seringas de insulina, confirmado. Cocaína líquida, confirmado. Um último olhar de memorização das fotos cadastrais.

Brundage, Currie, Pierce. Kling, DeJohn, Luce.

Estavam todos lá dentro. Estavam todos armados. Estavam todos bêbedos. Tinham lá entrado entre as 22.41 e as 00.49. Dwight fizera de infiltrado e observava. Tinha conversado com Pierce de forma a preparar a operação: sou representante de vendas da Schenley. Faço entregas. Às vezes são entregas pela noite dentro.

Eram agora 3.10. Os tipos ainda continuavam lá dentro. No dia anterior, Otash tinha feito um molde de cera da fechadura da porta das traseiras. Entrar lá seria canja. O homem da Schenley e os colegas de bebida. Ei, Tommy Pierce, há muito que não te via.

Estacionaram atrás do Grapevine. Vinham de calças de ganga e anoraques de camuflagem: equipamento de caça típico do Oklahoma. Tinham trazido quatro caixas da Schenley.

Dwight tinha um revólver de calibre 45 de carregamento pela culatra. Wayne tinha uma pistola de calibre 38 de cano serrado. Otash tinha um revólver *Colt Python*. Mesplede tinha um revólver de calibre 32 de cano comprido.

A carrinha era roubada. Tinha sido gamada por Mesplede. Tinham calçado luvas durante o trajecto. Dwight sentia-se calmo. Otash e Mesplede pareciam calmos. Wayne parecia *demasiado* calmo: Dwight calculou que ele tivesse tomado algo.

Música lá dentro: gritos rústicos e dança à mistura. Uma rabeca de música *country* zurrava de forma estridente.

Dwight bateu com os dedos no relógio. Saíram da carrinha. Mesplede debruçou-se para tirar as caixas e distribuí-las. Otash avançou, destrancou a porta das traseiras e deixou-a aberta. A luz da arrecadação estava acesa. Dwight viu comida enlatada em prateleiras. Soaram mais acordes esganiçados da rabeca.

Dwight voltou a tocar no relógio: *agora*.

Sacaram das armas e ocultaram-nas sob as caixas. Agruparam-se, soltaram grunhidos à machão e entraram com um ar descontraído.

A arrecadação desembocava no recinto do bar. O ruído das botas pesadas e os grunhidos à machão anunciaram a sua chegada de antemão. As seis bestas estavam sentadas em dois sofás de couro de imitação. De frente uns para os outros. Havia uma mesa de madeira no meio deles. Estava coberta de garrafas, copos e restos de comida de plástico.

— Ei, Tommy! — gritou Dwight. As cabeças viraram-se na direcção deles. Dwight contou as cabeças: eram sete e não seis.

Um homem a mais. Um quarentão de cabelo encaracolado. Intruso//desculpa lá, pá/é tarde de mais.

Os olhares moveram-se depressa. Tommy Pierce deu a deixa aos tipos: está tudo bem. Dwight avançou a arfar e a bufar. Otash, Mesplede e Wayne estavam agrupados atrás dele. Era uma abordagem cerrada pela esquerda e pela frente. *As sete bestas continuaram ali sentadas*. Dwight largou a deixa: — Sim, eu sei que é tarde.

E mal a última sílaba foi pronunciada...

Largaram as caixas. Apontaram e dispararam. Esvaziaram os carregadores das armas nos alvos previamente destinados, apontando à massa corporal e ao rosto. *As sete bestas continuaram ali sentadas*. Os tiros devoraram-nos. Os tipos saltaram e estremeceram e voltaram a cair nos lugares onde estavam sentados.

O ruído foi uma intensa sobreposição e reverberação de disparos. O fedor a cordite era nauseabundo e o fumo que saía dos canos das armas era denso. A música tornou-se inaudível. O sangue que lhes jorrava das costas acumulou-se em poças nos sofás num fluxo contínuo.

Gorgolejos, vómitos, tossidelas espasmódicas devido aos ferimentos nos pescoços, estremeções e arfadas. Sete mortos numa só rajada crispada.

Dwight bateu com os dedos no relógio: *vamos*.

Calçaram luvas de borracha.

Despojaram os mortos das armas escondidas nos cintos e enfiaram-nas em sacos de papel. Dwight examinou o sétimo homem. Estava desarmado. Revistou-lhe a carteira. Catorze dólares e uma carta de condução de Nova Iorque: Thomas Frank Narduno, quase quarenta e seis anos.

Voltou a colocar-lhe a carteira no bolso. Wayne pegou na cocaína líquida e nas seringas. Escorria sangue pelo chão. Todos olhavam para o chão para se desviarem das poças de sangue.

Dwight derrubou a mesa. As bebidas e os restos de comida misturaram-se com o sangue.

Otash ajeitou os corpos: três no chão, quatro nos sofás.

Mesplede colocou as armas incriminatórias. Três nas mãos deles, três perto dos corpos.

O sangue continuou a espalhar-se. Todos continuavam de olhos postos no chão para se desviarem.

Dwight tirou-lhes os sapatos e as meias.

Wayne injectou-os entre os dedos dos pés e limpou as gotículas de sangue com algodão.

Otash voltou a enfiar-lhes as meias. Mesplede enfiou-lhes os sapatos.

A música da rabeca zurrava estridente. As paredes tinham absorvido o ruído dos disparos — Dwight sabia que sim.

Afastaram-se para *looooonge* das poças de sangue. Dwight fixou a cena. As molas dos sofás à mostra. Kling com um dedo a menos. Bebidas, cocaína, um desacato colectivo. A dentadura solta de Pierce devido às convulsões. Os óculos estilhaçados de DeJohn.

Dwight tocou no relógio com os dedos: *toca a sair*. Wayne olhou para ele. Dwight não conseguiu detectar nada.

Otash sorriu. Wayne deixou cocaína em pó sobre o balcão.

Mesplede agarrou nalgumas batatas fritas sem sangue.

31

(Las Vegas, 6/9/68)

Olha *através* dele. Isso ajuda a assimilar o choque e a afastar a excitação. Deflecte a demência. Era o seu sexto encontro cara a cara com o Drácula. Wayne acabava de descobrir aquele truque.

— É um prazer vê-lo, senhor.

— O Humphrey está muito atrás nas sondagens — disse o Drac. — Os *hippies* e os *yippies* acabaram com ele.

Farlan Brown tossiu. — O Wayne e eu estivemos lá, senhor. Demos-lhes um bom empurrão.

O truque funcionava com o próprio Drac. Ainda perduravam vestígios do castelo do Drac: as maçanetas das portas envoltas em preservativos, as pilhas de caixas de lenços *Kleenex*, a foto dos seios de Jane Russell na parede.

— Daqui até Novembro — disse o Drac. — Cada local de paragem da campanha do Humphrey deverá ser uma Chicago em miniatura. Dá-me a sua garantia, Senhor Tedrow?

— Vou tentar, senhor.

Brown tossiu. — O Wayne está a ser modesto, senhor. Quando ele diz «Vou tentar» quer dizer «Vou conseguir».

— Não volte a tossir, Senhor Brown — disse o Drac. — Está a criar um ambiente nada higiénico. Se voltar a tossir, acabo-lhe com o emprego e compro-lhe os direitos do contrato por cinco cêntimos ao dólar.

Brown levantou-se a saiu da sala, agitando um lenço na mão. Wayne olhou através do Drac. Novos detalhes: pratos cobertos com restos de comida. Insectos espalhados pelas crostas da piza.

— Perdeu peso, Senhor Tedrow. Esteve doente?

— Tive uma cirurgia dental prolongada, senhor. Há três semanas que não consigo comer comida sólida.

— A cirurgia foi realizada em boas condições higiénicas?
— Sim, senhor.
— Que idade tem?
— Tenho trinta e quatro, senhor.
— Tenho sessenta e um, sessenta e dois ou sessenta e três. Já sofri ferimentos na cabeça nos meus vários acidentes de avião e perdi parte da memória.
Wayne sorriu. — Nasceu em 1905, senhor. Tem sessenta e dois anos.
O Drac tossiu. — Esteve a ler sobre a minha vida no *Almanaque do Fazendeiro*?
— Na *Enciclopédia Britânica*, senhor.
— Dizia lá quantas mulheres já fodi?
— O artigo omitia esse pormenor, senhor.
— Fodi inúmeras mulheres. A Ava Gardner infectou-me com sífilis terciária e peste bubónica. Sofro de dores constantes entre esses períodos das lesões na cabeça e essas outras doenças. Fico por isso muito grato pelos seus bons dotes de químico.
Wayne mostrou-se falsamente radioso. — Fico muito satisfeito por pensar isso, senhor.
— Mas veja lá se recupera algum peso. Custa-me ver um jovem assim tão debilitado.
— Amanhã já posso voltar a ingerir comida sólida, senhor.
— Óptimo.
Wayne inclinou-se e olhou *para* o Drac. Desta vez os olhos velados e as úlceras venéreas afectaram-no.
— Posso pedir-lhe um favor, Senhor Hughes?
— Pode. Raramente concedo favores, mas permitirei que peça.
— Senhor, gostaria de reintegrar o Sindicato dos Trabalhadores Hoteleiros em todos os seus hotéis de Las Vegas. Também queria pedir-lhe que diga de forma brusca ao Conselho dos Proprietários de Hotéis que deve abdicar da política segregacionista à qual aderiu há muito tempo e que tem aplicado de forma implícita.
Novos detalhes: tremores e fios de cuspo seco.
— Qual o grau de firmeza deste pedido?
— É um pedido educado, senhor.
— É um ultimato?

— Não, mas é um voto de garantia no meu futuro como seu intermediário nos negócios e como seu químico pessoal.

O Drac estremeceu. O queixo descaiu-lhe. Tinha colmilhos verdadeiros.

— Muito bem. Vou conceder-lhe esse pedido.

Pelo menos eram malvados. *Pelo menos eram brancos.*

Era o seu mantra após a operação no Grapevine. Usava-o juntamente com compostos opiáceos. Isso ajudou-o a aguentar o voo de regresso e o encontro com Hughes.

Estava a diminuir gradualmente as doses. Andava a dormir melhor. Dwight tinha-lhe telefonado na noite passada. A Polícia de St. Louis tinha analisado o sucedido no Grapevine da maneira que já esperavam.

Combustão espontânea. Tinham referido intoxicação alcoólica/ /níveis de droga. Um rápido inquérito do médico-legista encerrara o caso.

Estava a sentir-se melhor. O apetite voltara-lhe. Os tremores e as convulsões no corpo inteiro estavam a diminuir.

Wayne percorreu a zona dos casinos. Era a hora do crepúsculo e estava demasiado calor para se estar vivo. Viu manifestantes atordoados pelo calor em piquetes de protesto à porta do Dunes e do Sands. Viu manifestantes agitar cartazes à porta do Frontier. A maioria eram negros, alguns eram brancos, mas estavam todos muito entusiasmados.

Estacionou e avançou até à linha do piquete. Ouviu fragmentos de conversas animadas.

O Conselho dos Hotéis tinha cedido. Fora uma coisa súbita — sabe--se lá porquê —, alegadamente a mando de Howard Hughes.

Wayne manteve-se ali. Os manifestantes ignoraram-no. Uma patrulha de rufias da Polícia de Las Vegas tinha-se instalado no passeio. Usavam capacetes e rodopiavam os bastões nas mãos. Estavam literalmente em ebulição. Buddy Fritsch dava pontapés em beatas de cigarros e era o mais impaciente de todos.

Os manifestantes gritaram e saltaram e rasgaram as pontas dos cartazes que seguravam. Wayne viu Mary Beth Hazzard erguer o punho.

Buddy Fritsch viu-o e aproximou-se de forma trôpega. Tresandava à vodca da tarde e a pastilhas de mentol.

— Ei, matador. Queres dar uns tiros nuns quantos pretos da selva enquanto estás aqui?

Wayne piscou-lhe o olho. Buddy retribuiu-lhe a piscadela. Os manifestantes repararam neles e começaram a dar cotoveladas uns nos outros. Wayne sorriu a Buddy e deixou que a tensão daquele momento se adensasse.

— É em alturas como esta que gostava de voltar à velha Polícia de Las Vegas. Dava-nos jeito ter um matador de pretos...

Wayne enfiou-lhe um soco no estômago. Buddy arfou, dobrou-se e ficou de rosto verde. Os outros polícias ficaram petrificados. Os manifestantes ficaram petrificados. Wayne agarrou Buddy pela gravata, puxou-o para si e deu-lhe uma cotovelada na cara. Depois arrancou-lhe o crachá da camisa e atirou-o ao ar.

Buddy cambaleou mas manteve-se de pé. Tinha a cara coberta de sangue. Wayne largou-lhe a gravata. Buddy aterrou de cara no passeio. Um bando de manifestantes deu vivas.

Os polícias mantiveram-se imóveis. Wayne olhou para os manifestantes. Mary Beth Hazzard olhava fixamente para ele. Wayne soprou-lhe um beijo.

32

(Los Angeles, 8/9/68)

Crutch Sénior vivia atrás de Santa Anita. Dirigia um acampamento de caixas de cartão. Borrachões e vadios que apostavam nas corridas de cavalos. Hooverville actualizada[8]. Apostas durante o dia inteiro, bebida durante a noite inteira. O Supremo Estilo de Vida Californiano.

Crutch tinha trazido prendas: uma nota de cem dólares para despedida e uma sanduíche de carne grelhada. Ei, pai, sou um homem morto. Sei uma quantidade de merdas ultra-secretas.

Fred Turentine tinha-lhe telefonado no dia anterior. Fred Otash tinha encontrado vestígios de escuta na suíte 307 e seguira o rasto até ele. Fred Otash apertou com Fred Turentine e este acabara por denunciar Crutch como o autor do trabalho de escuta. Fred Turentine tinha convencido Fred Otash de que *ele próprio* não estava lá, somente o cretino do Crutchfield. Fred Turentine tinha mostrado os dedos partidos a Crutch: «Não sei o que ouviste, miúdo, mas acho melhor desatares a fugir.»

Crutch tinha lido os jornais de St. Louis. Sete mortos no Grapevine. «Rixa de malfeitores em escalada» no Tavern. Fizera umas investigações. O irmão de James Earl Ray era um dos proprietários. Assassinos. O seu amigo Franciú estava envolvido na conspiração. Conversa gravada nas escutas: Sirhan & King, Memphis & Dallas.

O acampamento ficava atrás do parque de estacionamento. Os velhos indigentes viviam em caixas de aparelhagem estéreo impermeabilizadas com verniz. Uma enorme lona recobria umas vinte e tal Mansões Magnavox. Garrafas vazias espalhadas pelo pátio comum.

---

[8] Alusão à zona de acampamentos improvisados nos subúrbios das cidades para abrigar os desalojados durante os tempos da Depressão na década de 1930. (*NT*)

Crutch bateu à porta da caixa de Crutch Sénior. Crutch Sénior rastejou para fora com um impresso de apostas e uma garrafa de vinho rasca na mão. Crutch afastou-se para lhe dar espaço. Crutch Sénior levantou-se, pôs a pila de fora e deu uma grande mija. Apontou directamente para os sapatos de Crutch.

— Olá, pai.

Crutch Sénior semicerrou os olhos. — És o Donald, certo?

— Certo.

— O miúdo que tive com a Maggie Woodard.

— Eu mesmo.

— Lembro-me da Maggie. Era de uma terreola qualquer lá no Wisconsin.

— Sim, ela mesma.

— Era boa na cama.

— Vá lá, pai. Isso não se diz.

Crutch Sénior fechou a braguilha. Tinha cinquenta e quatro anos. Usava um fato à Beatles empapado de suor e uma peruca à Beatles. Estava meio morto com chagas abertas devido ao cancro.

— Estás na merda e precisas de ajuda. Desculpa, mas estou liso.

Crutch mostrou-lhe a nota de cem dólares e a sanduíche. Crutch Sénior agarrou na nota e ignorou a sanduíche. Esvaziou a garrafa e atirou-a para a pilha de garrafas vazias. Abanou na mão o impresso de apostas e espetou com ele na cara de Crutch.

— Nunca conseguiste encontrar a Maggie. Disseste que conseguias, mas não a encontraste. Comi-a pela primeira vez no dia do ataque a Pearl Harbor, e tu nunca a encontraste.

Bluff.

Tinha preparado o plano na véspera. O plano previa alguém a bater-lhe à porta e a sentença de morte. Sim, conseguira prever tudo isso. Mas não passava de puro instinto. Zumbidos na escuta, estalidos, ruído estático e algumas palavras à mistura. Ele sabia. Eles sabiam que ele sabia. Fred Otash iria contar aos outros. Wayne ficaria furioso com o Franciú. O Franciú deixara-o viver. Tudo rebentaria a partir daí.

O plano era demasiado ambicioso e demasiado absurdo. Clyde não iria acreditar nele. Scotty Bennett não iria acreditar nele. Talvez pudesse ir ao programa *The Joe Pyne Show* contar esse grande furo jornalístico a partir do púlpito público. Joe Pyne iria troçar dele. Alguns judeus esquerdistas e alguns *hippies* paranóicos *talvez* acreditassem nele. Os judeus iriam cair-lhe em cima num abrir e fechar de olhos. Era a favor da Causa da Liberdade Cubana. Os *hippies* troçariam do seu cabelo à escovinha e do laço à Scotty Bennett. Nenhuma rapariga *hippie* lhe mostraria a crica.

Bluff.

Tinha concluído o esquema de salvaguarda na véspera. Tinha concebido o plano com base no seu único raio de esperança. *Eles não sabiam que o seu equipamento de escuta estava defeituoso. Sabiam que tinham falado de assassinato. Mas não se lembrariam exactamente do que tinham dito. Desconheciam o grau de credibilidade do testemunho dele.*

Crutch esperou nos Apartamentos Vivian. O seu apartamento estava quase vazio. No dia anterior tinha transferido o ficheiro da sua mãe e toda a sua tralha pessoal para o Hotel Elm. O seu ficheiro do caso estava lá. Buzz conhecia o local. Encontraria os ficheiros e seguiria ou não todas as pistas relevantes.

Esperou. Folheou velhos exemplares das revistas *Car Craft* e *Playboy*. Na véspera tinha ido à loja da I. Magnin comprar uma bela camisola de caxemira para Dana Lund. Pedira para embrulharem para oferta e colocara um cartão do Dia dos Namorados dentro da caixa. Não assinara o seu nome. No cartão dizia a Dana que a amaria para sempre. Agora tinha de fugir. Matara dois homens e sabia coisas que não devia saber.

A loja da I. Magnin encarregara-se de entregar a prenda. Crutch estacionara do outro lado da rua e vira Dana abrir a caixa e ler o cartão. Ficara encantada com a camisola. O cartão parecia tê-la assustado, pois olhara à sua volta e batera com a porta numa correria.

Joan Rosen Klein estava perdida no limbo. Não havia forma de poder ter-lhe dado uma prenda de despedida. Isso partia-lhe a porra do coração.

Folheou a *Playboy* de Novembro de 1967. Kaya Christian sorria-lhe da página desdobrável. Considerava-a a miúda de nome ideal. Conhecia-a da Igreja Luterana da Trindade, há um milhão de anos.

A vista na direcção sul captou-lhe a atenção. Crutch foi à janela e olhou. Viu a casa de Sandy Danner e a casa de Barb Cathcart e viu Gail Miller no alpendre da frente de Lon Ecklund.

Todos aqueles arbustos que lhe tinham servido de esconderijos para espreitar. Novos arbustos tapavam agora janelas por onde ele tinha espreitado outrora.

Debruçou-se da janela. Sentiu no ar o cheiro a *smog*. Inclinou-se demasiado. Começou a escorregar. Ouviu ruídos atrás de si. Uma força empurrou-o para baixo e puxou-o para cima.

Estava caído no chão. De pés imobilizados. A sua visão era turva e sentia-se meio consciente. Cheirou-lhe a óleo em metal e compreendeu que tinham untado a fechadura da porta.

Começou a recuperar a consciência. A visão turva diminuiu. Recuperou plena consciência. Viu Wayne Tedrow com uma arma de silenciador e o Franciú a segurar numa almofada. Crutch apertou na mão o seu medalhão de São Cristóvão e rezou o hino de Glória ao Pai.

Tinham-no imobilizado no chão com os pés. O Franciú exalava um suor impregnado de nicotina. — Seu cabrão brochista — disse Wayne.

O Franciú deixou cair a almofada em cima da cabeça dele. Crutch esbracejou para a afastar de cima de si e engoliu ar para conseguir falar.

— Tenho quatro cópias de gravação, bem como depoimentos. Quatro compartimentos de cofre-forte em bancos. Compareço em pessoa, a intervalos de seis meses. Lá nos locais eles verificam-me a identidade por via de fotografias e impressões digitais. E, se eu não comparecer, já sabem o que acontece.

Wayne olhou para Mesplede. Mesplede olhou para Wayne. Wayne pegou na almofada e esmagou-a contra a cabeça dele com o pé. Crutch não conseguia ver. Não conseguia ouvir. Nem vozes, nem tiros, nem dor, nem nuvens brancas. Arfadas de ar e batidas de coração: meu Deus, estou morto?

Depois luz e ar e o avião de aeromodelismo a baloiçar pendurado do tecto. Depois conseguiu respirar melhor. Depois viu a arma de Wayne com o silenciador desenroscado.

Um triplano vermelho da Fokker. Historicamente encantador. Tinha-o construído e snifara cola no dia em que JFK tinha sido eliminado.

— Quero participar. Aceito o que propuserem — disse Crutch.

33

(Los Angeles, 10/9/68)

— Estavas a falar enquanto dormias.
— O que é que eu dizia?
— Pareceu-me ouvir «pelo menos» e «malvados».

Dwight esfregou o pescoço. Doía-lhe sempre aquele nó no mesmo ponto. Sentiu uma réplica do sonho: Memphis e poças de sangue revisitadas.

Karen soergueu-se e debruçou-se sobre ele. Tinha a cara inchada de dormir e estava roliça. Cruzou as pernas e sentou-se ao estilo indiano. Dwight curvou-se e beijou-lhe os joelhos. Ouviu Dina no quarto ao lado, a falar com a rã de peluche.

— Volta a dizer-me e convence-me. Que a minha simples presença aqui não é para dar cabo da vida dessa menina para sempre.

Karen agarrou nas mãos dele. — Só se ela se juntar ao FBI quando for crescida.

— Há aqui uma espécie de parentesco esquerdista que me escapa.
— Ela gosta mais de ti do que do Fulano de Tal. Não penses mais nisso.
— Não entendo o raio do mundo em que vives.

Karen beijou-lhe os dedos. — Compreendes até bem de mais. Os teus acordos reconhecem o meu mundo e concedem-lhe um respeito intuitivo.

Dwight estendeu a mão para pegar nos cigarros. Karen agarrou no maço e atirou-o para cima da cómoda.

— Não me tentes.
— Está bem.
— E explica-te. Relaciona esses «pelo menos» com os «malvados».

Outra vez aquele nó: Dwight massajou e esfregou.

— Foi um amigo que disse. A frase completa era «Pelo menos eram malvados».

— A quem é que ele se referia?

— Querida, por favor.

— Ao Senhor Hoover? Aos polícias de Chicago?

Dwight riu-se e sentiu o pescoço latejar de dor. Karen fez-lhe cócegas nas pernas e fê-lo rir mais, aliviando-lhe a dor.

— Pronto, eu conto. Ele estava a referir-se a um grupo dissoluto de rufias da direita.

Karen sorriu. — Gosto do teu amigo. Como se chama?

— Sem comentários.

— É polícia?

— Era.

— É alto e bem-parecido como tu?

Dwight sorriu. — Um não categórico.

Dina disse boa noite à rã. Ouviu-se perfeitamente através da parede. Dwight sabia que ela queria que eles ouvissem. Karen baixou a cabeça e levou a mão ao coração.

— Acho que tenho informações sobre a Joan.

— Então é favor em troca de favor. Podes rebentar mais um monumento e tentar não ser apanhada.

Karen enroscou-se nele. Dwight tirou-lhe o passador e soltou-lhe o cabelo. Disse: — Amas-me?

— Vou pensar nisso — disse ela.

34

(Las Vegas, 11/8/68)

Os tipos do sindicato estavam reunidos no Sills Tip-Top. Wayne estava a estudar-lhes o *modus operandi*. Ela apareceria ali mais cedo ou mais tarde. Aquilo ocupou-lhe quatro voltas de carro.

O Sills estava apinhado: era a movimentação da hora do almoço e não havia cabinas livres. Ficava num cu-do-mundo na zona norte de Las Vegas. Ali, a segregação de cores de pele era difusa. Aquela espelunca era quase segregada. Os brancos comiam de um lado, os negros do outro.

Wayne entrou. Mary Beth Hazzard estava do lado dos negros. Estava sentada com quatro amigos do sindicato. Eram todos negros. Wayne reconheceu-os do espectáculo dos piquetes.

Dois deles repararam nele. Um dos homens chamou a atenção a Mary Beth. Ela reparou nele e sussurrou algo aos outros. Os quatro levantaram-se e saíram, passando por Wayne de cabeças baixas.

Wayne aproximou-se de mão estendida. A mão dela era firme e seca. «Senhora Hazzard», disse ele. «Senhor Tedrow», disse ela. Os olhos dela apontaram para o assento do lado oposto. Wayne agarrou na deixa e sentou-se.

Olharam um para o outro. Fez-se silêncio. Os ruídos do restaurante diminuíram. As pessoas começaram a olhar para eles. Fez-se silêncio. Olhos virados na direcção deles.

Mary Beth tocou na sua chávena de café. — Soube do seu pai. Os meus pêsames pela sua perda.

A mesa estava atulhada com as chávenas e pires dos tipos do sindicato. Wayne abriu espaço para pousar as mãos.

— Obrigado. O meu pai tratava horrivelmente as pessoas dos sindicatos e por isso as suas condolências só vêm reafirmar as suas boas maneiras.

— Não o fiz com a intenção de receber elogios, Senhor Tedrow.

— Eu sei. Só espero que aceite o elogio que lhe fiz e que não o ache condescendente.

Mary Beth sorriu. Wayne sentiu um milhão de olhos fixos nele.

— E os meus pêsames pelo seu marido.

— Pêsames aceites. Mas devo acrescentar, por uma questão de candura, que o Cedric era impulsivamente fervoroso e não tinha nada que estar a sós com o Pappy Dawkins às duas da manhã.

Wayne olhou em redor à procura de uma empregada. Duas empregadas repararam nele e desviaram o olhar. Um rapazinho negro empoleirou-se por cima da cabina onde estava sentado e olhou para eles. Duas meninas brancas apontaram na direcção dele.

— Está muito nervoso, Senhor Tedrow. Se está a pensar pedir café, talvez deva pensar melhor.

Wayne sorriu. — Além disso, elas não querem servir-me.

— Servem-no, sim, se armar uma grande confusão.

— Ou se der um grande espectáculo.

Mary Beth sorriu. — O seu espectáculo lá no piquete foi memorável. Falta saber o que estava a tentar dizer com aquilo, mas não vou insistir nesse assunto.

Wayne remexeu-se no seu lugar. Mary Beth empurrou a sua chávena de café para ele. Wayne aqueceu as mãos na chávena.

— Quero agradecer-lhe pela sua ajuda no desfecho da greve, Senhor Tedrow. Corre o rumor de que foi o senhor que convenceu o Senhor Hughes.

— Sim, fui eu — disse Wayne.

— E qual foi o seu motivo?

— Refere-se ao meu motivo tendo em conta o meu historial?

Mary Beth tocou na chávena de café. — Não faço julgamentos sobre o seu historial tão duramente como a maior parte destes negros o faria.

Wayne tocou na chávena de café. As suas mãos quase tocaram nas dela. Mary Beth não retirou as mãos. Wayne retirou as suas.

— E porquê?

— Matou aqueles homens quando andava à procura do Wendell Durfee e portanto, por minha parte, desculpo-o nesse caso.

As pessoas olhavam para eles. Um preto grande e gordo e um tipo branco magro e alto olhavam-nos como dois idiotas.

— Porquê, Senhora Hazzard?

— Porque o Leroy Williams e os irmãos Swasey forneceram a droga que matou a minha irmã. Porque o Wendell Durfee me violou no dia 19 de Abril de 1951, o que me inclina a perdoar-lhe a si pelo seu comportamento precipitado e a gostar de si na mesma.

Wayne olhou para as suas próprias mãos. Estremeceram e fizeram girar a chávena de café. Algum do café salpicou as mãos de Mary Beth, mas ela pareceu não notar, pois manteve lá as mãos.

— Li acerca do seu filho. Sobre ele estar desaparecido, quero eu dizer.

— Era um rapaz brilhante. Sabia muito de química.

— Também sou um químico.

— Sim, já me tinham dito.

— Esteve a investigar-me?

— Estive, sim.

— Porquê?

Mary Beth retirou as mãos. — Está a pressionar-me. Não me peça para dizer coisas que não estou preparada para dizer.

Wayne olhou em redor do restaurante. A porra da sala inteira estava a olhar para eles.

— Falou do seu filho no pretérito. Acha que ele está morto?

Mary Beth abanou a cabeça. — Às vezes acho, outras vezes não. Às vezes é mais fácil para mim que ele esteja morto, mas outras vezes não.

— Sente falta dele?

— Sim, sinto uma falta terrível dele.

— Vou encontrá-lo para si — disse Wayne.

PARTE II
UM ÍMAN QUE SÓ ATRAI TRAMPA

12 de Setembro de 1968-20 de Janeiro de 1969

DOCUMENTO ANEXO: 12/9/68. Memorando interno do FBI. Assinalado: « — Fase 1 Secreta» / «Estritamente Reservado ao Director» / «Destruir depois de Ler». Para: Director Hoover. De: Agente especial Dwight C. Holly.

Senhor,
A OPERAÇÃO IRMÃO RUUUUIM encontra-se agora na fase de arranque. O escritório-fachada e os fundos de operação preliminares estão assegurados; a documentação da agência policial sobre os nossos grupos-alvo e respectivos membros foi avaliada; o nosso infiltrado já foi seleccionado e está pronto para ser colocado num contexto operacional tão plausível quanto provocador. A informadora n.º 4361 do FBI forneceu-me o nome de um potencial informador (feminino) e requisitei já a sua ficha aos Registos Centrais do FBI para a examinar detalhadamente antes de ser feita qualquer tentativa para agendar uma reunião. A ALIANÇA DAS TRIBOS NEGRAS (ATN) e a FRENTE DE LIBERTAÇÃO MAU-MAU (FLMM) ocupam um universo político e criminal idêntico, que resumirei juntamente com sumários criminais/políticos dos «líderes» desses grupos. Como declarado previamente, os grupos têm inclinações criminosas, estão dotados de criminosos de carreira e determinados a alcançar as suas metas por via de meios criminosos. São rivais políticos e, como tal, a nossa finalidade deve manter-se fixa: criar dissensões intergrupais que resultem em acusações criminosas e sirvam para desacreditar a totalidade do aparelho nacionalista negro.

1. — Ambos os grupos operam segundo linhas quase idênticas. Utilizam escritórios-fachada que servem de postos de recrutamento, clubes sociais e locais de reunião para negros locais e visitantes radicais; por conseguinte, a fotovigilância poderá revelar-se útil a certa altura. Ambos os grupos distribuem literatura que difama os brancos e a Polícia de Los

Angeles, bem como literatura racista que denigre os grupos de militantes negros rivais, quase sempre sob a forma de vulgares panfletos ao estilo da banda desenhada. Ambas as organizações fazem recrutamento de novos elementos nos liceus locais. Ambas as organizações intimidam os comerciantes locais para lhes fornecer comida para os seus programas «Alimentar as Crianças» e bebidas para as suas reuniões semanais de «convívio político» de entrada paga, que são na realidade festas alcoolizadas que muitas vezes resultam em rixas. Ambas as organizações dispõem de seguidores femininos: ou seja, «*groupies*» que actuam como prostitutas e doam a maior parte dos seus ganhos à «causa». Corre o rumor de que ambas as organizações possuem «casas francas» onde visitantes radicais e membros fugidos à justiça podem esconder-se. Ao contrário dos **PANTERAS NEGRAS** e dos **ESCRAVOS UNIDOS**, não tem havido registos de violência dirigida a agentes de polícia por parte da **ATN** e da **FLMM**. Darei instruções ao nosso infiltrado e ao nosso informador para me notificarem imediatamente caso descubram informações sobre provocações planeadas. Corre o rumor de que ambas as organizações planeiam incursões no comércio dos narcóticos, embora duvide seriamente que possuam os conhecimentos necessários para terem sucesso nesse campo. Até à data, ambas as organizações são limitadas nas suas intenções de crime *organizado*, embora os seus «líderes» individuais e seguidores possuam amiúde cadastros de delitos graves. Suspeita-se que membros da **ATN** têm assaltado uma série de lojas de livros pornográficos na zona da Divisão de Wilshire da Polícia de Los Angeles; suspeita-se que membros da **FLMM** têm participado numa série de falsos assaltos a estabelecimentos de *drive-in* da cadeia Jack in the Box com a conivência de funcionários. Os lucros destas acções criminosas foram alegadamente doados a contas operacionais da **ATN** e da **FLMM**. Um membro da **ATN** opera alegadamente um alambique e produz álcool de milho com 95% de volume alcoólico; um membro da **FLMM** negoceia alegadamente bilhetes falsos para os jogos locais dos Los Angeles Dodgers e dos Los Angeles Rams. Mais uma vez, estas empresas criminosas criam gastos operacionais para a **ATN** e para a **FLMM** e evidenciam a criminalidade inerente dos seus membros. A exposição desta actividade criminosa endémica é essencial para o nosso perfil depreciativo desses grupos e fornecerá um comentário consistente em tribunal quando a nossa operação for concluída e sejam iniciados processos judiciais altamente publicitados.

2. — Quanto aos «líderes», eis alguns detalhes essenciais:

A. — <u>EZZARD DONNELL JONES</u>, homem negro, data de nascimento: 24/8/37. Duas condenações por posse de narcóticos (1957, 1961). Possui diploma em Teologia por correspondência e recolhe fundos nas igrejas da zona sul de Los Angeles. <u>JONES</u> é o «Alto-Comissário Exaltado» da <u>ATN</u>.

B. — <u>CORNELIUS «BENNY» BOLES</u>, homem negro, data de nascimento: 11/1/40. Uma condenação por assalto à mão armada (1964). Trabalha como empregado do Restaurante Delores' Drive-In em Beverly Hills. Alegadamente homossexual e suspeito da morte (ainda por resolver) de um prostituto em 1958 na zona oeste de Los Angeles. <u>BOLES</u> é o «Assistente do Lorde Alto-Comissário» da <u>ATN</u>.

C. — <u>LEANDER JAMES JACKSON</u>, homem negro, data de nascimento: 4/5/38. Nenhum registo criminal detectável. Consta que nasceu no Haiti e é praticante de vudu haitiano. Alegadamente um artista da vigarice (venda de falsas assinaturas de revistas, negócios imobiliários falsos, contratos de construção inexistentes), falsificador (cheques da Segurança Social, vales postais e bilhetes de basquetebol) e traficante de armas (rumores não confirmados de ligações a grupos esquerdistas violentos nas Caraíbas). <u>JACKSON</u> é o «Armeiro» da <u>ATN</u>.

D. — <u>JOSEPH TIDWELL McCARVER</u>, homem negro, data de nascimento: 16/7/37. Alegado assaltante de residências e farmácias, consta que cometeu mais de cem assaltos desde 1955. Jogador inveterado, com 26 detenções (mas nenhuma condenação por burla) e delitos relacionados com apostas a dinheiro. Dirige um jogo semanal de dados numa igreja separatista negra, cujos lucros são entregues à <u>FLMM</u>. <u>McCARVER</u> é o «Regente Pan-Africano» da <u>MMLF</u>.

E. — <u>JOMO KENYATTA CLARKSON</u>, homem negro, data de nascimento: 4/3/29. Sem cadastro criminal, mas consta que é um assaltante armado muito dextro e selectivo nas suas operações. É cartunista e o autor dos livros de banda desenhada racista contra os brancos e contra a <u>ATN</u> vendidos pela <u>FLMM</u>. Trabalha como expedidor da Companhia de Táxis Black Cat na zona sul de Los Angeles. Consta que cometeu numerosos estupros «politicamente motivados» como «expressão de solidariedade» pelo «Irmão» Eldridge Cleaver do <u>PARTIDO DOS PANTERAS NEGRAS</u>. <u>CLARKSON</u> é o «Ministro da Propaganda» da <u>FLMM</u>.

F. — <u>CLAUDE CANTRELL TORRANCE</u>, homem negro, data de nascimento: 29/11/46. Numerosas detenções por delitos menores: condução sob o efeito do álcool, estado de embriaguez pública, pequenos furtos, não pagamento da pensão de alimentos dos filhos, defraudamento de um hoteleiro, vagabundagem, fez-se passar por agente da polícia e cometeu vários delitos relacionados com jogos a dinheiro. É o principal activista do programa «Alimentar as Crianças» da <u>FLMM</u>. <u>TORRANCE</u> é ao mesmo tempo «Ministro das Finanças» e «Ministro da Extorsão» da <u>FLMM</u>.

3. — Os principais locais frequentados pela <u>ATN</u> e pela <u>FLMM</u> incluem os escritórios da <u>COMPANHIA DE TÁXIS BLACK CAT</u>, inicialmente financiada por via de um empréstimo (alegadamente em atraso) do Fundo de Pensões dos Camionistas, o que a evidencia como uma empresa claramente criminosa; <u>BARBEARIA SULTAN SAM'S</u>; <u>SULTAN SAM'S SANDBOX</u>(um bar financiado pelo empréstimo dos camionistas); <u>SULTAN SAM'S PINBALL PARADISE</u> (salão de jogos/loja de livros pornográficos); <u>CALVIN'S ADULT EXTRAVAGANZA</u> (loja de livros pornográficos); e os seguintes bares e clubes nocturnos: <u>NAT'S NEST MR. MITCH'S ANOTHER WORLD</u>, <u>RAE'S RUGBURN ROOM</u> (bar de lésbicas financiado pelo Fundo de Pensões dos Camionistas e cujo dono é <u>RAE CHANTAY McCARVER</u>, a irmã de <u>JOSEPH TIDWELL McCARVER</u>), <u>THE SNOOTY FOX</u>, <u>THE SCORPIO LOUNGE,</u> o <u>SALÃO DE JOGOS TOMMY TUCKER</u> e o <u>CAFÉ CAROLINA PINES</u> na auto-estrada Imperial Highway. É de suma importância referir que os membros-chave da <u>ATN</u> e da <u>FLMM</u> têm supostas ligações ao <u>BANCO POPULAR DO SUL DE LOS ANGELES</u>, tendo sido inicialmente financiados através de um empréstimo do Fundo de Pensões dos Camionistas (alegadamente em atraso), e suspeita-se há muito que esse banco é um centro de lavagem de dinheiro para criminosos negros. O presidente de longa data do banco, <u>LIONEL DARIUS THORNTON</u>, homem negro, nascido a 8/12/19, não tem cadastro criminal, é um conhecido dinamizador cívico da comunidade negra de Los Angeles e há muito suspeito de ter ligações ao crime organizado.

4. — Tal como detalhei no meu anterior telex confidencial, o nosso infiltrado será o <u>AGENTE MARSHALL E. BOWEN DA POLÍCIA DE LOS ANGELES</u>, um talentoso imitador com anteriores infiltrações em grupos subversivos financiadas por <u>CLYDE DUBER & ASSOCIADOS</u>. Estou pre-

sentemente a criar um cenário para a tal expulsão cosmética do AGENTE BOWEN da Polícia de Los Angeles, que talvez venha a ser concretizada por via de um relacionamento hostil com o SARGENTO ROBERT S. BENNETT, um detective da Divisão de Assaltos da Polícia de Los Angeles, muito temido e desprezado na zona sul de Los Angeles. Investiguei o SARGENTO BENNETT e considerei-o o homem perfeito para este esquema. Marquei um encontro com o CHEFE TOM REDDIN da POLÍCIA DE LOS ANGELES e JACK LEAHY, o AGENTE ESPECIAL RESPONSÁVEL pelo GABINETE DE LOS ANGELES, para discutir a expulsão/inserção do AGENTE BOWEN. Além de nós, serão os únicos agentes da lei ao corrente desta informação.

A OPERAÇÃO IRMÃO RUUUUIM encontra-se agora em fase de arranque. Aguardo os seus comentários.

Respeitosamente,

Agente especial Dwight C. Holly

35

(Los Angeles, 13/9/68)

Dwight estava a ler dossiês. Um rádio ia despejando as notícias. Nixon e Humphrey andavam à cata de votos e subiam e desciam nas sondagens. Jimmy Ray e Sirhan Sirhan instigavam à agitação a partir da prisão. Mágoa local: dois negros com máscaras de esqui tinham roubado dinheiro e jóias numa casa de Brentwood.

O escritório-fachada estava atulhado de dossiês. Estava saturado e atravancado de dossiês até dizer chega. Precisava de mais quatro armários de arquivo. Estava enterrado na porra dos ficheiros até à ponta da gaita.

Estava a ler cópias em papel químico da ATF e da Polícia de St. Louis. Nova confirmação: o «Massacre do Grapevine Tavern», caso encerrado. Uma falácia formal: aquela vítima-surpresa.

Thomas Frank Narduno, quarenta e cinco anos, não residente de Nova Iorque. O homem a mais que não devia estar lá. Equipamento de escuta encontrado no seu corpo.

Dwight verificou a ficha do FBI relativa a Narduno. Era sucinta. Narduno movia-se nos círculos esquerdistas. Era suspeito de dois assaltos, no Ohio e em Nova Iorque. Nenhuma detenção, nenhuma condenação. Tudo indicava que fosse um marginal ou um comuna reincidente. A sua ligação ao Grapevine era agora supérflua.

Alívio.

Sentia-se aliviado. O Sr. Hoover estava aliviado, embora ainda continuasse irritado. Não parava de insistir sobre a cura de repouso de Dwight. Sanatório de Silver Hill, 1957. O velho rabeta estava agora *três* compassos atrasado: chamava-lhe «Happy Hills, 1958». Não tinha importância. O velho rabeta tinha um dossiê sobre isso: escondido, indexado e pronto para a extorsão.

Havia um dossiê prestes a chegar às mãos de Dwight: Joan Rosen Klein, potencial informadora. Os Registos Centrais iriam enviá-lo por telex. As páginas estavam carregadas de rasuras. Grossas pinceladas de tinta a borratar nomes, datas e locais. Karen deduzira que Joan poderia ser difícil. Mais vale prevenir: lê o dossiê antes de te encontrares com ela.

Bocejou. Dormia mal, tinha os nervos em franja e de dia revivia os pesadelos da noite como se fossem vinhetas de banda desenhada. Tinha invadido uma das salas de provas criminais do FBI e gamara alguns sedativos que agora lhe intensificavam os efeitos da sua única bebida e único comprimido por noite. Aquela porra ajudava.

O chefe estava atrasado. Dwight estava a fazer conversa com Jack Leahy. Jack estava a imitar o Sr. Hoover. O velho rabeta andava a comprar antiguidades com o jovem amante Lance. Jack fez uma imitação perfeita: tinha a afectação necessária e aqueles delicados movimentos do pulso. Aquilo era uma atitude arriscada. Jack era um tipo difícil de interpretar. Era em parte agente do FBI e em parte comediante ao estilo de Mort Sahl.

Dwight riu-se. — Humor de guerrilha. Divertido nos clubes de comédia Improv, mas arriscado para o Gabinete de Los Angeles.

Jack limpou os óculos. — Vinte anos de serviço civil. Sou à prova de bufos.

— Vi-te imitar o Hoover no papel de Oscar Wilde quando eras um principiante.

— Então calculo que sou um gajo sortudo.

Dwight sorriu. — Ou então tens planos secretos ou és apenas a porra dum *kamikaze*.

O escritório era enfadonho: paredes cinzentas e bandeiras por todo o lado. Reddin anunciou de antemão a sua chegada graças ao odor do perfume *Aqua Velva*. Era um tipo corpulento. Deu palmadinhas nas costas dos colegas e afundou-se atrás da sua secretária.

— Jack, há muito que não te vejo. Senhor Holly, há anos que ouço falar de si.

Jack acendeu um cigarro: — Dwight Holly, o «Agente da Lei». Um homem sem papas na língua, com uma namorada politicamente duvidosa.

Reddin soltou uma risada e esboçou o gesto de se benzer contra o mau-olhado. Jack piscou o olho. Dwight calculou que *el jefe* estaria receptivo durante uns cinco minutos.

— Queremos infiltrar um dos nossos agentes negros, chefe. Um jovem agente de patrulha da Divisão de Wilshire chamado Marshall Bowen. Tenciono introduzi-lo na Aliança das Tribos Negras e/ou na Frente de Libertação Mau-Mau. Trata-se de um programa de contra--inteligência a longo termo, destinado a desacreditar o movimento dos militantes negros. Irei geri-lo autonomamente. As minhas desculpas desde já, mas o Senhor Hoover não quer ocupá-lo com relatórios sumários e memorandos.

Reddin corou. — Gosto de saber o que se passa com os meus homens.

Dwight acendeu um cigarro. — O Senhor Hoover insiste nisso, senhor.

— Vais estar a trabalhar fora da minha jurisdição — disse Jack. — Isto é como uma bofetada na cara.

Reddin tamborilou com os dedos na secretária. — Temos infiltrados nos Panteras e nos Escravos Unidos. Partilhamos as nossas informações secretas com as agências exteriores quando assim solicitado e por isso digo que não estou a gostar do aspecto unilateral desta coisa.

— Repito, senhor: o Senhor Hoover insiste.

Jack sentiu os músculos afrouxar-se da cintura para baixo. — Se o Senhor Hoover insiste, então é porque o Senhor Hoover insiste.

Reddin fez uma careta. — Tenho lido folhas de informações secretas sobre a ATN e a FLMM. São uns palhaços.

Dwight sorriu. — Vamos encará-los em termos gerais. Os Panteras e os Escravos Unidos também vão ficar denegridos.

Reddin acendeu um cigarro. — Todos eles nasceram já pintados de alcatrão.

Dwight riu-se. Jack remexeu no cinzeiro. Reddin disse: — Muito bem. Está a dizer que será montado um cenário de expulsão bem publicitado e com sorte o seu rapaz conseguirá assim um óptimo estatuto lá no gueto.

Dwight anuiu com a cabeça. — Certo, e julgo que isso resultará de um desentendimento prévio entre o agente Bowen e o sargento Robert S. Bennett.

Reddin revirou os olhos. — Ai Jesus, o Scotty.

— Aquele cabrão psicótico — disse Jack.

Reddin deu uma palmada nos joelhos. — O Jack não gosta do Scotty. O Scotty andou a enfiar o nariz naquele caso do furgão blindado que tivemos aqui há uns anos e isso deixou o Jack irritado.

Dwight apagou o cigarro. — Desiste, Jack. Só dirigiste essa operação a mando do FBI durante uma semana.

— Com o Scotty, uma semana pode ser uma eternidade — disse Reddin.

Jack esfregou os olhos. — Porquê o Bennett e esse tal agente Bowen? Que tipo de «desentendimento prévio» é esse?

Dwight fez baloiçar a sua cadeira para trás. — Andavam a circular no gueto algumas notas manchadas de tinta, provenientes do assalto ao furgão blindado. O Marsh Bowen passou uma em toda a sua inocência e foi por isso que o Bennett apertou com ele. O Bowen foi admitido na Polícia da Los Angeles apesar das objecções do Bennett.

— Meu Deus, o Scotty mais esse caso — disse Reddin.

— Está bem, reconheço a viabilidade do contexto — disse Jack. — O elenco é óptimo e as opções de argumento são atraentes.

Dwight sorriu. — O problema é o seguinte: não quero que o Bennett seja informado. O esquema deve desenrolar-se sem o conhecimento dele.

O telefone da secretária tocou. Reddin atendeu em voz baixa.

— Depois envias-me uma cópia, certo, Dwight? — disse Jack. — Em nome dos velhos tempos?

— Não — respondeu Dwight.

Um trabalho de vigilância: pela zona da pretalhada.

Dwight estava a conduzir um carro alugado. Scotty Bennett conduzia um carro à paisana. Era uma operação de rusga ao Congo da pretalhada. Scotty ostentava uma pose arrogante. Exsudava aquela petulância de opressor branco.

O cabrão era enorme. O laço e o cabelo à escovinha eram um toque de alegre homem das cavernas. Dwight seguia atrás, a quatro carros de distância. Scotty inspeccionou lojas de bebidas e sacou bebidas grátis aos proprietários. Scotty acenou a putas e atirou rebuçados *Tootsie Rolls* a criancinhas de cor. Scotty seguiu até ao quartel-general dos Panteras e aproximou-se do passeio. Viu um grupo de escarumbas correr lá para dentro.

Scotty deparou-se com um jogo de apostas a dados num parque de estacionamento e fez conversa barata com os manos. Scotty envolveu-se em mexericos do gueto. Scotty deu alguns trocos a uns bêbedos. Scotty subornou os seus bufos com notas de dez dólares e assestou uma coronhada num preto janado que estava a importunar uma velhinha. Scotty ofereceu uma grade de gim à Igreja do Santo Redentor. Scotty revistou um informador, encontrou um *kit* de agulhas hipodérmicas e espancou-lhe o coiro preto com o cassetete.

A cidade da negritude fervilhava. Estava um calor de meados de Setembro. Os pretos usavam roupas de tempo quente. Imensas *T-shirts* cavadas, chapéus de aba lisa e bonés de pala roxa. Vadios indolentes a beber licor de malte *Schlitz*.

Scotty passou pelo Banco Popular do Sul de Los Angeles. Dwight viu o director Lionel Darius Thornton. Scotty passou à porta das sedes da ATN e da FLMM. Os guardas mal-encarados à porta definhavam sob o calor.

O gigante corpulento inspirava medo e ódio por atacado. Era um íman que só atraía trampa.

O giro abrandou às dezasseis horas. Scotty seguiu pela auto-estrada Harbor Freeway, depois pela 101 e saiu na Western Avenue. Estacionou em segunda fila à porta de um bar de *topless* chamado Rabbit's Foot Club. Dwight estacionou em primeira fila e seguiu-o a pé.

Uma ruiva de peitos grandes fazia piruetas no palco. Reformados e miúdos *hippies* assistiam com lascívia. Scotty acenou e esboçou cumprimentos com a cabeça. A ruiva saiu para trás do palco. Uma loira de peitos grandes substituiu-a.

Scotty foi atrás do palco. Dwight foi atrás dele e deixou-se ficar junto de umas cortinas. Ouviu conversa barata e o ruído indiscutível de uma mamada. Voltou para o seu carro alugado e esperou. Scotty saiu do clube nove minutos depois. Enfiou-se no seu carro e inverteu a marcha para seguir na direcção leste.

Dwight seguiu-o. Scotty seguiu por Hollywood Boulevard e Sunset até à zona sul de Alvarado. Pumba: para leste na 7.ª Próxima paragem: Bar Vince & Paul, na esquina da 7.ª com a Union.

Scotty estacionou e entrou. Dwight deu-lhe oito minutos de avanço. O estabelecimento estava cheio: polícias à civil de uma ponta à outra, a enfrascarem-se.

Dwight pôs-se a beber uma *7UP* e tentou não dar um ar de polícia. Scotty trocou apertos de mão animados, contou chalaças e acariciou uma morena de peitos grandes.

Scotty continuou a beber. Devorou os camarões fritos e os aperitivos *rumaki* grátis. Scotty levou a morena para uma arrecadação ao fundo. Dwight postou-se junto da porta. Ouviu conversa barata e o ruído indiscutível de uma mamada.

Basta.

Dwight voltou a enfiar-se no seu carro alugado e esperou. Scotty saiu da churrascaria oitenta e três minutos depois. Dwight seguiu-o até à casa dele em Pasadena. A família dele recebeu-o no alpendre. A Sra. Scotty era uma loira de peitos grandes na casa dos cinquenta. Scotty tinha dois filhos adolescentes e duas filhas adolescentes. Os miúdos eram muito altos e pareciam-se imenso com Scotty.

— Costuma ir ao Bar Vince & Paul?
— Lá os polícias pretos não são bem-vindos.
— Agora já ninguém diz «negros»?
— Passou de moda no ano passado. «Preto» é mais ousado. Tem aquele lado de «dizer as coisas como elas são» que o meu povo adora.

Dwight empurrou o seu prato para o lado. O restaurante Ollie Hammond tinha mais classe do que o Bar Vince & Paul. A cabina deles lá era mais isolada. Marsh Bowen estava a debicar uma salada.

— É o poiso preferido do Scotty Bennett. Foi por isso que me perguntou?

Dwight engoliu uma pastilha de menta antiácido e acendeu um cigarro. A sua comida tinha arrefecido.

— Sei interpretar as pessoas, Senhor Holly. Sei que tem andado a matutar no Scotty.
— Não procures elogios. Se não te achasse esperto e inteligente, não estaria aqui.
— Mas certamente que quer saber até que ponto sou adaptável.
— Correcto.
— Então entenderei isso como um elogio e um sinal para avançar.

Dwight remexeu no seu anel da formatura em Direito. — Essa cena do dinheiro manchado de tinta. Ele foi muito brutal?

Marsh brincava com o garfo. — Fez-me perguntas com uma cortesia exagerada e bateu-me com uma lista telefónica sempre que não gostava das minhas respostas.

— Ele odeia negros?

— Diz-se «pretos», Senhor Holly.

— Não me corrijas, agente.

Marsh não tugiu nem mugiu. Arrepios a alastrar pela pele e uma veia da testa a latejar.

— *Ele odeia negros?*

— Mais do que o senhor, mas com menos loquacidade. E tenho a certeza de que já matou mais tipos do que o senhor.

Dwight estremeceu. — Ele parece apreciar o tempo que passa lá na zona sul.

— Aprecia, sim. É o «Senhor Scotty» da zona sul de Washington Boulevard.

— E quanto a esse ódio que ele exprime com tanto decoro. É conhecido por essa faceta?

— Oh, sim.

Dwight fez estalar os nós dos dedos. — O Scotty é o engodo para o esquema da tua expulsão. Diz-me como achas que devemos agir.

Marsh fez uma pantomima. Semicerrou os olhos como se estivesse a olhar por uma mira fotográfica. Enquadrou a imagem. Falou por um megafone.

— Bar Vince & Paul. A casa está movimentadíssima. O agente Marshall E. Bowen enrola-se com a tórrida empregada que é namorada do sargento Robert S. Bennett, com o próprio sargento ali mesmo ao lado.

Dwight estendeu-lhe a mão. Marsh deixou-a ali a pairar. A tensão adensou-se e dissipou-se. Ambos perceberam que aquilo era uma patetice. Riram-se ao mesmo tempo.

36

(Las Vegas, 14/9/68)

Oh, doce suíte.

Os seus colegas homicidas viviam em suítes de hotel. Freddy Otash estava no Hotel Cavern. O Franciú tinha novas instalações no Hotel Fontainebleau. Wayne Tedrow tinha uma ampla suíte no Hotel Stardust. Dwight Holly hospedava-se em suítes espalhadas pelo país inteiro.

Crutch estava à espera de Wayne Júnior. A sua suíte dispunha de quatro quartos e de um laboratório de química. Os seus colegas homicidas tinham diplomas universitários. Ele próprio tinha sido expulso do liceu. Tinha tirado a tal foto da crica de Gail Miller e desperdiçara assim as suas hipóteses de uma educação superior.

Crutch estava à espera. O vestíbulo estava forrado a veludo e espelhos de moldura dourada. Chegavam-lhe vapores cáusticos do quarto ao lado. O jornal de Las Vegas estava pousado sobre uma mesa. Wayne constava do cabeçalho, de forma indirecta.

A Polícia de Los Angeles acusava postumamente um preto chamado Pappy Dawkins. A dita acusação: o assassinato de Wayne Sénior. «Ataque cardíaco» uma ova. Era uma desculpa para acalmar a família.

Os seus colegas homicidas eram notícia dos cabeçalhos dos jornais. Os seus colegas homicidas *manipulavam* os cabeçalhos dos jornais. O rumor interno: *Wayne* tinha despachado o seu velho pai.

Crutch estava encostado à parede. O forro de veludo fê-lo espirrar. Wayne e o Franciú tinham-no deixado viver. Sim, tinha feito *bluff* com eles. Sim, tinha inventado aquela história dos cofres-fortes. Mas tivera de bater com a língua nos dentes.

Batera com a língua nos dentes apenas *em parte*. Dissera que o Dr. Fred Hiltz o tinha contratado. Vamos, miúdo, aperta aí com o Farlan Brown e o Conde Drácula. Um trabalho relacionado com uma namorada ladra. Tinham engolido essa parte e acreditaram nele. Não revelara nada sobre o facto de Gretchen Farr ser Celia Reyes ou sobre Joan Rosen Klein. Não revelara nada sobre os passaportes estrangeiros, nem sobre as chamadas de Sam Giancana para Gretchen/Celia, nem sobre a mulher morta na Casa dos Horrores.

Wayne abriu a porta e passou por ele. Nem um cumprimento sequer, vai-te foder, não passas dum insecto que nem sequer vejo. Crutch seguiu-lhe a sombra. Um mau cheiro anunciou a proximidade do laboratório de química. Estava cheio de tinas e provetas dispostas em prateleiras.

Crutch deixou-se ficar à porta. Wayne coçou a testa com uma proveta. Era um gesto que significava: *Merda, estou com dores de cabeça*.

— Querias fazer parte. Pois bem, já fazes parte. Talvez sobrevivas se fizeres aquilo que eu e o Mesplede te dissermos para fazer. Se nos mentires ou nos roubares, ou se fizeres jogo duplo connosco ou retiveres informações, matamos-te e livramo-nos assim do perigo em que nos meteste.

Crutch engoliu em seco. A sua maçã-de-adão subiu e desceu. Endireitou o laço. Para deixar bem à mostra os pequenos números «2» bordados no tecido.

— Matei dois homens. Estou empenhado na Causa da Libertação Cubana.

Wayne lançou-lhe um olhar inequívoco. — A «Causa da Libertação Cubana» não passa de treta da direita. O Mesplede é um instigador iludido, mas eu não, e aconselho-te a não te transformares num. Se realmente mataste dois homens, foi só por causa do teu desejo infantil de agradar ao Mesplede ou por receares que ele te matasse se lhe desobedecesses. Não me venhas lixar com as tuas cenas infantis. Não me dês a *mim* uma razão para te matar.

— Está bem — disse Crutch com um sorriso irónico à Scotty Bennett e com a voz colocada várias oitavas abaixo.

— Trabalhas com o Mesplede — disse Wayne. — O teu trabalho é desestabilizar os comícios da campanha do Hubert Humphrey, por trezentos dólares à semana. O itinerário das deslocações do Humphrey está prestes a chegar e por isso falas com o Clyde Duber, arranjas uma lista de pessoal da esquerda e uns palermas com motivações políticas para te ajudar. Não vens para aqui lixar-me o meu tempo com as tuas pueris actividades extracurriculares. Percebeste?

Rodopiaram pequenas nuvens de pó no ar. O laboratório exalava um cheiro tóxico. Crutch assoou o nariz. Wayne riu-se dele.

— Falei com o Farlan Brown esta manhã. Está disposto a perdoar-te por qualquer criancice que tenhas feito enquanto trabalhavas para o Fred Hiltz. Disse-me para te dizer que a Gretchen Farr lhe roubou vinte e cinco mil dólares e que podes ficar com metade se a descobrires e a obrigares a devolver a grana. Disse-me que a dada altura subornou anonimamente um colega alcoólico vosso para largar o caso porque receava publicidade desfavorável, mas agora que trabalhas para mim é melhor ficares tu encarregado disso, por uma questão de contingência.

Crutch sorriu. Wayne voltou a lançar-lhe um olhar inequívoco. Crutch suprimiu rapidamente o sorriso.

Wayne engoliu três aspirinas. — O Brown disse-me para te passar estas informações. Disse que certa vez suspeitou da Gretchen e lhe revistou o armário. Viu um uniforme de hospedeira do ar, sem qualquer designação de uma companhia específica e com um cartão na lapela com o nome Janet. Foi tudo o que me disse e agora ouve-me bem. Faz o que quiseres com isso no teu tempo livre. Não negligencies as tuas obrigações para comigo e diz ao Dr. Fred e ao Clyde Duber que a partir de agora te retiras desse «caso» idiota.

Crutch conteve um espirro. Wayne disse: — Sai daqui. O bom senso continua a dizer-me para te matar.

«Trabalhar a pista do F. Brown sobre a hospedeira.»

«Número clandestino do Giancana...???»

«Até agora: nenhuma documentação viável da polícia sobre G. Farr. Não posso perguntar ao Scotty Bennett sobre detenções da Joan R. Klein (artigos 51 e 53 do Código Penal) por assalto à mão armada (sem números a indicar condenações) sem alertar o Clyde. Não posso igualmente pedir a ficha da Joan R. Klein ao FBI. Quanto a G. Farr/C. Reyes: procurar registos de nascimento a nível nacional ou assumir que os pais são estrangeiros?»

«G. Farr/C. Reyes e vítima: aproveita as viagens de campanha para fazer averiguações nos gabinetes dos serviços secretos da polícia local, verificar ficheiros da Brigada de Costumes e ficheiros de pessoas desaparecidas».

Crutch estava a escrever no seu gráfico de parede. Tinha a cabeça em água: de Los Angeles até Las Vegas e regresso em quatro horas. Ainda sentia comichão no nariz. Wayne tinha-se despedido dele dizendo: «Adeus, Pedaço-de-Merda.»

Precisava de mais papel para acrescentar ao gráfico. Precisava de mais caixas de arquivo. Talvez precisasse de um terceiro local para guardar arquivos. Wayne tinha-o avisado: não reter informação. O seu caso comportava agora um alto risco.

Examinou o gráfico. As palavras pareciam flutuar. A conjugação de fios condutores e pequenas pistas começavam a ganhar coesão. Estudou as fotos cadastrais de Joan. Apontou um candeeiro de chão para cima e fez reluzir aquelas estrias de cabelo grisalho.

Fervilhar de ideias.

Pegou no seu bloco de desenho. Desenhou uma cara plausível de Gretchen Farr/Celia Reyes. Acrescentou um uniforme de hospedeira do ar com o nome Janet no cartão na lapela.

As *Páginas Amarelas*, ali ao pé do telefone.

Linhas aéreas. Compilar uma lista. Trabalho de investigação prestes a dar resultados.

Algo dera para o torto. Beverly Hills, eram duas da tarde e cheirava a sarilhos do pior.

Um engarrafamento na zona dos ricos. Viaturas de agentes policiais brancos e negros de Beverly Hills a zarpar rapidamente com os faróis e as sirenes ligados. Dois *Chevrolets*, duas ambulâncias, duas carrinhas de repórteres.

Crutch seguiu os carros da polícia. Atravessaram o bairro comercial e chegaram à zona de ar rarefeito. As vibrações a sarilhos intensificaram-se: mais *Chevrolets*, helicópteros, polícias com cães pela trela. Crutch virou para oeste em Elevado. O trânsito estava bloqueado. Viu um grande enxame de uniformes azuis à porta da Casa Racista.

Saiu do carro e correu para lá. Desviou-se dos carros encalhados e atravessou relvados à frente das casas. Correu pela rampa de estacionamento da casa do lado e saltou por cima da cerca. O enxame de uniformes azuis expandiu-se. Lá estão as estátuas e o abrigo antibombas e o Dr. Fred. Está deitado numa maca empapada de sangue. Com a cara queimada e cheia de chumbos de caçadeira.

Os uniformes azuis repararam nele. Reconheceu alguns dos tipos. Alguém gritou: — Crutchfield, vai à esquadra!

Clyde estava lá. Phil Irwin igualmente. Também Chick Weiss, o advogado judeu de Phil e Clyde.

O vestíbulo do escritório dos detectives estava atulhado. A Polícia de Beverly Hills costumava lidar apenas com um homicídio por década. Era uma rusga policial de possíveis suspeitos. A polícia estava a convocar os associados conhecidos do Dr. Fred.

— É mera rotina — disse Clyde. — Viram o meu nome, o nome do Phil e o nome do Crutch na agenda do Dr. Fred.

— Só pode ter sido uma das ex-mulheres dele — disse Chick. — Casou sete vezes. Fui eu que lhe tratei desses divórcios todos. Era o maior faltoso deste mundo na questão das pensões alimentares.

— Quem com ferro mata com ferro morre — disse Phil. — Acho que foram militantes negros. Ele tinha escrito todos aqueles folhetos racistas contra os pretos e foi por isso que os pretos lhe encheram aquele coiro racista de porrada.

Crutch lembrou-se repentinamente de Gretchen/Celia. E de Joan. Lembrou-se repentinamente do cesto da roupa cheio de dinheiro.

— Não foram militantes, mas parece ter sido coisa de negros — disse Clyde. — Falei com o comandante de serviço. Ele acha que foi aquele grupo de meliantes pretos que assaltaram aquela casa em Brentwood.

— Sou um perito em arte negra — disse Chick. — Gosto de estátuas das Caraíbas. Mas isso não quer dizer que goste de artigos 211 do Código Penal cometidos por negros.

— Quem com ferro mata com ferro morre — disse Phil.

Clyde revirou os olhos com ironia. Chick disse: — Como teu advogado, aconselho-te a não revelar nada. O Dr. Fred andava metido numa série de ilegalidades. Não queiras ser inculpado por cumplicidade.

O intercomunicador zumbiu: «Donald Crutchfield. Escritório do capitão, por favor.»

Crutch dirigiu-se para o gabinete. A porta estava aberta. Entrou. Viu Dwight Holly ali especado.

— Olá, Pedaço-de-Merda.

Crutch fechou a porta. Palavras de Clyde: *Confluência. Tem tudo a ver com quem se conhece, a quem se dá graxa e como todos se interligam.*

— As pessoas não param de me chamar isso. E continuo a tentar provar-lhes o contrário.

— É por causa desse teu laço com o pólo. É difícil enxergar o teu verdadeiro ser dinâmico.

Crutch encostou-se à porta. Sentiu o peito latejar. Sentiu bílis na garganta. Teve a impressão de ficar verde. Dwight Holly atirou-lhe uma pastilha antiácido. Crutch apanhou-a e engoliu-a. Dwight Holly piscou-lhe o olho.

— O Wayne explicou-me o impasse que provocaste. Disse-lhe: «Vamos matá-lo de qualquer modo», mas prevaleceram vontades mais mansas. Se queres procurar a tal mulher que depenou o Farlan Brown, tudo bem. Obedece às ordens e continuarás vivo. Se desobedeceres, *c'est la guerre.*

Crutch fechou os olhos e viu o Dr. Fred desprovido de rosto. Tiro de caçadeira de grande calibre. Balázios para abater caça grossa. Sentiu na boca o gosto a sangue. Tinha mordido as gengivas com força.

— O Senhor Hoover quer este homicídio resolvido rapidamente — disse Dwight Holly. — Uns pretos fizeram um assalto e a coisa descontrolou-se. O doutor Fred era informador do FBI, distribuía propaganda racista, era um toxicodependente e um mulherengo compulsivo. Era um estilo de vida de alto risco e o mundo não irá lamentar a sua morte. Começas a perceber qual é o teu papel nisto?

Crutch abriu os olhos. — Ele tinha um refúgio antibombas. Havia lá um grande cesto cheio de...

— O abrigo foi saqueado e o dinheiro desapareceu. *Uns pretos fizeram um assalto e a coisa descontrolou-se.* Vão queimar o dinheiro todo em droga, *Cadillacs* e casacos de pele de marta para as gajas deles. E vão continuar a fazer assaltos até que uns polícias brancos dispararem as armas e os matem. Ora bem, começas a perceber qual é o teu...

— Não dizer nada à Polícia de Beverly Hills acerca desse trabalho relativo à Gretchen Farr. Não falar do Drácula nem do Farlan Brown. Mentir. Dissimular. Usar subterfúgios. Não referir o seu nome, nem o de Wayne, nem o de Freddy Otash, nem o de Mesplede ou de quaisquer outros assassinos merdosos com que tenho de lidar. Não envergonhar o seu patrão rabeta, o Senhor Hoover.

Dwight Holly sorriu. — Bem me parecia que tinhas matéria cinzenta nessa cabecinha.

Crutch engoliu sangue. Dwight Holly atirou-lhe outra pastilha. O ímpeto foi insuficiente e a pastilha caiu no chão.

— Posso fazer-te uma pergunta sobre o teu laço e o corte de cabelo?

— Claro.

— Por acaso tens um fraquinho secreto pelo sargento Robert S. Bennett?

— Vá-se foder — disse Crutch.

Dwight Holly riu estrondosamente.

37

(Las Vegas, 15/9/68)

Ficheiros, gráficos, listas. A sua suíte era um laboratório de química//armazém de papelada.

Livro dos devedores dos empréstimos do Fundo de Pensões dos Camionistas. Caloteiros e defuntos. Ficheiros de transacções e folhas de crédito. Fichas de previsão de débitos e estudos de análise de custos.

Wayne lia fichas e anotava números. Trabalhava com um bloco de notas e três canetas diferentes. Doíam-lhe as costas de estar curvado e doíam-lhe os dedos de escrever. Ardiam-lhe os olhos de ler fichas e verificar colunas de algarismos.

Apoderemo-nos da cadeia de restaurantes Steve's Kingburger em Akron, no Ohio. Compremos um centro comercial em Leawood, no Kansas. Apoderemo-nos da cadeia de restaurantes Pizza Pit e usemo-la para a lavagem de dinheiro dos lucros desviados dos casinos. Anexemos três clubes rascas da zona sul de Los Angeles: o Scorpio Lounge, o Sultan Sam's Sandbox e um antro de fufas chamado Rae's Rugburn Room. Deitemos a mão ao Banco Popular do Sul de Los Angeles devido ao seu potencial para a lavagem de dinheiro. Usurpemos a Companhia de Táxis Black Cat. É tudo um negócio de dinheiro em caixa, fica perto do Banco Popular, fica perto da fronteira e dos nossos casinos estrangeiros.

Wayne pousou a caneta. Estava arrasado. Já largara as drogas que o tinham aguentado ao longo da zona oeste de Las Vegas e do esquema perpetrado no Grapevine. Ultrapassara já os seus ataques de choro por causa de Janice. Estava a ficar outra vez em boa forma física. Estava a tornar-se impenetrável porque...

Estava a trabalhar.

Estava a fazer trabalho de mediação e de conspiração. Estava a trabalhar para Carlos Marcello e a favor e contra Howard Hughes. A febre de aquisições de hotéis por parte do Drac fora obstruída por um decreto do Departamento da Justiça. O Dick Manhoso poria cobro a essa obstrução caso ganhasse as eleições. A sua equipa de manhosos apoiá-lo-ia.

Estava a trabalhar com rapidez. Jean-Philippe Mesplede iria explorar os países mais apropriados para instalar os casinos. Mesplede era incrivelmente multifacetado. Era incansável, competente e dado a gafes sentimentais. Tinha deixado viver o palerma do miúdo. Os cofres-fortes do miúdo roçavam os limites do credível. Esses limites eram ténues. Wayne previa uma margem de vida de seis meses para o Pedaço-de-Merda.

O miúdo era um íman que só atraía trampa. Ele próprio também. E Dwight Holly igualmente.

Dwight tinha-lhe ligado na véspera. A notícia dele: o homicídio de Fred Hiltz. O Sr. Hoover queria aquilo enterrado. Ainda bem: o Drac e Farlan Brown poderiam assim evitar publicidade indesejada. Tinha contado a Dwight a sua história sobre Don Crutchfield. Dwight dissera: «Devo matá-lo?». Wayne respondera: «Ainda não.»

Bocejou e agarrou no *Dossiê*. Tinha quatro páginas. Dwight tinha puxado uns cordelinhos e arranjara-lho.

Polícia de Las Vegas/Departamento do Xerife do Condado de Clark: Pessoas Desaparecidas, Caso n.º 38992. Reginald James Hazzard//homem negro/data de nascimento: 17/10/44.

Um dossiê rudimentar e desolador. Mera formalidade: os miúdos de cor desaparecidos não contavam para nada.

Reginald Hazzard era um finalista de liceu com notas exemplares. Frequentou aulas na universidade, trabalhou a lavar carros, não se metia em sarilhos. Os polícias tinham interrogado alguns vizinhos, mas não tinham conseguido apurar nada: caso encerrado.

O dossiê estava intacto. O papel cheirava a novo. Tratava-se de um documento que nunca fora consultado e cujo luto pelo desaparecimento nunca chegara a ser efectuado.

Tinha ligado três vezes a Mary Beth, mas ela nunca atendia. Tinha ligado com intervalos de um dia e deixara o telefone tocar vinte vezes.

Pousou o dossiê. Hesitou. Marcou o número dela uma vez mais. Ouviu quatro toques de chamada e depois a saudação quase brusca dela.

— É o Wayne Tedrow, Senhora Hazzard.

Ela quase se riu. — Bem, é bom ter notícias suas, mas não posso dizer que estou surpreendida.

— Podemos tomar café?
— Está bem, mas sou eu que levo o café.
— Onde?
— Na primeira área de descanso da I-15. Não devo ser vista na sua companhia.

A diferença entre o outrora e o agora turvou-se: esta área de descanso e a área de descanso perto de Dallas. Nessa ocasião do passado, dunas de areia e restos de arbustos secos. Agora, poeiras do deserto. Wendell Durfee vestido de chulo. Abrigos de repouso semelhantes confundiam-se numa mancha indistinta.

Wayne estacionou. Mary Beth estava sentada ao volante de um *Valiant* de 1962. Era meio-dia e o local estava apinhado. A velha senhora tinha estacionado longe dos outros carros. Wayne entrou no carro dela. Mary Beth sorriu-lhe e deu uma palmadinha no volante. A buzina tocou. Wayne bateu com os joelhos no tabliê.

— Não somos fugitivos, sabe.
— Quase podíamos alegar que sim — disse Wayne.

Ela entregou-lhe um copo de papel e um guardanapo. O fundo do copo estava a pingar.

— Esqueci-me de pedir natas e açúcar.
— Gosto de qualquer maneira.
— É sempre assim tão adaptável?
— Não, tenho tendência para ser um pouco peremptório.

Mary Beth sorriu. — Eu sei. Vi ontem o Buddy Fritsch na Fremont. Tinha uma tala no nariz.

Wayne segurou no copo com as duas mãos. O café estava demasiado quente. Sorveu-o lentamente, só para se manter ocupado.

— Os meus amigos acham que você é doido.
— E o que é que lhes responde?
— Que os homens que pretendem coisas de si costumam dar-lhe coisas ou mostrar-lhe coisas, o que equivale a contarem-lhe as coisas sem rodeios. Por minha parte, digo-lhes: «O Senhor Tedrow tem algo para me dizer e não encontra as palavras para o dizer, mas não há dúvida de que sabe escolher os gestos.»

Wayne pousou o copo no tabliê. Baloiçou-se e parou. Virou-se para Mary Beth e pousou as mãos sobre o joelho.

— Fale-me do seu filho.

— Ele fez-me desejar que houvesse mais dois ou três como ele. O que, vindo de uma pessoa ocupada como eu, já quer dizer muito.

— Isso mostra os seus sentimentos por ele. Referia-me à sua avaliação dele como jovem.

Mary Beth sorveu o seu café. — Ele lia muito e era um amador de química. Empanturrava-se de livros e entretinha-se com os seus conjuntos de química. Estava a tentar entender o mundo com a sua própria cabeça, coisa que eu respeitava.

Um carro estacionou ao lado deles. Um casal branco olhou-os pasmado. — E o inquérito policial? — perguntou Wayne.

— Mais ou menos o que seria de esperar. Começou e terminou no espaço de doze horas e foi por isso que eu e o Cedric contratámos um detective privado. Chamava-se Morty Sidwell e acho que fez um trabalho correcto. Verificou registos de óbito, registos da polícia e registos hospitalares no país inteiro e convenceu-se de que o Reginald ainda continuava vivo. Ao fim de algum tempo ficámos sem dinheiro e tivemos de parar com tudo.

Os brancos continuavam a olhar. Wayne continuou também a olhar para eles. Mary Beth disse: — Deixe estar. Acho que não posso aceitar mais nenhum gesto da sua parte.

Wayne empurrou o assento para trás para libertar as pernas. Mary Beth pousou o copo no tabliê.

— O presidente Kennedy foi assassinado semanas antes de o meu filho desaparecer. E devo dizer-lhe que o Reginald ficou muito transtornado.

Os brancos foram-se embora. O tipo fez embraiagem dupla e os pneus cuspiram gravilha na direcção deles.

— Lembra-se onde estava nesse fim-de-semana?

Wayne olhou para ela. — Estava em Dallas.

— Porquê?

— Estava a tentar encontrar o Wendell Durfee.

— E então?

— Encontrei-o e deixei-o partir.

Mais carros a chegar e a estacionar. Aquilo tornou-se claustrofóbico. Wayne ficou agitado e começou a suar. Mary Beth pousou a mão no joelho dele.

DOCUMENTO ANEXO: 16/9/68. «SUJEITOS SUBVERSIVOS», Relatório Sumário. Assinalado: «Cronologia / Factos conhecidos / Observações / Associados conhecidos / Afiliações & organizações». Sujeito: KLEIN, JOAN ROSEN / numerosos pseudónimos desconhecidos / mulher branca / data de nascimento: 31/10/26, Nova Iorque. Compilado: 14/3/67.

1. — Síntese: O SUJEITO JOAN ROSEN KLEIN deve ser encarado como uma figura sediciosamente antiamericana, com profundas ligações a perigosas organizações radicais pertencentes a um amplo espectro ideológico esquerdista e cuja actividade remonta há mais de vinte anos. Já foi «organizadora comunitária», planeou «marchas de protesto» para numerosas causas subversivas, foi instrutora em dúbias «Escolas da Liberdade» que abraçam a linha doutrinária do Partido Comunista e, mais pertinente ainda, foi uma forte aliada de grupos radicais esquerdistas que advogaram o violento derrube do governo dos Estados Unidos: o PARTIDO SOCIALISTA OPERÁRIO, os ESTUDANTES POR UMA SOCIEDADE DEMOCRÁTICA e o MOVIMENTO DE ACÇÃO REVOLUCIONÁRIA. Estas organizações anunciaram a sua solidariedade com violentas organizações de nacionalistas negros (o PARTIDO DOS PANTERAS NEGRAS e os ESCRAVOS UNIDOS), o que as assinala como um risco de segurança de nível 4. O SUJEITO JOAN ROSEN KLEIN também é suspeito (embora não provado) de participação em assaltos à mão armada em Los Angeles em 1951 & 1953 (nenhuma outra informação disponível) e de dois assaltos à mão armada em 1954 no Ohio & em Nova Iorque (nenhuma outra informação disponível).

ISIDORE HERSCHEL KLEIN (1874-1937), o avô do SUJEITO JOAN ROSEN KLEIN, era um rico comerciante de esmeraldas e um polémico activista esquerdista que doava grandes somas de dinheiro a grupos anarquistas, a grupos radicais pró-trabalhistas e a causas da Frente Comunista. O seu filho JOSEPH LEON KLEIN (1902-1940) era um comprovado fanático radical, assim como a sua mulher HELEN HERSHFIELD ROSEN KLEIN (1904-1940). As suas mortes em 1940 deixaram órfão o SUJEITO JOAN ROSEN KLEIN. Reapareceu durante os anos da guerra, foi detida por violações da Lei dos Estrangeiros e Sedição, por distúrbios públicos em manifestações de protesto organizadas por comunistas e esteve sob fotovigilância em reuniões a nível nacional do PARTIDO COMUNISTA DOS EUA, do PARTIDO TRABALHISTA SOCIALISTA,

da UNIÃO DOS ESTUDANTES PARA A PAZ, da LIGA PARA A DEMO-
CRACIA INDUSTRIAL, da LIGA DA UNIDADE DOS SINDICATOS e em
várias manifestações a favor do simpatizante comunista exilado Paul
Robeson. Corre o rumor de que o SUJEITO JOAN ROSEN KLEIN é o autor
da literatura antiamericana mais virulenta distribuída pelas organizações acima referidas.

2. — O SUJEITO JOAN ROSEN KLEIN considera-se uma académica
itinerante por ofício e leccionou recentemente (1962) numa «Escola da
Liberdade» financiada por radicais e associada à Universidade do Sul
da Califórnia, onde foi alegadamente mentora de estudantes negros em
Química e Física. Tem relacionamentos e contactos por correspondência pesadamente encobertos com numerosos colegas professores universitários esquerdistas que lhe proporcionam encontros com outros
elementos subversivos afins, que se movem no submundo comunista/
/socialista/radical. O SUJEITO JOAN ROSEN KLEIN viaja extensiva-
mente para o estrangeiro (muito provavelmente com passaportes
falsos), passou alegadamente temporadas na Cuba comunista (em violação de éditos de proibição de viagens), tem alegados laços com o
Movimento 14 de Junho da República Dominicana apoiado por comunistas e redigiu polémicas antiamericanas e antidominicanas de denúncia
de alegados maus-tratos de camponeses haitianos por «interesses fascistas dos EUA em conluio com déspotas dominicanos na guerra de genocídio contra o Haiti». Estas polémicas foram alegadamente co-autoradas
com uma mulher dominicana conhecida apenas pelo nome próprio
«Celia».

3. — É sabido que o SUJEITO JOAN ROSEN KLEIN efectuou numerosas
viagens dentro do território continental dos Estados Unidos e que se
desloca amiúde de avião (financiada por abastados camaradas de
viagem) a pontos quentes de insurreição para se encontrar com líderes radicais e aconselhá-los sobre o melhor modo de atingirem as suas
metas. A sua subespecialidade é o recrutamento de ingénuos estudantes universitários que frequentam as suas aulas da «Escola da Liberdade» e consta que ajudou muitos jovens a «abandonar a sociedade» e a
assumir «identidades clandestinas». Listas de participantes em encontros
de grupos subversivos e registos de fotovigilância atestam a presença
do SUJEITO JOAN ROSEN KLEIN em reuniões de protesto contra os jura-
mentos de fidelidade em Los Angeles a 30/8/50, em manifestações para

a libertação do casal Rosenberg em Nova Iorque em Junho de 1952 e em manifestações do PARTIDO PROGRESSISTA INDEPENDENTE em Boston em Novembro de 1951. O SUJEITO JOAN ROSEN KLEIN também foi visto em manifestações apoiadas por comunistas para a Petição de Paz de Estocolmo em catorze cidades americanas em 1950.

4. — Mais recentemente, o SUJEITO JOAN ROSEN KLEIN mediou «pactos de paz» entre facções esquerdistas desavindas e grupos (primariamente de brancos) associados a organizações de militantes negros. Foi ela o alegado autor de um panfleto de duzentas páginas que aconselhava a ALIANÇA SOCIALISTA DA JUVENTUDE na sua «Violenta Guerra dos Trabalhadores para Derrubar o Estado do Indiana». O SUJEITO JOAN ROSEN KLEIN trabalhou (1966) como «disc jockey» na estação radiofónica esquerdista Radio-Free Dixie e foi vista recentemente (fotovigilância) com membros do violento grupo radical WEATHER UNDERGROUND. Quatro edições do seu boletim informativo WEATHER REPORT de influência comunista exibem a sua assinatura. Consta também que o SUJEITO JOAN ROSEN KLEIN dirige «casas francas»: ou seja, esconderijos para violentos fugitivos radicais.

5. — Associados conhecidos: ▓▓▓▓▓▓▓▓▓▓▓▓▓▓▓▓

6. — O SUJEITO JOAN ROSEN KLEIN (actual paradeiro desconhecido) deve ser considerado um risco de segurança de nível 4 e deveria constar das listas de alerta de todas as cidades para fins de uma frequente intercepção de correspondência, fotovigilância e possíveis detenções regulares limitadas a períodos de 48 horas. (Seguirão actualizações periódicas assim que chegarem novas informações.) Expediente n.º 1499684 / Registos Centrais / Washington, D. C. Agente especial Holly: por favor, devolver a coberto do correio interno do FBI.

38

(Los Angeles, 19/9/68)

É o cabelo dela.
As estrias grisalhas. Nada de concessões para os seus quarenta e um anos. Os braços nus de forma a salientar a cicatriz de navalhada. Aparentava a idade que tinha, vestia-se com maturidade, evitava uma estética juvenil. A cicatriz era já um «Vai-Te Foder» suficientemente agressivo.

Acenderam cigarros. A cabina era grande e envolvente. O Restaurante Ollie Hammond era um sítio sossegado antes da hora do almoço.

— Não me falou do pagamento — disse Joan Klein.

Dwight sorveu o seu café. — Mil por mês, limpos. Gaste cem por semana para atingir as nossas metas. Compre comida para os esquemas «Alimentar as Crianças», para que os irmãos possam assim atribuir mais verbas para a compra de armas e droga.

— E quais são os meus deveres para além disso?

— Faça relatórios completos, seja discreta, não adiante informações que só poderiam provir de si. *Proteja o seu estatuto de informadora.* Avise-me com antecedência sobre potenciais crimes violentos e conversas específicas de acções contra agentes da polícia.

Joan sorriu. — Para além das tiradas habituais de «morte aos chuis»?

Dwight sorriu. — Se forem chuis específicos, informe-me. Se forem tretas vagas sobre brancos fascistas e filhos-da-puta, dispenso.

Os óculos dela.
Os aros escuros, o ar descontraído com que lhe assentavam, as covinhas ao comprido do nariz.

— Conhece Karen Sifakis — disse Dwight.

— *Ouvi falar* de uma mulher chamada «Karen, a Fabricante de Bombas». Ela conhece pessoas que conhecem pessoas que me conhecem. Você *já* sabe tudo sobre intermediários, endereços clandestinos e correspondência com omissão do remetente.

Azia: Dwight engoliu duas pastilhas de menta. Um empregado persistente mantinha-se junto da mesa deles. Dwight escorraçou-o dali com um olhar penetrante.

— Li o seu dossiê.

— Já imaginava que sim.

— Extremamente sucinto e cheio de inconsistências. Não consigo entender se você é uma pacifista, filha de pais comunistas, ou uma fracassada assaltante à mão armada.

Joan soprou anéis de fumo. — Parta do princípio de que sou as duas coisas e terá menos surpresas.

Dwight apagou o cigarro. — Nenhum processo judicial, nenhuma papelada. Quatro detenções por suspeita, nenhum registo policial a indicar tendênc...

— Quatro assaltos em cidades onde decorriam greves dos operários. Rusgas casuais de detenção de suspeitos de violação da Lei Smith de Registo dos Estrangeiros, nomes em listas de Alerta Comunista, polícias a quererem divertir-se.

Dwight serviu mais café para os dois. — Denunciou algum dos seus camaradas?

— Não.

— Quanto tempo esteve detida?

— Variava.

— Foi ameaçada fisicamente?

— Um polícia em Dayton, no Ohio, bateu-me com uma lista telefónica.

— Qual foi a sua reacção?

— Um comentário imprudente sobre a mãe dele.

Dwight riu-se. — E que aconteceu depois?

— Enfiaram-me numa cela com umas lésbicas brutas. Uma das raparigas era gira. Gostei dos beijos, mas a tipa avançou um bocado depressa de mais para o meu gosto.

Falava com precisão. Nova Iorque espreitava das vogais. Alternava os padrões da voz: indícios de um dissimulador magistral.

— Nunca rejeitei uma lésbica apaixonada numa cela de detenção — disse Dwight.

— Espetei-lhe com um garfo — disse Joan. — Os dentes do garfo perfuraram-lhe a face e alojaram-se no palato superior.

Dwight reprimiu um sorriso. Joan sorveu café. Estava com aquele aspecto abatido de quem esteve acordada a noite inteira.

— Como vamos comunicar?

— Para já, telefonemas. Terças, às dez da manhã. A cabina pública na esquina de Silver Lake com Effie.

— Tenho um telef...

— Não me venha com falsas sinceridades, Senhorita Klein. Não quero saber onde vive e, quando precisar, sei como a encontrar.

— Pode garantir-me que não vou ser alvo de detenções aleatórias nem que vou ser importunada com fotovigilâncias?

Dwight abanou a cabeça. — Não. Se pedir esse favor, os outros agentes de Los Angeles ficarão a saber que você trabalha para mim. Já assinalei o seu dossiê com uma lista falsa. Desde a semana passada que você tem criado uma certa agitação junto de uns palermas militantes na Universidade da Califórnia, em Davis.

Ela não sorriu. Ele queria que ela sorrisse. Os sorrisos dela atenuavam-lhe aquele ar duro.

— Posso dizer-lhe o que me recuso a fazer?

— Sou todo ouvidos.

— Não darei informações sobre jovens que se envolvem por diversão e saem quando as coisas ficam feias.

— Assume desde já que as coisas vão ficar feias?

— Sim, você não?

— Não da forma como você desejaria — disse Dwight. — Não prevejo nenhuma revolução armada na América e não considero que vadios de esquina como os da ATN ou da FLMM sejam a vanguarda do que quer que seja, a não ser de umas quantas cenas de pancadaria ou rusgas de chulos.

Joan sorriu. A sua dureza *atenuou-se*.

— Então porque está a esforçar-se tanto para os suprimir?

— Porque se pautam por objectivos criminosos, porque desprezo a desordem e porque o Senhor Hoover assim mo ordenou.

— Porque as trapalhadas deles irão desacreditar o movimento negro em geral. Porque os grupos mais conhecidos são uma ameaça mais real, mas insinuaram-se nas boas graças da imprensa. Porque a militância negra atingiu um certo grau de aceitação na sociedade e você está a tentar reconduzi-la para o gueto.

Dwight olhou para ela. Ela sorriu-lhe. Tinha os dentes manchados de batom.

— Ainda não lhe perguntei por que razão está a fazer isto.

— Pelo dinheiro? Porque a repressão nunca resulta no final? Porque vou conhecer pessoas e moldar-lhes as ideias de uma forma que você nunca será capaz de valorar e porque o Senhor Hoover estará a pagar-me para criar uma revolução a um nível indetectável que nunca constará de nenhum dossiê do qual ele possa gabar-se às três da manhã quando o leite morno, as bolachinhas e o *Seconal* não resultarem.

Dwight sorriu. — Está muito bem informada.

Joan sorriu. — Uma das antigas mulheres-a-dias do Senhor Hoover tem um filho nos Panteras. Um cartunista dotado. Fez quatro painéis do Senhor Hoover à hora de deitar. O Senhor Hoover examina atentamente as fotos de vigilância de jovens negros bem besuntados de óleo a tomar banhos de sol e a tia Jemima tem de bater à porta antes de lhe levar as guloseimas.

Dwight deu uma palmadinha bem-humorada nos joelhos. Os cotovelos bateram na mesa e derrubaram um copo. Um empregado surgiu de imediato com um pano para limpar o líquido entornado.

— Não teve assim tanta graça — disse Joan.

— Nisso discordo.

— Está a ser imprudente.

— O Senhor Hoover e eu temos um passado comum. Às vezes, o humor ajuda.

— Fale-me disso.

Dwight abanou a cabeça. — Conte-me como arranjou essa cicatriz no braço e porque tem tanto orgulho nisso.

Joan abanou a cabeça. — Estou a trabalhar numa nova versão. Uma coisa subtil e de inspiração racista. Uma coisa que encantará a ATN e a FLMM.

— Mais valia dizer-me a verdade.

— Ficções utilitárias fazem mais o meu estilo.

Dwight sentiu o estômago revolto e engoliu duas pastilhas de menta com o café.

— Quem rasurou o seu dossiê? A secção relativa aos seus «associados conhecidos» foi rasurada a tinta e por conseguinte você deve ter sido informadora do FBI.

Joan acendeu um cigarro. — Informei, sim. Mas nunca informei directamente o FBI. Portanto, devem constar lá nomes que algum outro agente federal queria ver apagados.

— Não sei se acredito nisso — disse Dwight.

— Não quero saber em que é que acredita, Senhor Holly. Estamos ambos aqui para comprar e vender e tenho a certeza de que vamos criar repressão e revolução de um modo muito fodido, mas de certa forma complementar.

Era o cheiro dela. Estava a suar. O cheiro a sabonete tinha desaparecido. Tinha os sovacos molhados.

— Tenho umas perguntas específicas, Senhorita Klein.

— Muito bem.

— Como vai aproximar-se da ATN e da FLMM?

— Dirijo uma das casas francas. Já acordei com a ATN para esconderem lá armas.

— E não me vai dizer a morada?

— Não.

— Eis o seu primeiro teste — disse Dwight. — Pega nas armas, dispara-as contra um isolador acústico e traz-me as balas usadas. Depois volta a repor as armas e assim terei as balas usadas para poder efectuar comparações posteriores.

— Não — disse Joan.

— Assim não há acordo. Assim envio uma ordem de detenção contra si nos cinquenta estados — disse Dwight.

Ela apertou o rebordo da mesa. Os dedos latejaram-lhe. A mesa inteira abanou.

— Não revelarei a localização da casa, mas trago-lhe as balas.

— Como sei que são as verdadeiras?

Joan sorriu. — Porque confia em mim?

Dwight colocou na mesa uma bola de cocaína envolta em plástico. Escapou pó por um pequeno orifício.

— Torne alguns pretos comunistas tão felizes como acaba de me tornar a mim.

— Nunca cheguei a conhecê-la, mas ouvi falar da cicatriz — disse Karen.

Estavam na cama. A barriga de Karen estava enorme. Dwight tocou-lhe na barriga. Eleanora deu dois pontapés.

— Conta-me.

— Foi naquele motim no concerto do Paul Robeson em Peekskill. Acho que foi em 1949. A Joan tinha-se envolvido com uns legionários.

Dwight ligou a ventoinha da secretária. O ar do quarto rodopiou e manteve-se quente.

— Vi um boletim noticioso sobre o doutor Hiltz — disse Karen. — Deves lembrar-te, pois disseste que o conhecias.

Dwight anuiu com a cabeça. — O FBI apoderou-se da investigação.

— Porquê?

— Ele era um informador pago.

— Como eu?

— Menos eficiente, mais volátil e caprichoso, menos astuto em termos políticos.

Karen sorriu. — Foi uma das coisas mais queridas que já me disseste.

— Então de certeza que me amas.

— Bem, vou pensar nisso.

Enroscaram-se um no outro até encaixarem de forma cómoda. Dwight começou a devanear com aquele cheiro, aquele sorriso duro, aquele cabelo com estrias grisalhas.

39

(Minneapolis, 22/9/68)

HHH em 68! HHH em 68! HHH em 68!
As cidades gémeas de Minneapolis e Saint Paul eram território de Hubert Horatio Humphrey. O parque de estacionamento do Bazar Berglund estava apinhado de tipos com aspecto de escandinavos. Quatrocentos camponeses rústicos. Uma boa colheita de votos ao meio-dia.
Cinquenta *hippies* estavam a causar alvoroço. Eram recrutas de Clyde Duber. Agitavam no ar cartazes horripilantes. Topem só: pretos em chamas, miúdos queimados com *napalm* e jactos americanos a largar rastos de líquido.
Vivas e troças: HHH! e gritos de ódio dos *hippies*. Pombas da paz e miúdos asiáticos com penteados de cores flamejantes.
Crutch e o Franciú observavam. Tinham recrutado os putos manifestantes da lista de pessoal esquerdista de Clyde. Tinham-lhes pago com marijuana e notas de dez dólares. Tinham feito uma festa de cartazes na noite anterior. O Franciú servira piza, cerveja e erva. Crutch fizera de director artístico. Recortara revistas e encontrara umas fotos fascistas espirituosas.
A manifestação prosseguiu. O rugido intensificou-se: HHH! HHH! HHH!
Os tipos da segurança tinham desimpedido o caminho até ao estrado. Humphrey e uns políticos gordos avançaram cambaleantes pelo meio deles. Crutch riu-se. O Franciú sorriu. Topem só: pusemos canábis no vosso café do pequeno-almoço.
Humphrey subiu as escadas e ficou com o pé preso no estrado. Um totó da segurança correu a acudi-lo. O vice-presidente recompôs-se. Tinha os olhos pedrados. Tinha a braguilha aberta. Viam-se-lhe as

cuecas. Circularam risadas. Hubert dirigiu-se à multidão. Entaramelou as palavras. Disse qualquer coisa como: «Meus compatriotas abissínios.»

Tinham uma suíte de dois quartos em Saint Paul. Era tudo por conta do Howard Hughes. Serviço de quarto permanente. Comeram bifes à Nova Iorque, cogumelos recheados e gelado de hortelã-pimenta. O Franciú serviu anis *Pernod* e bolachas com canábis. Ficavam sempre pedrados e falavam sobre CUBA.

Mesplede parecia um disco riscado. Sim, mas era um disco que continuava a *girar*.

Lyndon B. Johnson, Nixon, Hubert: todos eles uns mariquinhas sentimentalóides. *Heroína*. Vendemo-la, compramos armas, derrubamos o Fidel. Resultou no Vietname. As traições tinham levado o Tiger Kadre à cova. Agora teriam uma equipa mais coesa. O Franciú era o testa-de-ferro de Wayne Tedrow para os casinos. Iria circular pelas zonas apropriadas da ala direita. Os locais que seleccionassem situar-se-iam perto de Cuba.

Vendemos «H» em grande. Atrairemos uma clientela insular. Fazemos dinheiro com as armas e realizamos expedições em lanchas rápidas. Varremos a costa e matamos os comunas.

— Quero fazer parte — disse Crutch.

— Está garantido, meu amigo — disse o Franciú.

Crutch apontou para o laço que estava a usar. O Franciú disse: — Os teus números irão aumentar assim que escolhermos a localização do nosso casino.

Crutch bebeu o seu *Pernod* com avidez. A sua visão lateral começava a turvar-se. O Franciú mostrou-lhe a faca de arrancar escalpes. Tinha arrancado o escalpe a trinta e um cabrões castristas.

Alojamentos de viagem. Crutch tinha engalanado as paredes do quarto para as suas duas noites de estada. Manteve as fotos de Joan Klein na carteira. Colou na parede um grande mapa de Cuba e pôs-se a atirar dardos contra as instalações da milícia.

Lançava e falhava, lançava e acertava. As paredes circundantes ficaram esburacadas pelos dardos e soltaram-se lascas de tinta. Crutch tinha memorizado a maior parte dos nomes das aldeias e todas as estradas de acesso a Havana. Anotação mental: comprar uma faca igualzinha à do Franciú para arrancar escalpes.

Olhou para as fotos de Joan. A pedrada devido ao *Pernod* e às bolachas com canábis fê-lo ver coisas novas. Tinha falado com Clyde. A opinião de Clyde: o homicídio do Dr. Fred não tinha nada a ver com o esquema de Gretchen Farr. O FBI tinha tomado conta da investigação. Era Jack Leahy que a dirigia. A opinião de Jack: é aquele gangue de assaltantes negros. Assaltaram aquela casa em Brentwood e depois despacharam o Dr. Fred.

Crutch tinha sentido um ataque de pânico. Dwight Holly dissera: «Estás a esconder-me alguma coisa?» Crutch mentira e dissera: «Não.» *Ninguém sabe da Casa dos Horrores. Ninguém sabe que a Gretchen Farr é a Celia Reyes, nem ninguém sabe da Joan Rosen Klein.* Tinha posto Buzz Duber atrás de uma pista: a revelação de Farlan Brown sobre uma hospedeira do ar. Buzz estava agora em Los Angeles a trabalhar nessa pista. Andava a verificar companhias aéreas com o esboço de Crutch.

Pernod e canábis. As paredes do quarto pareciam ondular e passar de cor de pêssego para magenta. Continuava a não haver novidades quanto à tatuagem da mulher morta. Nem em relação às marcas na parede. A caminho do aeroporto voltara a forçar a porta do escritório de Arnie Moffett. Voltara a vasculhar-lhe os ficheiros do aluguer de casas. Mais um rotundo zero a respeito de Gretchen/Celia e Joan. Tinha pressionado Arnie com muita *ruuuuindade*. O cabrão provavelmente livrara-se dos ficheiros delas depois da tareia.

O seu trabalho de foder a campanha de Hubert já o tinha levado a três cidades. Tinha verificado dados e registos de assaltos em três departamentos locais da polícia. Zero: nenhuma referência a Joan Rosen Klein.

Crutch bombardeou a baía dos Porcos e Havana com dardos. Aquela pedrada estranha deixou-o todo inchado e atordoado. Colou as fotos de Joan por cima da cama. As cores da parede alteraram-se: de magenta para um nascer do Sol tropical.

Mais outro parque de estacionamento de centro comercial para o dia de hoje. Notícias da noite anterior: «Um Humphrey exausto comete gafes políticas.» Este trabalho era uma repetição psicadélica do trabalho anterior. O Franciú tinha-lhe dito que soubera de certas cenas em Chicago.

A multidão era composta por umas trezentas pessoas. A gentalha gorda e loira do Minnesota. Eram barulhentos. Gritavam tretas liberais. HHH de cara comovida nos cartazes. A tentar dar-se ares de garanhão. Mas em vão. Parecia um treinador pedófilo.

Crutch e o Franciú estavam ao lado do estrado do orador. Ouviram-se gritos entusiastas: *Vem aí! Vem aí!* Crutch viu Humphrey e uns paus-mandados aproximarem-se pelo lado esquerdo do estrado. Quatro polícias seguiam-nos a quatro passos de distância. Mesplede fez um gesto com três dedos. Três camionistas a fazer horas extra retribuíram-lhe o gesto.

Abriram latas às escondidas. Acocoraram-se às escondidas. Despejaram cera líquida no chão ao lado do estrado. Aquela merda tinha uma cor neutra. Escorreu e alastrou.

Quatro passos, três, dois, um...

Humphrey e os seus paus-mandados escorregaram, deslizaram e fizeram *slalom* pelos degraus acima. Hubert deu uns passos de dança *frug* e *wah-watusi* só para conseguir manter-se de pé. A multidão desatou às gargalhadas. Dois polícias estatelaram-se no chão. A multidão voltou a desatar às gargalhadas. Um ricaço amparou Hubert. A expressão de Hubert dizia: mas que merda é esta? O ricaço falou ao microfone. As gargalhadas abafaram-lhe o discurso. Crutch fez sinal a um tipo perto do estrado. O tipo dobrou-se e fingiu estar com convulsões. O cabrão parecia ter articulações duplas. Esbracejava e esperneava em ângulos rectos. Da boca escorria-lhe espuma de *Alka-Seltzer*.

Os fãs de Hubert pediram ajuda aos berros. O cabrão epiléptico continuou com o seu espectáculo. Uma rapariga gorda enfiou-lhe uma barra de chocolate *Mars* gelada por cima da língua. Uns tipos gritaram «Chamem um médico!» e «Acudam ao coitado do homem!». A multidão dispersou-se. Hubert estava furioso e tentou exprimir compaixão. O ricaço remexeu no microfone do estrado. A reverberação foi estridente.

Crutch fez sinal a três grupos no meio da multidão. Rebentaram três cenas de pancadaria. A multidão *voltou* a dispersar-se. Duas freiras escanzeladas bateram nos desordeiros com cartazes que diziam QUEREMOS PAZ!

Hubert apoiou os pés no chão com firmeza. Os polícias continuavam a tombar em cima da cera líquida. Via-se-lhes a gordura dos corpos a abanar. Pareciam aqueles brancos fascistas dos *cartoons* racistas dos pretos. Hubert fez o gesto do V de vitória.

O Franciú fez sinal a uma loira de botas de cano alto e calças de ganga justas. Crutch passou-lhe para as mãos um cartaz do Nixon e içou-a para cima do palco. O Franciú fez sinal a três grupos de homens. Começaram a assobiar e a cantar: — Despe-te!

Hubert manteve-se ali. O ricaço engoliu a seco comprimidos *Digitalis* para estimular o coração. Polícias acabados de chegar lançaram-se contra os arruaceiros. As freiras pacifistas foram derrubadas ao chão. Subiram polícias para o estrado. A cera líquida fê-los estatelar-se ao comprido. A loira agitou o seu cartaz do Nixon. A multidão enlouqueceu. Os gritos «DESPE-TE!» alastraram como uma epidemia. A loira tirou a camisa e o sutiã e pôs-se a dançar em tronco nu vários passos de dança: *swim*, *fish* e *mashed potato*. Crutch ligou uma aparelhagem estéreo que estava debaixo do estrado. Topem só: Archie Bell and the Drells a cantar «The Tighten Up».

Uma carrada de polícias investiu sobre o estrado. Mesplede afastou-se. Crutch agarrou no sutiã descartado e desatou a correr.

De volta a Los Angeles.

Crutch estava a matar tempo no aeroporto. O Franciú tinha partido para Miami num voo anterior. Junto à porta de embarque havia um conjunto de cabinas telefónicas públicas. Crutch fez uma chamada para Clyde Duber & Associados, a cobrar no destinatário.

A secretária passou a chamada a Buzz. Buzz disse: — Temos uma pista.

— De que é que estás...

— Aquele desenho que fizeste. Tive uma confirmação. Nas Linhas Aéreas PSA, o quarto sítio aonde fui. O director do pessoal disse: «Em cheio, é a Janet Joyce Sherbourne, uma tipa vigarista como tudo.»

Crutch pegou no bloco de notas. — Mais devagar. Conta-me a história toda.

— É uma história e peras, com ligações à República Dominicana. Lembras-te? A Gretchen Farr tinha recebido lá no serviço de atendimento aqueles telefonemas do consulado dominicano.

Buzz já sabia *essa* parte. Mas não sabia nada acerca do facto de Gretchen ser Celia ou de Celia ser dominicana...
— Ei, estás aí?
— Sim. Vá lá, conta-me...
— *Okay*. A tal tipa Sherbourne era uma hospedeira bilingue. Trabalhava em exclusivo na linha de rota entre Los Angeles e São Domingos, até eclodir aquela guerrazinha fodida em 1965 quando o Lyndon B. Johnson enviou os Fuzileiros para lá. Ora bem, o voo fez escala na Cidade do México e a tal tipa Sherbourne foi apanhada com uma arma e meia dúzia de passaportes falsos. Lá conseguiu evitar ser detida, embora ninguém saiba *como*, e *depois* desapareceu da face da Terra. E *agora* a parte boa, a parte que é tal e qual o raio da Gretchie. Acontece que o formulário de pedido de trabalho da tipa era completamente falso. A porra da morada era uma espécie de casa franca comunista e a ficha pessoal dela tinha sido roubada dos escritórios das Linhas Aéreas PSA.

Crutch deixou cair o telefone. Buzz ficou a falar para o ar. As coisas estavam a descontrolar-se. Viu Joan beijar Gretchen/Celia em câmara lenta.

A biblioteca ficava perto do seu quarto de arquivos no centro da cidade. Os livros eram demasiado grandes para poder roubá-los. República Dominicana: mapas, fotos, história.

Anotação mental: a República Dominicana ficava perto de Cuba. Anotação mental: a Máfia encarava a República Dominicana como um potencial local para jogos de apostas.

Crutch pousou livros em cima de uma mesa de leitura. Bêbedos adormecidos disputavam o espaço existente. Analisou as páginas com os mapas. Concentrou-se na distribuição genérica dos territórios. A ilha de Hispaniola. A República Dominicana e o Haiti numa faixa de terra. O mar das Caraíbas, perto de Cuba e de Porto Rico. Perto da Jamaica e das ilhas Turques e Caicos. *A ligação dominicana: a porra do seu caso inteiro apontava nessa direcção.*

A República Dominicana fazia fronteira com o Haiti na vertente leste. O rio Massacre formava a linha de divisão. As costas de ambos os países eram pontuadas por enseadas. Todos os nomes das cidades eram assustadoramente espanholados e afrancesados.

Crutch folheou artigos sumários. A merda da questão racial deprossa o afectou. Os dominicanos eram hispânicos de pele clara. Orgulhavam--se das suas raízes espanholas. Os dominicanos de pele escura eram de estatuto inferior. Igualzinho como nos EUA: *ser branco é que é!*

Rafael Trujillo dominara politicamente durante muito tempo, desde 1930 a 1961. Esmagara a dissidência. Oprimira os haitianos e chacinara-os em massa. Era pró-americano e anticomunista. Fornicara com imensas mulheres e torturara e suprimira os seus rivais políticos. Um grupo comunista chamado Movimento 14 de Junho tentara derrubá--lo em 1959. Mas a «revolução» esfumara-se num *pfft*. Trujillo ficou esquizóide e perdeu as estribeiras. Andava a saquear o país de forma demasiado descarada. JFK e a CIA acharam que ele poderia virar comunista. A CIA fê-lo cair em 1961. O Franciú tinha alegadamente participado. Um déspota menos espalhafatoso, chamado Juan Bosch, assumiu então o poder. «Eleições livres» e todas essas habituais tretas reformistas hispânicas. Parecia que Bosch estava a tornar-se comuna. Lyndon B. Johnson enviou fuzileiros e cortou aquela merda pela raiz. O actual déspota era um minorca cretino chamado Joaquín Balaguer. A história da República Dominicana resumia-se a golpes de Estado, revoltas, conspirações, intrigas e chacinas.

Crutch chegou a uma secção sobre o Haiti. *Uiiii! Magia negra ruuuuim!* Pretos francófonos. O ditador era «Papa Doc» Duvalier: um Godzilla à altura do monstro Rodan de Trujillo. Mais opressão, golpes de Estado, conspirações, intrigas e chacinas. E vudu: pois claro!

Cerimónias vudus, rituais vudus, maldições vudus, sacerdotes vudus. Licor vudu e ervas vudus capazes de estoirar a cabeça. Os pretos americanos comiam frango frito. Os pretos haitianos fodiam galinhas e bebiam-lhes o sangue quente.

Uiiiii!

Crutch continuou a folhear páginas. Aquela cena vudu era mesmo divertida. Chegou a uma secção de fotos. Pretos a cabriolar e a pavonear-se com chapéus de penas de galinha. *Uiiii, e depois há esta...*

Esta foto. Este tipo negro de pele clara. Esta estranha tatuagem no seu braço direito.

Padrões geométricos. Entrecruzados. Tal como a tatuagem da mulher morta lá na Casa dos Horrores...

40

(Las Vegas, 26/9/68)

Os Rapazes usavam calções de golfe e meias pretas altas. Andavam dentro de casa com os sapatos de golfe com solas de grampos.

Tinha sido Carlos a lançar aquela moda. A suíte a imitar o estilo romano era dele. Deambulava de um lado para o outro e perfurava os tapetes. Os sapatos de Sam Giancana tinham grampos achatados e faziam menos estragos. Santo Trafficante tinha grampos afiados que violavam literalmente os tapetes.

Wayne estava especado ao lado de um cavalete coberto. Os Rapazes estavam sentados a beber o seu licor mexicano *Kahlúa* das dez da manhã. Carlos fez girar um taco de golfe ferro 5. Wayne percebeu a alusão a Wayne Sénior.

— Temos tempo para as tacadas das dez e quarenta — disse Sam.

— Deixa o taco em paz, Carlos — disse Santo. — Não lembres ao Wayne coisas que poderiam atormentá-lo.

— Não era essa a minha intenção. Estou só a descontrair os perónios das pernas — disse Carlos.

— Toma mais duas bebidas. Vais deixar o teu *swing* lá na área de treinos e enfiar-me no bolso uma milona por cada buraco — disse Sam.

— Toca a trabalhar, Wayne — disse Santo. — Tens tendência a curvar-te como se tivesses sempre uma nuvem negra por cima da cabeça.

— É bem verdade — disse Sam. — Por muito que lhe admire o lado de durão, o Wayne é um íman que só atrai trampa.

Carlos fez girar o seu taco. — Então, Wayne? Viemos cá para te ouvir.

Wayne pigarreou. — Até agora, a campanha eleitoral de Outono tem-nos corrido de feição. O Nixon está à frente nas sondagens, o nosso esquadrão de truques sujos está a fazer um bom trabalho, o senhor Hughes está satisfeito com as suas compras de hotéis e aguarda que o

Departamento da Justiça do senhor Nixon afrouxe umas quantas leis antimonopólio para podermos comprar mais alguns hotéis. O Jean-Philippe Mesplede está pronto para começar a investigar locais para a instalação de casinos e, portanto, desse lado também estamos preparados para avançar.

— A minha amiga Celia continua a insistir na República Dominicana. É irredutível a respeito dessa questão — disse Sam.

— O Sam é irredutível a respeito dessa gaja nascida lá na ilha — disse Carlos.

— O Sam é um coninhas irredutível, controlado pelas gajas. Só sofrem dessa doença aqueles que têm uma mente e um espírito fracos — disse Santo.

Sam agarrou nos tomates. — Essa doença que referes tem vinte e cinco centímetros de comprimento.

Wayne destapou o cavalete. Era um gráfico de colunas cruzadas. Enumerava compras de negócios e estimativas de lucro.

— Três cadeias de supermercados, todas na região do Midwest, todas elas propriedade de parentes de mafiosos e síndicos dos camionistas. Compramos a cinco cêntimos por dólar e vendemos o terreno a empreiteiros de centros comerciais. Penso que vamos arrecadar uns quinze milhões de lucro.

Sam bateu palmas. Santo bateu palmas. Carlos fez girar o seu taco de golfe.

— O Banco Popular do Sul de Los Angeles — disse Wayne. — Estão muito atrasados no pagamento, mas acho que devíamos deixá-los continuar a operar enquanto pudermos extrair uma percentagem de lucro alargada. Primeiro, é uma fachada para a lavagem de dinheiro. Segundo, podem lavar o *nosso* dinheiro. Terceiro, o Lionel Thornton, o presidente, está completamente compadreado com a Máfia e acho que podemos controlá-lo. Quarto, fica perto dos voos das Linhas Aéreas Hughes rumo aos nossos casinos e portanto podemos transportar directamente o dinheiro sem impedimentos.

— Gosto disso — disse Carlos.

— Gosto disso. Só não gosto desse pormenor da pretalhada da selva — disse Santo.

— Gosto disso, com uma ressalva — disse Sam. — Mantemos o Wayne ao largo para evitar que mate os clientes todos.

Wayne corou. Santo e Sam riram-se. Carlos fez girar o seu taco de golfe.

Wayne deu uma pancadinha no cavalete. — Mais dois negócios na zona sul de Los Angeles, com jogo ilegal incluído e do qual podemos sacar *pelo menos* cinquenta por cento enquanto retomamos a posse das duas empresas. O primeiro é um clube nocturno chamado Sultan Sam's Sandbox. O segundo é um bar de lésbicas chamado Rae's Rugburn Room.

Sam riu-se. Santo riu-se e balbuciou algo parecido com «preto qualquer coisa». Carlos espetou-lhe com o taco de golfe e Santo calou-se.

Wayne pegou num ponteiro e apontou para as linhas de colunas. Um cretino vestido com uma toga trouxe mais três *Kahlúa*. Os Rapazes beberam. Carlos espetou com o taco de golfe no cretino da toga e este escapuliu-se.

O cheiro da bebida estava a deixar Wayne enjoado. Escorria-lhe suor da camisa.

— Os Táxis Black Cat. Também na zona sul de Los Angeles. Os Táxis Tiger Kab serviram-nos generosamente em Miami e em Las Vegas e no Verão passado o Pete Bondurant vendeu a parte de Las Vegas ao Milt Chargin. Vamos utilizar essa parte para escoar dinheiro, aldrabar os livros de contabilidade e branquear dinheiros desviados. Acho que consigo convencer o Milt a vir para Los Angeles para administrar o local. Além disso, tenho um amigo no FBI que vai dirigir um programa de contra-inteligência na zona e vamos dar umas dicas ao Milt para ele depois transmitir ao tipo do FBI e assim manteremos o senhor Hoover do nosso lado.

— Conheço o teu amigo — disse Sam.

Santo estremeceu. — Dwight Holly, o «Agente da Lei».

Carlos bebeu um trago de *Kahlúa*. — Um homem com as suas próprias credenciais de caçador de pretos.

— Sim, mas isso não quer dizer que faça parte da mesma liga que o Wayne — disse Sam.

Santo bebeu um trago de *Kahlúa*. — *Ninguém* faz parte da mesma liga que o Wayne.

— O Dwight é branco — disse Carlos.

Sam bebeu um trago de *Kahlúa*. — Também o Milt Chargin é, apesar de ser a porra dum judeu.

Carlos bebeu um trago de *Kahlúa*. — O Milt é um comediante amador. Há-de confraternizar com os pretos e passar uns bons bocados.
— O Milt contou-me uma boa — disse Sam. — Que nome se dá a um preto nu que está sentado sozinho numa árvore?
Santo bebeu um trago de *Kahlúa*. — Conta mas é o final, palerma.
Sam disse: — O gerente do ramo.
Santo soltou um uivo de riso.
Carlos fez girar o seu taco de golfe. — Que se passa, Wayne? Não estás a rir.

Morty Sidwell tinha um gabinete na esquina da 2.ª com Fremont. Tratava de pagamentos de fianças, divórcios e casos de pessoas desaparecidas. A Polícia de Las Vegas considerava-o um tipo legítimo.
Wayne fez-lhe uma visita. Agora andava à procura de Reginald Hazzard no seu tempo livre. Um amigo seu da polícia verificara os óbitos nos cinquenta estados: resultado negativo. O mesmo em relação a relatórios de detenção. O mesmo em relação a registos de homens negros não identificados, no final de 1963.
Reginald gostava de livros. Mary Beth tinha-lhe contado isso. Wayne verificou a pente fino as fichas de empréstimo de livros de todas as bibliotecas de Las Vegas. *Em cheio*: o miúdo tinha feito vinte e nove pedidos de empréstimo de livros no Outono de 1963.
Textos de química avançada. Livros sobre teoria política da direita. Livros estranhos sobre ervas haitianas para o vudu.
O escritório de Sidwell situava-se por cima de um bar de *topless*. Wayne estacionou nas traseiras do edifício e subiu pelas escadas exteriores. O ruído que vinha do bar era brutal. O estrépito dos amplificadores abanava as paredes e as tábuas do soalho.
Morty estava refastelado no sofá. Estava calor dentro do gabinete. Morty tinha uma toalha à volta da cabeça. Viu Wayne e disse *ora bolas*. As paredes exibiam fotos do próprio Morty e amigos: Morty com o cantor e comediante Dino, Morty com o músico e locutor televisivo Lawrence Welk, Morty com o defunto JFK.
Wayne sentou-se numa cadeira. A reverberação fazia vibrar as tábuas da cadeira. Era uma canção de protesto social com uma batida *sexy*.
Morty ajeitou a toalha. — Os tampões nos ouvidos não resultam e por isso tentei o isolamento acústico. Fiz um acordo com o pro-

prietário: uma vez por semana envia-me cá acima uma das miúdas do bar. Tenho direito a um banho de esponja e a uma mamada. É benéfico para a minha saúde geral.

— Chamo-me... — disse Wayne.

— Sei quem você é. O seu pai contratou-me em 1958 para expulsar da cidade um preto tocador de bongo. Era um prodígio com um único sucesso de vendas: «Bongo no Congo» e nada mais. Andava a comer a sua madrasta Janice no Motel Golden Gorge.

Wayne riu-se. Morty disse: — De qualquer forma, os meus pêsames. Sei que ambos faleceram no Verão passado.

Wayne fechou os olhos e engoliu duas aspirinas. As tábuas da cadeira vibraram com estrépito. As tábuas do soalho saltavam.

— Normalmente eu diria «Como vai a vida?», mas com você sei que a vida é sempre complicada — disse Morty. — Por isso, sou tentado a dizer: o que deseja?

Wayne abriu os olhos. — O Reginald Hazzard. Foi quase há cinco anos. O miúdo desapareceu e os pais contrataram-no a si para o encontrar.

Morty bocejou. — Sim, lembro-me. Um casal de cor muito simpático, o Cedric e a Mary Beth. Um preto merdoso chamado Pappy Dawkins despachou o Cedric. Não sabe a carrada de alegria que me dá ao falar-me disso.

— O que aconteceu à investigação?

— Não levou a lado nenhum e os meus clientes ficaram sem dinheiro. Fiz algumas averiguações e disse-lhes que, tanto quanto sabia, o miúdo continuava vivo. E a coisa ficou por aí.

Tic, tic, tic: o seu velho detector policial de tangas.

— Mas há mais — disse Wayne.

— Népias — disse Morty.

— Há mais, você sabe que há mais, tenho a certeza, e não saio daqui enquanto não me contar.

Morty puxou a toalha para cima dos olhos e levantou três dedos. Wayne largou-lhe três notas de cem dólares em cima do peito. O zumbido do amplificador acelerou. A foto de JFK estremeceu.

Morty disse: — O miúdo Hazzard saiu de Las Vegas à boleia. Foi por volta do Natal de 1963, ou por volta do Ano Novo. Foi detido por vagabundagem numa terreola merdosa qualquer na fronteira da Califórnia e não me pergunte o nome porque há uma infinitude de terreolas merdosas como essa e não me lembro mesmo. Ora bem, o Reggie tinha uma arma e portanto os chuis prendem-no por vagabundagem e posse de arma e enchem-no de pancada. Ora bem, depois aparece uma mulher branca que lhe paga a fiança e o Reggie e a mulher desaparecem e nunca mais foram vistos. A tipa pagou-lhe a fiança em dinheiro e apresentou documentos falsos e o caso foi arquivado e o Cedric e a Mary Beth ficaram então sem grana. Disse isto ao Cedric, mas ele disse «Não conte à Mary Beth porque tudo isto ia dar cabo dela».

— Mais pormenores — disse Wayne. Morty levantou dois dedos. Wayne largou-lhe mais duas notas de cem em cima do peito.

Morty pôs-se a roer um fio de pele à volta de uma unha. — Ora bem, aquilo lá é uma miserável esquadrazinha de província. Não guardam registos. Os polícias vão e vêm e sacam uns dinheiros extras à custa dos mexicanos ilegais que apanham fruta. Ocupam a vida a beber bebidas de destilação caseira e a espancar mexicanos e pretos, e qualquer papelada que pudessem ter já se perdeu certamente, quer tenha sido por desleixo, quer em consequência de algum roubo. Para mim, aqueles chuis foram uma experiência bem amarga e é tudo o que tenho para lhe dizer.

Wayne levantou-se. — Conseguiu obter uma descrição da mulher branca?

— Isso posso dar-lhe. Supostamente de cor pálida, trinta e muitos, usava óculos, tinha cabelo comprido e escuro com estrias grisalhas e um polícia referiu algo acerca de uma cicatriz feia num dos braços.

41

(Los Angeles, 1/10/68)

Espectáculo de variedades.

Marsh Bowen estava a trabalhar. Era *dono* do Bar Vince & Paul. O bar de polícias brancos passara a ter agora pinta de IRMÃO RUUUUUUUIM.

Marsh estava lá há sete noites. Gerava sarilhos racistas com uma autoconfiança comovente. Os polícias brancos sabiam que *ele* era polícia. Isso permitira-lhe manter-se ali. Mas não servia de desculpa para aquele seu comportamento de garanhão em nome do poder negro.

Marsh com o seu *top* de manga cavada à gajo musculoso. Marsh com o modesto penteado afro. Marsh sempre a rondar as miúdas brancas — mas por enquanto sem se meter com elas.

Dwight observava.

Era a sua sétima noite. Empoleirava-se perto do balcão, armado em turista vindo de Des Moines. Nenhum dos polícias o reconhecera: quem é aquele palermóide de sandálias e calças de regar milho? Pelos vistos o tipo gosta deste sítio.

O racismo começava a intensificar-se, como Dwight se apercebera. *Quem é aquele Mandingo de cu enorme?* Scotty Bennett aparecia todas as noites. Bebia, observava Marsh, agia de forma invejosa e pueril. A cada instante, o radar de Scotty seguia Marsh e a empregada do bar que era sua namorada.

Dwight debicou um aperitivo de queijo. Marsh estava a tagarelar com duas putas que eram fãs de polícias. Sacava-lhes aperitivos dos pratos e bebericava dos copos delas sem pedir licença. As raparigas estavam a *adoraaaar*.

Dwight observava. O *gestalt* de Marsh Bowen intensificou-se. Marsh era um vaidoso e um actor. Talvez tivesse duas caras. Deveria ser vigiado e seguido como forma de prevenção. Trabalho de vigilância em vista: aquele puto Crutchfield meio esperto.

Dwight bocejou. O seu estômago rugiu. A comida dava-lhe cabo do ímpeto mental. A cidade da pretalhada estava em polvorosa. Jack Leahy fornecia-lhe os mexericos. Toda aquela treta acerca dos militantes lixava as gónadas à Polícia de Los Angeles. Os polícias de folga envolviam-se em palhaçadas do Ku Klux Klan. Pancadaria nos pretos lá na esquadra. Panteras interceptados e varridos aos pontapés. Detenções forjadas por posse de droga, detenções forjadas de bêbedos, mandados de busca forjados e...

Uma mulher entrou no bar. Dwight viu estrias grisalhas e óculos e ficou tenso. Aquilo continuava a acontecer-lhe. Vislumbres, indícios vagos — mas nunca é *Ela*.

Marsh aproximou-se da namorada de Scotty. Tocou-lhe no queixo: *o sinal/é agora*. Scotty ficou de olhos pregados: ora olhava para lá, ora para cá; ora para a sua miúda, ora para o escravo de cobrição.

Dwight levantou-se e acercou-se. Marsh agarrou-se à namorada. Raios, está a roçar o nariz pelo pescoço dela. Raios, está a lamber-lhe a orelha. Raios, está a puxar-lhe o brinco com aqueles dentes demasiado brilhantes.

Scotty correu por detrás dele e agarrou-o pelo cabelo. Deu-lhe murros nos rins com os dois punhos. Marsh dobrou-se e rodou à volta dele com o braço erguido. Apanhou Scotty quando este se aproximou. O golpe atirou-o contra o balcão. Scotty agarrou-o pelo pescoço e engoliu ar às arfadas. Desferiu pontapés. Não conseguiu acertar em Marsh. Vasculhou em cima do tampo do balcão e agarrou numa faca afiada. Marsh plantou-se directamente à frente dele, esmagou-lhe o nariz com a palma da mão aberta e fê-lo cuspir sangue. Dwight ouviu ossos quebrar. Scotty largou a faca, passou a mão pelos olhos e atirou-se a Marsh à dentada. Uma dúzia de polícias brancos imobilizaram-no antes de poder atacar.

DOCUMENTO ANEXO: 16/10/68. Excerto do diário de Marshall E. Bowen.

Los Angeles,
16 de Outubro de 1968

Agora já provei o sangue do Scotty Bennett. Foi uma vingança muito tardia pelo facto de o Scotty me ter enchido de porrada em Abril de 1966, um ano antes de ingressar na Polícia de Los Angeles. Fui eu que provoquei essa tareia por ter passado várias notas manchadas de tinta provenientes do assalto, e provoquei essa tareia do Scotty e a subsequente tareia dos seus colegas da Polícia de Los Angeles segundo ordens expressas do agente especial Dwight C. Holly. Em ambas as ocasiões assumi o papel duplo de vítima e provocador. Dois episódios, com dois anos e meio de intervalo. O episódio determinante do assalto ao furgão blindado e respectivos homicídios, decorridos agora quatro anos e oito meses. Dois confrontos movidos por uma razão: quero resolver anonimamente o caso do assalto ao furgão e ficar com a restante quantidade de dinheiro e esmeraldas.

Nunca contei a ninguém esta minha intenção e adiei deliberadamente o compromisso de escrever um diário. Estava à espera do momento fortuito em que a minha demanda parecesse ser realmente concretizável. Esse momento é agora. Poderia ter descrito as minhas infiltrações em organizações esquerdistas para o Clyde Duber, nas quais aprendi as artes da simulação, da dissimulação e da compostura que me trouxeram até aqui, mas estou satisfeito por não ter cedido a esse nível de auto--satisfação. Sempre gostei de ser um negro subestimado e sou agora um negro famoso a nível local, de certa forma demasiado elogiado e demasiado analisado. É esta aventura que quero descrever e dissecar à medida que a vivo; a actual confluência de acontecimentos é sem dúvida a história que tenho para contar.

Fui severamente espancado por cerca de doze a dezasseis dos meus manos agentes da Polícia de Los Angeles e passei quatro dias no hospital. O nariz partido, as escoriações faciais e as orelhas dobradas de assimétrica melhoraram o meu aspecto bastante manso e contribuíram para o meu estatuto incipiente de militante negro. Devo agradecer isso ao Sr. Holly. O Sr. Holly intuiu a minha valentia e vontade de entrar em jogo e hei-de recompensá-lo com trabalho árduo e uma actuação muito impressionante enquanto persigo os meus próprios objectivos no contexto desta operação.

Os jornais, rádios e estações televisivas locais noticiaram a história do horrível confronto entre um polícia negro e um polícia branco num «bar de convívio frequentado pelos agentes da Polícia de Los Angeles». O Sr. Holly serviu como agente publicitário invisível deste acontecimento. O Departamento da Polícia de Los Angeles instaurou uma investigação interna e — é claro — todas as testemunhas oculares mentiram, declarando que abordei sexualmente a empregada do bar e ataquei por iniciativa própria o sargento Robert S. Bennett. O Scotty ficou com o nariz partido e ganhou uma semana de «licença para assistência à família»; por minha parte, fui submetido a uma junta directiva interdepartamental dos serviços civis: ou seja, um julgamento-fantoche. O Sr. Holly arranjou-me um advogado negro muito palrador e exibicionista que fazia lembrar o Algonquin J. Calhoun do programa radiofónico *Amos 'n Andy*. O advogado debitava mais despropósitos linguísticos carregados de racismo do que o pior dos pregadores negros formados por correspondência que alguma vez subiu ao púlpito por motivos de poder e lucro. Fui aclamado como o «Jesus Negro»; o Scotty Bennett foi ignominiado como o «Judas Iscariotes Branco». Como seria de esperar, fui sumariamente despedido do Departamento da Polícia de Los Angeles. O Sr. Holly disse-me posteriormente que o advogado era um antigo pregador excomungado, com uma sinecura como defensor público no condado de Visalia. Um magnífico conluio entre brancos e negros: os juízes e os promotores públicos brancos tinham contratado esse homem para assegurar a condenação de clientes negros que pretendem tirar das ruas.

Tornei-me então num oráculo de preconceitos raciais, memorizando os guiões deslumbrantemente eloquentes que o Sr. Holly escrevia para mim, as arrasadoras críticas de racismo institucional e a atitude mental autoritária: tudo repleto de indignação, rigor social e fúria justiceira, tudo redigido por um advogado branco com raízes no Ku Klux Klan. O Sr. Holly lia-me os textos, muito antes de eu ter que os debitar com grande espanto e quase extasiado. O Sr. Holly é um homem alto, bem-parecido e um poderoso orador público. Tive a sensação estranha de que ele acreditava verdadeiramente nas palavras à medida que as proferia.

O Sr. Holly é um homem muito difícil de decifrar. Compreende os preconceitos raciais e diz rotineiramente «pretos da selva».

Fui convidado para uma festa de recolha de fundos para o senador Robert H. Humphrey numa casa enorme em Beverly Hills. O Sr. Holly disse-me que fosse e portanto fui. Fui o centro das atenções, até que chegaram umas estrelas de cinema e me eclipsaram. A Natalie Wood armou uma confusão em torno das minhas feridas faciais e deu-me o seu número de telefone; o Harry Belafonte apertou-me a mão; numerosos liberais lamentaram ruidosamente as recentes mortes do senador Kennedy e do Dr. King. As pessoas olhavam para mim à procura de expressões de ultraje político. Não tinha nenhuma para lhes dar porque agora preciso dos serviços de escrita do Sr. Holly para poder soar devidamente enraivecido. Em breve serei um adepto maravilhosamente apóstata da militância negra porque o filho de um membro do Klan irá alimentar a minha raiva com as suas noções radicais, maravilhando--me uma vez mais com as origens dessas noções e com o próprio homem.

O Sr. Holly deu-me oito mil dólares em fundos do FBI e disse-me que avançasse mais para sul até ao «Congo». Disse-me que devo começar a frequentar as «espeluncas dos negros» onde os meus «irmãos de alma» se congregam, para ver que tipo de «acção negra» posso desencadear.

O Sr. Holly chama-me um «íman que só atrai trampa» e acho que desconfia bastante de mim. Gostaria de ceder já ao «Vício», mas não posso. Quem sabe se o Sr. Holly não mandou alguém seguir-me. Terei de deixar os meus prazeres pessoais em suspenso até me sentir mais seguro no meu papel.

Agora tenho uma vida inteiramente nova. A minha mãe morreu; o meu pai é idoso e vive em Chicago. Não tenho verdadeiros amigos e a minha relação com o Sr. Holly é mutuamente usurária. Tenho agora no Scotty Bennett um inimigo destemido e implacável. Tenho a certeza de que sei mais sobre o Scotty do que ele sabe acerca de mim. Li os relatórios oficiais depurados sobre os dezoito assaltantes armados que o Scotty matou no cumprimento do dever. Todos eles eram homens negros. Foram todos executados sumariamente, segundo o mandato tácito da Polícia de Los Angeles de que os assaltantes armados devem morrer. O polícia que há em mim perdoa este castigo; há um grande corpo de dados empíricos que corrobora que muitos dos assaltantes armados tiram a vida a pessoas inocentes e devem ser preventivamente interditados. São os assaltantes armados «negros» macabramente escolhidos a dedo que tornam o Scotty tão especial. Outros polícias mais ambiciosos da Divisão de Assaltos são a favor de «oportunidades iguais» e entre as suas vítimas verifica-se uma mistura mediana de mortes de brancos e de mexicanos. Mas o nosso Scotty não. Nem pensar.

No passado dia 5 de Agosto, dois agentes da Divisão de University envolveram-se num tiroteio com quatro Panteras Negras. Os agentes sobreviveram, mas os Panteras não. Dois dias depois, o chefe Reddin enviou o Scotty ao quartel-general dos Panteras com piza, cerveja e meio quilo de marijuana confiscada. O Scotty foi cortês em todos os aspectos. Os Panteras receberam-no com apreensão e pareceram ficar perplexos com as prendas dele. O Scotty aconselhou-os a não voltar a disparar contra os polícias de Los Angeles. Caso o fizessem, as represálias seriam instantâneas e brutais. Por cada agente policial de Los Angeles que fosse baleado, ferido ou morto, a Polícia de Los Angeles mataria seis Panteras Negras.

Scotty saiu após este discurso. Não aceitou que lhe fizessem perguntas nem ficou para comer uma fatia de piza e beber uma cerveja fresca.

A admiração e o ódio que eu sentia pelo Scotty Bennett eram basicamente equivalentes. Ele estava lá a 24 de Fevereiro de 1964. Só que não fazia ideia de que eu também estava lá.

Nessa altura eu tinha dezanove anos. Tinha sido finalista do Liceu de Dorsey High dois anos antes e vivia com os meus pais na esquina da 84.ª com Budlong. O céu foi a primeira coisa em que reparei. Havia estranhos prismas de cor e um fedor a gás no ar. Fui para o telhado da minha casa e vi filas de viaturas da polícia aproximar-se. O barulho das sirenes era quase ensurdecedor. Vi um furgão blindado e uma carrinha do leite esbarrados e fumos a sair de formas escuras caídas no chão. Vi um homem muito alto com um fato de sarja e um laço chegar de carro e inspeccionar a cena.

O meu pai mandou-me sair do telhado. Três dúzias de polícias selaram a rua. Em breve começaram a circular rumores na vizinhança: os assaltantes mortos eram brancos; os assaltantes mortos eram negros; os corpos tinham sido calcinados para além de qualquer identificação e não foi possível determinar a sua raça. A ausência do veículo dos assaltantes significava que pelo menos um homem tinha escapado.

Tinham escapado dois homens. Sei que é um facto. O Scotty Bennett talvez o saiba também. Não posso provar aquilo que o Scotty sabe. Intuo-o apenas.

A Polícia de Los Angeles acometeu com uma força brutal. O Scotty tinha ordenado violentas rusgas de detenção indiscriminada de «suspeitos» locais na esquadra da 77.ª Os residentes locais estavam indignados. *Eu próprio* estava indignado. Como um miúdo à procura de aventura, vagueei pelas ruelas na zona atrás da nossa casa, ansiando pela minha proximidade àquela história. Foi então que vi o segundo homem.

Estava escondido atrás de uma fila de caixotes do lixo. Era um jovem com pouco mais de vinte anos e era negro. Tinha a cara queimada por substâncias químicas, mas uma prudente máscara adicional de gaze, um protector bucal e um colete à prova de balas tinham-lhe salvo a vida. Levei-o a um médico idoso que era meu vizinho; o rapaz estava em choque e recusou-se terminantemente a falar do assalto e dos homicídios. O médico tratou-lhe as queimaduras, deu-lhe morfina e deixou-o descansar. O Scotty continuou a avançar a todo o vapor com a sua investigação. Os «suspeitos» detidos e libertados voltavam para casa magoados e a mijar sangue. O médico decidiu não entregar o rapaz queimado. Salvara-lhe a vida e não podia agora aceitar agressões físicas que poderiam muito bem resultar na morte dele.

O rapaz saiu da casa do médico após dois dias de tratamentos e nunca divulgou a sua identidade. Deixou ao médico vinte mil dólares em notas manchadas de tinta. O médico depositou-as no Banco Popular do Sul de Los Angeles e disse ao gerente Lionel Thornton para escoar esse dinheiro pela comunidade sob a forma de doações de caridade, se isso pudesse ser feito em segurança e sem perigo para os beneficiários. Thornton lá arranjou uma forma de disfarçar parcialmente as manchas de tinta e as notas começaram então a surgir esporadicamente na zona sul de Los Angeles. O Scotty Bennett tentava assiduamente localizar esse dinheiro. À sua maneira única e singularmente persistente, deteve e pressionou as pessoas inocentes que passavam as notas. O caso continuou sem solução. Nunca foi possível determinar a raça do líder do gangue do assalto, nem dos outros assaltantes mortos. O Scotty estava obcecado com o caso e eu também.

O médico morreu em 1965. As notas manchadas de tinta continuaram a circular pela zona sul de Los Angeles. Consegui arranjar um trabalho menor no Banco Popular, mas não descobri nada de relevante e desisti. O Scotty Bennett fascinava-me. Quis enfrentá-lo para pôr à prova a minha coragem e ver se ele revelaria informações no contexto brutal de uma sala de interrogatório. Tinha gamado do banco um maço de notas de vinte dólares manchadas de tinta e comecei a passá-las. O Scotty localizou-me imediatamente.

A sala tinha três metros por três e estava forrada com material de isolamento à prova de som para abafar os gritos. Insisti na minha inocência. O Scotty era genial quando não estava a espancar-me. Usava uma lista telefónica e uma mangueira de borracha; deixou-me os dentes a abanar e deu-me cabo dos rins. Insisti estoicamente na minha inocência. O Scotty não revelou nenhuma informação confidencial sobre o caso. Recusei-me a gritar. Ao fim de duas horas tive direito ao meu telefonema da praxe. Liguei para um amigo e este amigo ligou ao seu amigo Clyde Duber; o Clyde fez uns telefonemas pessoais e conseguiu libertar-me.

O Clyde gostou de mim. Também tinha a sua própria fixação no «Caso», mas não passava de um mero passatempo, é tudo. Mas para o Scotty e para mim era uma demanda que nos consumia.

Entrei no mundo detectivesco do Clyde e comecei a infiltrar-me em grupos de esquerda para os seus clientes ricos e ricamente paranóicos da direita. Tornei-me um óptimo actor, um prevaricador, um dissimulado, um espião e um bufo. Aprendi a improvisar, a extrapolar e a trabalhar a partir dos guiões duros elaborados pelo Clyde. Nunca tive um papel tão exigente como aquele que o Sr. Holly preparou para mim e nunca tive um argumentista tão brilhante como ele.

Entrei para o Departamento da Polícia de Los Angeles em 1967. O Scotty tentou impedir a minha nomeação mas não conseguiu. O «Caso» continua por resolver. Por minha parte, continuo determinado. Creio que a resposta reside na zona sul de Los Angeles. Optei por acreditar numa persistente lenda do gueto: aqui e ali tipos negros com problemas recebem anonimamente pelo correio uma esmeralda muito valiosa.

Creio que o Scotty sabe mais sobre os acontecimentos de 24/2/64 do que os restantes membros da Polícia de Los Angeles. Creio que pretende ficar com o dinheiro e as encantadoras pedras verdes só para si. Para mim, a <u>OPERAÇÃO IRMÃO RUUUUIM</u> é uma dádiva caída do céu, apesar da intenção draconiana do Sr. Hoover. Disponho agora do disfarce ideal para penetrar na zona sul. As pessoas poderão assim dizer a um militante negro radicalmente reconvertido coisas que nunca diriam a um polícia. Devo ser muito corajoso e muito prudente e manobrar à volta do Sr. Holly com a maior circunspecção.

42

(Los Angeles, 18/10/68)

Trabalho de perseguição e vigilância:

O quarto de Marsh Bowen, na esquina da 54.ª com Denker, na zona da pretalhada da classe média.

Era a noite n.º 6. Dwight Holly tinha-o contratado através de Clyde Duber. Clyde não sabia bem qual era o motivo do Grande Dwight. Talvez suspeitasse que Bowen fosse um simpatizante comunista ou apresentasse um risco de segurança.

O carro de Bowen estava estacionado à frente da casa. Um *Dodge* de 1962. Pneus com jantes de mariconço. Bowen era excitadiço. Frequentava festas parvas e armava-se em chefe zulu. Bowen tinha-se metido com Scotty Bennett e acabara por ser expulso da Polícia de Los Angeles. A expulsão granjeara-lhe uma certa influência junto de liberais falhados e judeus do mundo do espectáculo.

Crutch bocejou. Tinha picado o ponto à meia-noite. Eram agora 2.06. Inclinou o assento para trás e olhou para o friso do tabliê. Tinha copiado aquela ideia de Scotty.

Scotty tinha colado no tabliê as fotos do assalto ao furgão blindado. Crutch improvisou a sua versão pessoal: uma foto de Joan, uma praia encantadora na República Dominicana, pretos a praticar um vudu malvado no Haiti.

O trabalho de vigilância de Bowen atormentava-o e distraía-o. Impedia-o de trabalhar no seu caso e nos trabalhos sujos com Mesplede. Apesar de ser meio cretino, Bowen era experiente na questão da vigilância. Era como se pressentisse que um carro o perseguia.

Crutch baixou o volume do rádio. As músicas irritavam-no. Tudo tretas pacifistas e música de pretos. Fervilhar de ideias: equipar furtivamente o carro de Bowen com um microfone e uma luz de presença.

Pegou na caixa de ferramentas, agachou-se e desatou a correr para junto do *Dodge*. Pegou num saca-rolhas e fez um buraco no farol traseiro da esquerda. Colou um microfone equipado com uma bateria de nove volts debaixo da cavidade da roda direita e sintonizou o ponteiro na frequência três. Voltou a correr para o seu carro e pegou no receptor. Clique: lá está o canal três a debitar sons ambientes.

Voltou a refastelar-se no assento. Apontou a lanterna de bolso para as fotos de Joan. Agora já lhe tinha apanhado o jeito. Sabia como fazer brilhar aquelas estrias grisalhas.

Bowen saiu de casa e entrou no carro. Um verdadeiro noctívago: eram 2.42.

Arrancou. Crutch seguiu-o de longe. Aquele orifício no farol traseiro indicava o raio de alcance e a direcção seguida.

Continuaram em marcha. Crutch mantinha-se a seis carros de distância. A cidade da pretalhada estava movimentada. Bowen passou lentamente por churrascarias abertas toda a noite e por bares que estavam a fechar. Havia MUITA polícia na rua. Os jogos de dados à beira da estrada evaporavam-se assim que a polícia se aproximava. Bowen passou pelas entradas de duas sedes do poder negro: a ATN e a FLMM. *Andas a ver montras? Que se passa contigo, meu?*

Os barulhos da rua chegavam-lhe através do canal três. Os ruídos tardios da selva dos pretos. Bowen deu meia-volta e virou para oeste em Slauson e para norte em Crenshaw.

Agora sim, uma zona mais habitada por brancos. Agora sim, uma zona mais civilizada. O canal três começou a baixar de volume. Bowen dirigiu-se para oeste em Pico e depois para norte em Queen Anne Place, mesmo ao pé do parque.

Bowen galgou o passeio e avançou pela passagem pedestre no meio. Grande foda: não havia maneira de o seguir de perto.

Crutch desligou os faróis e parou junto do passeio do lado leste. O parque era todo ele árvores, ervas e arbustos molhados. Olhou na direcção do orifício no farol traseiro e viu Bowen abrandar a marcha.

A luzinha apagou-se. Os sons provenientes do carro deixaram de se ouvir. No canal três só se ouviam zumbidos.

Silêncio. A porta do carro de Bowen a abrir e a fechar. Está escuro. Agora tudo estava reduzido a sons.

Mais silêncio. Depois duas vozes masculinas. Depois o som de fechos abertos à pressa, fivelas de cinto a entrechocar-se e uma série de gemidos assustadores.

DOCUMENTO ANEXO: 19/10/68. Transcrição literal de telefonema gravado pelo FBI. Assinalado: «Gravado a pedido do Director» / «Classificado Confidencial 1-A: Estritamente Reservado ao Director». Interlocutores: Director Hoover, agente especial Dwight C. Holly.

JEH: Bom dia, Dwight.
DH: Bom dia, senhor.
JEH: Apetece-lhe falar um pouco sobre a campanha? Os estados oscilantes parecem estar empatados, mas o nosso Dick parece estar a subir.
DH: Acho que ele vai ganhar, senhor.
JEH: Candidatou-se ao FBI em 1939. Vi a foto da candidatura dele e pensei: este jovem advogado não se barbeou bem esta manhã.
DH: E foi assim que o senhor alterou o curso da História americana.
JEH: Altero o curso da História americana todos os dias, Dwight.
DH: Sem dúvida, senhor.
JEH: Actualize-me sobre as manigâncias do nosso «bombom» francês assassino, o J. P. Mesplede, e sobre esse discípulo arrivista do Clyde Duber, o Crutchfield.
DH: Têm sido eficazes como melgas insistentes, senhor. São esperados em Miami a seguir e tenho a certeza de que o Mesplede não vai conseguir resistir ao apelo daquela ilha miserável a cerca de cento e cinquenta quilómetros da costa.
JEH: Você considera a Causa Cubana totalmente moribunda e existencialmente fútil, não é verdade, Dwight?
DH: Acho sim, senhor.
JEH: Mas eu não acho, de modo algum. O Castro está no poder desde 1926 e é um tirano pior do que os seus antecessores Chang Kai-Chek e o cardeal Mindszenty.
DH: Hã, sim, senhor.
JEH: Parece hesitante, Dwight. Normalmente não costuma tergiversar durante as nossas conversas incisivas.
DH: Estou bem, senhor.

JEH: Sustenta-se à base de café e cigarros e isso acabou por lhe afectar a memória em relação a factos historicamente comprovados.

DH: Sim, senhor.

JEH: Não lhe faria bem outra cura de repouso em Silver Hill? Talvez se lembre da primeira, quando o tirei do caso Dillinger em 1934. Você estava bêbedo e tinha matado aqueles turistas negros do Indiana.

DH: Hã, sim, senhor.

JEH: «Hã» duas vezes na nossa conversa? Creio que está mesmo a precisar de algum tipo de cura de repouso.

DH: Estou bem, senhor.

JEH: Passemos à frente, então. Por favor, actualize-me em relação ao caso do doutor Fred Hiltz.

DH: Foi abafado, senhor. O Jack Leahy está a supervisionar a investigação para a Polícia de Beverly Hills. Não há hipótese de o FBI ficar malvisto.

JEH: Julgo que os assaltantes-assassinos eram militantes negros num ataque de raiva. Poderiam muito bem estar associados a um cartel de criminosos chamado Archie Bell and the Drells.

DH: Não me parece, senhor. Archie Bell and the Drells é um grupo musical e o Jack Leahy pensa que...

JEH: O Jack Leahy é um agente de duas caras, com um sentido de humor subversivo que faz lembrar o falecido heroinómano/comediante Lenny Bruce. Vigio as conversas baratas nas festas, sabe. Quando fui operado à vesícula, o Jack Leahy disse a um agente de Chicago que estavam a fazer-me uma histerectomia. Foi em 1908 e lembro-me muito bem.

DH: Eu também, senhor.

JEH: Eu sei que sim. Nessa altura você trabalhava na Divisão de Cleveland.

DH: Sim, senhor.

JEH: E a <u>OPERAÇÃO IRMÃO RUUUUIM</u>? Involuntariamente facilitada pelo destemido sargento Robert S. Bennett?

DH. O meu infiltrado e a minha informadora estão ambos colocados, senhor. Tenho a certeza de que serão abordados em breve. Não me parece que o meu infiltrado seja de inteira confiança e por isso pus o Don Crutchfield a segui-lo. O Bowen não fez nada de irregular e, sendo assim, vou encerrar essa vigilância esta mesma noite.

JEH: Ah, o jovem Crutchfield. O miúdo abandonado mais persistentemente voyeurista que o Clyde Duber adoptou.

DH: Boa descrição, senhor.

JEH: E o Wayne Júnior? Persistentemente homicida e racialmente azarado? Como é que ele anda?

DH: Vou encontrar-me com ele amanhã, senhor. Suponho que já terá ultrapassado este desaire mais recente e seguiu em frente.

JEH: Temos todos de seguir em frente. A persistência e a tenacidade acabam por curar todos os males.

DH: Sim, senhor.

JEH: Bom dia, Dwight.

DH: Bom dia, senhor.

43

(Las Vegas, 20/10/68)

Ela olhou através de ti e conseguiu ver quem eras. Obrigou-te a olhar para trás, para o passado.

Wayne contou-lhe a sua história acerca de Morty Sidwell. Insistiu no pormenor da prisão provinciana, no pagamento da fiança, na mulher com a cicatriz. A acusação de porte de arma contra Reginald. Os livros de Reginald. As três facetas do filho dela: química, textos esquerdistas, ervas de vudu haitiano.

Estavam parados na área de descanso, desta vez sentados no carro de Wayne para terem mais espaço. Mary Beth tinha trazido sanduíches e café. Chovia intensamente. A chuva protegia-os: não havia ninguém a lançar-lhes olhares rascas.

— E o que vai fazer agora? — perguntou Mary Beth.

— Vou continuar. Criar um ficheiro. Tentar descobrir o que puder acerca dessa vida paralela que o seu filho levava.

— Você queria dizer «vida secreta».

— Pois queria.

— Pelo facto de você também levar uma vida assim?

Wayne bebeu um pouco de café. A chávena escaldava-lhe as mãos. Mary Beth tinha-a trazido escaldante como as chamas do inferno.

— Tenho estado a observá-la o tempo todo. Toda esta história é uma novidade para si.

— Nunca falámos da sua profissão. Você falou com o Howard Hughes e pôs fim à segregação, mas eu não sei o que faz durante o resto do tempo.

Uma rajada atingiu o carro e fê-lo oscilar. Mary Beth agarrou-se ao tabliê.

— Facilito as coisas para o senhor Hughes e para uns cavalheiros com interesses semelhantes — disse Wayne. — Passo uma boa parte do meu tempo com agentes da polícia e assessores políticos.

Mary Beth suspirou. — «Vida secreta» é um eufemismo. Estou a ver aqui um mundo secreto.

— Não posso dizer-lhe muito mais do que isso.

— Você lida com pessoas que eu não aprovaria. Deixemos esse assunto por aqui.

Wayne pôs-se a mexer nos botões do desembaciador. Uma tarefa fruto do nervosismo. O carro ora ficava demasiado frio, ora demasiado quente. Mary Beth desligou o desembaciador e agarrou-lhe na mão.

— No Verão passado?

— Sim.

— Morreram-nos três entes queridos. O homem que matou o meu marido foi postumamente acusado de ter matado o seu pai.

Wayne tentou afastar a mão, mas Mary Beth não o deixou.

— Nunca discutimos esse assunto. Você fala sempre do Reginald. Não me permitiu fazer o luto e você próprio também não fez o seu luto.

Wayne tossiu. Mary Beth entrelaçou os dedos de ambos. Wayne sentiu as pernas ceder.

— Não nos quero a viver com todos esses mortos. Já tivemos sofrimento que bastasse. Em breve passarei algum tempo na zona sul de Los Angeles e vou fazer umas investigações sobre o seu filho. Tem dezanove anos, está armado, foi detido numa cidade na fronteira entre o Nevada e a Califórnia. O meu instinto aponta para Los Angeles.

O carro foi atingido por granizo. Wayne sobressaltou-se. Mary Beth disse: — Porque tem tanto medo de mim?

Dwight disse: — O Hoover está a ficar decrépito. O velho rabeta está em declínio acelerado. No próximo ano, por esta altura, já estará amancebado com o Liberace.

Wayne sorriu. — Podias reformar-te e ser advogado de empresas.

Dwight sorriu. — Podias reformar-te e dar aulas de química básica lá na Universidade Brigham Young dos mórmones.

O Bar Dunes ostentava um ambiente falsamente relaxante. O oásis de imitação parecia ser plausível. Imitações de dunas de areia, imitações de camelos numa nascente cheia de cloro.

— O assunto do doutor Fred. Qual é a situação? — perguntou Wayne.

Dwight acendeu um cigarro num archote a imitar arte polinésia.

— Os mesmos pretos assaltaram uma casa em Newport Beach. Não houve mortos, mas foram encontradas no local as mesmas marcas de luvas e fibras idênticas. Creio que deram de caras com o material racista do doutor Fred e a partir daí as coisas descarrilaram.

Wayne bebeu um pouco de gasosa. — Dava-me jeito ter alguma ajuda para tratar dos meus assuntos em Los Angeles. O Banco Popular e os Táxis Black Cat não pagaram os seus empréstimos aos camionistas e por isso vamos apoderar-nos deles. Acho que os Táxis Black Cat poderiam ser um bom centro de informações para ti. Lembrei-me que podias pedir ao senhor Hoover para abafar potenciais sarilhos que por lá surgissem.

Dwight levantou-se. Estava a perder peso. O cinto da arma descaía-lhe de lado.

— Nada de calúnias racistas à minha beira, Dwight. Agradecia-te muito — disse Wayne.

— Claro, miúdo. Não é minha intenção magoar-te.

Wayne fizera do Hotel Stardust o seu lar. Tinha a sua suíte/laboratório de química no piso de cima. Ia precisar de arranjar em breve um espaço para dossiês sobre pessoas desaparecidas. A maior parte das noites comia no café em baixo, pois lembrava-lhe Janice e os seus tempos de polícia de patrulha nocturna.

Estava a comer um hambúrguer de queijo. Agora já não havia segregação no café. Tinha coagido o Drácula a aceitar essa medida. O Drac estava a degenerar da mesma forma que o Sr. Hoover. Digamos que era por causa das drogas e de uma loucura há muito galopante. Farlan Brown tinha confirmado o prognóstico. Lyndon B. Johnson tinha coarctado os projectos do Drac para Las Vegas. O Dick Manhoso agiria em conformidade. Farlan tratara de divulgar o rumor: o Conde tinha subornado uns assessores-chave do Humphrey. Isso dava-lhe cobertura ao nível das sondagens.

O hambúrguer estava demasiado passado. Os tipos negros sentados duas cabinas à frente foram mal servidos.

Mesplede e Crutchfield andavam a fazer trapaças em Miami. Os advogados de Sam Giancana andavam a comprar a cadeia de supermercados com dívidas em falta. Tinha ligado de manhã para os Táxis Black Cat. Estava agendada uma conversa sobre a venda para a semana seguinte.

Entrou uma família de negros. Duas empregadas brancas desapareceram. A recepcionista fingiu não ver as pessoas de cor.

Wayne voltou para a suíte. A porta estava aberta. Sacou da arma do coldre do tornozelo e escancarou a porta.

As luzes da sala de estar estavam acesas. Mary Beth estava sentada no sofá. Usava um vestido bege encantador.

— Habilidades do gueto e conhecimentos lá no sindicato. Subornei uma criada de quarto.

Wayne guardou a arma. Mary Beth disse: — O seu laboratório tem um cheiro mais tóxico do que o laboratório do Reginald costumava ter.

Wayne fechou a porta e pegou numa cadeira. Ambos ficaram de joelhos próximos. Wayne fez deslizar a cadeira para trás. Mary Beth aproximou-se.

— Por que razão anda armado?

— Quem me dera não ter de andar armado.

Mary Beth abriu a bolsa. — Recebi hoje uma coisa muito estranha no correio. Foi enviada anonimamente. Muito estranha mesmo. Estava embrulhada num recorte de jornal sobre o meu marido e o Pappy Dawkins.

Aqueles nomes arderam-lhe na mente por breves instantes. Wayne susteve o olhar dela. Mary Beth pegou num pacote envolto em papel de jornal e desembrulhou-o. No meio do papel via-se uma pedra verde. Parecia ser uma esmeralda.

Brilhava e reluzia. Wayne observou-a. Inclinou-se para ver mais de perto. Mary Beth olhou-o nos olhos.

— Lá fora não podemos dar as mãos nem fazer coisas em público. Não quero saber das coisas más que você faz.

Estavam muito próximos um do outro. Quando ela se aproximou mais, deixou de lhe ver os olhos. Ela tocou-lhe nas pálpebras e fechou-lhas. Os narizes de ambos entrechocaram-se quando ela o puxou para si para o beijar.

44

(Los Angeles, 22/10/68)

NEGRIFICAÇÃO:
O ramo vestimentário da OPERAÇÃO IRMÃO RUUUUIM. Marsh Bowen estava a precisar de uns conselhos de moda. As cores que usava não condiziam. Parecia um chupa-chupa de cor sépia. Os negros mauzões vestiam-se todos de *Preto*. Essa cor ocultava-os ao cair da noite e realçava-lhes os dentes brancos.

Dwight entregou três notas de cem dólares a Marsh. — Roupas novas. Quero ver-te com aquele aspecto do Eldridge Cleaver. Vais saltar das sombras como a porra do Drácula para anunciar as tuas más intenções.

Marsh guardou o dinheiro. Estavam a mandriar à entrada do observatório. Um dos telescópios estava apontado para sul. Los Angeles estava coberta de *smog* e iluminada de forma agreste. Griffith Park fervilhava de agitação.

— É um óptimo imitador, senhor Holly.
— O vosso pessoal torna isso fácil.
— Vou encarar isso como um elogio pess...
— Aqui está o elogio pelo qual tens esperado com tanta persistência e ansiedade. Até agora tens-te portado de forma brilhante, sobretudo porque a tua altercação com o Scotty Bennett teve muito mais alma, caralho, do que alguma vez imaginaria, e por conseguinte és o negro heróico do momento no gueto de Los Angeles, o que nos proporciona um intervalo de tempo muito curto para que sejas recrutado pela ATN e/ou pela FLMM. Não podes alistar-te nessas organizações, agente. Devem ser as acções a atraí-los, senão acabas por despertar um nível de suspeitas indesejado. *És um actor, agente.* Tens essa necessidade instintiva de actor de cair nas boas graças e por isso precisas de uma

orientação firme para moldar a tua actuação. Duvido que possuas alicerces morais e portanto deixa-me transmitir-te a ideia do tipo de bússola que irá guiar-te. Deves parecer ousado e exercer uma grande prudência. Deves denunciar criteriosamente os teus novos amigos e benfeitores e assegurar-te de que há outras pessoas sobre quem recaiam as suspeitas da fuga de informação que transmitiste. Sê discreto em relação a informações confidenciais que possas ter sobre algum crime iminente. Nada de homicídios, nem assaltos à mão armada, nem cenas de sexo com mulheres ou crianças. E não dês aos teus antigos manos da Polícia de Los Angeles pretextos para te espancarem esse teu cu negro, porque é provável que o façam.

Marsh girou um dos telescópios e olhou na direcção sul. Exibia sempre uma expressão neutra para evitar confrontos. Socorria-se sempre de gestos espontâneos para ocultar o medo.

Dwight deu uma sacudidela no telescópio. O visor atingiu Marsh. Marsh recompôs-se e exibiu prontamente uma expressão neutra.

— Eis a tua lista de alvos. Aproxima-te de Ezzard Donnell Jones, Benny Boles, Leander Jackson, J. T. McCarver, Jomo Kenyatta Clarkson e Claude Torrance. Liga-me de quatro em quatro dias para a cabina pública até te arranjar um intermediário. Começa a frequentar a sede dos Táxis Black Cat e o Bar Sultan Sam's Sandbox e começa a participar no jogo de apostas a dados das sextas-feiras à noite na barbearia na esquina da 58.ª com Florence.

Marsh sorriu. Um sorriso afectado: sou superior a isto tudo.

— Mais alguma coisa?

— Sim.

— E o que é?

— É o seguinte. És sem dúvida o preto mais sortudo à face desta terra verdejante de Deus.

— Pelo facto de você ser o meu director?

— Porque és demasiado conhecido publicamente para o Scotty Bennett te matar.

Joan entregou-lhe as balas. Seis balas usadas, com filamentos da placa deflectora agarrados. Estava a conduzir um *Karmann Ghia* de 1961. A matrícula parecia falsa. O forro do tejadilho estava estragado devido ao desleixo ou a fodas dadas no assento traseiro.

O atalho por Elysian Park. Perto da Academia da Polícia de Los Angeles. Uma vista agradável e uma ameaça implícita.

— Como sei que estas são as balas verdadeiras? — perguntou Dwight.

— Pelo facto de acreditar em mim?

O tempo arrefecera. Joan usava mangas compridas. A cicatriz de navalhada estava tapada. Dwight sentiu falta desse estímulo.

— Tratou do assunto mais depressa do que eu esperava que o fizesse.

Joan acendeu um cigarro. — Achei que você ia gostar.

— E gosto.

— Tenho dormido com a namorada do Ezzard Jones. É céptica em relação à ATN. Em breve ouvirá tudo sobre isso.

Um cassetete de mola estava entalado entre os assentos da frente. O assento traseiro estava atulhado de propaganda esquerdista. Dwight sentiu o odor do champô de Joan e um cheiro bafiento a marijuana.

— Entreguei a cocaína ao Leander Jackson — disse Joan. — É um haitiano encantador, com uma fixação disparatada no vudu. Já conseguiu vender alguns gramas. Dei o meu contributo para o programa de pequenos-almoços da FLMM. O Claude Torrance ficou agradecido. Convidou-me para uma série de festas de angariação de fundos.

Dwight sorriu. — Vai haver distúrbios.

— Eu sei.

— Vai ser apalpada, de um modo humilhante.

— Estou a contar com isso.

— Porquê?

— Esfaqueio o homem que me apalpar, com testemunhas femininas presentes. Vão apreciar a minha reacção e contar-me histórias sobre os homens. É uma festa da FLMM. Agora o Leander está em dívida para comigo. Vai ficar irritado quando souber que colaborei com a FLMM, mas não me vai largar porque vai gostar da história da facada e porque sou a única pessoa que lhe consegue arranjar droga.

Dwight pegou no seu maço de tabaco. Estava vazio. Joan acendeu um dos seus cigarros e passou-lho. Dwight sentiu o cheiro do creme das mãos dela.

Joan tinha calçado botas pretas. Tinha o vestido abotoado até à bainha. Estava calor dentro do carro. Escorria-lhe suor à volta do pescoço.

— De quem mais já foi informadora? — perguntou Dwight.

— Não lhe vou dizer — disse Joan.
— Porque é que o seu dossiê está tão rasurado?
— Não lhe vou dizer.
— Aquilo não passou de rusgas de suspeitos por mera formalidade ou chegou a ser realmente suspeita de assalto à mão armada?
— Não lhe vou dizer.
— Dê-me os nomes de alguns associados conhecidos. Não é minha intenção importuná-los. Estou só a tentar perceber o seu percurso de vida.
— De modo algum lhe darei essa informação.

Dwight engoliu duas aspirinas. Joan empurrou o assento para trás e apoiou as pernas no rebordo da janela. A pulseira que tinha no tornozelo desceu-lhe pela perna até ao cano da bota. Uma pequena bandeira vermelha presa a uma corrente de ouro.

Dwight sorriu. Joan sorriu. Ambos sopraram anéis de fumo desajeitados, enchendo o carro de fumo. Duas viaturas da Polícia de Los Angeles passaram ali perto, com sujeitos negros algemados no banco de trás.

— Há um professor de ginástica no Liceu de Artes Manuais — disse Joan. — Chama-se Berkowitz. É um pedófilo. Acho que devia repreendê-lo.
— Isto está ligado à sua operação?
— Sim.
— Gostava que me explicasse melhor.
— As pessoas contam-me coisas que me exigem uma reacção. É uma das razões por que estou a trabalhar consigo. Espero que seja compreensivo.
— Vou tratar disso — disse Dwight.
— Gostava de ver provas disso — disse Joan.

Dwight anuiu com a cabeça. Joan levantou as pernas e fez tocar a buzina por distracção. O barulho sobressaltou-os. Ambos se riram.

Encontraram-se num café em Hillhurst. Ficava perto da casa de Karen e do escritório-fachada. Continha um pequeno espaço de recreio para as crianças brincarem. Dwight gostou desse pormenor. Fê-lo sentir-se quase casado.

Dina estava distraída a brincar. O grupo de crianças tinha trazido os seus animais de peluche. Karen queixou-se da sua sina de ser a mãe mais velha do mundo. Dwight estava a mascar pastilhas elásticas. Coibia-se de fumar na presença de Karen, pois o tabaco tentava-a. Mas não era intenção dele prejudicar Eleanora.

Karen segurou na barriga. Parecia incongruente: uma mulher tão magra com aquela enorme protuberância.

Dwight esboroou duas aspirinas e deitou-as no café. Uma nova abordagem para lidar com as dores de cabeça causadas pelo stresse. Jack Leahy tinha-lhe explicado: compressão vascular, blá, blá.

— O Nixon vai ganhar — disse Karen. — Não vai instituir nenhuma repressão imediata nem vai fazer grande coisa, o que vai enfurecer os meus camaradas que andam a dar cabo da campanha do Humphrey.

— Acho tudo isso um pouco complicado de mais para mim.

Karen mordiscou um pãozinho doce. — É perfeitamente compreensível para ti e isso significa que tens algo em mente, senão não fazias uns comentários tão falsamente brandos.

Dwight riu-se. — O meu infiltrado está a ficar demasiado convencido. Vou ter que lhe tirar as manias.

Karen benzeu-se. Fé híbrida. A rapariga grega ortodoxa transformada numa quacre. Um empregado trouxe café acabado de fazer. Dwight esboroou mais aspirinas para tomar.

— Porque é que o dossiê da Joan está tão rasurado?

— Não sei. Já lhe perguntaste?

— Não me quer dizer.

— Então esquece esse assunto.

— A secção inteira dos «associados conhecidos» dela foi rasurada.

— Então é porque algum operador lhe fez um favor no passado.

— Ela disse que nunca tinha dado antes informações ao FBI. Há coisas que ela não me conta, algo a respeito de...

Karen derrubou a chávena de café dele. Dwight ficou com as mãos molhadas. O frasco de aspirinas voou pelo ar.

— Andas apanhado por aquela mulher. Conheço-te bem. Há meses que ando a observar-te. Todos os meus instintos me dizem que fizeste recentemente algo muito mau, mesmo segundo a porra dos teus princípios fascistas distorcidos...

Dwight ouviu Dina chorar. A criança tinha ouvido Karen gritar. Dina deu um pontapé num monte de brinquedos e correu para longe das outras crianças. Karen foi atrás dela.

45

(Miami, 23/10/68)

Hubert Humphrey estava a discursar usando um espanhol crioulizado. Os políticos bilingues tinham-no pressionado a fazer isso. A multidão era metade branca, metade hispânica e todas as pessoas estavam desorientadas. Toda a gente estava atordoada pelo calor. O sol abrasava o parque de estacionamento e o discurso de Hubert àquela hora do meio-dia só lhes dava vontade de dormir uma sesta. A multidão ansiava por cerveja fresca e algumas gargalhadas.

Mesplede estava no meio da multidão. Crutch mantinha-se ao fundo. Fizeram sinal ao condutor de um camião cuja traseira estava coberta por uma lona.

O camião estacionou à beira do parque de estacionamento. Crutch fez sinal ao condutor. Três, dois, um: a força invasora desembarca.

Duas dúzias de actores desempregados. Mais infiltrados a soldo de Clyde Duber. Afro-americanos da «Trupe Guerrilheira», mascarados de Fidel.

A barba, as botas, as fardas verdes, os charutos enormes...

— *Fidel ama Hubert! Fidel ama Hubert! Hubert ama Fidel!*

Hubert ficou enconado e sem saber como reagir. Oito tipos de camisas com a efígie de Nixon saíram do camião e começaram a distribuir cerveja grátis. Os Fidels começaram a circular e distribuíram charutos grátis. A multidão enlouqueceu. Crutch e Mesplede uivaram de satisfação.

CUBA, CUBA, CUBA: o Franciú dizia-o em três línguas, num ritmo incessante. Crutch continuava a pensar na *República Dominicana*. Estavam a atravessar a Pequena Havana num carro alugado enquanto partilhavam um charro. O Franciú não parava de dizer «Cessna» e «percorrer a costa». Crutch continuava a ver na mente aquela foto do livro que trouxera da biblioteca.

O tipo do vudu. A tatuagem. O padrão semelhante ao da tipa morta na Casa dos Horrores.

Mesplede passou o charro. Crutch deu uma última passa e matou o charro. Chegaram à Flagler. As fachadas de lojas dos exilados exibiam bandeiras cubanas hasteadas. Havia Castros de palha pendurados dos lampiões da rua. Os miúdos aproximavam-se a correr e espetavam-lhes os canivetes.

Crutch manteve-se calado. Tinha falado da República Dominicana como o Franciú falava de Cuba. «Bico fechado», dissera-lhe Dwight Holly. E até agora tinha obedecido. Marsh Bowen era um mariconço. Quanto a *isso*, Crutch mantivera-se de bico fechado. Na noite anterior tinha estado na Polícia do Condado de Miami-Dade a verificar os ficheiros à procura dos nomes Gretchen/Celia e Joan Rosen Klein. O Franciú perguntara-lhe aonde tinha ido, mas Crutch mantivera-se de bico fechado.

Estava a aprender. Os seus colegas assassinos respeitá-lo-iam por isso.

Foram a um pequeno aeródromo nos arredores de Miami. A equipa do local era toda ela cubana. Todos musculados e cheios de cortes devido ao trabalho nas plantações de cana-de-açúcar. Mesplede assinou uns papéis e alugou uma avioneta de dois lugares. Levantaram voo e acenderam um charro a mais de novecentos metros de altitude.

Crutch ficou assustado. A altitude converteu-lhe a pedrada numa tripe de ácido. Não parava de ver pessoas que não estavam lá. Viu a sua mãe dançar o *twist* com Dana Lund. Viu a brochista Bev Shoftel a fazer uma mamada ao actor Sal Mineo.

Voaram a baixa altitude sobre a Pequena Havana. Mesplede accionou uma alavanca e largou cinco mil cartazes do Nixon. Os miúdos apanharam-nos no ar e viraram-se para o avião com um gesto obsceno. Mesplede fez uma pirueta desajeitada e rumou para sul. Sobrevoaram uma fileira de pontes e ilhotas de coral. Mesplede serviu *Dexedrines* juntamente com aguardente que continha haxixe: topem só aqueles cubos castanhos a flutuar no líquido transparente.

Crutch deu um trago. A bebida fê-lo recuperar a coerência dos pensamentos. Sobrevoaram as Caraíbas. Passaram por duas jangadas de refugiados e largaram-lhes cartazes do Nixon em cima. O *cocktail* impedia Crutch de ficar enjoado. Mesplede apontou para trás dos assentos. Crutch viu uma pistola-metralhadora com um carregador de cem balas. Mesplede tirou uma das balas. A ponta tinha sido entalhada e enchida com veneno para ratos.

Crutch sentiu arrepios. O *cocktail* tinha-o anestesiado de tal forma que não chegou a sentir um medo verdadeiro. No seu campo de visão surgiu uma enorme forma acastanhada. O Franciú sorriu-lhe. Crutch pestanejou. Agora a forma era uma ilha achatada como uma panqueca.

O Franciú puxou o *manche* e a avioneta baixou de altitude. Rasaram ondas e bateram com as rodas na água. Crutch viu a praia e uns hispânicos de camisas castanhas rodeados de sacos de areia. Estavam debruçados sobre uma metralhadora de calibre 50. A arma tinha o cano perfurado, estava equipada com cinturões de munição e tinha um eixo de rotação de 360 graus.

O Franciú fez descer a avioneta numa manobra de diversão e mergulhou a pique, direitinho a eles. Os hispânicos dispararam por cima da avioneta e por baixo, sem nunca acertar. O Franciú fez o aparelho descer imenso. Os hispânicos giraram a metralhadora, voltaram a girá-la e dispararam tiros de pânico. O barulho fazia lembrar o matraquear das teclas de uma máquina de escrever contra uma bomba atómica.

Crutch apoiou a pistola-metralhadora no rebordo da janela do seu lado. O Franciú desceu ao ponto de poder ver os olhos dos hispânicos. Crutch contou oito cabeças. Os tipos baixaram-se e tentaram girar a metralhadora para disparar.

Crutch disparou. Viu duas cabeças explodir. Viu as costelas de um dos tipos explodirem no peito e salpicar de sangue um saco de areia. O Franciú fez um voo rasante pelo meio de umas árvores baixas. As copas embateram na avioneta e bloqueou-lhes a vista frontal. Crutch disparou para trás. Tiros sequenciados, muito precisos. Apanhou quatro tipos que estavam especados juntos. Viu os óculos de um tipo alto estilhaçarem-se enquanto a cabeça se desprendia do resto do corpo.

O Franciú voltou a puxar o *manche*. Crutch viu Cuba de pernas para o ar e conseguiu não vomitar. Voltaram a sobrevoar o oceano. Crutch viu os oito hispânicos que tinha matado e a cabeça daquele tipo a rebolar em direcção à linha da rebentação.

Ressaca.

Um apagão mental.

Não se lembrava do voo de regresso nem da viagem até ao hotel. Acordou na sua cama. Mesplede ainda continuava a dormir. Desceu ao restaurante e sentou-se no exterior. Mandou vir panquecas e um *Bloody Mary* e conseguiu não vomitar nada. Tornou a sintonizar os pensamentos e saboreou o espectáculo de tudo aquilo por que tinha passado. Tinha morto dois cubanos comunistas em Chicago. Tinha acabado de matar mais oito. Dois mais oito perfazia dez. Estava a aproximar-se do número de mortes de Scotty Bennett.

A sombra de uma árvore pairava sobre a mesa onde estava sentado. Casais de namorados tinham entalhado no tampo da mesa as suas iniciais e as datas das respectivas luas-de-mel. Crutch pegou no seu canivete e esculpiu «D. C.» e «10».

Voltou para o piso superior. A porta do seu quarto estava aberta. Mesplede estava sentado em cima da cama, com a sua pasta aberta ao lado. O relatório de síntese do seu caso estava ali bem à vista. Mesplede ia na página 43.

O Franciú tinha sacado da arma. Crutch engoliu em seco e deu a volta à cabeça à procura de mentiras para contar. O Franciú disse:
— Retiveste informações por duas vezes. A tua fixação na República Dominicana tinha uma falta de lógica que me levantou suspeitas e por isso agora tens de me contar tudo.

Crutch assim fez.

Começou por referir o esquema do Dr. Fred em relação à namorada ladra. Falou de Farlan Brown, de Gretchen/Celia e de Joan. Acrescentou a Casa dos Horrores. Acrescentou todo o seu fútil trabalho de polícia. Acrescentou as raízes dominicanas de Celia e o Haiti. Acrescentou a tatuagem da mulher morta e a tatuagem do tipo do vudu no livro de fotos.

Mesplede pegou no atlas de bolso de Crutch. Estava aberto na página das Caraíbas. Disse então: — As nossas agendas condizem. — Traçou uma linha recta entre a República Dominicana e Cuba.

46

(Los Angeles, 25/10/68)

A sede dos Táxis Black Cat tinha paredes de veludo negro onde se podia apreciar uma homenagem à história dos negros. A cronologia abarcava desde o Jesus Cristo Negro ao Lyndon B. Johnson Negro. Os ícones em flocado estavam a descamar. O ar condicionado estava permanentemente ligado e estragava as imagens. O patrão pesava 194 quilos. No gabinete fazia um frio de estalactite, por expressa ordem dele.

Cordell «Júnior» Jefferson: empresário, devedor do empréstimo dos camionistas.

— Os Rapazes exigem o dinheiro, senhor Jefferson — disse Wayne. — Trago-lhe algumas boas notícias a esse respeito.

Jefferson retorceu-se na cadeira. Tinha o triplo da largura de uma cadeira normal. Estavam dez graus naquela divisão, mas o tipo estava a suar.

— Está a dizer-me que estou cerca de dois meses atrasado e que por isso tenho de aceitar isto?

Wayne estremeceu. — O senhor está três anos atrasado. Três anos. Mas as notícias que tenho para lhe dar não são assim tão más.

Jefferson estava a comer gelado às colheradas que tirava de uma lata de dois quilos. Uns tipos dos Panteras passaram ali e olharam Wayne com hostilidade. Atrás deles seguia um homem branco corpulento. Todo ele emanava vibrações a *bófia*. Usava um fato cinzento e um laço axadrezado.

Jefferson gesticulou com a colher. — Que porra de notícias boas são essas que tem para me dizer enquanto tenta tirar-me o filho-da-puta do tapete de debaixo dos pés?

Wayne abriu a pasta e atirou dez mil dólares para o colo de Jefferson. Jefferson acariciou o maço de notas, cheirou-o e esfregou-o no rosto.

Arrancou o elástico em volta das notas e enfiou os dez mil dólares no meio do maço de notas mais gordo do mundo.

— O negócio mantém-se nas suas mãos — disse Wayne. — Vamos mandar para cá um tipo branco chamado Milt Chargin para o ajudar a dirigir as coisas. Você dá informações a uns polícias que são meus amigos, faz a lavagem de algum dinheiro e recebe sete por cento do esquema.

— E se eu disser que não?

— Mas, senhor, você é mais esperto que isso.

Jefferson devorou mais algumas colheradas de gelado enquanto acariciava o gordo maço de notas. Wayne observou os ícones na parede. Reconheceu o Franklin Delano Roosevelt Negro, mas mais ninguém. Entrou no gabinete um tipo com um penteado afro enorme. Fez uma cara de desdém ao ver Wayne e aproximou-se do painel telefónico. Wayne tirou do bolso uma foto de Reginald Hazzard e mostrou-a ao Gordalhaço. O Gordalhaço abanou a cabeça.

O homem do penteado afro deu ao Gordalhaço uma nova lata de gelado. O Gordalhaço disse: — A empresa Táxis Big Boy está a dar cabo do *meu* negócio. Se o *meu* negócio é o *nosso* negócio, então calhava-me bem uma ajudinha *sua*.

Wayne sorriu.

Mary Beth estava a dormir. Os cobertores tapavam-lhe as costas. Tinha uma perna à mostra.

Wayne observou-a. Ela adormecia sempre antes dele. Beijava-o e enroscava-se sozinha na cama e deixava sempre alguma parte do corpo à mostra.

Wayne colocou uma cadeira junto da cama e tocou-lhe no joelho. Esperou. Gostava de a ver virar a cabeça sobre a almofada.

O telefone do laboratório tocou. Wayne levantou-se e apressou-se a atender. Atendeu a chamada ao fim de dois toques.

— Sim?

— É o Dwight, Wayne.

— Sim, e é meia-noite.

— Tenho uma pergunta de química.

— Muito bem.

— É possível recuperar numa folha rasurada as palavras que foram dactilografadas por baixo?

Wayne apoiou-se a uma estante. Estava atulhada de componentes de heroína.

— Talvez. Posso tentar, se me arranjares algum explosivo plástico.

47

(Los Angeles, 26/10/68)

Bairro da pretalhada: esquina da 85.ª com Central Avenue. Um quarteirão de orgulho negro. Um clube nocturno, um salão de cabeleireiro, uma mesquita. Vadios na rua às 2.14 da manhã.

Entre eles: Jomo Kenyatta Clarkson.

Homem negro, trinta e nove anos. Partidário da FLMM. Despachante dos Táxis Black Cat. «Ministro da Propaganda.» Escriba de literatura racista. Suspeito de violação/assalto à mão armada.

Jomo estava a tagarelar com três homens negros. Todos bebericavam licor de pêssego e fumavam cigarros *Kool*. Tinham acabado de frisar os cabelos no Salão Sister Simba.

Dwight estava três andares mais acima e do outro lado de Central Avenue. O prédio estava vazio. Tinha subido pelas escadas de incêndio e agachara-se atrás de um painel publicitário. Tinha binóculos e uma polaróide.

A foto era a prova de Joan. Tinha armado uma cilada ao professor de ginástica que era pedófilo e fizera algum trabalho de investigação. A vingança de Joan ou a acção de dissuasão de Joan. Tanto fazia: era a zona de Joan. Mulheres casuais começavam a parecer-se com Joan. Mas ela era sempre a Joan. Nunca era o informador confidencial n.º 1189.

Dwight olhou na direcção sul. Lá estava Marsh Bowen no seu giro da praxe pela noite fora. Dwight olhou na direcção norte. Lá estava a unidade 4-Adam-29 a circular pachorrentamente.

Dois polícias brancos. Admiradores de Scotty Bennett. Uma nota de cem dólares para cada um.

No momento certo:

Os polícias detectam o quarteirão de orgulho negro. Jomo e os outros negros escondem a bebida. Os polícias passam. A bebida reaparece. Jomo e os parceiros voltam ao seu comportamento da selva.

Os polícias vêem o homem negro isolado. Bolas, é o Marsh Bowen. *Ora aí está uma boa rusga.*

Os polícias dão meia-volta e encostam a viatura. O quarteirão de orgulho negro ganha vida. Festa! Festa! 'Bora lá curtir a indignação social e odiar a bófia!

O Salão Sister Simba esvazia-se. Bem como o Scorpio Lounge. Jomo e as Feras da Selva ficam eléctricos. Os seus penteados de palha-de-aço parecem ferver.

Os polícias saem da viatura. Marsh passa por eles. Um dos polícias assobia e o outro polícia grita: — Volta aqui! — Os espectadores começam a emitir grunhidos de porco.

Dwight tinha uma visão desimpedida da cena. A banda sonora é que era má, cheia de grunhidos de porco para lá de qualquer compreensão.

Marsh voltou atrás. Dwight viu os polícias afastarem-lhe as pernas e os braços para o revistar. Pareceu-lhe ouvir as palavras «preto» e «o Scotty Bennett manda cumprimentos». Ouviu grunhidos, roncos e balidos sobrepostos. Os polícias esvaziaram os bolsos de Marsh e troçaram do seu penteado afro. Os espectadores começaram a cantar «Força aí, irmão!». Um polícia empurrou Marsh e esmurrou-o no peito. O outro polícia berrou-lhe no ouvido. Os espectadores intensificaram o espectáculo de grunhidos de porco. O polícia mais desbocado espalhava cuspo e aumentou o volume dos insultos. Dwight ouviu «preto», «traidor», «preto filho-da-puta» e «panasca».

Marsh perdeu o tino. Agarrou na cabeça do polícia que estava a insultá-lo e espetou-lha contra um lampião. Os espectadores bateram palmas e continuaram a incitar «Força aí, irmão». Os grunhidos de porco passaram a ser ouvidos em alta-fidelidade. O outro polícia sacou do cassetete e começou a bater-lhe na cabeça e nos joelhos. Marsh recebeu uma tareia à *IRMÃO RUUUUIM*. Jomo e as Feras da Selva assistiram à cena toda.

48

(Los Angeles, 28/10/68)

Duas dúzias de táxis. Todos estacionados em fila e de pára-choques quase a tocarem-se. Todos com o logótipo do Big Boy: um preto com um barrete árabe como aquele ditador Sukarno.

A cabina de atendimento ficava fora de mão. O parque de estacionamento ocupava meio quarteirão. Um guarda-nocturno patrulhava as instalações. Bebia e jantava sempre no Sultan Sam's Sandbox. O Franciú tinha enfiado dois barbitúricos no último uísque que o guarda bebera. O tipo estava agora a ressonar num contentor nas traseiras do Sultan Sam's.

Wayne e o Franciú comandavam as operações. Crutch fazia o trabalho de sapa e obedecia às ordens.

Wayne preparou o explosivo plástico e colocou-o nas cavidades das rodas. O Franciú instalou o detonador. Crutch ligou os fios de táxi em táxi.

A instalação demorou horas. Trabalharam da meia-noite até às quatro da madrugada. Crutch tinha cãibras de estar agachado e andar curvado. Todos suaram imenso e usaram toalhas para enxugar o corpo. O explosivo plástico parecia plasticina e cheirava a óleo queimado. Os fios eram abrasivos em contacto com a pele.

Tudo pronto: 4.11 da madrugada.

Afastaram-se do local enquanto se secavam com as toalhas. Wayne parecia soturno, como sempre. O Franciú estava a sorrir. Crutch estava em êxtase, como se tivesse ido a um baile de finalistas.

Wayne accionou o detonador. A porra dos táxis explodiram em chamas. O ruído foi brutal. Uma dúzia de formas vermelhas e rosadas entraram em erupção. Vidros partidos voaram pelo céu.

DOCUMENTO ANEXO: 29/10/68. Cabeçalho e subcabeçalho do *Los Angeles Herald Express*:

CORRIDA NIXON-HUMPHREY RENHIDA
Ex-Vice à Cabeça nos Principais Estados

DOCUMENTO ANEXO: 30/10/68. Cabeçalho e subcabeçalho do *San Francisco Chronicle*:

NIXON CONTRA HUMPHREY: VITÓRIA À TANGENTE?
Desordeiros Perturbam Comícios de Humphrey;
Assessores Acusam Campanha de Nixon

DOCUMENTO ANEXO: 1/11/68. Artigo do *Los Angeles Times*:

HOMICÍDIO DE PROPAGANDISTA RACISTA AINDA POR RESOLVER

A própria vítima chamava à sua casa palaciana de Beverly Hills «a Casa Que o Racismo Erigiu» e por isso não será surpresa para muitos que o Dr. Fred T. Hiltz, de 53 anos, ex-dentista, ex-jogador profissional de golfe e alegado informador do FBI, viesse a ter um fim horrível nessa mesma casa.

O Dr. Hiltz foi morto a tiro no abrigo antibombas no pátio das traseiras de sua casa no dia 14 de Setembro deste ano e esse crime continua ainda por resolver. Existem suspeitos: um grupo de assaltantes que fez reféns de famílias abastadas em Brentwood e Newport Beach. Mas alguns jornalistas locais e muitos defensores das teorias da conspiração questionam essa hipótese. O Dr. Hiltz era um bem conhecido fornecedor de propaganda racista perversa que tanto atacava os brancos como as minorias raciais; corria o rumor de que tinha um esconderijo cheio de dinheiro no pátio das traseiras, que tinha sido casado numerosas vezes e que mantinha alegadamente inúmeros relacionamentos com mulheres provocantes. Mike Gustodas, o capitão da Polícia de Beverly Hills, declarou o seguinte aos repórteres: «O doutor Hiltz mantinha relações voláteis, estava envolvido num negócio sujo e isso acabou por nos complicar as investigações. Disso não há dúvida.»

No entanto, é o Gabinete do FBI em Los Angeles que anda a fazer a maior parte do trabalho de investigação sobre Hiltz e é esse facto que tanto intriga certos jornalistas e defensores das teorias da conspiração. O capitão Gustodas não soube dar nenhuma resposta a este respeito e limitou-se a declarar que o FBI tinha usurpado o caso das mãos da Polícia de Beverly Hills por «razões de segurança nacional».

Jack Leahy, o agente especial responsável pelo Gabinete do FBI em Los Angeles disse aos repórteres: «Sim, trata-se de um caso politicamente delicado e existe aqui uma questão de segurança nacional, embora de natureza menor. Não estou autorizado a divulgar detalhes por enquanto, mas será divulgado um relatório final "quando" e "se" esta agência efectuar alguma detenção.»

Continua a persistir o rumor de que o Dr. Hiltz foi assassinado por membros de um grupo militante negro, numa espécie de declaração política. O agente especial Leahy diz não ter tempo para teorias dessa índole: «Acho isso ridículo. Nenhum grupo militante negro reivindicou a autoria do homicídio e julgo também que o perigo da militância negra tem sido grosseiramente sobrestimado pela imprensa.»

Entretanto, a investigação Hiltz continua.

DOCUMENTO ANEXO: 2/11/68. Cabeçalho do *Dallas Morning News*:

CORRIDA NIXON-HUMPHREY EMPATADA ATÉ AO ÚLTIMO MOMENTO

DOCUMENTO ANEXO: 3/11/68. Cabeçalho do *Hartford Courant*:

NIXON E HUMPHREY NUM ÚLTIMO ESFORÇO DE CAMPANHA PELAS ZONAS RURAIS

DOCUMENTO ANEXO: 4/11/68. Excerto do diário privado de Karen Sifakis.

Los Angeles,
4 de Novembro de 1968

O Nixon vai ganhar. O Humphrey está de mãos atadas devido ao atenuado massacre da guerra promovido pelo Lyndon B. Johnson e no final da guerra o povo americano vai querer um diálogo credível, permeado de tretas reaccionárias que os façam sentir-se bem por abandonar (e na verdade perder) a guerra — e o Nixon anda a dizer-lhes exactamente aquilo que querem ouvir. Chicago foi um desastre, não por ter garantido a vitória do Nixon, mas por ter feito com que a esquerda parecesse rancorosa, mesquinha, perversa, dividida e ridícula. *O pecado da auto-indulgência.* Tenho que tomar nota das minhas próprias tendências de auto-indulgência e devia começar por as classificar como condutas erradas, traçando assim uma clara fronteira moral de modo a interditar essa prática.

A Dina começou a fazer-me as inevitáveis perguntas de rapariguinha esperta sobre o Dwight e o W. H. N. e a minha relação com os dois homens. Claro que não posso dizer-lhe que eu e o W. H. N. somos politicamente compatíveis, embora não sejamos camaradas, e que nunca tivemos uma relação verdadeiramente apaixonada, pois somos amigos que partilham certos ideais e os encargos parentais. O W. H. N. sabe do Dwight, mas nunca se refere a ele; a Dina, tão lúcida e tão mundana, nunca fala do Dwight ao W. H. N. porque sabe que isso poderia magoá--lo e porque compreende que isso poderia afectar adversamente a minha relação com o Dwight. A Dina irá acabar por se tornar numa pessoa que compartimenta tudo (como eu própria) e talvez herde a minha queda para homens dramáticos e duvidosos. A Dina gosta mais do Dwight do que do seu próprio pai, porque o Dwight é severo com o mundo mas muito carinhoso com ela, porque anda armado, porque sou afectuosa com o Dwight de uma forma que não sou com o pai dela e porque isso a faz sentir-se verdadeiramente amada como criança e dá--lhe segurança. E — como a rapariga brilhante que é — foi capaz de compreender algo que eu só agora descobri: que eu e o Dwight somos verdadeiros camaradas.

É a nossa paixão como amantes e a nossa terna negociação de papéis e ideais antitéticos. É o facto de ambos querermos algo (para além do outro) de muito profundo e puro, e de eu ter uma linguagem para expressar isso, ao passo que ele não.

Continuo a pensar em tróicas. O Dwight, o meu marido tão ausente e eu somos uma tróica. E agora represento o ponto de ligação entre o Dwight e a Joan Klein. Não tenho ciúmes, mas o Dwight sente-se muito atraído por ela. Fui tudo menos sincera acerca da minha relação com a

Joan, porque não sabia que parte das várias histórias reais e supostas a respeito da Joan deveria revelar a um homem que é, afinal de contas, um agente policial e um rufia da direita. O Dwight tinha-me dito logo desde o início: os informadores e os operadores retêm informações de forma a garantir a sua própria segurança e a segurança daqueles que lhes são próximos. É esse pensamento que me guia nas minhas mentiras por omissão. A Joan chegou *de facto* a ser informadora do FBI a certa altura, mas desconheço o nome do operador dela ou se foi ele que rasurou o dossiê dela. Conheço profundamente a Joan há muitos anos. Politicamente, tenho tanta confiança nela como tenho no Dwight.

Estou um pouco preocupada com o Dwight. Tem perdido peso, cada vez dorme pior e fala durante o sono. Continuo a perguntar-lhe na brincadeira se posso fazer explodir o monte Rushmore e ele continua a dizer-me, *meio* a brincar, que «Sim». Tem-me dado demasiada margem de manobra. Será por algum sentimento de culpa? Continuo a achar que deve pesar-lhe sobre os ombros algum acto extremamente horrível sobre o qual nunca virei a saber, não vá isso destruir o meu amor por ele ou fazer-me amá-lo ainda mais. Gostava de saber quantos anos a Dina (e a Eleanora dentro de mim) terá quando descobrir essa verdade acerca dos homens e das mulheres.

Eu e o Dwight temos as nossas negociações. Gostava de saber que forma terão as negociações entre o Dwight e a Joan. O mundo que partilhamos é humanamente inquantificável e ideologicamente confuso. Qual desses dois aspectos será capaz de implementar o bem ou o mal de forma mais facilmente reconhecível?

<u>DOCUMENTO ANEXO</u>: 5/11/68. Excerto do diário de Marshall E. Bowen.

Zona sul de Los Angeles,
5 de Novembro de 1968

Foi o segundo espancamento que sofri às mãos dos meus antigos — e futuros, assim que esta operação terminar — colegas da Polícia de Los Angeles. Aguentei melhor da primeira vez, pois o guião escrito pelo Sr. Holly tinha-me preparado para essa ocorrência. O Sr. Holly não pôde assistir a este segundo confronto e os meus ferimentos já terão sarado da próxima vez que nos encontrarmos. Talvez lhe conte ou não o incidente, talvez critique ou não a minha actuação espontânea e lhe peça ou não para repreender os agentes envolvidos. Talvez lhe conte ou não que esse incidente me permitiu conhecer novos amigos maravilhosos.

O meu improvável salvador foi o Jomo Kenyatta Clarkson, o ministro da Propaganda dessa organização que dá pelo nome absurdo de Frente de Libertação Mau-Mau, juntamente com os seus amigos Shondell e Bobby. O Jomo é um tagarela, é decididamente um psicopata e continua a bater o recorde mundial de velocidade no uso da expressão «filho-da--puta» numa só frase. Tem nos braços cicatrizes auto-infligidas com uma catana em homenagem ao verdadeiro Jomo Kenyatta, que chacinou colonos ingleses no Quénia por volta de 1947. O Jomo e os amigos levaram-me ao Hospital Morningside, onde um médico branco amigável, que tinha tratado o mais recente ferimento de bala do Jomo, me tratou as feridas e me deu uma injecção de *Demerol*. A injecção atenuou--me a dor, deu-me ânimo e permitiu-me deixar de repetir as palavras «o Scotty Bennett manda cumprimentos» numa ladainha quase contínua. Nessa altura quis ir para casa descansar, mas o Jomo não me deu ouvidos e decidiu que devíamos fazer um giro pelos bares.

Fomos a uma série de clubes nocturnos. Conheci vários homens negros, todos eles vestidos de negro como o Sr. Holly insistira que eu deveria vestir-me; achei que lhes assentava bem, mas não era propriamente o meu estilo. Assisti a um espectáculo ao vivo de lésbicas no Rae's Rugburn Room e fui apresentado a quase toda a gente no Sultan Sam's Sandbox, no Mr. Mitch's Another World e no Nat's Nest. Fiquei nervoso e representei o meu papel; o Sr. Holly teria ficado orgulhoso de mim. Descrevi repetidamente o meu espancamento às mãos daqueles «porcos da bófia de Los Angeles» e nunca precisei de mencionar o meu antigo estatuto de chui, porque agora sou uma celebridade local e porque a minha ocupação anterior é algo implícito no *spiritus mundi* do gueto. Não parei de debitar coisas ridículas como «dizer as coisas como elas são» e «isso tudo, mano» sem nunca me desmanchar a rir. O resto dessa noite e o dia e a noite seguintes não passam de uma recordação indistinta na minha cabeça. O Jomo levou-me ao seu local de trabalho, a Companhia de Táxis Black Cat, onde vi o tal proprietário muito gordo devorar três quilos inteiros de gelado. A certa altura comecei a cabecear de sono. O Jomo enfiou-me à força várias colheradas de cocaína que me soltaram a língua. Foi quase uma experiência de estar a flutuar fora do meu corpo, provocada pelo álcool, pelas drogas, pelo choque prolongado e pelas muitas semanas de stresse, excitação e êxtase descontrolados, tudo filtrado através daquilo a que o Sr. Holly chama o meu «instinto e faro inato para ser actor». Critiquei especialmente o racismo institucional da Polícia de Los Angeles e o racismo branco americano em geral, e apercebi-me de que estava a incomodar Jomo e os seus amigos enquanto assim falava, pois o facto é que ao mesmo tempo eu acreditava e não acreditava no que estava a dizer, como se outra parte de mim estivesse num outro nível de bifurcação, a dirigir a actuação e a gozar com tudo aquilo. Não me lembro exactamente do que disse, mas sei que estava a falar nos limites da minha capacidade mental e dos meus poderes de articulação verbal. Em retrospectiva, pareceu-me soar a paleio demagógico, análise social e fervor apostólico à mistura. E o que mais me espantou — e que não teria espantado nada o Sr. Holly — é que não sei se acredito ou não numa só palavra de tudo aquilo que disse.

A seguir aos Táxis Black Cat fomos à «casa» do Jomo na 89.ª Leste. Estava lá muita gente, todos negros. Ouvi umas seis dúzias de histórias de ódio aos «filhos-da-puta desses porcos da bófia de Los Angeles», eu próprio contei outras tantas, e conheci dois homens cujos irmãos assaltantes à mão armada tinham sido mortos a tiro pelo Scotty Bennett, o «Rei da Bófia». O Jomo tentou impingir-me uma atraente rapariga cor de caramelo com um penteado afro tingido, mas desculpei-me dizendo algo do género «tenho a minha própria gaja». O Jomo instalou-me num quarto decorado com cartazes revolucionários e atulhado de pilhas de papelada ridiculamente polémica, e dormi durante muito tempo.

Os meus sonhos foram os habituais e facilmente explicáveis, tendo em conta a minha arrogante obsessão. Lá estavam as disformes manchas verdes a representar as esmeraldas e as estranhas visões espaciais duplicadas e triplicadas de vultos tombados, bem como a minha persistente necessidade inconsciente de descobrir o que aconteceu realmente na esquina da 84.ª com Budlong naquele dia. A certa altura julguei ter visto uma mulher branca, de cabelo escuro com estrias grisalhas, a olhar para mim, mas ela/aquilo não passava de um filamento brumoso.

Estavam duas dúzias de pessoas sentadas na sala de estar do Jomo quando acordei aturdido não sei quantas horas depois. Mimaram-me com uma ovação de pé. Foi uma recompensa superlativa pela minha actuação.

Mudei-me para uma casa soturna na fronteira com Watts.

Comecei a passar tempo na sede dos Táxis Black Cat.

O meu recrutamento pela ATN e/ou pela FLMM está iminente, mas não quero precipitar as coisas.

Quero que esta actuação dure. É o meu circuito de regresso ao dia 24 de Fevereiro de 1964. Tudo aquilo que em mim foi despojado dos seus direitos civis sabe que isto é verdade.

49

(Las Vegas, 5/11/68)

O Dick Manhoso ganhou as eleições. Foi uma disputa renhida, mas não à tangente. Foi mais do que ganhar por uma diferença de um pentelho de rata.

Carlos deu uma festa animada. Na sua suíte de imitação de estilo romano, com os seus mafiosos e mórmones e os resultados das eleições na televisão. Prostitutas contavam histórias de «fiz uma mamada ao JFK». Farlan Brown dizia que Dick não era um verdadeiro apreciador de mamadas. Era mais do género escravo sadomasoquista. Acabaria por se tornar num bêbedo e bombardear um buraco qualquer do Terceiro Mundo. Acabaria por mandar pelos ares umas quantas criancinhas e ficaria todo sentimentalão de seguida. Acabaria por arranjar uma gaja doentia com um chicote para o ajudar a reformular-se.

Os convidados que estavam sóbrios acenavam com pequenas bandeiras. Os convidados bêbedos tinham chapéus de elefante. Os hotéis de Hughes lançavam fogo-de-artifício: *Viva Nixon!* em vermelho, branco e azul.

Wayne circulava. Farlan Brown mostrou-lhe a nota de agradecimento do Drácula: o Drac elogiava o trabalho árduo e a assistência química de Wayne. Referiu ainda os voos fretados das Linhas Aéreas Hughes rumo aos casinos no estrangeiro — vamos começar em breve.

Mais fogo-de-artifício. No Hotel Landmark tinham posto um néon com o rosto de Nixon por cima da entrada. Farlan disse: — O cabrão continua a precisar de fazer a barba.

Sam Giancana disse: — Os locais dos casinos. Temos que mandar lá o Mesplede em breve.

Santo Trafficante disse: — A Nicarágua tem tendência a tornar-se comunista.

Carlos disse: — O Dick vai lá pôr um governante fantoche pró-americano. Ele sabe que precisas de um homem forte para dar o golpe final nos comunas.

Sam disse: — A solução é a República Dominicana. Desde a guerra de 1965 que têm um governo estável. O novo *jefe* é um anão maricas. O que ele quer é dinheiro dos EUA e um bom par de sapatos com plataforma.

Santo disse: — O Sam tem uma namorada dominicana que o leva de um lado para o outro agarrado pela ponta da gaita. Já o convenceu de que os dominicanos são brancos.

Carlos disse: — A Celia é uma comedora de negros. Vai de propósito ao Haiti para arranjar pau preto.

Sam agarrou os tomates. — Os italianos têm-na maior do que os pretos.

Carlos disse: — Aonde é que foste buscar essa?

Santo riu-se. — Foi o papa João XXIII que lhe contou. Estavam os dois num bordel com umas freiras pretas.

Carlos passou a Wayne uma caixa de donutes. — Obrigado por tudo, *paisan*. Pelo Hughes, pelo Nixon, pela cena toda.

O caminho de regresso demorou uma eternidade. Os hotéis estavam doidos com a vitória de Nixon e penduraram cartazes idiotas. Houve engarrafamentos de trânsito. O Dick Manhoso já estava mormonizado e mafioso. Estava pronto para o negócio. Os Rapazes acabavam de garantir quatro anos de fartura para si próprios.

O Hotel Stardust estava atordoado de tanto Nixon. Os legisladores contavam histórias de «conheço o Nixon» e vomitavam para dentro de latas de fichas de *slot-machines*. Wayne subiu as escadas e quando estava no corredor ouviu o telefone tocar. Telefonema às três da manhã — oh, merda.

Correu para atender. Ouviu Mary Beth no quarto.

— Wayne Tedrow. Quem fala?

— Chamada de longa distância, senhor. Pode atender o presidente eleito Nixon?

Wayne engoliu em seco. Ouviu dois cliques na linha. Ouviu ruídos de fundo e a voz do Homem.

— Obrigado por todo o seu trabalho empenhado. Pode contar com a minha cooperação.

O quê? Terá sido verdade?

Wayne foi ao quarto. Mary Beth estava a ver televisão. O Homem estava a fazer o V da vitória. Um dos botões da camisa desprendeu-se.

Mary Beth desligou o som. — Quem ligou tão tarde?

— Não ias acreditar.

Ela sorriu e apontou para a caixa de donutes. Wayne atirou-a para cima da cama. Cinquenta mil dólares espalharam-se sobre a cama. Mary Beth soltou um gritinho e tapou a boca.

— É o meu fundo para encontrar o teu filho.

Aquela esmeralda encantadora estava ali em cima da almofada. Mary Beth atirou-a para dentro da caixa juntamente com o dinheiro.

50

(Los Angeles, Las Vegas, Washington D.C., 6/11/68-24/12/68)

Nervos, reviravoltas no cérebro, sono intermitente. Caleidoscópios de Memphis à mistura.

Uma única bebida e um único comprimido acabaram por se revelar insuficientes no meio de tantas intermitências. O Motel Lorraine mudava de forma. Os *cartoons* racistas metamorfoseavam-se. Gárgulas negras com capuzes do Klan.

Karen estava preocupada. Tinha visto Dwight tornar-se duro e não podia evitá-lo. O Fulano de Tal não parava de aparecer e de lhes arruinar os planos para estarem juntos. A gravidez progredia. Karen tinha agora mais consultas médicas e decidira levar a família de visita à região leste pelo Natal. Estava a ficar paranóica com a paranóia dele por Joan Klein.

Wayne estava a trabalhar na informação rasurada no dossiê de Joan. O miúdo era um génio, talvez conseguisse detectar as palavras rasuradas a negro. Dwight tinha mostrado a Joan a foto do pedófilo depois de o tipo ter levado uma sova brutal. Joan retribuíra-lhe o favor à maneira de Karen Sifakis: denunciou um gangue de Cleveland que enviava encomendas-bombas pelo correio, uma acusação múltipla que faria os cabeçalhos da imprensa. Ele disse: «Obrigado, senhora Klein.» Ela disse: «De nada, senhor Holly.»

A denúncia encantou o Sr. Hoover durante seis segundos. A sua capacidade de atenção tinha-se reduzido às dimensões de uma tira de banda desenhada. A sua monomania tinha crescido à escala de um romance russo. Odiava militantes negros tal como odiava comunistas em 1919. Falava dos perigos reais e largamente imaginados da militância negra. Sofria ataques de tosse e tinha estranhos momentos de alucinação. Lá no céu, o Dr. King ria-se tanto que até abanava o seu santo cu negro. O chefe preto tinha ressuscitado, tal como todos os outros pretos reais e imaginários, e o velho rabeta sentia-se impotente.

Mas continuava a ser um indivíduo perigoso. Mas ainda tinha dossiês com os podres da porra do mundo inteiro: nomeadamente sobre Dwight Holly, o «Agente da Lei».

O Sr. Hoover estava satisfeito com a OPERAÇÃO IRMÃO RUUUUIM. Dwight tinha-lhe contado que Marsh Bowen estava a ser assediado pela ATN e pela FLMM. Mas não lhe contara que tinha pago a dois polícias para espancar o cu negro de Bowen. Bowen também não lhe tinha contado acerca do espancamento e evitara qualquer encontro cara a cara até as feridas terem sarado. A chave para entender o Irmão Marshall E. Bowen era *vaidade*. O *desprezo* era outro aspecto que definia Bowen de forma secundária. Era como uma diva com uma necessidade abjecta de ter uma assistência e ostentava uma igual dose de desdém. Era um actor brilhante e brilhantemente complexo. Iria seduzir, atraiçoar e armar ciladas com insolência e com aquele *savoir-faire* de que «o espectáculo tem de continuar».

A tarefa parecia ter-lhe fracturado o ego e instilar-lhe uma maior circunspecção. A tarefa tinha conferido ao Irmão Bowen uma comovente pomposidade ao estilo da zona sul de Los Angeles. A necessidade mais premente agora: arranjar um intermediário para trabalhar com o Irmão Bowen diariamente. Dwight consultou a folha de vigilâncias de Don Crutchfield: o Irmão Bowen andava a pisar o risco. A pergunta ominosa do momento: irá o Irmão Bowen cruzar-se com a camarada Joan Klein?

Chamava-lhe «Senhorita Klein». Mas pensava nela como «Joan». Ela possuía uma qualidade epónima. Os lapsos no dossiê e a relutância dela em discutir o seu passado tinham-lhe aumentado a curiosidade. Joan tinha viajado imenso. Promovera esotéricos encontros de esquerda pelo mundo fora. Organizadora, promotora, suspeita de assalto à mão armada. Panfletista, informadora, académica renegada.

Diz-me o que quero saber.
Não sei porque preciso disso.

Tinha dado a Joan um número de telefone seguro, equipado com um dispositivo anti-intercepção que lhe permitia ligar para ele sem ser localizada. Ela ligava-lhe quase todas as noites. Respeitavam o protocolo informador-operador enquanto falavam das suas vidas pessoais.

Dwight não lhe descreveu a verdadeira extensão da sua relação com Karen Sifakis. Joan nunca se referia a Karen. Não falavam das suas operações clandestinas, pois guardavam essas discussões para as suas conversas através dos telefones públicos. Joan disse-lhe que tinha algum dinheiro para ele. Dwight disse: «Que dinheiro?» Ela disse-lhe que Leander Jackson tinha feito lucros com a cocaína do agente Holly. A camarada Klein entendia que devia devolver a percentagem dela. Dwight disse-lhe que guardasse o dinheiro. Ela agradeceu-lhe. Era tudo tratado de uma forma tão maravilhosamente correcta e educada, porra.

Discutiam e falavam de política. Dwight preparava perguntas indirectas sobre a vida e relacionamentos passados dela. Joan refutava-as por vezes com brusquidão e um humor severo. O lado policial dele não a largava. O resto de si ficava apenas um vacilante passo atrás. Joan tinha gerido casas francas, certamente casas luxuosas e bem camufladas. Tinha conseguido evitar cumprir pena de prisão. Certamente haveria algures mais registos policiais sobre ela. Dwight tratou então de procurar documentos sobre os antepassados esquerdistas dela, mas não encontrou nada.

Karen partilhava os seus escassos conhecimentos a respeito de Joan com um ressentimento distanciado. Dwight tinha a certeza de que Joan sabia mais acerca dele do que ele próprio sabia sobre ela. Essa disparidade deixava-o sem fôlego.

Andava a fazer incursões pela cidade da pretalhada. Wayne tinha trazido Milt Chargin para ajudar o Gordalhaço a gerir os Táxis Black Cat. O comediante branco e o mastodonte negro deram-se bem em equipa. A Polícia de Los Angeles abafou o caso do atentado bombista aos Táxis Big Boy: o dono era um traficante de veículos roubados que eles pretendiam neutralizar. O homicídio do Dr. Fred deixou de ser manchete e acabou por ir parar às últimas páginas dos jornais. Jack Leahy usou dinheiro do FBI para subornar alguns repórteres e disse: «Não noticiem este assunto, está bem?» Aquele artigo do *L. A. Times* tinha sido a última referência importante acerca desse caso. Wayne agendou um encontro com o presidente do Banco Popular. A situação podia ficar feia. Os Rapazes queriam o seu banco de volta. O FBI queria informações.

Certas noites Dwight circulava de carro pela cidade da pretalhada. Isso estimulava-o, provocava-lhe cansaço e às vezes até conseguia dormir antes do amanhecer. A vida do gueto pela noite dentro era verdadeiramente sedutora. A polícia dos costumes calçava luvas de borracha para coagir os prostitutos transexuais. As lojas de discos passavam música zulu e vendiam bonecos sob a forma de porcos vestidos com uniformes da Polícia de Los Angeles. Eram os próprios polícias que compravam a maior parte desses bonecos, pendurando-os nas antenas das suas viaturas. Dwight estava a ouvir uma rádio revolucionária: estações piratas que emitiam a partir de bares e mesquitas muçulmanas. Tinha contado a Joan que a sua canção favorita era «Genocídio Azul», da autoria de Muhammad Mao e os Caçadores de Chuis. Joan respondera-lhe: «Camarada Dwight, *já estás a aprender.*»

Por vezes via Scotty Bennett a patrulhar também. Scotty adorava a comida dos negros. O restaurante Sister Sylvia's Kitchen dava-lhe comida de graça. Scotty deixava sempre gorjetas chorudas.

Tem de haver uma guerra entre a ATN e a FLMM. E deve ser o Marsh Bowen a fomentá-la. Os narcóticos terão de desempenhar um grande papel nisso. Será preciso evitar uma catástrofe, senão a Karen não lhe perdoaria. A coisa tem que ser violenta para ele conseguir obter os resultados estipulados e promover os objectivos da camarada Joan. É preciso que essa operação os conduza no mesmo rumo: para que ela lhe diga por onde andou e o que sabe.

51

(Los Angeles, 24/12/68)

Feliz Natal.
Crutch recebeu o habitual cartão de boas-festas da sua mãe juntamente com uma nota de cinco dólares. Desta vez o carimbo dos correios indicava Racine, no Wisconsin. Levou ao pai a habitual nota de cem juntamente com uma sanduíche de carne. O pai fez o seu habitual número de «vai-te embora daqui» e mijou-lhe nos sapatos.

Anotação mental: trabalhar no dossiê da mãe. Fazer averiguações junto da Polícia de Racine. Anotação mental: o dossiê do teu caso está actualizado. O teu caso está num impasse. Anotação mental: levanta esse cu e vai mas é para a maravilhosa República Dominicana e para o sedutor Haiti do vudu.

Véspera de Natal, o parque de estacionamento dos motoristas colaboradores dos detectives, a festa da Natividade promovida por Clyde Duber. Comida de charcutaria e cerveja de barril. *Cocktails* ao pé das bombas de gasolina, estimulantes à borla por cortesia da farmácia de prescrições rápidas.

Crutch circulava. Estava cheio de anfetaminas e sentia aquela solidão da época natalícia. Wayne tinha enviado o Franciú para o Panamá. Que país de merda. Todos os caminhos iam dar à República Dominicana. Todos os relatórios enviados pelos seus homens no terreno apontavam para lá.

Phil Irwin estava no roço com uma tipa negra no elevador de serviço. Scotty Bennett tinha trazido algumas coristas para animar o ambiente. O carro de Buzz Duber era a Zona de Mamadas do Pai Natal. Fred Otash tinha distribuído fichas de jogo gratuitas do seu casino em Las Vegas. Bobby Gallard jogava aos dados com Clyde e Chick Weiss. Serviam-se da bandeira vietcongue estragada do Scotty como manta.

Crutch voltou a circular e a ficar neura. Estava aborrecido. Dwight Holly tinha-o tirado do trabalho relativo a Marsh Bowen. Crutch mantivera-se em silêncio quanto à mariquice de Bowen e guardara essa informação como um trunfo que poderia usar em ocasiões futuras. Mesmo assim decidira prosseguir com as vigilâncias: talvez o levassem a algum lado. Clyde tinha-o posto a trabalhar a tempo inteiro em casos de divórcio. Buzz tinha desistido do «caso». Nunca tivera conhecimentos nem tomates suficientes para essa tarefa. Buzz era um tipo de farras & fodas. Donald Linscott Crutchfield tinha matado dez comunistas. Arland «Buzz» Duber coagia as putas a fazerem-lhe mamadas.

Scotty passou ali perto. Bobby Gallard meteu conversa com ele: Ei, chefe, o tal Bowen ficou famoso por causa daquela cena que armou consigo.

Scotty sorriu e piscou o olho. Apontou para os números «18» que tinha bordados no laço e depois rabiscou no ar o número «19».

Natal de mirone.

Crutch passou de carro pela casa de Julie, pela casa de Peggy e pela casa de Kay. As raparigas eram da idade dele. Trocavam sempre prendas depois da ceia de Natal. Todos os anos os seus papás instalavam sempre as mesmas luzinhas no exterior. Crutch conhecia bem essa rotina.

A vista da janela de Julie foi melhor que a do ano anterior. Os pais de Julie tinham dado ao totó do namorado dela umas peúgas totós com renas. O rapaz ficou com aquele ar de «Oh, merda». Julie deu-lhe uma cotovelada: vê lá se és simpático.

Depois a família tragou gemada. O pai ficou de um roxo esclerótico. O totó não parava de remexer os pés com nervosismo e exibiu um anel de noivado. A mamã e o papá deram vivas de alegria. Todos se abraçaram. Kenny, o irmão de Julie, tinha morrido na esquina da 1.ª com a Arden num acidente entre dois carros no final de 1962. Kenny snifava cola e era um esmerado exibicionista. Tinha mostrado o pirilau a Jane Hayes, a namorada de Buzz. Buzz e Crutch tinham-lhe dado uma tareia por volta de 1961.

O espectáculo de Julie estava no auge: vais ser tão feliz, bravo!, viva! Crutch passou pela casa de Peggy e pela casa de Kay. As cortinas das respectivas janelas estavam corridas. Próxima paragem: esquina da 2.ª com Plymouth.

Janelas iluminadas. Nenhum presépio na relva: Dana Lund tinha bom gosto. Desligou os faróis e esperou. Apontou a lanterna de bolso para o tabliê e deu a Joan uma iluminação natalícia. O cérebro fervilhava-lhe: o rosto de Joan e a história de Dana.

Bob, o marido de Dana, tinha morrido na Coreia. Chrissie tinha então quatro anos. Dana voltara a ser enfermeira e era agente imobiliária em *part-time*. Tinha nascido em 1915. Faria cinquenta e quatro anos em Março. Namorava de forma intermitente com uns tipos ricos mas sovinas. Tinha começado a retocar o cabelo grisalho em meados de 1964. Crutch tinha reparado nisso nessa altura.

Chrissie atravessou a sala de estar. Dana foi atrás dela. Crutch conteve as lágrimas. Dana estava vestida com a camisola que ele lhe comprara no dia em que pensava que ia morrer.

Opções: Igreja Luterana da Trindade ou a nova casa de Marsh Bowen. Às vezes a missa da meia-noite tirava-o da tristeza. Má ideia: o pastor estava a par da sua reputação de mirone e odiava-o. Ainda se sentia muito agitado. Isso queria dizer: cidade da pretalhada por omissão.

Marsh Bowen estava a regredir em termos raciais. A sua casa em Denker era de negro da alta-roda. A sua casa na 86.ª Leste era uma cave de preto. Pilares de blocos de cimento, barras nas janelas, pintura negrodélica.

Verificação das horas: 00.51.

Crutch estacionou e esperou. A rádio proporcionava-lhe alguma distracção. Ouviu canções de Natal e o Irmão Bobby X ao vivo no Rae's Rugburn Room. O Irmão Bobby contou piadas sobre os judeus e desejou à comunidade negra um Ano Novo sem bófia. Marsh Bowen saiu para a rua à 1.14. Novo visual: cabelo à escovinha e todo vestido de *neeeegro*.

Bowen passou pelo carro de Crutch, enfiou-se no seu carro e seguiu para a auto-estrada Imperial Highway. Havia luzes intensas por lá: cafés e bombas de gasolina abertos toda a noite.

Deixa-o distanciar-se, está demasiado perto de ti, vai ver-te.

Crutch esperou dois minutos e seguiu para sul. Chegou à esquina e olhou para os dois lados. Nenhum peão. Passou vagarosamente à frente dos cafés Goody-Goody's e Carolina Pines, ambos com enormes vitrinas. Lá estava o Bowen no Pines, a beber café sozinho.

O local estava semidesértico. Crutch estacionou e entrou num passo prazenteiro. Alerta de mariquice: Bowen olhava provocativamente para todos os homens sós.

Entra, aproxima-te, tenta ouvir as conversas dissimuladamente.

Crutch sentou-se a duas mesas de distância. Isso permitia-lhe ver Bowen de costas. Uma empregada trouxe-lhe café. *Aaaaaah*, óptimo: recarregar as baterias.

Bowen remexeu-se e verificou as horas. Alerta de mariquice: um mexicano gordo olhou-o com um sorriso afectado. Bowen estremeceu e baixou a cabeça.

Crutch verificou a porta. A porta abriu-se. Crutch pestanejou. Não pode ser. Esfregou os olhos: sim, não, *sim*.

Joan Klein entrou e sentou-se na mesa de Bowen. Tirou o sobretudo. Sorriu. Tirou a boina e sacudiu o cabelo.

Limpou os óculos a um guardanapo. Parecia mais velha sem eles. Usava um vestido preto de malha. A cicatriz de navalhada estava tapada. Crutch sentiu calor/frio/calor/frio/calor/frio.

Joan e Bowen começaram a falar. Em voz baixa. Crutch bem tentou espevitar e reespevitar as orelhas, mas não conseguiu ouvir nada. Bowen bebia café. Joan bebia café e fumava. Um casal de brancos olhou irritado para o casal misto. Joan tocou no braço de Bowen: uma, duas, três vezes. Bowen estremeceu das três vezes. Crutch captou ondas de som. Ouviu a voz roufenha de Joan, uma voz que o trespassou como uma queimadura.

Manteve-se de cabeça baixa. Nunca cruzou olhares com ela. Joan continua a falar, Joan está no engate, Bowen manifesta a sua relutância de homossexual. Joan tinha beijado Gretchen/Celia na casa alugada naquela noite.

Crutch inclinou-se mais para tentar ouvir. Sentiu as orelhas latejar. Não conseguiu ler os lábios de Joan. Bowen tossiu e disse: «Que sonho mais estranho o teu.» Joan falou um pouco mais alto. Disse «casa franca».

E pronto, nada mais, voltaram à conversa em tom baixinho e...

Crutch sentiu os neurónios desconectarem-se, reconectarem-se e voltarem a funcionar em circuito.

Casa franca, casa alugada, falsa hospedeira do ar Gretchen/Celia. Falsa morada: «Uma casa franca para comunas.»

Crutch deixou um dólar em cima da mesa e saiu *devagaaaaar*.

Casa franca, casa alugada, casa da morte. Confluência, proximidade...

Conseguiu entrar graças às suas ferramentas. Casa dos Horrores: a terceira visita.

Nenhuns *hippies* ou bêbedos lá instalados. Tudo se mantinha inalterado desde a última vez. Mais humidade, um novo fedor a Inverno, decomposição acelerada. As tábuas do chão rangiam mais alto, o ar frio soprava com mais força.

Seria a sua última visita. Tinha de fazer estragos visíveis. Não poderia voltar mais ali. A presença dela ali era uma hipótese muito vaga. Tinha de tentar.

Gazuas, barra de alavanca, pé-de-cabra, lanterna de bolso. Um estetoscópio adaptado para fins de gatunagem. Faltavam três horas para o amanhecer.

Percorreu a casa de uma ponta à outra. Abriu cada gaveta e revistou cada prateleira. Rasgou cada peça de mobiliário estofado. Espreitou atrás de todos os quadros emoldurados e levantou todos os tapetes.

A casa estava fria. Ficou encharcado de suores frios. Largou as ferramentas, enxugou as mãos e prosseguiu.

Subiu escadas e verificou todas as paredes e vigas do tecto. Matou ratazanas à pazada no sótão e passou cada centímetro a pente fino. Desprendeu as tábuas do soalho do piso inferior e espreitou por entre teias de aranha, ninhos de insectos e sujidade.

Estava a chover. A madrugada irrompia lentamente. Isso dava-lhe mais tempo. Estava coberto de sujidade. O suor transformou-se numa lama fina.

Bateu em todos os painéis das paredes. Enfiou o estetoscópio no ouvido para tentar detectar sons ocos.

Era a manhã de Natal. Ouviu sinos de igreja e quase chorou.

Lá fora pairavam nuvens no céu. Alguns raios de luz diurna esgueiraram-se dentro da casa. Reparou num degrau solto próximo do topo das escadas.

Foi verificar. Era a parte superior do degrau. Os pregos estavam soltos. As duas peças oscilavam.

Reparou numa fissura de dois centímetros e meio. Arrancou a peça de madeira e encontrou um esconderijo. Tinha sessenta centímetros de comprimento e quinze de altura. Lá dentro:

Um revólver de calibre 38 de cano recortado. Balas enferrujadas. Quatro bolorentos panfletos pró-castristas. Nove folhetos em defesa dos refugiados mexicanos. Um cartaz com os dizeres EUA, FORA DO VIETNAME. Um pequeno bloco de apontamentos: folhas agrafadas, tinta esborratada e texto erodido em todas as folhas. Uma data legível: 6/12/62.

Incidiu a lanterna de bolso sobre as folhas e semicerrou os olhos. Não conseguiu discernir as palavras. Viu números e teve um palpite: taxas de câmbio de moeda estrangeira. Captou a ideia geral: actas de encontros de algum grupo comuna.

Folha a folha, o texto ia-se transformando numa mancha indistinta. A última folha continha três assinaturas legíveis no fundo.

Terry Bergeron, Thomas F. Narduno, Joan R. Klein.

ELA.

Crutch tocou no nome dela. Estava a suar e a escorrer lama. A folha desfez-se na sua mão.

Havia outra coisa que o inquietava. O nome «Thomas F. Narduno» espicaçava-lhe o cérebro.

Ficou ali algum tempo de pé. E de repente lembrou-se.

Os jornais de Saint Louis. O artigo sobre os homicídios no Grapevine. A vítima esquerdista que não deveria ter estado lá: Thomas F. Narduno.

Esvaziou o esconderijo e enfiou tudo na caixa de ferramentas. Voltou a ouvir os sinos da igreja. Saiu para o exterior e ficou ali debaixo da chuva a respirar ofegante.

52

(Los Angeles, 26/12/68)

— Mesmo tendo em conta o ultimato, tem várias opções, senhor Thornton — disse Wayne. — Estamos a conceder-lhe uma autonomia considerável.

Dwight revirou os olhos. — Reconheço que você é um baluarte da comunidade negra local e um dos colectores de dinheiro para o Partido Democrático. *E para além disso?* É um lavador de dinheiros da Máfia, está em dívida para com os Rapazes e tudo o que lhe pedimos é mais do mesmo.

O escritório era forrado a painéis de carvalho. As cadeiras eram de couro verde. O retrato a óleo de Martin Luther King dominava a sala. Wayne obrigou-se a desviar o olhar.

— Por aqui os irmãos chamam-lhe «Lionel, o Homem das Lavagens» — disse Dwight. — Você é como aquele tipo da caixa de detergente. Chamam-lhe o «Senhor Limpeza».

Lionel Thornton esboçou um sorriso afectado. Tinha um metro e sessenta e um de altura. A sua secretária tinha dois metros e vinte. Wayne e Dwight estavam sentados em cadeiras pequenas. Mas o tipo estava instalado num trono. Wayne e Dwight eram brancos e corpulentos. Ele era negro e baixo. E usava um impecável e elegante fato de riscas brancas.

— Pode lavar lucros ilícitos dos casinos e algum dinheiro destinado à construção no estrangeiro — disse Wayne. — Mantém-se como presidente do banco. Colabora com o senhor Hoover e o agente Holly e dá-lhes as informações pretendidas, o que lhe permitirá ficar pessoalmente com três por cento de todo o dinheiro que lavar.

Thornton sorriu. Dwight trauteou a música do anúncio publicitário do Sr. Limpeza. Wayne obrigou-se a deixar de olhar para o retrato do Dr. King.

Dwight pegou no maço de tabaco. Thornton abanou a cabeça em sinal de recusa da oferta. Dwight começou a acender um cigarro. Wayne impediu-o.

— Subo até três e meio por cento, mais um aumento de cinco por cento para os seus empregados e um aumento salarial de quinze por cento para si. Tenho aqui vinte mil dólares na maleta. É o seu bónus por colaborar.

Thornton acendeu um cigarro e soprou fumo na direcção de Dwight. Dwight levantou-se. Wayne deu-lhe um toque no pé. Dwight voltou a sentar-se e cruzou as mãos.

O Dr. King a óleo reluzente: mais esbelto do que na realidade.

— Dê-me a maleta também — disse Thornton.

Wayne fez-lhe uma vénia com a cabeça. Dwight sorriu. Ouviu-se um tiro no exterior. Dwight sobressaltou-se e levou a mão ao cinto da arma. O raio do retrato. Painéis de carvalho num pardieiro de negros.

— O senhor Hoover tem uma operação em curso — disse Thornton. — A presença do senhor Holly aqui hoje é prova disso. O meu palpite é que andam a pressionar alguns militantes negros iludidos. Resta-me desejar-lhes boa sorte, mas não posso ser vosso informador nem oferecer-lhes uma supervisão directa das instalações, nem posso manter livros de contabilidade separados para vocês.

Wayne anuiu com a cabeça. Dwight sentiu o coração saltar-lhe no peito: Wayne podia ver a camisa tremer-lhe. Thornton levantou-se e avançou vacilante, apoiado em sapatos de plataforma.

— Um último favor. Para o senhor Holly, julgo eu. Reparei no volume do cassetete na linha da cintura dele.

Ouviram-se tiros sobrepostos: desta vez mais perto.

— O ex-marido da minha mulher anda a incomodá-la. Gostava que ele desistisse de o fazer.

Ouviu-se o zumbido de um intercomunicador. Wayne e Dwight levantaram-se. Thornton apontou para o retrato.

— Foram filhos-da-puta malvados como você que o mataram, mas a voz dele acabará por prevalecer.

— Assim o espero, senhor — disse Wayne.

Wayne renovou o laboratório. Deitou fora o material de produção de heroína e acrescentou uma nova colagem: fotos de Reginald Hazzard nas quatro paredes.

Arranjou espaço para montar um arquivador. Trouxe caixas de arquivo e resmas de papel. Tinha trabalhado nos serviços de espionagem na Polícia de Las Vegas. Sabia preparar dossiês e organizar a informação. Mary Beth comprou-lhe uma camisola de caxemira pelo Natal. Wayne disse-lhe que queria realmente uma máquina de telex.

«Tens essas fotos todas do meu filho, mas não tens nenhuma fotografia minha», disse Mary Beth.

Ele disse-lhe que queria encontrar o filho dela porque a ela já a tinha encontrado. Ela disse-lhe que continuasse. Ele disse que ela parecia diferente de cada vez que a via e que por isso as fotografias acabariam por estragar a surpresa. Ela disse-lhe que continuasse. Ele disse que nunca se encontravam fora da sua suíte no hotel e que gostava de imaginar como seria ela no mundo exterior.

O espaço de arquivo tinha potencial. Era um laboratório pequeno e bem equipado. Tinha um espectroscópio, um fluoroscópio e os produtos químicos necessários para trabalhar nas folhas de Dwight.

Wayne desligou o telefone da tomada e sentou-se a trabalhar. Tinha falado antes com Carlos e Farlan. As suas notícias: Lionel Thornton tinha cedido. As notícias de Farlan: o presidente eleito estava a enviar cartas de autorização para a equipa que estava a seleccionar a localização dos novos casinos. Também incluídos: passes para a festa de inauguração. Engraçado, mas: Mesplede queria o Pedaço-de-Merda Crutchfield na equipa. Wayne condescendeu. O Pedaço-de-Merda saía barato e poderia encarregar-se de alguma intervenção incómoda caso fosse necessário. Manter o puto de rédea curta.

A tarefa química de Dwight era improvável e exigente. As folhas do dossiê tinham sido tratadas à base de ácido carbónico e arderiam se fossem aplicados produtos cáusticos. Há dois meses que trabalhava naquilo a tempo parcial. Tinha destruído dois terços do dossiê de Joan Rosen Klein sem conseguir decifrar uma única linha de rasura. Mas esta manhã tinha-lhe ocorrido uma ideia. Incidir as luzes do espectroscópio e do fluoroscópio sobre as marcas das teclas da máquina de escrever. Bombardear as linhas de tinta com raios contrastantes. Aplicar ácido hidróxido de pH elevado nas formas das letras e verificar o que se formava e o que desaparecia.

Preparou os feixes de luz, os documentos, a base ácida e o algodão absorvente. Pôs óculos de ampliação com lentes escuras. Dispôs uma das folhas rasuradas sobre um papel mata-borrão. Deixou actuar as luzes. Semicerrou os olhos e *julgou* ver S, J, R e um K maiúsculos, sublinhados de forma quase microscópica. Apercebeu-se de que tinha feito uma extrapolação. Conhecia a gíria dos dossiês do FBI. *Julgou* ter decifrado «<u>SUJEITO JOAN ROSEN KLEIN</u>» e nada mais.

MAS:

Podia sacrificar essa linha de tinta. Podia procurar as outras letras a negrito que se seguiriam logicamente. Através desse processo poderia refinar a sua técnica de luz e de aplicação de químicos.

Mais luz. Ângulos diferentes. Mais ácido hidróxido, mais/menos//mais/menos...

A luz e os produtos químicos atravessaram as possíveis palavras «<u>JOAN ROSEN KL</u>»... até ao papel mata-borrão.

O ácido acumulou-se e borbulhou.

Uma linha de tinta esborratou-se e esbateu-se.

As marcas «<u>EIN</u>» das teclas da máquina de escrever surgiram ténues na folha.

Wayne estremeceu. Retirou a folha de teste e inseriu a folha assinalada «associados conhecidos». Contou catorze linhas de tinta escura e incidiu os feixes de luz. Aplicou ácido hidróxido. Queimou as linhas de tinta, esbateu as linhas de tinta, esborratou as linhas de tinta e tornou as marcas da máquina de escrever completamente ilegíveis. Semicerrou os olhos. Voltou a focar as luzes e queimou o papel. Voltou a focar e obteve manchas. Voltou a focar e a aplicar o ácido e obteve os números «7412» de forma visível. Mais queimaduras, mais manchas, um *U*, um *L*, um *T*. Voltou a focar e a aplicar o ácido. Obteve as palavras «Thomas Frank Narduno» escritas à máquina e transformadas em manchas desbotadas.

53

(Los Angeles, 27/12/68)

As luvas de borracha com soqueiras de esferas no interior e revestidas com malha de aço quebravam ossos. Maximizavam os danos infligidos e minimizavam as lesões nas mãos de quem agredia.

Dwight estava a espancar um negro peso-pluma chamado Durward Johnson. Lionel Thornton observava. Johnson parecia o cantor de *jazz* Billy Eckstine, à excepção do bigode. A cena estava a decorrer atrás da casa de Johnson. Baldwin Hills era uma zona residencial de negros da alta-roda. A viela estava pavimentada. Os topos das cercas estavam decorados com luzinhas de Natal.

Dwight continuou a desferir murros, sem aplicar grande força, mas partindo ossos na mesma. Thornton tinha especificado lesões no rosto. Johnson agarrou-se à rede da cerca para se manter de pé. Thornton mantinha-se fora do alcance dos salpicos de sangue.

Murros com a mão esquerda e golpes com a mão direita. Só nas faces e no queixo — não lhe fodas os olhos nem os miolos.

O nariz partiu-se com um ruído bem audível. Caíram-lhe dentes e a língua estava fendida. As costuras das luvas de Dwight rebentaram, deixando escapar minúsculas esferas. O capachinho de Johnson voou-lhe da cabeça.

O tipo continuava de pé. Cuspiu pedaços da prótese dentária e acertou nos sapatos de Thornton. Thornton esboçou um sorriso irónico e Johnson disse: — Fodi com a tua mulher, preto.

Dwight desferiu um golpe potente com a mão direita. Johnson agarrou-se à cerca com as duas mãos. Dwight tropeçou e tombou ao mesmo tempo que desferia o soco. O golpe atingiu Johnson com toda a força, derrubando-o ao chão juntamente com um pedaço da cerca de arame. Dwight tombou também.

O mundo ficou de pernas para o ar. Dwight viu luzinhas de Natal cintilar por *cima* dele. Levantou-se e ajudou Johnson a levantar-se. Thornton tinha desaparecido. Johnson cambaleou até ao pátio das traseiras de um vizinho e deixou-se afundar numa espreguiçadeira.

Dwight tirou as luvas e voltou para o carro. No limpa-pára-brisas estava enfiado um cartão-de-visita.

Sargento Robert S. Bennett/Divisão de Assaltos/Polícia de Los Angeles. Por baixo: «Bar Vince & Paul, daqui a uma hora.»

Dar cabo do coiro ao pedófilo não fora nada de mais. O tipo fodia com miúdos e Joan queria que o maltratassem. Dwight mostrou a polaróide a Joan. O tarado tinha levado uma tareia magistral. Foi então que ela lhe tocou no braço. Dwight inclinou-se para ela e deixou as mãos de ambos roçar uma na outra. Mantiveram-se naquela pose para dizer algo um ao outro.

Espancar Durward Johnson tinha sido um trabalho merdoso. Thornton não passava de um anão desajeitado. A coisa estava feia. Doíam-lhe as mãos. Começou a sentir aquela sede do tipo «esconde-te e encharca-te de álcool».

Flectiu as mãos. Tinha dois dedos torcidos. As cutículas sangravam. Tinha minúsculas esferas entaladas debaixo das unhas.

Tinha ligado a Joan antes de assestar a tareia em Johnson. Tinham discutido a cerimónia inaugural de Nixon. Ela dissera-lhe que uns renegados comunistas tinham apanhado um voo para Washington. Dispunham de armas que, segundo as averiguações feitas, tinham sido usadas num assalto a um banco da Florida. Planeavam usar máscaras do Nixon e assaltar três bancos na noite da cerimónia inaugural. Joan tinha-lhe dado os nomes e as moradas deles.

Dwight tinha ligado depois para a Divisão de Miami. A brigada que se ocupava da segurança dos bancos tinha apanhado os cabrões no aeroporto. Estavam a caminho de Austin, no Texas. Planeavam assaltar três bancos mascarados de Lyndon B. Johnson.

De seguida tinha telefonado a Karen. Oferecera-lhe a explosão de um monumento para festejar a detenção dos renegados comunistas. Karen estava prestes a ir para o hospital. Eleanora queria nascer *já*. Dwight ouvira ao fundo a voz do Fulano de Tal.

O Bar Vince & Paul estava calmo. As empregadas estavam vestidas de Pai Natal. Dwight espremeu três esferas entaladas debaixo das unhas e sujou a toalha com sangue. Pediu uma única bebida.

A empregada trouxe-lhe um uísque duplo. O primeiro gole aqueceu-o, o segundo desencadeou um sinal de alarme. Sentiu as pernas refortalecerem-se. Scotty Bennett apareceu e sentou-se na cabina.

— Devias ter-me contado.

Dwight agitou a sua bebida. — Mas quem é que te contou, afinal?

— Aqueles polícias a quem pagaste para dar cabo do coiro ao Bowen.

— Então peço desculpa desde já. É uma operação do senhor Hoover. Ele não quis que soubesses.

Scotty deu um trago no seu uísque com gelo. — Andas a preparar o Bowen para depois o infiltrares. Os Panteras e os Escravos Unidos já estão demasiado bem infiltrados e agora vais mandar o Bowen desestabilizar a ATN e a FLMM.

— Oficiosamente, sim. Oficialmente, a nossa maior hipótese de sucesso deriva da altercação que o Bowen teve contigo — disse Dwight.

Scotty pôs-se a chupar um cubo de gelo. — Vamos lá endireitar esta situação toda. Quero ver todos os relatórios sobre o Bowen e toda a papelada arquivada pelo FBI.

— Não — disse Dwight.

Scotty esvaziou o seu copo. A empregada, que era namorada dele, trouxe-lhe outra bebida. — Os tipos da ATN e da FLMM são uns palhaços. Não vale a pena tentar desestabilizá-los. Eram incapazes de encontrar o próprio cu numa retrete.

Dwight abanou a cabeça. — Não concordo.

— Porquê?

— São criminosos profissionais, com ressentimentos válidos. Uma boa parte da sociedade tolera as acções deles. Há um princípio básico pelo qual as organizações deste tipo se pautam: é o psicopata mais agressivo que assume a liderança e estipula os objectivos. E a ATN e a FLMM têm por lá uns quantos desses fenómenos raros.

Scotty sorriu. — Falas como um advogado.

— Sou advogado, como sabes.

— E entendes de psicopatas porque passaste vinte anos a fazer trabalhos de coacção para o senhor Hoover.

Dwight ergueu a bebida: *touché*.

— Mas essa treta dos «ressentimentos válidos» não me convence.

— Vá lá, sargento. Ambos somos polícias brancos. Não fomos nós que criámos o mundo, mas ambos sabemos como o mundo funciona. E também sabemos que não se pode permitir que uns tipos de cor irritados encham os bolsos de dinheiro e lixem o mundo só porque a gente deles foi maltratada e porque uns miúdos brancos drogados acham que eles são fixes.

Scotty fez estalar os nós dos dedos. — Se essa coisa do Bowen der para o torto, por qualquer deslize dele ou por causa do contexto em que o tenhas metido, não hesitarei em cair-lhe em cima. Refiro-me a qualquer tipo de acção criminosa. E isso quer dizer que vou agir de modo unilateral, sem qualquer medo de ti, do senhor Hoover, do Chefe Reddin ou de qualquer outra pessoa envolvida nesta operação.

Dwight voltou a estalar os nós dos dedos. Os punhos da camisa estavam à mostra. Estavam empapados de sangue.

— Vais manter-te calado sobre esta operação?

— Sim.

— Vais coibir-te de armar qualquer tipo de cilada ao Marsh Bowen ou persegui-lo de forma proactiva?

— Sim.

— Informas-me de qualquer dica que recebam acerca da ATN ou da FLMM?

— Não.

— Vais manter uma atitude de não intervenção em relação à ATN e à FLMM durante esta operação?

— Não.

— E se eu passar por cima de ti e falar com o Chefe Reddin?

Scotty sorriu. — Não vais fazer isso. Ambos sabemos aonde isso nos levaria.

Dwight sorriu. — Recuemos e façamos uma concessão mútua.

— Primeiro eu — disse Scotty. — Avisas-me sempre que um assalto à mão armada esteja prestes a ser executado por membros da ATN ou da FLMM?

— Sim. Os meus parâmetros de intervenção são muito específicos a esse respeito. O Bowen informa-me de assaltos iminentes e eu informo-te a ti.

— E se eu, por minha parte, vier a saber da iminência de um assalto do qual o Bowen não tem conhecimento?

Dwight ergueu o copo. — Nesse caso, melhora a tua reputação e mata os filhos-da-puta, com a minha bênção.

Scotty ergueu o copo. — E qual é a minha concessão?

— Fala aos polícias do ódio que tens ao Bowen, fala aos teus informadores, a todos os que te derem ouvidos. Quanto mais o odiares, mais influência terá ele junto dos manos.

Scotty encolheu os ombros. — Isso não é lá uma grande concessão. É uma coisa que já faço de qualquer modo.

A *jukebox* começou a tocar. A música estava ALTA. Dwight arrancou o fio da tomada. A música esmoreceu e cessou. Dwight recebeu uma série de olhares esquizo-furiosos.

Scotty espreguiçou-se. O seu arsenal ficou à mostra: cinto da arma, arma no coldre axilar, punhal de lâmina comprida, soqueira.

— É Natal. Pede outra concessão ao Pai Natal.

— Tenta não matar o Marsh Bowen. Sei que é contra a tua natureza, mas é a coisa mais correcta a fazer para um branco.

— Combinado — disse Scotty. A empregada que era sua namorada aproximou-se. Scotty fez-lhe sinal para se afastar.

— Sabes, tenho bastantes informadores na zona sul.

— Sim, eu sei que tens.

— Hoje deram-me uma boa dica.

— Sou todo ouvidos.

— O Marsh Bowen é panasca.

O hospital enviou um telegrama para o escritório-fachada. Eleanora Sifakis, três quilos e trezentos gramas, saudável. «Mãe ligará em breve.»

Dwight serviu-se de «só mais uma bebida» e enfiou as mãos em gelo. Sentia a cabeça às voltas: Karen/Joan, Karen/Joan, Karen/Joan.

Deu um trago na bebida. Aplicou pomada nos dedos. Sentia a cabeça às voltas com o nascimento de Eleanora e a ideia de Marsh Bowen ser maricas. O telefone tocou às 23.14.

Atendeu. Wayne disse: — Trabalhei a maior parte das folhas do dossiê, mas só consegui obter um nome na secção de «associados conhecidos». Thomas Frank Narduno. Soou-me familiar, mas não consegui identificá-lo. Diz-te alguma coisa?

Imensa coisa:

A vítima a mais que não deveria estar no Grapevine. Suspeito de assalto: em Nova Iorque e no Ohio. Foram encontrados microfones no seu corpo.

Wayne disse qualquer coisa acerca de fluoroscópios e ácido hidróxido. Dwight desligou e tomou «só mais uma bebida».

O álcool queimou-lhe a garganta e provocou-lhe arrepios. Dwight marcou o número da linha equipada com um dispositivo anti-intercepção.

Neste tipo de linha segura não se ouvia o toque de chamada. Ouviu-se apenas um leve silvo e «Olá, senhor Holly».

— Posso dormir contigo esta noite?

— Sim — disse Joan.

54

(Águas Cubanas, 27/12/68)

Barbatanas e águas encrespadas. Mesplede atirou vísceras para a água. Os tubarões que por ali rondavam saltaram fora da água para abocanhar o isco. O luar intenso fazia-os brilhar. A lancha a motor tinha partido de Boca Chico Key. Destino: praia de Varadero, em Cuba.

Mesplede tinha-lhe ligado em Los Angeles. Wayne tinha aprovado a participação dele nas viagens à Nicarágua e à República Dominicana no mês seguinte. O Franciú tinha entregue um relatório negativo sobre o Panamá. O Panamá tinha sido riscado da lista. A Nicarágua também iria ser eliminada. A República Dominicana seria aprovada. Cuba ficava perto. O seu caso concentrava-se todo lá.

Crutch tinha tomado *Dramamine* para o enjoo. Estava verde devido ao enjoo. Queria refortalecer-se: álcool, comprimidos, haxixe. O Franciú tinha dito *nyet*.

«Isto vai ser íntimo, Donald. Quero ver o teu desempenho.»

Estavam a sessenta e cinco quilómetros da costa. Tinham pintado os rostos com fuligem e usavam fardas puídas. Estavam armados com punhais de combate e *Magnums* com silenciador, embrulhadas em plástico.

A escolta de tubarões continuava a saltar e a abocanhar as vísceras. Mesplede falava com eles como se fossem bebés. O isco não passava de vísceras de gato. Um amigo de Mesplede tinha um *pitbull* assassino de gatos chamado *Batista*. O *Batista* era um veterano da unidade militar canina K-9 Korps, que participara na invasão da baía dos Porcos. E estava sedento por matar gatos numa Cuba livre.

A lancha a motor avançava rapidamente esmagando as ondas. Crutch debatia-se com lembranças do passado: a Casa dos Horrores, a lista de reuniões, Joan Klein e Thomas Frank Narduno.

Um tubarão roçou no barco. Mesplede *fez-lhe festas*. O isco cheirava dez vezes pior do que merda de gato. Estavam agora a dezasseis quilómetros da costa. O isco esgotou-se. Mesplede desligou o motor e deixou as ondas empurrar a lancha.

As ondas arrastaram-nos até à praia. Dentro do barco era só solavancos, pancadas das ondas e água até aos joelhos. Crutch tomou mais *Dramamine* e respirou fundo.

Avistaram a margem. Largaram a âncora perto de uns baixios a uns sessenta metros da praia. Estavam equipados com binóculos de infravermelhos. Viram cinco milicianos jogar às cartas numa mesa de piquenique.

Operação de contra-espionagem de exilados. Um tipo do Conselho para a Liberdade de Cuba tinha dado a dica ao Franciú. Os jogadores de cartas: todos eles torturadores da prisão de La Cabana. Castravam revoltosos da direita. Nas noites de terça-feira saíam da caserna para jogar às cartas.

O barco estava ancorado. O barulho das gaivotas abafava o ruído do atrito contra as rochas. Crutch pôs os óculos de mergulhar. Mesplede estava de máscara de mergulho. Tinham embrulhado as armas em três camadas de plástico.

Enfiaram-se na água. Estava gelada. Nadaram em diagonal. Uma linha de árvores rente à praia ocultava a Lua. Os milicianos continuavam entretidos a jogar às cartas enquanto fumavam. As pontas dos cigarros reluziam no escuro: pequenos sinais luminosos.

Chegaram à praia e *rolaram* sobre a areia. Ficaram cobertos de areia escura e areia clara. Largaram os óculos e a máscara de mergulho. Agora já podiam respirar melhor. Crutch engoliu areia e fez um esforço para conter as cãibras no estômago.

Três metros até à mesa do jogo. Dois vultos a *rolar* sobre a areia. Cinco alvos, doze balas, à queima-roupa.

Mesplede deu o sinal. Deitaram-se de barriga. Ambos apontaram e dispararam. Os canos das armas faiscaram, os silenciadores emitiram ruídos abafados e ambos ouviram o impacto das balas contra os corpos. Saltaram estilhaços da mesa. Viram cigarros cair na areia. Ouviram rachar crânios sob o impacto das balas e viram dois homens tombar para a frente.

Três homens levantaram-se: alvos de grande massa corporal. Três homens a balbuciar algo ininteligível e a abrir os coldres.

Mesplede disparou. Crutch disparou. Acertaram-lhes nas pernas, derrubaram-nos e enfiaram-lhes mais tiros no estômago. Crutch enterrou a cabeça na areia e engoliu areia.

Ecos de silenciador e barulho das ondas. Gaivotas a gritar e nenhum tiro de retaliação.

Crutch ergueu a cabeça. Mesplede estava especado ao lado da mesa. Tinha a lanterna desligada. Crutch aproximou-se cambaleante.

Cinco homens mortos. Três pontas de cigarros ainda a reluzir.

— Arranca-lhes os escalpes — disse o Franciú.

Crutch abanou a cabeça. O Franciú agarrou-o pelo cabelo e arrastou-o para a mesa. Crutch bateu com os joelhos na mesa e tombou na areia. Tinha caído mesmo ao lado de um homem de rosto desfigurado. O contorno da linha do cabelo tinha sido queimado pela pólvora. Uma prega de pele pendia-lhe da testa.

O Franciú ficou a observar. Crutch sacou do punhal. Disse uma espécie de oração infantil pateta e desferiu a lâmina. Não acertou na prega de pele e começou a arrancar o escalpe a partir da cavidade ocular.

55

(Las Vegas, 27/12/68)

Mary Beth enfiou-se na cama com a camisola que ele lhe tinha dado como prenda de Natal. Era demasiado grande. Enfiou o queixo debaixo da gola alta e fez-lhe caretas. Puxou as mangas por cima das mãos.

— Nada garante que vás encontrar o meu filho, mas ainda assim estás decidido a gastar todo esse tempo e dinheiro.

As cortinas do quarto estavam abertas. Os néones do Nixon estavam apagados. Agora os hotéis apregoavam a alegria da época natalícia. As lâmpadas verdes lembravam-lhe a esmeralda que vira. Era como um sonho revisitado.

— Nada garante que vá encontrá-lo, mas o instinto continua a dizer-me para procurar em Los Angeles. Estou a montar lá uma rede de informadores e portanto há sempre a hipótese de poder surgir alguma coisa.

— Já tinhas feito antes algo deste género?

Wayne apartou-se do corpo dela. Sentiu na almofada o cheiro do champô dela. Inalou-o com força.

— Foste tu que encontraste o Wendell Durfee, não foste? — disse ela.

Wayne olhou para ela. — Sim, fui eu.

— E mataste-o?

— Sim.

Ela afastou a almofada até ambos ficarem de olhos muito próximos. Fazia isso imensas vezes. Dizia que ambos tinham aquelas pequenas manchas verdes nos olhos.

— Querido, isso já eu tinha percebido.

56

(Los Angeles, 27/12/68)

O FBI mantinha uma suíte no Hotel Statler no centro da cidade. A bebé de Karen acabava de nascer a quatro quarteirões dali. Joan estava de vestido vermelho. Dwight vestira o seu melhor fato do FBI, de cor cinzenta.

As iluminações de Natal cintilavam em Wilshire. O inquilino anterior tinha deixado uma garrafa de uísque *Ten High*. Joan reparou nas lesões nas mãos de Dwight e lavou-lhas com uma toalha embebida em uísque. Dwight sentiu as feridas arder e conteve as lágrimas. Pensou em Thomas F. Narduno e perguntou-se o que Joan saberia de tudo aquilo. Pensou em Karen e em Eleanora.

— Poupa as mãos. Tens cinquenta e dois anos — disse Joan.
— Como é que sabes?
— Não digo.
— O que é que pretendes com tudo isto?
— Diz-me o que é que «tudo isto» quer dizer.
— O trabalho. A operaç...

Joan tocou-lhe nos lábios. — Estou aqui porque quero. Se não me tivesses pedido, tinha-te pedido eu.

As mãos ardiam-lhe. Escorreram-lhe algumas lágrimas. Joan pôs-se nas pontas dos pés e secou-lhe as lágrimas com beijos. As luzes lá fora banhavam-nos com cores estranhas.

As lágrimas caíram em cima da cama. Joan segurou-lhe na cabeça e beijou-o. O hálito dela cheirava a cigarros e a vinho seco. Joan limpou-lhe as lágrimas com os polegares.

Dwight amparou-a com os braços. As suas mãos estavam inutilizadas. Queria tocar no cabelo dela, mas sabia que isso lhe causaria dores nas mãos. Não suportava aquela coisa de estar com os olhos lacrimejantes. Se lhe tocasse no cabelo magoava-se e nunca mais pararia de chorar.

Ela puxou-lhe a cabeça para trás. Beijou-o. Inclinou-se sobre ele e prendeu-lhe os pulsos e deixou o cabelo cair por cima dele. Dwight roçou o nariz nas melenas escuras dela, mordeu-lhe as estrias grisalhas e forçou-a a abrir as pernas com os joelhos. Ela levantou-lhe os braços e prendeu-lhe os pulsos por cima da cabeça. As luzes incidiam sobre os pêlos da axila dela e sobre a cicatriz de navalhada. Joan percebeu que ele estava com vontade. Soltou-lhe os pulsos e deixou-o rolar de lado. Levantou os braços e deixou que ele a beijasse aí. Dwight ouviu-se a si próprio arfar e reparou que estavam ambos nus e que tinha perdido a noção do tempo. Ela disse coisas. Não eram bem palavras. Talvez tenha dito o nome dele. Joan agarrou-o suavemente. Agarrou delicadamente nas mãos dele e fê-las roçar aqui, ali e ali. Dwight beijou todos os sítios onde as suas mãos tocavam. Ela segurou-lhe nas mãos e na cabeça em cada um desses momentos. Depois afastou as pernas para que ele tocasse, saboreasse e ficasse ali retido. Arfou enquanto ele arfava de olhos a arder com todas aquelas lágrimas, já sem sentir dor nas mãos.

DOCUMENTO ANEXO: 12/1/69. Excerto do diário de Marshall E. Bowen.

12 de Janeiro de 1969

Ando a ser cortejado. O ritmo é mais lento do que o Sr. Holly gostaria. Tanto a ATN como a FLMM me abordaram, assim como os Panteras e os Escravos Unidos. O Eldridge Cleaver convidou-me para almoçar. Veio acompanhado de um dúbio agente literário que queria que eu escrevesse um livro de memórias intitulado *Irmão Chui: Um Ex--Polícia Conta as Coisas como Elas São no Seio da Genocida Polícia de Los Angeles*. Recusei. O Sr. Cleaver olhou-me com desconfiança. No gueto corre o rumor de que o próprio Sr. Cleaver é um informador muito bem colocado que entrega relatórios a agentes intermediários de várias divisões criminais do FBI que já não confiam na capacidade do Sr. Hoover para avaliar racionalmente as informações. O irmão Cleaver tinha aspecto de informador/arrivista e acho que pode ter visto isso em mim também.

Disse não aos Panteras e aos Escravos Unidos. A minha relação com o Jomo Clarkson faz-me pender para a FLMM. Consta que o Jomo tem assaltado lojas de bebidas; informarei o Sr. Holly se vier a saber algo de mais concreto a esse respeito.

Os clubes da zona sul são os principais focos de recrutamento de ambas as organizações. Quem frequentar o Sultan Sam's Sandbox, o Rae's Rugburn Room, o Nat's Nest, o Mr. Mitch's Another World, o Snooty Fox, o Salão de Jogos Tommy Tucker e o Café Carolina Pines na auto-estrada Imperial Highway acaba por ser abordado por irmãos da ATN e da FLMM, sempre num tom indiscreto, com lisonjas e insistências para participarmos em manifestações e outras actividades planeadas. Estes tipos adoram falar e descrever os seus actos criminosos. Conheci lá chulos, revendedores de bilhetes no mercado negro e os assaltantes de lojas de livros pornográficos. Um membro da ATN deu-me a beber uma mistela com 90% de volume alcoólico que ele próprio destila no alambique na sua cave e levou-me a um jogo dos Lakers com bilhetes falsificados. O Ezzard Jones, o chefe da ATN com o seu falso curso de Teologia por correspondência, solicita fundos com um sucesso relativo em igrejas da zona sul e queixa-se de que a sua namorada anda a enrolar-se com aquela mulher branca persistente, a Joan. O Benny Boles abordou-me num churrasco da ATN e todos os meus alarmes dispararam. Foi condenado por assalto à mão armada (1964) e matou alegadamente o seu amante prostituto em 1958. O Leander Jackson é charmoso com aquele seu sotaque haitiano, mas irritante com aquelas suas conversas acerca do vudu, e é difícil imaginá-lo como traficante de armas, ex-membro dos Tonton Macoutes e importante intermediário de grupos esquerdistas nas Caraíbas. O J. T. McCarver organiza jogos de dados para a FLMM, é um famoso assaltante de farmácias e vende anfetaminas a estudantes do Liceu de Jordan High, ao passo que o Claude Cantrell Torrance, o Ministro das Finanças e o Ministro da Extorsão da FLMM, vende anfetaminas aos estudantes de Artes Manuais. (Nota: A FLMM é fã dos jogadores de futebol da Escola de Artes Manuais; a ATN é fã dos futebolistas do Liceu de Jordan High, e ambos os grupos distribuem panfletos de ódio aos brancos e morte à bófia, tanto dentro como fora dessas duas escolas.)

Ambos os grupos dirigem programas de distribuição de pequenos-almoços saudáveis para crianças pobres do gueto. Os liberais brancos acham isso encantador e fazem doações de dinheiro que a FLMM e a ATN gastam em propaganda racista, armas e drogas. Os pequenos-almoços de produção caseira são muitas vezes relatados e fotografados por uma imprensa enternecida. A comida desses pequenos-almoços é extorquida a comerciantes locais e as crianças são alimentadas com produtos altamente açucarados, como *Fruit Loops*, *Cocoa Puffs*, *Trix*, *Crispy Critters* e *Puff-and-Stuff Pals*. Depois dos pequenos-almoços de domingo é frequente haver «encontros de convívio com os meios de comunicação», recheados de *Bloody Marys*, comida africana e charros. São momentos hilariantes, repletos de mensagens contraditórias e com várias raças à mistura. Ah, pois é: qu'remos matar esses bófias todos e destruir a estrutura do poder branco, mas *vocês* parecem ser fixes.

E esses brancos cabrões e parolos acham-se *mesmo* uns tipos fixes. E esses brancos cabrões e parolos sentem-se enaltecidos na presença de militantes negros tão conviviais.

Por conseguinte, a ATN e a FLMM são rivais e vou saltitando entre os dois grupos, sempre de olhos bem abertos. Há indivíduos cruelmente perversos no seio das duas organizações, mas não me parece haver nelas nenhuma crueldade em ascensão que possa contagiar ou impor--se gradualmente a outros grupos. Ambos os grupos têm armas escondidas em casas francas (a Joan Klein guarda alegadamente as armas dos membros da ATN), mas sei que apreciam primariamente as armas pelo seu significado implícito de masculinidade e raramente andam com elas, por receio de rusgas de rua por parte da Polícia de Los Angeles. Fala-se muito de vender heroína para financiar a revolução, mas para esta gente a «revolução» não passa de uma historinha de banda desenhada e de uma quimera de polémica racista. Duvido que consigam juntar o capital inicial necessário para comprar heroína em quantidade significativa.

Daí as vendas de panfletos, as festas, as maratonas pelos bares, os comícios e o paleio abundante. Ambos os grupos vendem edições clandestinas do *Pequeno Livro Vermelho*, de Mao, e de *Os Condenados da Terra*, de Franz Fanon. Li ambos os livros. Ambos contêm sabedoria. Tendo em conta a minha vida em Los Angeles, as horríveis histórias de vida dos meus pais no Sul, a minha própria experiência policial e os meus dois auspiciosos espancamentos na Polícia de Los Angeles, sinto tanta empatia quanto a minha mente e a minha alma compartimentadas o permitem. Mas *revolução? Conseguir algo mais do que um bem social transitório e efémero?* Esta gente anda perdida no seu próprio jogo pueril e egoísta de acompanhar o espírito dos tempos. As coisas vão acabar por correr mal e os meus esforços de supressão e interdição talvez se transformem na minha própria marca registada de bem social transitório e efémero.

Só posso dispensar uma gotícula de tinta ao «bem social». Estou aqui pela aventura e para resolver o caso do assalto ao furgão blindado e arrecadar todos os lucros.

Tenho sido cortejado. Escuto e vou aprendendo. Com base no meu estatuto de ex-polícia, acho que dentro em breve serei recrutado especificamente para tarefas criminosas.

Por vezes vejo o Scotty Bennett circular pelas ruas. Piscamos sempre o olho um ao outro e acenamo-nos, porque andamos ambos confusos em relação à noção de estoicismo e agimos descontraidamente enquanto todos os outros acalentam grandes emoções e ódios. O Scotty forneceu-me a chave para entrar no gueto e estou-lhe agradecido por isso.

Creio que agora consigo perspectivar melhor ambos os espancamentos que sofri. Pressinto que esses dois actos me aproximaram ainda mais do dinheiro, das esmeraldas e dos segredos do dia 24/2/64.

Continuo a falar com o Sr. Holly por via do telefone público, a cada três ou quatro dias. Enquanto continua a dirigir a operação, o Sr. Holly tem procurado encontrar um intermediário para trabalhar comigo numa base mais regular. Cedi algumas vezes ao Vício no Queen Anne Park desde o Natal e sei que devo esforçar-me para ser mais prudente e discreto. Tomei café com a Joan na véspera de Natal. Parecia estar a atirar-se a mim — desculpa lá, mas de mim não levas nada — e a querer algo de mim. Ou sonhei com ela ou então vi-a naquela noite que passei na casa do Jomo, o que acho muito estranho. As mulheres são em geral muito difíceis para mim e acho a Joan inquietante e um pouco assustadora. Talvez escreva as minhas impressões e as faça chegar ao Sr. Holly.

O Sr. Holly continua a perturbar-me. Dou comigo a pensar nele muito mais do que devia.

DOCUMENTO ANEXO: 16/1/69. Excerto do diário privado de Karen Sifakis.

16 de Janeiro de 1969

A Eleanora berra e obriga-me a ficar acordada de noite e apercebo-me de que a alegria de apreciar Dina como uma criança desenvolvida e como um ser com um sentido moral em desenvolvimento me reduziu ao regime debilitado de uma nova maternidade, desta vez aos quarenta e três anos. Não durmo, o W. H. N. tem estado a tempo inteiro em Los Angeles para me ajudar, mas a sua presença constante atrapalha-me a vida interior e não compensa de modo algum pelo apoio que ele me dá em relação à Eleanora. Não voltei a ver o Dwight desde que a Eleanora nasceu; a presença do W. H. N. tem impedido isso. A Dina sente a falta do Dwight e pergunta por ele quando o W. H. N. não está a ouvir; digo-lhe que ele vai voltar em breve para lhe contar histórias maravilhosamente adocicadas sobre as suas aventuras no FBI.

Na noite passada fez-me perguntas sobre o J. Edgar Hoover. O pai dela tinha-lhe contado (com demasiado realismo) histórias das acções cobardes do Hoover durante o Terror Vermelho de 1919-1920. A Dina perguntou-me (novamente quando o Fulano de Tal não podia ouvir) por que razão o pai dela odiava tanto o Hoover, quando o Dwight, por seu lado, o tinha em grande consideração. Não lhe disse que o Dwight e o Hoover partilham uma história moral complexa, que o pai dela é um ideólogo obstinadamente ressentido e que o Dwight se deixa cegar por todas as suas conflituosas noções de autoridade e acha melhor contar às criancinhas histórias reconfortantes. A Dina não iria entender e não seria de espantar. Continuo a perguntar-me a que extremos o Dwight terá ido para tranquilizar o Sr. Hoover em relação ao pagamento da dívida que tem para com ele.

Dei à luz a Eleanora no seio de um casamento casto e dúbio e num mundo conturbado, com o Richard Nixon prestes a instalar-se na Casa Branca. Em breve, o Dwight irá comprar-lhe estranhos animais de peluche, como os crocodilos que comprou para a Dina, e a menina vai crescer a pensar que os predadores (como o Dwight!) são macios e aconchegantes. A certa altura irá pedir-me a confirmação disto. Se eu for minimamente cândida, reconhecerei o meu grande amor por esse homem, o que de certa forma explicará por que razão os ursos de peluche que o pai lhe comprou não têm grande peso emotivo.

Sinto falta do Dwight. Vou escorraçar em breve o Fulano de Tal para fora da cidade, para podermos passar tempo juntos e para o Dwight poder conhecer a Eleanora. Sinto que ele tem uma fixação pela Joan Klein. Como sempre, rezo para que as minhas manobras e os contactos que viabilizo produzam mais bem do que mal.

57

(Washington, D. C., 20/1/69)

— Conseguimos resistir durante uma longa noite do espírito americano. Mas, agora que os nossos olhos captam a penumbra dos primeiros raios da madrugada, não amaldiçoemos a restante escuridão. Abracemos a luz.

Tinham reservado lugares junto do palco para ouvir o grande discurso. Tinham passes para o percurso da parada e bilhetes para seis bailes inaugurais.

O novo presidente absorvia os aplausos com satisfação. O Franciú disse: — É um homem brando. Temos de contornar a sua falta de empenho pela Causa Cubana.

Crutch tocou no seu alfinete de lapela: um número «15» de ouro puro. Tinha arrancado os escalpes sem vomitar o almoço. O Franciú tinha-lhe comprado o alfinete em honra do seu estatuto de assassino à queima-roupa. Ainda tinha pesadelos por causa daquela cavidade ocular.

— O nosso destino oferece-nos, não a taça do desespero, mas o cálice da oportunidade. Por conseguinte agarremo-lo, não com receio, mas com alegria...

Lá está o Lyndon B. Johnson: exausto e rancoroso. Lá está o Earl Warren, o chefe da Justiça; lá está a Pat, a mulher do Dick; lá está o ex-vice Humphrey. Ei, Careca: eu e o Franciú já te enrabámos!

Nixon calou-se perante os vivas e a ovação de pé. O Franciú simulou roncos de indiferença. O senador Charles H. Percy olhou-o de sobrolho franzido.

Todos permaneceram de pé enquanto saboreavam aquele momento. Crutch memorizou detalhes. As filhas pequenas de Lyndon B. Johnson. Alguns Kennedys extraviados. Ei, cabrões: foi o Franciú que matou o vosso Tio Jack!

Crutch continuou a aplaudir enquanto as pessoas passavam por ele. Pensou na sua mãe e em Dana Lund. Tocou no alfinete da lapela. Pensou em Joan. Pensou no seu caso e na visita iminente à República Dominicana. O Dick Manhoso passou perto dele. Nessa manhã tinha-se barbeado bem. Tinha passado a Segunda Guerra Mundial num atol desprovido de japoneses. Tinha matado comunas à queima-roupa. O Jack Kennedy tinha matado japoneses a bordo da lancha-torpedeira *PT-109*. Um logro total. Os barcos não entravam na equação. O Jack não era nenhum assassino à queima-roupa.

A multidão dispersou-se. Crutch rememorizou. Mesplede disse:
— Saboreia o teu reduzidíssimo papel nisto, Donald. Mas lembra-te que o nosso destino reside a sul daqui.
— Conta lá outra vez, Franciú. Gosto que repitas.
— O quê?
— Conta-me como vamos conseguir o dinheiro para comprar as armas para matar os tipos do Castro.
— Vamos vender heroína.

Saltaram de baile em baile. Washington estava cheio de limusinas e monumentos inundados de luz. O ar cheirava a pólvora, sobretudo por causa do fogo-de-artifício. O restante cheiro devia-se a pretos que disparavam tiros na zona da pretalhada.

Yippies com máscaras do Nixon a serpentear pelo meio do trânsito. Crutch viu um assalto perto do Monumento a Lincoln. Seguia numa limusina que estava a partilhar com uns republicanos sovinas e Ronald Reagan. Crutch disse a Reagan que tinha gostado do filme *Conflitos do Destino*. O governador Ronnie simpatizou com Crutch e chamou-lhe «jovem».

A acção nos vários locais dos bailes era confusa. Crutch viu um milhão de caras famosas. O jogador de basebol Mickey Mantle. O pugilista Floyd Patterson, algumas miúdas de programas televisivos. O J. Edgar Hoover com um ar de múmia.

Alguém lhes deu uma dica acerca de uma festa no Hotel Hay-Adams. Mandaram parar um táxi pirata e perderam duas horas a atravessar seis quarteirões. O condutor era um preto jamaicano de boina tricotada e cabelo entrançado. Disse que era amante da Pat Nixon. Tinha ganza de cultivo caseiro. Fumaram charros e ouviram um longo relato de viagem. O preto enalteceu as belas cricas dominicanas e advertiu-os em relação ao Haiti. Essa coisa do vudu era a sério. Era preciso usar bons amuletos *gre-gre*: pôr pentelhos de uma mulher virgem num medalhão e pendurá-lo da pichota. E jurar fidelidade ao barão Samedi.

Chegaram ao Hotel Hay-Adams. O preço da viagem foram duas notas de cem dólares. O hotel tinha um ar familiar. Crutch topou o esquema: o preto tinha-os feito andar às voltas.

O vestíbulo da entrada era luxuoso. Mesplede saudou o general Curtis LeMay. LeMay retribuiu-lhe o cumprimento, acenando-lhe com o charuto. Crutch *r*errememorizou. Portas abertas/música aos berros/Lucy Baines Johnson e um actor amaricado e todo pedrado a dançar o *twist* à canzana.

A festa era na suíte 1014. A porta estava aberta, o barulho era ensurdecedor, os participantes eram tipos da Máfia e políticos. Crutch olhou para a esquerda e viu Bill Scranton e Carlos Marcello. Depois olhou para a direita e viu Sam Giancana todo enrolado com uma morena alta.

A morena virou-se para eles. Meu Deus, foda-se, era Gretchen Farr/Celia Reyes!

PARTE III
ZONA ZOMBIE

24 de Janeiro de 1969-4 de Dezembro de 1970

58

(Los Angeles, 24/1/69)

A sede dos Táxis Black Cat estava animada. Tinha sido redecorada e agora era birracial. Empregados negros e o co-patrão branco Milt Chargin. Topem só aquelas paredes de veludo. Topem só as riscas a laranja e preto.

Tinha sido ideia de Sam Giancana: vamos recuperar a ideia dos Tiger Kab. Miami e Las Vegas, os tempos anticastristas. Wayne, isto é trabalho para ti. Tigrifica esses táxis e faz com que os pretos gostem.

O gordo Júnior Jefferson estava a devorar gelado. — Os tigres são fixes, mas as panteras têm mais garra.

— Detecto aí uma declaração política — disse Milt Chargin.

— Não tem nada de politiquice. É só que estou a ver mais dois tipos brancos do que o costume e isso intensifica ainda mais a dor de cabeça com que fiquei por causa daquela merda do papel de parede às riscas.

O gabinete estava sobrelotado. Os co-patrões estavam sentados em poltronas reclináveis coçadas. Wayne estava empoleirado em cima do refrigerador de ar da janela. Dois homens estavam especados junto do painel telefónico. Wayne tinha-os reconhecido pelas fotos dos arquivos: Marshall Bowen e Jomo Kenyatta Clarkson.

— Os pintores dos carros vêm cá hoje — disse Milt. — Vais gostar do novo visual. Vão prender caudas de tigre aos pára-choques traseiros.

— Isso é tudo tretas de brancos — disse Jomo. — Estás a apropriar-te da identidade racial deste negócio. Os tigres são uns animais amaricados de que os fedelhos gostam. As panteras são mais mortíferas, mas têm uma elegância que faz com que vocês, cabrões brancos, fiquem todos acagaçados.

Wayne bocejou. Estava morto de sono. Tinha sido acordado por duas chamadas na noite anterior. Sam dissera: «Vais ser o supervisor dos Táxis Tiger Kab.» Dwight dissera: «Tenho um trabalho para ti.»

— Identidade racial é uma coisa, Senhor Clarkson. O conforto é outra. Mandei vir sistemas de ar condicionado para a frota inteira.

Jomo não parava de coçar as cicatrizes de catanadas. Cicatrizes políticas, auto-infligidas. Marsh Bowen vestia um conjunto todo negro. Não conseguia ter um ar sinistro. Parecia mais um modelo masculino em passeio pelas zonas pobres.

— Gosto disso — disse Júnior. — Os tipos gordos têm tendência para suar.

Milt acendeu um cigarro. — Precisas de perder peso, palerma. Mais tarde na vida, a obesidade volta para nos assombrar.

— Para mim não vai haver «mais tarde na vida». Vem aí uma guerra racial e só espero não estar gordo de mais para fugir.

Milt suspirou. — Se vem aí uma guerra racial, então porque te dás tão bem comigo?

— Porque és um velho judeu cabrão e fazes-me rir.

Jomo lançou um olhar penetrante a Wayne. Júnior passou-lhe um *cartoon* de página inteira. Era uma cópia mimeografada, numa reimpressão toda esborratada: os bófias de Los Angeles a enrabar os líderes dos Panteras Negras enquanto Richard Nixon assistia e batia uma punheta.

Júnior lambeu o gelado. — Talvez os manos dos Escravos Unidos andem a espalhar essa merda para desacreditar os Panteras.

— O mundo não precisa de mais ódio — disse Milt. — O mundo precisa de mais amor. Fodas e mamadas inter-raciais poderiam revitalizar a nossa grandiosa nação e poupar-nos uma data de sofrimento.

Júnior soltou uma risada, Wayne riu-se, Marsh Bowen sorriu. Jomo voltou a lançar um olhar *penetrannnnte*. Soou uma chamada no painel telefónico. Jomo ignorou-a. Lá fora chiaram pneus. Seguiu-se um tiro de caçadeira e o barulho de vidros partidos. Wayne calculou a distância: a meio quarteirão dali.

— Um novo título de propriedade significa novas regras. Isso não quer dizer que esteja aqui para pôr travões a todas as vossas negociatas paralelas. Pequenos delitos, tudo bem. Política, com certeza. Traficar erva e comprimidos, por mim tudo bem. Mas nada de heroína, nem crimes violentos, nem assaltos à mão armada. Os Rapazes não querem isso e nem eu o vou tolerar. Sou um ex-agente da lei e por isso vão ter de se habituar ao modo como as coisas vão funcionar agora.

Júnior encolheu os ombros. Milt engoliu em seco. Marsh manteve-se de rosto inexpressivo. Jomo sacou de uma navalha e gravou «FLMM» na parede.

A lâmina cortou até ao rodapé. O estuque esboroou-se. Caíram lascas de veludo de riscas tigrinas.

Wayne sorriu a Jomo. — Ainda bem que falaste disso. A partir de agora, dois por cento dos lucros dos Táxis Tiger Kab vão para o programa Alimentem as Crianças da FLMM.

Milt e Júnior pisgaram-se para o exterior. Marsh manteve-se de lado. A navalha estava espetada na parede. O cabo ainda oscilava. Jomo palitou os dentes com um alfinete de gravata em forma de diamante.

Wayne arrancou a navalha da parede. Limpou a lâmina às calças e pousou-a em cima do painel telefónico.

Jomo continuou a palitar os dentes. O alfinete resvalou na gengiva e fez sangue. Jomo girou lentamente e saiu.

Wayne passou um bilhete a Marsh que dizia: «Sou o teu intermediário. No France's Drive-In daqui a uma hora.»

Dwight explicou tudo: Bowen era um infiltrado a soldo do FBI. O seu trabalho: desestabilizar a ATN e a FLMM. Dwight mostrou-lhe o dossiê do caso e descreveu o progresso da infiltração até à data. Plano específico de Dwight: *heroína*.

Wayne ficou estupefacto. Estava a produzir e a traficar «H». Tinha visto isso dar cabo do gueto de Las Vegas e das tropas americanas em Saigão. Dwight usou a expressão «guerra de droga não letal». Era a gíria triplamente ambígua do FBI. Aprovação passiva por parte do FBI de um tipo de narcotráfico específico. Interdição e condenação para efeitos dos meios de comunicação social.

— Claro que odeias narcóticos — disse Dwight. — Mas isto paga-te todas as tuas antigas dívidas. Para um ex-polícia, és bem bruta-montes. Aposto que os manos vão ter uma data de orgasmos à tua conta. Diz ao Bowen para espalhar a notícia acerca desse teu esquema em Las Vegas. Quero provocar uma reacção ambivalente. E a propósito... o Bowen é panasca.

Wayne circulava pela zona sul. Estava tudo envolto em *smog*. Os painéis publicitários atraíam-no como um íman. Modelos negros a publicitar produtos. Sê negro e fuma cigarros, sê negro e conduz carros espampanantes, sê negro e bebe álcool de qualidade. Circulava lentamente. Os peões observavam-no. Tentava ler rostos em fracções de segundo.

Pertencia ali. Tinha negócios ali. Reginald talvez tivesse passado por ali. Estava a elaborar um dossiê. Tinha voltado a consultar o Departamento do Xerife do Condado de Clark e encontrara mais documentos. Em breve enviar-lhe-iam cópias em papel químico do relatório.

Tinha trabalho em Los Angeles e em Las Vegas. Os Rapazes mantinham suítes nos hotéis do Conde. Agora Nixon era presidente. Apressara-se a revogar as injunções antimonopólio promulgadas por Lyndon B. Johnson. Os Rapazes tinham vendido ao Drac o Hotel Landmark e dois mil acres de primeira qualidade em Las Vegas. A nova fixação do Drac eram agora os resíduos atómicos. Os testes subterrâneos causavam-lhe um pavor de morte. Tinha chamado Wayne para lhe explicar a fissão nuclear. O Drac acreditava que os raios da bomba atómica intensificavam o apetite sexual dos negros.

O trabalho consistia em delegar tarefas. Tinha enviado Mesplede e o Pedaço-de-Merda para sul. Mesplede tinha riscado o Panamá como hipótese de instalação de um casino. Próxima paragem: Nicarágua. O trabalho era irritante. Mary Beth continuava a pressioná-lo e a exigir-lhe pormenores. Ele esquivava-se ao assunto e também a pressionava por seu lado, perguntando-lhe pelo trabalho *dela*. Ela descrevia-lhe ordenados miseráveis, conflitos administrativos e planos de saúde financeiramente irresponsáveis. Ele escutava-a durante curtos períodos de tempo e ficava completamente confuso. Era o mundo dele contra o mundo dela. Aquilo deixava-lhe a cabeça em água.

Voltou a encontrar-se com Lionel Thornton. Discutiram transferências de dinheiro e a lavagem final dos activos. Foi uma situação tensa. Thornton fê-lo sentar-se de cara virada para o retrato do Dr. King. O resultado foi uma espécie de confronto de mundos.

Thornton estava irritado e tratava os seus empregados abaixo de cão. Wayne disse-lhe para admitir uma comissão de manutenção sindical e despedir a comissão dos fura-greves. Thornton ficou furioso. Wayne disse-lhe para saldar a dívida com a cooperativa de crédito dos seus empregados. Thornton deu um murro na secretária. Wayne disse-lhe que as canalizações da sala de correspondência estavam a verter amianto. Isso constituía uma ameaça para a saúde. Por favor, resolva esse assunto já. Thornton deu um pontapé na secretária e arranhou o sapato. Wayne fez uma saudação ao retrato.

— O que sabes sobre mim?
— Sei que mataste três drogados negros em circunstâncias duvidosas quando trabalhavas para a Polícia de Las Vegas.
— E além disso?
— Além disso, sei que andavas à procura de um tipo chamado Wendell Durfee, que tinha violado e assassinado a tua mulher.
— Até agora, tudo certo. Sabes o que aconteceu ao Wendell Durfee?
— Foi assassinado aqui, há cerca de um ano. É um caso por resolver da Divisão Central. Não me espantava se me dissesses que foste tu que o mataste.

O *drive-in* era um local para negros na fronteira racial. Tinha um clube de *jazz* nas traseiras. As empregadas eram de raça negra *e* branca: raparigas bonitas, de patins.

Estavam sentados no carro alugado de Wayne. Os tabuleiros de encaixar roubavam-lhes espaço e obrigavam-nos a sentar-se de lado.

— Fui eu.
— Já calculava que sim. Queres que faça alguma coisa com essa informação?

Wayne remexeu o seu café. — Espalha a palavra com prudência. Nessa altura trabalhavas na Polícia de Los Angeles. Descreve a tua presença na cena do crime, diz que aquilo foi incrivelmente brutal, que os investigadores me acusaram do crime mas que o meu pai tinha demasiada influência.

Marsh remexeu o seu café. — O que sabes sobre mim?
— O Dwight Holly actualizou-me e enviou-me o dossiê completo por telex. Sei do Scotty Bennett, do teu trabalho com o Clyde Duber e da operação até à data.
— E que avaliação fazes disso tudo?
— Não concordo com a ideia da heroína, mas é viável no contexto geral.

— *Dramaticamente* viável? Como a tua bagagem racial bem à vista dos manos?

Wayne sorriu. — Conta-me coisas. Rumores, percepções, como vês a coisa até agora.

Marsh tentou cruzar as pernas. O tabuleiro do carro impediu-o de o fazer. Quase pareceu ficar inquieto.

— Ambos os grupos andam a cortejar-me. Duvido que possam vender narcóticos e, portanto, essa estratégia pode vir a revelar-se problemática. Tem havido uma série de assaltos a lojas de bebidas na zona sul e circulam rumores de que os suspeitos são militantes negros, mas não há mais nada de substancial. Sabes bem como são aqueles *cartoons* racistas. Ou são os Panteras contra os Escravos Unidos ou vice-versa, apesar de os meus irmãos mais propensos a teorias da conspiração acharem que é obra do FBI. O Senhor Holly assegurou-me que não.

Uma empregada passou por ali de patins e acenou a Marsh. Parecia uma Mary Beth mais jovem.

— Esta noite vai haver uma saída — disse Wayne. — Digamos que se trata de uma festa de apresentação da equipa dos Táxis Tiger Kab para todos se conhecerem uns aos outros. Quero-te lá. Vê se convences o Jomo e pelo menos um homem da ATN a ir. Há uns clubes nocturnos que quero comprar. Não me importava nada de causar alguma agitação política com testemunhas presentes.

A empregada de patins tornou a passar pelo carro deles. Marsh lançou-lhe um falso sorriso lúbrico. Wayne tirou do bolso a sua foto de rosto de Reginald Hazzard. Marsh examinou-a e pestanejou.

— Já o tinhas visto?

— Não. Quem é?

— Um jovem que estou a tentar encontrar. Aí na foto tinha dezassete anos, mas agora deve ter uns vinte e quatro.

Marsh esboçou um sorriso afectado. Gafe de actor, bandeira vermelha: Wayne topou-o.

— Diz-me o que estavas a pensar. Sê sincero, senão este nosso esquema não vai resultar.

— Estava aqui a pensar se planeavas matá-lo.

Wayne olhou para a empregada. Tinha os olhos de Mary Beth.

— Estou fora dessa onda agora.

— Folgo em ouvi-lo.

— Tens alguma notícia recente relativa a negros que andam a receber esmeraldas anonimamente pelo correio?

Marsh pestanejou e disse: — Não.

Os pintores tinham pintado às riscas uma limusina *Lincoln* de 1963. O Carro-da-Morte de JFK em versão barcaça da selva. A zona sul de Los Angeles transformada no rio Estige da morte.

Os assentos de trás estavam virados um para o outro. Os tipos estavam sentados de joelhos contra joelhos. Wayne, Marsh, Júnior, Milt. Jomo e Leander James Jackson, o armeiro da ATN.

Janelas de vidro fumado. Estéreo nos bancos traseiros. Archie Bell and the Drells em seis colunas de som. Rum com 75% de volume alcoólico e charros de haxixe com filtros de cigarros *Kool*.

A barcaça tinha embarcado o pessoal no parque de estacionamento dos Táxis Tiger Kab. Quem conduzia era Roscoe X, o irmão magricela do gordo Júnior Jefferson. Wayne manteve-se sóbrio. Os outros tipos entregaram-se aos vícios. Milt contou anedotas: Nixon a prostituir as suas próprias filhas desenxabidas para cobrir os gastos loucos da campanha eleitoral; o Gay Edgar Hoover tem fome de pau preto. Júnior devorou gelados e bananas com cobertura de chocolate. Jomo e Leander treinaram o seu olhar especial de «tenho-te cá um ódio». Marsh observava Wayne de esguelha.

Viram a Polícia de Los Angeles fazer rusgas de rua. Jomo baixou o vidro da janela e imitou grunhidos de porco. Chegaram ao Clube Snooty Fox. Uma tipa ao estilo da comediante Moms Mabley dançava um sapateado ridículo e insultava a assistência. A tipa fez sinal a Milt e a Wayne: uns brancos cabrões com ganas de lamber a crica a miúdas pretas menstruadas. Mas o gato vampiresco superava-os nessa questão. Tinha arrasado a zona sul de tanto *cunnilingus* que fizera e ressonava agora no seu caixão.

Wayne observou Marsh de esguelha. Marsh soltava convincentes risadinhas à preto do gueto. Rostos dos dossiês ganhavam vida. Lá está Benny Boles. É paneleiro. Anda à caça de presas. Wayne observou Roscoe X de esguelha. Lá está Joseph Tidwell McCarver. É o «Regente Pan-Africano» da FLMM. Está com três putas. Está a trocar saudações de punho cerrado com o Jomo.

Um *combo* de jazzistas drogados substituiu a comediante. O pianista mergulhou num torpor narcótico e bateu de cabeça contra as teclas.

O grupo dividiu-se. A barcaça deixou-os no Rae's Rugburn Room. As atracções na pista de dança incluíam mulheres encapuzadas a manejar vibradores. As luzes estroboscópicas focavam os pontos de inserção. Na banda sonora ouviam-se os Beatles com «All You Need Is Love».

Milt e Jomo gostaram daquilo. Leander e Júnior desviaram o olhar. Wayne decidiu comprar aquele clube. Estava apinhado. Oferecia um grande potencial para lavagem de dinheiro.

Próxima paragem: o Scorpio Lounge. Um bufete de comida de negros com jogos de dados de apostas baixas. O *croupier* era uma miúda em *topless*, com uma carapinha de sessenta centímetros de largura. Nas cabinas do fundo viam-se cabeças de carapinha a baloiçar: mamadas a dez dólares.

Jomo e Leander exibiram o Tal Olhar. Marsh e Wayne observavam. Trocaram pequenos acenos de cabeça. Trocaram ondas telepáticas: Marsh, é contigo.

Vamos comprar este local. É um poço de dinheiro. O Sr. Limpeza vai pôr essas notas verdes a brilhar.

O grupo seguiu para o Sultan Sam's Sandbox. Wayne tinha sido contactado pelo tipo que lhes arranjara o haxixe: compra o local, é dinheiro em caixa, está apinhado até à uma da manhã. O local estava decorado ao estilo do Extremo Oriente. As empregadas usavam turbantes e saris transparentes. As paredes estavam cravejadas com enormes pedras coloridas. As pedras de cor verde fizeram Wayne lembrar-se da esmeralda que tinha visto. Era como um sonho revisitado.

Pôs-se à procura de rostos dos dossiês. Topou um por perto. Ezzard Donnell Jones, o patrão da ATN. Estava com uma mulher branca. Wayne viu-a de trás. Tinha cabelo escuro com estrias grisalhas. Por cima dela dispersavam-se anéis de fumo perfeitos.

O grupo sentou-se em três mesas. Wayne viu Marsh pôr as mãos em concha e agir com rapidez. Reduziu duas *Benzedrines* a pó. Recolheu o pó, foi de mesa em mesa e repartiu abraços de amigalhaço. Deitou pó no uísque com leite de Leander. Agitou o copo e aproximou-se de Jomo. Jomo estava a beber uísque e licor de malte. Marsh distraiu-o e pôs pó nas duas bebidas.

Wayne fez um aceno com a cabeça. Marsh retribuiu-lhe o aceno. Wayne chamou-lhe a atenção para as horas. Marsh mostrou-lhe dez dedos.

Eram duas da manhã. O grupo estava a bocejar. Milt falou em comida. Júnior Jefferson disse «Estou *nessa*.» A ideia circulou: Café Pines na auto-estrada Imperial Highway.

O consenso em volta do repasto aumentou. Dirigiram-se para a barcaça. Milt e Júnior foram os primeiros a embarcar. Wayne e Marsh aguardaram. Jomo e Leander comprimiram-se ao lado um do outro. Ficaram eriçados com aquele contacto corporal.

A barcaça zarpou. Jomo e Leander estavam completamente comprimidos um contra o outro. Ambos se contorceram para se manterem de corpos afastados. Rodaram os ombros e conseguiram assim conquistar alguns centímetros de espaço. Wayne e Marsh estavam sentados de frente para eles. Milt e Júnior dormitavam. Jomo parecia estar amuado e desorientado. Leander começou a ficar afectado pelo pó de *Benzedrine*.

A boca tremia-lhe. Falava com as mãos. Dava leves puxões nas calças, esboçava leves contracções dos lábios e pequenos sorrisos. Deu um encontrão em Jomo. Jomo afastou-se. Os pés de ambos embateram. Os sapatos de ambos roçaram. Não invadas o meu espaço, cabrão.

Jomo começou a ficar com os olhos dilatados. Ora, ora, mas que é *isto*? Coçou-se, espreguiçou-se, embateu no pé de Leander. Wayne chamou a atenção de Marsh com uma cotovelada dissimulada: *já está*.

— Ei, Leander — disse Marsh. — Não sei se acredito nessa treta toda acerca das milícias Tonton e do vudu de que tens falado. Ora conta-me lá isso outra vez.

— Essa treta não me convence — disse Jomo. — Todas as formas de palavreado místico só servem para escravizar o homem negro. O Haiti é uma terra de maricas e falhados. O vudu foi inventado pelos brancos franceses para manter os negros acorrentados e a foder galinhas mortas.

Leander acendeu um cigarro *Kool* gigantesco. Inalou-o e fumou-o todo até ao filtro. Exalou pelas narinas. O banco traseiro ficou repleto de fumo.

— O vudu dá-me o poder para fazer isto. Fôlego de dragão. O Papa Doc consegue fazê-lo, assim como metade dos meus amigos dos Tonton. Pensas que o rum com cerca de setenta e cinco por cento de volume alcoólico é forte? Experimenta licor de *klerin*. Experimenta ervas com toxina de peixe-balão. Queres foder o homem branco? Arranja um sacerdote *bokur* para o zombificar. Foi um sacerdote *bokur* que rogou uma praga àquele cabrão do Trujillo lá da República Dominicana. Golpe da CIA, uma ova. Quem massacra gente haitiana acaba por ser perseguido pelos *zombies*. Essa é que é a verdade, ó rapazinho!

Jomo acendeu um cigarro *Kool* de tamanho gigante. Inalou e tossiu e deixou cair o cigarro no colo. Queimou-lhe as calças. Gritou *puta de merda* e sacudiu as cinzas quentes com um golpe da mão.

Leander riu-se. E disse: — Os tipos da FLMM fodem galinhas mortas. Os tipos da ATN fodem lindas manas negras.

Jomo sacou da navalha. Leander sacou da navalha. Ambos recuaram para terem mais espaço para apunhalar. Ambos desferiram o golpe de braços estendidos. Os braços ficaram entrelaçados. Apunhalaram-se em simultâneo, à altura do peito, com toda a força.

Tecido a rasgar-se. As lâminas perfuraram os sobretudos e os casacos, mas não feriram. A lâmina de Jomo quebrou-se. A lâmina de Leander resvalou. Roçou no braço de Jomo e cravou-se no banco traseiro.

Ambos continuaram a arranhar-se e a esfolar-se. Leander arreganhou os dentes e enterrou-os no pescoço de Jomo. Wayne deu-lhe mais dois segundos. Marsh interveio telepaticamente. Milt e Júnior continuavam a dormir. Roscoe X afastou a barcaça da estrada.

59

(Los Angeles, 26/1/69)

Sequência de fotos:
Wayne Tedrow a beijar uma mulher negra. Uma foto instantânea do FBI. Um agente de Las Vegas tinha-a tirado à porta da suíte de Wayne.

Foto n.º 2: Eleanora Sifakis com um mês de idade. Uma futura fabricante de bombas que ainda usava fraldas. É parecida com Karen — e não com o papá de pila pequena.

O Sr. Hoover *adorou* a foto de Wayne. O louco do Wayne: a mulher e a sua ascendência como intermediária. Uma luta de navalhadas intergrupo logo no primeiro dia.

Dwight empurrou a cadeira para trás com um pontapé. O escritório-fachada estava bafiento. Los Angeles estava chuvosa e quente. O ar estava denso. Ele próprio andava a fumar mais. Tinha a secretária atulhada. O dossiê sobre Thomas Frank Narduno estava espalhado em cima da secretária.

O dossiê era inócuo. Detenções por suspeita, tendências esquerdistas, nenhuma lista de «associados conhecidos». Narduno: morto no Grapevine. Narduno: o único nome *visível* na lista de «associados conhecidos» de Joan.

Thomas Frank Narduno: suspeito de assaltos em Nova Iorque e no Ohio. Nenhuma condenação, nenhum documento existente nos departamentos policiais de Nova Iorque ou do Ohio. Joan Klein: suspeita de assaltos em Nova Iorque e no Ohio. Nenhuma data listada no dossiê de Narduno. Datas do Ohio listadas no dossiê de Joan: ambas de 1954. Também assinalado: duas detenções por assalto em Los Angeles, em 1951 e 1953. Nenhuns outros dados policiais ou documentos existentes.

Dwight colocou o dossiê de Joan ao lado do de Narduno e voltou a lê-los. Não encontrou nada que lhe chamasse a atenção! Tinha enviado telexes para as polícias de todas as cidades grandes e médias dos estados de Nova Iorque e do Ohio. Não obteve nenhuma informação sobre Joan Rosen Klein e Thomas Frank Narduno. Joan tinha-lhe dito que um polícia lhe tinha batido em Dayton, no Ohio. Dwight interrogara então a Polícia de Dayton sobre os assaltos ainda por resolver, ocorridos por volta de 1954. Havia dois assaltos a transportes de dinheiro de ordenados cuja soma perfazia um total de sessenta mil dólares. Homens mascarados, nenhuma mulher, caso encerrado. Tinha recebido o dossiê por telex. Nenhuma referência a Narduno, nem a Joan, nem a suspeitos de tendências esquerdistas. A declaração de Joan acerca de «rusgas aleatórias»? Talvez fosse verdadeira.

Dwight acendeu um cigarro e entreabriu ligeiramente a janela. O vento e a chuva agitaram a papelada. Apoiou a foto de Eleanora contra o candeeiro da secretária.

Grande porra: Joan Rosen Klein e Dwight Chalfont Holly.

Fazia agora um mês. O Hotel Statler, o Hotel Ambassador, o Hotel Hollywood Roosevelt. Locais neutros. O escritório-fachada era o local neutro de Karen.

Falam e fazem amor. Discutem a operação e evitam perguntar *O que queres?* Assim o dita o protocolo relativo aos informadores confidenciais do FBI e o seu pacto implícito como amantes.

Joan começava a criar laços fortes com a ATN. Marsh estava a ficar amigo da ATN e da FLMM. Ambos estavam atormentados com aqueles *cartoons* que tinham inundado o Congo da pretalhada. Joan achava que era obra do FBI, no contexto da OPERAÇÃO IRMÃO RUUUUIM. Mas estava errada. A maior parte dos *cartoons* difamava os Panteras e os Escravos Unidos. Alguns difamavam a ATN e a FLMM. Dwight achava que não passava de arte de rua feita por amadores. Não lhe parecia que fosse uma provocação planeada.

Ódio.

O homicídio do Dr. Fred: ainda por resolver e com a investigação obstruída por Jack Leahy. Ódio e *droga*: a heroína tinha-se esgotado na selva. Marsh Bowen atribuía ironicamente tudo isso à consciência do poder negro.

O vento derrubou a foto de Eleanora. Dwight fechou a janela e voltou a fixar a foto. Tinha saudades de Karen. Eleanora devorava o tempo todo de Karen. O Fulano de Tal tinha voltado a Los Angeles para ajudar. Karen desconhecia a história total acerca de Joan. Talvez a pressentisse. Dwight não se sentia culpado. Sentia-se tenso. Era mais um compartimento com fugas.

Agarrou no cesto de papéis e tirou de lá a fotografia de Wayne. Na semana anterior fizera averiguações junto do Departamento de Veículos Motorizados e tinha identificado a mulher. Mary Beth Hazzard. A grande confusão que Wayne tinha armado na zona oeste de Las Vegas. A viúva do pregador morto.

Tinha a ficha dela do Departamento de Veículos Motorizados. Comparou a foto da carta de condução dela com a foto do beijo. Era um momento supremo de cair para o lado. Fê-lo lembrar-se instantaneamente de Joan.

— Em que pensas?
— Num amigo meu e na mulher com quem ele está.
— Fala-me dele.
— Anda metido na Vida do Crime com relutância. É extremamente habilidoso, competente e dado a catástrofes.
— Onde é que ele está agora?
— Não sei.
— Estás disposto a contar-me mais pormenores?
— Não.
— Normalmente costumas ser tu a fazer-me todas as perguntas.
— Eu sei, é verdade.

Uma feira de negócios deixara o Hotel Statler completamente lotado. Ouviam-se portas a bater ao fundo do corredor. Persistia uma agitação ruidosa.

Chovia intensamente. Mantiveram as janelas abertas para que a brisa circulasse. O aquecimento do quarto accionava-se a intervalos estranhos. Os dois não paravam de puxar e afastar os lençóis.

— O Leander Jackson e o Jomo Clarkson tiveram uma briga.
— Eu sei. Fui buscar o Leander ao hospital.
— Ele ligou-te?
— Sim.
— Agora pertences estritamente à ATN.
— Não completamente.
— Fala-me disso.

— Não vou falar disso.

— *Por enquanto?*

— Sim, por enquanto. Preciso de tempo para resolver uma coisa. Conto-te quando tiver resolvido essa coisa.

Dwight bocejou. A sua dose comprimido/bebida por noite tinha-o afectado cedo. Joan disse: — Devias tentar dormir.

Dwight apagou as luzes. Afastou os lençóis com os pés para se refrescar. Joan libertou o cabelo e pousou a perna em cima do corpo dele. A cabeça dela encaixava-se de forma acolhedora no ombro dele. Dwight estendeu a mão e tocou-lhe na cicatriz de navalhada.

Quatro horas, isentas de sonhos. Um recorde tendo em conta os últimos dias.

Joan tinha ido embora. Nunca deixava bilhetes de despedida, somente marcas de batom. Desta vez: na almofada suplementar.

Agarrou no telefone da mesa-de-cabeceira. Precisava de café do serviço de quartos e de uma linha para ligar para Washington.

Ouviu cliques no auscultador. Carregou no botão de desligar e ouviu mais três leves cliques.

Dwight sorriu. Habilidades de profissional de operações de escuta. O *curriculum vitae* dela estava a expandir-se.

Foi à janela e olhou para baixo. A porta de serviço estava animada. Viu uma sombra dissolver-se. Viu anéis de fumo pairar por cima do toldo.

60

(Manágua, 28/1/69)

Um aterro de lixo no meio de um lago. Estátuas de *führers* notáveis. Camponeses, hispânicos citadinos e polícias com pistolas-metralhadoras. Pobreza generalizada.

Não havia voos das Linhas Aéreas Hughes para lá. Apanharam um voo da companhia La Nica Air até ao Aeroporto de Xolotlán. Estava um calor húmido de Inverno. Bandos de crianças à volta do táxi a tentar vender cromos de basebol. Papagaios a voar e a bombardear os monumentos com caca.

O trânsito estava lento. Os fumos dos escapes eram densos. Os carros estavam equipados com velhos escapes anteriores à década de 1960. A maior parte dos nomes das ruas designava datas: desde Calle 27 de Mayo a Calle 15 de Septiembre. O Franciú disse que tudo isso se referia à revolução esmagada.

Espectáculo secundário, retiro de férias, balão de oxigénio. A Nicarágua revelara-se um negócio falhado e uma paragem estéril. De seguida partiriam para a República Dominicana.

Ao longe assomou um ponto luminoso. O Franciú tinha o contacto de um ex-coronel dos Fuzileiros. O tipo estava lá agora. Vivia na República Dominicana a tempo inteiro. Estava em São Domingos desde a guerra de 1965. A rede de mercenários do Franciú tinha agendado uma reunião para mais tarde.

O tipo chamava-se Ivar Smith. Tinha concordado em escrever o relatório a favor da República Dominicana para entregar a Wayne e aos mafiosos italianos. Smith tinha ligado ao Franciú na véspera. Disse que conhecia quatro cubanos anticastristas. Eram mesmo *maaaaus*. Iam *adoraaaar* verter sangue fora da República Dominicana.

O táxi contornou um camponês num carro de bois. O Franciú não parava de tirar macacos do nariz e atirar trocos aos pedintes. Crutch remexia no alfinete da lapela enquanto relembrava certas gravações de escutas recentes.

Washington, noite do discurso presidencial inaugural, no Hotel Ray-Adams. Está lá Sam Giancana e Gretchen/Celia. Mesplede conhece Sam, mas *não* a conhece a ela. Breves apresentações e *auf wiedersehen*.

Mais tarde dissera ao Franciú: *é a tal miúda ladra*. O Franciú encolhera os ombros e dissera uma única palavra: «Cuba.»

Um papagaio desceu a pique e aterrou no rebordo da janela. Crutch deu-lhe salgadinhos de milho *Fritos* directamente do pacote. Depois voltou a carregar no botão de repetir e rebobinou mentalmente as suas memórias até à véspera de Natal.

A Casa dos Horrores, o esconderijo, o livro de actas das reuniões comunistas. A data: 6/12/62. Os nomes: Bergeron, Narduno, *Joan*.

A Câmara de Comércio de Hollywood era nessa época proprietária da Casa dos Horrores. Três comunas tinham acesso a ela. Crutch tinha ido à Câmara de Comércio e metera conversa com uma funcionária. Informações inúteis: a casa não tinha sido alugada durante o Outono//Inverno de 1962.

O papagaio comeu os salgadinhos todos e guinchou por mais. Crutch tentou afagá-lo. O cabrão deu-lhe uma bicada na mão e voou para longe.

Crutch tinha seguido a pé atrás de Sam e Gretchen/Celia até ao Hotel Willard. Os dois tinham lá suítes separadas. No dia seguinte tratara de assaltar a suíte de Gretchen/Celia. Tinha encontrado a agenda de moradas dela. Tinha levado um *kit* de recolha de provas e recolhera impressões digitais da capa da agenda. Conseguira obter uma impressão digital latente de Joan Rosen Klein.

As páginas da agenda estavam codificadas: letras estranhas, números e símbolos. Fotografara todas as páginas com uma câmara miniatura *Minox* e voltara a pôr a agenda onde a tinha encontrado. Tinha corrido um *enoooooorme* risco e contara ao Franciú o que fizera. O Franciú ligara a um amigo seu da CIA na Virgínia. Um manual de decifração de códigos chegar-lhes-ia às mãos em Manágua nessa mesma semana. Crutch verificou os voos de partida para Washington. Sam tinha voltado para Las Vegas. Celia Reyes: a caminho de São Domingos.

— Donald, tens a mão a sangrar.
— Fui mordido por um papagaio.
— Era de cor vermelha?
— Sim.
— Então devias tê-lo matado.

O Hotel Lido Palace ficava perto do lago. Tipos da multinacional United Fruit tinham invadido o bar e falavam de golfe e de opressão. A *jukebox* tocava ininterruptamente a canção da banana Chiquita. A United Fruit governava a Nicarágua e servia-se dos seus fantoches da família Somoza. A dissidência era uma praga semelhante à caça de papagaio. A United Fruit dispunha de uma rede de bufos e de uma força policial. O seu mandato: reprimir a revolta comunista.

Crutch e o Franciú instalaram-se e desceram descontraidamente para o bar. As empregadas usavam saias-balão e penteados de cachos de bananas. O Franciú disse que o país estava em alerta vermelho. Os comunistas andavam a bombardear os campos de fruta com pragas de insectos. Os fantoches da família Somoza tinham jurado adoptar represálias para breve.

Instalaram-se numa cabina externa junto de um pequeno tanque de carpas japonesas. Havia gatos lá empoleirados, completamente babados por um jantar de peixe. Enfiavam as patas na água e desferiam golpadas, mas nunca conseguiam apanhar nenhum peixe. As carpas estavam equipadas com sonar e radar.

Ivar Smith era um tipo alto, vestido com roupa de golfe. Era um fala-barato de direita que antes do meio-dia funcionava à base de *cocktails Singapore Sling*. Era o maior gabarolas da República Dominicana e representava o comité de boas-vindas ao país. Dirigia uma empresa de segurança. Prestava assistência aos esquadrões de rufias do Patrão Balaguer. Balaguer cobiçava os tais casinos americanos e ansiava por ter um gordo comércio de turistas. Sim, eu trato de redigir esse relatório. A República Dominicana é fruta madura. *Yanqui, sí, Commie, no*. Ianques, sim; comunas, não. Queremos o vosso negócio.

Paguem-me. Sou o vosso intermediário. Eu trato de subornar o Balaguer. O contingente da CIA: não passam todos duns cães de fila encharcados de álcool. Balaguer era um fascista subtil. Violava crianças púberes em privado e em público exibia uma imagem de decoro. Era o seu modo de se mostrar anti-Trujillo. A República Dominicana pressagiava uma bonança de turistas. Os rapazes de Smith e os rufias de La Banda recambiavam rotineiramente os pretos desordeiros para o Haiti. Balaguer tinha objectivos duplos: contornar os procedimentos legais e branquear eugenicamente o país até o tornar três tons mais claro. Os casinos atrairiam os ricaços. Os rapazes de Smith e os milicianos de La Banda serviriam de varredores de rua e de camiões do lixo.

Sim, o Haiti ficava perto dali. O apropriadamente denominado rio Massacre formava a linha de separação. Smith escarnecia do Haiti e do vudu. Papa Doc Duvalier violava o Haiti como Trujillo tinha violado a República Dominicana. Chamavam «Bode» a Trujillo. Trujillo fazia investidas-relâmpago contra as colónias haitianas instaladas em território dominicano. Por meras questões raciais merdosas. Os dominicanos de pele clara têm raízes espanholas. Odeiam os haitianos pretos retintos mais a sua religião de fornicadores de galinhas e a sua influência francesa. Os haitianos têm aliados esquerdistas. Há um grupo comuna chamado Movimento 14 de Junho. Smith e La Banda reprimem-no por mera diversão.

Chiça: mesmo depois de seis *cocktails Singapore Sling* ainda continuava a falar pelos cotovelos!

Há uma pequena cidade a norte da costa da República Dominicana e do Haiti. É governada por um Tonton Macoute corrupto. É um bom local de apoio para operações cubanas. Baías solitárias até dizer chega.

Smith falou depois da questão daqueles *maaaaalvados* cubanos. Estavam agora em Manágua. Eram todos uns assassinos empedernidos. Tinham todos um extenso currículo no tráfico de heroína. Passavam drogas roubadas em farmácias, através de um grupo de accionistas da United Fruit sediado em Miami. O grupo integrava alguns ex-membros da CIA. Um dos membros mais importantes era Bebe Rebozo, um compincha de Dick Nixon.

Gente ruim. Assaltavam farmácias geridas por simpatizantes comunistas.

Tinham dado golpadas na Guatemala e nas Honduras. Esta mesma noite parece que vão assaltar uma farmácia cá.

O palavreado de Smith começou a esmorecer gradualmente. Ficou com o rosto completamente vermelho. Mesplede assumiu então as rédeas da conversa.

Quero encontrar-me com os cubanos. Posso arranjar-lhes trabalho como capatazes na construção. Tenho credenciais no negócio do tráfico de heroína. Quero montar operações anticastristas.

Smith afastou-se do bar a cambalear. Arrancou uma banana da cabeça de uma empregada e deu uma dentada, com casca e tudo.

A lista telefónica era *en español*. Crutch arrancou a página com a lista das farmácias. Manágua tinha o tamanho de uma terreola. Seis farmácias, *no más*. A cidade estava estruturada segundo o formato de uma grelha. *Calles* e avenidas que se cruzavam. Crutch nunca tinha assistido a um assalto a uma farmácia. O Franciú estava a dormitar. Vamos lá ver como são os cubanos a trabalhar.

O empregado da recepção deu-lhe um mapa das ruas. O centro de Manágua era pequeno e fácil de percorrer a pé. Estava apinhado de transeuntes. *Mamacitas* preparavam tartes de carne em grelhadores improvisados com redes metálicas e latas do lixo. Era carne de pombo. Havia pombos empoleirados por todo o lado. Os miúdos abatiam-nos com as suas espingardas de ar comprimido e enfiavam-nos em sacos de papel.

Algumas árvores bonitas, uma brisa vinda do lago, edifícios de cores garridas. Polícias com botas de cano alto e cassetetes envoltos em arame farpado.

A grelha urbana tornava o percurso fácil. Rapidamente descobriu quatro farmácias. Pareciam inócuas: paredes claras, corredores estreitos, hispânicos de bata branca nos balcões ao fundo. Enormes cartazes publicitários das marcas *Listerine* e *Pepsodent*. Não pairava no ar nenhuma vibração de assalto.

Crutch seguiu descontraidamente pela Calle Central até à Avenida Bolívar. Miúdos hispânicos acenaram-lhe com pombos mortos. Crutch atirou-lhes alguns cêntimos americanos e assistiu às rixas que se seguiram.

Farmácia número cinco: uma espelunca com uma grande cruz vermelha e uma gigantesca máquina de venda de *Coca-Cola*. Nenhuma vibração a pairar no ar. Eram quase dezoito horas, hora de encerramento: *trabajo, finito*.

Crutch virou ao fundo de uma ruela. Algo lhe atraiu a atenção como um íman: Farmácia Gonzalvo. Um local pequeno e sossegado, com um enorme cartaz chamativo: miúdos doentes a suplicar a um Nixon com colmilhos de fera. *Slogans* comunistas em vermelho-vivo. *Muchos* pontos de exclamação.

Quatro *cholos* mestiços do outro lado da rua, dentro de um *Mercedes* de 1955. Sim, pareciam *maaaalvados*. A carripana tinha um ar *satânico*. Tubos de escape laterais, resguardos nos guarda-lamas, escalpes presos na antena.

Escalpes a *sééééério*. Cabelo hispânico escuro, couro cru curtido ao sol, com pontos de costura nas pregas de pele.

Crutch voltou para a rua principal. Fez o reconhecimento do terreno e descobriu uma passagem para peões por trás da fileira de prédios. Mais quatro prédios até chegar à farmácia. Talvez houvesse uma janela lateral aberta.

Baixou-se e avançou agachado. Chegou às traseiras da farmácia e espreitou pelas janelas. As janelas das traseiras tinham grades. Viu as prateleiras com medicamentos e três farmacêuticos a trabalhar. As janelas laterais não tinham grades. Uma estava entreaberta para arejar o estabelecimento. Estava coberta por um grande cartaz apoiado num cavalete.

Tinha espaço para entrar e espaço para se esconder.

Entreabriu a janela um pouco mais e enfiou-se lá dentro. Bateu com os joelhos no cartaz, mas conseguiu agarrar no cavalete e endireitá-lo.

Espreitou em redor. O cartaz era um anúncio de creme *Noxzema* para a pele: uma *chiquita* bem-parecida a besuntar os braços desnudos e a cantarolar ooh-la-la. Um tipo com ar de patrão enxotou dois clientes para a rua. Os três farmacêuticos estavam ao balcão a conferir receitas.

Dali desfrutava de uma visão perfeita. Lá está o relógio, são 17.58. Os quatro bandidos entram então.

O tipo com ar de patrão parece ficar irritado. Os homens espalham-se pelo interior do estabelecimento. Um deles investiga o gel de cabelo *Brylcreem* e os outros três vão para o fundo. O tipo com ar de patrão vira costas e ocupa-se a arrumar a prateleira dos rebuçados. O tipo do *Brylcreem* saca de um revólver com silenciador e avança. O tipo com ar de patrão vira-se e exclama «Oh». O tipo do *Brylcreem* enfia-lhe o cano da arma na boca e estoira-lhe a cabeça.

Som abafado do silenciador, um jorro de matéria cerebral e estilhaços de crânio. Sem estrondo: o tipo com ar de patrão limita-se a deslizar pela fileira de prateleiras até cair morto no chão.

Os farmacêuticos continuam a trabalhar. Um dos bandidos aproxima-se com dentífrico *Ipana* na mão. Outro com *Clearasil*. E o terceiro com *Vick's VapoRub*. Os farmacêuticos topam o esquema. Um deles começa a chorar. Outro deita a mão ao seu medalhão com um santo. E o terceiro tenta fugir.

O tipo do *Ipana* sacou da arma e disparou duas vezes contra os três. Os três tombaram amontoados em cima uns dos outros. Os gritos e os balbucios fundiram-se num som confuso. O tipo do *Clearasil* saltou por cima do balcão e avançou para o cofre das drogas duras.

Escorria sangue de uma prateleira de produtos para a asma. O tipo do *VapoRub* embebeu o dedo em sangue, procurou um espaço branco na parede e escreveu: «MATAR TODOS PUTOS ROJOS».[9]

Crutch voltou a pé para o Lido Palace. Chegou lá de pernas trémulas. Os assaltantes tinham entrado e saído rapidamente. Ele próprio saíra abalado do seu esconderijo e a soluçar. Tinha roubado uma *Coca-Cola* e um pouco de *Bromo-Seltzer* e engolira tudo para acalmar a bílis. Avançou tropegamente até ao bar, bebeu três uísques e subiu cambaleante para o seu quarto.

Alguém tinha deixado sobre a cama um pacote embrulhado em papel castanho. O carimbo dos correios era de Langley, na Virgínia. Crutch desembrulhou-o. Tinha sido deixado ali pelo Franciú: aqui está o livro de decifração de códigos.

Crutch pegou nas fotos da agenda de endereços de Gretchen/Celia. Dispô-las sobre a secretária. Folheou o livro de códigos e consultou o índice. Reparou que o livro continha um «Índice de Símbolos». Folheou até o encontrar. Uma porra de um montão de símbolos, descritos por ordem alfabética. Com as diferenças geográficas e políticas em texto entre parêntesis.

Examinou a foto tirada com a *Minox*. Os símbolos de Gretchen//Celia: traços delgados, rodeados com marcas em forma de *X* sobre fundos artísticos a tracejado. Consultou o livro de códigos. Nenhum

---

[9] Em espanhol no original: *Matar Todos os* filhos-da-puta *Vermelhos*. (NT)

número ou letra correspondia aos números e às letras de Gretchen/
/Celia. Voltou ao «Índice de Símbolos» e começou pela letra *A*.

Chegou à lista da letra *F*. Viu «Feitiços». E na lista da letra *H* viu «Haiti, Vudu». Viu números associados a desenhos relacionados com letras. Alguns dos números e letras coincidiam com os rabiscos de Gretchen/Celia. Viu variações dos traços delgados e marcas em forma de *X*. Leu o texto: «A descrição que o sacerdote de vudu faz do caos espiritual enquanto um sujeito/vítima é enfeitiçado.»

A Casa dos Horrores, no Verão passado. As marcas que vira lá, os símbolos que via aqui agora, a dedução evidente.

Conclusão: as folhas de Gretchen/Celia continham o texto de uma maldição e um livro vudu dos mortos.

DOCUMENTO ANEXO: 29/1/69-8/2/69. Excerto do diário de Marshall E. Bowen.

Los Angeles

Foi uma pequena luta de navalhas com grandes implicações políticas para dois grupos políticos extremamente minoritários. Mas fui eu que provoquei essa luta, que ocorreu no primeiro dia do Wayne Tedrow como meu intermediário.

O Jomo sofreu lacerações menores e o Leander ficou com equimoses no peito quando a lâmina da navalha do Jomo quebrou. O Wayne levou o Jomo para o Hospital Daniel Freeman: recebeu pontos e teve alta poucas horas depois. Levei o Leander para o Hospital Morningside, mas ele baralhou os médicos ao engolir vários comprimidos de ervas haitianas na sala das urgências. Esses placebos conseguiram acalmá-lo de alguma forma. O Jomo faz parte da FLMM e o Leander da ATN. Para que lado me viro? É este, sem dúvida, o meu dilema pessoal. Esbarro sempre contra esta desconcertante disjunção: a construção viável de uma identidade negra e a dúbia construção da revolução, tal como é implementada pela escumalha criminosa que tenta lucrar com o legítimo sofrimento social e com as tendências culturais.

Ocorre-me agora esta intuição: o Sr. Holly sabia que eu teria sucesso como seu infiltrado porque sou demasiado esperto para aceitar a retórica da revolução e demasiado informado para engolir a tacanha agitação reaccionária. O Sr. Holly compreende que a ambivalência molda o desempenho e que os actores são, afinal, egocêntricos unicamente preocupados com o seu contexto de actuação. Vai deixar-me percorrer uma ténue linha ideológica e cair no risco real de me converter à militância negra, porque sabe até que ponto a minha motivação é egoísta. O genial Sr. Holly. Um incomparável descobridor de talentos, com um excelente olho para actuações em grupo. O facto de ele ter recrutado o Wayne Tedrow para meu intermediário reforçou os meus pontos fortes, bem como os pontos fortes do Wayne, e essa estratégia teve resultados imediatos. Um ex-polícia cheio de preconceitos racistas está a gerir os Táxis Tiger Kab; os manos pensam que ele é um renegado e apreciam-no bastante. E ninguém suspeita que é um adjunto do FBI.

Ambos me têm pressionado: o Wayne quer que eu alinhe unilateralmente com a ATN ou com a FLMM; o Sr. Holly quer que eu promova de alguma forma o ramo do tráfico de droga da OPERAÇÃO IRMÃO RUUUUIM, que é um aspecto das minhas obrigações que o Wayne desaprova com um fervor quase calvinista. Aqui a heroína escasseia; atribuo essa relativa escassez a algum tipo de consciência negra ou até mesmo à própria militância negra. Por conseguinte, não posso denunciar membros da ATN ou da FLMM pela aquisição ou venda dessa droga nos próximos tempos. Tem havido mais assaltos a lojas de bebidas na zona sul e correm rumores de que os suspeitos são militantes negros, mas as minhas subtis indagações a esse respeito ainda não resultaram em nenhum nome. Espero que a rixa Jomo-Leander envenene as lideranças da ATN/FLMM e que produza algum descontentamento que possa ser explorado em nosso proveito. Entretanto, continuo a observar a situação.

Fiz de penetra numa festa repleta de exibicionistas políticos. Tem sido recriado um tipo sofisticado de tertúlias de café como havia em Nova Iorque por volta de 1930. Nessa altura havia o El Morocco, o Stork Club e o «21»; agora há o Sultan Sam's Sandbox, o Scorpio Lounge e o Rae's Rugburn Room. A cor da pele escureceu, as modas mudaram, a fasquia cultural foi vulgarizada e revitalizada. Esta gente adora ver e ser vista. O Ezzard Donnell Jones, a Joan Klein, o Benny Boles, o Joe McCarver e o Claude Torrance frequentam esses bares e clubes na maior parte das noites. Tenho sempre direito a um cumprimento do tipo «Tudo a rolar?» ou «Ei, mano», porque sou ao mesmo tempo uma celebridade, um mártir e uma mercadoria apreciada. Sentem que quero ser um deles e creio que encaram a minha falta de adesão a um grupo específico como um sinal de pudor e de relutância compreensível. *Temos que deixar o mano escolher. Chiiiiça, o mano era um cabrão dum chui ainda há uns meses.*

Nas últimas semanas a zona sul tem sido inundada por uma quantidade perturbadora de *cartoons* racistas. Os alvos principais têm sido os Panteras e os Escravos Unidos, mas também tem havido investidas de arte de rua contra a ATN e a FLMM. O meu amigo Jomo, cartunista e autor de folhetos racistas, ridiculariza essas artistices e convenceu-me de que não são obra sua: «Não é o meu estilo, mano. Esta porra é de certeza obra do Senhor Hoover.» O Sr. Holly discorda — de forma convincente —, porque é dado a confirmações ou negações contundentes. Encara-me como um irmão polícia que está do seu lado e não tentaria declarar com falsa ingenuidade que o FBI está acima de tais tácticas. Dwight Chalfont Holly, um realista social, um homem que chama preto ao preto, e às vezes escarumba, carvão, carapinha, negrão, coelhinho da selva ou turra. O mestre das mensagens dúbias. Um crítico da actuação repulsivamente abusiva da Polícia de Los Angeles na zona sul. Um homem que admite com tristeza que a supressão nunca resulta, um homem que expressa um respeito bastante assombrado por Martin Luther King e que gosta de me pôr a representar o papel de homem sério em cenas improvisadas que fazem lembrar a comédia de negros *Amos 'n Andy*. Não gosto da expressão estereotipada «um bico-de-obra», mas define bem o Sr. Holly. Esta mesma expressão aplica-se ao seu atormentado ajudante e quase irmão caçula Wayne Tedrow — ou talvez ainda mais a este. Que estranho que o Wayne seja o verdadeiro assassino dos dois; que estranho ele parecer muito menos movido por rancores raciais e parecer mais capaz de manter relações de igualdade com os negros. Gosto do Wayne; tenho apreciado as várias reuniões de intermediário/operador que temos tido. Espalhei o rumor de que ele tinha matado os três drogados pretos e aquele violador psicopata, o Wendell Durfee. Claro que os manos *adoraram* saber. O Wayne já se converteu em tema do ambíguo folclore do gueto. Ooooh, aquele Wayne Tedrow é mesmo *ruuuuim*.

E há mais uma coisa.

Cheguei adiantado a um dos nossos encontros. O Wayne foi apanhado desprevenido. Vi-o olhar para uma fotografia de uma mulher negra. O Wayne ficou nitidamente atrapalhado quando me viu. Pousou a foto e lançou-me um olhar que declarava brutalmente: *Nem perguntes sequer*. Não lhe perguntei; perguntei antes ao Sr. Holly, que me respondeu: «O Wayne anda demasiado enfronhado com vocês todos, seus cabrões de pele escura», e deixou morrer aí o assunto.

Fiz algumas pesquisas nos jornais de Las Vegas e identifiquei a mulher como sendo uma representante sindical chamada Mary Beth Hazzard. É dez anos mais velha do que o Wayne e é a mãe de um jovem há muito desaparecido, chamado Reginald. O Reginald Hazzard é o jovem da fotografia que o Wayne me mostrou no dia em que nos conhecemos; o Wayne tem mostrado essa foto praticamente a toda a gente que encontra lá na zona sul e parece determinado a encontrar esse jovem, custe o que custar. A minha investigação jornalística também revelou o seguinte: um toxicodependente da zona oeste de Las Vegas matou no ano passado o pregador que era marido da Sra. Hazzard e depois suicidou-se. O espantoso é que o toxicodependente foi postumamente acusado da morte do pai de Wayne ocorrida em Junho de 1968. Mais espantoso ainda, corre o boato em Las Vegas de que foi o próprio Wayne e a sua falecida madrasta/amante que mataram o Wayne Sénior.

O Wayne e o Sr. Holly absorvem-me a vários níveis. Não são polícias renegados como o Scotty Bennett: são renegados autoritários. E o Wayne entrou milagrosamente na minha vida, precisamente quando as minhas subtis indagações sobre o assalto ao furgão blindado tinham redundado num impasse e me encontrava de novo no ponto de partida. Foi nessa altura que conheci o Wayne. Perguntou-me casualmente se tinha ouvido histórias de negros a receber esmeraldas anonimamente. Mostrou-me uma foto do jovem negro de quem anda à procura. O jovem parece-se vagamente com o homem de rosto queimado que conheci em 24/2/64. Sinto que estou a entrar num estado onírico em que descubro as coisas por um feliz acaso. O que significará isto tudo?

<u>DOCUMENTO ANEXO</u>: 11/2/69. Transcrição literal de telefonema gravado pelo FBI. Assinalado: «<u>Gravado a pedido do Director</u>» / «<u>Classificado Confidencial 1-A: Estritamente Reservado ao Director</u>». Interlocutores: Director Hoover e agente especial Dwight C. Holly.

JEH: Bom dia, Dwight.

DH: Bom dia, senhor.

JEH: O Wayne Tedrow e essa negra soturna chamada Mary Beth Hazzard. Seria negligência da minha parte não exprimir o meu horror e deleite.

DH: Sim, senhor.

JEH: A culpa assume muitas formas. A Senhora Hazzard não é uma negra atraente como a actriz Lena Horne. Tem uma invariável inclinação para dizer frases como «poder para o povo» e uma predisposição para a música do Archie Bell and the Drells.

DH: Sim, senhor.

JEH: Esta manhã está a ser deliberadamente obtuso, Dwight. Já na outra vez teve um desses ataques quando em 1919 deportei aquela anarquista lituana, a Emma Goldman.

DH: Sim, senhor.

JEH: O Sirhan Sirhan está a ser julgado e os procedimentos formais relativos ao James Earl Ray devem começar em Abril. Acha que o FBI está salvaguardado nesses casos?

DH: Sim, senhor.

JEH: E o homicídio do doutor Fred Hiltz?

DH: A mesma coisa, senhor. Também aí estamos salvaguardados. O Jack Leahy enterrou o caso.

JEH: O Jack Leahy é o Alger Hiss do meu Comité de Actividades Anti-americanas e o Costello do meu Abbott[10]. É um traidor e um comediante de clubes nocturnos sem graça nenhuma que ridicularizou o meu apreço por antiguidades.

DH: Sim, senhor. Nunca ninguém conseguiu compreender bem o Jack.

JEH: Foi seu colega em 1923. Você trabalhava com ele no Gabinete de Milwaukee.

DH: Sim, senhor. Lembro-me disso.

JEH: Estou escandalizado com esses *cartoons* racistas que têm circulado pela zona sul de Los Angeles. Quero que determine imediatamente a sua origem e que me envie cópias de todas essas obras nojentas.

DH: Vou tratar disso, senhor.

JEH: O Wayne Tedrow como intermediário do Marshall Bowen. Ainda aprova essa escolha?

DH: Veementemente, senhor.

JEH: E porquê, se posso saber? Porque a viúva de pele escura do pregador que ele matou imbuiu o jovem Wayne com um excesso de sentimentalismo?

DH: Sim, senhor. Em parte.

---

[10] Alger Hiss: político norte-americano acusado de espionagem ao serviço da União Soviética. Foi condenado por perjúrio em 1950 pelo Comité de Actividades Anti--Americanas presidido por Herbert Hoover. Abbott & Costello: famosa parelha de cómicos norte-americanos da década de 1940. (*NT*)

JEH: E as nossas congolesas lindinhas da ATN e da FLMM? Vão colaborar com o nosso plano e traficar heroína mais cedo ou mais tarde?
DH: Acho que vão, senhor.
JEH: E a filhota da informadora n.º 4361?
DH: Vivinha e de boa saúde, senhor.
JEH: E a sua nova informadora/namorada?
DH: Sempre presente nos meus pensamentos, senhor.
JEH: Como você está sempre presente nos meus pensamentos, Dwight.
DH: Obrigado, senhor.
JEH: Bom dia, Dwight.
DH: Bom dia, senhor.

<u>DOCUMENTO ANEXO</u>: 13/2/69. Comunicado entregue por mala diplomática. Para: Wayne Tedrow. De: Coronel Ivar S. Smith, Fuzileiros Navais dos EUA (aposentado). Presidente da ISS Security Limited, São Domingos, República Dominicana. Assinalado: «<u>Entregar Mala unicamente em Mão</u>» / «<u>Destruir depois de Ler</u>».

Caro Sr. Tedrow,

Esta carta surge na sequência da recente viagem do seu colega Jean-Philippe Mesplede à República Dominicana para examinar locais para a construção de casinos e discutir a possibilidade de construir os ditos hotéis-casinos neste país. Tenho o prazer de o informar que o presidente Joaquín Balaguer está deveras ansioso por receber aqui os seus negócios e comprometeu-se a disponibilizar recursos consideráveis, num esforço para convencer o senhor a estabelecer-se cá. Um breve historial dar-lhe-á uma noção da República Dominicana e da nossa ilha vizinha do Haiti, e poderá servir sobretudo para o convencer de que se trata de um local seguro para os turistas americanos, para os seus supervisores e para o pessoal dos seus hotéis-casinos.

A República Dominicana inclui os dois terços orientais da ilha de Hispaniola. A ilha de São Domingos, descoberta por Colombo em 1492, é considerada a mais antiga cidade do mundo ocidental. Inúmeros golpes de Estado envolvendo a Espanha, a França e a Holanda levaram à actual separação dominicana em relação a Espanha; numerosas batalhas entre os negros indígenas e os franceses tiveram como resultado a independência do Haiti. As relações entre a República Dominicana e o Haiti mantiveram-se tensas e assim continuam ainda hoje. No entanto, o Haiti permanece num estado de profunda pobreza, ao passo que a República Dominicana está a transformar-se no próprio modelo de uma república segura e sadia, pró-americana e anticomunista. A fronteira haitiana é pesadamente patrulhada por forças dominicanas, apoiadas por milicianos de La Banda (a unidade pessoal de espionagem do presidente Balaguer) em colaboração com a minha empresa de segurança. Foram recrutadas redes de informadores pelas agências supracitadas; a população haitiana da República Dominicana e a imigração ilegal haitiana para a República Dominicana têm sido interditadas e suprimidas. Os haitianos são uma raça de gente primitiva, fortemente arreigada à sua prática do vudu e facilmente controlável devido ao uso viciante do licor de *klerin* e de ervas que alteram a consciência. O presidente do Haiti, François «Papa Doc» Duvalier, chegou ao poder como um defensor do vudu e mantém o seu povo subjugado ao permitir que o vudu floresça. A sua polícia privada, os Tonton Macoutes, é recrutada em sociedades do vudu e impõe o vudu como o meio principal do presidente para fazer perdurar o *status quo* societário e manter-se no poder. Houve vários massacres de emigrantes ilegais haitianos sob o regime do presidente dominicano Trujillo (1930--1961); a 14 de Junho de 1959, um grupo pró-castrista intitulado Movimento 14 de Junho efectuou uma invasão falhada nas costas da República Dominicana. A breve guerra civil de 1965 foi na realidade uma farsa, resolvida de forma austera quando o presidente Johnson enviou para lá um contingente de Fuzileiros para restaurar a ordem numa nação que pretendia instituir eleições livres. Um esquerdista chamado Juan Bosch foi eleito de forma fraudulenta e ocupou o poder durante um breve período. As verdadeiras eleições livres ocorreram em 1966. Bosch foi deposto e o presidente pró-americano Balaguer foi então legitimamente eleito. A última unidade oficial de fuzileiros americanos retirou-se da República Dominicana a 19/8/68.

O Presidente Balaguer não é espampanante como Rafael Trujillo, mas sabe manter a dissidência subjugada e compreende a importância de manter a ordem numa nação que os turistas americanos e europeus desejarão visitar. Tem também um relacionamento excelente com os militares, caso sejam necessárias acções de repressão, de limpeza étnica de haitianos ou de insurgentes esquerdistas. E o presidente Balaguer está disposto a investir proactivamente no seu projecto de construção de hotéis-casinos, comprometendo-se a providenciar terrenos gratuitos para a construção de casinos em São Domingos e arredores (ver relatório anexo, relativo a estudos estruturais e de composição do solo). Compromete-se ainda a garantir às Linhas Aéreas Hughes os direitos de voos exclusivos para pistas de aterragem reservadas a VIP no Aeroporto de São Domingos, a construir gratuitamente novas pistas de aterragem devido ao aumento de tráfego e a fornecer funcionários operários camponeses não qualificados, de cidadania haitiana e dominicana, para a construção dos casinos. Uma empresa de construção, da qual ele é um dos proprietários, fornecerá os materiais de construção a preço reduzido e a minha empresa de segurança e La Banda estão preparadas para fornecer serviços de segurança durante as vinte e quatro horas do dia nos estaleiros de construção. Recomendo quatro homens cubanos — <u>WILTON MORALES, FELIPE GÓMEZ-SLOAN, CHIC CANESTEL e CRUZ SALDÍVAR</u> — para capatazes dos estaleiros. São mercenários cubanos, falam fluentemente espanhol e inglês e possuem já relações laborais com os agentes da minha empresa de segurança e com os milicianos de La Banda. Volto a insistir: a ameaça de revolta ou de manigâncias por parte dos irritantes grupos esquerdistas não constituirá nenhuma ameaça para a construção dos casinos e a presença de emigrantes haitianos e de camponeses dominicanos desordeiros será coarctada antes de chegar ao ponto de poder incomodar os turistas de visita ao país. Até à data, o presidente Balaguer está a preparar um pacote adicional de incentivos como forma pessoal de dizer «¡*Bienvenidos!*» a si e ao seu grupo de investidores.

Em resumo, apenas posso afirmar que o melhor que o senhor e a sua equipa poderiam fazer seria dizer «¡*Sí!*» à nossa proposta. Serão bem-vindos a este país de clima político estável, com uma economia sólida e uma liderança desejosa de colaborar.

Cordialmente,

Ivar S. Smith, Fuzileiros Navais dos EUA (aposentado)

61

(Las Vegas, 16/2/69)

O Departamento do Xerife do Condado de Clark enviou mais papelada. Wayne examinou o dossiê e afixou documentos na parede.

Notas de interrogatórios: cópias de fichas da Polícia de Las Vegas; cópias dos relatórios de prescrição legal, cópias a papel químico esborratado.

O recanto de arquivos estava sobrelotado: toca a afastar aquelas caixas de material de química para arranjar mais espaço nas estantes. Alto lá, aqui há algo...

Afixou o papel na parede. Uma multa de estacionamento, emitida a 29/11/63. Obstrução de boca-de-incêndio. Rua Monroe, 2082, zona norte de Las Vegas. Reginald Hazzard tinha sido multado na semana anterior ao seu desaparecimento.

Era um território trirracial. Assim o tinha decretado a Base da Força Aérea de Nellis. A zona comercial era toda ela composta por casas de jogo e cafetarias de produtos a um dólar. Eram negócios de uma só raça. Os brancos tinham o Shamrock, os negros tinham o Monty's Mosque e os mexicanos o Al's Alamo.

As ruas residenciais eram racialmente mistas e estendiam-se na diagonal. Wayne estacionou na Monroe e seguiu a pé. Tinha lido o relatório de Ivar Smith e resumira-o para os Rapazes. O solo e os dados estruturais eram óptimos. Balaguer estava interessado no negócio deles. E até lhes *pagava* para construírem lá. A resposta dos Rapazes foi «vamos». Wayne ligou a Smith em São Domingos. Smith disse que Balaguer queria cinquenta mil dólares mensais a título pessoal. Wayne disse que sim. Os Rapazes disseram que sim. Wayne propôs um arranjinho não intervencionista da parte de Dick Nixon.

Farlan Brown disse: «Precisamos de um contacto telefónico de ligação.» O candidato de Wayne: Dwight Holly.

O presidente era fã da polícia e um fracassado agente do FBI. Adorava tagarelar com agentes federais durões. Dwight, «o Agente da Lei»? A escolha não podia ser melhor.

As casas eram todas minúsculas e feitas de blocos de cimento corroído. As janelas estavam recobertas com chapas de zinco ondulado para combater o calor. Wayne começou pelo número 2082 e bateu à porta. Eram 16.10. Foi recebido por inquilinos de três raças diferentes que tinham acabado os seus turnos de trabalho na Base da Força Aérea de Nellis. Wayne sorriu, disse olá e mostrou a foto de Reginald. Obteve quatro respostas mudas e catorze nãos categóricos.

Continuou a deambular. Uma viatura do Departamento da Polícia da Zona Norte de Las Vegas passou por perto. Um dos polícias reconheceu-o e esboçou o gesto de lhe dar um tiro: Pum!

Obteve mais três respostas mudas e mais nove nãos. Passou por uma casa cuja garagem contígua estava aberta. Viu um negro ferver algo numa barrica em cima de uma chapa eléctrica. Cheirou-lhe a plantas tropicais e a base de amónia.

O tipo acenou-lhe. Wayne aproximou-se. Os vapores que saíam da barrica obrigaram-no a recuar. O tipo desatou a rir.

Apertaram as mãos. O tipo ia largando palavras por entre as risadas. O seu sotaque indicava que era originário de alguma ilha francesa. Wayne observou a garagem. Era o *próprio* laboratório do tipo, mas numa grande desarrumação: material baratucho e garrafas com rótulos colados.

Urera baccifera. Diodon holacantheus. Crapaud blanc. Theraphosidae e., Anolis colestinus, Zanthroxyllum matinicense.

Pós de plantas espinhosas, produtos irritantes de aplicação tópica, tarântulas terrestres, lagartos e sapos.

O tipo sorriu. Wayne disse: — Envenenamento por tetrodoxina. O homem fez uma vénia. — O senhor é químico?

— Sim.

— Tem mais coisas para me dizer?

Wayne examinou rótulos. *Tremblador, Desmembres*, peixe-balão, urtiga. *Diffenbachia seguine*: uma planta espinhosa de primeira qualidade.

— Espero que esteja a usar estes componentes para um fim benéfico.

— Oh, sim. Isto é, se eliminar uma praga de esquilos-terrestres infectados com raiva ali no meu pátio traseiro pode ser considerado um fim benéfico.

Wayne sorriu. — Então, o melhor conselho que lhe posso dar é acrescentar mais amónia e ferver o pó até obter uma emulsão pastosa.

O tipo agarrou numa caneta e escreveu em francês num bloco de notas. Wayne identificou aromas: alcalinos misturados com resíduos de ervas.

Tirou a fotografia do bolso. O tipo pôs os óculos e inclinou um candeeiro de braço flexível.

— Sim, conheci este rapaz.

— Quando?

— Lembro-me muito bem. Foi logo depois de terem abatido o presidente.

— E as circunstâncias?

O homem aplicou um unguento sobre um corte num dedo. A pele engelhou-se e fechou-se num instante. Wayne sentiu o cheiro a soda cáustica e a algo completamente novo. O efeito deixou-o estupefacto.

— Era um jovem afável e um químico amador bastante versado. Tinha ouvido falar de mim. Estava interessado nas qualidades anestésicas das ervas haitianas, sobretudo pelo seu potencial analgésico e ignífugo.

62

(Los Angeles, 18/2/69)

Emma Goldman, Moscovo, Archie Bell and the Drells. Veias obstruídas promovem uma chanfradice ao estilo dos desenhos animados *Looney Tunes*.

O velho rabeta estava ultrapassado. Quanto tempo mais iria ele durar? Quantos mais trabalhos de merda iria encomendar?

Merdas racistas promovem ódios merdosos. O Dr. King tinha um sonho. O Sr. Hoover estava viciado em livros de banda desenhada.

Cartoons racistas e sonetos racistas. «Este porquinho foi ao mercado. Este porquinho ficou em casa. Este porquinho foi morto por um Pantera depois de lhe ter chupado o pau grande.»

Dwight circulou de loja em loja de impressão. Orientava-se por uma lista telefónica. Aquela merda tinha sido impressa por um profissional. Tinha qualidade tipográfica.

Estava a chover. Já tinha ido a dezasseis lojas de impressão. Exibia o seu material racista e arruinava humores em massa. O seu crachá e os seus nervos provocavam comportamentos apavorados. Empregados obtusos tinham-lhe feito o sinal da paz.

O Sr. Hoover gostava do sinal da paz. Dizia que era o «símbolo do cobardolas americano».

Dwight circulou para nordeste. Há cinco horas que andava naquilo. A zona sul e a área de Miracle Mile estavam *kaput*. A seguir era Hollywood.

Foi a uma loja de impressão em Fountain e a outra em Cahuenga. Entre as paragens sintonizava o seu rádio da polícia. Ouviu a frequência da Polícia de Los Angeles. No centro da cidade decorria uma marcha de «Fim à Guerra». Uma manifestação de apanhadores de fruta em Boyle Heights. Imensas macacadas da pretalhada aguardadas na zona sul.

As respostas que obteve foram «Não» e «Não, senhor». Seguiu para leste. Foi a uma loja de impressão em Vine e a outra em Wilton. Um miúdo de cara borbulhenta desatou a rir ao ver as merdas racistas. Uma miúda *hippie* respondeu-lhe com o mantra «Om».

Foi a uma loja de impressão em Vermont. Cheirou-lhe a marijuana e a incenso. Os dois adolescentes ao balcão cambaleavam e sorriam como palermas. Mal o viram toparam logo a sua ocupação. Um charro passou da rapariga para o rapaz. O rapaz fumou a beata até ao fim.

Dwight mostrou-lhes o material racista.

O rapaz disse: — E depois? Não é ilegal. — A rapariga soltou uma risadinha.

Examinaram o material. Dwight dispôs o material sobre o balcão para verem melhor. A rapariga concentrou-se no macho cobridor bem apetrechado.

O rapaz disse: — Estamos num país livre.

— Foram vocês que imprimiram este material?

— Sim, claro. Estamos num país livre.

A rapariga soltou uma risadinha. — Bem, mais ou menos.

— Quem encomendou isto? Que aspecto tinham? Quem veio recolhê-lo depois? Como é que pagaram e/ou para onde foi enviado?

— Isso é censura — disse a rapariga.

O rapaz disse: — Estamos num país livre.

Dwight acercou-se da porta, fechou-a e voltou para junto do balcão. A rapariga mordeu o lábio. Dwight flectiu as mãos.

O rapaz acobardou-se. — Foi uma venda a dinheiro e a entrega foi feita num local em Eagle Rock. Era uma mulher com um ar robusto, sabe, uma dessas tipas brutamontes com quem não queremos ter nada a ver.

Dwight sorriu. — Quarenta e poucos, cabelo escuro com estrias grisalhas, óculos. Uma cicatriz de navalhada num dos braços.

Os miúdos olharam-no de boca aberta.

Dwight disse: — Digam-me o nome dela.

— Joan — respondeu a miúda.

O bairro era íngreme e de casas de renda semibaixa. Oferecia grandes vistas panorâmicas e uma paisagem de auto-estradas serpenteantes. Ali coabitavam brancos falhados e mexicanos. Autocolantes de pára-choques com os dizeres WALLACE A PRESIDENTE e carrinhas de venda de comida mexicana.

A morada correspondia a um pátio de bangalós de cores diversas. Algum parolo qualquer tinha profanado o estuque branco para obter o efeito de estampado. Oito apartamentos com caixas de correio embutidas na parede. Pairava no ar a calmaria da sesta das três da tarde.

Dwight tocou à campainha. Ouviu-se um guincho de acordar os mortos. Encostou o ouvido à fissura da dobradiça e ouviu o som de uma sala vazia. Esperou trinta segundos e inseriu uma cunha entre a ombreira e a fechadura. A porta abriu-se facilmente.

Demasiado fácil, aliás. Nada típico da Joan.

Entrou e trancou a porta com a corrente. Acendeu a luz do tecto e abarcou a casa num único relance. Uma sala-quarto e uma casa de banho onde ficava também a *kitchenette*. Uma cama desdobrável aberta.

O poleiro de um fugitivo e não uma casa franca. Um local provisório, um ponto de paragem temporária para um fugitivo.

Percorreu a casa. Sabia que ia encontrar comida enlatada na *kitchenette*. Sabia que ia encontrar material de *toilette* baratucho no caixote do lixo. Sabia que ia encontrar roupas com que nunca a tinha visto. Deixou o armário para o fim.

Calças de ganga desbotadas, botas, vestidos estivais confeccionados de forma a realçar-lhe os braços desnudos.

Remexeu em tudo. Já tinha assaltado a casa de Karen uma dúzia de vezes. Mas nunca tinha remexido nos seus objectos mais delicados.

Sentou-se na borda da cama. Havia duas almofadas encostadas à cabeceira. Recomeçou a chover. Do tecto caíam pingos a pouca distância dele. Afastou as almofadas para o lado. Claro: debaixo delas encontrou uma *Magnum* e um diário.

A arma tinha cabo de borracha. A borracha não retinha impressões digitais e estabilizava a pontaria. O diário estava encadernado a couro escuro e quase não tinha peso. Isso implicava páginas vazias.

Abriu-o. De dentro caiu uma polaróide. Era dele próprio, a dormir. O pano de fundo era o quarto deles no Hotel Statler. Ele estava de corpo enroscado, virado para o lado que Joan ocupava na cama.

Pousou a foto. A mão tremia-lhe. Acalmou a tremura agarrando-se à borda da cama com força. Abriu na única página escrita. Estava escrita à mão: as maiúsculas angulosas de Joan Rosen Klein.

ESTAMOS DETERMINADOS A ALCANÇAR OS MESMOS RESULTADOS E MOVE-NOS UMA UTILIDADE QUASE IDÊNTICA. A NOSSA FINALIDADE MÚTUA É PERPETRAR UM CAOS QUE POSSA SER CONTIDO. O DWIGHT ESTÁ EMPENHADO EM PROMOVER OS OBJECTIVOS DO FBI A CURTO PRAZO. POR MEU LADO QUERO CRIAR A ILUSÃO DE QUE A OPERAÇÃO ATINGIU COM ÊXITO A SUA CONCLUSÃO LÓGICA. O DWIGHT ACREDITA QUE ESTA CONCLUSÃO IRÁ FAZER DESCARRILAR O MOVIMENTO NACIONALISTA NEGRO. ACREDITO QUE O MOVIMENTO NACIONALISTA NEGRO FICARÁ APENAS MOMENTANEAMENTE DESACREDITADO. O DWIGHT TERÁ CONCLUÍDO O SEU TRABALHO E LEVADO A CABO A SUA MISSÃO ATÉ A UM FINAL COSMETICAMENTE GARANTIDO. A REJEIÇÃO DESSE NÃO-FINAL SERÁ UM CONTÍNUO E CRESCENTE NÍVEL DE DESCRENÇA, HORROR MORAL E CENSURA OFICIOSA QUE A SEU TEMPO CONDUZIRÁ A UM PLANO DE LIBERTAÇÃO QUE POR ENQUANTO É INIMAGINÁVEL. O FBI QUER QUE A ATN E A FLMM PONHAM A HEROÍNA A CIRCULAR. ACREDITAM QUE ISSO IRÁ EXPOR O NACIONALISMO NEGRO COMO SENDO INERENTEMENTE CRIMINOSO E MOSTRARÁ OS NEGROS EM GERAL COMO INERENTEMENTE DEPRAVADOS. O OBJECTIVO DO FBI A CURTO PRAZO É UMA POPULAÇA NEGRA SEDADA; O SEU OBJECTIVO A LONGO PRAZO É PERPETUAR A SERVIDÃO RACIAL. QUERO QUE A ATN E A FLMM PONHAM A HEROÍNA A CIRCULAR. CORREREI O RISCO DE PROVOCAR SORDIDEZ A CURTO PRAZO, MOVIDA PELA FERVOROSA ESPERANÇA DE QUE A CONTÍNUA DEPRAVAÇÃO DA HEROÍNA CONDUZA A UMA RICA EXPRESSÃO DE IDENTIDADE RACIAL E, EM ÚLTIMA INSTÂNCIA, À CONSCIÊNCIA POLÍTICA E À REVOLTA. NESSE SENTIDO, VEJO HONRA, ESPERANÇA E BELEZA ONDE O DWIGHT NÃO VÊ. OS NOSSOS OBJECTIVOS SÃO AO MESMO TEMPO CONTRÁRIOS E TOTALMENTE SÍNCRONOS. DIVERGIMOS E COINCIDIMOS EM DOSE IGUAL. SOMOS UMA UNIÃO DEVOTA E UMA ALIANÇA INCOMPATÍVEL. INICIEI UM CAMINHO PODEROSO AO LADO DE UM PROVOCADOR RACISTA QUE ME DEU ALGO INSONDÁVEL E PRECIOSO. POREI SEMPRE OS MEUS OBJECTIVOS ACIMA DOS DELE E RECONHEÇO QUE NÃO CONSIGO PREVER OS DETALHES ESPECÍFICOS DA NOSSA JORNADA.

Uma rajada de vento agitou a rede de mosquiteiro da janela. As páginas voaram-lhe da mão. A palavra *camarada* atroou-lhe nos pensamentos.

63

(São Domingos, 26/2/69)

O Drac enviou-os para lá de avião. El Jefe tinha enviado uma limusina. As pistas de aterragem tinham sido alcatroadas recentemente. Havia operários a trabalhar na faixa de aterragem.
Aeropuerto de las Américas: estritamente de segunda categoria. *Bienvenidos*: efígies recortadas em cartão de Joaquín Balaguer ao lado da cabina da alfândega.
Crutch e o Franciú desembarcaram. Estava um calor esmagador. Dois agentes da Polícia Nacional levaram-lhes as bagagens para a limusina. Quatro ruidosas motorizadas *Harley* iriam escoltar a viatura. A limusina era de 1956. As motos eram mais antigas. Os polícias usavam calças de equitação abauladas e botas de tropas de assalto. A República Dominicana, primeira impressão: somos vulgares, mas estamos a tentar mudar. Não nos fodam. Matamos-vos ou adulamos-vos, conforme nos apetecer.
A escolta arrancou. O assento de trás tinha sido refrigerado de antemão. Havia bandeirolas a esvoaçar de antenas gigantescas. Cruzes, faixas, «*Dios Patria Libertad*». *Cocktails* enlatados a espreitar de uma caixa de gelo. Crutch e o Franciú emborcaram daiquiris e começaram a ficar animados. Balaguer tinha organizado uma festa-almoço em honra deles no Palácio Presidencial.
Crutch olhou pela janela. A porra de uma ilha. A praia não era praia nenhuma. A rocha exposta prolongava-se até à linha da rebentação. O Malecón, o quebra-mar, não passava de uma série de paliçadas de baixa gama. As falésias eram rochosas e recobertas de ervas acastanhadas. A avenida estava parcialmente alcatroada e a restante parte reduzia-se a gravilha.
— Somos precisos aqui — disse o Franciú. — Trataremos de promover os nossos objectivos pessoais e revitalizar a economia daqui.

Bairros-de-lata. Imensos pretos e mestiços negro-hispânicos. Edifícios com telhados de chapa de zinco: bastante velhos e outros mais recentes. Pinturas de fazer encandear os olhos: rosa-vivo, amarelo-esverdeado, amarelo-canário.

Saíram da limusina no El Embajador. Era uma espécie de Hotel Fontainebleau de baixo custo, sobrejacente a uma Miami de baixo custo. Ao lado havia um campo de pólo, com hispânicos de pele clara montados em cavalos brancos a dar toques em bolas brancas. Mulheres de pele clara observavam a acção sentadas em carrinhos de golfe. Usavam vestidos estivais e estavam besuntadas de protector solar.

Os escravos do hotel rodearam-nos com modos aduladores e acompanharam-nos aos respectivos quartos. Os aposentos estavam equipados com bar completo e cestinho de brindes. Crutch contemplou as vistas: casas em tom pastel, rios lamacentos, degradação generalizada. Estátuas e cabos de electricidade descaídos.

Belisquem-me, nem acredito que já cheguei.

Trocou a roupa por um fato de algodão às riscas para obter aquele efeito de prestigiado académico da Ivy League/figurão branco importante. Desceu para o átrio. Mesplede estava de fato preto muito chique. Ivar Smith juntou-se a eles, entretido a lamber uma raspadinha de gelo regada com licor. Cheirava a *crème de menthe*.

Voltaram a embarcar na limusina e arrancaram. Crutch e Mesplede optaram por beber martínis enlatados. As ruas eram estreitas e de terra batida. Dois terços dos transeuntes eram hispânicos de pele clara e mulatos. Os verdadeiros negros emanavam uma vibração de vudu. Crutch reviu mentalmente os acontecimentos decorridos em Manágua.

Aquele livro de códigos, aquela agenda de moradas, os símbolos vudus entrecruzados. Passara vinte e tal dias atarefado a analisar os códigos, sem conseguir nenhum resultado relativamente aos números e às letras de Gretchen/Celia.

Bairros-de-lata com telhados de chapa de zinco e gente pobre esmagada pelo calor. *Calles* e avenidas com nomes de reis da cana-de-açúcar. Ruas com nomes de datas, como acontecia em Manágua.

Muchos terrenos vagos. Todos eles potenciais locais para casinos. Dois na Avenida Máximo Gómez, dois na Calle 27 de Febrero. A escolta era um massacre de músculos. As motorizadas não tinham amortecedores nos escapes. Os motores rugiam ruidosamente.

— Estou a organizar as equipas de operários — disse Smith. — Vão dormir em tendas nos estaleiros e farão turnos de doze horas. Os cubanos vão encontrar-se com vocês no hotel hoje à noite. Querem ir à costa norte para examinar locais estratégicos para os vossos outros negócios.

Seguiram pela Avenida San Carlos. Era uma rua completamente pavimentada. Mais à frente erguia-se o Palácio Nacional. De cúpula alta e construído em mármore rosado. Uma espécie de mini-Casa Branca, de cor de gelado de pêssego.

Miúdos maltrapilhos calcorreavam indolentemente a rua. Ostentavam cartazes encimados por bandeiras vermelhas. Eram sobretudo mestiços negro-hispânicos, com um tom de pele semelhante ao do actor Harry Belafonte.

Os portões do palácio escancararam-se. A limusina abrandou a marcha. Smith entreabriu a janela do seu lado e apontou. Este acto provocou um tumulto de gente.

Perto dos miúdos estava uma carrinha estacionada. Nesse preciso momento saíram quatro rapazes encorpados da carrinha. Todos de pele clara e empunhando bastões envoltos em cordas de piano.

Lançaram-se ao ataque. Os miúdos desataram a correr. Apanharam-nos e encheram-nos de pontapés e cacetadas até lhes deixar as pernas em sangue. Os miúdos ficaram demasiado ensanguentados e lacerados pelas cordas de piano para conseguirem levantar-se. Rastejaram de joelhos para dentro de uma viela. A cena inteira demorou dez segundos no máximo.

Smith continuava a lamber a sua raspadinha de gelo. — Os tipos bons pertencem à La Banda. São agentes pessoais do Jefe que trabalham com os meus homens. Os tipos maus pertencem ao Movimento 14 de Junho. Ainda não perceberam que a dissidência tem um preço.

El Jefe Balaguer era um anão. Tinha no máximo um metro e cinquenta e cinco de altura. Acolheu-os com um *mi casa es su casa* desprovido de sinceridade.

Balaguer sabia os nomes deles de antemão. Tratou-os por Señor Mesplede e Señor Crutchfield. Pediu para transmitir os seus cumprimentos ao Señor Tedrow e respectivo grupo de investidores. Não disse «os Rapazes», nem «a Máfia», nem «o Bando». Smith tratou Balaguer por «Jefe».

Balaguer *assustaaaava*-o. O Jefe inspirou pelo nariz e esboçou um sorriso afectado. Smith enfiou discretamente na boca algumas pastilhas C*lorets*.

Seguiu-se uma visita ao palácio. Smith entregou uma sacola a um dos lambe-botas do Jefe. Crutch estava a par do conteúdo: cinquenta mil dólares. A visita foi toda ela estátuas e petróleos nacionalistas. O recente Führer Trujillo foi omitido das conversas. O Franciú tinha participado no golpe contra Trujillo. O Anão não fazia ideia sequer, para grande contentamento de Crutch.

O almoço foi salada de marisco e paelha. Compareceram três mulheres de pele clara e o chefe local da CIA. As *chiquitas* eram cortesãs que tinham sido trazidas para quebrar o excesso de testosterona da ocasião. Crutch sentou-se num lugar donde tinha uma visão global. O tipo da CIA e o Anão sentaram-se ao seu lado.

Crutch manteve-se de bico calado e espreitou decotes. Mesplede divertia as mulheres com as suas tatuagens de *pitbulls*. O tipo da CIA chamava-se Terry Brundage. Bebia e falava pelos cotovelos como Ivar. Era um brincalhão. Brincava às custas de Mesplede: o teu compincha quer comprar uma lancha-torpedeira. Ele andou na tropa com o JFK? Alguma vez foi a Dallas? Vocês não são vendedores de droga nem bandidos anticastristas, pois não?

Crutch manteve-se de bico calado. A expressão *segredo aberto* não parava de lhe dar a volta à cabeça. Uma das mulheres topou que ele estava a espreitar disfarçadamente. Acenou-lhe com o guardanapo: pára lá com isso.

O Anão falava num inglês afectado. Anunciava as suas intervenções com leves tossidelas que equivaliam a um ACHTUNG! Expôs empolgadamente o seu Plano de Desenvolvimento Rural. Contou uma piada sobre Papa Doc Duvalier e uma galinha. Enalteceu o seu Plano de Desenvolvimento Urbano: vamos construir umas quantas casas prefabricadas para albergar os pobres e baixar o nível de criminalidade. Vamos construir edifícios altos para ocultar essas casas da vista.

A sobremesa era sorvete arco-íris. O Anão dirigiu a palavra directamente a Crutch.

— O que pretende significar o seu alfinete de lapela?
— Matei quinze comunistas cubanos, senhor.

O Anão agitou a mão: *comme ci, comme ça*. Crutch ficou petrificado com a colher levantada no ar. Caiu sorvete no fato do Anão.

— Existe uma expressão para jovens como você, Senhor Crutchfield. *Pariguayo*. O sentido literal é «mirone de festas». Vem do tempo em que os Fuzileiros dos Estados Unidos proibiram a propagação do comunismo no meu país. Descreve a relutância dos jovens fuzileiros em convidar as nossas raparigas para dançar.

O OLHO.
Ouve as palavras «Arranca-lhes os escalpes». Mas não consegue fazê-lo. Está caído na areia. A cara do morto está queimada de pólvora. Vê-se uma dobra de pele solta. O punhal enterra-se na cavidade do olho. A sua mão hesita. A lâmina decepa o globo ocular. Fecha os olhos. Não consegue olhar. Um golpe desferido com ambas as mãos faz estalar os ossos da órbita ocular. Pousa o pé no pescoço do morto para ter mais equilíbrio para continuar a tarefa. A lâmina do punhal é denteada. Começa a serrar até desprender o escalpe. A pressão do pé faz sair sangue de uma ferida no pescoço. O sangue empapa-lhe as botas. Agora parece uma bomba a vomitar gasolina. A remoção do escalpe demora dez minutos. A pressão do pé reencaminha o sangue através das narinas, das cavidades oculares e dos ouvidos.

Depois estalidos e fumo e...

Isto não está bem. Costumo pegar sempre no escalpe e agitá-lo na mão. E o Franciú aplaude-me sempre.

Crutch acordou. Estava encharcado de suor como numa sauna. Saía fumo do aparelho de ar condicionado. Agarrou num sifão de gasosa e apagou as chamas. Ouviram-se silvos e o crepitar de fagulhas. O fumo dissipou-se e deixou um resíduo mucoso.

O quarto estava a escaldar. Abriu as janelas para deixar entrar ar. Arrancou a roupa da cama e embebeu os lençóis em água fria na banheira. Improvisou uma corda de parede a parede com o cordel que tinha na mala. Pendurou os lençóis e ligou uma ventoinha de mesa. O resultado foi uma brisa fresca.

O Olho, o Sonho. Era a sexta ou sétima vez que revivia isso.

Pegou no livro de códigos e nas folhas de trabalho. Pegou na agenda de moradas de Gretchen/Celia. Começou a contar letras, números e os espaços entre as supostas palavras. Um mês de trabalho. Código de substituição. As letras K e S identificadas. Jargão ininteligível. Não conseguia detectar nenhuma palavra inteira.

Continuou a examinar e desenhou linhas teóricas. Os lençóis não paravam de enfunar. A ventoinha reordenava partículas de poeira suspensas no ar.

O telefone tocou. Crutch atendeu. Mesplede disse: — Estão cá os cubanos.

Agora eram sócios: os assassinos da farmácia.

O tipo do *Brylcreem* era Wilton Morales. O tipo do *Ipana* era Chic Canestel. O tipo do *Clearasil*, Cruz Saldívar. O tipo do *Vick's Vapo-Rub*, Felipe Gómez-Sloan.

Todos trocaram apertos de mão e palmadinhas nas costas. Os tipos pareciam todos idênticos e transformaram-se indistintamente num único hispânico. Quatro homens de estatura média. Todos na casa dos quarenta, todos eles em boa forma física. Todos eles ostentando as protuberâncias de armas sob as roupas.

Eram oito da noite. Tinham recebido ordens para efectuar uma incursão nocturna. Mesplede sugeriu tomarem um café. Canestel propôs anfetaminas.

Saldívar tirou seis frascos do bolso. Morales disse que tinham assaltado uma Farmácia Rexall em Miami. Vejam só: metedrina líquida *Mollencroft*, uma poção para a narcolepsia.

Emborcaram aquilo no parque de estacionamento. A droga era acídica. Fizeram-na descer com a ajuda de uns tragos de *Pepsi*. Gómez-Sloan conduzia um *Impala* de 1962. Tinha pneus de jipe e eixo de transmissão de um todo-o-terreno. Enfiaram-se dentro e seguiram na direcção norte.

Entraram na Autopista Duarte. Tinha duas faixas, sem separador central. A cidade rapidamente se transformou em matorrais e campos de cana-de-açúcar. Viram negros cortar a cana à luz de lâmpadas de arco voltaico. Tipos de pele clara montados a cavalo davam-lhes ordens. As luzes faziam brilhar extensões rurais inteiras.

Havia letreiros a indicar a Plaine du Massacre. O rio separava a República Dominicana do Haiti a noroeste. «Massacre» significava mais do que carnificina em puro francês. O Franciú topou a ironia. Trujillo tinha massacrado uma catrefada de haitianos até 1960.

A metanfetamina começou a fazer efeito. Crutch ficou orgásmico da cabeça aos pés. Também os outros tipos começaram a sentir o efeito.

385

As palavras que diziam pareciam estrias azuis a roçar a cor púrpura. Tudo em francês e espanhol. Crutch deixou de lhes prestar atenção e reviu mentalmente rostos femininos. Em circuito fechado: Dana Lund, Gretchen/Celia, Joan.

Não circulava mais nenhum trânsito. Estava uma escuridão de selva. Durante todo esse tempo, Gómez-Sloan conduzia o seu *Impala* com os faróis máximos ligados. O terreno mudou. Começaram a subir montes. Estavam flanqueados por duas cordilheiras de montanhas: a cordilheira Central e a cordilheira Oriental. Continuaram a subir a bom ritmo. O outro veículo, o *Chevy*, tinha o depósito atestado de gasolina de alta octanagem. Atravessaram cidades: Bonao, Abajo, Jarabacoa. Viram mendigos vasculhar no meio de lixeiras. Todos eles negros. Mesplede chamou-lhes «arrivistas haitianos». Levavam amuletos vudus pendurados do pescoço. Um dos tipos usava na cabeça um toucado com asas de pássaro. Outro deles tinha o rosto pintado de sangue. O Franciú começou a falar inglês e contou a história da sua golpada contra Trujillo.

Foi no início de 1961. O Bode estava no Bar Red Trough a mamar da Teta Vermelha da Rússia. JFK tinha dito basta. O mesmo disse o chefe do Exército dominicano, bem como a aristocracia latifundiária da República Dominicana. Terry Brundage tinha contratado a equipa. Dois carros de choque, um carro de fuga, quatro atiradores. Foi um movimento em tenaz/colisão automóvel à saída de São Domingos. O Bode e os guarda-costas saíram danados dos veículos. Os atiradores mais próximos mataram os guarda-costas. Mesplede abateu o Bode de uma posição elevada fora da estrada.

O *Chevy* continuou a subir. O ar começou a ficar rarefeito. Seguiram para oeste em Moca. O rio Yaque del Norte situava-se a oeste. Haitianos ilegais atravessaram a estrada com ténis molhados e calças empapadas. Um dos tipos estava algemado. Estava a ser perseguido por um polícia a cavalo. Mais polícias montados surgiram do meio dos arbustos. O negro ziguezagueou e correu direitinho na direcção de uma matilha de cães que arrastavam as trelas pelo solo. Os cães saltaram-lhe em cima e atiraram-se-lhe à cara. O *Chevy* chegou ao topo de um monte. Crutch ouviu uivos e gritos e depois silêncio.

Viraram para norte. Começava a alvorecer. Chegaram à linha da costa nos arredores de Puerto Plata. Mesmo assim: nem a porra de uma única praia, só rochas até à linha da rebentação. Mesplede disse que precisavam de uma enseada segura. Esconderemos lá o nosso barco. Tem de ser perto do Haiti e, portanto, com acesso a Cuba. O canal do Vento separa Cuba do Haiti. O canal de Mona separa Porto Rico da República Dominicana. Trazemos heroína de Puerto Rico e vendemo-la no Haiti. Fazemos incursões pelo litoral cubano ao largo da costa norte. Assim ficamos a sul das patrulhas da Guarda Costeira americana. As Marinhas haitiana e dominicana estão ancoradas nas Caraíbas. Temos a costa do Atlântico Norte para circular à vontade.

Saíram dos veículos, treparam para cima das rochas e urinaram para o oceano. Estavam a funcionar acelerados, a seis mil rotações por minuto. A conversa trilingue soava a guinchos de papagaio. Crutch manteve-se de bico calado.

Morales disse: — O miúdo Crutchfield nunca abre a boca.

Mesplede disse: — Pois não, mas é competente e persistente.

Canestel fechou a braguilha. — É um *pariguayo*.

Crutch riu-se. Os outros tipos riram-se. Ficaram ali em cima das rochas a trocar chalaças. Os cubanos contaram histórias acerca da baía dos Porcos. Crutch falou dos seus trabalhos sobre cônjuges infiéis. Mesplede divagou sobre a Mística do Tigre.

A origem: os Táxis Tiger Kab de Miami. Táxis pintados de cores garridas e operações anticastristas. O canal de escoamento da droga da Máfia entre Saigão e Las Vegas. O Tiger Kadre/a equipa Tiger Krew, *arriba*! Incursões até Cuba ao largo da costa do arquipélago das Florida Keys na embarcação *Tiger Klaw*.

Agora os Táxis Tiger Kab estavam instalados em Los Angeles. Serviam para lavar o dinheiro para a construção dos casinos. Os tigres eram criaturas ferozes e belas. Temos de honrar a sua dignidade impecável e a nossa simbiose com eles.

Saldívar rugiu como um tigre e piscou o olho a Gómez-Sloan. Morales e Canestel rosnaram como um tigre.

— Somos a nova equipa Tiger Krew — disse Mesplede. — A nossa lancha-torpedeira será o novo *Tiger Klaw*. Vamos pintar listras de tigre no casco e pendurar escalpes de castristas na antena do rádio. A designação alfanumérica será PT-109, para difamar de forma irónica o homem que assassinei em Dallas.

64

(Las Vegas, 3/3/69)

Wayne estava a preparar ervas. Glândulas de rãs-arborícolas e soluções alcalinas. *Ocimum basilicum*. Venenos de tetrodoxina: todos eles de estirpes haitianas. Pó de lagarto e do verme poliqueta.

Manuseou tinas e ferveu o pó até o transformar numa pasta. O tipo haitiano tinha-lhe dado pacotes de ervas. Tinha apanhado alguns lagartos no deserto e dissecara-os para lhes remover as vesículas biliares e as glândulas salivares.

Andava a reconstituir os passos de Reginald Hazzard. Reginald tinha estado com o tipo haitiano no final de 1963. Tinha leves conhecimentos sobre ervas haitianas e fizera-lhe perguntas sobre as capacidades analgésicas e ignífugas dessas ervas. O haitiano tinha dado a Wayne o mesmo conselho que dera a Reginald. Wayne seguira as instruções do tipo, mas sem qualquer resultado.

Tinha inventado aquela pasta. *Intensificava* a dor e *atiçava* pequenos fogos. Queimava rapidamente tecidos tratados. Isso talvez indicasse que recebera conselhos errados e que os conhecimentos gerais do haitiano eram ilusórios. Reginald poderia ter chegado ao mesmo resultado químico ou talvez tivesse alcançado um êxito total. O tipo haitiano poderia não passar de um lunático. Acreditava na zombificação. Afirmava que o vudu intensificava a eficácia das substâncias químicas.

Transferiu a pasta para um jarro e voltou a concentrar-se na leitura. Tinha requisitado na biblioteca os mesmos livros que Reginald requisitara no Outono de 1963.

Química haitiana: licor de *klerin*, ervas, toxina de peixe-balão. Teorias de esquerda: Marx, Franz Fanon, Herbert Marcuse. Aquela ciência parecia-lhe inconsistente. Não havia resultados controlados. Os resultados descritos pareciam uma forma de loucura religiosa. Os pensadores de esquerda alongavam-se na teoria e encurtavam os factos precedentes. A sua causa era a revolução. Todas as teorias acabavam por regressar à sua irredutível necessidade. Reginald tinha dezanove anos e andava à procura de respostas. Encontrara a política e a magia da química.

Uma fixação haitiana. Uma estranha coincidência. A equipa avançada estava agora na República Dominicana.

Wayne foi ao seu recanto de arquivos e folheou umas quantas páginas de notas. A linha cronológica estava incompleta e terminava de forma abrupta.

«*Mulher branca paga a fiança para tirar Reginald Hazzard da prisão e nunca mais foi vista desde então.*»

Olhou fixamente para a linha cronológica. Rabiscou pontos de interrogação ao lado. Escreveu: «*Terá Marsh Bowen pestanejado ao ver a foto do Reginald Hazzard? Pouco provável*».

Levantou-se e lavou as mãos no lavatório do laboratório. Partículas das glândulas de sapo causaram-lhe ardência na pele.

— Estás a gozar comigo.
— Não, a sério. Foi obra do Farlan Brown.
— Jesus Cristo, porra para isto tudo.
— Não culpes Cristo, foi a mando do Richard Milhous Nixon.

O jantar de Dwight consistia em *Bromo-Seltzer* e aspirina. O Dunes Lounge era um túmulo. Jody and the Misfits tocavam velhos sucessos rançosos. Os clientes habituais tinham voltado para as máquinas de jogo.

— É um acordo pró-forma — disse Wayne. — Tratas de tranquilizar o presidente que eu tranquilizo os Rapazes. A República Dominicana é um local esplêndido, está tudo a correr como deve ser.

— O Senhor Hoover vai querer que o informe. Vou aligeirar as coisas e dizer-lhe o que quer ouvir.

— Ou seja?

Dwight acendeu um cigarro. — Que o Nixon anda tão absorvido com os militantes negros como ele anda. Que está ciente da ameaça à segurança nacional representada por Archie Bell and the Drells.

Um bêbedo cambaleou junto da mesa deles. Wayne arrastou a sua cadeira para mais perto de Wayne.

— A luta de navalhas. Tiveste algum *feedback* da tua informadora?

Dwight encolheu os ombros. — Ela disse que agora os manos da ATN odeiam ainda mais os manos da FLMM. Não chegou a referir o nosso rapaz Marsh na conversa.

— Já conheço o Clarkson, mas conheço mal o Jackson. É haitiano, certo?

— Sim. Não tem cadastro, mas foi alegadamente um polícia dos Tonton Macoutes no Haiti. Emigrou, mudou de nome e tornou-se num parvalhão dum militante negro. Porque perguntas? O tipo não é tão mau como a maioria desses cabrões.

Wayne encolheu os ombros. — Por mera coincidência. Mera curiosidade indolente.

Dwight estalou os nós dos dedos. — «Indolente», uma ova. Quem é indolente é o Marsh. Quero que lhe dês um abanão na trela. Diz-lhe que tem de se juntar à ATN ou à FLMM e fazer algumas denúncias sobre grupos colaterais para manter o velho rabeta de cuequinhas húmidas.

Wayne sorriu. — Eu digo-lhe.

— E já que vais falar com ele, diz-lhe para arranjar alguma heroína.

Wayne apertou com força o seu copo de água. O rebordo quase quebrou. — Para quê tanta arrogância, rapaz? — replicou Dwight. — Como se nunca tivesses produzido, traficado e vendido pessoalmente heroína a tipos negros.

Wayne precisava de ar. Deambulou pela Strip debaixo de uma tempestade.

Dwight tinha topado o esquema dele. Dwight sabia como obrigá-lo a trabalhar e como molhar-lhe o rastilho inflamado.

Estava frio. Caíam agulhas de gelo juntamente com a chuva. Os toldos do hotel congelaram e perderam letras.

Os Rapazes tinham-no sobrecarregado de trabalho. Os investimentos financiados pelo Fundo de Pensões dos Camionistas devoravam-lhe o tempo todo. Tinha comprado trinta e quatro negócios falidos desde o Ano Novo. A lavagem de dinheiro em Los Angeles estava a funcionar a todo o vapor. O Banco Popular era o principal canal de branqueamento. Os Táxis Tiger Kab e os clubes rascas lavavam os dinheiros residuais. Mesplede e o Pedaço-de-Merda tinham apanhado um voo das Linhas Aéreas Hughes e estavam agora na República Dominicana.

O Drac estava a afundar-se na neurose ao mesmo ritmo de Gay Edgar. Wayne encontrava-se com ele em quartos privados de hospital e acalmava-lhe o medo em relação à bomba atómica. O Drac queria reduzir a procriação entre os negros. A sua solução: inserir partículas radioactivas nas verduras dos restaurantes de comida afro. O Drac recebia duas transfusões de sangue por dia. O Drac tinha comprado oito minas de ouro, duas minas de prata e um campo de golfe desde o Ano Novo. Os seus advogados estavam a submeter mandados judiciais contra o estado do Nevada. O Drac queria banir todos os testes da bomba atómica. Farlan Brown dizia que as suas despesas legais ascendiam a cinquenta mil dólares mensais. Farlan perguntou pelo Pedaço-de-Merda: ainda anda à procura daquela ladra miserável? Wayne disse que era provável: o Pedaço-de-Merda põe-se a perseguir mulheres quando não sabe que mais há-de fazer.

A chuva transformou-se em granizo. Wayne refugiou-se no Top O' the Strip. Art and Dottie Todd estavam a cantar «Chanson d'Amour» pela décima milésima vez. O bar girava e proporcionava aos clientes uma visão de trezentos e sessenta graus. Lá fora tombavam folhas de gelo do céu.

O pugilista Sonny Liston estava a desfigurar fotos publicitárias de Muhammad Ali. O preço de venda era a dez dólares a peça. Os falhados dos brancos compravam-nas e expunham-nas nos seus covis. Sonny escreveu «refractário ao serviço militar» e desenhou cornos de demónio na testa de Ali. O Drac tinha meia dúzia dessas fotos. Farlan Brown enviou ao presidente uma foto especial que Liston tinha adulterado: Ali a mamar no pau de Lyndon B. Johnson.

Wayne acenou. Sonny largou os falhados e aproximou-se deles. Um empregado trouxe uma *Coca-Cola* para Wayne e um uísque com gelo para Sonny. Puseram-se a reviver animadamente os velhos tempos.

Sonny era um discípulo dos Táxis Tiger Kab. Wayne contou-lhe que o negócio tinha acabado de se mudar para a zona sul de Los Angeles. Sonny disse que se apressaria a dar apoio aos manos. Wayne disse que lhe agradecia o gesto. Sonny disse que tinha ouvido um boato: tu e essa mulher negra.

Wayne admitiu. Sonny mencionou Wendell Durfee. Wayne disse que estava à procura do filho desaparecido da mulher negra. Sonny riu-se durante dois minutos seguidos. O riso galvanizou o bar inteiro.

As pessoas olharam na direcção deles. Wayne enxotou-as com um olhar irado. Sonny respirou fundo e terminou de beber o seu uísque.

— Já acabaste? — disse Wayne.

— Tu mais as tuas indagações acerca de negros — disse Sonny.

Diagramas, setas. Linhas de ligação nos dois sentidos.

Um diagrama assinalado «Livros de Biblioteca». Pontos de ligação: os diagramas assinalados «Textos Políticos» e «Ervas Haitianas». Um diagrama assinalado «Multa de Estacionamento». Ponto de ligação: o diagrama assinalado «Tipo Haitiano das Ervas». Um diagrama assinalado «Cadeia». Ponto de ligação: o diagrama assinalado «Mulher Branca/Fiança».

O esquema do gráfico ajudava-o a reflectir. A disposição na parede permitia-lhe pensar sentado e de pé. Suplantava e reduzia o seu trabalho de arquivo.

Wayne examinou caixas. A folha de resumo da Polícia de Las Vegas dizia *Lê-me*. Sentou-se e voltou a analisá-la. Era um resumo da solidão de Reginald. Liceu, colégio universitário, o trabalho a lavar carros. Ninguém conhecia realmente o rapaz. Relacionamentos mais do que ténues e nenhuns amigos.

— Antes que me perguntes pela décima segunda vez, a minha resposta é não, nunca conversámos acerca de ervas haitianas nem sobre textos políticos esquerdistas.

Wayne girou a cadeira. Mary Beth pousou as mãos nos ombros dele e sentou-se no colo dele.

— Não te teria dado uma chave se soubesse que a ias usar para me atormentar.

— Tens tendência a atormentar-te. Foi por isso que vim cá como de costume.

Wayne puxou-lhe a fralda da camisa para fora. — Podíamos deitar-nos um pouco.

Ela tocou-lhe nos lábios. — Podíamos e devíamos, já que estás com essa cara de polícia com perguntas rotineiras.

— Não são rotineiras.

— Eu sei, querido. Estou só a espicaçar-te. Não passa da minha maneira de atenuar a tendência de ser brusca.

— Ou seja?

— Ou seja, que estou aqui neste preciso momento e o Reginald não.

Wayne beijou-a. Ela passou-lhe a mão pelo contorno do queixo. Lá estão aqueles olhos dela. E, como sempre, aqueles pontinhos verdes nas pupilas.

— A esmeralda. Lembra-te que disseste que ias...

Ela tapou-lhe a boca. Um gesto que significava sempre *Caluda*.

— Sim, andei a fazer perguntas. Não descobri nada de concreto, o que não me surpreendeu. Mas descobri que existe um mito persistente, e de natureza persistentemente amorfa, de que os negros em situação de aflição precisam de receber esmeraldas anonimamente pelo correio.

Wayne levantou-se. Mary Beth continuou agarrada a ele e manteve-se no seu colo. Riu-se. Wayne levou-a para o quarto e largou-a em cima da cama.

Mary Beth ressaltou levemente. Descalçou os sapatos aos pontapés e tirou as meias.

— Não quero estragar o ambiente, mas lembrei-me de uma coisa. Wayne despiu a camisa. — Sobre o Reginald?

— Sim.

— Conta então. Não estragues o ambiente, mas...

— Encontrei algumas das velhas roupas escolares dele e isso refrescou-me a memória. Foi na Primavera de 1962. O Reginald tinha feito uma visita de estudo a Los Angeles. Era uma feira da ciência na Universidade da Califórnia do Sul. Ele disse-me que tinha frequentado algumas aulas numa «Escola da Liberdade». Tinham um pequeno escritório improvisado lá no *campus*.

Algo fez *clique*. Não conseguia identificar o que era. Voltou a ficar de mente vazia num sincronismo exacto. Mary Beth atirou-lhe com um sapato.

«Quem está aqui agora sou eu e não o meu filho.»

65

(Washington, D. C., 17/3/69)

— Vejam só o tapete — disse Nixon. — São os detalhes que me impressionam. O raio do pássaro com aquelas setas todas e folhas nas garras.

Dwight olhou para o tapete. Bebe Rebozo também olhou. A Sala Oval, bebidas das seis da tarde. Nixon a beber o seu terceiro *cocktail* à moda antiga.

— O Senhor Hoover teve um programa de rádio na década de 1930 — disse Bebe. — Nessa altura era eu um jovem lá em Havana. Havia um posto emissor de duzentos mil watts que transmitia a partir de Miami.

Nixon tirou a cereja do seu copo. — O agente Holly está-se nas tintas para tapetes ou para os tempos da verde juventude do Senhor Hoover. Quer pôr fim a todo este maldito disparate acerca da militância negra que tem circulado ultimamente.

— Correcto, senhor presidente — disse Dwight.

— E quer que lhe dê a minha palavra de que não estou a congeminar nenhuma insurreição na República Dominicana.

Dwight anuiu com a cabeça. Bebe disse *ooh-la-la*. O presidente e o Primeiro-Amigo pareciam fraternais. Ambos de pele morena. Vestidos com camisolas de alpaca de cor roxa com o selo presidencial. Estilo rotários à mistura com o estilo Rat Pack do clã de Sinatra.

Bebe acendeu um cigarro. — A minha ligação à República Dominicana remonta a muitos anos atrás. Tinha lá uns campos de cana-de-açúcar na década de 1940. Há um grupo de exilados a quem dou umas massas. Agora operam a partir de lá.

Nixon tossiu. Bebe apagou o cigarro e agitou o ar com a mão. Estava a nevar. Das janelas via-se um pórtico e um relvado enorme.

— Os meus tipos costumavam vender heroína — disse Bebe. — É uma forma rápida de recuperar o investimento. Quando se quer combater o comunismo, é preciso ir ao cerne da questão.

Nixon agitou a sua bebida. — Chamar as coisas pelo nome. A heroína tem financiado todos os golpes no Terceiro Mundo desde que Deus ainda era um cachorrinho. Não é verdade, senhor Holly?

— Correcto, senhor presidente.

— O Farlan Brown disse que você estudou em Yale. Explique-me porque é que você anda de crachá e eu tenho de aturar todas estas dores de cabeça e esta maldita camisola ridícula?

Dwight sorriu. — São as vicissitudes do destino, senhor.

— «Vicissitudes», uma ova. Aquele lambe-botas irlandês do Jack Kennedy roubou-me as eleições em 1960. *Isso* é que é uma «vicissitude». Agora cabe-me a mim ser o último a rir.

Bebe comeu a cereja da sua bebida. — Gosto do Dwight, senhor presidente. Devia nomeá-lo procurador-geral.

Nixon soltou uma risada. — O Hoover sabe demasiados segredos sujos a meu respeito. Nunca aceitaria que fosse um assassino a soldo como o Dwight a mandar.

— E você é um assassino a soldo, Dwight? — perguntou Bebe.

— Sou sim, senhor.

Nixon pôs-se a catar uma pele solta na base de uma das unhas. — Onde é que o Hoover guarda os ficheiros secretos? Tive um ajudante que dizia que ele tinha um cofre-forte no Hotel Willard.

— É na cave da casa dele, senhor presidente. É à prova de humidade e à prova de fogo.

Bebe fungou com desdém. — Ele não tem nada sobre o presidente que o próprio não tenha já divulgado publicamente.

Nixon revirou os olhos com ironia. Bebe gaguejou. Dwight pôs-se a examinar a base do seu copo. Apresentava o mesmo motivo do pássaro furibundo.

— A República Dominicana não passa de uma retrete — disse Bebe. — Os seus investidores vão ter de melhorar o aspecto desse local se quiserem atrair lá os turistas. Acabo de visitar o meu grupo de exilados e dei uma leve olhada à situação. O Balaguer é ferrenhamente pró-americano, mas os tipos da CIA são todos uns bêbedos e uns mulherengos. É um coronel reformado dos Fuzileiros Navais chamado Smith que faz a maior parte do trabalho sujo para o Balaguer.

— Imputabilidade — disse Nixon. — Põe-se um testa-de-ferro à nossa frente e assim fica-se a salvo quando as coisas derem para o torto. *Quem, eu?* Estava num jogo dos Red Sox ou na marmelada com a minha senhora.

Dwight riu-se. Bebe pôs-se a mexer no anel de esmeraldas que usava por cima da aliança de casamento.

— O meu grupo tem dois novos tipos durões. Um mercenário francês e um miúdo que é seu compincha. Talvez não consigam expulsar o Fidel, mas hão-de morrer a tentar.

Nixon bocejou. — O Castro tem pernas para andar. O eleitorado americano está farto de Cuba até à ponta dos cabelos. Vou deixar os exilados arquitectar as suas tramóias desde que isso não acabe por me prejudicar depois nas eleições.

Bebe fingiu-se ofendido. Querido, como pudeste? Dwight desviou o olhar.

— Dwight, falemos sem rodeios — disse Nixon.
— Sou todo ouvidos, senhor.
— Descreva o estado mental do Hoover. Parta do princípio de que estou por dentro do assunto, que tenho alguns conhecimentos prévios, que nada sairá daqui desta sala. Chame as coisas pelos nomes e a franqueza acabará por o recompensar a longo prazo.

Dwight falou com entusiasmo. — A sua saúde mental e física encontram-se extremamente debilitadas. Está obcecado com a criminalidade dos negros, os hábitos de procriação dos negros, a actividade política dos negros e a higiene dos negros. O seu discernimento é questionável a todos os níveis. É mais do que óbvio que está incapacitado. O seu prestígio no seio da comunidade das forças da lei tem-se perdido como numa hemorragia. Tem propensão para cometer gafes embaraçosas. Costuma fazer comentários descomedidos e altamente imprudentes. É extremamente injurioso. Tem-se aguentado à base de uma vontade bruta, ódio e injecções diárias de anfetaminas no traseiro. Apesar desta abundância de enfermidades, mantém-se tenuemente lúcido e deve ser considerado um adversário mortal e, por conseguinte, um amigo significativo e perfeitamente essencial.

Bebe assobiou. — Isso é que é chamar as coisas pelos nomes, amigo.
Nixon assobiou. — Amém, irmão.
Dwight sentiu o pulso acelerar. Nixon piscou-lhe o olho num gesto que dizia: és cá dos meus.
— Mantenha-me ao corrente disso. Está bem, Dwight?
— Sim, senhor. Assim farei.
Bebe exibiu o seu anel de esmeraldas. — Catita, não é? Arranjei-o na República Dominicana.

O Echo Park estava inundado. Os barcos de aluguer estavam atracados e tapados com lonas. A chuva não parava. Os patos estavam escondidos algures. Tinha comprado pipocas em vão.
Dwight estava derreado. Tinha apanhado o voo nocturno de Washington para Los Angeles, espremido entre sacerdotes budistas. Tinham reparado na arma dele e limparam-lhe a aura com o seu mantra «Om». Os comprimidos e as bebidas tinham voltado a conspurcá-lo. Dormira apenas uma hora.
Tinha ligado ao Sr. Hoover a relatar o seu encontro com Nixon. Descrevera-o como «superficial». O velho rabeta ficara furioso. Dwight tratara de o amansar. Hoover lançara-se numa diatribe anti-Nixon durante catorze minutos. Queria notícias sobre os *cartoons* racistas. Dwight dissera que as pistas tinham resultado num beco sem saída.
Duas noites, três horas de sono apenas. Pesadelos recorrentes com Martin Luther King. Com o Dr. King a proferir sermões e ele a assistir de um banco ao fundo.
Karen aproximou-se. Tinha acabado de mudar a fralda a Eleanora. Mantiveram-se debaixo do toldo da casa do barco. A bebé estava quente e segura, bem agasalhada com três camadas de roupa.
— Ela parece-se comigo — disse Dwight.
Karen sorriu. — Não passou de um procedimento clínico e tu não estavas sequer perto do receptáculo.
Eleanora tinha o cabelo e a estrutura óssea da mãe. Continuava a dormir no meio do ruído da tempestade.
— Já não nos víamos há muito tempo — disse Dwight.
— Pois é. Eu tive a Eleanora e tu tiveste a operação.
— O Fulano de Tal parte em breve, certo?
— Sim.

— Então já teremos algum tempo para nós. Arranjei-te uma chave do escritório-fachada.

Karen afastou-se dele. — Isso é um gesto do tipo «não tenho nada a esconder».

— Nisso tens razão, mas é a verdade.

— Estás a fugir ao assunto. Acusa-me de alguma coisa. Dá-me a hipótese de confirmar ou negar.

Karen acendeu um cigarro. A mão tremia-lhe. Dwight segurou na bebé enquanto ela fumava.

— O Senhor Hoover chamou ao Bayard Rustin uma «criatura nocturna de cauda preênsil», lá na Legião Americana.

— Eu sei — disse Dwight.

— A partir daí os comentários dele começaram a regredir.

— Eu sei. O Jack Leahy mostrou-me uma cópia do discurso.

Eleanora deu pontapés. Dwight embalou-a para voltar a adormecer. O toldo vertia água. Caíram pingos junto dos pés deles.

— Há uma casa franca perto de Cal Riverside — disse Karen. — Estive lá. Tem lá um armário com quatro espingardas automáticas e uma caixa de granadas de mão. Um homem com uma máscara de Mao Tsé-Tung e armado com uma espingarda assaltou quatro lojas em San Bernardino.

Dwight olhou para Eleanora. Os pezinhos dela esperneavam enquanto dormia.

— Sempre me interessaram os assaltos à mão armada. O que posso fazer por...

— A Divisão de Filadélfia está a rever o dossiê do meu marido. Há agentes que têm importunado o reitor. Um dos tipos foi até bastante ousado e indecente: «Vocês, os universitários, circulam bastante por aí. Ouvi dizer que a sua mulher tem andado no *flirt* com o durão preferido do Senhor Hoover.»

Dwight deu um pontapé na parede. O impacto perturbou Eleanora. Karen deitou o cigarro fora e tornou a pegar na bebé. Eleanora soltou um gemido e fechou os olhos.

— O Senhor Hoover falou de nós a esse tal agente, Dwight. Isso viola o acordo que estabelecemos desde o início.

— Eu sei.

— O Senhor Hoover chamou «corista doentia» a Coretta Scott King na televisão nacional.

— Eu sei.
— Podes dizer outra coisa que não isso, por favor?
— O Senhor Hoover está a perder o tino. Está velho e doente. Ninguém tem tomates para o desligar das máquinas, pois tem ficheiros de segredos sujos sobre a porra do mundo inteiro.
— Inclusive sobre ti?
— Sim.

Karen embalou Eleanora. As nuvens escureceram ainda mais e largaram um aguaceiro.
— Há alturas em que não se pode fugir, Dwight.
— Fugir de *quê*?
— Das coisas de que nunca falas. Das coisas que tiveste de fazer para esse homem. De cada coisa horrível que já fizeste.

Dwight estendeu a mão para acariciar Eleanora. Karen afastou a bebé. Dwight saiu para a chuva.

Os três comprimidos e as bebidas não o ajudaram. Os seus circuitos estavam a fazer faísca e mantinham-no acordado. A adrenalina corroía-lhe o efeito dos sedativos. Vestiu-se e conduziu até Eagle Rock.

Era meia-noite. O pátio estava sossegado. A chuva trazia relâmpagos vermelhos e o ruído de trovoada. Dwight forçou a fechadura e entrou.

Acendeu as luzes. A casa parecia estar igual. Aproximou-se da cama e afastou as almofadas. Encontrou a mesma arma e o mesmo diário. Abriu-o e encontrou novas páginas escritas.

> OS MEUS OBJECTIVOS A CURTO PRAZO E OS OBJECTIVOS A CURTO PRAZO DO DWIGHT FUNDIRAM-SE NUMA MANCHA INDISTINTA. CHEGUEI A UMA SITUAÇÃO EM QUE PARTILHO DA PERSPECTIVA DO DWIGHT ACERCA DA ATN E DA FLMM. NÃO PASSAM DE CRIMINOSOS MOVIDOS POR RANCORES PESSOAIS À CUSTA DA CONSCIÊNCIA POLÍTICA. O DWIGHT NÃO LHES RECONHECE NENHUM TIPO DE CONSCIÊNCIA, MAS EU RECONHEÇO-LHES UMA CONSCIÊNCIA EMERGENTE, EMBOTADA PELA PATOLOGIA EGOCÊNTRICA DE MACHOS IRADOS REUNIDOS EM GRUPO. ESTES HOMENS DEVEM FAZER CIRCULAR HEROÍNA E FOMENTAR ASSIM UMA MISÉRIA RECONHECÍVEL. DEVE SER AQUELE CAOS CONTIDO QUE TANTO O DWIGHT COMO EU DESEJAMOS. ESSA CONSCIÊNCIA EMERGENTE

DEVE SER PROVOCADA ATRAVÉS DE UM TERROR MORAL. O DWIGHT E O SR. HOOVER ACREDITAM QUE O ESTÍMULO DA HEROÍNA TERÁ UM EFEITO ESMAGADOR ENTRE OS MILITANTES NEGROS, OS SEUS SEGUIDORES E OS INÚMEROS NEGROS MOBILIZADOS POR ESSA RETÓRICA. ESSA CAPITULAÇÃO EM MASSA SERVIRÁ PARA CONFIRMAR UMA DESPREZÍVEL CARICATURA RACISTA, DESACREDITARÁ O RADICALISMO NEGRO E SUPRIMIRÁ O SEU EMERGENTE APELO ÀS CORRENTES DOMINANTES. ACREDITO QUE A EMERGÊNCIA DE UMA CONSCIÊNCIA POLÍTICA SERVIRÁ PARA CONFRONTAR E TRANSCENDER ESTE OBSTÁCULO, PARA REINVENTAR OS ANTIGOS CRIMINOSOS E ATRIBUIR-LHES OS PAPÉIS DE HERÓIS QUE AGORA PROCURAM DE MODO TÃO EGOÍSTA E FÚTIL. ESTE CAOS CONTROLADO NÃO IRÁ REDUNDAR EM DISSOLUÇÃO POLÍTICA. O CAOS ESTÁ DEMASIADO IMPREGNADO NO CONTEXTO HORRIPILANTE DA NEGLIGÊNCIA E DA INJUSTIÇA DOS BRANCOS PARA QUE NÃO RESULTE NOUTRA COISA A NÃO SER A LIBERTAÇÃO. VI E FIZ COISAS HORRÍVEIS DURANTE A MINHA LONGA LUTA REVOLUCIONÁRIA; O FACTO DE TER DISTRIBUÍDO HEROÍNA NA ARGÉLIA EM 1956 REVELOU-SE AMBÍGUO. ACREDITO VIVAMENTE QUE TODOS OS CONFLITOS DURANTE ESTE PERCURSO IRÃO RESOLVER-SE A MEU FAVOR, E NÃO A FAVOR DO DWIGHT, E QUE NINGUÉM MORRERÁ.

Dwight releu as páginas. Leu por alto e saltou passagens aqui e ali. As letras converteram-se numa mancha indistinta. O álcool e os comprimidos começaram a fazer efeito tardiamente. Viu pontinhos e salpicos de tinta. O chão rolou. Deitou-se e fechou os olhos.

A cama rolava. O chão afundava-se. Não sabia se estava acordado ou adormecido, ou algures no intermédio entre os dois estados. Estava à deriva. Era assustador e apaziguante. A cabeça e os membros causavam-lhe uma sensação estranha. Perdeu os sentidos durante algum tempo. Abriu os olhos e viu Joan.

Joan sentou-se na cama, com uma das pernas apoiada na borda. O joelho roçou na anca dele. Usava botas por cima das meias de náilon pretas cheias de malhas soltas. Tinha o cabelo apanhado atrás.

— Como descobriste?

— Os *cartoons* que mandaste imprimir. Deixaste um rasto fácil de seguir.

— Os *cartoons* foram um fiasco. Não voltará a acontecer.

— Quem os desenhou?

— Um antigo aluno meu da «Escola da Liberdade».

Dwight soergueu-se. As vertigens que sentiu obrigaram-no a deitar-se. Joan apertou-lhe o joelho. Dwight passou a mão pelas malhas soltas das meias até encontrar pele nua para afagar.

— Heroína — disse ela.

— Não podem distribuí-la. Não durariam mais de dez segundos a vendê-la até serem apanhados.

— Eu podia ajudá-los.

— Vou pensar nisso.

Joan entrelaçou a mão na dele. Dwight enfiou a outra mão numa das malhas soltas da meia e abraçou-lhe a perna.

— Quantos mais lugares tens iguais a este?

— Não te digo.

— Deixaste lá o diário para que eu o encontrasse. Foste buscar a ideia à Karen Sifakis?

— A Karen é uma amiga que funciona como meu contacto para receber correio. Não a conheço propriamente.

— Deixaste lá o diário para que eu o encontrasse?

Joan anuiu com a cabeça. Dwight disse: — Ninguém vai morrer. — Joan tomou-lhe o rosto entre as mãos.

As vertigens esmoreceram. Voltou a sentir o corpo. As mãos dela refortaleciam-no.

— O que queres? — disse Joan.

— Quero cair. E quero que me apanhes durante a queda — disse Dwight.

66

(São Domingos, 20/3/69)

Sentia ardência nos olhos. Não parava de ver prismas de palavras. Tinha cortes de papel nos dedos.

Um mês ocupado a trabalhar na decifração dos códigos. Provavelmente fizera já alguns progressos. Reconstruir palavras a partir de números, letras e espaços.

A equipa Tiger Krew seguia a toda a velocidade pela Autopista Duarte. Ivar Smith tinha-lhes vendido um veículo militar blindado com semilagartas do Exército dominicano. Saldívar e Canestel tinham--no pintado com riscas de tigre. Morales tinha pintado uma enorme pata de tigre. Seguiam na direcção de Piedra Blanca e Jarabacoa. Havia equipas de escravos a escavar o solo nos estaleiros de construção. O Anão tinha-lhes vendido dois lotes rurais e dois lotes em São Domingos. La Banda tinha recrutado equipas de mão-de-obra na prisão de La Victoria. Os reclusos podiam obter assim reduções de pena se os prazos de construção fossem cumpridos.

A empresa de construção de Balaguer estava preparada para entrar em acção. La Banda tinha expulsado as gentes pobres das zonas dos estaleiros situados fora da cidade. A construção dos casinos estava *em marcha*. A lancha-torpedeira já tinha sido encomendada. Mais tarde iriam encontrar-se com um tipo dos Tonton Macoutes para discutir o negócio da droga.

Crutch aplicou gotas de *Murine* para humedecer os olhos. As lagartas do veículo militar não paravam de comer estrada. Era o Franciú quem conduzia. Os cubanos iam empoleirados por cima das cavidades das rodas dianteiras. Crutch estava sentado na guarita da metralhadora. Passaram pelo meio de campos de cana-de-açúcar e por descampados. Crutch disparava de vez em quando contra cepos de árvores por mera diversão.

Haitianos ilegais atravessaram a estrada agachados. Morales disparou para junto dos pés deles. Crutch bocejou e espreguiçou-se. O trabalho de decifração dos códigos induzira-lhe um enorme défice de sono.

Vudu. O provável livro dos mortos. Letras, números, símbolos e matemática. Uma pista relativa ao assassínio ocorrido na Casa dos Horrores. Os símbolos do livro correspondem aos símbolos encontrados na Casa dos Horrores. É o livro de Gretchen/Celia. Porra: *ainda* não consegue encarar Joan e Gretchen/Celia como assassinas.

Essa ideia deixa-o atordoado. Crê que Gretchen/Celia se encontra no país. Tinha passado a pente fino todos os registos possíveis e não conseguira encontrá-la. Mesplede dissera-lhe para não pressionar Sam Giancana. «Esse teu "caso" não passa de pura frivolidade. Estamos aqui para pôr heroína a circular e para depor o Fidel Castro.»

O terreno era íngreme. As lagartas do veículo militar reduziam a polpa as cascas das árvores caídas. Crutch praticava tiros sequenciados. Apontava para as árvores e decepava-lhes os ramos com rajadas de calibre 30.

Wayne chegaria em breve. Os Rapazes tinham-lhe dito para fechar o negócio com o Anão. Os geólogos tinham recolhido amostras de solo nos quatro locais e concluíram que podia sustentar edifícios pesados. Mesplede tinha encontrado um local à beira-mar, na fronteira entre a República Dominicana e o Haiti. Ficava perto da cidade de Cap-Haitïen. O contacto deles nos Tonton era um figurão dessa zona.

O veículo blindado Tiger Kart chegou a Piedra Blanca. Os camponeses locais avistaram a fera e desataram a fugir. O local estava agitado. Os buldózeres estavam a arrasar cabanas. Agentes da Polícia Nacional prendiam os desalojados. Falavam em espanhol. Morales traduzia para Crutch. Expropriação por ordem do governo. O Jefe precisa das vossas casas. Recebem quarenta dólares e uma senha de alimentação.

Alguns dos desalojados choravam e olhavam furibundos. Os tipos de La Banda flanqueavam os buldózeres. Mantinham-se em posição de parada, com as carabinas nos braços.

O capataz da obra avançou pelo terreno. Disse a Gómez-Sloan que o solo era bom. La Banda iria trazer alguns reclusos para cortar a vegetação. A sua equipa iria montar ali um barracão prefabricado para alojar os operários. Os reclusos dormiriam acorrentados. Seriam vigiados por equipas de polícias munidos de chicotes.

Partiram de seguida para Jarabacoa.

Crutch ficou enjoado. O Tiger Kart esmagava tudo à sua passagem. Eram duas da tarde e estava um calor infernal. Escorria-lhe protector solar do pescoço. Os seus pensamentos tinham regressado a São Domingos. A sua obsessão com Joan e Gretchen/Celia ardia intensamente como uma tocha. Considerava-as comunistas. Não as via como assassinas. Os símbolos coincidentes talvez não significassem Homicídio Qualificado.

São Domingos era realmente um buraco merdoso. A secção de Gazcue era uma espécie de Hancock Park para hispânicos abastados. Era uma zona de gente de pele clara. Crutch tinha começado a dar uma olhada ao local na semana anterior. Andava à procura de Joan e de Gretchen/Celia, mas contentava-se em observar mulheres escolhidas de forma aleatória. Seguia-as desde os parques até restaurantes. Seguia-as até suas casas. Espreitava por janelas de quartos e de casas de banho.

O Tiger Kart chegou a Jarabacoa. A cidade estava cheia de barracos de telhados de chapa de zinco e rodeada de vegetação cerrada. O estaleiro das obras ficava duas ruas mais abaixo. Crutch ouviu o matraquear das lagartas dos buldózeres. Três miúdos desataram a correr do meio de um arbusto. Usavam máscaras e camisas do Tio Ho Chi Minh e traziam nas mãos garrafas com os topos em chamas. Estão a topar? *Cocktails* Molotov.

Lançaram as garrafas. As bombas acertaram no Tiger Kart e provocaram explosões insignificantes. Crutch girou a metralhadora e disparou na direcção dos miúdos. Conseguiu decepar uns quantos caules de cana-de-açúcar, mas não acertou nos cabrõezinhos.

Os miúdos escaparam e refugiaram-se na protecção da vegetação. O Tiger Kart continuou a avançar para o estaleiro de construção. Trabalhadores acorrentados acartavam entulho enquanto os buldózeres arrasavam os alicerces das casas. Uma equipa de quatro reclusos com as mãos cheias de cortes arrastava pedaços dos telhados. Um polícia montado a cavalo chicoteou um trabalhador mais lento.

O capataz acenou-lhes. A equipa Tiger Krew retribuiu-lhe o aceno com um rugido de tigre. Crutch ouviu três disparos na Autopista.

O Tiger Kart deu meia-volta e seguiu para norte. Viram os miúdos dos *cocktails* Molotov mortos numa vala. Tinham sido abatidos com tiros à queima-roupa na cabeça. As suas camisas do Tio Ho Chi Minh estavam rasgadas. Tinham-lhes decepado as mãos e os pés.

Um tipo de La Banda saiu do meio do mato e acenou-lhes.

Ivar Smith tinha guardado um jipe para eles. O Tiger Kart era demasiado grande para as travessias do rio fronteiriço. A Plaine du Massacre ficava ali perto. Morales cheirou o ar. Disse que sentia o cheiro do Bode e dos invólucros das almas dos haitianos chacinados. Crutch viu desenhos de sangue em troncos de árvores. Sentiu uma má vibração a vudu.

O jipe tinha o depósito atestado. Um tejadilho de lona protegia-os do sol. Seguiram até ao rio por estradas de terra. Viram tipos dos Tonton empoleirados na ponte. Usavam fardas de calças afuniladas, óculos de sol envolventes e chapéus de aba curta. Fizeram sinal para o jipe atravessar o rio. Exsudavam um *savoir-faire* francês e uma calma negra sofisticada.

O rio era lamacento e tinha quase oitenta metros de largura. Viram pretos sair da água com lagostins nas mãos. Atravessaram o rio e seguiram por estradas de terra em direcção à cordilheira Central. A viagem foi toda ela curvas e solavancos através da vegetação caída. Morales vomitou para dentro de um saco de papel. O Franciú abrandou a velocidade para pouco mais de sessenta à hora.

Passaram por casebres paupérrimos. Cabanas com telhados de chapa de zinco, recobertas de estuque e adornadas com pedaços de quartzo. Barracos de madeira com fotos de sacerdotes vudus penduradas nas portas. Ramos de árvores pendurados por cima do caminho. Dos ramos baloiçavam galinhas linchadas. De algumas delas escorria sangue fresco.

Chegaram ao cume e começaram a descer. Estradas planas que se estendiam até à costa norte. Um preto com um pássaro morto no chapéu amaldiçoou-os da berma da estrada. Gómez-Sloan disparou contra ele mas falhou.

O terreno era uma verdadeira floresta tropical. O ar cheirava a água salgada e a terra húmida. Todas as árvores de certa envergadura ostentavam marcas de sangue. Cuidado com a Zona Zombie.

Chegaram à costa. O ar salgado abrasava. O Franciú consultou um mapa e conduziu aos ziguezagues por cima da areia juncada de pedras.

Crutch avistou uma enseada. Um preto de aspecto selvagem saiu do meio do nada e postou-se à frente do jipe.

Tinha dois metros de altura. Rondava os sessenta e dois quilos. Tinha um bigode à Fu Manchu. Usava um pequeno chapéu roxo de abas curtas e um fato de algodão multicolorido. Dois revólveres de calibre 45, dois anéis de esmeralda, um pingente de cristal cheio de sangue à volta do pescoço.

O Franciú travou. O preto ficou radiante e atirou pétalas de rosa para dentro do jipe. Eram perfumadas. Pairaram no ar e tombaram, perfumando assim a equipa Tiger Krew.

— Chamo-me Luc Duhamel. Bem-vindos ao meu reino, rapazinhos.

O palácio dele era uma cabana de pedra equipada com o ninho de uma espingarda-metralhadora e uma cerca de arame farpado. Na água estava atracada uma lancha. Havia um carrinho de golfe amarrado a um mastro de bandeira. Estavam hasteadas três bandeiras de seitas vudus. O pátio estava juncado de roedores mortos. Aves carnívoras mergulhavam a pique do céu para os devorar.

Luc convidou-os a sentarem-se no interior. As paredes estavam enfeitadas com lantejoulas. Todos tiveram direito a uma cadeira forrada com pele a imitar marta. Luc serviu licor de *klerin* em taças de quartzo. Todos sorveram hesitantes, mas depois emborcaram o resto do líquido de uma só golada.

Luc tirou o casaco. Os seus braços esqueléticos estavam cheios de marcas de picadas de agulha. Crutch arregalou os olhos. Mesplede e os cubanos mantiveram-se impassíveis.

— *En français?* — disse Mesplede.

Luc abanou a cabeça. — Em inglês, rapazinho. Falar na nossa língua materna não é desafio nenhum.

Saldívar disse «heroína». Gómez-Sloan disse «cavalo». Morales disse «a fera do Oriente». Canestel coçou a barba falsa: era o sinal de código para matar Castro.

Luc disse: — Sim, o coronel Smith informou-me. Disse que estes homens vão tornar-se em bons *frères* nossos.

O Franciú sorveu mais licor de *klerin*. — Vamos comprar uma lancha torpedeira. Consegue fazer quarenta nós.

Saldívar sorveu mais licor de *klerin*. — O coronel Smith disse que você tinha uma fonte de fornecimento de heroína em Puerto Rico.

Morales engasgou-se com o *klerin*. — É um protectorado dos EUA, mas o *Tiger Klaw* será muito rápido.

Gómez-Sloan disse: — Entendemos que o presidente Duvalier deve ser recompensado.

Canestel *cheirou* o seu *klerin*. — É uma aposta em três ilhas. Nós arrecadamos lucros e os comunistas cubanos morrem.

Luc olhou para Crutch e apontou para a taça dele. Crutch bebeu aquilo tudo de um trago e começou a ver estrelas.

— E tu, rapazinho? Tens alguma coisa a dizer?

— Estou simplesmente feliz por estar aqui, senhor.

A equipa Tiger Krew jantou em Gazcue. Ivar Smith e Terry Brundage juntaram-se a eles. Os dominicanos jantavam tarde. Era quase meia-noite. Crutch sentia o corpo dorido devido à viagem de regresso. Estava anfetaminizado. Não parava de ver na mente a imagem daqueles miúdos mortos. Três tiros, mãos e pés decepados.

O restaurante era ao ar livre e logo à saída do Malecón. O ar salgado fizera definhar o papel de parede, que agora pendia em tiras. Os outros tipos não paravam de tagarelar e comiam com gosto. Crutch estava entretido a espetar o garfo numa lula e observava as mulheres.

Estavam a jantar num lugar chique. Aquilo era território de gente de pele clara. Havia um bom sortido de tipos hispânicos a quem o governo tinha concedido terras. A aceleração diária de Crutch era incessante. Estimulantes tomados a horas tardias da noite aceleravam-no de forma estranha e punham certas mulheres em câmara lenta. A câmara mental fotografava instantâneos e panorâmicas de movimentos sensuais. As mulheres comiam, falavam, riam-se e acariciavam os seus amigos ou acompanhantes. Crutch sabia quando olhar e como deixar-se levar pela agitação daquele ambiente.

Um tipo de La Banda aproximou-se da mesa deles. Ivar Smith recebeu um envelope. O tipo disse: — Da parte de Bebe Rebozo.

Smith coçou a barba falsa. Crutch deixou de lhes prestar atenção. Morales deu uma cotovelada a Gómez-Sloan. Disseram em coro: — *Pariguayo*.

Crutch sorriu e entreteve-se a remexer na comida do seu prato. A agitação do ambiente reajustou-se na zona periférica. Uma mulher apagou o cigarro, lançou a cabeça para trás e expeliu o fumo. O seu cabelo esvoaçou. Uma das ventoinhas do tecto fez rodopiar o fumo que tinha exalado. Usava sapatos afivelados e de salto alto e um vestido verde-claro. Ergueu os braços e prendeu o cabelo no cocuruto. Pequenos pêlos escuros, gotas de suor. Era pálida, com sardas acastanhadas. Usava no pulso um relógio de homem.

Crutch levantou-se e avançou na direcção da casa de banho. A mulher disse *adiós* aos amigos e saiu pela porta da frente. Crutch saiu agachado pela cozinha, virou para uma ruela e surgiu na rua dez metros atrás dela.

A mulher seguiu pela Calle Pasteur em direcção à Avenida Independencia. Depois seguiu pela Calle Máximo Gómez até às falésias do Malecón. A brisa marítima levantou-lhe o vestido. A mulher puxou-o para baixo como se aquilo fosse divertido. Crutch recuou uns vinte metros e reenquadrou a imagem. A tipa caminhava com *rapidez*. A cabeça dele processava a imagem com *lentidão*.

A mulher virou numa rua desprovida de nome. A brisa marítima evaporou-se. Era uma zona residencial. A tipa estava a fumar. A luz de uma janela iluminou-lhe as plumas de fumo que se elevavam no ar.

Crutch recuou cinco metros. Era um bairro chique: casas antigas, de um branco casca de ovo, sem cores berrantes. A mulher virou à esquerda na Avenida Bolívar. Destrancou a porta de uma elegante casa de dois andares.

Crutch manteve-se do outro lado da rua enquanto se concentrava nas luzes das janelas. Uma mulher loira estava a arrumar livros numa prateleira. A tipa que ele seguira surgiu por trás da loira. A loira voltou-se. Sorriram ao mesmo tempo e beijaram-se.

O momento decorreu com fluidez e perdurou. Crutch continuou a observar. Os corpos delas uniram-se e preencheram o enquadramento da janela. As mãos de ambas deslizaram por aqui e ali e intensificaram o abraço. O beijo *perdurou*. Elas faziam aquele momento avançar com *mais rapidez*, mas ele tornava-o mais *lento*.

A luz apagou-se. A tipa que ele tinha seguido acabava de desligar o interruptor. Tentou ouvir vozes, mas não captou nada.

Crutch disse aos outros que estava doente. O Franciú disse «Ça va» e «que má altura». — O *Tiger Klaw* está em doca seca na baía de St. Ann na Jamaica. Vais perder a chegada dele.

Crutch tinha trazido provisões: estimulantes, café, blocos de apontamentos e canetas. Bem como três ventoinhas suplementares. Lançou-se ao ataque do código.

Começou pelas letras *S* e *K*. Tinha-as recolhido de um estudo da CIA sobre códigos de substituição. Designações com três números anunciavam cada *S* e *K*. Cada número exigia cálculos de subtracção e multiplicação. As somas designavam letras do alfabeto. Era arbitrário. As etapas das somas variavam em diferentes pontos de tabulação. Trabalho do decifrador de código: formar palavras e letras a partir da algaraviada de números.

Números, letras, *símbolos*. Ataquemos primeiro os símbolos.

Não passavam de rabiscos, figuras filiformes e marcas em forma de *X*. Surgiam a intervalos irregulares na agenda de moradas de Gretchen//Celia. O livro de códigos da CIA apresentava-os como sendo uma derivação do vudu. «A descrição que o sacerdote de vudu faz do caos espiritual enquanto um sujeito/vítima é enfeitiçado.»

Símbolos: mãos à obra. Não passes para os números correspondentes a letras enquanto não descobrires o significado dos símbolos.

Tomou estimulantes, bebeu café, ligou as três ventoinhas e o ar condicionado. Olhou fixamente para os quarenta e nove símbolos na agenda de Gretchen/Celia. Não parava de suar dentro daquele iglu.

Três símbolos repetiam-se: rabisco, figura filiforme, marca em forma de *X*. Certamente teriam o mesmo sentido *repetido*. Olhou fixamente para a agenda durante nove horas seguidas. O seu cérebro chegou a esta conclusão:

A repetição significava banalidade. Significava aborrecimento da parte de Gretchen/Celia. A tipa apimentava a narrativa para se divertir e para confundir potenciais leitores. Os símbolos não pressagiavam nenhum portento. Eram inócuos.

A sua segunda conclusão: eram abreviações. A terceira conclusão: o texto explicativo seria coerente, mas pouco elucidativo. A escrita cursiva de Gretchen/Celia era febril. Ela estava ansiosa, compusera os símbolos à pressa, o trabalho de código absorvera-lhe a energia.

A quarta conclusão: os símbolos eram substitutos da copulativa *e*, dos artigos determinantes e da preposição *para*.

Riscou os símbolos e acrescentou essas palavras na sua folha de cópia. Parecia-lhe ter coerência. A colocação parecia estar correcta.

Sentiu uma dor no peito. O coração bombeou-lhe sangue para a caixa torácica. Ouviu vozes na cabeça. Viu O OLHO e MÃOS E PÉS DECEPADOS sem os ter conjurado. Depois uma hemorragia de algo pesado nas calças.

Estava há dois dias naquilo. Somas, subtracções e multiplicações a darem-lhe voltas ao cérebro. Desmaiou, apesar dos estimulantes. Acordou a ver números. Desenvolveu um tremor na mão direita de tanto escrever. Não sabia bem o que tinha conseguido decifrar até então. Decidiu encarar as somas repetidas como vogais. Julgou obter um L e um T. Continuava a obter aquela soma igual a catorze. De repente fez-se luz.

O Movimento 14 de Junho, mais conhecido pela sigla 14/6. Comunistas apoiados por Castro invadem a República Dominicana.

E:

O artigo determinante precedia cada «14». Até agora a sua decifração do código era válida.

Isso deu-lhe o O e o C. Isso deu-lhe o J, o U, o N e o H. Nova luz que se acende: a vogal E estava sempre no sítio certo.

Tomou mais estimulantes, bebeu mais café, a sua urina ficou quase castanha. Sentia a pele retesada sobre os ossos como um drogado. Obteve mais seis somas de números-letras que pareciam estar certas. Desmaiou durante cinco horas. Acordou zonzo e *rezou*. Obrigou-se a comer uma maçã. Engoliu-a juntamente com uma mão-cheia de estimulantes. Sentiu-se re-re-re-re-re-re-re-revitalizado e começou a compor palavras, orientando-se pelo livro de código e pelo seu instinto.

Demorou onze horas. Confirmava Manágua. Sim, é um feitiço escrito e um livro dos mortos. Não, é muito mais do que isso.

Abreviações, palavras omitidas, texto fragmentado. Apesar de tudo, totalmente coerente. A história de 14/6/59 às avessas.

Dia 13/6/59. O movimento é apoiado por Castro e a sua base situa-se na Cuba sob o cativeiro do Barbas. Dois iates reconvertidos atravessam o canal do Vento até à costa norte da República Dominicana.

Levam a bordo duzentos rebeldes. Têm espingardas semiautomáticas, bazucas e metralhadoras. Todos homens, à excepção de dois elementos: Joan Klein e Celia Reyes.

A força desembarca em Estero Hondo e em Maimón. Atiradores de elite do Exército dominicano aguardam-nos. Todos os rebeldes são capturados ou mortos.

Dia 14/6/59. Um bimotor DC-3 parte da costa comunista cubana. Transporta oitenta homens armados. Usam braçadeiras da União Patriótica Dominicana. O avião voa abaixo do alcance dos radares e aterra nos arredores de Constanza. Os rebeldes matam os soldados que guardam o campo de aviação e roubam-lhes os veículos. Entram rapidamente na cidade, matam mais soldados, fogem para as ravinas ali perto e escondem-se.

Patrulhas do Exército esquadrinharam os montes e capturaram ou mataram os rebeldes. Os rebeldes aerotransportados e trazidos por mar ficaram detidos na Base da Força Aérea de San Isidro e em La Cuarenta, a câmara de tortura de Trujillo. O esquadrão pessoal de rufias de Trujillo esquartejou-os à catanada e fritou-os em cadeiras eléctricas. O Bode ordenou enormes rusgas de detenção de indivíduos suspeitos de serem simpatizantes do Movimento 14 de Junho. Também foram assassinados simpatizantes existentes no seio do governo. Houve simpatizantes comunistas que foram torturados, assassinados ou libertados com relutância. O Movimento 14 de Junho nasceu verdadeiramente nas prisões do Bode. O Barbas ficou amuado com a invasão falhada. Um sentimento anti-Fidel apoderou-se da ala política direita da República Dominicana. O Bode foi eliminado em 1961. O Barbas encenou uma segunda invasão a 29/11/63. Este grupo foi formalmente denominado Agrupación Política Catorce de Junio. Desta vez havia um total de 125 rebeldes. Aterraram em seis locais da costa norte, mataram alguns soldados e fugiram para os montes. O presidente interino Juan Bosch ordenou uma «caça ao coelho». Os soldados passaram os montes a pente fino e eliminaram os rebeldes. Alguns sobreviveram. Infiltraram-se na ala política esquerda da República Dominicana e provocaram conspirações revolucionárias de forma anónima.

Crutch continuou a ler as páginas de Gretchen/Celia. Não parava de dar saltos na leitura do texto descodificado. Estava enfeitiçado pelo vudu e anfetaminizado. A cabeça bombeava-lhe sangue para a caixa torácica.

A base narrativa cessou. Seguia-se uma «Expressão de Solidariedade» para com os haitianos massacrados. O Bode e o Anão eram acusados de genocídio.

Listas: os haitianos mortos por Trujillo, os haitianos mortos por Balaguer, simpatizantes do Movimento 14 de Junho raptados e mortos por La Banda. Lista: traidores «excomungados» do Movimento 14 de Junho que tinham sido mortos pelos próprios camaradas. Listas: nomes, datas e locais das mortes.

Há um único nome no final: María Rodríguez Fontonette.

O seu nome de guerra/alcunha/pseudónimo é «Tatuagem».

A sua data de *desaparecimento* é Junho de 1968. Tinha *desaparecido* em Los Angeles.

A tatuagem, a cor da pele, o local/data.

Foi na tal noite.

Na Casa dos Horrores.

Na noite em que viu Joan e Gretchen/Celia beijarem-se.

DOCUMENTO ANEXO: 29/3/69. Excerto do diário privado de Karen Sifakis.

29 de Março de 1969

É a Eleanora que rege o meu dia-a-dia. É uma imperatriz poderosa e uma imperiosa regente do meu coração, além de ser um extenuante fardo de energia e de necessidades incessantes. Absorve-me e desvia-me das acções e pensamentos que não estejam directamente relacionados com ela. O meu marido voltou a Filadélfia; a sua presença aqui durante meses seguidos redundou numa servidão a contrato, para além de me ter apoiado nas tarefas prosaicas de uma nova maternidade e de me ter mantido afastada do Dwight. Agora estou sozinha com a Eleanora — e, na verdade, assediada por ela — e o Dwight regressou com uma força assediadora.

A nossa briga em Echo Park foi horrível; não tenho o direito de questionar os actos dele com a Joan, pois a nossa própria união é já de si dúbia e um grave delito. Uma diferença entre o Dwight e eu: o adultério dificilmente é tão oneroso como provocar o caos político. Outra diferença: é meu desejo contornar os meus delitos, ao passo que o Dwight acalenta a oculta necessidade de ser punido pelos seus delitos. Trata-se de um resumo sucinto do meu amor por ele.

Tenho assistido a uma escalada de delitos políticos condenáveis e dou por mim a atribuí-los ao FBI, ao Sr. Hoover e, por extensão, ao Dwight. Dois Panteras foram alvejados e mortos em Janeiro na Universidade da Califórnia em Los Angeles. As mortes derivaram alegadamente de um velho conflito entre os Panteras e os Escravos Unidos e atingiram o ponto crítico em torno da criação de um Centro de Estudos Afro-Americanos no *campus*. Sei que o FBI tem agentes duplos nessas duas organizações e que está empenhado em causar discórdia entre ambas. Um porta-voz dos Panteras considerou essas mortes «assassinatos políticos cometidos pelos Escravos Unidos a mando da estrutura de poder da bófia». Dou por mim agora a odiar a palavra *bófia* tanto como odeio a palavra *preto* e amaldiçoo o Dwight pela percepção que teve da criminalidade enraizada no movimento nacionalista negro. Há acusações pendentes contra numerosos Panteras em Nova Iorque devido a uma alegada conspiração para dinamitar as ferrovias da Estação Penn

Central à hora de ponta. Estarão loucos? Não sabem que assim também teriam morrido *pessoas negras*? Faço explodir monumentos, mas nunca lesei fisicamente nenhum ser humano. Estarei *eu própria* louca ao fazer isso com a sanção do Dwight Holly? Que preço horrível irei pagar pelo meu papel na atenuação da culpa deste homem e donde deriva especificamente essa culpa?

O Sr. Hoover parece estar apostado numa odiosa e psicótica explosão de glória e encontrou no Dwight um lacaio implacável que agora tem a Joan Klein para o ajudar, apoiar e talvez reconfortar. Receio que o Dwight permita, de forma passiva ou activa, a corrupção da ATN e da FLMM na questão da venda de narcóticos e que tenha encontrado na Joan uma cúmplice voluntariosa. A Joan encara a ideia dos narcóticos como uma ferramenta para a revolução e já a usou antes. Receio que a Joan e o Dwight procurem o mesmo resultado físico por motivos políticos opostos. Pretendem levar a ATN e a FLMM a um ponto de censura pública, mas subestimam cegamente os custos humanos daí decorrentes.

Contei à Joan coisas íntimas acerca do Dwight. Ela sabe que o Dwight tem assaltado a minha casa em várias ocasiões e que deixo por lá um diário bastante menos cândido e controverso para ele ler. Receio que as confidências do meu amor atormentado pelo Dwight tenham empurrado a Joan para os braços dele, permitindo-lhe assim promover ainda mais os próprios objectivos políticos dela.

A Joan tem estado em locais revolucionários extremamente perigosos e cometeu actos — condenáveis, sem dúvida — que eu própria seria incapaz de cometer, coisa pela qual me sinto ao mesmo tempo agradecida e arrependida. Não duvido da sinceridade ou empenho total dela e tenho-a visto em momentos de franca felicidade (por exemplo, na ocasião em que ambas demos aulas na «Escola da Liberdade» em 1962), mas receio absolutamente a fúria e a vontade tenaz dela. Ela e o Dwight partilham a mesma mentalidade redutora e a mesma fome emotiva. Rezo para que isso não se sobreponha aos seus instintos utilitários e lhes cause danos terríveis.

DOCUMENTO ANEXO: 2/4/69. Excerto do diário de Marshall E. Bowen.

Los Angeles,
2/4/69

Estou metido num sarilho. O incidente da noite passada pode chegar ao conhecimento do Scotty Bennett. As consequências podem dar cabo do equilíbrio da minha vida pessoal e da operação e, por conseguinte, da minha investigação acerca do furgão blindado e das esmeraldas. O Sr. Holly tem-me pressionado para obter denúncias e o Wayne tem-me pressionado para optar exclusivamente pela ATN ou pela FLMM. Quando sou pressionado, vacilo e reflicto nas minhas opções. Raramente vacilo ao ponto de ficar atordoado e paralisado. Mas foi isso mesmo que me aconteceu na noite passada.

O Wayne passou a ser um frequentador regular da zona sul. Tem comprado bares e clubes nocturnos e tem frequentado a sede dos Táxis Tiger Kab. Foi o próprio Wayne, imagine-se, que se lembrou de trazer o ex-campeão dos pesos-pesados e autodenominado «trouxa» Sonny Liston para os Táxis Tiger Kab. O Sonny é um tonto dado à bebida, aos comprimidos e às putas. Os manos têm medo dele e receio admitir que gostam dele. O Sonny simpatiza imenso com a ala direita. Odeia muçulmanos e militantes e apoia o Richard Nixon e a Guerra do Vietname. As duas derrotas que teve frente ao Muhammad Ali, aliadas ao seu consumo de substâncias químicas, fragilizaram-lhe os neurónios. É no entanto divertido, ao contrário do co-patrão Milt Chargin dos Táxis Tiger Kab, o qual é capaz de se rebaixar ao máximo para pôr os negros a rir e ser considerado um tipo fixe. Os Táxis Tiger Kab andam agora muito na onda. A equipa é picaresca em operações combustíveis. Seguimos montados na crista do *zeitgeist* do nacionalismo negro. Os Panteras têm direito aos cabeçalhos dos jornais, ao passo que a ATN e a FLMM andam por aí com o mesmo fervor de zés-ninguéns do Stork Club à procura das atenções do jornalista radiofónico Walter Winchell. Repara em nós por favor: somos negros, somos violentos, andamos a tentar distribuir droga e somos *fixes*.

Vacilo e visito tanto as instalações da ATN como da FLMM; tenho de suportar a vigilância permanente da Polícia de Los Angeles e três ou quatro rusgas semanais na via pública. O meu estatuto de ex-agente da Polícia de Los Angeles enfurece os agentes da zona sul. Começaram a chamar-me «rapaz» e a deter-me por períodos de vinte minutos enquanto fazem verificações por via rádio de mandados pendentes. Saio sempre limpo da coisa; acabam sempre por me soltar com murros no peito e insultos de despedida. Fico furioso por dentro, mas não digo nada.

Não posso ceder ao Vício. Tenho medo. Agora sou enganadoramente famoso e qualquer encontro amoroso poderia resultar numa detenção ou num telefonema para a Polícia de Los Angeles. Tenho de suspender as minhas necessidades íntimas enquanto avalio a situação, enquanto o Sr. Holly e o Wayne me pressionam e enquanto os irmãos da ATN e da FLMM batem impacientemente com as botas negras no chão e insistem para que escolha um dos lados.

Sondei subtilmente todos os meus conhecidos, bons companheiros, folgazões e conhecimentos casuais da zona sul para obter informações sobre o assalto, mas não consegui descobrir nada. Vejo constantemente o Scotty Bennett na zona sul. Cumprimenta-me sempre com uma vénia com aquele chapéu de abas curtas muito usado agora pelos negros e *pisca*-me o olho.

O Scotty sabe imensas coisas sobre o assalto ao furgão blindado. Sei que sim. É um brilhante detective principal, com cinco anos de conhecimentos armazenados. Tenho um fortíssimo pressentimento de que, de uma forma geral, está a ocultar informações à Polícia de Los Angeles.

É como se o Scotty estivesse a provocar-me e a pressionar-me como o Sr. Holly e o Wayne me têm provocado e pressionado com as suas vontades poderosamente masculinas e obstinadamente circunscritas. Continuo a imaginar o Sr. Holly com mulheres e que aspecto teria isso, até que as imagens começam a atormentar-me e a magoar-me. O Wayne tem-se afundado no seu sentimento de culpa relacionando-se com uma mulher negra e fornecendo-me um espectáculo de imagens igualmente eróticas. Tem andado à procura do filho desaparecido dessa mulher, que tem uma leve semelhança com o criminoso que sobreviveu após o assalto. Não encaro isso como uma verdadeira pista; na altura, o Reginald Hazzard tinha uns meros dezanove anos e o seu rosto ficou gravemente queimado. É mais como uma espécie de afirmação do aspecto onírico da minha vida actual, com todos os novos vultos que se entrecruzam comigo e me atraem a atenção.

O Benny Boles tem-se insinuado junto de mim com grande ousadia; é tão directo quanto eu sou eufemístico e vai provavelmente atirar--se a mim se eu aderir à ATN. É um assassino e um reconhecido psicopata, o que talvez explique a confiança que deposita na sua própria masculinidade. Vejo regularmente a Joan Klein nos bares. Tenta atrair--me a atenção de uma forma bastante consciente. É uma dançarina vorazmente sensual, ora em sintonia, ora dessincronizada com os seus parceiros masculinos ou femininos. Lança-me olhares fugidios nas sombras, estabelece contacto visual e acusa a minha presença sem nunca perder o ritmo da música. É como se estivesse a dizer-me coisas sobre mim que tivesse obtido naquele seu estado onírico. Tenho dado comigo na cama a ter fantasias com a Joan e o Sr. Holly. Os dois não se conhecem no mundo real, mas conheço-os a ambos e têm convergido na minha psique.

E o Jomo.

É com certeza escumalha, mas encarregaram-me de confraternizar e montar uma armadilha à escumalha, e o facto é que até simpatizo com ele. Temos passado tempo juntos nos Táxis Tiger Kab, na FLMM e nos clubes; o Jomo passou a estar mais à vontade comigo desde a troca de navalhadas com o Leander Jackson. Tem-me falado de umas grandes massas que tem acumulado e tenho-o sondado cuidadosamente para lhe sacar pormenores e informar depois o Sr. Holly. Era isso o que eu estava a fazer até suceder aquele incidente da noite passada.

Tínhamos feito uma ronda de extorsões pelas mercearias. Tanto apelando à conivência como sacando de ameaças: queríamos caixas de cereais *Cocoa Puffs* para as crianças que frequentavam os saraus do programa Alimentem as Crianças da FLMM. Depois fomos a um churrasco patrocinado pela FLMM, com distribuição de panfletos no Liceu de Foshay Junior High. O Jomo foi educado com os miúdos. Foi ao mesmo tempo assustador e caloroso, tendo em conta a natureza dele. Desconfio que isso tinha alguma coisa a ver com a combinação de drogas que tomara: tinha snifado coca e engolido comprimidos *Seconal* durante o dia inteiro.

Saímos do liceu, seguimos de carro para a casa do Jomo e parámos numa loja de bebidas em Florence Boulevard para comprar cigarros. O Jomo tropeçou e derrubou uma prateleira de pacotes de batatas fritas. O proprietário era negro e ficou ofendido. Disse: «Ei, preto, que merda é essa?»

Jomo saltou por cima do balcão e assestou-lhe coronhadas com a pistola, enquanto eu fiquei ali paralisado sem fazer nada. Depois o Jomo roubou duas garrafas de uísque *J&B* e três pacotes de cigarros *Kool*.

Mantive-me imóvel. O Jomo deu pontapés no homem e pôs-se a gritar insultos contra a ATN. Tenho a certeza de que o proprietário me reconheceu. Sou um ex-polícia, um mano célebre e um notável frequentador regular da zona sul.

67

(Los Angeles, 3/4/69)

Milt Chargin tinha uma marioneta de ventriloquismo à qual chamava Macaquito Drogadito. Fazia umas cenas deprimentes com o boneco. Aquilo regalava os manos. Sonny e Jomo desatavam aos uivos e riam em coro.

O painel telefónico estava a ser inundado de chamadas. Jomo tinha de recorrer a malabarismos para conseguir atendê-las. A equipa do Liceu de Jordan High defrontava Washington. Seria um jogo de basquetebol renhido e as pessoas iriam precisar de táxis para se deslocarem.

O Macaquito Drogadito usava um chapéu à chulo e um fato de tecido axadrezado. Tinha uma seringa de droga espetada num dos braços. Milt moveu-lhe os lábios de macaco.

— Aqueles bófias da Polícia de Los Angeles não param de me chatear. 'Tou eu esparramado lá no meu alpendre e vêm chatear-me co' caralho duma porra duma rusga. Dizem: "Que fazes aí co'essa seringa hipodérmica?" E eu respondo: "Vocês, seus cabrões brancos filhos-da-puta, têm *pirilaus* que parecem seringas, mas cá a porra da minha mangueira negra chega a medir um metro quando 'tou cheio de tusa."

Wayne Júnior riu-se. Jomo riu-se e continuou com os malabarismos enquanto atendia chamadas. Sonny disse: — O Macaquito Drogadito é um daqueles mariquinhas da prisão e fugiu ao serviço militar. O Muhammad Ali enrabou-lhe aquele cu de símio.

Wayne verificou as horas. Marsh deveria chegar a *qualquer momento*. Tinha acabado de receber uma chamada feita de um telefone público. Voltou a sentir outro *clique* no cérebro. Mais um puxão na memória e depois confusão.

Aquela cena há um mês. A discussão com Mary Beth. Reginald, a «Escola da Liberdade», porquê aquele *clique* tão suave?

Estava atolado. O Drac e os Rapazes tinham-no sobrecarregado de trabalho. O seu trabalho de intermediário contribuía para o sobrecarregar. Por agora não podia ocupar-se daquele *clique*.

O Macaquito Drogadito disse: — Os Beatles foram lá ao caralho do gueto pra se lambuzarem com carne negra. Toparam lá com duas manas de aspecto doente chamadas Carcinoma e Melanoma e...

Wayne espreitou pela janela. Viu Marsh caminhar lá fora. Levantou-se e foi ao encontro dele no parque de estacionamento da frota de táxis. Dezasseis táxis-tigre a reluzir ao sol.

Marsh estava encharcado de suor apesar da aragem fresca. Wayne deu-lhe um lenço.

— Desembucha aí.

— Estive com o Jomo na noite de anteontem. Espancou um balconista numa loja de bebidas e roubou-o. Tenho quase a certeza de que o tipo me reconheceu.

— Porque esperaste tanto tempo para me contar?

— É um defeito meu. Tenho tendência para ficar à espera para ver o que acontece.

— E estavas à espera que acontecesse o quê?

— Que o Scotty fosse lá. Todos os donos de lojas de bebidas desta terra verdejante de Deus conhecem-no e estão em dívida para com ele.

Ouviu-se música Motown aos berros. Um palerma qualquer tinha mexido na aparelhagem *hi-fi* da cabina de atendimento. Wayne conduziu Marsh para junto da vedação da viela.

— O tipo não ligou ao Scotty. Senão já terias sabido.

— Sim. É o que penso também.

— Dá-me algo — disse Wayne.

Marsh limpou a testa. — Referes-te a quê?

— Dá-me uma pista para o Dwight. Dá-me alguma coisa para o convencer de que estás a trabalhar.

Marsh suspirou. — Roubos em lojas de bebidas. Tem havido uma carrada deles.

Wayne imitou-lhe o suspiro. — Outra vez essa história das lojas de bebidas?

— Não me refiro a isso. Estou a dizer que talvez tenha algo.

Wayne suspirou mais fundo. — Assaltos a lojas de bebidas na zona sul de Los Angeles com *suspeitos negros*? Não consegues dar-me nada que seja mais original?

Marsh limpou a testa. — O Jomo tem falado com um tipo endinheirado que conhece, mas recusa-se a revelar a fonte.

Wayne abanou a cabeça. — Não é suficiente. Vou abafar essa tua cena da noite de anteontem, mas vais começar a trabalhar mais duro.

— *Meu Deus, Wayne...*

Wayne empurrou-o contra a vedação. — Vais optar pela ATN. Vais dar graxa ao Leander Jackson e envolver-te numa luta em público com o Jomo. Estou de partida para a República Dominicana. Encenamos a coisa quando eu voltar. Vais desforrar-te do Jomo por causa daquela cena lá na loja de bebidas. Vais chamar-lhe um falhado, um negro malvado e inútil, e vou estar lá para te ver fazer isso.

— *Meu Deus. Dá-me só...*

Um táxi aproximou-se e estacionou. Wayne recuou e deu espaço a Marsh.

— Vais fazê-lo. Senão conto a toda a gente que és um panasca.

A loja de bebidas ficava ali perto. O balconista tinha a cabeça envolta em ligaduras até ao nível das sobrancelhas. Wayne entrou e comprou um pacote de batatas fritas. Ao homem cheirou-lhe logo a bófia.

— Polícia de Los Angeles?

— Ex-polícia de Los Angeles. Já me reformei.

O balconista introduziu o valor da compra na máquina registadora. — Por que razão se reformou?

— Abati uns tipos negros desarmados e a coisa descarrilou.

— Os tipos mereciam-no?

Wayne entregou-lhe um dólar. — Sim.

O balconista deu-lhe o troco. — Sentiu-se mal com isso?

— Sim, é um facto.

O homem sorriu. Wayne apontou para as ligaduras dele e atirou um maço de notas para cima do balcão. Dois mil dólares em notas de cinquenta presas com um elástico.

— Telefonou ao Scotty?

— Estava a pensar fazê-lo.

— Esse Scotty é um amigalhaço.

— É essas coisas todas. Também dessas vezes liguei ao Scotty quando esses mesmos manos me roubaram noutras seis ocasiões. Disse-lhe que a polícia regular de Los Angeles não estava a fazer o trabalho que lhe competia. O Scotty disse que ia ocupar-se do assunto e assim foi.

— Deve ter sido digno de se ver.

— Foi mesmo. Os tipos entraram-me aqui dentro com máscaras de esqui e com lençóis a tapar-lhes os corpos. O Scotty disparou-lhes balas de oito vírgula quatro milímetros com umas coisinhas espinhosas no interior das cápsulas. Não restou grande coisa dos tipos.

Wayne comeu uma batata frita. — Você parece ter uma certa lealdade para com o Scotty.

— Sim, e desconfio que o senhor também tem uma certa lealdade para com esse tal Marshall Bowen.

Wayne atirou um segundo rolo de grana para cima do balcão. O homem inspeccionou-o rapidamente.

— Esse Bowen deve andar metido com tipos endinheirados. Um «informador de alto nível». Soa-lhe bem?

— Você tem-se atrasado muito no pagamento das prestações da hipoteca. Estou preparado para lhe cobrir a dívida.

— Também me tenho atrasado no pagamento da factura da electricidade.

— Mais alguma coisa?

— Sim, só mais uma coisa. Quero uma daquelas limusinas-tigre para o aniversário da minha filha que faz dezasseis anos.

A Universidade da Califórnia do Sul ficava ali perto. Wayne estava com a agenda sobrecarregada de afazeres. O Drac tinha solicitado uma conversa telefónica. Sim, senhor. A chuva radioactiva vai acabar por te matar. Não, senhor, tão cedo isso não acontecerá. Sim, devíamos banir a bomba atómica. Não, as potências mundiais não irão aceder ao seu pedido.

Wayne estacionou e deambulou pelo *campus*. O corpo discente era composto por miúdos conservadores e miúdos cabeludos em igual dose, todos eles amargurados. Panfletos da ala esquerda e da ala direita cobriam os quadros de anúncios. YAF contra SDS, VIVA contra

SNCC[11]. Miúdos com guitarras, miúdos com lemas estampados nas camisolas, uns quantos miúdos negros de túnicas *dashiki* ao estilo afro.

Wayne continuou a circular e abordou alguns estudantes que por ali passavam. A «Escola da Liberdade»? Não faço ideia do que isso seja. Wayne consultou o directório do *campus*. Nada, não constava de nenhuma listagem.

Não desistiu. Ligou a Farlan de uma cabina pública e adiou a conversa com o Drac. Viu alguns zeladores numa pausa para fumar e acercou-se deles.

Eram negros. Cheirou-lhes logo a bófia. E a Wayne cheirou-lhe logo a ex-presidiários. Sacou do bolso algumas notas de dez dólares e atirou-as aos tipos com um sorriso nos lábios.

— Havia uma cena chamada «Escola da Liberdade». Era aqui no *campus*, há coisa de seis ou sete anos.

Três dos tipos ostentaram expressões vazias. Outro deles disse: — Está defunta, meu. Foi apagada do mapa antes dos motins de Watts. — Outro deles disse: — Ainda existem alguns bangalós lá ao lado do centro de recepção. Já ninguém os usa. Procura uma porta velha e empoeirada, com um cartaz desbotado.

Wayne agradeceu-lhes e afastou-se. As veredas do *campus* estavam flanqueadas de árvores. Fumos clandestinos de marijuana elevavam-se aqui e ali no ar. Encontrou o centro de recepção e os bangalós. Viu a porta com o cartaz.

Outono de 1964. *SALVEM A LEI RUMFORD*[12] *DE IGUALDADE DE ACESSO À HABITAÇÃO! «DIREITOS DE PROPRIEDADE» IGUAL A «RACISMO»!!!*

A porta parecia ser frágil. Wayne arrombou-a facilmente com os ombros. Entrou. Uma janela ao fundo deixava entrar claridade. O interior estava repleto de caixas alinhadas de parede a parede.

---

[11] YAF: Young Americans for Freedom (Juventude Americana pela Liberdade, grupo estudantil conservador). SDS: Students for a Democratic Society (Estudantes por Uma Sociedade Democrática, grupo estudantil radical contra a Guerra do Vietname). VIVA: Victory in Vietnam Association (Associação pela Vitória no Vietname, grupo estudantil conservador a favor da guerra). SNCC: Student Nonviolent Coordinating Committee (Comité Coordenador Estudantil pela Não-Violência, grupo de oposição à segregação e ao racismo). (*NT*)

[12] Lei destinada a pôr fim à discriminação racial por parte dos proprietários que se recusavam a alugar ou a vender as suas propriedades a clientes de cor. Esta lei foi elaborada por William Byron Rumford, o primeiro americano negro a ser eleito para um cargo legislativo na Califórnia do Norte. (*NT*)

Vasculhou-as. Continham pilhas de panfletos e polémicas. *¡Huelga!* Greve! «Deixai Cuba em Paz!», greves de apanhadores de fruta. Apoiem o Al Fatah, a FLP, o Movimento 14 de Junho. Não esquecer Leo Frank, Emmett Till e os Rapazes de Scottsboro.[13] Algaraviadas a favor dos direitos civis, ladainhas sobre o poder negro. Malcolm X, Franz Fanon, Libertem os Rosenbergs. Libertem a Argélia! Libertem a Palestina! Abaixo o malvado Bode Trujillo, um insecto do Tio Sam. United Fruit: *Sabes quanto custou essa banana que tens no prato?*

Encontrou uma fotografia de grupo. Estava datada de 22/9/62. Parecia um daqueles instantâneos tirados na faculdade.

Um grupo de sete homens e mulheres no exterior do bangaló. Três deles são brancos, os outros quatro são negros. Duas mulheres brancas, um pouco afastadas dos outros. Uma delas é alta e de cabelo ruivo. A outra é mais baixa. Com trinta e muitos. Cabelo escuro com estrias grisalhas e óculos de armação escura.

Clique. Blip. Talvez, provavelmente, não necessariamente.

O *clique* persistiu e converteu-se quase num *Eureca!* O *blip* assumiu uma forma estranha. Bar Sultan Sam's Sandbox, três meses antes. Anéis de fumo e a visão de umas costas e de um cabelo de estrias grisalhas igualzinho àquele.

Contemplou a foto de olhos semicerrados. A mulher estava de mangas compridas. Não eram visíveis nenhumas cicatrizes. Reginald tinha frequentado aquela escola. Reginald tinha sido detido na cidade dos parolos. *Talvez, provavelmente, não necessariamente*: a mulher tinha-lhe pago a fiança para o tirar da cadeia.

Apanhou um voo das linhas aéreas do Drac. O avião aterrou na pista privada de Hughes. Polícias armados com chicotes supervisionavam o edifício da sala VIP.

---

[13] Al Fatah: Movimento para a Libertação da Palestina, a principal facção da OLP, a Organização para a Libertação da Palestina. FLP: Frente de Libertação da Palestina, organização palestiniana militante. Leo Frank: judeu americano linchado por uma multidão de proeminentes cidadãos no estado da Jórgia em 1915. Emmett Till: jovem negro que foi raptado e linchado no Mississípi em 1955. Os Rapazes de Scottsboro: nove jovens negros acusados de violar duas mulheres brancas e condenados à morte apesar da falta de provas e apesar de uma das supostas vítimas ter negado que tinha sido violada O caso recebeu notoriedade a nível internacional e após novos julgamentos os arguidos acabariam por ser absolvidos depois de passarem alguns anos na cadeia. (*NT*)

Joaquín Balaguer tinha enviado uma limusina e uma escolta de quatro motorizadas. Os veículos eram semiantiguidades do tempo de Trujillo e ruidosos como martelos pneumáticos.

Partiram na direcção de São Domingos. As janelas de vidro fumado da limusina filtravam monocromaticamente as cores brilhantes. A limusina arrastou-se pelo meio do trânsito. As imagens eram de tom sépia. Uma espécie de documentário de actualidades sobre uma nação pobre. Miúdos a empurrar riquexós, mendigos a esmolar, rufias a perseguir jovens que agitavam cartazes nas mãos. Era uma mostra de diaporamas com obturador em ritmo acelerado. Pestanejavas e vias opressão. Pestanejavas e já deixavas de ver.

Wayne tinha a visão turvada. Mostra de diaporamas: não parava de ver o rosto daquela mulher. Os óculos, o cabelo com estrias grisalhas — o diaporama encravou e voltou a exibir a imagem dela. Tinha lido o panfleto do Movimento 14 de Junho durante o voo. Condenava os déspotas dominicanos e denunciava os inocentes haitianos que tinham sido massacrados. Profetizava futuros déspotas mais astutos do que o Bode. Previa uma conspiração entre os EUA e a República Dominicana no interesse do comércio turístico ianque.

Reginald tinha-se encontrado com o tipo haitiano e conversaram acerca de ervas vudus. *Clique*: um puxão na memória e depois confusão. A mulher, a «Escola da Liberdade», as engrenagens mentais desprovidas de conexão.

Wayne baixou o vidro da janela. O documentário de actualidades em tom monocromático passou a apresentar um brilho encegueirante. As cores assaltaram-no. O ar salgado queimou-lhe a garganta. Viu polícias perseguirem manifestantes ao longo de um beco sem saída e encurralá-los contra uma parede. Viu um cassetete erguer-se no ar e ouviu um único grito.

A limusina deixou-o no El Embajador. Um recepcionista de modos bajuladores acomodou-o numa suíte luxuosa donde desfrutava de uma vista ampla. O rio Ozama ficava a oeste. Viu miúdos de cor mergulharem e lutarem uns contra os outros para deitarem a mão ao pescado menor que os barcos de pesca descartavam para a água. O tom de pele mudava de bairro para bairro. Aqui e ali viu bandeiras vermelhas hasteadas em paus.

Desceu as escadas até à suíte de Mesplede. Bateu à porta mas ninguém atendeu. Foi à suíte do Pedaço-de-Merda e encontrou a porta entreaberta.

Entrou. O típico poiso de um miúdo. Revistas espalhadas por toda a parte. O Pedaço-de-Merda gostava da *Playboy* e da revista de armas *Guns & Ammo*. O Pedaço-de-Merda era marado por imagens. Tinha uma câmara *Polaroid*. Tinha montões de instantâneos de mulheres.

Frascos de cor acastanhada sobre uma mesinha-de-cabeceira. De rótulo branco, mas que...

Precipitante de óxido de enxofre, amoníaco, anidrido acético.

— Olá, Wayne. Tudo a rolar?

O Pedaço-de-Merda usava um revólver *Colt Python* com as bermudas. Estava a lamber um sorvete. O miúdo tinha acne.

Wayne sorriu e aproximou-se dele. O Pedaço-de-Merda estendeu a mão para o cumprimentar. Wayne dobrou os dedos, lançou-o ao chão e assestou-lhe um pontapé nos tomates. O Pedaço-de-Merda deixou cair o sorvete e ficou azul.

— Nada de heroína. Não a produzes, não a compras, não a vendes. Mato quem fizer isso.

O Pedaço-de-Merda vomitou pedacinhos de uma massa amanteigada e fragmentos de bolacha do cone do sorvete. Uma mancha escura espalhou-se pela parede.

— *Ça va*, Wayne. *C'est fini, l'héroïne.*

Balaguer fez negociações. Os investimentos e os planos de contingência favoreciam o Führer. O acordo geral favorecia os Rapazes. Balaguer regateou e fez cedências. Wayne adoptou a mesma abordagem. Conversaram num salão do Palácio Nacional e trabalharam a partir de rascunhos. Mesplede e o Pedaço-de-Merda tinham saído para beber uns copos. Smith e Brundage tinham saído para jogar golfe. Os cubanos tinham saído para ir às putas.

Custos de materiais, custos laborais, comissões pelo aeroporto. Tarifas reduzidas para os voos entre os EUA e a República Dominicana. Pagamentos de incentivos. Pagamentos em troca da não interferência alfandegária. Pormenores relativos ao branqueamento de dinheiro no país. Visitas de inspecção por parte de Dwight Holly, o elo de ligação com o presidente Nixon.

O último ponto irritou Balaguer. Wayne tratou de lhe dar a volta: senhor, as visitas seriam no geral uma mera operação de cosmética.

O Führer gostou de ouvir isso. Wayne tratou então de lhe vender gato por lebre. O turismo só funciona em ambientes pacíficos. Demasiados sinais de pobreza acabariam por afugentar os turistas. O presidente Nixon assim o entende, senhor. Ele é como um típico legislador de turismo, mas mais astuto ao nível político. Os visitantes acharão confusos os vossos esforços de manutenção da ordem pública. Esquadrões de rufias e dissidentes por aí à solta é como ouvir grego para eles. Não são capazes de extrapolar. Acabariam por ficar chocados com o que vissem.

Balaguer ficou eriçado enquanto ouvia este discurso. Wayne abdicou de três pormenores monetários para o apaziguar. A conversa durou seis horas. Balaguer levantou-se então para dizer *adiós*.

— Nada de chicotes, senhor. Lamento, mas tenho de insistir nisso — disse Wayne.

Operação de cosmética.

Wayne reparou que tinha sido implementada com rapidez: distribuição grátis de comida e menos brutalidade por parte de La Banda. A mostra de diaporamas parecia ter sido marginalizada. O obturador funcionava agora com mais rapidez ainda: Wayne via e deixava de ver a um ritmo acelerado. A visão monocromática ajudava: o carro de Mesplede tinha janelas de vidro fumado.

Os terrenos de São Domingos tinham sido terraplanados e estavam prontos para o início das construções. Eram guardados por polícias. Situavam-se em zonas semidecentes. Os autocarros-vaivém poderiam fazer excursões através dos bairros bons. Pacotes turísticos com tudo incluído. Os visitantes seriam assim incentivados a manterem-se dentro de portas e a gastarem dinheiro.

São Domingos era uma cidade segregacionista. Gente de pele clara, gente de pele escura e um misto estratificado. Aquilo fez Wayne recordar-se do motim de Little Rock em 1957. Pára-quedistas do 82.º Batalhão Aéreo e dessegregação à força.

Mesplede conduzia e fumava cigarro atrás de cigarro. O Pedaço-de--Merda ia sentado no banco de trás, entretido a mexer no seu merdoso alfinete de lapela. A música da rádio asfixiava qualquer conversa. *Jazz* caribenho, desenxabido e repetitivo.

A Autopista levou-os para norte. A estrada era má. Os campos de cana-de-açúcar e as clareiras verdejantes dessaturaram a monocromia existente. Pessoas de cor atravessavam a estrada a correr. Mesplede dava guinadas no volante para as contornar.

O estaleiro de Piedra Blanca estava guardado e pronto para o início das obras. A vista panorâmica a partir dos edifícios elevados abarcaria alguns casebres e uma vasta extensão verdejante. Dava a sensação de que o local tinha sido desocupado à pressa. Wayne viu manchas de sangue numa barra de madeira caída no solo.

Ficaram ali alguns minutos e arrancaram depois para Jarabacoa. *C'est fini, l'héroïne* — ninguém conversava.

A viagem demorou três horas. Wayne baixou o vidro da sua janela para fazer sair o fumo do tabaco e arejar o carro. As cores intensas da paisagem causaram-lhe ardência nos olhos. Cheirou-lhe a podridão de selva e a pólvora.

Jarabacoa foi idêntico. Os guardas eram servis e ofereceram-lhes *cervezas*. Wayne viu um chicote escondido atrás de um arbusto.

Um negro corria a passo largo por um campo de cana-de-açúcar. O rosto estava reduzido a uma massa de feridas ensanguentadas.

— Jean-Philippe, tu voltas para trás — disse Wayne. — E tu, Crutchfield, vais levar-me até ao Haiti.

Mesplede deitou fora o cigarro. — Só temos este carro, Wayne.

— Há uma estação de camionetas a cerca de quilómetro e meio daqui. Deixamos-te lá.

O ar condicionado tinha dado o berro. Tiveram de subir a cordilheira Central numa sauna móvel. As janelas abertas só lhes traziam ar quente e insectos do tamanho do Godzilla. Atravessaram a fronteira a sul da província de Dajabón. Uma vacilante ponte de pilares atravessava a Plaine du Massacre. Guardas fronteiriços fascistas acenaram-lhes adeus e olá. Viam-se jacarés ao sol nas margens do lado haitiano, rodeados de ossos de pernas humanas.

O tom de pele era agora mais escuro. As cores brilhantes mantinham-se à medida que o índice de pobreza aumentava. Casebres de telhado de chapas de zinco enferrujadas e cabanas de adobe. Árvores com marcas de sangue e galos linchados, com as vísceras à mostra.

Era o Pedaço-de-Merda que conduzia. A mão tremia-lhe na alavanca das mudanças. Wayne fechou os olhos e baixou o recosto do seu assento completamente para trás. O forro do assento estava empapado de suor. A humidade acumulava-se nas saídas de ar.

— Acabaram-se as asneiradas. Da próxima vez mato-te.
— *Okay* — disse o Pedaço-de-Merda.
— Os teus planos infalíveis não passam de tretas. Ninguém acreditaria em ti. Não passas dum palerma. Sempre a lamber sorvetes e um pervertido com as mulheres. Caíste no goto do Mesplede, mas comigo não.
— *Okay* — disse o Pedaço-de-Merda numa voz reduzida a um guincho entrecortado.
— Só vou dizer isto uma vez. Ninguém consegue sair ileso ou vivo da Vida do Crime. Matar comunistas e trabalhar para tipos como eu não te rende nada a não ser pesadelos.
— Certo — disse o Pedaço-de-Merda num guincho reduzido a um murmúrio.

Wayne abriu os olhos. A estrada era agora de terra batida. Calhambeques, carroças de bois e uma aldeia: cabanas de colmo e cubatas cor pastel onde baloiçavam bandeiras de alguma seita vudu.

Paredes de pedra com pedaços de quartzo incrustados. Cartazes de pinturas murais apoiados sobre cavaletes. Uma taverna chamada Port Afrique.

— Pára aqui — disse Wayne.

O Pedaço-de-Merda estacionou. Wayne apeou-se. A gente de cor que deambulava por ali ficou fascinada.

— Volta para São Domingos. Eu lá me desenrasco para regressar.

O Pedaço-de-Merda encolheu os ombros e arrancou de pneus a chiar. Wayne entrou no Port Afrique. Cheirou-lhe a base de amoníaco, a produtos semitóxicos e a álcool em bruto. O estabelecimento tinha uma forma rectangular. Havia um balcão onde os clientes bebiam de pé, com prateleiras de garrafas por trás e nada mais. *Slogans* em língua francesa cobriam as paredes laterais: «Pelo poder da santa estrela, caminha e encontra»; «Dorme sem saber nem dormir».

O empregado do bar olhou para ele. Três outros homens seguiram-lhe o olhar. Seguravam nas mãos taças enfeitadas com lantejoulas das quais se elevavam vapores. Alta acidez, baixo conteúdo alcalino. Licor de *klerin* sem dúvida. Possivelmente contendo compostos preparados a partir de glândulas de répteis semivenenosos.

Wayne aproximou-se do balcão e esboçou um cumprimento com a cabeça para mostrar respeito. Os três homens afastaram-se. As garrafas das prateleiras eram transparentes e estavam identificadas com rótulos em francês colados com fita-cola. Talco colorido, casca de árvore, pó de cobra farmacologicamente activo.

O empregado do bar retribuiu-lhe o cumprimento. Wayne apontou para uma taça vazia. O olhar do empregado dizia: *Tem a certeza?*

— *S'il vous plaît, monsieur. Je suis chimiste, et voudrais essayer votre plus potion.*

O empregado assentiu com a cabeça. — *Comme vous voulez, monsieur. Mais vous comprenez qu'il y a des risques.*

— *Oui* — disse Wayne. O empregado abriu garrafas e usou uma colher. Plantas fungíveis, casca de árvore, fígado de peixe-balão. *Bufo marinus*: a glândula parótida de uma serpente marinha. Licor de *klerin* vertido de um sifão. Um líquido desconhecido que fez tudo aquilo espumar.

A efervescência intensificou-se. Aquilo cheirava a união de componentes voláteis. O empregado serviu-lhe a taça com gestos de bênção. Wayne agradeceu-lhe com um aceno da cabeça e colocou dinheiro americano em cima do balcão.

Os três homens aproximaram-se do balcão. Um deles fez-lhe um brinde, outro abençoou-o e o terceiro entregou-lhe o cartão de uma seita. A espuma queimou o ar à volta deles. Wayne bebeu a poção de uma só golada.

O líquido queimou-lhe a garganta e fê-lo estremecer por dentro. O empregado disse: — *De rien, monsieur. Bonne chance.*

Encontrou um lugar à sombra no exterior da aldeia. Manteve-se ali e desligou todos os ruídos externos. Ouviu o ar respirar e soube que tinha trazido fé àquele momento. Sentiu o solo rodopiar debaixo dos pés.

Sentiu o corpo pulsar e conectar-lhe os membros às árvores que o rodeavam. A sua visão periférica expandiu-se e permitiu-lhe ver pela parte de trás da cabeça. Ficou com os olhos cheios de lágrimas. Viu o Dr. King e o reverendo Hazzard a nadar. O Dr. King tinha a mesma cor de pele de Mary Beth. O reverendo tinha os olhos de Marsh Bowen. Sentiu pássaros empoleirar-se dentro de si. Os seus trinados reverberavam como aqueles cliques mentais que ele não parava de ouvir no mundo normal. O Sol tinha-se transformado na Lua e caíra dentro do bolso dele. Não parava de ver a mulher de cabelo escuro com estrias grisalhas.

68

(Los Angeles, 10/4/69)

— O Marsh fez asneirada — disse Scotty. — Presenciou um assalto e não o relatou.

Dwight acendeu um cigarro. — Eu sei.

— O Marsh confessou-o?

— Contou ao intermediário dele.

— Referes-te ao Wayne Tedrow?

— Exacto.

Scotty riu-se. — Que escolha mais inspirada. Os pretos têm medo dele e por conseguinte adoram-no. Ninguém suspeita que é um colaborador do FBI, porque está a trabalhar para os Rapazes.

Estavam no Piper's Coffee Shop, na Western. A clientela da uma da manhã: polícias e necrófilos das Ambulâncias Schaeffer.

— Quem te contou do Wayne? — perguntou Dwight.

— Um dos meus inúmeros informadores da zona sul.

— O tipo da loja de bebidas?

— Os meus lábios estão selados.

Dwight esfregou os olhos. — Falemos do Jomo.

— Primeiro faz-me uma concessão.

— Muito bem. Deixo o Jomo em paz se deixares o Marsh safar-se desta.

— Ou seja?

— Ou seja, podes ter o Jomo independentemente da minha operação. Ou seja, ele é o meu melhor negro militante psicopata, mas consigo viver sem lhe atirar com um processo em cima. Ou seja, tens algo em marcha de que não queres falar, porque não acredito que me ligaste à meia-noite para deter um negro violento.

Scotty deitou creme no seu café. — Correcto em todos os aspectos. O Jomo tem muita pasta e acho que sei onde a arranjou.

— E, se precisares do Marsh como testemunha, tratarás de o convocar.

— Correcto.

Dwight fumava cigarro atrás de cigarro. — Prometes não revelar que o Marsh é um colaborador do FBI?

Scotty cravou-lhe um cigarro. Dwight acendeu-lho.

— Está bem. E tu prometes não deter o Jomo por nenhum delito federal enquanto preparo o meu caso?

— Combinado.

Scotty deu uma passa e apagou o cigarro. Dois polícias aproximaram-se deles e cumprimentaram-nos. Scotty piscou-lhes o olho.

— Obrigado por teres vindo cá. Sei que foi muito em cima da hora.

Dwight espreguiçou-se. — Não faz mal. Também não conseguia dormir.

— Sempre podes recorrer à bebida.

— Já não resulta comigo.

— Sempre podes recorrer às gajas.

— Nesse departamento estou um bocado mal servido, sim.

69

(Canal de Mona, 10/4/69)

— *C'est fini, l'héroïne.*
— Palermóide.
— *Allons-y, l'héroïne, oui!*

A embarcação *Tiger Klaw* sulcava as ondas. Destino: Punta Higuero, Porto Rico. Saldívar ocupava-se das turbinas. O Franciú ocupava-se da ponte. Gómez-Sloan e Canestel ocupavam-se do lançamento dos torpedos. Morales lia o manual de utilização.

Crutch ocupava-se do ninho de metralhadora da proa. Luc Duhamel ocupava-se da metralhadora da popa. Tinham zarpado da enseada privada de Luc. Tinham contornado sem dificuldades a costa norte até ao canal. Aquela merda era como estar mesmo a desafiar a morte.

Todos tinham comparticipado com dinheiro para comprar a lancha. Bebe Rebozo tinha fornecido a maior parte da massa. Luc conhecia uma unidade de tráfico de droga em Punta Higuero. O *Tiger Klaw* avançou furtivamente, aproveitando o cair da noite. Aquela belezinha *ruuuuim* já tinha feito quatro incursões de sabotagem até à data.

Da enseada de Luc até ao canal do vento e aos recifes comunistas de Cuba. Duas docas de lançamento das milícias destruídas e trinta castristas mortos. «Sempre a lamber sorvetes e um pervertido com as mulheres.» Sim, mas já tinha matado dezanove comunas, que agora estavam a apodrecer.

O *Tiger Klaw*: de casco de madeira e uma relíquia da Segunda Guerra Mundial. Pintado às riscas como um tigre, com garras de tigre e baptizado «109». *L'hommage à le grand putain Jack.* Em homenagem ao filho-da-puta do Jack Kennedy.

Crutch engoliu alguns comprimidos *Dramamine* para o enjoo. O *Tiger Klaw* cavalgava as ondas agitadas como se estivesse a dançar o *wah-watusi*. O crepúsculo submergiu o sol e o gás fréon enregelou as águas. Aproximaram-se da costa por estibordo. Saldívar avistou o brilho intermitente de sinais luminosos. O Franciú dirigiu o *Tiger Klaw* para uma enseada. Estavam rodeados de baixios. Uma luz de lanterna varreu a proa. Crutch viu quatro pretos armados com submetralhadoras.

Os pretos prenderam ganchos à proa e imobilizaram o *Tiger Klaw*. A tensão intensificou-se: ninhos de metralhadoras encaixados em recantos nas rochas. A tripulação saltou para terra. A sucção da areia parecia arrancar-lhes as meias. Os pretos porto-riquenhos pareciam cubanos. Tinham todos aquela cara de machos mutilados. Circularam nomes. Crutch manteve-se de bico calado. Os pretos cumprimentaram Luc com respeito. Era por causa do *pedigree* dele: sacerdote vudu de dois metros de altura e miliciano dos Tonton Macoutes. Luc era um tipo incomparável e raro.

A tripulação seguiu os pretos. A vegetação da selva era cerrada até à orla da praia. O ar fervilhava de insectos nocturnos. A luz da lanterna matava a maior parte deles no ar. Crutch viu uma cabana de pesca. Dois guardas pretos vigiavam a porta. O interior não teria mais de três metros por três. Havia pacotes de pó compactado em cima de uma mesa.

Saldívar trouxe o dinheiro dentro de uma mochila. Luc trouxe excipiente de sacarose, uma lâmina de barbear e uma seringa hipodérmica. Os pretos fizeram o sinal-da-cruz e abençoaram o voo de ensaio.

Gómez-Sloan abriu uma fissura nos pacotes. Saldívar recolheu uma colherada de pó e deitou-o dentro de uma solução de cor roxa. A solução ficou amarela. O Franciú exclamou *voilà!* Os pretos exclamaram ¡*arriba!* Luc limpou a agulha, fez um torniquete no braço e encheu a seringa.

Estavam todos de olhos postos em Luc. Lá estava ele no cabo *Escarumba*-Canaveral. Prestes a levantar voo.

Luc pressionou o êmbolo. Entrou sangue na seringa. Luc adernou, imobilizou-se, levitou e lá partiu rumo ao Sétimo Céu.

A água estava fria. As ondas embatiam no casco e enchiam de espuma a coberta da proa. Crutch estava de guarda. Não podia evitar ficar molhado. Viajou mentalmente. O beijo das mulheres dominicanas. Esse beijo fê-lo recordar-se de Joan e de Gretchen/Celia e do beijo que ambas trocaram no Verão passado.

O livro vudu da morte. A Tatuagem desaparece nesse Verão. É uma traidora do Movimento 14 de Junho. Joan e Gretchen/Celia *querem--na morta*. Homicídio por esfaqueamento — ou talvez outra coisa. «*És um pervertido com as mulheres.*»

Os cubanos não o tinham assustado. Luc não o tinha assustado. O Franciú, Scotty e Dwight Holly: népias também. Mas Wayne *assustava-o*. Wayne não parecia assustar os outros tipos. O Franciú desafiava Wayne. Disse que podiam manter o negócio da droga de forma clandestina. Wayne tinha matado Martin Luther King e vários negros menos conhecidos. Wayne tinha uma namorada que era negra. Wayne era assustador porque processava merdas más e depois caía em cima das pessoas com essas merdas sem que ninguém lho tivesse pedido.

Tinha deixado Wayne sozinho lá num buraco merdoso no Haiti. Wayne regressara três dias depois, escanzelado e com os miolos a delirar. Tinha dado luz verde para se fazer uma transferência: grana dos Rapazes para o Anão. As equipas de reclusos e de escravos estavam agora a trabalhar. Os cubanos e La Banda faziam estalar os chicotes. O trabalho da equipa Tiger Krew era ininterrupto. Supervisionavam os estaleiros de construção. Faziam a manutenção do *Tiger Klaw*. Supervisionavam as obras de construção de um cais facilmente acostável. Os escravos enfeitiçados pelo vudu de Luc estavam a escavar um espaço na enseada. O Franciú chamava-lhe Tiger Kove, o Ancoradouro do Tigre. Luc tinha ligações com os escarumbas da droga lá em Port-au-Prince. Os pretos dos Tonton Macoutes iriam entregar a droga aos passadores. O patrão negro Papa Doc iria meter uma grande fatia ao bolso.

Wayne tinha dito «nada de heroína». A equipa recusara-se a acatar a ordem. Wayne *assustava-o*. *Odiava* Wayne. Tinha uma foto de Wayne a apertar a mão ao Anão. Luc tinha-lhe ensinado um feitiço vudu e Crutch tratara então de amaldiçoar Wayne. Tinha espetado alfinetes numa galinha morta. Embebera depois um alfinete em gotas do seu próprio sangue e espetara-o na cara de Wayne na foto.

Uma onda deixou-o encharcado. Aquilo fodeu-lhe a imagem que estava a ver na sua mente. Disparou balas traçadoras para o céu.

Os tipos da CIA eram aficionados do golfe. Terry Brundage tinha um *handicap* zero. Os seus lacaios tinham *handicaps* baixos. O gabinete deles era a antiga cabana dos *caddies* no campo de golfe privado do Anão. La Banda tinha um *bunker* de torturas por baixo do nono buraco.

Crutch entrou no gabinete. O chão era de relva sintética. Copos de *cocktail* serviam de buracos de golfe. Terry e os seus lacaios usavam *T-shirts* e calções de seda áspera.

— *Hola, pariguayo* — disse Terry.

Crutch riu-se. Um dos lacaios falhou o buraco. O outro acertou em *cheiiiio*. Aquele lugar estava num caos. Três secretárias, um rádio de ondas curtas, uma máquina de telex. Uma fileira de arquivadores com as gavetas a abarrotar de papelada.

O refrigerador de água dispunha de um dispensador de copos e daiquiris pré-preparados. Crutch encheu um copo e deu uma golada curta.

Terry fez girar o taco de golfe. — Foi o Mesplede que te mandou vir cá?

— Não, foi ideia minha. Pensei dar uma vista de olhos ao seu dossiê de dissidentes. Quer-me parecer que tem havido comunas a cheiricar lá pelos estaleiros.

Os lacaios prepararam os sacos de golfe, enfiando lá dentro caçadeiras juntamente com os tacos.

Terry encheu uma garrafa-termo com rum. — Lá na retrete há revistas de cricas. Se andas à procura de miúdas, lá ficas melhor servido.

Os arquivadores estavam num caos. Seis armários, dezasseis gavetas, sem qualquer sistematização. Dossiês desarrumados, fotos soltas. Sem números de identificação nem de referência. Nada organizado por ordem alfabética.

Crutch começou a analisar gaveta a gaveta. Fechou-se dentro do gabinete. Tinha quatro horas por conta própria enquanto eles se entretinham a jogar golfe e a conversar tretas. Despejou gavetas e examinou documentos. Procurou *qualquer coisa* relacionada com Joan Klein//Celia Reyes/14 de Junho. Viu listas de nomes, listas de membros, listas de suspeitos, listas de interrogatórios e listas de presumidos mortos. Viu uma carrada de acrónimos comunas e listas em espanhol. Viu uma lista de *catorze mil nomes* de inimigos de Rafael Trujillo, «o Bode». Viu uma lista de presumíveis casas francas em São Domingos e memorizou-a atabalhoadamente. Viu *fragmentos* de uma cronologia relativa ao incidente do dia 14 de Junho de 1959. A narrativa estava incompleta. Faltava metade das páginas.

Conhecia já os factos básicos. Estas novas merdas eram horríveis. O Bode tinha assassinado em massa simpatizantes do Movimento 14 de Junho a golpes de catanada. Tinha arrasado aldeias fronteiriças. Tinha alimentado jacarés com corpos de crianças na Plaine du Massacre. Outra lista: membros capturados do Movimento 14 de Junho. Nenhuma referência a Joan, a Gretchen/Celia ou a María Rodríguez Fontonette.

A narrativa terminava abruptamente. Seguiam-se páginas sem qualquer relação lógica com a temática anterior. Crutch esvaziou mais três gavetas e obteve isto:

Uma série de parágrafos fragmentários numa página não numerada. O nome María Rodríguez Fontonette. A sua alcunha: «Tatuagem.»

É membro do Movimento 14 de Junho. É uma traidora. Denunciou a invasão. La Banda teve conhecimento e tratou rapidamente de preparar e implementar contramedidas. Um traidor dos Tonton Macoutes ajudou os rebeldes e escapou para destino incerto. O seu nome: Laurent-Jean Jacqueau.

Crutch releu a página. Leu as páginas seguintes, bem como as antecedentes, e voltou a examinar cada página que já tinha lido. Não encontrou nada que lhe permitisse reavaliar ou reinterpretar a narrativa fragmentária. Estava há três horas e meia *naquilo*.

Despejou mais quatro gavetas. Obteve nomes, nomes e mais nomes. Despejou mais duas gavetas. Encontrou um dossiê em cuja capa estava assinalado «Reyes, Celia». O dossiê estava vazio.

Bebeu mais rum directamente do bocal do refrigerador. Esvaziou outra gaveta. Viu um milhão de fotos de pretos com aspecto de comunas. Viu uma foto assinalada 14/6/59. Ouviu gritos algures no campo de golfe. A luz do gabinete esmoreceu por dois segundos e voltou com toda a intensidade.

Revirou a foto. Era uma vista aérea. Via-se uma praia rochosa. Soldados de armas apontadas a rebeldes desgrenhados e imundos.

Pestanejou e olhou com mais atenção. Viu uma mulher no meio de trinta e tal homens. Era Joan Rosen Klein. Com o punho direito erguido.

Saiu fumo de uma conduta de refrigeração. Seguiu-se um fedor intenso. A invasão tinha sido há dez anos. O cabelo de Joan ainda era completamente escuro.

Mais fumo e um fedor ainda mais intenso. Outro grito: puro crioulo francês. Mais fedor: pura carne calcinada.

70

(Los Angeles, 13/4/69)

O Macaquito Drogadito tinha enfurecido Sonny Liston. Tinha-o levado ao limite com insultos: Sonny tinha esgotado a sua virilidade com *drag queens* e não lhe restara mais vigor para defrontar Muhammad Ali. A sua masculinidade tinha-se esgotado por completo.

Jomo continuava a fazer malabarismos para atender as inúmeras chamadas. Júnior devorava bolachas embebidas em conhaque.

O número cómico de Milt com a marioneta prolongou-se. Wayne e Marsh observavam enquanto Sonny fervilhava de raiva.

Estava a chover. O telhado pingava. O papel às riscas começara a descascar. Um médico que prescrevia drogas estimulantes devia 350 dólares aos Táxis Tiger Kab e decidira pagar a dívida com anfetaminas *Desoxyn* e analgésicos *Dilaudid*. Sonny e Jomo estavam pedrados e irritadiços.

O Macaquito Drogadito estava demente. Deu um jeito à carapinha e esticou os lábios.

— O Ali é tão *lindinho*. Esse jovem consegue fazer rimas e pulhices como mais ninguém que esta garina alguma vez viu. «O Liston não vai aguentar. Do terceiro *round* não vai passar.» «Talvez não passe de treta, oxalá. Mas pelo quinto *round* arrumado estará.» «Não aguentará muito mais, pois andou a noite toda a foder de mais.» «Assim com o braço cheio de droga, só lhe resta ir rezar à sinagoga.»

Sonny estava a beber combustível de foguetão: metanfetamina líquida e aguardente *Everclear*. Sonny acendeu um cigarro *Kool* gigantesco.

— Não tem piada nenhuma. Faz aquela cena em que a primeira-dama Lady Bird Johnson me chupa o pau.

O Macaquito Drogadito ficou amuado. — Esta mana símia está *tãooooooooo* farta da tua relutância em reconhecer o valor daquele jovem tão lindinho que trouxe a gente de cor para a Era de Aquário, ao passo que tu tens agido como o macaquinho tocador de realejo para a estrutura de poder dos bófias e da Máfia.

Sonny cerrou os punhos com força. O seu cigarro esfarelou-se. Marsh olhou para Jomo. Wayne olhou para Marsh. Júnior foi à casa de banho. Milt colou um cigarro de plástico nos lábios do Macaquito Drogadito.

— «Mas que frete, nem conseguiu chegar ao *round* sete.» «Se durar até ao oitavo, meu será esse seu cu de bravo.»

— Já chega. Essa merda está a dar-me cabo dos nervos — disse Jomo.

Wayne anuiu com a cabeça. Marsh entendeu o significado desse gesto: *já falta pouco*.

O Macaquito Drogadito deu um jeito à pelagem. — E esta garina está *tãooooooooo* farta de vocês todos, seus dissimulados. Nem sequer sabem distinguir o Eldridge Cleaver do Beaver Cleaver, nem o Franz Fanon da minha bunda gorda, seus palermas...

— Cala a matraca, meu! É a última vez que te aviso — disse Jomo.

Wayne fez sinal a Marsh: agora.

— Calma aí, mano — disse Marsh. — Deixa o macaco fazer as cenas dele.

Jomo fez estalar os nós dos dedos. Os nós dos oito dedos: devagar e alto e bom som.

Wayne fez sinal a Marsh: mais.

Marsh aproximou-se do painel telefónico. Jomo estava ali ao lado. Marsh apoiou o corpo contra uma cadeira.

— Com que direito te pões para aí a incomodar os mais velhos? Estou a falar de ti, ó negro. Estou a falar daquele coitado lá da loja de bebidas que atacaste e que não te tinha feito porra nenhuma para...

Jomo levantou-se. Marsh acercou-se mais dele. Ambos agarraram em cadeiras. Jomo atirou-lhe a cadeira num movimento demasiado amplo e falhou. Marsh esquivou-se. A cadeira atingiu o painel telefónico.

As pernas da cadeira quebraram-se. O painel telefónico quebrou-se em estilhaços. Os fios de ligação de chamadas tombaram no chão. Marsh desferiu a cadeira com destreza. Acertou nas costas de Jomo, atingiu-lhe as pernas, raspou-lhe na cabeça e arrancou-lhe metade de uma orelha. Jomo cambaleou e caiu contra o painel telefónico. Marsh atingiu-o com um soco no queixo. Depois fez pontaria à altura das virilhas e espetou-lhe com outra cadeira em cheio nos tomates.

Jomo uivou de dor. Marsh correu para o exterior e desatou aos gritos debaixo da chuva. A gritaria soava como uma única palavra dita repetidamente. Wayne abriu uma das janelas para ouvir.

O grito era *ATN! ATN! ATN!* Marsh atirou a cadeira ao ar e continuou a gritar. Acorreram pessoas às portas das lojas. Algumas delas começaram a dar vivas.

Wayne continuou a patrulhar. Patrulhava com determinação. Tinha a ver com aquele *clique* recorrente.

Tinha discutido com Mary Beth. Tinha sido ela a falar-lhe da «Escola da Liberdade». Wayne fora lá à faculdade e descobrira aquela foto de grupo: a mulher de cabelo com estrias grisalhas. O *clique* que ele não conseguia identificar. O semi*clique* que o fizera recordar-se daquela maratona pelos bares.

Há três meses. A primeira festa dos Táxis Tiger Kab. A visão de costas que tivera de uma mulher com o mesmo tipo de cabelo.

Os seus devaneios mentais em relação ao Haiti. As ervas e a imagem dela a mudar de forma.

Estava a circular pela zona sul. A sua discussão ao telefone com Mary Beth ainda lhe ecoava na mente. Ela pressionara-o a fazer a viagem. Mas ele mentira-lhe: a República Dominicana e o Haiti não são uns lugares assim tão maus. Os meus investidores irão fomentar a economia. O Balaguer não é como o Trujillo. Por favor, acredita que as coisas vão melhorar. Mary Beth zombara dele: não me parece, querido.

Wayne seguiu pela Central Avenue. Os clubes fervilhavam de clientela. Tinha visto a tal mulher no Sultan Sam's Sandbox. Talvez estivesse lá agora. Era um tiro no escuro, com poucas chances de êxito.

Tinha passado três dias no Haiti. Tinha-se drogado de forma ininterrupta. Vira a sua vida inteira como num caleidoscópio. Rostos a projectarem-se das árvores e das correntes de água. As ervas tinham-lhe queimado o sistema. Encontrava-se num estado zombificado. Precisara de ficar imóvel e escutar. Sem qualquer vontade de criar pensamentos ou fugir. Adormecera profundamente após um milhão de horas de devaneios mentais. O mundo real regressara então, alterado.

Virou para leste na Slauson. Viu tipos a traficar droga no exterior de uma loja que vendia o típico guisado *gumbo* da comunidade negra. A equipa Tiger Krew queria traficar heroína, mas ele proibira-os. Sabia que não iriam traí-lo pois temiam a sua influência junto dos Rapazes. A equipa Tiger Krew provavelmente iria fazer incursões por Cuba: a ideia fixa da ala política direita demente.

Viu passar uns tipos exibicionistas da ATN. Usavam gorros de cossaco e fatos escuros de corte justo. Marsh tinha cumprido o combinado. Era agora o Senhor ATN.

Viu uma multidão à porta do Sultan Sam's. Estacionou em segunda fila e avançou para a frente da multidão. Os seguranças à porta chamaram-lhe «patrão». O estabelecimento era agora propriedade dos Rapazes. Os negros do outro lado do cordão lançaram-lhe um olhar frio.

Wayne abriu a porta e espreitou o interior. Tudo gente negra. Nenhuma mulher branca de cabelo com estrias grisalhas.

Conduziu até ao Rae's Rugburn Room e fez o seu papel de grande patrão *bwana* branco. Recebeu mais olhares frios e ouviu alguns grunhidos porcinos. A mulher não estava lá. Foi depois ao Snooty Fox, ao Nat's Nest e ao Klover Klub. Os grunhidos porcinos subiram de escala em cada um desses lugares onde entrou.

Cherchez la femme. La femme n'est pas là. Procura a mulher. A mulher não está aí.

Foi ao Clube Mr. Mitch's, embora não fosse proprietário desse estabelecimento. Subornou dois seguranças para uma entrada à VIP. Um negro grunhiu de forma espalhafatosa ao vê-lo entrar.

O interior estava escuro como uma caverna. A empregada conduzia os clientes aos seus lugares com uma lanterna. Conduziu-o para uma mesa e Wayne viu Sonny instalado numa cabina com Júnior Jefferson. E duas cabinas mais à frente: Ezzard Donnell Jones e a tal mulher.

Wayne juntou-se a Sonny e a Júnior Jefferson. Já estavam bastante animados devido ao combustível para jacto servido ali no clube. A garrafa parecia irradiar.

— O Jomo vai ter de transportar os tomates num carrinho de mão — disse Sonny.

Júnior Jefferson enfiou duas líchias na boca. — É melhor o Marsh não dar muito nas vistas nos próximos dias.

Sonny deu um sorvo na sua bebida. — És demasiado gordo e o Wayne é demasiado magricelas. Sempre que deitares a mão a uma bolacha recheada, dá-lhe também uma a ele.

A tal mulher estava a fumar. Lançou o cabelo para trás e baloiçou o corpo ao ritmo da música gravada que se ouvia.

Wayne apontou na direcção dela. — Quem é ela?

— Costuma andar com os tipos da ATN e é um autêntico furacão a dançar — disse Sonny. — Só que a mim não me interessam gajas de óculos.

— Acho que se chama Joan — disse Júnior Jefferson.

Wayne observou-a. Sonny e Júnior Jefferson não fizeram caso dele. Wayne tentou esvaziar a mente. O clube silenciou-se. Wayne sincronizou a música com os movimentos dela. Julgou sentir um gosto a ervas de vudu e a licor de *klerin*. Fragmentos sensoriais: seguramente um *flashback*.

Joan limpou os óculos à fralda da camisa. Os seus olhos pareciam mais suaves sem os óculos. De uma das botas projectava-se o cabo de uma navalha.

Meneou o corpo com indolência durante alguns minutos, sempre com movimentos fluidos, enquanto também soprava anéis de fumo para o ar.

O ritmo da música alterou-se. Joan parou de menear o corpo. Pousou dinheiro em cima da mesa e saiu.

Wayne levantou-se. A escuridão envolveu-o. Seguiu atrás de Joan até ao parque de estacionamento nas traseiras. Viu-a entrar num *Chevy* de 1959. Tanto a matrícula da frente como a de trás estavam cobertas de estrias de lama. A tipa era uma profissional a esquivar-se a perseguições.

A tipa arrancou e seguiu na direcção de Manchester. Wayne enfiou-se no seu carro alugado e manteve-se a cerca de quarenta metros de distância. Joan conduzia devagar pela faixa central. Accionava os piscas e vestia a pele de uma cidadã cumpridora. Virou depois para a auto-estrada Harbor Freeway e seguiu para norte. Wayne aproximou-se do carro dela e voltou a distanciar-se.

Mas era tarde de mais. O trânsito era escasso. Wayne mudou repetidamente de faixa para parecer um condutor inócuo. Passaram pelo centro e por Chinatown. A auto-estrada Pasadena Freeway levou-os para norte. Joan virou para Golden State e seguiu para oeste. Wayne aproximou-se e voltou a deixar-se ficar para trás. Joan avançou velozmente através de Atwater e contornou as saídas para Glendale. Virou à direita e seguiu para a saída de Eagle Rock. Wayne manteve-se atrás dela, sempre de olhos postos nos faróis traseiros do carro dela. Viu-a parar à porta de um pátio de bangalós numa colina.

Aguardou. Joan estacionou o *Chevy* junto ao passeio e destrancou a porta de um *Dodge* parado ao lado. Wayne viu os faróis acenderem-se. Joan deu meia-volta e dirigiu-se direitinha para ele. Viu a cara dela no pára-brisas do carro. A matrícula da frente estava coberta de lama.

Viu o carro dela dar sinal de pisca e virar para leste em Colorado Boulevard. Wayne conduziu devagar; por vezes aproximava-se de mais e deixava-se ficar para trás. Atravessaram Pasadena. Joan virou para norte em Lake Avenue. Pasadena deu lugar a Altadena. Seguiam agora na direcção de San Gabriel Hills. Wayne manteve-se à distância de dois carros. De vez em quando enfiava a cabeça fora da janela e seguia os faróis traseiros dela.

Joan virou à esquerda numa rua lateral. Wayne carregou no acelerador, fez a curva e travou a fundo. Viu Joan estacionar e avançar para uma pequena casa com telhado de madeira. Alguém lhe abriu a porta e deixou-a entrar. Aquele local lá em Eagle Rock emitia vibrações de *casa franca*. E o mesmo se aplicava a este poiso.

Wayne estacionou e correu em direcção à casa. As luzes estavam acesas no interior. Baixou-se e avançou de cócoras à volta da casa até à rampa de acesso. Vislumbrou sombras lá dentro. As persianas das janelas estavam apenas semifechadas. Wayne levantou-se e espreitou.

Uma pequena sala de estar. Uma carrada de armas e revólveres empilhados em cima dos móveis. Com lençóis a tapá-los.

Carabinas, espingardas *M14* e *Rugers* semiautomáticas com mira telescópica. Automáticas e revólveres numa caixa.

Viu Jomo Clarkson entrar na sala. Com a cabeça suturada e enfaixada. Joan vinha atrás dele. Falaram sem som. Ele parecia agitado. Ela parecia calma. A janela fechada matava o áudio.

Joan tirou o casaco. Wayne viu a cicatriz de navalhada no braço direito dela.

CLIQUE:

Aquele dossiê que Dwight lhe tinha enviado. Sem qualquer foto anexada. Tinha aplicado substâncias químicas no texto rasurado. Tinha encontrado um nome de um associado conhecido e informara Dwight. Depois as substâncias químicas tinham acabado por destruir o dossiê.

Já não conseguia lembrar-se do nome desse associado conhecido. O CLIQUE parecia-lhe ser sólido mas INCOMPLETO.

Joan e Jomo continuavam a falar. Wayne encostou-se mais à janela. Captou um zumbido áudio indecifrável e também não lhe era possível ler-lhes os lábios.

Viu uma gasolineira ao fundo do quarteirão. Correu para junto da cabina telefónica...

Dwight estava a beber café. — A típica chamada a meio da noite. Começo a habituar-me a isso.

Estavam no Canter's Deli, na Fairfax. A clientela das três da manhã: polícias e *hippies* ultra-sujos.

— Quem é essa Joan? — perguntou Wayne.

Dwight ergueu as mãos com impotência — *sei lá!* —, mas de forma hipócrita e nada convincente.

— É a tal Joan Rosen Klein? Estive a analisar as rasuras no dossiê dela no ano passado, mas nunca vi a foto dela.

Dwight voltou a erguer as mãos. Wayne deu uma palmada na mesa. Os cafés de ambos baloiçaram e transbordaram das chávenas.

— Fala-me dela.

Dwight abanou a cabeça. Wayne voltou a dar uma palmada na mesa. A cestinha do pão voou pelo ar.

— Tem uma cicatriz de navalhada no braço direito.

Dwight esboçou um sorriso à cabrão. Wayne cerrou os punhos. Dwight tocou-lhe nas mãos: não faças isso, filho.

— Vi-a com o Jomo Clarkson. Número 1864 de Avondale, em Altadena. É uma casa franca. Tem lá a porra duma carrada de armas.

Dwight pôs-se a mexer nervoso no anel da formatura em Direito. O anel saiu do dedo e caiu-lhe no colo.

— Continua.

— O Jomo tem andado por aí a falar de umas granas que conseguiu dum tipo que é assaltante e que escreve panfletos racistas contra os brancos. O Fred Hiltz, lembras-te? O rei da propaganda racista foi despachado e a Polícia de Beverly Hills atribui essa morte a «suspeitos negros desconhecidos».

Dwight levantou-se e saiu a correr pela porta fora. Wayne agarrou no anel que tinha caído ao chão.

71

(Beverly Hills, 14/4/69)

A Polícia de Beverly Hills deixou-o ler o dossiê. Então não era ele o rufia favorito do Sr. Hoover às quatro da manhã? O comandante de serviço fez-lhe a vontade.

Dwight sentou-se na sala da esquadra. O dossiê tinha sido abreviado. O Sr. Hoover tinha retardado o caso. Jack Leahy tinha descartado o caso para o caixote do lixo, por decisão própria.

Uma capa, nove páginas, uma síntese de quatro páginas. Numerosos negros listados. A maior parte deles denunciados por informadores da polícia e por amantes ressentidos. Uma lista geral de negros assaltantes. Nenhum Jomo Kenyatta Clarkson, nenhum cabrão negro militante ou outros.

Leu o relatório da cena do crime e o protocolo da autópsia. Testemunhas oculares tinham referido dois negros mascarados. Causa da morte: extensos ferimentos de balas de caçadeira. Também listado: quatro balas de calibre 38 alojadas na cabeça.

Espera aí...

O protocolo incluía fotos das balas. O técnico laboratorial afirmara que as quatro balas tinham sido disparadas pela mesma arma. Balas dundum, com seis saliências, oito sulcos, semiachatadas.

Ora espera aí...

Joan tinha disparado balas retiradas das munições da casa franca contra um isolador acústico. Tinha sido *ele mesmo* a dizer-lhe para o fazer. Cápsulas gastas: ali dentro da sua pasta.

Abriu a pasta. O conjunto das cápsulas estava envolto em plástico. Encontrou uma cápsula amolgada de calibre 38. Agarrou nas fotos e avançou apressado pelo corredor em direcção ao laboratório de criminalística.

A porta estava aberta. Não estava ninguém lá dentro. Os departamentos policiais de mariconços eram assim. Olhou à sua volta. Junto da parede do fundo: um microscópio de balística.

Aproximou-se e enfiou a cápsula no suporte de análise. Dispôs as fotos em cima da banca. Ajustou a lente e semicerrou os olhos. Ampliou mais. Viu seis saliências, oito sulcos e uma ponta achatada quase idêntica. Verificou as fotos. A mesma arma tinha disparado ambas as balas, sem nenhuma sombra de dúvida.

Ouviu sirenes lá fora. Ouviu uma chamada via rádio na sala ao lado: *Código 3, a todas as viaturas, Altaden...*

Cena de multidão:
Os homens do xerife, os agentes da Polícia de Beverly Hills, vinte unidades de agentes brancos e negros de uniforme e outros vestidos à paisana. Agentes de uniforme a carregar armas embrulhadas em lençóis.

Dwight aproximou a sua viatura das barricadas. A rua estava iluminada por lâmpadas de arco voltaico que lançavam um brilho rosa-esbranquiçado. Circulavam por ali cidadãos curiosos enfiados em pijamas. Entravam e saíam polícias da casa invadida. Para casa franca, não era nada segura.

O guarda da barricada aproximou-se do carro dele. Era um dos totós do xerife, com acne pós-adolescência. Dwight saiu do carro e mostrou-lhe o crachá.

— Vá, despeja aí.

— Hã... Desculpe, senhor?

— Diz-me o que está a acontecer aqui.

O totó obedeceu prontamente. — Bem, recebemos uma informação sobre um esconderijo de armas e sobre o homicídio daquele tipo racista no ano passado. Como o caso está nas mãos da Polícia de Beverly Hills, chamámos...

— O Jomo Clarkson. *Onde está ele?*

O totó recuou. — Bem, a Polícia de Los Angeles tirou-o da nossa custódia. Apareceu um detective durão lá da Divisão de Assaltos com um mandado peremptório. Levou o gajo para a esquadra da 77.ª

Dwight sentiu-se meio aturdido. — Mas alguém foi detido? Nenhuma mulher branca? A Polícia de Los Angeles deteve alguma mulher juntamente com o homem negro?

— Não, senhor. Esse tal detective saiu rapidamente dali com o homem de cor. Apreendemos as armas, mas não sei nada acerca dessa mulher.

Dwight enfiou-se no carro e arrancou velozmente em marcha-atrás. Bateu no passeio ao inverter a marcha e seguiu por ruas secundárias em direcção à auto-estrada Pasadena Freeway. Colocou o giroscópio no tejadilho e seguiu acelerado a quase duzentos à hora. O percurso demorou-lhe seis minutos. A auto-estrada Harbor Freeway levou-o ao Congo da pretalhada. A esquadra ficava logo à saída da auto-estrada.

Estacionou no parque da patrulha e prendeu o crachá na lapela do casaco. Passou pelo posto da recepção. O sargento de serviço estava a dormitar. Dwight ouviu negros alcoolizados uivar nas celas de detenção ao fundo.

A sala da esquadra era no piso superior. Dwight subiu os degraus três a três. A sala estava atulhada de secretárias de parede a parede, com espaços de circulação no meio. Os guardas do turno da manhã liam telexes e dactilografavam lentamente, tecla a tecla. Pareciam entediados. Um deles acenou-lhe. Dwight avançou por um corredor lateral. Havia salas de interrogatório ao longo da parede do lado direito.

Lá estava o Scotty.

Estava a comer uma maçã. Usava um fato castanho e um laço de tecido axadrezado. Estava a observar um interrogatório através de um espelho falso.

Dwight aproximou-se dele. Scotty piscou-lhe o olho. Dwight espreitou pelo vidro. Lá estava Jomo, algemado a uma cadeira.

— Não me digas. O Senhor Hoover quer essa coisa do Hiltz abafada — disse Scotty.

— Para quê contar-te? Não me serviria de nada.

Scotty riu-se. — Queres assistir?

— Sim. Mas primeiro fazes-me uma concessão?

— Está bem.

Dwight sacou do maço de tabaco. Scotty tirou dois cigarros e acendeu ambos.

— Que aconteceu? Explica-me por que razão estamos aqui.

Scotty atirou a maçã para o cesto do lixo. — Esse teu rapaz, o Marsh, ligou-me e denunciou o Jomo por assaltos a lojas de bebidas. Tratei logo de deitar a mão ao Jomo antes que a Polícia de Beverly

Hills pudesse detê-lo pela morte do Hiltz, e aliás quer-me parecer que foi ele mesmo. Mas o mais curioso é que quando estava a falar ao telefone com o Marsh não me parecia ser a voz dele. Mais fodido ainda, é que parecia haver uma gaja qualquer a sussurrar-lhe ao ouvido o que devia dizer.

Dwight tocou no dedo anelar. O anel tinha desaparecido. Scotty apagou o cigarro na parede. Jomo tinha cuspido contra o espelho. O escarro tombou em cima de uma mesa aparafusada ao chão. Jomo remexeu-se agitado na cadeira aparafusada ao chão.

Scotty abriu a porta da sala de interrogatório. Dwight seguiu atrás dele. Afastaram cadeiras para o lado e inclinaram-se sobre Jomo. O cabrão estava completamente imobilizado, assim algemado à cadeira, que por sua vez estava aparafusada ao chão.

— Quero falar com um advogado. Arranjem-me um daqueles tipos judeus de cabelo frisado que trabalham para os Panteras.

— Aqui o Senhor Holly é advogado. Vai informar-te dos teus direitos — disse Scotty.

— Tens o direito de confessar e evitar os castigos físicos — disse Dwight. — Tens o direito de contar ao sargento Bennett exactamente aquilo que ele quer saber. Também vou requerer respostas imediatas às minhas perguntas. Se colaborares, damos-te um maço de cigarros e uma barra de chocolate. Se resistires, enchemos-te esse coiro de porrada e enfiamos-te na cela de detenção dos maricas.

— Isso não passa tudo de tretas de merda, foda-se! Conheço bem a lei! A *Emenda Miranda-Escobedo* foi aprovada em 1962!

— A *Emenda Miranda-Escobedo* não se aplica aqui. Isto aqui é um tribunal-fantoche e o fantoche és tu.

Jomo escarrou em cima da mesa. Scotty pegou num pedaço de mangueira de borracha. Media cerca de vinte e cinco centímetros e uma das pontas estava envolta em fita isoladora.

— Ao longo dos últimos sete meses foram assaltadas catorze lojas de bebidas na zona sul de Los Angeles. Correspondes à descrição geral do suspeito. Um informador confidencial da polícia ligou-me hoje a denunciar-te por esses crimes e achei-o credível. Aconselho-te a confessar. Se requisitares aconselhamento legal, podes falar com o teu advogado.

— Confessa — disse Dwight.

— Foi o Marsh Bowen que me chibou — disse Jomo. — Primeiro encheu-me de porrada e depois denunciou-me. Estão a ver estes pontos que levei aqui na cabeça? Foi esse ex-polícia cabrão que me fez isto. Pensam que não vou querer desforrar-me quando sair daqui?

Scotty flectiu o pedaço de mangueira. — Adorava ver isso acontecer, meu filho. O Marsh também me prejudicou e ia adorar vê-lo receber o castigo merecido.

Jomo remexeu-se agitado. A corrente das algemas chocalhou. As algemas estavam muito apertadas. Tinha os pulsos a sangrar.

— Foi o Marsh que me chibou, certo?

— Correcto — disse Scotty.

— Então deixe-me sair daqui. Safe-me dessas merdosas acusações de assalto e desforro-me por nós os dois.

— Confessa primeiro — disse Dwight. — Vamos dar-te um passe de um dia para pores as tuas merdas em ordem. Tenho um amigo judeu que é advogado e pode conseguir-te uma pena reduzida. No máximo cumpres um ano numa quinta de reinserção.

Jomo escarrou em cima da mesa. — Puta que te pariu! Não passas dum cabrão fascista e dum lacaio da estrutura de poder da bófia! A tua mãezinha chupou-me aqui no meu pau grande e preto!

Scotty piscou o olho a Dwight. Scotty circundou a mesa até ficar parado à frente de Jomo. Afagou-lhe a carapinha com o pedaço de mangueira.

— Confessa, filho. É o melhor que tens a fazer.

— Vai-te foder! — disse Jomo.

Scotty assestou-lhe com o pedaço de mangueira. Jomo gritou. Um golpe em cheio no rim.

— Confessa — disse Dwight. Jomo escarrou em cima da mesa. Scotty voltou a acertar-lhe. Jomo gritou ainda mais alto. Outro golpe em cheio no rim.

— Confessa — disse Dwight. Jomo tentou engolir ar às golfadas. Scotty pousou uma folha de papel em cima da mesa. Dwight leu-a rapidamente. Uma lista de catorze assaltos.

— Olha ali para a lista e acena com a cabeça — disse Scotty. — Consideraremos isso como uma confissão.

Jomo escarrou em cima da mesa e disse: — Vai-te foder!

Scotty desferiu o pedaço de mangueira. Jomo gritou. Um golpe em cheio no rim.

— Já olhou para a lista — disse Dwight. — Como advogado, considero isso uma confissão.

Scotty anuiu com a cabeça. — Concordo. Depois redijo a confissão e o Senhor Clarkson pode assiná-la quando for capaz de segurar na caneta.

Jomo vomitou bílis misturada com sangue. A cabeça baloiçava-lhe de um lado para o outro. As algemas enterravam-se-lhe nos pulsos. Fez coisas estranhas com os olhos.

— Lembrei-me de uma boa acção — disse Scotty.

— Conta aí — disse Dwight.

Scotty afagou o pedaço de mangueira. — Podíamos livrar a Polícia de Beverly Hills de um caso antigo que têm pendente. E em troca podíamos livrar-te a ti daquele caso da casa franca e das armas.

Dwight lembrou-se de Joan. — Esquece a casa franca. Os meus homens poderiam ficar comprometidos. Concentremo-nos antes no caso Hiltz.

— Caso Hiltz — disse Jomo num tom trocista. *Dizer o quê? Como assim? Não sei nada acerca desse caso Hiltz.*

— Dia 14 de Setembro — disse Scotty. — Dois negros fizeram uma série de assaltos a residências e acabaram por matar um abastado autor de panfletos racistas chamado doutor Hiltz. Acredito que eras um desses negros. Acho que deverias confessar esses crimes e revelar a identidade do outro negro. Senhor Holly, que conselho daria ao seu cliente?

— Confessa — disse Dwight.

Jomo escarrou sangue em cima da mesa e disse: — Vai-te foder!

Scotty voltou a atingi-lo com o pedaço de mangueira. Jomo gritou. Um golpe em cheio no rim.

— Confessa — disse Dwight.

— Confessa — disse Scotty.

Jomo escarrou sangue em cima da mesa e *balbuciou*: — Vai-te foder.

Scotty voltou a atingi-lo. Jomo gritou.

— Confessa — disse Dwight.

— Confessa — disse Scotty.

Jomo escarrou sangue em cima da mesa. Misturado com fragmentos de tecido muscular. Girou a cabeça até conseguir erguê-la e respirou fundo.

— Pronto, fui eu que fiz esses assaltos. Eu e um negro chamado Leotis Waddrell. O Leotis deixou-me de mãos a abanar. Foi para Las

Vegas e estoirou o nosso dinheiro em cocaína e nas roletas. Despachei-o. Deixei-o lá no deserto. Entrego-vos a porra do corpo se me acusarem apenas de homicídio em segundo grau.

— Sempre acabou por confessar — disse Scotty.

— Vou verificar — disse Dwight.

— Tenho mais algumas perguntas — disse Scotty.

Dwight abanou a cabeça. — Chama uma ambulância para o levar. Tentou escapar e impediste-o. Podes pôr uma data posterior na confissão.

Scotty abanou a cabeça e fez cócegas no queixo de Jomo com o pedaço de mangueira.

— Dia 24 de Fevereiro de 1964. O assalto ao furgão blindado na esquina da 84.ª com Budlong. De certeza que já ouviste falar disso. Morreram os guardas, morreram os assaltantes e desapareceu uma enorme quantidade de dinheiro e esmeraldas. O líder da quadrilha matou os seus próprios homens e queimou-lhes os corpos para lá de qualquer identificação. Sumiu e estou quase convencido de que também escapou um segundo homem. Já que estás aqui, posso perguntar-te se sabes alguma coisa acerca disso?

Dwight pestanejou. Aquilo não tinha nada a ver, não era para ali chamado...

Jomo pestanejou. Pingava-lhe sangue do queixo.

— Meu, mas estás a perguntar-me isso porquê? Esse caso tem mais barbas do que o Pai Natal.

Scotty desferiu o pedaço de mangueira. Jomo gritou. Um golpe em cheio no rim.

Dwight levantou-se. Jomo caiu de cabeça em cima da mesa. Scotty agarrou-o pelo cabelo e sacudiu-o. O tampo da mesa estava manchado de sangue.

— Boatos, mexericos, qualquer coisa que possas ter ouvido. Fiz-te uma pergunta educada e espero uma resposta educada.

Jomo lançou a cabeça para trás. A carapinha soltou-se. Era uma peruca de grudar. Scotty riu-se e atirou-a para o chão.

— Vou perguntar-te pela última vez. Os acontecimentos de 24 de Fevereiro de 1964. Diz-me o que sabes acerca...

— Meu, não sei nada de nada, porra! Os boatos não passam de boatos! Talvez tenha sido a ATN antes de os tipos fundarem a ATN, talvez tenham sido gajos brancos! Meu, não sei nada de nada, foda-se!

Scotty acariciou-lhe o escalpe com o pedaço de mangueira. — Basta — disse Dwight.

Scotty enfiou o pedaço de mangueira no cinto. — Como queiras.

— Chama uma ambulância. Que o levem para o Hospital Morningside.

Scotty piscou o olho. — Certo, Dwight. Vou chamar a ambulância e despedimo-nos por agora.

Dwight avançou para a porta. O seu anel da formatura em Direito tinha desaparecido. Sentia os pés dormentes. Cheirava-lhe a bílis e a sangue.

— Ainda estou em dívida para com o Marsh — disse Scotty.

Dwight saiu da sala de interrogatório e desceu as escadas. Não tinha força nas pernas. Sentiu o corpo tremer quando chegou ao parque de estacionamento. Encontrou Joan encostada ao carro dele.

Madrugada junto à esquadra dos chuis fascistas. Carros-patrulha de agentes negros e brancos estacionados à volta dela. A Deusa Vermelha, de jaqueta à marinheiro e botas coçadas.

— Sou tão boa como tu. Já estás convencido?

— Sim — disse Dwight.

Estava frio. Joan estremeceu e enfiou as mãos nos bolsos.

— A notícia vai espalhar-se. O Marsh denunciou o Jomo. De uma só tacada, certificámos o Marsh e arrancámos o Jomo da rua. Foi por isso que deixei a FLMM guardar armas numa casa franca da ATN. A ATN e a FLMM encarregar-se-ão da coisa a partir daqui.

— Já sabias que o Marsh era o meu infiltrado.

Joan anuiu com a cabeça. — *Uma luta com o Scotty Bennett?* Foi tão ousado, porra, que só podia vir de ti.

Dwight estremeceu. — «Ninguém morre.» Lembras-te?

— São armas que já não magoarão ninguém.

— Talvez não seja assim tão simples.

— O que não deverá impedir as nossas acções.

Passaram dois polícias ali perto. Dwight aproximou-se de Joan. Agarrou-lhe nas mãos à vista do seu mundo policial.

— Porquê isto? E porquê agora?

— Temos sangue nas mãos. E talvez eu tenha mais do que tu.

— Que queres dizer com isso?

— Sei umas coisas acerca de ti — disse Joan.

DOCUMENTO ANEXO: 21/4/69. Excerto do diário privado de Karen Sifakis.

Los Angeles,
21 de Abril de 1969

O mundo exterior tem invadido a tranquila vida caseira que tentei criar para as minhas filhas. O jornal aterra na minha porta todas as manhãs e não consigo evitar dar-lhe uma vista de olhos. Depois o Dwight bate-me à porta e conta-me aquilo que os jornais omitiram.

Dois Panteras foram acusados de agressão não-fatal a dois agentes policiais em Brooklyn; decorrem agora processos judiciais contra os Panteras numa dúzia de cidades. O Dwight acha que os Panteras entraram numa espiral de autodestruição. Estão infestados de informadores pertencentes ao FBI e às polícias municipais que não param de criar discórdias internas, o que por sua vez redunda em violência intragrupal que acaba por receber uma publicidade a larga escala, que por sua vez conduz a uma censura pública generalizada, que por sua vez redunda ainda em mais violência sedenta de publicidade. Os Panteras, e por vezes os Escravos Unidos, são notícia dos cabeçalhos dos jornais, enquanto o Dwight continua a combater esses grupos menores que são a ATN e a FLMM, porque considera que essas palhaçadas pressagiam um acontecimento mediático completamente controlado que ele pode orquestrar segundo os seus caprichos. Nesse sentido, é a quintessência do «Tipo com uma Missão» e «a Missão» parece estar a apoderar-se dele.

Os jornais dizem-me que aquele «agitador negro militante» chamado Jomo Kenyatta Clarkson, «que confessou a autoria de uma ousada série de assaltos a lojas de bebidas», se suicidou quando estava sob custódia na Cadeia do Condado de Los Angeles. Este incidente desencadeou um ódio revigorado entre a ATN e a FLMM. Ouvi as pessoas falarem disto na rua. É considerado quase uma verdade evangélica: o ex-polícia Marshall Bowen, agora um enérgico apoiante da ATN, denunciou Clarkson como autor dos roubos. Cheguei a uma conclusão muito tardia: o Bowen deve ser o infiltrado do Dwight.

O Dwight nunca referiu a identidade do tipo. Protege sempre as identidades dos seus intermediários, infiltrados e informadores. Fez isso comigo, apesar de o Sr. Hoover, já no seu estado de declínio, se ter referido com indiscrição acerca da minha relação com o Dwight. O Sr. Hoover é um homossexual celibatário, propenso a ter fraquinhos por homens duros e assertivos. O meu acordo íntimo com o Dwight, impregnado de ideologias conflituosas, certamente não pára de confundir e escandalizar o velhote.

O assunto Clarkson é um peso nos ombros do Dwight. A maquinação — o que quer que tenha acontecido entre o Clarkson e o Bowen — só pode ter sido por instigação do Dwight, talvez com o envolvimento da própria Joan Klein. Encontrei-me recentemente com o Dwight por duas vezes. Fizemos amor, mas ele parecia querer mais ser consolado do que ter sexo. Não parava de mencionar a questão da heroína e como os esquerdistas radicais encaravam essa droga como uma ferramenta política. Toda aquela conversa cheirou-me a Joan.

O Dwight tem dormido agora um sono ainda mais intermitente. Consigo senti-lo de corpo retesado enquanto vive aqueles pesadelos. Quando acorda, olha-me de esguelha, quase como se suspeitasse de mim. Como se se perguntasse o que sei acerca dele e o que contei a outras pessoas. Invadimos e violámos a casa um do outro. Sei que ele leu o meu diário, que é bastante menos cândido. Por minha parte, vi o seu estojo de emissão de cheques e mencionei-lho de forma elíptica. Estes meus trabalhos de violação de domicílio são um subtexto da nossa relação, um subtexto que o Dwight aceita. Muitas vezes me perguntei acerca da natureza específica da dívida do Dwight para com o Sr. Hoover. Na semana passada fiz algumas averiguações e encontrei uma espécie de resposta.

Lembrava-me da data do primeiro cheque que o Dwight tinha emitido: Primavera de 1957. Sabia os nomes dos destinatários dos cheques: o Sr. e a Sra. George Diskant de Nyack, em Nova Iorque. Pesquisei alguns microfilmes de jornais e fiquei a saber a história toda.

Foi em Janeiro de 1957. Um homem que circulava para norte na Merritt Jarkway colidiu contra o separador central. Estava bêbedo. A colisão tirou a vida às duas filhas adolescentes do casal Diskant. O homem alcoolizado não foi referido pelo nome, nem nunca chegou a ser acusado criminalmente.

Só posso supor que o Sr. Hoover mexeu cordelinhos. Também seria ridículo supor que o terrível vínculo que ligava o Dwight a esse homem alcoolizado foi moldado por um único incidente e por nada mais.

A Joan disse-me que sabe coisas acerca do Dwight. Mas não diz mais do que isso. Pergunto-me se saberá mais acerca dele do que eu própria sei, apesar de se relacionarem há bastante menos tempo. Talvez eu esteja a atribuir à Joan uma qualidade de presciência que ela não possui realmente. Mesmo assim, juro que consigo sentir o cheiro dela no Dwight.

<u>DOCUMENTO ANEXO</u>: 1/5/69. Excerto do diário de Marshall E. Bowen.

Los Angeles,
1/5/69

É o Primeiro de Maio. Estou no terraço do meu prédio a observar os engarrafamentos de trânsito nas auto-estradas de San Diego e Harbor e uma marcha de protesto contra a guerra no centro da cidade. Militantes da ATN e da FLMM estão a distribuir panfletos ao longo do percurso da marcha. Recusei participar. Certamente haverá escaramuças e as pessoas tratariam logo de me apontar como a causa directa.

Estou muito assustado. É um sentimento crescente que me tem deixado fora de mim. Começou no mês passado, quando o Wayne me disse para confrontar o Jomo: «Senão conto a toda a gente que és um panasca.» Pois sim, a ameaça resultou. Confrontei o Jomo e agora o Jomo está morto e sou um dos elos directos na causa e efeito.

Se o Wayne sabe, quem mais saberá e como descobriram? O Sr. Holly saberá? O Scotty Bennett e a Polícia de Los Angeles em geral saberão? O FBI saberá? Os tipos da ATN e da FLMM saberão?

Como terão descoberto? Será que a ausência de mulheres na minha vida terá levado o Wayne a fazer uma suposição fundamentada? *Não sou nada efeminado e sempre fiz tudo para me livrar desse tipo de afectação que os homens com esse Vício geralmente possuem. Tenho maneirismos? Assumo poses inconscientes de mãos nas ancas? Falo com afectação? Os meus maneirismos de macho negro durão serão de alguma forma um indicador codificado de homossexual machão? Será que algum dos engates anónimos do meu muito circunspecto passado me reconheceu como uma celebridade local e resolveu denunciar-me a troco de favores da polícia? Será que as pessoas simplesmente pressentem auras no mundo onírico e carregado de sexualidade que habito?*

Tudo isto assusta-me. O resultado do incidente com o Jomo é muito mais perigoso.

O Scotty Bennett prendeu o Jomo por causa daquela série de roubos a lojas de bebidas, e aliás eu já suspeitava que tivesse sido ele o autor. O Sr. Holly pareceu ficar estranhamente chocado com o incidente. Disse-me que o Scotty tinha deixado o Jomo meio morto de pancada lá na esquadra da 77.ª e que depois o despachou para o Hospital Morningside com graves lesões nos rins. O Jomo enforcou-se na cela vários dias depois. Esta última parte da história chegou a ser notícia nos jornais e recebeu uma breve cobertura televisiva. O Sr. Holly contou-me a verdadeira história que nunca chegou ao conhecimento público: o Jomo tinha confessado uma série de roubos em casas de gente abastada e o homicídio do Dr. Hiltz no ano passado.

Os crimes tinham rendido uma soma líquida estimada em setecentos e cinquenta mil dólares, que foram entregues à guarda de um parceiro sem qualquer ligação com a ATN ou a FLMM. O tipo desbaratou o dinheiro em cocaína, na jogatina e em prostitutas em Las Vegas. Quando o Jomo soube disso, matou-o e abandonou o corpo dele no deserto. O Sr. Holly interrogou o Jomo na Cadeia do Condado de Los Angeles um dia antes de ele se enforcar. O Jomo disse ao Sr. Holly que a sua metade do dinheiro dos roubos estava destinada a ser aplicada num fundo da FLMM para «comprar heroína». Que delinquentes mais estúpidos, malvados e azarados: o Jomo faz ousados roubos a casas de gente rica e assalta lojas de bebidas. Confia no seu parceiro putanheiro e viciado em drogas. O dinheiro da FLMM para comprar a droga é esbanjado. Dou uma carga de porrada no Jomo e o Jomo acaba por ser detido de forma tangencial e depois suicida-se. Eu devia estar mesmo grato pelo facto de o Scotty ter detido o Jomo, porque o Jomo teria vindo atrás de mim mais cedo ou mais tarde. O Jomo está *morto*? É melhor assim. Infelizmente, o curso dos acontecimentos tem-se revelado muito diferente.

O boato já corre por aí: fui eu que denunciei o Jomo ao Scotty.

Não é verdade.

De qualquer forma, todos aqueles que são importantes acreditam nisso.

Os meus novos irmãos da ATN estão contentes. É assim mesmo, Irmão Marsh: esse negro Jomo era *ruuuuim* como as cobras e um ferrenho inimigo da ATN. Junto deles sinto-me protegido, mas desprotegido nos restantes lugares.

Disse ao Wayne que não tinha sido eu a denunciar o Jomo. Ele disse que acreditava em mim, mas não tenho a certeza se acredita mesmo. Disse ao Sr. Holly que não tinha sido eu. O Sr. Holly disse que *não* acreditava em mim, mas a sua descrença não foi completamente convincente. O Scotty sabe que não sou eu o informador, mas ontem chegou à sede dos Táxis Tiger Kab e *abraçou-me* em plena vista do resto da equipa.

O Scotty quer que as pessoas pensem que fui eu. Já perdi todo e qualquer vestígio de sanidade que me restava e não consegui saber o que o Wayne e o Sr. Holly querem que as pessoas pensem.

Deixaram-me aqui pendurado e abandonado. Não sei quem denunciou o Jomo. Não acredito que o Scotty se tenha limitado a atribuir-me a autoria da denúncia como meio de se vingar da sova arquitectada pelo Sr. Holly. Alguém me fez isto. Não sei quem, mas só pode ter sido por motivos políticos. Ninguém sabe que sou um infiltrado, à excepção do Wayne, do Sr. Holly e de um punhado restrito de pessoas no FBI e na Polícia de Los Angeles.

Pode ter sido qualquer idiota militante negro da rua ou algum ideólogo tresvariado. Pode ter sido algum idiota marginalizado ou faccioso da ATN ou da FLMM com um instinto visceral para fazer idiotices.

Comecei a usar um colete à prova de balas. Parece que a FLMM está a oferecer um «prémio» pela minha cabeça. Alguns idiotas da FLMM viram-me na Central Avenue e atiraram-me latas de licor de malte cheias até à borda.

Estou assustado. Uso o colete e passo várias horas à frente do espelho no meu quarto a tentar aperfeiçoar os meus maneirismos. *Terei traído inconscientemente o meu Vício? Não sou nada efeminado. Será que alguém mais presciente, dentro deste meu estado onírico, simplesmente se apercebeu do Vício em mim?*

Já parei de fazer averiguações acerca do assalto ao furgão blindado. A minha avidez pelo dinheiro e pelas esmeraldas foi substituída pelo instinto de sobrevivência. Por agora vou manter-me longe das atenções, mas o Wayne e o Sr. Holly têm-me exigido resultados. O Sr. Holly tem falado da ideia de transformar a ATN num canal de distribuição de heroína. Quer que eu apresente essa proposta aos meus irmãos da ATN, mas eles são tão estúpidos como a porra que nem saberiam comprar heroína numa banca de venda ao ar livre numa quinta de produção de papoilas na Tailândia. Mas isto é algo que o Sr. Holly ainda não percebeu bem.

Estou apavorado. Mantenho-me aqui quietinho. À espera. Com o colete posto. Tenho observado homens completamente hetero e tenho praticado os seus gestos e postura masculina à frente do espelho.

Por falar de tipos completamente hetero, neste momento há um pontinho de luz brilhante na minha vida: o louco do meu amigo haitiano, o Leander James Jackson. O Leander adora-me, mas é hetero até à ponta dos cabelos e, portanto, má sorte a minha. Teve aquela luta de navalhas com o Jomo — que eu e o Wayne provocámos — e por isso *adora-me* por eu ter feito aquela alegada denúncia que viria a resultar na morte do Jomo. Disse ao Leander que não tinha sido eu. O Leander riu-se e disse: «Não acredito em ti, meu rapazinho.»

O Leander adora rum e charros e gosta de recordar os tempos que viveu em *la belle* Haiti. Torturou dissidentes para os Tonton Macoutes, praticou vudu e virou acentuadamente à esquerda. Ajudou um grupo de invasores rebeldes e conseguiu fugir da sua ilha natal quando estavam prestes a deitar-lhe o laço ao pescoço. Quem me dera poder dizer-lhe: «Estou tão assustado, rapazinho, que nestes últimos dias me tenho mantido aqui muito quietinho.»

Só tenho um amigo, muitos inimigos sem nome e dois amigos hostis a pairar por perto. O Wayne sabe do meu Vício. Não quero que o Sr. Holly saiba, nem que saiba que os meus sonhos são assombrados por fantasias em que o vejo a ele e àquela mulher estranha chamada Joan. Preferia morrer se o Sr. Holly viesse a saber.

72

(São Domingos, 3/5/69)

CADEIRA ELÉCTRICA.
Não conseguia tirar aquela imagem da cabeça. Não parava de se recordar daquelas merdas. Tinha encontrado o tal *bunker* por baixo do campo de golfe. La Banda tinha deixado lá um negro amarrado à cadeira eléctrica. Os eléctrodos tinham-lhe derretido as palmas das mãos. Os cabos tinham-lhe queimado o corpo até aos ossos.
Crutch estava à espera no aeroporto. O voo de Sam Giancana estava prestes a chegar. O salão VIP estava movimentado. Os assentos pareciam tronos. Tinham aquele aspecto de *CADEIRA ELÉCTRICA.*
O voo vinha com atraso. Os voos das linhas aéreas do Drac chegavam sempre atrasados. O salão estava decorado com arte à Führer. Quadros a óleo do Anão monopolizavam o espaço das paredes.
Crutch estava stressado. Wayne iria regressar em breve. Trazia dinheiro desviado dos lucros dos casinos para a construção dos novos casinos. Wayne tinha estipulado aquela lei de não às drogas. A equipa Tiger Krew infringira-a quatro vezes. Quatro incursões até Porto Rico. Quatro negociatas com os tipos de Luc em Port-au-Prince. Vendas subsequentes aos drogados haitianos.
O voo de Sam Giancana estava atrasado. Sam talvez viesse acompanhado de Gretchen/Celia. Crutch tinha-se oferecido para fazer de motorista. O Franciú achou isso suspeito.
O seu caso estava prestes a rebentar. Tinha identificado a vítima do homicídio: María Rodríguez Fontonette, também conhecida como «Tatuagem». Tinha visto aquela lista de haitianos massacrados. Tinha memorizado os nomes. Talvez viessem a fornecer-lhe mais pistas. Pusera o Franciú a par das suas descobertas. O Franciú troçara dele:

«Isso não passa tudo da tua descontrolada fixação de *voyeur*. Mata mas é mais comunistas e não sejas tão obcecado com as mulheres.»

O voo das linhas aéreas do Drac aterrou finalmente. Miúdos de tenra idade correram a acolher os recém-chegados com grinaldas de flores. Tinha sido ideia do Anão, pois tinha ido uma vez ao Havai.

Crutch viu passar um carrinho de bagagem. Parecia uma CADEIRA ELÉCTRICA móvel. Os eléctrodos tinham *liquefeito* a pele do tipo. Os hispânicos ricos jogavam golfe por cima da câmara de tortura.

O seu caso reduzia-se todo ele a vudu. Aquilo era juju mesmo *ruuuuim*. Cuidado com a Zona Zombie.

— Apesar de todas as suas tretas loucas de negro, o Wayne opera como um branco fodido — disse Sam Giancana. — Tem lá nos EUA aquele canal de escoamento de drogas a funcionar na perfeição. Temos canalizado dinheiros desviados lá dos nossos hotéis-casinos de Las Vegas através deste banco em Los Angeles que é propriedade de negros. E temos os Táxis Tiger Kab e os clubes nocturnos para os branqueamentos residuais. O Wayne tem enchido o cu do Hughes com drogas e tem gerido como um génio os nossos investimentos financiados pelo Fundo de Pensões dos Camionistas.

Nem sinal de Gretchen/Celia: um balde de água fria. Os negros cor de café eram igualmente uma chatice. Fizeram uma visita guiada pelos estaleiros dos casinos em São Domingos. Sam ficou impressionado. Os alicerces já tinham sido construídos. A estrutura dos primeiros dois pisos já tinha sido erigida. La Banda não parava de chicotear os escravos alimentados à base de refresco em pó *Kool-Aid* misturado com *Benzedrine*. As obras prosseguiam com *rapidezzzz*.

Seguiram para Jarabacoa. A Autopista estava atulhada de riquexós e de refugiados haitianos. Sammy ficou assustado. Os pretos ostentavam cicatrizes de catanadas e usavam chapéus com cabeças de galinhas. Luc e os cubanos estavam à espera deles em Jarabacoa. Crutch tinha-os advertido de antemão: não mencionem a palavra «heroína» perto do Grande Sam Giancana.

— Vou jantar com o Balaguer e vou ter de o repreender por todos aqueles pretos malvados à plena vista do comércio turístico — disse Sam. — Nesse aspecto, o Batista era excelente. Os desgraçados sabiam que não deviam incomodar a classe dos visitantes brancos nem os hispânicos de pele clara que dirigiam o espectáculo. Vai ser precisamente esse comentário que vou fazer a El Jefe.

Galinhas decapitadas e empaladas em estacas de cana. Árvores marcadas com sangue. Polícias dominicanos com mastins pela trela. Pretos ilegais a correr a sete pés.

— Isto precisa de ser contido — disse Sam. — Se as pessoas quiserem apanhar sustos para se divertir, podem fazer uma visita à Casa das Assombrações lá na Disneylândia.

Um preto de chapéu-galinha à boleia. Tem olhos de *zombie*. Está a masturbar-se. Tem uma piroca de sessenta centímetros.

Sam sacou a arma que Crutch levava no coldre e disparou contra o tipo. Foi um tiro demasiado amplo e acabou por acertar numa daquelas galinhas linchadas nas árvores.

Crutch manteve-se de bico calado. Sam disse: — Este país está a precisar de uma daquelas cruzadas evangelistas do Billy Graham. É trazer cá o reverendo Graham para criar um estado de espírito santificado e depois todos os convertidos voltam a reincidir nas mesas de jogo. Merdas desse tipo que possam florescer num clima adequadamente repressivo.

Jarabacoa era um frenesi de actividade. Já tinham sido erigidos três andares. Os escravos trabalhavam rapidamente. Os empreiteiros do Anão não paravam de os pressionar. Os cubanos ministravam a disciplina. O grupo inteiro enfartava-se com o refrigerante *Kool-Aid*. A bebida criava convivialidade. Luc tinha trazido os seus três *pitbulls*. Usavam coleiras de lantejoulas e chapéus vudus pontiagudos, amarrados com cordéis.

Crutch deu uma golada de *Kool-Aid*. O efeito atingiu-o de imediato. A equipa Tiger Krew estava refastelada à volta de uma mesa de piquenique. Luc estava a fazer festas aos seus cães. Sam apontou para o anel de Luc.

— Porquê esse interesse todo pelas esmeraldas?

— Que disseste, rapazinho? — disse Luc. — Explica-te melhor, por favor.

Sam bocejou. — Queres dizer, há pessoas que gostam de pedras preciosas em geral e há pessoas que só apreciam esmeraldas. E, quando gostam de esmeraldas, gostam em grande.

Luc sorriu. — Estou a entender. Tanto no Haiti como na República Dominicana existe uma tradição de idolatração das esmeraldas. No vudu, as esmeraldas representam o «Fogo Verde». Lançam brilho sobre uma história obscura.

Sam bocejou ainda mais. — A minha namorada Celia é dominicana. Sabe tudo e mais alguma coisa acerca dessas lendas das esmeraldas.

Crutch virou-se ao ouvir o nome «Celia». Luc reagiu de forma estranha e pareceu ficar todo eriçado.

— E qual é o apelido dessa Celia? *Je m'appelle* Celia quê?

— Celia Reyes. Vai encontrar-se comigo mais tarde no hotel, o que significa que devo pôr-me a andar daqui.

Luc voltou a ficar eriçado. Crutch voltou a virar-se. Um dos *pitbulls* ladrou *aaaa-uuuu*!

O OLHO, AS MÃOS E OS PÉS.

A pele derretida, os tocos ensanguentados, a lâmina do punhal. A praia cubana e os rostos dos miúdos mortos. Os cabos eléctricos crepitam. As luzes apagam-se. O tipo negro grita.

Acordou num novo local. O suor acumulava-se nos auscultadores. Estava escuro lá fora. Consultou o relógio: 20.14.

Trabalho de escuta: rápido e quase de improviso.

Tinha levado Sam de volta para São Domingos. Tinha-o instalado no El Embajador. Ficara na suíte 810. Sam engolira um *Seconal* e enfiara-se no quarto de dormir. Crutch ficara na suíte 809, uma escolha muito arriscada.

Fizera um buraco até à sala de estar da suíte 810 e enfiara um fio dentro. Depois fizera um segundo buraco e inserira uma braçadeira à qual afixara um minúsculo microfone. O pó resultante dos buracos tinha caído em cima do rodapé da sua própria suíte. O fio/microfone era minúsculo. Parecia um daqueles trabalhos de manutenção à hispânico.

Celia devia estar prestes a chegar. Luc tinha ficado desconfiado ao ouvir o nome dela. Esmeraldas. Fragmentos de vidro verde inseridos no corpo retalhado de María Rodríguez Fontonette.

Crutch bocejou. Sentia-se sonolento e atordoado. Tinha feito o seu trabalho e, para além do refresco *Kool-Aid,* engolira mais comprimidos *Seconal* para dormir uma sesta. Nota mental relativa a Sam e Celia: se conversarem no quarto, estou fodido.

Mexeu nos botões do amplificador. Ouviu estática na suíte do lado e dez minutos de nada. E então, *clique*, a porta do quarto é aberta.

Sam estava a bocejar. Fez aquela cena «oh, a minha *cabeza*/estou com *jet lag*». Clique: o televisor é ligado. Paleio em espanhol, é só tretas, foda-se, e desliga o televisor.

Crutch ajustou o som dos auscultadores. Sam bocejava: «Oh, a minha *cabeza*, quem te mandou tomar comprimidos para dormir?»

Pop: uma porta a abrir. Guinchinhos, sons de oh-querido-querida e beijinhos e abraços. Palavras espanholas: o paquete a fazer uma vénia e ruído de solas. *Pop*: o paquete já saiu. Vozes distorcidas: Sam e Celia. Um *pop* efervescente: alguém a abrir uma garrafa de champanhe.

O tinir de copos. Sons de corpos a refastelar-se no sofá. Dois minutos distorcidos de oh-querido-querida e beijoquices. O *looooongo* suspiro de Celia no final.

Crutch reajustou os auscultadores. Ouviu estática, zumbidos e a voz de Sam: «esmeralda», «gajo de cor», «chamou-lhe Fogo Verd...».

A captação de sons ficou distorcida. Que merda, só zumbidos. Crutch tentou ouvir melhor e só captou sussurros semiaudíveis. Começou a imaginar um subtexto: Sam é um mulherengo. Tem trinta anos, não passa dum italiano imbecil, a Celia está a usá-lo.

O tilintar de copos. O som de um fósforo a ser aceso. Celia tosse e exala fumo. Sam murmura algo semiaudível: «Essa tua conversa parva acerca de esmeraldas.» Fala num tom condescendente. Celia murmura algo abaixo do semiaudível, algo ininteligível e depois «intriga das esmeraldas».

Crutch tirou os auscultadores da cabeça e enfiou as pontas dos fios da escuta directamente nos ouvidos. Recebeu uma descarga eléctrica e mais volume de som. Celia disse: «As obras lá nos estaleiros. Estão a correr bem?» Sam gabou-se e monologou. Sem formar palavras completas. O seu tom de voz dizia tudo.

O tom de voz de Celia também dizia tudo. Está a sondá-lo, está a amolecê-lo, está a dar-lhe a volta. Três palavras no espaço de seis minutos: «área», «acessibilidade», «segurança».

A captação áudio cessou bruscamente. Crutch encostou o olho ao buraco na parede. Tinha de *ver*.

O *Tiger Klaw* baloiçava na enseada de Luc. Os escravos do vudu tinham construído um belo ancoradouro para a embarcação. Luc estava refastelado na coberta da proa. Os seus cães dormitavam debaixo da ponte da proa. Havia escalpes pendurados da antena dianteira. Ostentavam a marca da pata tigrina da equipa Tiger Krew.

Crutch entrou a bordo da embarcação. Luc mostrou-se efusivo. Estava a snifar heroína misturada com ervas vudus. Crutch empoleirou-se no ninho da metralhadora. Luc franziu as narinas e alimentou o cérebro com aquela mistura.

Crutch disse que não conseguia dormir. Que estava ali perto e decidira fazer uma visita, blá, blá, blá. Luc disse: — És um *pariguayo*. Estás sempre a olhar e a pensar. Isso quer dizer que matutas em perguntas para fazer. És um tipo muito novo, fora do seu meio habitual e para aqui enfiado numa região horrível onde as tuas perguntas receberão quase sempre respostas desagradáveis. Não te invejo nada essa longa caminhada que fizeste a horas tão tardias para vir falar comigo, rapazinho.

Um dos cães aproximou-se. Crutch afagou-lhe a pelagem. O cão esfregou o focinho nele.

— Interesso-me um pouco por História e sei que já estás aqui há bastante tempo.

Luc assoou o nariz. — Estou aqui desde o começo dos tempos. Já tive semblantes de cães, galinhas e homens. Conheço as Histórias dos dois países desta ilha e de bom grado partilharia os meus conhecimentos contigo. Há alguma coisa específica que queiras saber?

— Estava a pensar na invasão do dia 14 de Junho. Sei que tem uma história por trás.

— Conheço essa história. Anda dar uma volta comigo e conto-te tudo.

Luc tinha um *Lincoln* à preto de 1961. A pintura do veículo era um retrato da História haitiana: demónios negros a empalar franceses de pele branca; os cães de Luc a violar-lhes as mulheres; a capa do barão Samedi a cobrir o capô e as cavidades das rodas; o Papa Doc Duvalier a sorrir no porta-bagagem.

Estava calor. Luc baixou a capota e ligou o ar condicionado do *Lincoln* à preto. Os insectos não paravam de bombardear o carro. Luc eliminou-os com um insecticida preparado com ervas vudus. Bastava uma esguichadela para matar os cabrõezinhos. E duas esguichadelas vaporizavam-nos por completo.

Seguiram pelo interior do Haiti. As aldeias surgiam e desapareciam. Negros de cara pintada de branco desvaneciam-se rapidamente no meio da neblina.

Luc ligou os faróis máximos. O *Lincoln* à preto tinha pneus resistentes que não paravam de projectar pedras grandes para fora do caminho.

Crutch fechou os olhos Não parava de ver fiapos de demónios nas sombras. Luc falava ininterruptamente.

— Os insurgentes do Movimento 14 de Junho eram peritos no vudu haitiano e tinham conhecimentos de química vudu. Uma ideóloga marxista chamada María Rodríguez Fontonette tinha sido encarregada de envenenar o reservatório de água perto dos locais da invasão ao longo da costa da República Dominicana, na esperança de que isso pudesse induzir uma consciência espiritual em massa no campesinato dominicano. Ervas e toxinas de peixe-balão em quantidades não letais, rapazinho. Ela queria levar o êxtase aos camponeses e criar o caos espiritual no seio da polícia e dos contingentes do Exército. Infelizmente, acabou por denunciar os rebeldes aos Tonton Macoutes e à Polícia Nacional. E foi assim que conseguimos esmagar a invasão. Muitos dos insurgentes foram mortos. Alguns foram capturados, aprisionados e executados e uns quantos conseguiram escapar.

Crutch abriu os olhos. Um espectro de cara pintada de branco saltitou à frente dos faróis. Crutch fechou rapidamente os olhos.

— Também havia uma mulher chamada Celia Reyes, certo? Vi como reagiste quando o Sam mencionou o nome dela. Ela tinha uma amiga. Uma mulher americana, de cabelo escuro com estrias grisalhas.

Luc acendeu um cigarro. — Oh, ambas escaparam, rapazinho. Foram dos poucos que conseguiram escapar.

— Esmeraldas. O Sam disse que a Celia adorava esmeraldas e tu disseste que as esmeraldas têm um significado.

Luc ligou o rádio. Ouviu-se um cântico crescente em francês. Luc disse: — Esmeraldas são esmeraldas, rapazinho. Têm um poder próprio.

Crutch abriu os olhos. Seguiam acelerados para sul. A brisa do litoral dissipara-se. Os insectos eram agora maiores. Luc conduzia com os joelhos encostados ao volante e bombardeava a bicharada com insecticida com ambas as mãos. Os insectos caíam mortos em cima de Crutch. Crutch ficou enojado e atirou-os para fora do carro.

Entraram numa aldeia. Era pequena: duas cabanas de adobe, seis cemitérios, duas tabernas. Luc disse: — Devíamos visitar um amigo meu. É um sacerdote *bokur*. Ele ia gostar de te conhecer, rapazinho.

— Maravilha — disse Crutch. Luc abrandou e parou ao lado de uma das tabernas. A luz interior estava acesa. A bandeira de uma seita vudu esvoaçava na fachada. Era igual à bandeira do *Lincoln* à preto de Luc. Saíram do carro e Luc levou Crutch à sua frente.

Estava um preto gorducho de pé ao balcão. Duas batedeiras revolviam uma mistela qualquer e viam-se quatro caçarolas ao lume com umas merdas quaisquer a fervilhar. Luc cumprimentou o preto com um aceno da cabeça. O preto retribuiu-lhe o cumprimento. Falaram em francês. Ambos roçaram os anéis de esmeralda um no outro. Luc disse: — *Il est «pariguayo»*.

O preto serviu uma mistela fumegante numa taça. Crutch agarrou na taça e bebeu de um só trago.

Aquilo fez-lhe arder a garganta. Sabia a folhas mortas e a fungos. A sua visão turvou-se e depois recuperou-a parcialmente. Arrotou odores das suas dez últimas refeições e cambaleou até conseguir sentar-se numa cadeira.

A taberna ficou redonda, quadrada e rectangular. Espelhos distorcidos como os das feiras de diversão projectavam-se das paredes, exibindo imagens para ele. Não conseguiu discernir pormenores. Luc riu-se. O preto disse: — *Pariguayo, oui.*

Crutch semicerrou os olhos. Focou-os numa parede ao fundo, coberta de mapas anatómicos. Com os órgãos internos realçados. E cravejados de alfinetes.

Crutch voltou a semicerrar os olhos. Um crânio metamorfoseou-se no rosto de Wayne Tedrow. Crutch levantou-se para espetar alfinetes nos olhos de Wayne, mas os seus braços e pernas não queriam mover-se.

Luc riu-se. O preto riu-se. Luc disse: — *Le pauvre pariguayo.*

Crutch viu o rosto de sua mãe e o rosto de Dana Lund. Viu Dana nua, com os olhos de Chrissie Lund. Viu A CADEIRA ELÉCTRICA, AS MÃOS E OS PÉS E O OLHO. Tentou falar. As suas cordas vocais estavam paralisadas. Tentou levantar-se. As pernas desligaram-se do seu corpo e correram para o exterior. Tentou mexer as mãos. Os seus dedos tinham derretido. Viu dez mil instantâneos de Joan.

— *Pariguayo* — disse Luc.
— *La poudre zombie* — disse o preto.

Crutch tentou gritar. A sua boca dissolveu-se até se transformar no túnel da 3.ª por baixo de Bunker Hill. Luc e o preto agarraram nele e arrastaram-no para um quarto traseiro. Crutch tentou resistir. Os seus braços transformaram-se em asas de pássaro. Luc e o preto largaram-no no chão e fecharam a porta do quarto. Havia ratazanas a vaguear pelo chão. Crutch tentou rolar o corpo para se afastar delas. As ratazanas rastejaram-lhe pelas costas e imobilizaram-no contra o chão. Viu Joan. Começou a chorar. As lágrimas assumiram cores diferentes. As ratazanas correram-lhe sobre o rosto e começaram a lambê-lo. Viu as pulgas delas e as chagas abertas nos seus corpos. Viu-as agitar as caudas e arreganhar os dentes pontiagudos como uma serra.

Não conseguia mexer-se. *La poudre zombie*. Viu Joan. Ouviu murmúrios abafados na sala ao lado. Palavras em francês. Viu as miúdas da sua aula de Francês no liceu. A professora Boudreau costumava dizer-lhe: «Donald, és um rapaz brilhante. Aprende a ouvir, aprende a falar.»

As ratazanas começaram a mordê-lo. Viu palavras francesas impressas e ouviu a professora Boudreau traduzir. Ouviu «esmeraldas», «suspeitos», «matá-lo». Ouviu «Laurent-Jean Jacqueau», «América», «nome alterado».

«Trujillo e Duvalier.» «Esmeraldas.» «Perdido na América.» «Celia.» «1964.» «O rapaz quer as pedras preciosas.»

As palavras pararam, os murmúrios recomeçaram, surgiram imagens a preto-e-branco. O gabinete de Clyde Duber, o friso de fotos no tabliê do carro de Scotty Bennett. Fotos de crime: O *ASSALTO AO FURGÃO BLINDADO*.

Ouviu passos. Ouviu o som de uma arma a ser engatilhada. Uma ratazana correu-lhe por cima da cara. Crutch obrigou mentalmente a sua boca a abrir-se. A ratazana espreitou-lhe o interior da boca. Crutch fechou os maxilares com força e arrancou-lhe a cabeça.

A ratazana continuou a convulsionar-se. Crutch continuou a mordê-la. O sabor a sangue e a pêlos provocou algo nele. A porta abriu-se. Luc e o preto entraram. Luc levava o revólver de calibre 38 comprimido contra a perna.

Crutch manteve-se imóvel. A ratazana estremeceu e morreu-lhe na boca. Luc e o preto aproximaram-se dele. Crutch ergueu o braço e arrancou-lhe a arma da mão. As ratazanas desataram a correr frenéticas por todo o lado. Luc e o preto ficaram petrificados. Crutch fez pontaria e estoirou-lhes aqueles miolos de preto.

73

(São Domingos, 6/5/69)

Joan.
O avião aterrou ao longo da pista.
A corrente de convecção causada pelas turbinas derrubou os cartazes de boas-vindas do Anão. Wayne acordou. Ainda tinha a maleta: quatrocentos mil dólares presos ao pulso por uma algema.
O sonho tinha sido fragmentado. Vira Joan três semanas antes. E desde então esse sonho era recorrente na maior parte das noites. Música e ruídos de clubes, factuais. Imagens de cicatrizes de navalhada, fictícias.
Tinha devolvido o anel a Dwight. Dwight recusara-se a discutir o assunto Joan. O seu palpite: a tipa era uma informadora. Joan tinha leccionado na «Escola da Liberdade». Reginald Hazzard tinha frequentado essas aulas. Wayne tinha voltado à «Escola da Liberdade» e reverificara os registos. Não encontrara nada relativo a Reginald. O seu pequeno *clique* finalmente fez clique.
A «Escola da Liberdade» estava listada no dossiê do FBI sobre Joan. Ele próprio tinha acabado por destruir esse dossiê com as substâncias químicas quando tentava decifrar as rasuras. Dwight recusara-se a arranjar-lhe uma nova cópia. Outro *clique* fez clique. Havia algo que ele tinha esquecido ou negligenciado.
Wayne desembarcou do avião. A sua limusina esperava-o. As janelas de vidro fumado ocultavam-lhe a visão daquela «Tijuana à beira-mar». Tinha feito uma pesquisa sobre Joan Rosen Klein nos registos a nível nacional e não obtivera nada. Tinha feito averiguações na zona sul. O consenso geral: adepta da ATN e tipa muito independente, com um passado obscuro.
A limusina continuou a arrastar-se. O «Plano de Renovação Urbana» de Balaguer estava a asfixiar o trânsito. Os cabouqueiros usa-

vam fatos-macaco de presidiário. Avançavam com passitos delicados pois sangravam dos tornozelos agrilhoados.

Mary Beth estava a revelar-se problemática agora. A sobrecarga de trabalho dele mantinha-os afastados um do outro. A tentativa dele para encontrar Reginald atormentava-a. Tinha sido muito directa: trabalhas para a polícia. És o correio de dinheiro para ditadores. Wayne tentou seduzi-la e amolecê-la. Serviu-se de eufemismos e mentiu. Ela continuou simplesmente a fervilhar de raiva.

Dwight era problemático. Jomo Clarkson tinha-se suicidado sob custódia. Marsh estava aterrorizado e negava que tinha sido ele a denunciar Jomo. A denúncia irritava Dwight. Era uma atitude nada típica dele.

A limusina virou para o Malecón. Wayne viu cartazes a anunciar a distribuição de comida gratuita por decisão do Anão. Um camião de carroçaria aberta estacionado. Filas de desgraçados de pele escura e pele mais clara. Dois milicianos de La Banda a atirar-lhes sacos de papel para as mãos. Os sacos rasgaram-se. Explodiu um minimotim. Os sacos continham restos de carne e latas amolgadas de comida para cão.

Marsh estava assustado. Wayne e Dwight eram da mesma opinião: Marsh é volátil e pode acabar por nos enganar. Vamos dizer ao Pedaço--de-Merda para voltar aos EUA e pôr-lhe a casa sob escuta.

O Haiti não parava de se esgueirar nos seus pensamentos. A tripe alucinatória continuava a interferir-lhe com os circuitos da memória. Via através do chão e seguia raízes de árvores. Via criaturas mágicas em acção.

O estrépito de buzinas duplicou e triplicou. Uma perseguição a pé imobilizou o fluxo do trânsito. Miúdos carregados de panfletos. Corridas aos ziguezagues para contornar os obstáculos na rua. Rufias de La Banda a dispersarem-se. Um grupo de miúdos, dois flancos de rufias. Movimentos em tenaz, beco sem saída/encurralanço. Os miúdos desataram a correr directamente contra a linha de polícias: agentes da Polícia Nacional munidos de escudos de plástico e cassetetes.

As tenazes fecharam-se. Os milicianos de camisa castanha caíram em cima dos miúdos. Os cassetetes estavam cravejados de pregos na ponta. Mesmo os golpes leves rasgavam pele e músculos.

Os miúdos tentaram refugiar-se dentro de edifícios. Os guardas das entradas viram-nos correr e trancaram as portas. Um dos miúdos desatou a correr ao lado da limusina. Estava de tronco nu. Com um dos olhos a esguichar sangue.

Wayne abriu a porta do seu lado. O miúdo tentou transpor o repentino obstáculo. Bateu contra o peitoril e foi projectado pelo ar. Wayne agarrou-o e atirou-o para cima do assento traseiro. O miúdo resistiu. Wayne imobilizou-o e berrou algo ao motorista. O miúdo percebeu a intenção dele e berrou em espanhol. Wayne ouviu números e «Calle Bolívar». O motorista fez meia-volta e acelerou por uma rua abaixo.

Wayne abriu a mala e pegou numa camisa. O miúdo tapou o olho ferido com a mão. Escorria-lhe sangue por entre os dedos. Wayne inclinou-lhe a cabeça para inverter o fluxo de sangue.

A limusina chegou a uma zona deserta. O motorista carregou no acelerador e na buzina. As bandeirolas presas às antenas permitiram-lhes atravessar engarrafamentos e semáforos no vermelho. Chegaram à Calle Bolívar. O motorista abrandou e parou ao lado de uma casita a meio do quarteirão. O miúdo tinha desmaiado. Wayne agarrou nele e levou-o para dentro da casita.

Era um pequeno consultório. O mobiliário gasto era composto de peças desirmanadas. Parecia um daqueles consultórios médicos clandestinos dos comunistas. Uma enfermeira e um médico agarraram no miúdo. Pareciam conhecê-lo. Levaram-no apressadamente para uma divisão nas traseiras e fecharam a porta.

Wayne sentou-se na sala de espera. A algema da maleta fizera-lhe um corte no pulso. O telefone tocava de dez em dez segundos. As paredes pareceram aproximar-se mais dele. Lembrou-se do Haiti e de Mary Beth.

O telefone continuou a tocar. Passou-se uma hora. O médico apareceu. Tinha a bata cheia de sangue. Usava luvas de borracha.

— Consegui salvar a vista ao rapaz.
— Ainda bem.
— E o senhor é quem?
— Chamo-me Wayne Tedrow.
— Deduzo que está instalado no El Embajador.
— Correcto.
— Os meus agradecimentos. Foi um acto de bravura da sua parte.

Passou pelos estaleiros de construção dos casinos em São Domingos. Tinham sido submetidos a uma operação de cosmética.

Mais dois pisos construídos. Tinha sido incrivelmente rápido. Os operários cumprimentaram o Jefe Tedrow. Eram todos idênticos. Pareciam actores de um corajoso guião centrado no campesinato. Não se viam chicotes nem armas. As grilhetas com que lhes tinham acorrentado os tornozelos tinham sido escondidas de forma atabalhoada.

A limusina levou-o para norte. Os estaleiros nas zonas rurais eram idênticos. O estaleiro de Jarabacoa incluía uma cantina de almoço. Os operários gordos e atrevidos jantavam com os patrões. Wayne trepou a uma árvore para observar a área. Quarenta metros mais à frente: os cabrões de La Banda e os verdadeiros operários acorrentados.

Wayne dormitou durante o caminho até à enseada onde estava a equipa Tiger Krew. As janelas de vidro fumado ocultavam-lhe a miséria circundante. Acordou e viu o Pedaço-de-Merda no exterior do acampamento. O imbecil do caçador de comunas parecia meio aflito.

O motorista abrandou. Wayne deu-lhe uma palmadinha no ombro e fez-lhe sinal para parar. O Pedaço-de-Merda olhou na direcção dele. Wayne disse: — Vais voltar comigo de avião para Los Angeles. Eu e o Dwight queremos que ponhas a casa do Marsh Bowen sob escuta.

O Pedaço-de-Merda anuiu com a cabeça. Num gesto meio ávido e meio atordoado. Wayne voltou a dar uma palmadinha no ombro do motorista. A limusina avançou para uma clareira onde estavam Mesplede e os cubanos. Os cubanos eram intersubstituíveis. Nunca conseguia acertar nos nomes deles. Uma ninhada, quatro cachorros malvados.

Os homens viram a limusina e acenaram. Wayne apeou-se e aproximou-se deles. Estavam a pendurar umas coisas de uma corda esticada entre dois troncos de árvore. Wayne sentiu o cheiro a decomposição.

Mesplede acercou-se dele. Wayne empurrou-o para o lado. Ali estava: cinco escalpes, com a marca da pata da equipa Tiger Krew.

Os cubanos pareciam estar a posar: pés bem apoiados no solo, sorrisos afectados, bandoleiras e cartucheiras. Mesplede andava ali às voltas. Usava a faca de escalpelar presa a uma correia de couro.

— Acabaram-se as incursões — disse Wayne. — Acabaram-se as tretas de politiquices enquanto estiverem a trabalhar para mim. Mais uma infracção e *muerto*.

Os cubanos reajustaram a sua pose: sorrisos afectados, polegares enfiados nas presilhas dos cintos, pés afastados e bem apoiados no solo. Mesplede coçou o pescoço com a faca.

Wayne arrancou os escalpes da corda. Foi de mercenário em mercenário e espetou-lhes com os escalpes na cara.

— Viva Fidel, seus cabrões desgraçados.

O telefone da suíte tocou à meia-noite. O som arrancou-o sobressaltado do sono. Tinha adormecido com as luzes acesas. São Domingos era agora uma mancha indistinta na janela. Lembrou-se imediatamente do miúdo com o olho lacerado.

— Está lá?
— Acordei-te?
— Sim e não.
— Espero que não estivesses a sonhar — disse Mary Beth.
— Bem, sim e não.
— Podia perguntar-te como estão as coisas, mas não tenho a certeza se quero saber.

Wayne esfregou os olhos. — Tenho uma pista sobre a mulher que pagou a fiança para tirar o teu filho da cadeia.

— Meu querido, não me referia ao Reginald.

Wayne olhou para a maleta ao seu lado. — Eu sei que não. Disse-te isso porque tem a ver comigo e contigo e não acerca do que faço para ganhar a vida.

— Nem nada a ver com as pessoas para quem trabalhas?

Wayne suspirou. — Por favor, doçura, não faças isto. Não pelo telefone.

Mary Beth suspirou. — Vai ser pior em pessoa.

— Então sejamos civilizados e não façamos nada disso, porra.

— Devíamos dizer boa-noite agora.

— Sim, acho que é melhor.

A linha crepitou e a chamada terminou. Wayne olhou pela janela. O céu estava desprovido de néones. O Anão tinha dito a Sam Giancana que queria *muchos* néones. Sam dissera-lhe que lhe forneceria alguns.

Soou a campainha da porta. Wayne levantou-se e abriu a porta. Era Celia Reyes. Tinha-a conhecido durante a convenção em Miami, numa altura em que ela era a consorte de Sam.

— Olá, Senhor Tedrow — disse ela. Usava um vestido branco e um casaco de linho. Estendeu a mão para ele. Wayne afastou-se para o lado e deixou-a entrar. Celia sentou-se no sofá.

— Queria agradecer-lhe em nome do meu amigo Ramón. O médico disse que o senhor foi generoso ao dispor do seu tempo.

Wayne pegou numa cadeira. — Espero que ele recupere bem.

— O médico disse que foi uma cena digna de se ver. O senhor com o Ramón nos braços, com uma maleta presa ao pulso.

A maleta estava pousada no espaço entre ambos. Wayne apontou para ela.

— Era incómoda, sim.

Celia sorriu. — Não está surpreendido com a minha presença aqui.

— Já quase esperava uma espécie de abordagem.

— E porquê?

— Digamos que eu próprio o desejava.

— Tenho um amigo. Acreditamos que o senhor talvez simpatize com a nossa causa.

Wayne sorriu. — Sim, talvez seja verdade.

— Ficaria perturbado se lhe dissesse que já sabíamos algumas coisas sobre si antes dos seus actos de hoje?

— As pessoas tendem a saber coisas sobre mim. E isso tende a causar-me mais mal do que bem.

— Posso saber quais são as suas crenças?

— Limito-me a seguir sinais — disse Wayne. — Começo a pensar que provavelmente tenho um propósito que transcende a minha vontade e compreensão.

Celia apontou para a maleta. — Contém o quê?

— Quatrocentos mil dólares.

— Posso ficar com eles?

— Sim.

— Vai haver mais?

— Sim.

Celia agarrou na pasta e avançou para a saída. Wayne abriu-lhe a porta. Uma sombra esgueirou-se ao fundo do corredor. Um anel de fumo dissipou-se no ar. Wayne sabia que era *ela*.

— A Celia disse que tinha sido muito generoso.
— Apanhou-me na altura certa.
— Não vou pressioná-lo sobre isso.
— Não me importaria. Seria sincero. Assim podia pressioná-la também sobre alguns assuntos, na esperança de que também fosse sincera.
— Pode perguntar-me o que quiser. E eu decido se dou respostas ou não.
— Ia perguntar-lhe acerca da sua relação com o Dwight Holly e acerca de um jovem que conheceu na «Escola da Liberdade» e que quase de certeza também livrou de apuros um ano depois.
— Não lhe vou responder.
— Que resposta tão directa.
— Eu disse-lhe que seria assim.
— Sim, tem razão.
— Espero que a minha rudeza não deite a perder a nossa colaboração.
— Não o permitiria. Eu próprio sou um ex-polícia bem rude e tendo a obter as respostas que quero.
— Ainda não me fez a pergunta mais premente a fazer, acerca das coisas que eu e a Celia sabemos sobre si.
— Partirei do princípio de que já sabem tudo e deixo o assunto aí.
— Gostei de falar consigo, Senhor Tedrow.
— Obrigado por ter ligado, Senhorita Klein.

Wayne acordou quando já sobrevoavam o Texas. O uísque servido a bordo mais as ervas vudus que ingerira tinham-lhe apagado a consciência desde a descolagem.

O Pedaço-de-Merda estava a ler a *Playboy*. O pequeno punheteiro tinha um ar cansado e assustado.

Por baixo do avião viam-se desfiladeiros profundos e árvores dobradas. Mas depois as nuvens de tempestade obliteraram a paisagem.

Tudo Isto É Magia, pensou Wayne. *Tornei-Me Comuna.*

DOCUMENTO ANEXO: 13/5/69. Transcrição literal de telefonema gravado pelo FBI. Assinalado: «Gravado a pedido do Director» / «Classificado Confidencial 1-A: Estritamente Reservado ao Director». Interlocutores: Director Hoover, agente especial Dwight C. Holly.

JEH: Bom dia, Dwight.
DH: Bom dia, senhor.
JEH: O seu telex dava a entender que tinha más notícias. «Dizer as coisas como elas são», como o presidente Nixon declara muitas vezes naquela sua tentativa bajuladora de se mostrar *au courant* dos cabeludos e dos negros a favor da insurreição.
DH: Sim, senhor.
JEH: Também se pode dizer «Não sei se 'tás a morder o esquema?» e «Estás nessa?», que são as novas expressões favoritas das personalidades brancas da rádio que começaram a adoptar a lengalenga do «sou demasiado velho para esta profissão».
DH: Sim, senhor.
JEH: «É isso tudo, mano» é uma expressão considerada «na berra» hoje em dia. Na semana passada dirigi a palavra dessa forma ao vice-presidente Agnew. A resposta dele foi saudar-me de punho cerrado. Fiquei profundamente satisfeito. Foi como ser condecorado com a Legião de Honra francesa.
DH: Sim, senhor.
JEH: Não se ponha com rodeios, Dwight.
DH: O chefe Reddin ligou-me, senhor. Disse-me que tinha riscado o Marsh Bowen da lista de plantão. Foi despedido da Polícia de Los Angeles e por conseguinte a Polícia de Los Angeles não é de maneira nenhuma responsável pelas acções dele. Foi um despedimento clandestino, o que pelo menos nos protege de...
JEH: A <u>OPERAÇÃO IRMÃO RUUUUIM</u> não deve descarrilar nem sofrer qualquer tipo de desvio. O Bowen não pode saber que foi despedido. Porque é que isso ocorreu? Diga as coisas como elas são.
DH: Creio que o Scotty Bennett falou com o Reddin e forneceu fundamentos para esse despedimento. Creio que foi o rancor pessoal do Scotty que precipitou esse acto.
JEH: O Bennett favoreceu-nos ao menos num aspecto. Não expôs o falecido Jomo Kenyatta Clarkson nem o seu falecido parceiro de crime

como os homicidas do falecido doutor Fred Hiltz, o que poupou ao FBI uma grande dose de escrutínio de inspiração simiesca.

DH: Sim, senhor.

JEH: O Jomo Kenyatta Clarkson fodeu com a Pat Nixon em várias ocasiões. Foi um informador confidencial da comunidade de Hollywood que me relatou este facto. Estavam sob o efeito da droga *Quaaludes*, comummente conhecida como «ludes».

DH: Sim, senhor. Estava aqui a pensar...

JEH: Vai haver rusgas do FBI aos escritórios dos Panteras Negras em Denver, Chicago e Salt Lake City durante a primeira semana de Junho. Estou contente com isso, mas falta-lhe aquele brio inspirado da nossa operação, que é uma explicação completamente formada da criminalidade dos negros e da sua inerente preguiça moral. Quero que a ATN e/ou a FLMM vendam heroína. O público tem andado a ser entorpecido de morte e enfeitiçado de sono pelos Panteras. Precisam de macacos maldosos nos quais possam cravar os dentes. Garanto-lhe que estou a dizer-lhe as coisas como elas são.

DH: Sim, senhor.

JEH: O negro honorário Wayne Tedrow. Despeja aí tudo, mano.

DH: Tudo nos conformes, senhor. Esteve lá na República Dominicana a...

JEH: O Dick Nixon vai ficar oficialmente irritado com o Wayne assim que este for removido. O Wayne proibiu as acções de um pequeno grupo de valentes bandoleiros anticastristas que o Bebe Rebozo estava a financiar. O Bebe é um anticomunista muito determinado. Respeito-o por isso.

DH: Amanhã à noite vou falar com o presidente, senhor. Vou aconselhá-lo sobre essa questão do Wayne, de acordo com as suas indicações.

JEH: Faça como quiser. Diga as coisas como elas são, porque estou nessa.

DH: Entendido, senhor.

JEH: O nosso rapazinho Nixey nunca aprendeu os rudimentos de uma barba bem aparada. Cá eu uso lâminas da marca *Wilkinson Sword*. O dossiê pessoal que tenho sobre o Nixon podia arruiná-lo de uma vez por todas. Os dossiês que tenho lá na cave podiam criar um Armagedão instantâneo.

DH: Sim, senhor.

JEH: A ATN e/ou a FLMM têm de vender heroína. Temos de criar um caos adequadamente controlado.

DH: Entendido, senhor.

JEH: Sonho muito amiúde com o Martin Lúcifer King. Usa invariavelmente uma fantasia de diabrete vermelho e tem uma forquilha na mão.

DH: Sim, senhor.

JEH: Também sonha com ele?

DH: Frequentemente, senhor.

JEH: E como lhe surge ele vestido?

DH: Aparece sempre com um halo à volta da cabeça e com asas.

JEH: (Comentário abrupto e abafado/transcrição de conversa telefónica termina aqui.)

DOCUMENTO ANEXO: 14/5/69. TRANSCRIÇÃO LITERAL DE NÍVEL 1 / CONTACTO ULTRA-SECRETO / REENCAMINHAMENTO PRIVILEGIADO de transcrição de telefonema. Documento ultra-secreto. Interlocutores: Richard M. Nixon e agente especial Dwight C. Holly, FBI.

RMN: Boa noite, Dwight.

DH: Boa noite, senhor presidente.

RMN: Não está a gravar isto, pois não, Dwight?

DH: Não, senhor. E o senhor está?

RMN: Sim, estou a gravar. Tenho um dispositivo que grava automaticamente as minhas chamadas, mas depois um dos meus escravos vem cá buscar as fitas e enfia-as numa casa-forte. Nunca chegam a ver a luz do dia. E, se um dia isso acontecer, vamos desta para melhor.

DH: Estou nessa, senhor.

RMN: 'Tou a morder o esquema. Votou em mim, Dwight?

DH: Não estou registado para poder votar, senhor.

RMN: É um mau cidadão. É como aquele seu amigo Tedrow, que lixou o meu amigo Bebe Rebozo. O Bebe é o Primeiro-Amigo do presidente, Dwight. Gosto destas nossas conversas e o Wayne tem sido útil a mediar o nosso acordo com os italianos, mas o Bebe é o Bebe e o Wayne fodeu-o.

DH: Posso fazer alguns comentários rudes, senhor presidente?

RMN: Diga as coisas como elas são.

DH: O Wayne Tedrow é um homem muito competente e dado a ocasionais gestos de extravagância. Essa estupidez que ele proibiu pode vir a revelar-se prejudicial para a construção dos casinos na República Dominicana. O grupo de exilados de estimação do senhor Rebozo é composto de duvidosos ideólogos de extrema-direita com uma tusa gigantesca e imparável para depor o Fidel Castro, mas, como o senhor me disse uma vez, o cabrão veio para ficar. Descreveria os camaradas exilados do senhor Rebozo como imprudentes e caprichosos na melhor das hipóteses, e uns psicopatas gratuitos na pior das hipóteses. O Wayne fez a coisa mais prudente a fazer, senhor.

RMN: Tem absolutamente razão, Dwight. Além do mais, a República Dominicana não passa dum buraco merdoso, os Rapazes podem tomar um banho lá nos hotéis deles e o Joaquín Balaguer é um ferrenho anticomunista e bem mais tratável do que o Rafael Trujillo. Esse cabrão chupista foi um autêntico pesadelo. Nem acreditaria se visse o dossiê que a CIA tem sobre ele. A merda que ele fez ao seu dito acérrimo rival Papa Doc Duvalier foi horrível. Saquearam terras, contrabandearam esmeraldas, executaram as hipotecas de bancos e dividiram os lucros. E, enquanto faziam isto, o Bode chacinava refugiados haitianos e o Papa Doc fodia com metade das suas namoradas.

DH: Que estranhas companhias de cama, senhor.

RMN: Por falar de cama, falemos daquele que você bem sabe. Hoje estive a ouvir a rádio e um locutor chamou-lhe «Gay Edgar».

DH: Ultimamente os meios de comunicação têm sido indelicados, senhor.

RMN: Acha que ele gosta de o enfiar pelo cu acima?

DH: Julgo que ele acha o armário demasiado estreito para isso, senhor.

RMN: Uma boa piroca podia torná-lo menos tenso.

DH: Sim, senhor.

RMN: O tipo começa a perder o tino. Certo, Dwight?

DH: Sim, senhor. Mas volto a frisar que ele é extremamente perigoso e que deveria ser tratado com delicadeza.

RMN: E tem aqueles malditos dossiês.

DH: Pois tem, senhor.

RMN: Dossiês esses que são incrivelmente reveladores e incómodos.

DH: Não tanto como esta conversa, senhor.

RMN: És impagável, Dwight. É divertido tomar uns copos e mordiscar algo na companhia de tipos apimentados como você.

DH: Também aprecio muito as nossas conversas, senhor.

RMN: Esse cabrão chupista irlandês do Jack Kennedy roubou-me as eleições de 1960.

DH: Sim, senhor.

RMN: Esse cabrão chupista está morto e agora sou eu o presidente dos Estados Unidos.

DH: Sim, senhor.

RMN: Vigie de perto aquele que você bem sabe. Faz isso por mim, Dwight?

DH: Sim, senhor. Pode ficar tranquilo.

RMN: Boa noite, Dwight.

DH: Boa noite, senhor presidente.

74

(Los Angeles, 16/5/69)

— Estás assustado com alguma coisa. Tens as mãos a tremer — disse Dwight.

O Pedaço-de-Merda enfiou um fio através de um buraco na parede. O alicate saltou-lhe da mão. Estava a ser fácil colocar a casa de Marsh Bowen sob escuta. Os telefones eram enormes e antiquados. A guarnição das paredes era macia.

— Não me distraia. Senão não consigo concentrar-me.

Dwight sorriu. — Será periódico. O Wayne virá cá rotativamente para verificar o posto de escuta. Será ele a conferir as chamadas.

Aquela operação de vigilância implicava trabalho de perfuração. O Pedaço-de-Merda era bom nisso. Tinha posto um pano no chão e ocupava pouco espaço enquanto trabalhava. Marsh estava numa reunião da ATN. Tinham três horas por sua conta.

— Quantos comunistas mataste até agora?

— Mais do que você.

— Continuas a ser mirone?

— Estive a espreitar a sua mãe quando ela estava a prestar favores sexuais nos bairros pobres.

Dwight riu-se e verificou a sala de estar. Marsh empregava o método Stanislavski de actuação. A sua casa correspondia à sua personalidade. Cartazes do poder negro, fotos de miúdas negras atraentes com armas nas mãos.

— Estive a falar de ti com o presidente Nixon.

O Pedaço-de-Merda aplicou gesso no buraco. A mão tremia-lhe mas manteve-se firme. Usava um cinto de ferramentas e uma lupa. O falhado do miúdo era um profissional das escutas.

— Não me distraia. Estamos a ficar sem tempo.

— Tu e o Bowen sois almas gémeas. Dois gatos assustadiços mas persistentes como a porra.

— O Bowen é o seu paizinho preto. Vá, deixe-me trabalhar mas é.

— Quantos comunistas mataste?

— Porra, homem!

Dwight consultou o relógio. Era meia-noite. Os saraus dos pretos costumavam durar até ao início da madrugada. Charros e discursos, tagarelices e demagogias.

O Pedaço-de-Merda concluiu o trabalho. Escutas colocadas: em dois candeeiros, em três painéis de parede e em dois telefones. O Pedaço--de-Merda suava e estava coberto de pó. Dwight atirou-lhe uma toalha.

— Que tal são as quecas lá na República Dominicana? Tens andado lá a espreitar as miúdas?

O Pedaço-de-Merda acabou de se limpar à toalha. — Pare lá de me chatear.

Dwight percorreu a casa: uma última inspecção, nada de deixar pontas soltas. A casa de Marsh era toda ela conforme o método: livros comunas, costeletas no frigorífico, nenhuma merda que o denunciasse como polícia ou maricas.

O trabalho do Pedaço-de-Merda tinha sido bem feito. Nem um único sinal de pó, nenhuma abraçadeira e nenhum fio à mostra.

O Pedaço-de-Merda estava com os nervos em franja. Respirava com esforço. As pernas tremiam-lhe. O cinto de ferramentas baloiçava-lhe nas ancas.

— Não faças asneirada. O Wayne anda mortinho por matar um estúpido qualquer da direita.

— Não acredito que ele chamou cabrão chupista ao JFK.

Dwight fez o gesto de levar as mãos ao coração. — Não estou a mentir-te.

Churrascaria Norm's, na Vermont. A clientela da uma da manhã: miúdos charrados a devorar bifes do menu económico.

Karen tinha trazido Eleanora, que dormia agora na cadeirinha. Dwight não parava de olhar para ela.

— Parece-se comigo.

— Não se parece, não. Foi um procedimento clínico e tu não estavas sequer perto do receptáculo.

Dwight riu-se e bebeu café. Karen acendeu um cigarro. Dwight pôs um menu aberto em cima da mesa para proteger a bebé do fumo.

— Gostas do Richard Nixon. Nem quero acreditar no que isso diz de ti.

Dwight sorriu. — Amas-me. O que é que isso diz de ti?

Karen fez girar o cinzeiro em cima da mesa. — Tenho amigos presos na Cadeia do Condado de San Mateo. Estão a negar-lhes o *habeas corpus*.

— Vou tratar disso.

— Como tem passado o Senhor Hoover?

— Anda um pouco tenso.

— O Marshall Bowen é o teu infiltrado?

— Sem comentários.

— A Joan é tão boa informadora como eu?

— O tempo o dirá.

Eleanora agitou-se. Dwight embalou-a na cadeirinha. Karen espreitou por cima do menu. A bebé sorriu e voltou a adormecer.

— Estás demasiado magro, Dwight.

— Não és a primeira pessoa a dizer-me isso.

Karen sorriu. — Tens tido pesadelos?

— Já sabes a resposta a essa pergunta.

— Vou reformular a pergunta então. Pesadelos resultantes de uma consciência culpada?

Eleanora estendeu uma perna por fora da cadeirinha. Dwight voltou a aconchegá-la.

— Adoro-a, sabes.

— Eu sei que sim.

Entrelaçaram os dedos. — Amas-me? — perguntou Dwight.

— Vou pensar nisso — disse Karen.

Ficou a matar tempo ali na Churrascaria Norm's. O espectáculo de totós era um motim, o escritório-fachada cheirava a mofo e de qualquer forma também não conseguia dormir.

Polícias e pacifistas. Cinéfilos da última sessão da noite. Retardatários da loja de livros pornográficos na porta ao lado.

A empregada continuava a trazer-lhe café. Dwight fumava em sincronia com ela. O tempo metastizou-se.

Wayne entrou e sentou-se. Estava demasiado magro. Tinha mais cabelos brancos.

— Sempre o mesmo chato.

— Sei bem porque vim aqui.

— Já falámos disto antes. Confesso que ela trabalha para mim, mas o assunto fica por aqui.

A empregada aproximou-se mas Wayne fez-lhe sinal para os deixar a sós. — Há cerca de uma hora vi sair daqui uma mulher alta e de cabelo ruivo com um bebé. Verifiquei a matrícula do carro e obtive o nome dela e deduzo que esteve aqui contigo.

Dwight acendeu um cigarro. — O que te levou a deduzir isso?

— Porque não acredito em coincidências.

Dwight remexeu nervoso no seu anel da formatura em Direito. O anel rolou pela mesa. Wayne voltou a fazê-lo rolar na direcção de Dwight.

— Vi uma foto de grupo numa dessas «Escolas da Liberdade» esquerdistas. A Karen Sifakis e a mulher de quem temos falado apareciam lá juntas.

A Karen disse que nunca tinha conhecido Joan pessoalmente. Disse que não passavam de camaradas de receptação de correio. Joan tinha dito a mesma coisa.

Dwight encolheu os ombros. — Conta-me — disse Wayne.

— Não vou contar nada — disse Dwight.

Um grupo de bêbedos entrou na churrascaria. Dois polícias sentados ao balcão ficaram irritados.

— Diz o nome dela, Wayne. Quero ouvir-te dizê-lo.

— Joan — disse Wayne.

Dwight fez o gesto de levar as mãos ao coração.

75

(República Dominicana, Haiti, Águas Caribenhas, Los Angeles, 16/5/69-8/3/70)

Rotatividade:
Da República Dominicana até Los Angeles e regresso. A construção dos casinos, o negócio da heroína, as incursões pela costa cubana. O seu caso entalado entre toda essa sobrecarga de trabalho.

Tinha despachado Luc Duhamel e o sacerdote *bokur* e mantivera-se de bico calado. Tinha incendiado o pardieiro e o *Lincoln* à preto de Luc e voltara a pé para a República Dominicana durante a calada da noite. Luc simplesmente desaparecera do mapa. Alguns Tonton macabros chegaram a abordar a equipa Tiger Krew com perguntas de rotina. Crutch manteve-se firme. Começaram a circular rumores: Luc tinha sido morto numa guerra de seitas vudus. Seguiram-se represálias: feitiços, massacres à catanada e zombificações. Crutch manteve-se fora de circulação e aguentou firme até a situação acalmar. O nervosismo dera-lhe a volta à cabeça e deixara-o completamente atordoado. Tinha pesadelos em *Vudu VistaVision*.

Tratara de encontrar bons lares onde deixar os cães de Luc. O Franciú tinha encontrado uns tipos dos Tonton para se ocuparem da parte haitiana do negócio. A enseada de Luc continuava a ser o Ancoradouro do Tigre. O *Tiger Klaw* estava lá ancorado. Continuaram a zarpar do antigo território de Luc para fazer incursões até Porto Rico e Cuba.

O trabalho ocupava-o agora a tempo inteiro. O seu caso ocupava-o apenas a tempo parcial. Outra vez aquela epifania que lhe acontecera na taberna de vudu. Está zombificado. O cérebro fervilha-lhe enquanto o corpo está preso àquele sacerdote *bokur*. Esmeraldas / 1964 / Celia. Laurent-Jean Jacqueau / América / nome alterado. A sua mente funde-se e leva-o ao ASSALTO AO FURGÃO BLINDADO.

Identificou a epifania e validou-a. Arrombou e revistou o escritório de operações de La Banda e encontrou alguma papelada. Era críptica e estava escrita em espanhol. Tirou fotos com a *Minox*, revelou a película e traduziu para um inglês acrioulado. Um envio de esmeraldas feito em São Domingos, a 10/2/64. Destino: Los Angeles. O remetente e o destinatário: não referidos. Nenhum modo de transporte referido. Nenhum nome a que pudesse agarrar-se. O rasto da papelada terminava num beco sem saída.

Tentou localizar o Tonton vira-casaca chamado Laurent-Jean Jacqueau. Assumiu a data 14/6/59 como a data do seu desaparecimento e extrapolou. Verificou os registos de saída do Departamento de Emigração. Não conseguiu obter nada. Verificou os registos de entrada do Departamento de Emigração e não conseguiu obter nada. Começou a procurar pelo nome verdadeiro de Jacqueau. Também não resultou. Tentou procurar a partir das iniciais dele. Também não resultou. Expandiu a busca a partir daí. Verificou os registos de admissão de todos os negros caribenhos e não conseguiu obter nada.

Tudo o que conseguiu obter foi rumores e relatos orais. O Bode e o Papa Doc eram fanáticos por esmeraldas. Só conseguiu apurar isso e mais nada. O mesmo em relação a esmeraldas mais Laurent-Jean Jacqueau. O mesmo em relação a esmeraldas mais Celia Reyes mais Joan Rosen Klein. Vasculhou três preciosas colecções de dossiês: da CIA, de La Banda e do grupo de Ivar Smith. Não encontrou nenhum dos nomes que procurava. Não encontrou nenhuma pista sobre o Fogo Verde.

Rotatividade.

Efectuou dezasseis incursões a Cuba e oito expedições de droga, todas ultra-secretas. Todas realizadas em desafio às ordens de Wayne Tedrow. Wayne tinha pago a Ivar Smith para vigiar a equipa Tiger Krew e informá-lo. Ivar contou tudo isso ao Franciú. O Franciú e Ivar decidiram contrariar as ordens de Wayne. Ivar fez jogo duplo com Wayne em troca de uma fatia do negócio da droga. Desenvolveram um sistema de aviso: Ivar anunciava de antemão as visitas de Wayne e nessas alturas o negócio da droga e as incursões a Cuba eram suspendidos. Assim que Wayne partia, a equipa Tiger Krew voltava a anticastrizar e a negociar droga. E o *Tiger Klaw* lá voltava a zarpar da sua reclusão. As incursões a Porto Rico eram clandestinas. Os pretos dos Tonton Macoutes tratavam depois de escoar o material para Port-au-Prince.

Ascendia agora a um total de vinte e quatro o número de comunas que tinha matado. As incursões costeiras implicavam lançar torpedos. O *Tiger Klaw* esgueirava-se pela calada da noite e varria a costa com explosões de torpedo. As embarcações ancoradas afundavam-se com os comunas calcinados a bordo. As incursões à caça de escalpes renderam-lhe mais uns quantos. O número de mortes mantinha-se baixo, mas o resultado eram altos quocientes de pesadelos. Todas essas incursões estavam a dar-lhe cabo dos nervos. Só conseguia sobreviver à base de ervas vudus. O Franciú e os cubanos nunca desconfiaram.

La poudre zombie quase o tinha matado. A revelação do assalto ao furgão blindado surgira-lhe nesse estado alterado. Acreditava nesse momento de epifania e não parava de tentar recapturá-lo. A maior parte das ervas vudus estimulava o cérebro e era benigna. Foi a conclusão lógica a que tinha chegado. Fazia escapadelas até ao Haiti para arranjar ervas que o revigorassem *e* o acalmassem. Aquela merda dava resultado. Escorava-lhe os tomates e dava-lhe coragem enquanto ia a Cuba e voltava. Mas as ervas nunca o ajudaram a reviver revelações relativas ao caso do assalto ao furgão blindado. Mas ajudavam-no com os pesadelos que o assombravam.

A CADEIRA ELÉCTRICA, AS MÃOS E OS PÉS, O OLHO.

Os pesadelos estragavam-lhe o sono. Enchia-se de ervas vudus e lá ia ele espreitar. Aquilo estava a esgotá-lo. Imagens de mulheres intrometiam-se nos seus sonhos na maior parte das noites.

Gostava de vudu. Não que acreditasse nisso. Mas mesmo assim tinha enfeitiçado Wayne um milhão de vezes. Adorava aquele ritual. Wayne era demasiado corpulento para se meter com ele. O vudu tinha um poder para lá da sua própria vontade pessoal. Esta característica do vudu agradava-lhe.

A sua vida resumia-se ao trabalho. A construção dos casinos ia de vento em popa. Já tinham sido erigidos doze pisos em cada um dos quatro estaleiros de obras. As chuvas intensas tinham abrandado as coisas. Os escravos morriam da sobrecarga de trabalho e era necessário substituí-los. O Franciú e os cubanos supervisionavam as equipas de trabalho. Os rufias de La Banda davam assistência. Ivar Smith avisava-os das visitas de Wayne e o Franciú tratava de recrutar então falsas equipas de operários para o ludibriar. Wayne trazia subornos e dinheiro para as obras. Crutch mantinha-se afastado dele e lançava-lhe

feitiços de puro ódio. O Franciú e os cubanos tratavam de exsudar então uma inocência fingida. Odiavam Wayne. Lidar com Wayne exigia sempre uma conivência a grande escala e luvas de veludo.
Rotatividade.
Crutch trabalhava na República Dominicana e em Los Angeles. O seu caso tinha-se bifurcado: a morte de María Rodríguez Fontonette e o assalto ao furgão blindado. Celia entrava e saía de São Domingos. Não conseguia seguir-lhe o rasto. Fez mais pesquisas de papelada. Vigiou as casas francas referidas na lista de La Banda. Seguiu uns delinquentes comunas referidos em listas de dissidentes da CIA, na esperança tola de que pudessem conhecer Celia. Em vão. Era constantemente desviado das suas intenções por mulheres que seguia aleatoriamente na rua. Espreitar janelas desviou-o da sua missão durante dias a fio. Tinha de encontrar Celia. Ela era o seu ponto de ligação a Joan.
Rotatividade.
Crutch mentiu ao Franciú. Contou-lhe historinhas do tipo «o Clyde Duber precisa de mim em Los Angeles». O Franciú disse «com certeza». Crutch apanhou o voo para Los Angeles e continuou a procurar. Leu uma dúzia de vezes o dossiê de Clyde sobre o assalto ao furgão blindado, captou o essencial, mas não conseguiu apurar mais nada. Ligou para os escritórios da Wells Fargo. Tentou localizar o envio de esmeraldas, mas recusaram-se a informá-lo. Voltou a analisar o dossiê de Clyde. A obsessão de Scotty Bennett com o caso estava mais do que confirmada. Não era nenhuma novidade. A *verdadeira* novidade: os relatórios redigidos por Scotty não passavam de lugares-comuns.

Omissões. Escassez de papelada. Conhecia *bem* Scotty. Tinham conversado muitas vezes lá no parque de estacionamento dos motoristas. Scotty tinha-lhe mostrado relatórios de casos de assaltos menores, sempre repletos de pormenores. Em comparação, os seus relatórios sobre o dia 24/2/64 eram parcos.

Tentou sondar Scotty. Começou com muita *subtileeeeza*, mas Scotty não revelou nada. Não disse a Scotty que tinha posto a casa de Marsh Bowen sob escuta. Scotty cairia em cima de Bowen na altura própria.

Circulava um rumor insistente: Bowen tinha denunciado um preto chamado Jomo por assaltos a lojas de bebidas. Jomo tinha-se suicidado na cadeia. Scotty disse a Crutch que era ele próprio quem estava a espalhar esse rumor. Era uma aposta segura: aquele maricas Bowen estava arrumado.

Rotatividade.

A ilha era uma Zona Zombie. Los Angeles era uma zona segura. Crutch passou pelo parque de estacionamento dos motoristas e levou cerveja e piza. Passou depois pela sua casa nos Apartamentos Vivian e pelo poiso no centro da cidade onde guardava os seus arquivos. Leu o dossiê sobre o desaparecimento da sua mãe. Isso ajudou-o a mitigar os pesadelos.

A mãe tinha-lhe enviado cinco dólares e um cartão de Natal. Desta vez o carimbo dos correios era de Kansas City. A mãe tinha desaparecido em 1955. Tinha enviado o primeiro cartão de Natal nesse ano. Tinha-lhe enviado um cartão no Natal de 1969. E agora era o ano de 1970.

Ainda estava viva. Tal como Celia e Joan. Tal como Dana Lund e todas as raparigas que tinha espreitado pelas janelas em Hancock Park. O seu caso estava num impasse. Scotty certamente teria mais papelada. Dana Lund tinha mais cabelos grisalhos. Estava vestida com aquela camisola de caxemira que lhe tinha oferecido no Natal.

As estrias grisalhas de Dana eram similares às de Joan. Tudo aquilo era como a porra de uma facada no coração.

76

(Las Vegas, Los Angeles, República Dominicana, Haiti,
16/5/69-8/3/70)

Estado onírico.
Era o conceito referido por Bowen. Agora a vida de Wayne resumia-se a esse estado. Era algo inquantificável. Aquilo recordava-lhe aqueles tempos iniciais em que estudara química. Algumas experiências traziam resultados assegurados. Mas muitas outras não. Tinha começado a assumir riscos maiores e sintonizara-se mais com a incerteza. Sabia que existia um mundo para lá da sua compreensão. Era essa noção que o impelia e o consolava, tanto outrora como agora.

As suas incursões para arranjar as ervas clarificavam-lhe o estado onírico. Incutiam-lhe uma esperança imprevisível. Embotavam-lhe ainda mais a sua percepção do risco.

Apanhou um voo para a República Dominicana e fez um desvio até ao Haiti. Contratou rufias dos Tonton Macoutes para o protegerem enquanto se entretinha com as suas incursões químicas. Trouxe dinheiro para Celia e Joan. Disse a Celia para usar o dinheiro e para o poupar aos pormenores. Ela jurou deixar em paz os estaleiros das obras dos casinos. Wayne deu-lhe 1 649 000 dólares. Os resultados eram inquantificáveis.

Estado onírico.
Tinha liquidado o património do pai e reembolsara a empresa de construção de Balaguer. Isso cobria o seu primeiro dízimo improvisado. Tornou-se então num defraudador.

Os Rapazes confiavam-lhe dinheiro conferido rapidamente e sem qualquer comprovativo. Sabiam que ele adorava o poder e que se importava pouco com a remuneração financeira. Estava a desviar dinheiro do próprio dinheiro desviado dos hotéis-casinos do Drac. Desviava dinheiro dos investimentos financiados pelo Fundo de Pensões dos Camionistas. Adulterava os livros de contabilidade dos Táxis Tiger Kab e dos clubes nocturnos da zona sul. Lavava e branqueava fundos através do Banco Popular. Entregava estipêndios mensais a Balaguer e fundos de valor quase idêntico a Celia.

Pediu para falar com Joan. O pedido relacionava-se com um jovem que ela chegara a conhecer. Celia disse «Nem pensar» e «Não voltes a pedir-me isso, por favor». Wayne absteve-se então de fazer novos pedidos. Regressou a Los Angeles e continuou a seguir Joan e o fantasma de Reginald Hazzard.

Dwight recusou-se a falar de Joan. Wayne submeteu o pedido de um dossiê do FBI através de um amigo da Polícia de Las Vegas. O dossiê de Joan tinha desaparecido dos Registos Centrais. O FBI não tinha nenhum dossiê sobre Karen Sifakis, a colega de Joan. Tinha sido Dwight quem os levara. Tinha a certeza disso. Fez uma pesquisa a nível nacional em todos os departamentos policiais sobre ambas as mulheres e não conseguiu obter nada. Aquele segundo *clique* não parava de fazer *clique* na sua mente. Tinha trabalhado no texto rasurado no dossiê de Joan. A sua memória fizera *clique* e desde então entrara num impasse.

Vasculhou a zona sul de Los Angeles. Não conseguiu encontrar Joan. Elaborou uma linha cronológica parcial sobre Joan/Reginald. A «Escola da Liberdade», 1962. A fiança para o tirar da cadeia, 1963. Vasculhou dossiês na República Dominicana. Joan: associada a Celia Reyes e envolvida na revolta dominicana. Joan: uma foto de dossiê. A invasão do dia 14 de Junho e uma mulher mais nova com o punho erguido.

Finais de 1963: Reginald estuda ervas haitianas e política da esquerda radical. Joan é uma professora renegada. Uma tutoria verdadeiramente selvagem. A conexão haitiana: um salto do outrora para o agora.

Joan é uma ferrenha apoiante da ATN. O «Armeiro» haitiano: aquele desordeiro haitiano chamado Leander James Jackson. O Irmão Jackson teve uma luta de navalhas com o falecido Jomo Clarkson. Uma luta provocada por Wayne e Marsh Bowen. Jackson era alegadamente um ex-Tonton Macoute. Wayne tentou averiguar sobre ele nos registos dos Tonton. Mas os Tonton não mantinham registos escritos.

Mais averiguações de dossiês, mais becos sem saída.

Nenhum dossiê sobre Leander James Jackson. Nenhum registo de imigração sobre homens com essas três iniciais. Nenhum dossiê do FBI nem nenhum dossiê dos departamentos policiais municipais.

Jackson: muito provavelmente não relacionado com Reginald e Joan. Pensou na hipótese de abordar Bowen acerca de Jackson, mas desistiu da ideia. Bowen provavelmente faria jogo duplo com essa informação confidencial.

Estado onírico.

Percorre a zona sul de Los Angeles. Procura pessoas que não estão lá. Os seus centros de informação são a sede dos Táxis Tiger Kab e os clubes nocturnos. Ninguém conhecia Reginald no passado nem ninguém o conhece agora. Verifica à mão os dossiês no Departamento da Polícia de Los Angeles e no Departamento do Xerife. Está à procura de um nome no meio de milhões de palavras.

Vou encontrar o Reginald Hazzard, tal como encontrei o Wendell Durfee. Vou conceder clemência, tal como outrora concedi morte.

O seu estado onírico impunha claridade. Abarcava Los Angeles e a República Dominicana de forma ininterrupta. A construção dos hotéis-casinos seguia a bom ritmo. Era uma experiência controlada, com resultados quantificáveis. Wayne estava a financiar a revolução com dízimos a um ritmo consistentemente oposto. Ivar Smith estava a vigiar a equipa Tiger Krew como um cão de guarda. Os cabrões estavam a abster-se de fazer incursões por Cuba e tinham posto fim aos seus negócios de droga. *Isso* era quantificável. *Essa* experiência controlada estava a resultar. Fez uma visita à equipa Tiger Krew. Embebeu-se de todo esse ódio e medo. As fronteiras VERMELHAS das suas excursões EUA-Caraíbas fundiram-se numa mancha indistinta.

Os Rapazes adoravam-no. Por seu lado, ele odiava-os e lisonjeava-os e ludibriava-os. Os Rapazes sabiam que ele andava enrolado com uma mulher negra. Mas guardavam segredo disso porque precisavam dos talentos dele. Wayne passa tempo com eles. Confraterniza com militantes negros maricas. Está a navegar pela sua paisagem onírica através de um *zeitgeist* com uma bandeira nada VERMELHA a esvoaçar ao vento.

Marsh Bowen estava agora sob escuta a tempo inteiro. Wayne verificava o posto de escuta de três em três dias. Marsh e os amigos falavam de merdas revolucionárias e nunca *faziam* merdas para criar a revolução.

Não sabem vender heroína. Metade deles não *quer* sequer vender heroína. Alguns deles têm escrúpulos morais ténues. A maior parte deles teme a polícia. Os polícias de Chicago tinham matado dois Panteras em Dezembro. Os Panteras tinham trocado tiroteios com a Polícia de Los Angeles nesse mesmo mês. Tinha sido um momento não fatal de descarga de tensão do tipo «podíamos ter sido nós». *Chiça! Heroína?* Mano, não tenho bem a certeza.

Aquilo deixava Wayne frustrado. Aquilo deleitava-o. Numa ocasião fumou erva com Marsh. Voltaram a discutir o conceito de estado onírico. Marsh não sabia que estava sob escuta. Não sabia que a Polícia de Los Angeles o tinha expulso da corporação. Estavam no parque de estacionamento dos Táxis Tiger Kab. Wayne teve uma ideia louca: *Vou contar-lhe que matei o Martin Luther King e ver como ele reage.*

Dwight não confiava em Marsh. E tinha razão: esse Marsh estava sempre a tentar ganhar tempo e a fazer favores e perdia-se numa obediência calculista. Marsh tinha pago a fiança a Ezzard Donnell Jones para o sacar duas vezes da cadeia: da esquadra da 77.ª e da esquadra de University. Marsh tinha medo de represálias da FLMM e receava o chicote da ATN. A paisagem mental de Marsh era toda ela imobilidade e circunspecção.

A paisagem cerebral de Dwight era toda ela maquinação. Dwight estava a perder peso. Metia-se nos copos para suprimir o nervosismo e conseguir dormir um pouco. Dwight tinha dito que o Sr. Hoover andava a arrancar-lhe resultados. Wayne disse: «Como assim?» Dwight imitou o gesto de um drogado a injectar-se.

Foi uma pantomima assustadora. Wayne ficou arrepiado. Dwight disse: «Desta vez não podes deixar-me pendurado, filho.»

Estado onírico.

Não falou a Mary Beth do seu financiamento de dízimos, pois ela consideraria isso um roubo. Iria criticar a sua consciência culpada. Iria desaprovar as suas viagens para arranjar ervas. Iria encarar a sua experiência teórica como um estúpido refrão dos tempos que corriam. O ressentimento dela era uma acusação. Levava esse ressentimento para a cama quando dormiam juntos. Ele levava imagens de Joan por motivos de paixão e consolação. Ela considera a demanda dele para encontrar o seu filho Reginald como um acto grandioso e egoísta. Não consegue compreender a extensão da dívida dele.

77

(Los Angeles, República Dominicana, 16/5/69-8/3/70)

Ela tinha desaparecido.
Deixara-lhe dezanove fichas de arquivo e nenhum bilhete de despedida. Deixara uma mancha de batom na almofada.

As fichas listavam denúncias obtidas no seio da ATN. Joan tinha denunciado seis equipas de assalto à mão armada, dois gangues de sequestro e onze esquerdistas que enviavam encomendas-bomba pelo correio. Dwight atribuiu essas denúncias a Marsh Bowen. Essa manobra daria mais tempo ao tipo que estava sempre a tentar ganhar tempo e deixara o Sr. Hoover assombrado.

Um breve retorno à ordem, seguido de mais derrapanços.

«Dwight, aquelas criaturas de cauda preênsil têm de vender heroína. Receio que não vão conseguir fazê-lo durante o trémulo período de vida que me resta.»

Dwight tinha amolecido o velho rabeta. O velho rabeta reagira com uma barragem de telexes diários. Versalhadas racistas e *cartoons* racistas, enviados através do correio do FBI.

Pat Nixon a levar por trás dos Archie Bell and the Drells. Derrapanço quase a roçar um esgotamento nervoso.

Verificação de listas de chamadas, verificação de registos: nada. Subtis indagações junto de Karen: nada de nada. Wayne tinha seguido aquela pista da «Escola da Liberdade». Aquilo provava que Joan e Karen lhe tinham mentido. Wayne tinha destruído o dossiê de Joan enquanto tentava decifrar as rasuras. Tinha dito a Dwight que havia um pequeno *clique* que lhe escapava sempre. Dwight sabia o que era. Wayne tinha conseguido ler o texto oculto sob as rasuras e obtivera um nome: Thomas Frank Narduno, um tipo que conhecia Joan. Eram camaradas. O gangue de Dwight e Wayne tinha eliminado Narduno no Grapevine Tavern. Aquilo suscitava as maiores perguntas das vidas deles:

O que é que ela pretende? O que é que ela sabe? Por que razão a deixámos participar nisto?

Dwight vasculhou os poisos de Eagle Rock e de Altadena à procura de impressões digitais. Não encontrou nenhuma, nem notas de diário, nem armas debaixo de almofadas.

Ela tinha desaparecido.

Tem os nervos reduzidos a engrenagens gastas. Olha fixamente para as paredes do escritório-fachada e deixa o tempo dissipar-se. Toma mais comprimidos com mais álcool e dorme proporcionalmente pior.

Preencheu o vazio Joan com Karen. Joan tinha-lhe fornecido dezanove denúncias. Por sua parte, Dwight compensou Karen em troca do favor prestado: tirou da cadeia um número recorde de amigos dela. Karen dedicava-se mais do que nunca às suas crenças quacres. Dwight continua a ter pesadelos com o Dr. King. No dia seguinte, Karen destrói um monumento com uma bomba. Ele não pára de pensar em Silver Hill. Os médicos tinham-lhe dito para não pensar. Olhou fixamente para as paredes e continuou a pensar, apesar de todas as advertências em contrário.

Ela tinha desaparecido.

Tem mais tempo para pensar e olhar fixamente para as paredes e esperar que as paredes lhe respondam. A OPERAÇÃO IRMÃO RUUUUIM estava mergulhada num coma anímico. Os irmãos da ATN e da FLMM estavam a perder *rapidamente* o ânimo. Dia 18 de Outubro de 1969: os Panteras fazem uma emboscada a dois polícias de Los Angeles. Um dos polícias fica ferido, um Pantera fica ferido e outro Pantera é morto.

Dia 8 de Dezembro de 1969: o grande tiroteio entre a polícia e os Panteras na sede dos Panteras. Houve ferimentos, mas nenhuma morte. Represálias da Polícia de Los Angeles? Provavelmente. Muito provavelmente implementadas por Scotty Bennett.

Marsh Bowen era inútil. A escuta era inútil. As conversas gravadas resumiam-se a uma espécie de manual básico da revolução para pretos e ingénuos. A sua intuição sobre Marsh: o cabrão tinha objectivos secretos. O cabrão estava à espera de algo. O tipo já deveria ter produzido mais ou ter-se afastado do incidente Jomo.

Scotty desalentava-o. Scotty tinha objectivos secretos. Scotty tinha dito à Polícia de Los Angeles para despedir Marsh. Scotty tinha espalhado a palavra: nada de represálias contra o Marsh; quero lá saber se o tipo denunciou o Jomo ou não; não o fodam, senão quem vos fode sou eu.

A sala de interrogatório, os golpes com o pedaço de mangueira, as perguntas e as respostas. *Porquê tamanha insistência sobre aquele assalto ao furgão blindado?*

Suspeição.

Essa suspeição mantinha os polícias mais envelhecidos acordados à noite. Os compartimentos dos seus cérebros exsudavam. Viam merdas que não estavam lá e negligenciavam merdas que estavam lá. Dwight teve conversas ao telefone com o presidente Nixon e o Sr. Hoover. O presidente Nixon receava o manancial de dossiês que o Sr. Hoover tinha sobre ele. O Sr. Hoover receava a postura branda do presidente Nixon em relação aos militantes negros e aos comunas. O Sr. Hoover estava obcecado com a namorada negra de Wayne e receava que esse Wayne assassino de pretos se tornasse comunista. Nixon tinha enviado Dwight numa expedição de reconhecimento à República Dominicana. Queria a opinião de Dwight sobre o Anão. Queria certificar-se de que o seu acordo mafioso não redundaria num efeito bumerangue. Dwight foi a São Domingos. A construção dos casinos prosseguia a um ritmo intenso. O Anão acolheu-o com um bom almoço. Os milicianos de La Banda faziam uma boa opressão. Ligou ao presidente e disse-lhe que a República Dominicana parecia estar nos conformes.

Suspeição.

Ligou ao Sr. Hoover e relatou-lhe a viagem. O Sr. Hoover tinha *suspeitas*: «O Nixon falou de mim, Dwight?»

Dwight respondeu: «Não, senhor. Não falou.» O Sr. Hoover ficou perplexo e aliviado. Contou uma piada de catorze minutos sobre o Dr. King e a Lassie. Contou uma piada de dezasseis minutos sobre o presidente e o Liberace.

Suspeição.

Teve tempo de folga em São Domingos. Confraternizou com a equipa Tiger Krew e pressentiu merdas. O seu palpite: estavam a negociar heroína por trás das costas de Wayne. Decidiu não dizer nada a Wayne. Para quê promover o caos?

A República Dominicana dava-lhe arrepios e calafrios. Los Angeles, por sua vez, dava-lhe uma sensação boa.

Ela tinha desaparecido.

O aniversário dele tinha sido na semana anterior. Tinha feito cinquenta e três anos. O presidente tinha-lhe ligado a solicitar uma nova viagem de confirmação à República Dominicana. Karen tinha-lhe pago o jantar no Perino's. Recebeu um simples envelope branco pelo correio.

Entregue na caixa de correio do seu escritório-fachada. Com o seu nome e morada dactilografados. Sem remetente.

Abriu o envelope. No interior: uma pequena bandeira vermelha afixada a um pauzinho.

DOCUMENTO ANEXO: 8/3/70. Excerto do diário privado de Karen Sifakis.

Los Angeles
8/3/70

As minhas filhas estão a brincar no quarto ao lado. A Dina, que tem quatro anos, está a ver a Eleanora, de quinze meses, a equilibrar-se em cima de uma enorme bola de plástico como as da praia e tenta ensiná-la a andar. Vai acabar por ficar com ciúmes do rápido progresso da Eleanora e vai deitá-la ao chão; a Eleanora vai chorar, levantar-se e continuar a equilibrar-se. Será a terceira ou a quarta vez que isto terá sucedido. Repreendi a Dina da primeira vez e ela culpou o Dwight pelas suas acções: tinha ouvido o Dwight contar-me que a Eleanora estava a tornar-se rapidamente na menina mais dominante e que era melhor a Dina «tentar desforrar-se enquanto podia».

Deveria ter repreendido o Dwight por essa afirmação. Ele disse essas palavras há alguns meses e agora é demasiado tarde para repreendas. Tenho revisto as páginas que escrevi aqui no meu diário no ano passado e sinto como se acontecimentos díspares estivessem a ganhar coerência. O Dwight tem-me proporcionado cada vez mais uma maior latitude nas minhas acções políticas e tem safado amigos meus presos por motivos políticos, a um ritmo cada vez mais acelerado. A coincidência das datas torna tudo ainda mais evidente: a notável generosidade do Dwight começa no momento em que me diz que a Joan desapareceu.

Obviamente que são amantes. Obviamente que eu não podia dizer ao Dwight que os actos de desaparecimento da Joan são já uma prática habitual, porque lhe menti acerca do âmbito da minha amizade com a Joan. Há vários meses o Dwight perguntou-me sobre a Joan e a «Escola da Liberdade» na Universidade da Califórnia do Sul. Obviamente que lhe menti acerca disso; obviamente que o Dwight sabia que eu estava a mentir. Estamos demasiado envolvidos um com o outro para fazer repreensões ou para tentar reformular as regras de uma união dúplice, usurária e compartimentada. O mais estranho nisto tudo? Dou por mim a aceitar o Dwight e a Joan como amantes. Amo o Dwight mais do que alguma vez o amei, porque a Joan tem servido para lhe incutir dúvidas.

O Dwight está a começar a ficar erodido. Só rezo para que esse processo se prolongue e o mude de forma suave, sem o levar ao sofrimento e à loucura. Existe um medo muito real subjacente a esta oração. Começo a compreender cada vez mais que a Joan me manipulou para que eu viesse a conhecer o Dwight. E com que finalidade? Esta oração deve incluir todas as outras pessoas que habitam a órbita infernalmente obstinada dos dois.

Almocei com a Joan pouco antes de ela desaparecer. Aludiu a um destino tropical e disse-me que tinha deixado uma certa papelada ao Dwight. Disse que só esperava que aquilo não corresse mal como tinha acontecido em 1951, 1956 e 1961. Não lhe pedi para embelezar a sua afirmação. Mencionei o Dwight e o seu dinheiro de penitência e aludi à catástrofe pessoal dele em 1957. A Joan contou-me o que sabia acerca dessa história, mas recusou-se a contar-me como sabia disso. E foi nesse momento que eu soube que a Joan amava o Dwight para lá de todas essas agendas políticas.

Chorei um pouco. A Joan abraçou-me e deu-me uma esmeralda lindíssima.

DOCUMENTO ANEXO: 8/3/70. Excerto do diário de Marshall E. Bowen.

Los Angeles,
8/3/70

Tempos de medo.

Vivo agora tempos de medo e assim tem sido há já algum tempo. Estou assustado há tanto tempo que já quase se tornou banal. Tenho andado hiperalerta aos sinais de pânico exprimidos pelo meu corpo. Meses de um medo geral tornaram-me mais sensível a um medo agudo e justificado. Tenho sobrevivido e ganho tempo, momento a momento.

Um informador anónimo fez-me ganhar tempo junto do Sr. Hoover e do Sr. Holly. Um pacote de dezanove denúncias, generosamente atribuídas à minha pessoa. Isso também serviu para o Sr. Holly ganhar tempo junto do Sr. Hoover, tenho a certeza. Essas denúncias validam a OPERAÇÃO IRMÃO RUUUUIM, que desse modo me fazem ganhar mais tempo para seguir pistas relacionadas com o assalto ao furgão blindado. Entretanto, a FLMM tem perdido o seu interesse por mim. Os membros da FLMM vêem-me nos clubes, sozinho ou acompanhado dos meus irmãos da ATN. Viram a cabeça, cospem para o chão ou fazem gestos obscenos. Ambos os grupos se têm confrontado enquanto tentam co-optar por espaço nas marchas de protesto. Nesses contextos sinto-me mais apreensivo do que receoso. Monitorizo o meu corpo à procura de sinais de pânico e apercebo-me de que me foi concedido tempo.

O tempo liberta-me e constrange-me. Um amigo meu da Polícia de Los Angeles disse-me que lá no departamento cessaram secretamente o meu contrato. O Sr. Holly e o Wayne sabiam obviamente disto mas nunca me disseram. Isto torna-me num operativo do FBI sem qualquer sanção oficial e sem uma posição segura no âmbito das forças da lei assim que a minha missão for concluída. Na semana passada encontrei fios de escuta no meu apartamento. Fiz a coisa mais prudente a fazer: deixei ficar lá tudo como estava. Só pode ter sido por instigação do Wayne e do Sr. Holly. Não confiam em mim. E essa desconfiança é inteiramente justificada. Tenho sido muito cuidadoso com quem falo dentro da minha casa e acerca do que falo, tanto em presença como ao telefone. A descoberta desse equipamento de escuta confirma assim a minha paranóia justificada e o meu papel de ex-polícia apóstata e militante negro. Assumi esse papel desde que aluguei este apartamento e tenho-o decorado cada vez com mais gosto desde então. Os homens dados ao Vício têm de ser cautelosos. Comporto-me como se não tivesse o Vício e assim o tenho feito desde que o Wayne me chamou «panasca». No fundo do coração, sinto-me como um ex-polícia radicalizado a sopesar as suas opções em todas as áreas. Neste meu papel de actor, o meu sentido de tempo e a minha identidade têm-se revelado inestimáveis.

Eu e o Wayne temos fumado erva algumas vezes. Discutimos os estados metafísicos estranhamente diferentes e estranhamente similares das nossas vidas. Foi, em muitos aspectos, o diálogo mais cativante da minha vida.

Foi-me concedido tempo. Estou provavelmente a salvo do gueto porque o Scotty Bennett me quer a salvo do gueto. O novo boato que corre agora no gueto é que sou talvez um informador da polícia. Tenho a certeza de que é uma vingança tardia do Scotty contra mim. O mais preocupante é que não vejo nenhum remate ou conclusão vingativos no horizonte. No final do ano passado o Scotty, fez crescer acentuadamente o seu estatuto de lenda no gueto. E durante esse processo desferiu um golpe severo contra o nacionalismo negro em Los Angeles e fez-me ganhar mais tempo no tocante a essa ideia de vender heroína. Em Outubro e Dezembro houve conflitos entre os Panteras e a polícia. Ambos os incidentes receberam uma ampla publicidade. Uma boa dúzia de Panteras desapareceu agora, seis por cada incidente desencadeado. O Scotty cumpriu a promessa de Agosto de 1968. Represálias, dissuasão, vingança executada e mais tempo para mim. O resultado? Mais perplexidade, medo e indecisão por parte da ATN. A crescente noção de que a heroína é uma embrulhada de que não precisamos. Tenho a sensação de que a FLMM está a reagir da mesma forma. E, quais pepitas de ouro no meio da terra, há agora cada vez mais manos activistas que acham que vender heroína é errado.

Tenho intensificado as minhas averiguações sobre o assalto ao furgão blindado graças a esta inesperada concessão de tempo. Devo ter dito «Ei, meu, lembras-te daquele assalto ao furgão blindado em 1964?» um milhão de vezes e devo ter recebido um milhão de olhares estupefactos e respostas merdosas. Tenho mencionado o nome do Reginald Hazzard e descrito igual número de vezes a sua ténue semelhança com o assaltante de cara queimada, com os mesmos resultados nulos. Depois as coisas fizeram clique, de forma independente.

Estava eu embrenhado numa conversa telefónica rotineira numa cabina pública com o Sr. Holly quando ele menciona por casualidade o brutal interrogatório a que o Scotty submeteu o Jomo Clarkson. O Scotty fez ao Jomo uma série de perguntas nitidamente inconsistentes relativas ao assalto e o Sr. Holly achou isso confuso.

Aquilo deixou-me a remoer durante semanas. Aaah, o Scotty: que sabes tu e não nos queres contar? Pouco depois disso saquei o Ezzard Jones duas vezes da cadeia. A primeira vez foi por causa de uma denúncia de condução por embriaguez. Saquei o Ezz da cadeia da esquadra da 77.ª e a partir de então levei-o a beber uns copos comigo. Uma semana depois o Ezz foi detido por embriaguez e má conduta. Preenchi a papelada lá na sala da esquadra de University, deixaram-me a sós durante breves instantes e aproveitei a situação.

Verifiquei o arquivo de casos de assaltos não resolvidos e encontrei uma ficha do processo desse assalto. Memorizei o número de registo da divisão, liguei ao Gabinete de Registos e Identificação Civil da Polícia de Los Angeles e fiz-me passar por polícia. A funcionária consultou o arquivo principal e disse-me: «Lamento, senhor agente. Esse número de registo não existe cá.»

E foi então que soube:

O Scotty tinha um arquivo privado escondido algures. Estava a sacar relatórios das divisões geográficas da Polícia de Los Angeles e estava a armazenar essa informação só para si.

Tenho a certeza disso. Não pode haver outra explicação.

78

(Jarabacoa, 12/3/70)

As fortes chuvadas estavam a atrasar as obras de construção. A estrutura do décimo terceiro piso arrastava-se. As obras nos quatro estaleiros estavam bastante atrasadas. Uns quantos escravos tinham fugido.

Os milicianos de La Banda reagiram. Passaram a pente fino as equipas de operários e tiraram à sorte para aplicar torturas. «Sessões de ódio»: vergastadas e escravos a gritar à chuva.

Crutch tinha assistido à última sessão de tortura. Uma monção acabava de se abater. O solo era um mar de lama até aos tornozelos. O estaleiro estava pejado de madeira e equipamento encharcado. Estava tudo reduzido a miasmas e lodo.

O tipo de La Banda usava um chicote com borlas. Os pequenos bolbos infligiam uma dor adicional. Crutch escudava-se atrás da intoxicação produzida pelas ervas vudus. Ajudavam-no a manter-se focado e fechavam-lhe a mente às merdas horríveis que estavam a acontecer à sua volta.

O escravo estava amarrado a um buldózer. Os seus gritos reverberavam como bumerangues. Os ecos de chicotada atrás de chicotada sobrepunham-se.

O tipo do chicote era competente. As borlas enterravam-se até às costelas. A equipa de escravos observava. Crutch fechou os olhos.

O escravo desmaiou. O tipo de La Banda despejou-lhe insecticida nas feridas para agravar a dor e para efeitos de desinfecção. O escravo engoliu lama. Aquilo abafou-lhe os gritos.

Soou uma buzina. Crutch olhou na direcção do som. Era o Franciú num novo *Cadillac* à preto de 1959. Estava pintado a rigor com riscas à tigre. O Franciú chamava-lhe o «Tiger Kar».

Os cubanos estavam amontoados no interior com metralhadoras ao colo. Canestel apontou para norte: *já para o Ancoradouro do Tigre*.

Crutch ficou nauseado. O Tiger Kar acelerava pelas estradas irregulares com uma suspensão mole. Estava espremido entre Morales e Saldívar. Sentia o cérebro a estalar. Não parava de olhar pelos espelhos retrovisores. Sentia uma vibração de que estavam a ser vigiados. Não foi capaz de a validar. *Os mastins do inferno no meu encalço.*

Chegaram ao Ancoradouro do Tigre à hora do crepúsculo. O *Tiger Klaw* estava pronto para zarpar. A tempestade já tinha passado. A agitação residual do mar empurrou-os para leste. A costa norte e o canal de mona estavam reduzidos a enormes cristas espumantes. Chegaram cedo a Punta Higuero e fumaram erva para matar tempo. Agora os hispânicos porto-riquenhos já confiavam neles. O Franciú chamava-lhes os seus «*Kompañeros* Tigre».

Crutch ouviu movimentos na costa. Os hispânicos surgiram então do meio dos arbustos. Atiraram a mala da droga para bordo. Gómez-Sloan atirou-lhes a mala do dinheiro. Foi rápido e amigável.

A tripulação içou a âncora e zarpou em direcção ao ancoradouro. As ondas encrespadas opunham-se ao avanço da embarcação. Crutch lançou um torpedo por mera diversão. Atingiu um atol pejado de merda de pássaro e explodiu.

Atracaram e taparam o *Tiger Klaw* com redes de camuflagem. Levaram depois o Tiger Kar de volta para São Domingos. Crutch dormitou devido ao efeito das drogas que tinha ingerido. Os mosquitos entravam-lhe na boca e acordavam-no periodicamente.

Era madrugada. A equipa Tiger Krew levantou o acampamento que tinha instalado no El Embajador. O Franciú disse a Crutch para guardar a mala. Os tipos dos Tonton iriam levá-la amanhã para Port-au-Prince. Crutch bocejou e subiu para a sua suíte.

Abriu a porta. Voltou a sentir aquela vibração. Cheirou-lhe a fumo de cigarro. Viu a ponta de um cigarro brilhar.

A luz acendeu-se bruscamente. Lá estava Dwight, sentado no sofá. Lá estava uma merda qualquer em cima da mesinha de café.

Uma lata de tinta e um pincel. Uma seringa e uma ampola com morfina.

Crutch fechou a porta e pousou a mala. Dwight sacou de uma navalha.

— Quanto levas aí?

— Cerca de quilo e meio.

— Serve.

Tinha a boca seca. Sentiu a bexiga inchar. As paredes pareciam girar e rodopiar.

— Tira a camisa — disse Dwight.

— Não deve estar a falar a sério...

— *Não volto a repetir*. Vais tirar a camisa e vou levar a mala comigo. Não vou impedir-te de correres pela porta fora, mas vou ligar ao Wayne e chibar o vosso negócio da droga se o fizeres.

Crutch tirou a camisa. Sentia o esfíncter quase a explodir. Dwight abriu a lata de tinta e embebeu o pincel. A tinta era de um vermelho-vivo.

Dwight aproximou-se das paredes e começou a pintar as suas artistices. Pintou «14/6» por cima do sofá. Voltou a embeber o pincel. Pintou «14/6!!!!» por cima do bar da suíte. Voltou a embeber o pincel. Pintou «Morte aos Passadores de Droga Ianques» ao lado da porta.

Crutch rezou e tentou não chorar. Dwight abriu a ampola e encheu o êmbolo da seringa. Crutch estendeu o braço. Dwight apertou-lhe o bíceps para destacar uma veia.

Crutch apertou a mão com força à volta do seu medalhão de São Cristóvão. O fio quebrou-se. Dwight enfiou a agulha na veia e comprimiu o êmbolo.

O seu esfíncter explodiu. A bexiga explodiu. Não se importava. Os olhos rolaram-lhe para trás.

Dwight acendeu o isqueiro e aqueceu a lâmina da navalha. Crutch apoiou as mãos contra a porta. Dwight gravou-lhe «14/6» nas costas.

79

(Las Vegas, 14/3/70)

Wayne desenhou setas de ligação entre os diagramas. A parede com os gráficos era pura arte óptica. Diagramas e setas em ângulos estranhos. Diagramas e setas. A ligar Reginald a Joan e ao tipo haitiano das ervas.

Diagramas e cópias a papel químico de diagramas da Polícia de Los Angeles e do Xerife do Condado de Los Angeles. Tinham-lhe sido fornecidas pelo seu contacto na Polícia de Los Angeles. Digamos que foi um muito ténue tiro no escuro. Relatórios de incidentes, fichas de depoimentos obtidos no terreno. Os polícias de Los Angeles tinham por hábito fazer detenções bruscas de miúdos negros. Talvez o nome de Reginald constasse desses documentos.

Consultou o relógio. Tinha uma hora no máximo. As malas já estavam feitas. Tinha dinheiro desviado dos lucros dos casinos para dar a Celia. Reservou um voo nocturno para a República Dominicana.

Setas e diagramas. De «Livros de Biblioteca» a «Fora da Cadeia com Fiança». Um novo diagrama: «Leander James Jackson/ATN/Tonton Macoutes».

A porta do corredor rangeu. Ouviu Mary Beth na sala de estar. Ouviu o tilintar das chaves dela. Ouviu-a pousar sacos de compras em cima de uma cadeira. Ouviu-a suspirar como se estivesse irritada.

Olhou fixamente para o gráfico. Fechou a maleta e prendeu a corrente da algema. Pôs um sinal de «certo» ao lado da referência «Leander James Jackson».

— Quero que pares com tudo isso.

Wayne virou-se. Mary Beth estava a olhar fixamente para a maleta dele.

— Não quero que encontres o meu filho. Ele não quer ser encontrado. Se estiver vivo, então tomou essa decisão de livre vontade e não vou ser eu a desonrá-lo com uma reunião forçada.

Wayne enfiou as mãos nos bolsos. Resíduos de ervas vudus tinham-lhe deixado os olhos húmidos.

Mary Beth aproximou-se dele. — O que quer que tenhas feito no passado, perdoo-te. O que quer que estejas a fazer agora, perdoo-te. Perdoo-te por não confiares em mim, porque não queres ser perdoado. Só queres criar mais riscos e intrigas para te castigares mais.

Wayne assestou um murro na parede com o punho esquerdo. Amolgou o estuque, ficou com os nós dos dedos em sangue e com o vidro do mostrador do relógio estilhaçado.

— *Quem magoaste tu? Que fizeste tu?*

Caminhou em direcção à casa franca. São Domingos parecia diferente. Era uma visita de improviso. Não tinha ligado a Ivar Smith nem aos Rapazes. Só queria *ver*.

Parecia estar a ver tudo num ecrã amplo, com som de alta-fidelidade. Normalmente usava a limusina. Alivia-lhe os olhos e abafava o volume do mundo exterior. Mas isto era verdadeiramente merdoso. Os esgotos fediam, o barulho era ensurdecedor, os polícias patrulhavam e atacavam.

Estava uma noite quente de Inverno e o ar era húmido. Wayne usava um casaco desportivo por cima da algema da maleta. A morada que procurava ficava em Borojol. Era um distrito de bares nocturnos e hotéis de baixo custo. Os vendedores de rua haitianos vendiam gelados regados com licor de *klerin*.

Wayne encontrou a morada: um edifício cúbico de cor rosada ao lado da via principal. Doía-lhe a mão de ter esmurrado a parede. Bateu com a bracelete da algema na porta. Celia abriu-lhe a porta.

Vestia uma bata manchada de sangue. O espaço atrás dela estava atulhado de catres e suportes de sacos de soro fisiológico. Quatro rapazes e duas raparigas estavam de cabeças suturadas. Ferimentos causados por cassetetes envoltos em arame farpado. Wayne reparou que saía sangue das suturas nos cortes.

Viu o médico que tinha conhecido no ano anterior. Duas enfermeiras substituíram as arrastadeiras. Um dos rapazes tinha um pé reduzido a um coto. Uma das raparigas tinha um ferimento de bala numa das faces.

Ao fundo havia uma janela que dava para uma viela. Wayne viu Joan lá fora a fumar. Com bisturis a espreitar de dentro dos canos das botas.

Celia apontou para a maleta. Wayne abriu a fechadura. Sentia a mão latejar. Celia enfiou as mãos no dinheiro.

— Quanto?

— Cento e quarenta e oito mil.

— Falei com o Sam. Disse-me que o Balaguer deu luz verde para a construção de mais quatro casinos. Vão ter de queimar ou inundar aldeias haitianas antes de as obras poderem começar.

Wayne fechou os olhos. Os seus sentidos recarregaram-se. Aquela sala cheirava a carne putrefacta.

Abriu os olhos. Celia guardou o dinheiro na mala e enfiou-a debaixo de uma maca. Um rapaz gritou em espanhol. Uma rapariga gemeu em crioulo francês. Joan virou-se e reparou nele. Wayne aproximou-se dela, contornando catres.

Joan tinha o cabelo preso atrás da nuca. Tinha os óculos num ângulo torto e mãos pequenas e ásperas.

— Vieste trazer um donativo?

— Sim, mas não tanto como da última vez.

— Estou segura de que haverá uma próxima vez.

— Sim, haverá.

Joan acendeu um cigarro. As unhas estavam cobertas de sangue seco.

— Até que ponto tudo isto é real para ti?

— Diz-me o que sabes de mim. Diz-me como chegaste a saber.

— Não te vou dizer.

Ouviu-se um disparo algures. Um homem uivou como um cão. Joan disse: — O doutor devia ver-te essa mão.

Wayne abanou a cabeça. — Tentei encontrar-te lá em Los Angeles.

— Sim.

— E não era o único que andava à tua procura.

— Quando for necessário encontrarei esse homem de que estamos a falar.

O homem-cão uivou. Dois outros homens-cães juntaram-se ao coro de uivos. Uma mulher-cadela uivou do lado contrário.

— Há coisas que podias dizer-me — disse Wayne.

— Não vou dizer-te.

A matilha de cães uivou e atirou garrafas contra paredes. Os vidros estilhaçaram-se em som estereofónico.

— Não respondeste à minha pergunta.

Wayne flectiu a mão. — Há pessoas pelas quais esperamos uma vida inteira. Fazem-nos ir a certos sítios e seríamos bem tolos se não fôssemos.

Joan enfiou a mão no bolso. Wayne reparou que ela estava a tremer. Viu-a tirar do bolso uma pequena bandeira afixada a um pauzinho.

— Arranja-me um silenciador para um revólver *Magnum* de calibre trezentos e cinquenta e sete.

Os estaleiros das obras de São Domingos eram recuados em relação às ruas e estavam guardados por vigias. Os vigias conheciam-no. As equipas de trabalho dormiam em tendas a trinta metros de distância. As barracas com o material de demolição confinavam com os alicerces das obras. As paredes interiores tinham sido revestidas com material isolante. Lá dentro havia dinamite, explosivos plásticos, nitroglicerina. Tudo puramente inflamável.

O terreno circundante estava encharcado devido às chuvas. Os capatazes dos estaleiros contactavam entre si através de telefones públicos. A ideia de Wayne: embebe um forte fio sintético e envolve-o em plástico. Deixa suficiente espaço de circunferência para que o ar possa alimentar as chamas. Armadilha os telefones e liga para esses telefones e reza para que se produza uma ignição simples.

Os estaleiros nas zonas rurais iriam ser mais complicados de armadilhar. Situavam-se a quase cem quilómetros de distância. Isso implicaria talvez uma manobra arriscada em que teria de lançar uma bomba.

Wayne encontrou uma loja de peças de automóvel aberta durante a noite toda. Comprou ferramentas e duas almofadas de carro forradas a acrílico. Comprou uma grossa mangueira de plástico numa loja de ferragens e voltou para o hotel.

Cortou as almofadas até as reduzir a tiras de tecido e encharcou-as de gasolina. Fez a medição de memória e cortou a mangueira em secções de comprimento aproximado. Perfurou-as e criou alimentadores de chama. O solo por baixo dos telefones públicos era constituído por terra solta. A instalação dos fios deveria ser fácil. A corrente eléctrica das chamadas talvez desencadeasse ou não a ignição das chamas.

Um rapaz veio entregar-lhe o silenciador. Wayne trabalhou durante a noite inteira. Converteu a suíte numa oficina. Ligou para a recepção e alugou um carro para a noite seguinte. Encheu-se de ervas vudus e dormiu durante o dia todo.

Teve sonhos maioritariamente pacíficos. O Dr. King a proferir sermões e a rir.

Levantou-se e obrigou-se a comer. Encheu o *Chevy* de aluguer com o material que tinha preparado e seguiu para o primeiro estaleiro de construção. Já não sentia dores nas mãos. Não conseguia ouvir os sons exteriores nem o ruído dos seus pés nos pedais do carro. Estava calmo nas profundezas da sua mente.

23.26.

Parou do outro lado da rua. O vigia dava passos de um lado para o outro enquanto fumava. A tenda dos escravos estava às escuras.

Wayne enfiou na cinta uma tesoura de corte de metal e arrancou. O guarda aproximou-se do portão com um ar desconfiado. Wayne baixou o vidro da janela e gritou «*Hola*». O vigia reconheceu-o e destrancou o portão.

Wayne saiu do carro e aproximou-se. O vigia fez a rotineira continência a *el jefe*. Wayne apontou para a Lua. O vigia virou as costas. Wayne encostou-lhe a *Magnum* à cabeça e disparou um único tiro.

O silenciador funcionou. A bala dundum perfurou-lhe o crânio e expandiu-se. O vigia caiu morto sem esguichar sangue.

Wayne foi ao carro buscar o tubo de mangueira. Voltou para trás e começou a cavar uma vala na terra com as mãos. Arrancou as chaves do cinto do vigia e abriu a barraca dos explosivos. Desaparafusou a parte de trás do telefone público, desenrolou os fios e prendeu-os à ponta do tubo.

Dezasseis minutos decorridos.

Desenrolou o tubo de ponta a ponta e enfiou-o no buraco cavado entre o telefone e a barraca. Correu para a tenda dos escravos e ligou o holofote junto da entrada.

Os escravos agitaram-se. Estavam acorrentados de catre a catre. Muitos eram de pele escura, alguns tinham pele clara e a maior parte eram haitianos. Olharam fixamente para ele. Viram a arma no cinto dele e ajoelharam-se no chão. Essa postura acabou por os enredar nas correntes. Wayne pegou na tesoura. Os escravos começaram a gritar. Wayne agarrou no homem mais próximo e cortou-lhe as grilhetas dos pulsos.

O homem ficou ali imóvel a olhar para ele. Wayne recuou dois passos. O homem saltou de alegria enquanto agitava as mãos no ar. Os outros homens olharam para Wayne e *perceberam*.

Ergueram as mãos em uníssono. As correntes das grilhetas uniam-nos uns aos outros. Wayne foi de homem em homem até os libertar a todos. No final rodearam-no e levantaram-no no ar. Wayne memorizou os rostos deles enquanto todos desatavam a fugir.

O segundo estaleiro ficava a três quilómetros dali. O portão estava destrancado. O vigia ressonava dentro de um saco-cama ao lado do telefone público. Wayne matou-o com um tiro na cabeça e pegou nas suas ferramentas.

O solo era macio, a vala era plana e o trabalho foi rápido. Demorou pouco mais de nove minutos.

A tenda dos escravos era feita de um tecido quase transparente. Estava encharcado de água e quente devido ao calor absorvido dos quatro holofotes ligados durante a noite inteira.

Os escravos estavam acordados. Os catres estavam empapados de suor, que pingava para o chão. Viram Wayne e limitaram-se a ficar deitados. Depois um crescendo de murmúrios a roçar a estridência de gritos. Wayne ia de catre em catre. O primeiro escravo afastou as mãos para trás. Wayne agarrou-lhe nos pulsos e cortou-lhe as grilhetas. Os outros escravos perceberam então e todos ergueram os pulsos.

Wayne libertou homem atrás de homem. Os tipos levantavam-se vagarosamente. Tropeçavam e cambaleavam. Nenhum deles olhava Wayne nos olhos. Um deles fez uma bênção vudu. Dois deles rasgaram o tecido da tenda e desataram a fugir.

Wayne observou-os enquanto fugiam. Correram para um pequeno barraco e arrombaram a porta à força de ombros e pontapés. A porta soltou-se pelas dobradiças. Agarraram nas carabinas e submetralhadoras que havia no interior.

A Autopista estendia-se directamente até norte. Wayne precisava de um posto de observação. Elevado e dentro do alcance da sua visão.

Deparou-se com uma estação de serviço em Reparado. Contrafortes montanhosos e um horizonte inclinado. Uma única cabina telefónica pública. Uma grandiosa paisagem nocturna em pano de fundo.

As chamadas teriam de ser curtas e de longa distância. Sem a intervenção de telefonistas. Talvez funcionasse ou não.

Enfiou duas moedas na ranhura e marcou o número do telefone do primeiro estaleiro. Ouviu dezasseis toques de chamada e nada. O décimo sétimo toque fez eco e produziu um brilho rosado no céu. O décimo oitavo toque fez explodir um céu enorme, estriado de vermelho.

Enfiou moedas e marcou o segundo número. As chamas explodiram ao segundo toque. As manchas vermelhas no céu fundiram-se.

Os estaleiros nas zonas rurais preocupavam-no. Os telefones e as barracas eram contíguos uns aos outros. As tendas dos escravos ficavam quase coladas às estruturas em construção. Isso implicava perdas de vidas.

Por esta altura, o Anão já deveria saber do sucedido. Bem como La Banda. Os estaleiros rurais rapidamente receberiam reforços.

Wayne estacionou no meio de uma mata no exterior de Jarabacoa. Engoliu mais ervas e obrigou-se a não pensar. Os ramos das árvores ergueram-lhe o carro. Viu dez milhões de estrelas. As constelações moviam-se nas pontas dos seus dedos. Ouviu sons que talvez fossem disparos ou batuques.

Tombaram moedas do céu. Abriu a boca para lhes tomar o gosto. Soaram toques de marcação de chamada que desencadearam espectáculos de luz. As cores embalaram-no e levaram-no algures para um lugar seguro.

O sol acordou-o. O brilho do sol no pára-brisas atingiu-o. A sua visão turvou-se. Viu chamas e cheirou-lhe a fumo.

Ligou o motor e seguiu por estradas secundárias. Passou por um carro dos bombeiros e por duas viaturas da Polícia Nacional. As chamas erguiam-se acima da linha das árvores. Viu o estaleiro de Jarabacoa arder.

Mostra-me mais...

Parou o carro. Saiu e subiu para o tejadilho. Viu dois vigias dos estaleiros linchados e pendurados de ramos. Viu «14/6» pintado num dos blocos dos alicerces e uma submetralhadora abandonada.

Mostra-me...

Saltou para o ramo de uma árvore e trepou até ao topo. O mundo expandiu-se. A folhagem rodopiava algures ao perto. Viu miúdos de pele clara e homens negros a correr com armas.

Mostra...

Olhou na direcção sul. O mundo reexpandiu-se. Fez cálculos matemáticos e geométricos espontâneos. Caíram moedas na ranhura. O céu explodiu onde deveria estar o outro estaleiro de construção.

80

(Los Angeles, 19/3/70)

Os retardatários saíram do Sultan Sam's. O proprietário negro fechou as portas. Dwight manteve-se à espera no parque de estacionamento nas traseiras.

Lá dentro a música bombava. Uma viatura policial passou pela Central Avenue. Os retardatários emitiram grunhidos porcinos. Os polícias não fizeram caso. Os pretos eram em maior número.

Dwight verificou as horas. Joan tinha-lhe ligado de um telefone público: no parque de estacionamento às duas da manhã. Estava atrasada oito minutos.

A música mudou para sons *bebop*. Dwight pousou a arma em cima da maleta. Tinha conseguido passar aquela merda através da alfândega. Tinha partido da República Dominicana num sincronismo apertadíssimo.

O seu contacto na Casa Branca tinha-lhe ligado. Nixon estava agitado e quase irritado. Uns comunas tinham sabotado os estaleiros das obras dos casinos. La Banda atribuíra a autoria ao Movimento 14 de Junho.

O Pedaço-de-Merda tinha saído da República Dominicana em pré-sincronismo. Dwight tinha-lhe gravado aquela cena nas costas, roubara-lhe a maleta e dissera-lhe para não dar nas vistas. Volta para Los Angeles e ocupa-te das escutas ao Bowen. Deixa o Mesplede chorar pela droga perdida. Diz-lhe que o Clyde Duber precisa de ti.

Dwight subiu o vidro da janela para deixar de ouvir o *bebop*. Tratara logo de sondar o terreno assim que chegara a Los Angeles. Diz-lhe que estamos prontos, ela vai perceber, já está a par. Tinha abordado todos os cidadãos esquerdistas do planeta Terra. Aquilo ocupara-lhe seis dias inteiros.

Uns faróis bombardearam-no de luz. Um *Dodge* de 1963 entrou no parque de estacionamento. Dwight fez-lhe sinal de luzes. O *Dodge* retribuiu o sinal. Dwight agarrou na maleta e saiu do carro.

Joan estacionou ao lado dele. Desligou os faróis e deixou o motor em ponto morto. Um lampião da viela iluminou-a. Parecia exausta e prestes a ter um esgotamento nervoso.

— Nem chegaste a dizer adeus.

— Não me pareceu necessário. Já sabia que ainda não tínhamos terminado.

— Onde estiveste?

— Não te vou dizer.

— Diz-me o que há de errado.

— Não, não digo.

Dwight tocou-lhe no cabelo. Joan apoiou o rosto na mão dele por um breve instante.

— Estamos prontos?

Dwight entregou-lhe a maleta. — Fá-la chegar à ATN através de um intermediário. Tenta manter-te fora dessa transacção se puderes. Queremos que o Bowen pense que isto caiu do céu: tivemos sorte, miúdo, isto acaba de te cair em cima da cabeça.

Soou uma buzina. Dwight apontou a arma na direcção do som. Joan estendeu a mão para lhe baixar a arma.

— Preciso que o digas.

Dwight encostou-se ao carro. Joan comprimiu-lhe a mão contra a porta do carro.

— Devíamos dizê-lo. É assim que a fé funciona.

— Ninguém vai morrer — disse Dwight.

81

(Los Angeles, 19/3/70)

Ar viciado. Ar da madrugada e insónia: as merdas do costume.

O posto de escuta era numa casa de pretos no bloco de Marsh Bowen. Os fios estavam estendidos por cima dos cabos telefónicos. Havia interferências de chamadas exteriores. Ouvia-se uma cacofonia de negralhada.

Era engraçado e divertido. Não letal. Montes de conversas de chulos e de beatice religiosa.

Crutch bocejou. Há quatro dias que estava com *jet lag*. O Grande Dwight tinha-lhe fornecido o guião. O Franciú tinha visto as marcas nas costas dele e a suíte virada do avesso e engolira a história. O Clyde precisa de mim, patrão. Vai então, meu filho. Serás vingado.

Convergência: um falso roubo de droga pelos comunas e sabotagem real.

O Franciú tratou de fazer telefonemas e espalhar a notícia. Os militantes do Movimento 14 de Junho tinham feito explodir os estaleiros de construção. O Anão estava a preparar uma Grande Rusga de Detenção de Comunas.

Crutch mexeu nos auscultadores. Chegou uma chamada: a velhota tagarela e asmática da porta ao lado.

A velha ofegou e descascou em cima do governador Ronald Ray-gun. Crutch teve um espasmo de nervosismo. Tinha colocado escutas na suíte de Sam Giancana. Tinha ouvido Sam e Celia conversar. Ela tinha-o sondado acerca dos estaleiros de construção dos casinos. Crutch lembrava-se do latim aprendido na escola. *Post hoc, propter ergo hoc*: depois disto, por causa disto.

Sim, mas:

Soava-lhe a idiotice, soava-lhe errado, soava-lhe a algo pouco característico de Celia e de Joan.

A velha ofegou: o Ronald Ray-gun cortou-me no cheque da Segurança Social. Crutch ficou inquieto. Tirou os auscultadores e despiu a camisa.

Havia um espelho na parede à frente da consola de escuta. Crutch levantou-se e torceu o pescoço para ver as costas. A ferida estava recoberta de crostas que começavam a cair. As marcas da cicatriz eram extensas. Os números eram visíveis e as marcas talvez perdurassem.

Continuou a examinar. Olhou para a consola, em cujo rebordo estava a foto de Joan.

Ocorreram-lhe cálculos matemáticos. Um ano, oito meses e vinte e sete dias. Já andava atrás dela há esse tempo todo.

A luzinha vermelha piscou. Bowen: chamada do exterior.

Crutch pôs os auscultadores. Ouviu Bowen de voz sonolenta. Ouviu: «Marsh, é o Leander James Jackson.»

Um tipo feliz. Bem-humorado. Com uma forte intonação haitiana.

Trocaram saudações e passaram a arengar contra a bófia. Aquele som haitiano. «Rapazinho», o tique verbal do falecido Luc.

Espera aí...

Leander James Jackson. Laurent-Jean Jacqueau. As mesmas iniciais.

Ambos eram haitianos. Jacqueau, o Tonton traidor. Jacqueau, o convertido ao Movimento 14 de Junho. Jacqueau, não localizável nos EUA.

Estática na linha, distorções, reverberações e silêncio.

Bowen: inaudível / «Têm de vender heroína».

Jackson: silêncio / «No meu país é conhecida como a fera do Oriente».

Silêncio/distorções/estática. Uma chamada extraviada interpõe-se. Outra vez a velha ofegante. Ooooh, esse Ronald Ray-gun.

O Grande Dwight. A droga roubada. A reunião de militantes negros...

Trabalho de arquivo.

Ler dossiês quando estava pedrado. Ler dossiês quando estava entediado. Ler dossiês quando ficava acordado a noite toda por causa da bebedeira. «Ler dossiês» era o seu mantra. Consolava-o e punha-o ocupado.

Eram 7.10 da manhã. Crutch acelerou até ao gabinete de Clyde Duber & Associados e entrou. Clyde e Buzz compareceriam por volta das nove. Isso dava-lhe tempo para consultar arquivos.

O passatempo de Clyde: o assalto ao furgão blindado. Quatro arquivadores com dossiês.

Instalou-se numa cadeira e começou a ver dossiês. Ou melhor, a *rever* dossiês. Já conhecia aqueles dossiês de trás para a frente. Lembrou-se dos velhos factos: nomes, datas, locais. Estatísticas forenses, corpos queimados. Teria escapado um segundo assaltante? Fotos: Scotty Bennett de sobrolho franzido. Scotty a espancar uns negros.

Caiu uma folha solta. Crutch desdobrou-a. O mapa de uma rua desenhado à mão. Esquina da 84.ª com Budlong, 24/2/64. Marcas *X* a assinalar o local do massacre. Pequenas casas com números nas portas e desenhadas à escala.

Examinou o mapa. Algo lhe perpassou pela mente. Um outro dossiê, um outro facto, algum outro número complementar...

Oh, sim. É isso. Palpite quase certo: o Clyde não sabia.

Nessa altura o Marsh Bowen vivia nesse bairro. Tinha dezanove anos então. Tinha acabado de sair do Liceu de Dorsey High. Vivia com os pais.

Trabalho de arquivo.

Ler dossiês quando estava alucinado. Ler dossiês quando estava ressacado. Ler dossiês diferentes quando outros dossiês não paravam de lhe queimar os neurónios.

Crutch enfiou-se no seu poiso nos Apartamentos Vivian. Examinou o dossiê que tinha compilado sobre a sua mãe. Pôs-se a arrancar as crostas das marcas 14/6 e apreciou o estado das cicatrizes. Assomaram-lhe à mente cenas eliminadas do filme que tinha vivido na Zona Zombie.

A CADEIRA ELÉCTRICA, OS OLHOS, AS MÃOS E OS PÉS. Façanhas de La Banda e as mãos derretidas do tipo negro.

Sentiu medo. Engoliu duas anfetaminas com uma golada de uísque *Old Crow*. O efeito da mistura dissipou-lhe o medo. Agarrou nos binóculos e mirou lá do alto.

Barb Cathcart estava a regar o relvado da frente. Usava um vestido afunilado. A aragem fresca arrepiava-lhe a pele. A mãe de Gail Miller estava a tagarelar com o carteiro. A velha senhora Miller odiava Crutch: Crutch tinha espreitado Gail com uma máquina fotográfica e tirara-lhe uma foto da pentelheira. Essa façanha ditara a sua expulsão do Liceu de Hollywood High.

O telefone tocou. Crutch sobressaltou-se.

— Fala o Crutchfield.

— Donald, estou indignado.
Acalma-te: ele não sabe/não pode saber.
— Que aconteceu, Franciú? Conta-me.
— Foi o Wayne o autor da sabotagem. Foi visto a comprar materiais explosivos. Profanou os estaleiros da zona norte de modo a culpar os militantes do Movimento 14 de Junho. E é mais do que certo que recrutou comunas para o ajudarem. Acho que os *putain rouge* dos camaradas deles são os mesmos que te roubaram.
— Franciú, diz-me só...
— O Balaguer tomou uma decisão rápida e razoável. Decretou que não haveria represálias contra o Wayne. Decidiu que deveriam ser os militantes do Movimento 14 de Junho a pagar para assim ensinar uma lição a potenciais dissidentes. Como a equipa Tiger Krew vai participar nisto, precisamos imediatamente de ti cá.

Crutch ficou com as mãos suadas. O telefone escorregou-lhe da mão. Caiu no chão. O auscultador estilhaçou-se.

O efeito das anfetaminas atingiu-o em cheio. Lançar feitiços de ódio a Wayne e espetar-lhe alfinetes nos olhos foi a perversa ideia vudu que lhe ocorreu nesse momento.

Sabia o nome dela e onde trabalhava. Escreveu-lhe um bilhete na área de descanso de Barstow. Serviu-se do capô do carro como secretária.

Cara Sra. Hazzard,
Trabalho para o seu amigo Wayne Tedrow em numerosas funções ilegais. Ele tem por hábito subestimar-me e refere-se a mim como o «Pedaço-de-Merda». Desconfio que o Wayne tem sido pouco sincero acerca dos acontecimentos do seu passado recente e desconfio que a senhora tem dúvidas sobre a estabilidade e o carácter moral dele.
As suas dúvidas são plenamente justificadas. O Wayne esteve envolvido no homicídio do reverendo Martin Luther King em Abril de 1968 e foi tido como suspeito do homicídio do seu próprio pai dois meses depois. É altamente provável que tenha estado envolvido nas trágicas mortes a tiro do seu marido e de um criminoso da zona oeste de Las Vegas mais tarde nesse mesmo Verão. A senhora merece saber estas coisas. Não é minha intenção fazer-lhe qualquer mal, só quero esclarecê-la.
Sinceramente,
Um Amigo

Batata quente.

O sindicato ficava logo à saída de Fremont. A pedrada das anfetaminas começava a dissipar-se. Entrega o bilhete, enfeitiça-o e deixa-te de mariquices.

Chegou lá na hora de saída dos funcionários. Todos com pressa de se enfiarem nos seus carros. Crutch estacionou em segunda fila e perscrutou os rostos. Viu a mulher caminhar na direcção de um *Oldsmobile Rocket*.

Saiu do carro e correu para ela. As pessoas afastaram-se para o lado com um ar de *Mas que é isto?* A mulher virou-se e viu-o. Crutch leu-lhe imediatamente os pensamentos: *Quem é este jovem tresloucado?*

Atirou-lhe o bilhete e contornou a esquina numa correria. Enfiou-se num bar e emborcou três tragos rápidos. O álcool ajudou-o a pôr os neurónios no sítio. Sentiu uma adrenalina de pura ousadia endiabrada.

A rua de Fremont era de sentido único. A janela do bar dava para a rua. A mulher teria de passar por ali de carro. Onde estava o tal *Oldsmobile Rocket*?

Esperou vinte minutos e voltou para o seu carro. Deu uma olhada ao parque de estacionamento.

A mulher estava a chorar encostada ao *Oldsmobile Rocket*. Tinha sangue nos dedos. Estava a agarrar-se à porta com uma força enorme, para se amparar.

DOCUMENTO ANEXO: 21/3/70. Excerto do diário de Marshall E. Bowen.

Los Angeles,
21/3/70

Aconteceu esta mesma manhã. Foi o acontecimento mais chocante da minha vida, eclipsando e destacando aquele dia há seis anos e um mês. Memorizei-o instante a instante e vou prolongar o processo de o gravar na mente para que nunca esqueça.

Acordei mais tarde do que o costume, com derradeiros fragmentos de um sonho ainda a passar-me pela cabeça. O pano de fundo do sonho era uma amálgama dos clubes da Central Avenue, repleta de militantes negros impostores e falsos seguidores brancos. Benny Boles, Joan Klein e o falecido Jomo estavam lá no meio da multidão; não consigo recordar-me especificamente de mais ninguém. A música que estava a tocar — *jazz hard bop* — converteu-se nos estalidos de estática da frequência rádio da polícia. Soergui-me na cama e apercebi-me de que os bófias estavam estacionados na rampa de acesso no exterior do meu apartamento.

Vesti um roupão, fui à entrada e abri a porta. Estava lá o Scotty Bennett. Usava um fato de popelina cor de canela, um laço axadrezado e um chapéu de abas curtas. Passou-me para a mão uma garrafa de uísque *Seagram's Crown Royal* com uma fita vermelha à volta do gargalo. Disse precisamente isto: «Não digas que nunca te dei nada a não ser sarilhos.»

Não foi nem assustador nem intimidativo, nem tão-pouco minimamente erótico. O Scotty sorriu e disse: «Vamos falar do assalto ao furgão. Daquilo que tu sabes e daquilo que eu sei. Vamos arrumar tudo isso por ordem e ganhar algum dinheiro. Vamos lá tratar de te reintegrar na Polícia de Los Angeles.»

A ombreira da porta ajudou-me a manter-me de pé quando comecei a ficar atordoado. O Scotty disse: «Recebi uma dica. Uma comunista qualquer pretende descarregar cerca de quilo e meio de heroína em cima da ATN. Vamos lá ver se desta vez vais virar herói.»

A palavra *herói* tinha um poder transformativo; o mais cruel assassino de polícias da sua era tinha agora um halo e asas de anjo. Scotty piscou-me o olho. Não consegui retribuir-lhe a piscadela e estendi a mão. Mas o Scotty abraçou-me em vez de me apertar a mão.

82

(Las Vegas, 22/3/70)

Os Rapazes não paravam de ligar. Ivar Smith incitava-os. Tudo se tinha reduzido a uma raiva contra os comunas.

O Movimento 14 de Junho tinha incendiado os estaleiros de construção. Presciência: o Anão tinha acabado de dar luz verde para a construção de mais edifícios. Wayne atendera as chamadas: de Carlos, Santo e Sam. Terry Brundage ligara-lhe. Mesplede ligara-lhe. O nível de raiva subira em crescendo. As chamadas tinham cessado dois dias antes.

Wayne entrara no jogo. Expressara a sua própria raiva falsa.

Estado onírico.

Wayne examinou o seu gráfico de parede. O diagrama Leander James Jackson prendeu-lhe a atenção. Olhou-o fixamente. Desenhou linhas de ligação. Recordou a sua viagem à ilha.

As rusgas de detenção estavam a começar. Ligou a Celia. Ela disse que a obra dele era uma inspiração para o trabalho deles. As casas francas estavam a esconder os seus camaradas. La Banda acabaria por encontrar pessoas para interrogar e mutilar. Haveria um custo terrível. Temos que o dizer: é assim que a fé funciona.

A segurança no aeroporto era muito frouxa. A equipa alfandegária tinha sido recrutada para a caça aos comunas. Fora-lhe fácil apanhar o voo de regresso.

Wayne desenhou linhas. O *clique* voltou a fazer clique. Mais um puxão na memória e depois confusão. O clique relacionava-se com o texto rasurado no dossiê de Joan. Um intenso beliscão cerebral. Mais um puxão na memória e depois nada.

Recuou dois passos e focou a atenção na parede. Assimilou os dados genéricos. Reparou num bilhete afixado com uma taxa num dos lados. Tinha a certeza de que não era dele.

«Cara Sra. Hazzard.» A acusação do Pedaço-de-Merda. A resposta de Mary Beth escrevinhada por baixo.

«Considero isto totalmente credível. Se me tivesses contado pessoalmente, talvez te tivesse perdoado.»

Assinou documentos no seu escritório de advocacia. Foi à Empresa de Ferramentas Hughes descontar um cheque. Apanhou um voo para Los Angeles e seguiu de carro até ao Banco Popular. Lionel Thornton deixou-o entrar no cofre-forte. Recolheu 1,4 milhões de dólares provenientes dos lucros desviados dos casinos, das receitas dos Táxis Tiger Kab e dos lucros dos clubes nocturnos. Encheu três pastas. Ligou para as Linhas Aéreas Hughes e reservou um voo para São Domingos.

As árvores cresciam ao contrário. Joan atirou esmeraldas e inseminou nuvens. Cada gotícula de chuva era um espelho.

Viu a sua infância em Peru, no estado do Indiana. Viu Dwight e Wayne Sénior e o Ku Klux Klan num caos. A sua mãe enfiou-se dentro de uma gotícula. Tinha estudado Química na Universidade Brigham Young, no Utah. Os gráficos moleculares surgiam-lhe a verde. As raízes das árvores inverteram o seu crescimento. Captaram-lhe a atenção e deixaram-no olhar dentro. Viu o motim de Little Rock em 1957 e o motim de Dallas em 1963. JFK acenou-lhe adeus. Wendell Durfee riu-se. Pediu desculpa a Reginald Hazzard por não conseguir encontrá-lo.

O ar fundiu-se. As partículas de humidade produziram neve. O Dr. King sussurrou equações químicas. O mundo fez sentido por um instante. Joan esfregou pó de esmeralda na cicatriz de navalhada e observou enquanto as marcas saravam. Janice disse-lhe para não se preocupar. Os planetas realinharam-se e explicaram a física como um capricho. Ouviu «é assim que a fé funciona» e deixou os olhos repousar sobre o sol.

Um táxi levou-o a Borojol. O taxista estava assustado. Alerta vermelho: era mais do que visível.

As batidas às portas, as barreiras policiais, as rusgas/detenções na rua. Os polícias de binóculos em cima de telhados. Os polícias a perscrutar multidões e a comparar rostos com fotos de ex-detidos.

O táxi deixou Wayne na casa franca. Uma das janelas estava entreaberta. Cheirou-lhe a sangue e a desinfectante e ouviu um grito abafado.

Joan surgiu à janela. Entreolharam-se. Ela reparou nas pastas que ele trazia e fez sinal a alguém no interior. A porta abriu-se. Wayne virou-se. Um rapaz agarrou nas pastas e levou-as apressadamente para dentro.

Wayne olhou para a janela. Joan encostou a mão ao vidro. Wayne colocou a mão sobre a dela. O vidro estava quente. Olhos nos olhos. Joan foi a primeira a afastar-se.

Um táxi deixou-o no rio. Ao cair do crepúsculo atravessou a ponte para o Haiti. Um tipo dos Tonton reconheceu-o: *ça va*, patrão.

Wayne entrou numa aldeia. Viu foliões mascarados dançarem num cemitério. Viu homens sentados com as costas apoiadas a lápides tumulares. Estavam imóveis. *La poudre zombie*: caíram-lhes taças de bebida dos colos.

Os foliões tinham catanas enfiadas nas bainhas. As máscaras estavam manchadas de sangue. O ar estava repleto de aromas densos: pó de réptil e almíscar de aves de capoeira.

Wayne entrou numa taberna. Bandeiras da seita Bizango criavam uma atmosfera própria. A sua entrada atraiu de imediato uma série de olhares. Apontou para as garrafas e criou uma beberagem que nunca tinha provado antes. O empregado preparou-lhe a bebida. Uma espuma esverdeada fez-lhe arder os olhos enquanto bebia. Deixou demasiado dinheiro em cima do balcão.

Dois cemitérios cruzavam o caminho até à taberna seguinte. Wayne atravessou-os e leu lápides em francês. Os seus antepassados voltaram a enterrar-se sob os seus pés. Viu um homem zombificado entrar em convulsão. Sentiu na garganta o gosto da bebida: pólvora e fígado de rã-arborícola.

Os foliões mascarados seguiram-no. Um cão com um chapéu pontiagudo preso na cabeça mordeu-o e desatou a fugir. Wayne seguiu as constelações com os olhos. Tremeluziu as pálpebras e fez os meteoros formar arcos.

O *clique* revelou-se então. Thomas Frank Narduno, morto no Grapevine. Um dos associados conhecidos de Joan. Ainda faltava descobrir o motivo que ligava Joan a Dwight.

Entrou numa taberna e pediu uma poção. Seis sacerdotes *bokurs* observaram-no enquanto bebia. Dois homens proferiram bênçãos. Quatro homens acenaram-lhe com os amuletos e enfeitiçaram-no. Wayne deixou demasiado dinheiro em cima do balcão.

Saiu para o exterior. O céu respirava. Sentiu a textura da Lua. As crateras transformaram-se em minas de esmeraldas.

Desembocou numa viela. Uma aragem transportou-o pela viela abaixo. As folhas agitavam-se e produziam arcos-íris rodopiantes. Três homens saíram de um raio de luar. Usavam as bainhas das catanas do lado esquerdo. Tinham asas de pássaro onde deveriam ter os braços direitos.

— Paz — disse Wayne.

Os três homens sacaram das catanas e retalharam-no ali mesmo.

83

(Los Angeles, 25/3/70)

— A ATN vendeu alguma heroína. Foi um acordo feito com um velho companheiro de prisão. Foi tudo tratado pelo Ezzard Jones.
— Continua — disse Dwight.
— A coisa surgiu do nada. Um grupo de Panteras fugiu para Oakland depois do incidente de Dezembro. Um grande contacto que tinham falhou-lhes. Os tipos estão dispostos a entregar a droga à consignação.

Café Carolina Pines, em Sunset. A clientela das oito da manhã: putas ensonadas e professores do Liceu de Hollywood High.

Dwight acendeu um cigarro. — Continua.

Marsh girou o garfo. — A ATN tem cerca de quilo e meio. O mais engraçado é que o tipo que fez a entrega deixou também uma quantidade igual lá na FLMM. Não sei como a coisa se passou, mas foi uma espécie de consenso, do tipo: «Vamos lá organizar um encontro da paz para que as nossas cenas não corram por água abaixo, mano.» E agora esperam que seja eu a mediar uma «cimeira» na próxima semana.

A cabra da Joan. Uma manobra genial. Espalhou a riqueza e duplicou as acusações.

Dwight soprou um anel de fumo como Joan costumava fazer. O anel saiu distorcido e dispersou-se demasiado depressa.

— Faz isso então. E fá-lo acontecer o mais rápido possível.

Dwight voltou para o escritório-fachada. Estava bafiento. Abriu as persianas e entreabriu as janelas. Pegou num telex caído no tabuleiro da máquina.

D. H.,
A Embaixada dominicana contactou-me há poucos minutos. Lamento informá-lo que o Wayne Tedrow foi assassinado no Haiti algures durante a semana passada. Parece que o crime foi motivado por ressentimentos políticos e raciais. O corpo tinha sido abandonado do lado dominicano da Plaine du Massacre. Nos seus bolsos foram encontrados pedaços de papel rabiscados com símbolos estranhos e com *slogans* anti-América. Por favor, avalie esta situação em relação às negociações com Richard M. Nixon, o Sr. Hughes, os nossos amigos italianos e todos os outros. Ligue-me assim que receber este comunicado.
JEH

Escurecer a sala ajudou. As paredes cercaram-no. O barulho da rua era constante. Ligou o ar condicionado de janela para abafar o ruído do exterior.

Acomodou-se em espaços reduzidos. O cubículo da secretária e o armário pareceram-lhe seguros. Encolheu as pernas e aguentou as cãibras. Tapou a cabeça para criar mais escuridão. Lançou a arma por uma conduta de calefacção abaixo para evitar dar um tiro em si mesmo. Ficou com a camisa empapada de lágrimas por chorar abraçado ao seu próprio corpo.

O tempo fez um buraco algures. Dwight atirou as bebidas alcoólicas e os comprimidos pela conduta abaixo para evitar afundar-se no sono. O telefone tocou repetidas vezes. Todos os sons lhe pareciam disparos. Tapou os ouvidos. O telefone continuou a tocar. Arrastou-se para fora daquele ninho e atirou o telefone ao chão. O auscultador aterrou perto dele; ouviu crepitações na linha e ouviu a voz dela.

O buraco expandiu-se. Dwight agarrou no auscultador. Conseguiu dizer «Sim?» e «Nunca me telefonaste antes». A sua voz era a voz de Wayne.

A linha distorceu-se. Deixou de ouvir a voz dela. A linha soou novamente nítida. Voltou a recuperar a voz dela.

— O Balaguer não pára de fazer detenções e de torturar pessoas. O Wayne fez explodir os estaleiros das obras. E agora o Balaguer está determinado a fazer uma declaração pública.

Dwight tossiu. A linha distorceu-se e a chamada foi abaixo. Dwight entreabriu as persianas para poder ver melhor. Sentiu os olhos girar.

Ligou para o seu operador telefónico em Los Angeles. Havia uma mensagem gravada. Pediu que lhe devolvessem a chamada: um minuto com o Homem.

A claridade feria-lhe os olhos. Voltou a fechar as persianas. Cortinas fechadas e viagem no tempo: Wayne com o seu primeiro estojo de química e o seu avô imigrante escocês.

Peru, no estado do Indiana. Primavera de 1948. Wayne mistura pós e produz um arco-íris.

O telefone tocou. Dwight agarrou no auscultador. Um lacaio qualquer disse algo. Dwight limpou os olhos. Ouviu estalidos na linha. Richard Nixon disse: — É preciso ter tomates para me ligar assim tão inesperadamente.

— O Wayne Tedrow morreu. O Balaguer enlouqueceu e não pára de prender pessoas por merdas que foi o próprio Wayne a fazer. Estamos todos ligados a Wayne, senhor. Com todo o devido respeito, isto tem de parar já.

Nixon emitiu um assobio. — Com certeza, Dwight. Vou ligar ao hipocritazinho arrogante. Meu Deus, esses cabrões dos mórmones do Nevada estão loucos.

84

(São Domingos, 26/3/70)

Uma olhada à rua, uma olhada ao espelho. Não conseguia parar de olhar.

A sua suíte ficava lá no alto do hotel. A vista era panorâmica. A polícia não parava de espancar o coiro dos comunas num *graaaaaande* raio de alcance. O espectáculo já se prolongava há uma semana. Rusgas de detenção, manobras de assédio, rixas. Escaramuças até dizer chega.

O espectáculo que via da janela absorveu-o. As marcas gravadas nas costas também. A marca 14/6 era permanente. A cicatriz era permanente. Até gostava *mais ou menos*. Aquilo espantava-o e obrigava-o a olhar.

Crutch não parava de deambular entre a janela e o espelho. Estava de tronco nu e estava a suar. O coração latejava-lhe: *bip, bip, bip*.

Ivar Smith tinha-lhe ligado. O feitiço Crutchfield tinha funcionado. Uns negros vudus quaisquer tinham dado cabo do coiro a esse amante de negros que era Wayne Tedrow.

Doía-lhe a cabeça. Sentia as veias vibrar. Era uma enxaqueca de nível dez na escala de Richter. Los Angeles apavorara-o e fizera-o voltar para São Domingos. Los Angeles era bem *pior*. Tinha lido os sinais: Dwight Holly e Marsh Bowen tinham em curso um esquema fodido relacionado com droga.

A droga da equipa Tiger Krew. A droga dele. A porra da conclusão era mais do que óbvia.

Olhou pela janela. Confrontos ao longe e ao perto. Aquilo parecia um espectáculo de formigas. A rua era um viveiro de formigas. Polícias e comunas a correr de um lado para o outro.

Sirenes aos berros. Um som ensurdecedor e estereofónico. Parecia abarcar a cidade inteira. Os grupos de hispânicos-formigas ficaram petrificados.

Voltou a olhar-se ao espelho. A cicatriz estava avermelhada e enrugada. 14/6, *até ao fim da vida*.

Aquela pista sobre o assalto ao furgão blindado que não parava de o atormentar: Leander James Jackson como sendo Laurent-Jean Jacqueau. Tinha localizado o Leander na cidade da pretalhada e seguira-o. Não tinha conseguido descobrir nada. Tinha seguido Marsh Bowen. Uma descoberta valiosa: Bowen tinha-se encontrado com Scotty Bennett no Salão de Jogos Tommy Tucker.

Inimigos figadais: muito amigalhaços de repente. *Quem diria...*

Foi à janela. Doía-lhe a cabeça. Estava a suar. Ofegou e embaciou o vidro.

Limpou-o. Pestanejou e semicerrou os olhos. O espectáculo de formigas tinha acabado.

Tomar um café pareceu-lhe ser boa ideia. Toca a ir a Gazcue beber uma boa chávena. Recalibra-te e reorganiza os pensamentos. Deleita-te com o feitiço. Recapitula e reconsidera o caso.

Continuou a deambular. Cortou caminho pelo campo de pólo. Mirou mulheres que estavam no cercado dos cavalos. Chegou à Calle Bolívar e seguiu para o Malecón.

Nem sinal da polícia, nem do viveiro de formigas. Aquele berreiro das sirenes fora certamente uma espécie de sinal de «perigo afastado».

A dor de cabeça ainda não passara. A dor recirculava e sentia pontadas agudas. Ouviu um carro parar atrás dele. Ouviu passos pesados no pavimento. Viu sombras à sua frente.

Buldózeres ao ataque:

Dois tipos atrás dele, dois tipos à frente dele. Usavam bandanas como máscaras; uma delas quase caída: era Felipe Gómez-Sloan.

Caíram-lhe em cima. Esbracejou e esperneou. Levou um soco na cabeça, levou um soco na nuca, amordaçaram-lhe a boca com fita adesiva. Conseguiu libertar um braço e arrancou a máscara a Canestel. A rua ficou de pernas para o ar, o céu atingiu-o, viu o Tiger Kar.

Enfiaram-no na bagageira e fecharam a tampa com força. Conseguiu arrancar a fita adesiva. Deu um pontapé na fechadura e respirou o ar abafado. O Tiger Kar arrancou. Ouviu pancadas contra o assento de trás. O forro da bagageira foi rasgado e entrou ar e luz. Golpes de navalhada a abrir mais espaço.

Entrou mais luz. Viu uma mão. Ali estavam as tatuagens de *pitbulls* do Franciú.

O Franciú gritou algo. Uma algaraviada total. *Cochon, pédé, putain rouge*. «*L'héroïne» en français*, «cabrão chupista» em inglês.

A navalha continuava a abrir espaço. Crutch encolheu-se para trás e desatou aos pontapés. Atingiu a mão do Franciú. A lâmina rasgou-lhe uma das sapatilhas. Contorceu-se e puxou os pés para trás.

A bagageira encheu-se de fumo: cinco cabrões a fumar. Crutch viu os olhos do Franciú pelo buraco no assento.

— Não foi o Movimento 14 de Junho. Foi o Dwight Holly. Havia uma câmara de segurança no átrio do hotel. A câmara estava equipada com um temporizador. Só pode ter sido ele.

Os cubanos soltaram um silvo à tigre. Saldívar soprou fumo para dentro da bagageira. Crutch engasgou-se e assestou-lhe um pontapé na cara.

O Franciú riu-se. Crutch comprimiu o nariz contra a fechadura da bagageira. O fumo dos cigarros não parava de o bombardear. Continuou a dar patadas contra as pontas dos cigarros.

Rezou. A dor de cabeça alojou-se por trás dos olhos e envolveu tudo em contornos brancos. O Franciú disse: — As explosões perturbaram imenso o Sam e o Carlos. O Sam e o Carlos desconhecem a tua participação nisto, embora eu lhes tenha dito que talvez sejas mole com os comunas. Duvido que o presidente Balaguer corra o risco de uma nova ronda de construção e potenciais actos de sabotagem. O Sam e o Carlos acham que deves dar provas das tuas credenciais anticomunistas.

O Tiger Kar seguia acelerado. Parecia que iam a toda a brida pela Autopista. Crutch rezou. Debitou rapidamente os salmos e o «Glória ao Pai». Sentia a cabeça latejar. Os olhos ardiam-lhe. Viu Jesus Cristo e Martin Luther em Wittenberg. A bagageira ficou cheia de fumo. Seguiram-se as pontas dos cigarros. Silvos à tigre, rosnidos à tigre, caras mal-intencionadas a espreitar pelo buraco.

Pariguayo, pariguayo, pariguayo.

Crutch vomitou e ofegou por ar. Os solavancos da estrada faziam o Tiger Kar ziguezaguear. Crutch comprimiu o rosto contra o buraco no assento e sugou ar. Gómez-Sloan espetou-lhe com um cigarro no nariz.

Crutch gritou e afastou-se do buraco. Ouviu *pariguayo, pariguayo, pariguayo*. O Tiger Kar travou e derrapou. Ouviu portas bater com força. A tampa da bagageira abriu-se bruscamente e deixou entrar luz como se estivesse a ver Jesus. Várias mãos agarraram nele e pousaram-no no chão.

Estavam num ermo merdoso. Era um aterro de lixo com seis barracos adjacentes.

Resíduos de papel e estrume. Cinquenta toneladas de *algo* moído. Ossos a espreitar de um monte de cinzas. Algo a mexer-se lá dentro: caudas de jacarés a remexer as cinzas.

Pariguayo, pariguayo, pariguayo.

O sol encandeou-o e a dor de cabeça parecia arder-lhe agora nos olhos. As mãos que o agarravam obrigaram-no a caminhar. Alguém lhe prendeu uma coisa muito pesada nas costas. A coisa tinha uma mangueira, um bocal e um gatilho. Alguém lhe enfiou um tubo nas mãos.

Pariguayo, pariguayo, pariguayo.

Estava em Los Angeles ou na República Dominicana. Estava no aterro de Boyle Heights ou no pantanal de Watts, ou então aquilo seria algum esquema do Movimento 14 de Junho. O sol parecia derreter aquela espécie de tubo nas mãos dele. Outras mãos empurraram-no para um barraco de fachada aberta. Vi duas dúzias de pessoas amarradas e amordaçadas com fita adesiva.

Negros. Homens, mulheres e crianças: esqueléticos e a contorcerem-se de dores. Chagas infestadas de pus. Olhos amarelos, esbugalhados e vidrados.

Aquela espécie de tubo cheirava a gasolina. Os olhos amarelos pareciam falar com ele. Estava em Los Angeles ou no Haiti. Aquelas pessoas eram refugo dos bairros da pretalhada ou então eram senhores do vudu. Não parava de ouvir os salmos na cabeça.

As mãos imobilizaram-no. Outras mãos apertaram-lhe as mãos à volta da espécie de tubo. As nuvens taparam o sol por instantes.

Crutch deu um passo em frente e virou-se. Viu-os aos cinco e conseguiu acertar com os nomes deles pela primeira vez. O sol voltou a eclipsar-se e piscou-lhe. Crutch carregou no gatilho da mangueira.

O bocal vomitou uma chama intensa. Todos eles gritaram e contorceram-se em espasmos, envoltos pelas chamas.

As munições que levavam nos cintos explodiram. Pedaços dos corpos deles explodiram.

DOCUMENTO ANEXO: 30/3/70. Excerto do diário de Marshall E. Bowen.

Los Angeles,
30/3/70

«Cimeira de militantes negros»: saboreia esse conceito.

Era para ser eu o agente de intermediação. O Leander James Jackson iria representar a ATN e o Joseph Tidwell McCarver e o Claude Torrance iriam negociar em nome da FLMM. Este evento de Agosto foi elaborado sob a forma de um churrasco à tarde na casa do Joe McCantrell Carver. Haveria costeletas, frango, verduras, bebidas, charros e tarte de batata-doce. O pátio traseiro do Joe iria ser decorado de forma festiva. A sua filha de quatro anos e o filho de seis anos iriam providenciar diversão e servir talvez para reprimir o uso excessivo de palavrões como «puta que te pariu» ou «filho-da-puta».

A droga estava na minha posse. Estava incumbido de negociar a fatia de percentagem da participação da ATN/FLMM e a derradeira partilha dos lucros. Mais importante ainda, seria aqui que eu iria transferir a minha lealdade do Sr. Holly para o Scotty.

O plano tinha resultado de uma cimeira Bowen-Scotty de alto nível no Salão de Jogos Tommy Tucker. Decidimos que era necessário agir de imediato. A partilha da droga seria feita; os idiotas da ATN e da FLMM sairiam de lá com as respectivas percentagens de droga e depois o Scotty trataria de os prender. Tudo isto implicava que eu traísse prematuramente o meu estatuto de informador do FBI, ludibriando assim o Sr. Holly e o Sr. Hoover, na esperança de voltar a ingressar rapidamente na Polícia de Los Angeles. Se o plano desse para o torto, tanto a ATN como a FLMM ficariam completamente desacreditadas, o FBI conseguiria as acusações e eu seria reincorporado na Polícia de Los Angeles. O Sr. Hoover e o Sr. Holly iriam ficar furiosos. Pois eu teria assim posto um fim unilateral à operação, com o auxílio do Scotty. Os ressentimentos fervilhariam e depois dissipar-se-iam. Eu e Scotty teríamos então liberdade para reunir as nossas informações sobre o assalto ao furgão blindado. Formaríamos assim uma poderosa equipa a dois para ir atrás do dinheiro e das esmeraldas; a OPERAÇÃO IRMÃO RUUUUIM seria considerada um sucesso. Este período selvagem da minha jovem vida, com todas as suas consequentes paisagens mentais, assumiria então toda uma nova dimensão.

Perguntei ao Scotty como soubera da minha fixação pelo assalto ao furgão, ao ponto de chegar a pressionar-me sobre isso. O Scotty disse-me que tinha recebido certas informações de que eu andava a fazer umas averiguações subtis que remontavam a vários meses antes. E que tinha sido por mero instinto que decidira fazer uma verificação dos meus antecedentes. Em cheio: tinha-se deparado com uma antiga carta de condução minha cuja morada referia a esquina da 84.ª com Budlong.

O Joe McCarver tinha uma pequena casa de paredes de estuque perto do cruzamento da 68.ª com Slauson. O dia estava quente. Havia confortáveis espreguiçadeiras espalhadas pelo pátio das traseiras; os miúdos estavam a divertir-se à volta de uma piscina de águas rasas. O Scotty estava estacionado a dois blocos de distância, numa viatura não identificada. Tinha consigo um rádio bidireccional com capacidade de recepção de chamadas. Eu só precisava de quatro segundos a sós com o telefone no quarto do Joe.

«Isto vai ser bom como a puta que te *pariuuuuuu*», disse o Claude Torrance quando nos sentámos. A droga estava pousada ao meio de uma comprida mesa de piquenique, como se fosse uma peça de altar. A tensão intergrupal teria de ser quebrada antes de começarmos as negociações e por conseguinte foi servido rum e erva potente. Participei com parcimónia. Os outros três homens consumiram uma garrafa inteira de rum e fumaram vários charros. O Joe atacou a comida; por minha parte, preparei os comentários iniciais da minha mediação. Depois o Torrance começou a foder-me a cabeça.

«Mano, e chamo-te "mano" com um grão de sal enorme como a puta que te pariu, deixa-me perguntar-te uma cena, *mano*: porque é que no ano passado chibaste o mano Jomo Kenyatta Clarkson àqueles filhos-da-puta dos bófias?»

Dei-lhe uma resposta neutral e fiz uma cena conciliatória, do tipo: «Ei, mano, sossega aí.»

O Leander interveio; tenho a certeza de que achou a minha resposta amaricada. Disse ele: «Ouve-me bem, rapazinho. Enfiei uma navalhada no Jomo e vi-o sangrar um sangue fraco. Estava anémico de tantos pensamentos fracos e daquele apetite forte por maldades. Lancei-lhe um feitiço naquela alma de negro e morreu no dia seguinte. Tenho ligações com os sacerdotes *bokurs* da seita Bizango e com o fantasma do barão Samedi. Foram eles que *levaram* o Jomo a matar-se. Enviaram-lhe legiões de formigas-vermelhas pelo buraco da pila acima para lhe comerem os olhos e o cérebro. É a pura verdade, rapazinho.»

Sustive a respiração.

O Joe pousou na mesa uma asa de frango e estalou os nós dos dedos.

O Torrance disse «o barão Samedi chupou-me o meu grande pau preto» e cuspiu em cima dos sapatos do Leander.

Depois:

O Leander sacou de uma arma. O Joe sacou de uma arma. O Torrance sacou de uma arma. Houve uma ínfima pausa durante a qual os três poderiam ter recuado. Um vento forte varreu o pátio. Uma garrafa tombou da mesa. Um estardalhaço imenso. Foi o suficiente.

Os três tinham armas automáticas com carregadores grossos. Todos dispararam ao mesmo tempo, enquanto eu me enfiava debaixo da mesa.

Foi muito à queima-roupa. O barulho foi horrível. O Torrance disparou e matou o Torrance. O Joe disparou e matou o Leander. O Leander disparou e matou o Joe enquanto tombava no chão. Os três ficaram ali caídos no chão ao lado da mesa. Estavam tecnicamente mortos, mas ainda a estrebuchar. Continuaram a disparar à toa. As crianças gritaram e tentaram fugir. Balas perdidas e ricochetes inesperados atingiram-nas. Vi os miolos da rapariguinha voarem pelo ar e aterrarem na piscina.

Enrosquei-me, tapei a cabeça e esperei para ver se ouvia mais disparos ou o ruído de estertores. Não houve mais nada. Olhei à volta e vi os três homens mortos e as duas crianças mortas. Aquilo tinha terminado em menos de dez segundos. Tive uma epifania que se concretizou de imediato sob a forma de um devaneio mental. Preparei prontamente um quadro mental para a minha heróica redenção sob a mira do fogo.

A casa e o pátio traseiro estavam flanqueados por lotes vazios em três lados, o que me dava uma certa privacidade e tempo para trabalhar. Saquei calmamente da minha arma e disparei contra a cabeça do falecido Claude Cantrell Torrance. Depois, e com igual calma, disparei contra os falecidos Joseph Tidwell McCarver e Leander James Jackson. Para terminar, tirei-lhes as armas das mãos e disparei tiros aleatórios. Limpei as coronhas e depois enfiei-lhes calmamente as armas nas mãos.

Claro que sim: tinham disparado uns contra os outros. Mas assumi o comando da situação e despachei-os aos três. Que pena, isso dos miúdos. Tentei levá-los para um lugar seguro, mas os ricochetes apanharam-nos primeiro.

Atravessei o pátio e estendi os corpos em convenientes posições de fogo cruzado. Usei papel de cozinha para limpar as marcas de os ter arrastado e dei uma última olhada à cena. Corri para dentro da casa e fiz uma falsa chamada de pânico ao Scotty.

A sirene da viatura dele soou de imediato; conseguia ouvi-la a dois blocos de distância. Voltei então calmamente para o pátio.

DOCUMENTO ANEXO: 1/4/70. Artigo do *Los Angeles Herald Express*:

TIROTEIO FATAL ENTRE MILITANTES NEGROS

Há dois dias, um churrasco no pátio traseiro de uma casa na zona sul de Los Angeles explodiu em violência e morreram três homens e duas crianças. Os relatos iniciais atribuíram as mortes a um altamente arriscado negócio de narcóticos que correu mal. Mas tudo parece indicar agora que foi mais do que isso.

As três vítimas adultas — Leander James Jackson, 31 anos; Joseph Tidwell McCarver, 32 anos; e Claude Cantrell Torrance, 23 anos — eram violentos activistas da militância negra, declarou aos repórteres o sargento Robert S. Bennett numa conferência de imprensa. As duas crianças assassinadas — Theodore e Darleen McCarver, de seis e quatro anos, respectivamente — eram os dois filhos nascidos da união de facto entre McCarver e a sua companheira. O sargento Bennett revelou ainda que havia uma sexta pessoa no pátio de Joe McCarver: o ex-agente Marshall E. Bowen, da Polícia de Los Angeles.

«Talvez se lembrem do agente Bowen de um encontro que teve comigo no dia 1 de Outubro de 1968», disse o sargento Bennett. «Os actos do agente Bowen resultaram do facto de ter sido despedido da Polícia de Los Angeles. Na verdade, o encontro e subsequente despedimento não passaram de uma artimanha para permitir ao agente Bowen infiltrar--se de forma convincente na Aliança das Tribos Negras e na Frente de Libertação Mau-Mau, dois mortíferos grupos do movimento nacionalista negro, determinados a vender heroína para financiar as suas actividades subversivas.»

O agente Bowen tomou a palavra. «O Jackson, o McCarver e o Torrance tinham cadastros extensos e ligações aos comunistas», declarou ele. «Andava já a recolher provas contra eles desde que fui despedido da Polícia de Los Angeles há um ano e meio. O propósito deste churrasco era uma "cimeira da droga" e seria a culminação do meu trabalho como infiltrado do FBI. Infelizmente, uma contenda verbal acabaria por redundar num tiroteio. Tentei acalmá-los e levar as crianças para um lugar seguro, mas as balas perdidas apanharam-nas antes que pudesse fazê-lo. Foi nessa altura que me envolvi no tiroteio com o Jackson, o McCarver e o Torrance, pois estavam a disparar uns contra os outros.»

J. Edgar Hoover, o director do FBI, elogiou o «brilhante trabalho do agente Bowen por ter travado as actividades de duas organizações alinhadas com os comunistas». O recém-nomeado chefe Ed Davis da Polícia de Los Angeles anunciou que o agente Bowen irá regressar ao Departamento da Polícia de Los angeles na função de sargento e receber a condecoração mais alta da Polícia de Los Angeles: a medalha de valor.

<u>DOCUMENTO ANEXO</u>: 2/4/70. Artigo do *Milwaukee Sentinel*:

RUMORES ESTRANHOS VINDOS DA REPÚBLICA DOMINICANA

A República Dominicana tem sido um país comparativamente pacífico desde a guerra civil de 1965, um breve confronto militar que terminou há quase cinco anos. Satisfeitos com o esmagamento da potencial revolta comunista na ilha, os fuzileiros americanos acabaram então por partir. O ditador esquerdista interino tinha sido deposto e desde 1966 que tem estado no poder o centrista reformista Joaquín Balaguer. Mas durante as últimas semanas têm-nos chegado terríveis rumores relativos à «R. D.», como a ilha é popularmente conhecida.

Nenhum desses rumores foi factualmente substanciado, mas têm-se revelado persistentemente similares, levando alguns jornalistas americanos a perguntar-se se os acontecimentos referidos estarão ligados entre si.

Tem havido uma catadupa de manifestações de grupos esquerdistas em São Domingos, sobretudo por parte do grupo pró-castrista Movimento 14 de Junho. Fontes governamentais declararam que não se trata de uma situação invulgar: a liberdade de expressão é encorajada na R.D. e, por conseguinte, as manifestações não são de forma alguma um acontecimento anómalo. Corre o rumor de que os estaleiros de construção de quatro hotéis-casinos financiados por interesses americanos foram sabotados há duas semanas, embora as fontes governamentais o neguem. Acrescente-se a estes rumores o homicídio de um cidadão americano às mãos de uma seita vudu antidominicana e a descoberta dos corpos carbonizados de um francês com ligações à direita radical e de quatro exilados cubanos alegadamente apoiados por abastados americanos da comunidade de exilados baseada em Miami, e teremos matéria suficiente para uma grande teoria da conspiração.

O chefe Terence Brundage, do Gabinete da CIA na R.D., declarou o seguinte aos correspondentes: «Não passa disso mesmo, de uma mera teoria da conspiração. Existe apenas uma série de rumores não relacionados e nada de mais substancial.»

Esta avaliação da situação foi secundada por um porta-voz do presidente Balaguer. «Não passa tudo de rumores infundados», declarou. «Os estaleiros de construção dos casinos não foram sabotados. Foram falhas estruturais que os derrubaram e voltámos a entrar em negociação com o nosso grupo de investidores americanos, que estão desejosos de recomeçar as obras em breve.»

<u>DOCUMENTO ANEXO</u>: 3/4/70. Transcrição literal de telefonema gravado pelo FBI. Assinalado: <u>«Gravado a pedido do Director»</u> / <u>«Classificado Confidencial 1-A: Estritamente Reservado ao Director»</u>. Interlocutores: Director Hoover, agente especial Dwight C. Holly.

JEH: Bom dia, Dwight.
DH: Bom dia, senhor.
JEH: Você parece taciturno, ao passo que eu estou exultante. Já não me sentia assim desde 1919. Você estava lá na doca comigo, Dwight. Estávamos a dizer adeus à truculenta Emma Goldman.
DH: Sim, senhor.
JEH: O jovem Bowen lá acabou por ficar na mó de cima no final. E não o condeno por essa «finta final» à Polícia de Los Angeles e ao descomunal sargento Robert S. Bennett. O nosso sedutor de pele cor de chocolate queria recuperar o emprego e quem pode censurá-lo por isso?

DH: Sim, senhor.

JEH: A ATN e a FLMM eclipsaram momentaneamente os Panteras. O FBI recebeu copiosos elogios na imprensa. Ambos os grupos caminham agora para uma acusação em massa. É uma vívida explicação da torpidez moral dos negros, repleta de criancinhas negras mortas para nos mexer com as emoções.

DH: Sim, senhor.

JEH: Você parece taciturno e incrivelmente tenso, Dwight. Acho que deveria...

DH: Preciso de impingir um bom logro em seu nome e em nome do presidente Nixon, senhor. Se a coisa chegar ao seu conhecimento, gostaria muito que o senhor o confirmasse. E será a última vez que lhe pedirei um favor.

JEH: Taciturno e impertinente. Um Dwight Chalfont Holly como nunca vi antes.

DH: Sim, senhor.

JEH: Estou nas nuvens, Dwight. A minha resposta será por conseguinte um sim. Abatemos a ATN e a FLMM como se fossem cães raivosos a espumar da boca. E estou a dizer as coisas como elas são.

DH: Obrigado, senhor.

JEH: Bom dia, Dwight.

DH: Bom dia, senhor.

85

(Nova Orleães, 4/4/70)

Meias-voltas e curvas erradas. Becos mal assinalados e sem saída. O mapa da estrada estava uns bons dez anos desactualizado.

As tabuletas enviaram-no para saídas da auto-estrada e novamente para cruzamentos rodoviários. Contornou escombros nas estradas e operários da construção civil a mandriar. Estava calor. Tudo parecia florido. O mundo avançava lentamente enquanto ele ficava sem fôlego.

Dwight virou para uma via de acesso. Finalmente: tabuletas a indicar Town & Country.

Estava completamente esgotado e de humor irritado. Tivera de enfrentar aquilo tudo sozinho. Karen voltara para a zona leste e Joan desaparecera. Trabalhara a tempo inteiro fora de horas. Tinha visto as fotos da cena do crime. Pareceram-lhe falsas. A Polícia de Los Angeles tinha engolido a versão de Marsh Bowen ou então entrara no jogo dele. O Pedaço-de-Merda tinha-lhe enviado um bilhete.

«Dwight — vi o Marsh com o Scotty Bennett duas noites antes do tiroteio. Pareciam amistosos. Fiquei surpreendido e achei que devia saber.»

A estrada estava cheia de buracos. Os pantanais estendiam-se contra ambas as bermas. Dwight chegou a uma clareira. O motel era em forma de L e tinha paredes cor-de-rosa com tratamento de jactos de areia. Viu três carrinhos de golfe ao lado do gabinete.

Estacionou ao lado deles. A porta do gabinete estava aberta. Uma bola de golfe voou pela porta fora e rolou pelas escadas. Foi como se estivesse a ver aquela cena fotograma a fotograma, desenrolando-se com uma lentidão de calor tórrido. Tudo o que ele via parecia assustador.

Trancou o carro e dirigiu-se para o gabinete. Tinha o fato amarrotado. Viu Santo, Sam e Carlos enfiados em roupas de golfe já coçadas.

O gabinete era de painéis de pinho nodoso. Os Rapazes estavam sentados em pufes, a beber licores de decantadores de vidro polido. Carlos apontou para um pufe e para a porta. Dwight fez-lhe a vontade. Santo deu uma palmada no ar condicionado de parede para fazer circular mais ar frio.

— O Dwight está demasiado magro — disse Sam.

— Não parece pessoa que traga boas notícias — disse Santo.

— Já recebemos as boas notícias. Esperemos que as más notícias que ele traz não interfiram com as outras.

Dwight deixou-se afundar no pufe. A pressão do seu corpo fez sair ar. Sentia-se imponderável.

Santo deu um gole no seu licor de anis. — Mas que é isto que estou a ver? O Senhor Dwight Holly sem saber o que dizer?

Sam deu um gole no seu licor *Galliano*. — Tem sofrido derrotas. Tem perdido peso por conta dessa dieta à base de derrotas.

Carlos deu um gole no seu conhaque *XO*. — É um homem que sofreu uma perda. O Wayne Tedrow incendiou os estaleiros das obras e roubou-nos quanto quis e só Deus sabe por que razão o fez. E agora o Senhor Dwight está a tentar perceber todo esse sofrimento causado por aquele cabrão chupista mórmon.

— Sei bem que vocês têm planos — disse Dwight. — Só preciso de alguns minutos do vosso tempo.

Santo deu um gole no seu licor de anis. — Nesse aspecto tem razão. O tempo é um bem que nos tem escasseado ultimamente.

Sam deu um gole no seu licor *Galliano*. — Estou a escrever um livro acerca do Wayne. Chama-se *Morte de Um Caçador de Pretos*.

Carlos deu um gole no seu conhaque *XO*. — Uns comunas esturricaram a equipa Tiger Krew. Aposto que eles tinham saído para mais uma incursão de tiros.

Santo mudou para uísque *Drambuie*. — Eram demasiado zelosos para o meu gosto. É preciso dizer as coisas como elas são. Estes tipos não passavam de uns maluquinhos da ala direita.

Sam mudou para uma aguardente. — O Pedaço-de-Merda é o último que resta vivo. Estava a espreitar janelas quando a equipa foi transformada em churrasco.

Carlos deu um gole no seu conhaque *XO*. — Para quê chorar a História recente? O Balaguer voltou ao redil e começou outra vez a enfiar-

-nos a mão no bolso. Desta vez não vamos contratar amantes de negros nem mercenários neonazis com objectivos paralelos.

Santo deu um gole no seu *Drambuie*. — Os brancos empertigados adoram desbaratar dinheiro em locais tropicais luxuosos. Estamos na Era de Aquário, meu caro.

— É deixar o sol brilhar, *la-la-la* — cantarolou Sam.

— É isso tudo, mano. Sem restrições — disse Carlos.

Dwight abanou a cabeça. — Nada de casinos no estrangeiro. Por ordem directa do presidente Nixon. A República Dominicana não passa da porra dum enorme buraco de merda. Não vai voltar a acontecer. O presidente foi enfático. Achá-lo-ão cooperador em todos os outros aspectos, mas o vosso plano dos casinos está morto e enterrado desde este preciso instante.

Olharam-no fixamente. Ficaram estupefactos. Aquilo pareceu desenrolar-se fotograma a fotograma e a compasso triplo.

Carlos atirou-lhe com o copo. O copo atingiu a parede e estilhaçou-se. Santo e Sam atiraram-lhe com os copos, mas não lhe acertaram. Dwight ficou recoberto de salpicos de bebidas demasiado adocicadas.

Dwight levantou-se e saiu. Sentiu as pernas ceder. Deixou-se afundar no assento do carro. Viu uma cama e um relvado no fim de um túnel.

86

(Los Angeles, 5/4/70)

O parque de estacionamento.
Era a semana do regresso ao velho lar.
De volta ao redil.
Pedaço-de-Merda, seu pariguayo. *Mataste o tipo que tinha matado o JFK. Despachaste carradas de comunas e deste cabo de imensas aventuras. Tens vinte e cinco anos. Já tens cabelos brancos e rugas no rosto. Tens as costas todas retalhadas.*
Crutch estava sentado na sua viatura. A velha equipa circulava por ali. Clyde e Buzz Duber, Phil Irwin e Chick Weiss. Bobby Gallard e Fred Otash.
Recebeu mais alguns «está tudo bem?» e «não pareces estar lá muito bem». Fred Otash lançou-lhe um olhar malvado. Freddy estava a trabalhar nos atentados contra o Dr. King e Bobby Kennedy. Freddy sabia que ele sabia. Agora tudo aquilo eram águas passadas.
As negociatas prosseguiam. Chick enviou Bobby e Phil num trabalho de divórcio. Aquele produtor lá do Ravenswood era priápico. A esposa n.º 3 ansiava pela separação enquanto o maridinho ansiava por carne grega.
Ei, meu. Não andaste metido numa cena fixe lá nas Caraíbas?
Não foi assim tão fixe. Deveria ter ficado em casa.
Tinha libertado os aldeões acorrentados. Tinham feito uma grande cena de agradecimento ao *bwana* branco e desataram a correr para o meio do mato. Depois Crutch tinha incendiado o Tiger Kar e voltara a pé para São Domingos. Fizera as malas e saíra daquela ilha maldita.
Os Rapazes nunca chegaram a abordá-lo. Foi para Los Angeles e desmantelou os dispositivos de segurança que tinha montado. Voltou a confraternizar com Clyde e Buzz e voltou a fazer trabalhos de vigi-

lância. Buzz bombardeou-o de perguntas, mas Crutch tratou de minimizar a importância daquilo tudo. Buzz perguntou-lhe acerca dos progressos do seu caso. Crutch disse que tinha desistido disso.

Desabou uma tempestade. Os motoristas enfiaram-se dentro das suas viaturas. Crutch tinha regressado da ilha há oito dias. Clyde reparou que ele andava desnorteado e sobrecarregou-o de trabalho. Crutch usava agora aquele filipino bem apetrechado de verga para casos de divórcio que envolviam todos os géneros sexuais. Arrombava portas aos pontapés e tirava *muchas* fotos. Sal Mineo precisava de grana e aceitou foder com uma tipa, mas o acordo morreu devido à pila mole dele. Crutch tivera uma sensação estranha. Aquele trabalho deveria tê-lo animado, mas em vez disso assustou-o.

Tudo o assustava.

Nada lhe parecia *seguro*. Tinha o seu poiso nos Apartamentos Vivian e o escritório de arquivos no centro da cidade. Pareciam-lhe ser lugares pouco seguros. Debruçava-se sem entusiasmo sobre o dossiê da sua mãe e do seu caso. Pareciam-lhe ser actividades pouco seguras. Regressou às suas actividades de mirone em Hancock Park. Julie Smith tinha casado, engravidara e estava no exterior da casa. Dana Lund tinha um namorado que parecia um débil mental. Dana tinha envelhecido tanto quanto ele.

Crutch ligou a ignição e sintonizou o rádio. Ouviu o som brusco de uma canção: «Rostos a sair do meio da chuva.» Aquilo assustou-o. Parecia algo derivado do vudu. A canção era *dirigida* a ele. Começou a chover. Olhou através do pára-brisas e tentou ler rostos. Népias: apenas transeuntes com guarda-chuvas.

Vê sinais em toda a parte. Fica acordado a noite inteira ou dorme demasiadas horas. Tem ataques infantis de choro: Pedaço-de-Merda, *pariguayo*. Vê *merdas* contra a sua própria vontade. São novas cenas da Zona Zombie, com panos de fundo de Los Angeles.

O seu caso foi desactivado algures na sua cabeça. Ainda continuava lá, a fervilhar num recanto. Leander James Jackson era Laurent-Jean Jacqueau, mas ambos estavam mortos. Gretchen/Celia estava algures. Causava-lhe dor pensar em Joan.

A chuva caía aos ziguezagues. Crutch viu dois acidentes de trânsito menores. O noticiário da rádio prosseguia com o blá-blá-blá: Hanói Jane Fonda e James Earl Ray.

Desligou o rádio. Viu uma miúda negra caminhar pela Beverly. O feitiço virou-se contra o feiticeiro: lembrou-se de Wayne.

Tentaste dizer-me, não te dei ouvidos e chibei-te. Estás morto dentro dos intervalos diários e eu estou aqui. Cabrão, voltaste a enfeitiçar-me. Não consigo aguentar a comida no estômago. Tenho medo de estar sozinho e fico esquizofrénico quando rodeado de pessoas. Esta manhã fui à igreja. Queria anular o feitiço. O padre escorraçou-me este coiro de mirone dali para fora.

A tradução de *pariguayo*: mirone, aquele que observa sem participar.

Clyde tinha-o levado a uma grande festa na Polícia de Los Angeles. Jack Webb fazia de mestre-de-cerimónias. Marsh Bowen recebeu a medalha de valor.

Marsh era maricas. Quem saberia e quem não saberia? Quem saberia e não dava importância a isso? Marsh posou para a foto com Scotty Bennett. Agora eram amigos raciais. O «Tiroteio Fatal entre Militantes Negros»? Não passou de uma bagunçada justiceira do FBI. A operação do Grande Dwight saiu pela culatra e a polícia aproveitou-se da situação. Dwight tinha partido para algures. Tinha-lhe ligado uma série de vezes para o número de contacto, mas ninguém atendera.

A trovoada e os relâmpagos intensificaram-se. O céu ficou de um vermelho-lança-chamas. Crutch sentiu um espasmo de medo. Correu para a oficina de mecânica do parque de estacionamento e abrigou-se debaixo do telhado.

Dois mecânicos estavam a trabalhar num *Oldsmobile* de 1962. Crutch viu-os retirar o volante de inércia e rectificar a embraiagem. Havia um jornal dobrado em cima de uma banca de trabalho. Crutch deu-lhe uma olhada.

Era o *Vegas Sun*. Um artigo sobre o funeral de Wayne. Uma foto de Mary Beth Hazzard com um véu escuro.

Estava a chorar. *Ela acreditou naquilo que ele lhe tinha contado e mesmo assim chorava o luto.*

O Hotel Stardust ficava a meio da Strip. Seria fácil forçar a porta da suíte de Wayne. Tinha lido um livro sobre vudu. A anulação do feitiço era rápida de fazer. Tinha de tocar nos pertences da vítima e recuperar os seus próprios pensamentos. Não acreditou, pois aquilo ficava a um milhão de anos-luz de um texto luterano. Calculou que estava em dívida para com Wayne.

A viagem de carro demorou-lhe seis horas. A chuva não dava tréguas. Rostos surgiam e desapareciam com a música da rádio. Estacionou no aparcamento subterrâneo e subiu de elevador até ao andar da suíte de Wayne. Bateu à porta mas ninguém atendeu. Forçou a porta e entrou.

A suíte parecia igual. A mesma mobília, o mesmo fedor cáustico. O local parecia intacto.

Foi ao laboratório. Ao lado tinha sido construído um espaço para estudar dossiês. Pilhas de papel, diagramas, gráfico de parede. Aquilo fê-lo recordar-se do *seu próprio* recanto para estudar dossiês.

As setas, as linhas de conexão. As notas escritas numa caligrafia nítida.

Acompanhou as linhas e as setas com o olhar. Factos, lógica, conjecturas. Tudo fazia perfeito sentido.

O filho desaparecido de Mary Beth. Esmeraldas. O Haiti e Leander James Jackson. A mulher de cabelo escuro com estrias grisalhas.

Celia, a agitadora esquerdista. Alusões à paixão entre Joan e Dwight Holly.

O seu caso e o caso de Wayne: indivisíveis.

Meu Deus, aquela pequena bandeira vermelha.

87

(Silver Hill, 5/4/70-4/12/70)

A cama, o relvado. Os edifícios brancos, o sono injectado.

Tinham-no enfiado ali por via da coerção. Outrora tinha passado lá trinta dias. Desta vez ficou lá oito meses. Treze anos de dízimos de penitência entre ambas as estadas. A sua primeira visita tinha acontecido por mero acaso. O contexto tinha sido negligência por embriaguez. As questões levantadas tinham sido expiação da culpa e abstinência. Desta vez a estada resultava de intenções imprudentes e pensamentos políticos cruéis. O número de mortes era incontável. A disposição mental que tinha criado as acções mandatava uma análise consciente.

Ele estava aqui. Ela estava aonde quer que tivesse ido quando desapareceu. Ela sabia que era cúmplice. A imprudência dela já tinha gerado o caos noutras ocasiões. Tinha partido para construir a vontade de regressar.

Silver Hill era um local encantador. A sua estada abrangeu três estações. Teve o esplendor da Primavera, o ardor do Verão e neve.

Tinha enviado um telex ao Sr. Hoover no qual declarava a sua necessidade de um prolongado repouso, mas não o local onde se encontrava. O Sr. Hoover saberia que ele estaria ali. No mês seguinte chegou-lhe um cartão.

«*Demore o tempo que precisar. Tenho um novo emprego para si. É em Los Angeles. Começaria em Janeiro.*»

«Supervisor de arquivos.» Um eufemismo para «garimpeiro de segredos sujos». Amealhar mexericos e escândalos sexuais. Alimentar o tesouro de segredos sujos do velho rabeta.

Era um trabalho de baixo risco. Uma missão não causadora de mortes.

Los Angeles era Los Angeles. Talvez se sentisse seguro a norte da zona sul. Karen vivia aí. Joan talvez voltasse a surgir e o encontrasse.

O esgotamento nervoso ocorrera-lhe em Nova Orleães. Apanhara um voo fretado do FBI e viera directamente para o sanatório. Os médicos tinham-no examinado e declararam-no fisicamente saudável. Obrigaram-no a comer refeições enormes e a acrescentar os quilos necessários à sua estrutura. Tinham-no sedado. Dormiu dezoito horas por dia durante seis semanas seguidas. Costumava acordar sobressaltado. Seguiam-se espasmos de pânico e atirava-se contra as paredes. Os enfermeiros davam-lhe injecções. Voltava a dormir e tudo se repetia.

As paredes do seu quarto eram acolchoadas. Os ataques em que se lançava contra as paredes não o magoavam. Os médicos começaram a reduzir-lhe a sedação. Evitou os psiquiatras e os outros pacientes. Passava tempo com um rebanho de cabras domesticadas. Viviam ali protegidas nos terrenos do sanatório. Estavam ali para consolar os pacientes com os cérebros em curto-circuito.

Costumava dar-lhes de comer e afagá-las. Encomendou animais de peluche pelo correio e enviou-os às filhas de Karen. Fingia que as crianças eram suas filhas e que tinha uma vida onde ninguém era tramado nem magoado. Esses pensamentos acabaram por dar cabo dele. Foi-se abaixo e chorou e receou nunca mais poder sair dali para o mundo.

Os seus entes queridos perdidos costumavam aparecer-lhe. Deixava-se ficar ali sentado na companhia deles. Passava semanas a ouvi-los e semanas a falar com eles. Tinha chegado a um lugar onde eles podiam coexistir.

Costumavam surgir e desaparecer. Começou a perceber o que eles queriam e aquilo que lhes devia. Eles acabaram por lhe devolver a sanidade mental à consignação.

Karen enviava-lhe bilhetes cheios de preces quacres para o apaziguar. As duas meninas tinham-lhe enviado cartões de agradecimento pelos animais de peluche. Karen enviou-lhe uma foto delas três. A morada e o número de telefone estavam rabiscados nas costas da foto. Dina tinha escrito por cima: «Se este homem está perdido, por favor devolvam-no à vida.»

Andava sempre com essa foto no bolso. Passava horas com as suas cabras. Reflectiu sobre tudo o que tinha acontecido e começou a perceber.

Uma operação pormenorizada. Um desígnio multicontextual. Um cenário explicativo. Dizer as coisas como elas eram outrora e como eram agora.

A loucura racial do Sr. Hoover. A guerra do FBI contra o movimento dos direitos civis. O calamitoso passo em falso junto dos grupos da militância negra.

Uma enorme façanha de exposição pública. Uma acusação densamente recheada. Um tratado sobre a mentalidade conspirativa. John F. Kennedy, Robert F. Kennedy e Martin Luther King estão mortos. Deixem-me contar-lhes como isso sucedeu.

Um grande documento social, com os intervenientes-chave bem iluminados. Marsh Bowen: um homossexual de duas caras e um agitador implacável. Figurões da Máfia com perversas ligações ao gueto. A órbita de assassinos a soldo do Sr. Hoover. Agente especial Dwight C. Holly: é chamado a confessar.

Um acontecimento de repercussões graves e austeras. Uma ideia grandiosa saída da mania do Sr. Hoover de coleccionar dossiês de segredos sujos. Uma épica recolha de papelada maligna, reduzida à banalidade pelo peso esmagador da sua própria vacuidade. Um texto tão profundo que desafiaria qualquer leitura superficial e inspiraria um estudo litigioso para a porra da eternidade inteira.

Ele viu tudo. Mas não anotou nada. Repousou e afagou as suas cabras.

Karen enviou-lhe uma tarte de pêssego por ocasião do Dia de Acção de Graças. Dwight partilhou-a com as suas cabras. Ficou preocupado com elas e abordou o administrador.

— Ninguém lhes fará mal nunca, Senhor Holly — disse o homem. — Ficarão aqui até ao fim das suas vidas. Estão aqui para pessoas como o senhor.

Descansou. Dormiu. Tinha alguns sonhos pacíficos acerca de Wayne. Reviu e embelezou a sua ideia. Poderia contar mais cedo a Joan. Sabia que não conseguiria encontrá-la. Teve a sensação de que talvez fosse ela a encontrá-lo em Los Angeles.

Estava enganado. Aconteceu de forma abrupta. Ela encontrou-o ali com as cabras dele.

Ouviu passos. Virou-se e viu-a. Parecia mais feroz e mais deslumbrante do que nunca. Tinha cumprido a parte que lhe competia até ao mais ínfimo pormenor.

— Olá, camarada — disse ele. Tirou do bolso a pequena bandeira vermelha.

— Que vamos fazer? — perguntou ela.

— Deixa-me contar-te — disse ele.

PARTE IV
CARTEL DOS ESCARUMBAS

5 de Dezembro de 1970-18 de Novembro de 1971

DOCUMENTO ANEXO: 5/12/70. Transcrição literal de telefonema gravado pelo FBI. Assinalado: <u>«Gravado a pedido do Director / Classificado Confidencial 1-A: Estritamente Reservado ao Director.</u>» Interlocutores: Director Hoover e presidente Richard M. Nixon.

RMN: Boa noite, Edgar.
JEH: Boa noite, senhor presidente.
RMN: Como se sente? Você parecia um pouco adoentado lá no almoço da Legião Americana.
JEH: Asseguro-lhe de que estou são como um pêro, senhor presidente. E, como sabe, estou sempre «pronto para trabalhar».
RMN: «Trabalhar para ganhar o pão.» Uma pessoa compreende bem esse velho ditado quando se é o presidente deste maldito país.
JEH: Sim, senhor. E, já que falamos desse assunto, deixe-me dizer que espero devotamente continuar a trabalhar durante o seu segundo mandato.
RMN: Edgar, você é mesmo uma ave rara. Quem o subestimar deveria fazer um exame à cabeça.
JEH: Obrigado, senhor presidente. Gostaria de acrescentar que somos amigos desde 1914.
RMN: Nasci em 1913, Edgar. Devemos ter-nos encontrado nalguma festa no meu berço.
JEH: (Seis segundos de silêncio.) Bem... hã... sim, senhor.
RMN: Você tem provavelmente um dossiê sobre isso. De certeza que elabora logo um dossiê sempre que algum esquerdista dá um peido.
JEH: Sim, se considerar essa pessoa subversiva.
RMN: Que coisa é essa que está a abalar o universo da militância negra? Os meus homens lá no Departamento da Justiça dizem-me que essa patetice está em decadência.

JEH: Talvez assim seja, senhor. Os Panteras e os Escravos Unidos estão pesadamente infiltrados e enredados em litígios, e essas organizações reconhecidamente menores que são a ATN e a FLMM estão *kaput*. Dezasseis acusações de crime, senhor. Apesar de ser uma pequena operação do FBI, foi uma verdadeira pérola.

RMN: Esse «Tiroteio Fatal» foi uma jogada de mestre.

JEH: Sim, senhor. Eu ter-lhe-ia chamado uma grande vitória.

RMN: Humm.

JEH: (Ataque de tosse/oito segundos.)

RMN: Sente-se bem, Edgar?

JEH: Ainda estou a recuperar de uma gripe, senhor.

RMN: Não fiquei propriamente entusiasmado com as eleições do mês passado para o Congresso. Perde-se um lugar aqui, um lugar ali e, antes que uma pessoa dê por isso, os democratas começam a somar mais lugares. Talvez lhe venha a pedir uma pequena ajuda antes das eleições gerais de 1972. Os democratas vão ter em campo uma boa equipa. Gostava de deitar a mão a algumas merdas depreciativas sobre eles na altura certa.

JEH: Hã... que tipo de...

RMN: «Entrada clandestina para deitar a mão a dossiês», Edgar. Não seja tão recatado comigo. Não finja que não fez essa merda ao Lyndon Johnson.

JEH: Hã... sim, senhor.

RMN: O Dwight Holly seria o tipo indicado para isso.

JEH: O Dwight levou a cabo um logro usando os nossos nomes, senhor. Avançou com um decreto de proibição de construção de casinos no estrangeiro junto dos nossos amigos italianos. É uma noção sadia, mas o próprio acto em si foi muito atrevido.

RMN: O Dwight é o meu braço-direito. Às vezes tagarelamos ao telefone. Mas você tem razão, o plano é viável. Tratarei de manter os Rapazes à distância e tirar os homens deles das prisões nas alturas adequadas. Tudo vai parecer mais autêntico dessa forma.

JEH: Sim, senhor, concordo.

RMN: O Grande Dwight é inigualável. Você disse que ele está a fazer uma espécie de cura de repouso, certo?

JEH: Correcto, senhor presidente. Regressará ao Gabinete de Los Angeles no próximo mês.

RMN: O Dwight é atrevido. Gosto dessa faceta dele.

JEH: (Ataque de tosse/catorze segundos.)

RMN: Sente-se bem?

JEH: Sim, senhor. Estou bem. (Novo ataque de tosse/doze segundos.)

RMN: Meu Deus, Edgar.

JEH: Asseguro-lhe, senhor presidente, encontro-me de perfeita saúde.

RMN: Se você assim o diz.

JEH: Acho que está na hora de eu...

RMN: O Bebe Rebozo contou-me uma história tremenda no outro dia. Tinha estado a confraternizar com uns políticos lá no Paraguai e foram eles que lhe contaram.

JEH: Hã, sim, senhor.

RMN: É uma espécie de mito. Um tesouro secreto de esmeraldas que tem estado a financiar golpes da direita desde que Deus não passava dum cachorrinho. Já ouviu falar...

JEH: (Ataque de tosse e comentário sufocado/transcrição termina aqui.)

88
Scotty Bennett

(Los Angeles, 7/12/70)

— Entre as muitas outras coisas que aprendi durante os meus tempos como agente secreto, é que criminalidade inata é criminalidade inata, independentemente dos agravos raciais ou políticos que lhe servem de justificação.

O discurso foi acolhido com aplausos. O prefeito Yorty e o chefe Davis bateram palmas. Scotty também se juntou aos aplausos. Marsh estava com bom aspecto. Com galões de sargento no novo uniforme azul. Com a carapinha cortada à escovinha.

Casa cheia: no ginásio da Academia, audiência constituída por polícias e políticos. Nem um único agente federal: nesse aspecto, foi uma grande surpresa.

— A Polícia de Los Angeles interditou de forma soberba os aspectos criminais do nacionalismo negro e tem honrado o direito legal à existência do movimento nacionalista negro, ao mesmo tempo que tem aberto os braços a uma nova geração de agentes policiais oriundos das minorias.

Scotty riu-se por dentro. Tinha dado uma sova a Marsh em Março. Tinha deixado o tempo ferver em banho-maria. E agora chegara o dia: a grande cimeira sobre o assalto ao furgão blindado.

O cabrão sabia discursar. Escolhia as palavras e deixava-se embalar pelo ritmo. Abstinha-se de uma estética homo.

O chefe gostava dele. Os recrutas tinham-lhe rancor. Sam Yorty tinha adorado o acto subserviente e bajulador dele perante as autoridades.

Marsh empolgou-se. Ei lá, mas que crescendo! Não parava de apunhalar o ar com as mãos como o JFK costumava fazer. Chegou a alcançar mesmo aquela nota de redenção típica dos discursos de Martin Luther King. Recebeu uma ovação em pé.

A audiência acorreu a rodeá-lo no estrado. Marsh era o Sr. Charmoso. Scotty piscou-lhe o olho ao sair.

Roubo à mão armada: artigo 211 do Código Penal. Guardava aquilo no seu covil como se fosse um tesouro secreto.

Dezoito fotos coladas à parede. Dezoito mortes documentadas. Os doze Panteras não constavam. Não é possível fotografar quem já está morto e enterrado.

Assaltos a lojas de bebidas e roubos a supermercados. Emboscadas e tiroteios. Dezoito negros mortos.

Marsh achava que odiava as pessoas de cor. Mas estava enganado. Nunca dizia a palavra *preto*. Odiava homicidas, traficantes de droga e assaltantes. Os militantes negros estavam lá perto. O facto de no seu cadastro constarem apenas mortes de delinquentes negros não passava de mera sorte e acaso demográfico. Era assim que as merdas funcionavam.

Ann e os miúdos estavam em Fresno. A casa tinha sido convertida numa zona de festa só para homens. Scotty serviu bebidas e um molho condimentado para acompanhar com os salgadinhos de milho *Fritos*. Scotty expôs então todos os seus dossiês.

Marsh Bowen tinha-o intrigado desde o início: tinha passado aquela nota manchada de tinta, trabalhara no Banco Popular durante um curto período e ingressara na Polícia de Los Angeles. Tudo pormenores intrigantes, mas inconclusivos.

Depois Marsh passa a trabalhar com o FBI e lixa-o. Depois Marsh começa a fazer averiguações acerca do assalto ao furgão blindado. Depois é ele próprio que procede a uma verificação no Departamento de Veículos Motorizados e obtém aquela morada de Marsh referente à esquina da 84.ª com Budlong.

Scotty continuou a petiscar salgadinhos de milho embebidos no molho. As fotos coladas na parede pareciam falar.

Rydell Tyner disse: «Meu Deus, Scotty.» Scotty disse: «Eu avisei-te, meu filho.»

Bobby Fisk tinha-se esvaído em sangue numa das lojas de bebidas do grupo All-American Liquor. Scotty tinha dado o maço de notas à avó de Bobby.

Lamar Brown tinha um pescoço muito delgado. Balázios de 9,1 milímetros acabaram por lhe decepar a cabeça.

Soou a campainha da cave. Scotty foi abrir a porta. Era Marsh, novamente vestido à paisana.

— Olá, parceiro.
— Olá, Scotty.
— Faz como se estivesses em tua casa. Se me mostrares o teu, mostro-te o meu.

Período decorrido entre o outrora e o agora: seis anos e dez meses. Foi Marsh a dar o pontapé de partida: tinha estado lá no dia do assalto.

Havia *realmente* um terceiro assaltante. Um negro. O cabecilha enfiou-lhe um balázio, queimou-o com uma substância química qualquer e deu-o como morto. O terceiro homem rastejou para uma viela e escondeu-se. Nessa altura Marsh morava nesse mesmo quarteirão. Viu o terceiro homem. Reparou no colete à prova de bala e na tela extra de protecção e deduziu que tinha sido isso que lhe salvara a vida. A Polícia de Los Angeles chegou então e agiu de forma *brutalll*. Marsh ficou indignado. Decidiu levar o homem ferido para casa de um vizinho que era médico e ocultou-o aí. O médico tratou-lhe os ferimentos e as queimaduras. O homem recusou-se a falar das mortes resultantes do assalto e nunca revelou a sua identidade. Partiu dali dois dias depois. Deu ao médico vinte mil dólares em notas manchadas de tinta. O médico depositou o dinheiro no Banco Popular do Sul de Los Angeles. Disse a Lionel Thornton para distribuir esse dinheiro pela comunidade. Donativos para fins de caridade: faz a coisa com prudência. Pequenos montantes de dinheiro começaram então a circular pela comunidade negra. Scotty pressionou aqueles que passavam tais notas. O médico morreu em 1965. Marsh ficou obcecado com o caso. Arranjou emprego no banco, não conseguiu averiguar nada e despediu-se.

Foi a vez de Scotty tomar a palavra. *Ele próprio* tinha estado lá nesse dia. Há muito tempo que pressentia já a possível ocorrência de um caso de assalto semelhante. Chegou primeiro do que a polícia à cena do crime. Encontrou cápsulas de balas amolgadas de uma arma automática encravada e guardou-as no bolso. Os guardas do furgão blindado tinham disparado revólveres. O condutor da carrinha do leite igualmente, bem como o cabecilha da quadrilha e os dois assaltantes mortos. Por conseguinte: tinha surgido um terceiro homem que depois desaparecera. *Ele próprio* tinha disparado com a automática encravada.

Um terceiro homem: a sua lógica era agora fisicamente confirmada.
Scotty tinha percorrido a cena do crime. Tinha visto um rasto de sangue que se afastava da cena do crime. O rasto terminava perto da tal viela. Tinha recolhido então uma amostra de sangue suficiente para detectar o tipo sanguíneo. Tinha descoberto grânulos com abrasivos químicos a alguns centímetros de distância. Estavam recobertos de saliva. Deduzira então que o terceiro homem os tinha cuspido pela boca fora.

Ambos sabiam que nesse dia tinha escapado um terceiro homem.
Scotty enviara em segredo a amostra de sangue para análise. O tipo sanguíneo: o raro AB–. Os outros homens mortos tinham tipos sanguíneos diferentes. As cápsulas amolgadas: não foi possível identificá-las, mano. Procedeu a testes em que encravou e disparou todas as armas automáticas confiscadas pela Polícia de Los Angeles. Entre o outrora e o agora: tinha testado todas as armas automáticas de tamanho médio confiscadas. Os resultados: todos eles negativos. Tinha enviado as cápsulas para análise. Grande merda: nenhuma correspondência química detectada.

Marsh interveio. Tenho uma nova pista. Conto-te quando fizermos o resumo da situação. Mas deixo-te já com uma espécie de confirmação. Verifiquei os ficheiros das esquadras de University e da 77.ª Descobri uns números de registo falsos. Sei que tens algures um arquivo privado de papelada.

Scotty apontou para o seu tesouro de arquivos. Voltou a servir mais bebida e retomou a palavra.

Tinha localizado o envio das esmeraldas e fizera alguns progressos. Tudo começara na República Dominicana, com a autorização do governo. O governo recusara-se a colaborar com a Polícia de Los Angeles. Scotty tentara então de tudo. Outros polícias tinham tentado com menos brio. Ninguém conseguia identificar a proveniência das esmeraldas. O palpite de Scotty: as esmeraldas eram de origem criminosa, eram ilícitas. Os remetentes tinham decidido não fazer o envio pelo correio diplomático e optaram pela Wells Fargo.

E:

Os registos do envio tinham sumido do escritório da Wells Fargo uma semana antes do assalto ao furgão blindado. Tinha sido arrombamento e violação de domicílio por parte de profissionais. Os executivos da Wells Fargo recusaram-se a colaborar. Recusaram-se terminantemente a falar com a Polícia de Los Angeles.

Marsh interveio. Tinha ouvido rumores: gente de cor necessitada que estava a receber esmeraldas de forma anónima. Scotty também tinha ouvido esses rumores: lendas do gueto, quem sabe, não consegui averiguar nada.

Scotty apressou-se a chegar à melhor parte. E agora eis a cola que une tudo.

Tinha abordado um tipo que tinha sido testemunha ocular parcial do assalto e o tipo tinha dito que o cabecilha era de raça *branca*. Muito bem, é caucasóide. Muito bem, mas os rumores que circulam referem assaltantes negros. Equipas de negros em 1964: *muuuuuito* raro, de facto. A testemunha ocular não tinha mais pormenores para dar. Scotty ficou frustrado. Tanto se ganha como se perde. Elaborou uma folha de pistas relativas a um dos executivos da Wells Fargo. Mas nunca deram em nada, para além da mera especulação.

O tipo chamava-se Richard Farr. Tinha desaparecido após o assalto e após o roubo de documentação no escritório da Wells Fargo. Farr era meio inglês e meio dominicano. Scotty tinha compilado informações sobre ele. Mas não conseguira obter nenhuma pista relevante. A ligação com a República Dominicana não passava de um pormenor intrigante. Outro pormenor de somenos importância: talvez Richard Farr fosse uma espécie de comunista.

Scotty voltou a encher os copos. Marsh exibiu um olhar de colegial: por favor, ensine-me, senhor professor.

A investigação ficou atolada. Não surgia nada. As pistas dissolviam-se em simples lodo. Scotty enveredou então pelo ângulo da identificação dos assaltantes mortos. Aquilo demorou-lhe anos. Teve de pedir a ajuda do seu amigo médico-legista, o Japonoca Tom Takahashi.

O Japonoca Tom congelou enxertos de tecido muscular retirados dos corpos queimados. Isolou as células da pele de um dos tipos e testou-as no laboratório. Detectou leucócitos infectados, uma doença que afectava unicamente os homens de raça branca.

Scotty verificou registos nos cinquenta estados americanos. Aquilo demorou-lhe anos. Os seus esforços foram recompensados no final de 1969. O local: Dogdick, no Alabama. O homem: Douglas Frank Claverly.

Douglas tinha a tal doença de pele. Era um ex-assaltante à mão armada e ex-membro do Klan. Exaustivas verificações dos seus antecedentes tinham redundado em zero. Sim, mas: Douglas tinha desaparecido em Janeiro de 1964, um mês antes do assalto.

Scotty voltou a requisitar os serviços do Japonoca Tom. O Japonoca Tom tratou de descobrir a identidade do falso condutor da carrinha do leite. Um anel de boa sorte derretido foi o suficiente. O anel estava incrustado numa cavidade da pele.

O Japonoca Tom extraiu o anel, recolheu as células de pele e testou-as em laboratório. Muito bem, era um tipo negro. O Japonoca Tom trouxe substâncias químicas e microscópios e tratou de fazer surgir as letras gravadas no anel: *JJL & CV*.

Scotty conseguiu seguir o rasto do anel até Modesto. Aquilo demorou-lhe semanas, porra. Tinha sido um tal Jerome James Wilkinson a encomendar o anel. Era um negro. Sem cadastro criminal e sem família. Trabalhava como fura-greves. Tinha desaparecido em Janeiro de 1964, um mês antes do assalto.

Entra em cena o Dr. Fred Hiltz. O remate da piada: as esmeraldas destinavam-se a *ele*.

Marsh ficou de queixo caído ao ouvir isto. Costumava infiltrar-se em grupos esquerdistas a mando do Dr. Fred e de Clyde Duber. Scotty disse-lhe que já sabia que as esmeraldas se destinavam ao Dr. Fred, contradizendo assim a história do assalto que mantivera durante tantos anos.

As jóias iam ser alegadamente depositadas num cofre-forte da Wells Fargo. O dinheiro era relativo a um depósito bancário. As jóias foram *realmente* enviadas para o próprio Dr. Fred. Uma empresa-fantasma ficaria na posse delas. Um subordinado do Dr. Fred faria de correio. O Dr. Fred estava *mortiiiiinho* por deitar as mãos às esmeraldas. Tudo por causa de um tresloucado mito da ala direita relativo a esmeraldas que o fazia babar-se de avidez.

O Dr. Fred tinha sido morto em 1968. Marsh disse-lhe que conhecia os factos essenciais sobre esse incidente. Scotty revelou-lhe então informações confidenciais sobre esse caso.

Tinha detido Jomo Clarkson por causa daquela série de assaltos a lojas de bebidas. Alguém andava a fingir que era o próprio Marsh e foi esse falso Marsh que fez as denúncias acerca dos roubos às lojas de bebidas e acerca de um enorme esconderijo de armas. Foi essa merda que acabou por fazer perigar a vida de Marsh no gueto. Marsh disse--lhe que já conhecia bem essa história: sabia que Jomo confessara ter assassinado o Dr. Fred e o seu próprio parceiro dos assaltos. Mas eis agora as merdas que Marsh desconhecia.

Scotty tinha interrogado Jomo com Dwight Holly presente. O Grande Dwight tinha assistido à confissão de Jomo. Mas não assistiu à segunda ronda do interrogatório do Scotty.

Cadeia do Condado de Los Angeles. Bloco de celas de isolamento. Jomo encarcerado sozinho numa cela.

Por essa altura, Jomo temia-o já. Chamava-lhe «Sr. Scotty». Tinha cedido após dois golpes nos rins.

Disse que um «intermediário» lhe tinha contado do assalto a Fred Hiltz. Vais encontrar um abrigo antibombas. Rouba o dinheiro. Não mates o Dr. Fred. *Avisa o Dr. Fred*. Diz-lhe para não revelar nadinha relativamente a Fevereiro de 1964. Ele vai perceber ao que te referes.

Scotty tinha chegado à conclusão de que Jomo não tinha nenhum conhecimento acerca do assalto ao furgão blindado. Jomo fechou-se em copas. Recusava-se a dizer o nome do tal intermediário. *Intermediário*: um termo usado pela agência de contra-espionagem.

Scotty continuou a pressioná-lo. Golpeou-o com o pedaço de mangueira. Jomo gritou mas não revelou o nome. Scotty atingiu-o então com demasiada força e matou-o. Depois molhou um lençol na água da sanita e fingiu que tinha sido um suicídio.

Marsh sentiu arrepios. Assustei-te, filho? Scotty preparou-lhe um uísque com soda e encheu-lhe o prato com mais salgadinhos de milho.

Marsh sentiu-se fortificado pela bebida e despejou então o resto da sua história.

Wayne Tedrow, constantemente assolado por sentimentos de culpa. A sua demanda para tentar encontrar Reginald Hazzard. O rapaz era parecido com o terceiro homem do assalto ao furgão. Marsh tinha acabado de verificar um dossiê na Polícia de Los Angeles: o miúdo tinha conhecimentos de química. Aquilo deixara-o a matutar e voltara a sentir uma velha vibração: os corpos profundamente queimados indiciavam conhecimentos de química.

Scotty concordou com ele nessa questão dos grânulos e das queimaduras por via de químicos abrasivos. Embebeu mais um salgadinho no molho condimentado. — Temos de descobrir qual era o tipo sanguíneo desse miúdo Hazzard.

Marsh desenhou cifrões no ar. Scotty desenhou 50-50 no ar. Marsh disse: — Isto vai ser divertido.

89

(Los Angeles, 8/12/70)

Chick Weiss era apreciador de arte criada por negros. Artefactos afro e artefactos das ilhas caribenhas. Estátuas da virilidade e espíritos guardiães alados e desprovidos de braços.

Tinha o escritório atravancado de objectos artísticos. Calços de portas e bibelôs de secretária. Gravações em madeira com olhos profundos e cavados.

Crutch e Phil Irwin pegaram em cadeiras. Um deus zulu erguia-se entre ambos. Tinha cerca de metade do tamanho real. A pila tinha três cabeças. Os olhos de quartzo pareciam grosseiros.

Chick preparou um charuto *Panatela*. Tinha um corta-charutos em forma de uma deusa negra. Abriu-lhe as pernas, enfiou o charuto dentro e cortou a ponta. Premiu um botão e da boca dela jorrou uma chama.

Phil achou piada àquilo. Crutch desviou o olhar. Chick desimpediu algum espaço e pousou os pés em cima da secretária.

— Trabalho de vigilância com câmara. O papá é um magnata da publicidade e a mamã uma garina toda *flower-power*. O papá tem boas relações com a Polícia de Los Angeles. Um dos seus homens mostrou-lhe uma gravação de vigilância dessa sessão amorosa lá no Griffith Park. A mamã a fazer uma mamada a um tipo ao lado do carrossel. O papá contratou o Clyde para recolher informações sobre o tipo. De quinze em quinze dias encontram-se às terças-feiras no Motel Sunset Breeze. Quero que se enfiem lá de forma subtil. Para uma filmagem ao vivo, *maminhas* e tudo isso. Desta vez nada de tirar fotos à pressa e sair dali a correr.

Crutch levantou-se. Phil levantou-se e cambaleou devido ao efeito da ressaca. Embateu no deus zulu. Algumas lantejoulas caíram da pila da estátua.

— Rua daqui, malditos gentios! — disse Chick. — Esta arte a que vos mostrais tão frívolos é tão valiosa que nem tem preço.

Estava um dia quente. Phil subornou o recepcionista do motel. Crutch forçou a fechadura do local dos encontros amorosos e deu cabo do aparelho de ar condicionado. Entreabriram ligeiramente a janela para deixar entrar ar. A lente da câmara ficaria ali encaixada. Phil disse que Chick estava viciado em gravações de vigilância. Tinha uma videoteca inteira. Adorava ver miúdas normalíssimas a foder com tipos normalíssimos. Era ilegal e nada ético. Mas Chick estava-se nas tintas. Tinha influência. Costumava mostrar as suas perversas gravações à elite de Los Angeles.

Vigiaram o parque de estacionamento mantendo-se dentro do automóvel. Phil insistiu para que Crutch lhe contasse as suas merdas recentes. Crutch manteve-se de bico calado. O seu alvo era a habitação 6. As restantes habitações não passavam de residências comunais de *hippies*. Os totós ouviam música *rock* aos berros durante o dia inteiro. Isso significava que pretendiam abafar outros ruídos mais suspeitos.

Crutch estava a beber café. Phil bebia rum. Trocaram mexericos e falaram do desempenho do pugilista Mando Ramos no Olympic Auditorium de Los Angeles. Freddy Otash tinha comprado os Táxis Tiger Kab: que porra de negócio mais totó.

Phil carregou a câmara. O carro-alvo acabava de estacionar. A tipa e o *hippie* garanhão entraram na habitação 6.

Crutch tirou-lhes uma foto com *flash*. A câmara registou a hora da chegada. Phil pegou na câmara de filmar e aproximou-se da janela ligeiramente entreaberta.

Enfiou a lente dentro. Ligou os botões. Os carretéis de película estavam cheios. Toca a filmar.

A câmara filmava sem fazer ruído. O enquadramento era bom. Na Califórnia, as provas visuais eram suficientes para effectivar um divórcio. A tipa e o *hippie* eram bem *ruidosos*. Crutch conseguia ouvi-los sobrepostos aos berros da música *rock*. O operador de câmara Phil enfiou tampões protectores nos ouvidos.

Crutch tentou dormitar. Mas os gritos de «fode-me, fode-me» não o deixaram. As malditas estátuas de Chick. Olhos de quartzo vermelho. Asas em vez de braços.

A porta do ninho do amor abriu-se. Phil sacou a câmara da janela e acocorou-se. A tipa e o *hippie* enfiaram-se no carro e pisgaram-se. Phil levou a câmara de filmar para o carro.

— Fizeram sessenta-e-nove e tudo. Captei a cena toda numa única tomada. O Chick vai adorar.

— És um falhado — disse Crutch.

Phil agarrou nos tomates e sorriu.

Desta vez a mãe enviou o cartão mais cedo. O Natal era só daí a semanas. Este cartão: com carimbo dos correios de Amarillo, no Texas.

Crutch enfiou a nota de cinco dólares no bolso. Guardou o cartão na sua caixa de arquivo. Entre 1955 e 1970: dezasseis cartões no total. Margaret Woodard Crutchfield tinha percorrido já metade dos EUA.

Tinha o armário atulhado de pastas de arquivo. Agora pendurava as roupas no quarto de banho. Neste apartamento os seus arquivos abrangiam já seis caixas. Tinha mais nove caixas guardadas no centro da cidade.

Olhou pela janela. Luzinhas de Natal acesas por todo o lado. Pois, era o ritual habitual. Pois, devias sair para a rua.

Tinha roubado a pequena bandeira vermelha dos arquivos de Wayne. Tinha-a colado ao tabliê do carro. Decidira arrancar do tabliê as fotos de Joan. Tinha sido uma jogada para quebrar o feitiço. Hancock Park estava morto sem as fotos de Joan. Precisava dela para efeitos de justaposição.

Tinha regressado da ilha há oito meses. Ainda sofria de stresse pós--traumático residual. Ainda não conseguia dormir. Não conseguia trabalhar no seu caso. Os seus pesadelos eram banais agora. Os barbitúricos mitigavam-nos. Estava agora a trabalhar para Clyde e para os motoristas a tempo parcial. Freddy Otash tinha comprado os Táxis Tiger Kab. Wayne Tedrow tinha esgotado os fundos da empresa de táxis. Freddy tinha comprado a empresa por tuta-e-meia.

Os Táxis Tiger Kab são um centro de atracção de estilo de vida à negro moderno. Atraem músicos de *jazz*, militantes e apreciadores do som Motown à cata de quecas. Sonny Liston costuma frequentar esses ambientes. Rock Hudson costuma patrulhar a zona em limusinas-tigre à cata de pilas negras. O actor Redd Foxx traz cocaína e cogumelos alucinogénicos. Os motoristas brancos usavam fraques com riscas à tigre. Os pretos adoravam esta inversão dos papéis de escravo.

O seu caso, o caso de Wayne, o assalto ao furgão blindado. Três casos unidos. Tinha revistado os arquivos de Wayne em Abril. Desde então tem estado imobilizado. Tem matutado nisso. Tem tentado seguir o fio à meada.

De Los Angeles para a República Dominicana e Haiti. De volta a Los Angeles. Tem estado a tentar localizar Gretchen Farr. A tipa tinha desfalcado Fred Hiltz. Também dá pelo nome de Celia Reyes. Vê-a beijar Joan. Vê a Casa dos Horrores. Partes de um corpo, pó de vudu, vidros verdes. Celia tem ligações à República Dominicana. Celia tem um livro de código. Meses de trabalho a tentar decifrar o código. Sucesso por fim. Os símbolos do livro coincidem com os sinais encontrados na casa da morte. Consegue identificar a vítima: María Rodríguez Fontonette, também alcunhada «Tatuagem».

Joan e Celia são comunistas ferrenhas. A Tatuagem trai a Causa. Acaba morta na Casa dos Horrores. Celia anda embrulhada com Sam Giancana. Quer arrasar os estaleiros de construção dos casinos. O lunático Wayne adianta-se-lhe nesse propósito. Começa a comportar-se como um mafioso. Crutch coloca sob escuta o quarto de Sam no hotel. Começa a traficar droga com Luc Duhamel. Luc zombifica-o. Ouve «esmeraldas perdidas», «1964», «Laurent-Jean Jacqueau». *Está tudo interligado.*

Volta para Los Angeles. É colaborador de Dwight Holly naquele esquema do FBI. Coloca Marsh Bowen sob escuta. «Marsh, é o Leander James Jackson.» Isso significa: é o Laurent-Jean Jacqueau.

Está tudo interligado. Marsh vivia *antigamente* na esquina da 84.ª com Budlong. Marsh é *agora* unha com carne com Scotty Bennett. O pacto de paz entre os dois foi anterior ao «Tiroteio Fatal».

O dossiê de Wayne. Estranhas dádivas de esmeraldas. Reginald Hazzard, há muito desaparecido. Reggie pisga-se de Las Vegas *dois meses antes* do assalto ao furgão blindado. O miúdo percebe de química. O miúdo estudou as ervas *haitianas*. Joan deu aulas a Reginald na «Escola da Liberdade». Joan pagou-lhe a fiança para o tirar da cadeia. Em Dezembro de 1963. O assalto ao furgão está iminente.

A Joan é omnipresente em tudo isto. É delatora a soldo de Dwight Holly e provavelmente sua amante. A cura de repouso de Dwight no quarto de paredes acolchoadas. *Onde está a Joan e por que razão não consigo encontrá-la?*

Crutch seguiu de carro para o cruzamento da 2.ª com Plymouth. As luzinhas de Natal na casa de Dana estavam acesas. A árvore de Natal enchia a janela da frente. Viam-se pilhas de caixas de presentes até à altura dos ramos.

Ouvia-se música foleira: Ray Conniff, a habitual paixoneta melancólica dela durante a época natalícia.

Crutch tinha-lhe comprado uma camisola de caxemira nos armazéns da Bullock's. Tecido de cor escura e fio entrançado. Com pequenos botões bordados com chifrezinhos de alce.

A prenda estava embrulhada em papel com motivos natalícios. Crutch aproximou-se da porta e pousou a prenda em cima do tapete da entrada. Tocou à campainha e desatou a fugir.

Elegância chique e radical:

Quatro táxis de riscas à tigre arrancaram do parque de estacionamento. Crutch viu o cineasta francês François Truffaut, alguns tipos negros e a própria actriz Hanói Jane. Uma limusina-tigre arrancou ruidosamente. Era Phil quem a conduzia. O seu fraque tigrino largava imensos pêlos falsos de tigre em cima do assento. Os seus passageiros: Chick Weiss, César Chávez e o compositor Leonard Bernstein.

A limusina zarpou na direcção sul. Crutch entrou no escritório da companhia. Fred Otash estava ao comando do painel telefónico. O actor Redd Foxx estava a snifar coca. Milt Chargin tinha o Macaquito Drogadito no colo. Sonny Liston estava a fumar marijuana.

— Dia 8 de Março, na cidade judia de Nova Iorque — disse o Macaquito Drogadito. — Muhammad Ali contra Smokin' Joe Frazier. Assista ao combate em televisão de circuito fechado nos Táxis Tiger Kab, a sede do Cartel dos Escarumbas.

Sonny soprou fumo para a cara do Macaquito Drogadito. Milt fez o Macaquito engasgar-se e tossir.

— O Ali é um mariconço refractário ao serviço militar. O islão é uma religião das sarjetas. O Ali leva naquele cu merdoso do Gamal Abdel Nasser e do *Des*onrável Elijah Muhammad.

Redd Foxx riu-se às gargalhadas. Pó branco e moncos voaram pelo ar. Fred Otash riu-se. Crutch emitiu uma risadinha.

Sonny removeu o invólucro de um supositório de morfina. Rápido jogo de mãos: enfiou a mão dentro das calças e com a outra introduziu o supositório pelo cu acima.

— Vamos lá, miúdo. Vais-me levar a Las Vegas.

O campeão adormeceu ao chegarem a San Berdoo e desmaiou em Barstow. Crutch funcionava agora à noite à base de *Dexedrines*. A auto-estrada I-15 estava deserta. Crutch seguiu pela 105. Estava um frio de rachar no deserto. Seis zilhões de estrelas a brilhar no céu.

O rádio tocava baixinho. As cordilheiras impediam uma boa recepção. Crutch conseguiu sintonizar uma emissora de velhos êxitos. Canções dos bailes de finalistas de liceu por volta de 1960. O Magical Mystery Tour do Mirone.

A música soava entrecortada e cheia de estática. Crutch desligou o rádio. Sonny estava a sonhar e latiu como um cão.

Crutch verificou o espelho retrovisor. Sonny estava deitado, com os pés de fora da janela. O vento soprou areia para dentro do carro. — Que merda — disse Sonny.

— Estás bem, campeão?

— Não me chames «campeão». «Campeão» é o que se chama a esses pugilistas de segunda categoria que só servem para parceiros de treino nos bairros pobres.

— Percebido, patrão.

Sonny acendeu um cigarro. Acabou por queimar o filtro sem querer, largou o fósforo e tentou de novo. Após seis outras tentativas conseguiu finalmente acender o cigarro.

— Vi-te defrontar o Wayne Bethea — disse Crutch. — Deste-lhe cabo daquele coiro.

Sonny bocejou como um cão. — Conheci um tipo chamado Wayne. Não parava de matar negros lá no ringue, embora não fosse sua intenção. Esse rapaz não sentia nenhum ódio por ninguém, mas as merdas iam sempre ao encontro dele. Andava sempre à procura de negros para matar ou para salvar e a tipa com que ele andava achava que matar ou salvar era a porra da mesma coisa.

Chegaram ao topo de um cume. A zona da Strip de Las Vegas emanava bulício. As luzes coloridas pareciam estar comprimidas pela escuridão.

— Deixa-me lá no Sands. Vou encontrar-me com umas pessoas — disse Sonny.

Crutch carregou no acelerador. Sentia-se reenfeitiçado e *des*enfeitiçado. Sonny enfiou-lhe três comprimidos de *Seconal* no bolso do fraque. O seu casaco tigrino estava cheio de comprimidos: rodinhas envoltas em pêlo de tigre até dizer chega.

— Não voltes já para trás. Estaciona nalgum sítio e descansa.

Eram quatro da manhã. A Strip fervilhava de vida. Muitos táxis e carrinhos de golfe a circular. Os carrinhos estavam equipados com bar. Os passageiros saboreavam *cocktails* enquanto os motoristas davam guinadas bruscas.

Crutch estacionou junto do Sands. Sonny enfiou-lhe uma nota de cem dólares na mão e desgrenhou-lhe o cabelo. A fachada do café era toda ela em vidro. As pessoas que repararam na limusina riram a bom rir.

Sonny apeou-se da limusina. Pessoas acenaram-lhe. Entrou no café. Mary Beth Hazzard aproximou-se dele e abraçou-o.

As *Dexedrines* anularam-lhe o efeito dos comprimidos de *Seconal*. Estacionou a limusina no aparcamento subterrâneo do Stardust e dormiu um sono agitado até ao meio-dia. O seu fraque tigrino não parava de largar pêlo. Pedaços de pêlo faziam-lhe comichão no nariz. Sentia a alma completamente de rastos.

Desistiu de dormir mais e optou por panquecas. Um pequeno montão delas e café revivificaram-no. Faz isso, cabrão. Senão voltas a ficar zombificado.

Seguiu para o Sindicato dos Trabalhadores Hoteleiros. A limusina ocupou dois lugares de estacionamento. Foi alvo de alguns olhares irritados. Olhares esses que depressa se transformaram em gargalhadas. O seu fraque tigrino causava sensação.

Um porteiro indicou-lhe a direcção. Sentia um formigueiro intenso no corpo todo. A porta do gabinete dela estava aberta. Ela olhou-o da secretária.

— Os meus pêsames pelo Wayne — disse ele.

Ela pousou a caneta.

— Ele tentou avisar-me acerca de certas coisas — disse ele.

Ela endireitou o papel mata-borrão em cima da secretária.

— Vejo coisas que as outras pessoas não vêem. Sei como encontrar pessoas — disse ele.

Ela abriu a bolsa e pegou num porta-chaves.

90

(Los Angeles, 11/12/70)

As meninas estavam a perseguir o cão de um dos vizinhos. Dwight estava estacionado a observá-las à distância de duas casas.

Dina era veloz. Eleanora ainda tinha aquele jeito vacilante de andar de quem dava os primeiros passos. O cão corria em círculos esquivos. Eleanora avançou para ele, caiu e levantou-se. O pátio da frente confinava-as em segurança. Os animais de peluche que ele lhes tinha oferecido estavam espalhados pelo pátio.

Dwight reclinou o assento do carro. O carro estava atulhado: tintas, solventes e pincéis. Blocos de notas de vários tamanhos e feitios.

Tinha saído cedo do sanatório de Silver Hill. No próximo mês daria início às suas novas funções no FBI. Joan compreendia o plano dele. Tinha-lhe manifestado todo o seu profundo apoio com um pacto de sangue: é assim que a fé funciona.

Nixon tinha-lhe ligado no dia anterior. O repouso tem-lhe feito bem? Seja bem-vindo de volta. E, a propósito...

O presidente estava a recrutar um esquadrão de operacionais: quatro homens para trabalhos de entrada forçada e recolha ilícita de informações. Dwight declinou o convite. O presidente fingiu-se ofendido. Dwight recomendou-lhe Howard Hunt, da CIA.

Eleanora conseguiu apanhar o cão. O animal fê-la tombar com as patas e lambeu-a. Eleanora sorriu de alegria e riu-se.

Karen entrou no carro. Abraçaram-se desajeitadamente de lado. Não paravam de embater com as pernas um no outro.

Conseguiram encaixar um no outro e mantiveram-se abraçados. As meninas olharam para eles e acenaram.

Karen segurou-lhe no rosto. — Pareces igual.

— Tu pareces estar com melhor aspecto.

— Pensei que ias vir gordo devido àquelas tartes todas que te enviei.
— Foram as minhas cabras que comeram a maior parte.
Karen encolheu os joelhos contra o corpo. — O meu marido está lá no pátio das traseiras. Vou ter de voltar daqui a nada.
— Podemos encontrar-nos no fim-de-semana?
— Sim.
— No Beverly Wilshire?
— Nunca posso dizer não a um convite desses.
Entrelaçaram as mãos sobre o volante. — O novo prospector de segredos sujos a soldo do senhor Hoover — disse Karen. — Dez minutos depois de entrares em funções, vai-te pedir logo para apagares ficheiros.
— E porque não cinco minutos depois? Sabes bem que o faria na mesma.
Karen riu-se. — Tu pretendes algo. Esta visita inesperada após tantos meses não é nada típico de ti.
Dwight esfregou-lhe os joelhos. — Acho que devias recrutar uma equipa. Há um Centro de Registos do FBI em Media, na Pensilvânia. Acho que devias pô-lo sob escuta no início de Março. Existem lá pelo menos dez mil dossiês de vigilância. Podias roubá-los e expor as embaraçosas políticas do FBI de uma só jogada.
Karen acendeu um cigarro. — Não acredito no que estou a ouvir.
— Mas devias.
— E isto foi ideia *tua*? Por acaso isso não saiu de...
— Agora não, por favor.
— Nada de armas, é entrar e sair.
— Certo.
— E depois vais-me contar mais. Numa base «o que for necessário saber»?
Dwight anuiu com a cabeça. — Sim, e será muito em breve.
Eleanora caiu e esfolou os joelhos. Começou a chorar. Karen disse:
— Tenho de ir.
— Amas-me? — perguntou Dwight.
— Vou pensar nisso — disse ela.

Arquivos:
A sala de arquivos tinha o tamanho de um armazém. Prateleiras altas e compridas às quais se acedia por via de uma escada deslizante. Arqui-

vos políticos, arquivos criminais, arquivos civis. Arquivos sobre informadores. Arquivos de vigilância, arquivos de mexericos e arquivos sobre corrupção e podridão em geral. Seiscentos mil arquivos no total.

Todos indexados. Com fichas de indexação presas por correntes à frente de cada prateleira.

Dwight avançou pelo meio das filas de prateleiras. As escadas deslizavam sobre rodízios oleados. Estruturas com quase quatro metros de altura, aparafusadas ao chão. Doze prateleiras por cada fila. Vinte filas no total.

— Vieste cedo. Ainda falta quase um mês.

Dwight virou-se. Era Jack Leahy, debruçado de uma escada.

— Vais odiar este trabalho. Estes arquivos não representam o senhor Hoover no seu melhor.

— O agente especial responsável mais indiscreto do FBI. Como conseguiste aguentar durante tanto tempo?

— Sorte de advogado. E o que é o direito civil comparado com *isto*? Chega aqui, homem.

Apertaram as mãos. Jack sentou-se num dos degraus da escada.

— Já não te vejo desde o caso Hiltz e o arranque da OPERAÇÃO IRMÃO RUUUUIM.

— Bem, foram duas ocasiões de sorte e das quais consegui sair sem ser exposto.

— Sim, mas com a porra de um certo custo.

Dwight abanou a cabeça. — Prefiro não falar disso.

— Compreendo-te. Aquele velho rabeta, militantes de terceira categoria e o Scotty Bennett de uma só vez? Se fosse eu, teria metido baixa para repouso muito mais cedo.

— Esquece isso, Jack. São notícias requentadas.

Jack tossiu. — Bem, que se lixe, já sabes como isto funciona. Monitorizas os arquivos gerais de segredos sujos e vais acrescentando os relatórios dos informadores. Vais encontrar polícias, criminosos que querem favores, repórteres, tipos das escutas, empregados de mesa, porteiros, motoristas colaboradores dos detectives, cobradores de dívidas, recepcionistas de hotel, frequentadores assíduos de bares e a grande massa de ressentidos deste universo. Tenta pagar *pouco* aos informadores pelos segredos sujos. O velho rabeta quer os segredos, mas a preços de regateio.

Dwight espirrou. O armazém de arquivos estava sobrearrefecido. O ar seco impedia o papel de apodrecer.

— Estás a monitorizar postos de escuta em curso?

Jack rolou os olhos com enfado. — Temos poisos de foda e suítes de hotel sob escuta. O Duke Wayne chega inesperadamente a Chicago. O porteiro lá do Hotel Drake liga ao agente especial responsável por Chicago. E, sem que soubéssemos, o raio do Duke fica instalado na suíte do terraço. Azar o dele que aquilo estivesse cheio de escutas. A propósito, o Duke é travesti. Usa um vestido *mumu* havaiano tamanho cinquenta e seis extralargo.

Dwight riu-se. — Mais alguma coisa que eu deva saber?

— Metade das casas de sauna de Los Angeles para maricas está sob escuta. Certa vez o velho rabeta apanhou um vereador do município numa dessas espeluncas em La Cienega e agora tem nove postos de escuta permanente.

Dwight pegou num dossiê e folheou-o. Johnnie Ray a chupar pilas em Ferndell Park. O tipo chupado é informador do FBI. A actriz Lana Turner a lamber a crica a manas negras por volta de 1954. Um delator a telefonar do Sultan Sam's Sandbox.

— E como está a saúde do velho rabeta? — perguntou Jack.

— Vi-o em Washington no mês passado. Parecia completamente reduzido a um espectro. Cheguei a ter um informador chamado «Donna, a Bichona Mamona». De certeza que só podia ser a irmã há muito perdida do velho rabeta.

Liberace num bordel de prostitutos. O mirone escopofílico Danny Thomas; Peggy Lee, a cantora ninfomaníaca. Sol Hurok, o empresário lambe-cricas. O masoquista James Dean: o «Cinzeiro Humano».

Dwight repôs o dossiê no sítio. As notas rabiscadas à margem persistiram-lhe na mente. A actriz Ava Gardner enrolada com o actor Redd Foxx. A actriz Jean Seberg enrolada com metade dos Panteras Negras.

— Diverte-te, Dwight. Disse ao velho rabeta que vivemos agora num mundo mais libertino, mas ele não quis acreditar.

Dwight tinha alugado um bangaló-refúgio. Servia de local de trabalho e para dormir. Ficava perto do escritório-fachada e da casa de Karen. Tanto ele como Joan tinham chaves. Era ali que guardavam as suas coisas. O bangaló era sobrejacente à rua de Karen. Podia ver dali as meninas brincar.

Baxter e Cove ficavam ali próximos. A dois blocos de distância e ao alcance dos binóculos.

Dwight estacionou e carregou caixas para dentro do bangaló. Tinha tempo para matutar. Ia encontrar-se mais tarde com Joan no Hotel Statler. O bangaló parecia o covil de um conspirador. Sala de estar, cozinha, quarto de banho, colchão para as sestas.

Levou uma cadeira para o terraço. Apontou os binóculos da marca *Bausch & Lomb* na direcção sul. Viu Karen atravessar o pátio. Viu Dina e Eleanora correrem atrás de gatos.

Karen parecia cansada. A proposta que ele lhe fizera deixara-a estupefacta. Ela sabe que se trata de uma operação secundária. Ela sabe que a operação principal é em grande. Dwight não pode revelar-lhe a natureza dessa operação. Vamos matar o Sr. Hoover e culpar Marsh Bowen por isso.

Irão mexer cordelinhos para se chegar a um acordo. Marsh será previamente acusado com base em rastos de papelada forjada. Esses documentos remontarão ao ano zero e estender-se-ão para lá de 2000. Irão recrutar um atirador profissional. Bob Relyea tinha abatido Martin Luther King. Poderia voltar a disparar. O «assassino» é um polícia negro homossexual. O tipo mata o símbolo supremo desta era de autoridade branca e suicida-se de imediato. Documentos forjados revelam que as políticas públicas descarrilaram. Marsh Bowen tem sido consumido por uma loucura politicamente incubada. O FBI suborna-o e envia-o sob disfarce. O tipo passa por uma transformação radical. Enquanto isso, tenta explorar a situação em seu benefício. É importunado por demónios sexuais que lhe incutem uma vergonha excruciante. O «Tiroteio Fatal» ceifa a vida a duas crianças. Marsh Bowen retoma a sua carreira policial com honras resultantes dos inocentes chacinados. O Sr. Hoover criou todo o contexto geral para tal. O agente especial Dwight C. Holly tratou de o implementar.

Irão criar um diário de Marsh Bowen. O diário descreverá em pormenor a brilhante maré cheia de conversações e ruptura psíquica de um jovem negro. As entradas descreverão a sua velha amizade com o agente especial Holly. O agente Holly tinha desabafado com Marsh Bowen. Tinha revelado a guerra do FBI contra o movimento dos direitos civis e descrevera o raivoso rancor racial do Sr. Hoover.

O atentado contra King não seria mencionado. Iria eclipsar o choque resultante da morte do Sr. Hoover e semear o apocalipse. A fictícia amizade entre Holly e Bowen ficaria profundamente gravada nas mentes das pessoas. Abarcaria todo um mundo de culpa e esperança. O diário serviria para formar uma espécie de plano de estudos. Traria leitores a uma copiosa fartura de documentos preexistentes do FBI. A papelada formaria uma narrativa de minúcias banais que se esbateriam até o horror se destacar ferozmente. Os grandes júris acabariam por acusar Marsh postumamente. O corpo político inteiro seria engolfado por conversas de conspiração. Todos os indícios reais e forjados conduziriam ao Sr. Hoover e respectivo legado de ódio.

O Sr. Hoover caíra já num descrédito parcial. As suas diatribes contra King já faziam parte do cardápio público. E eram insignificantes em comparação com o seguinte: tais diatribes careciam de um valor pornográfico verdadeiramente chocante. Isto acabaria por ser um grande acontecimento. Iria gerar ondas de descrença e uma aceitação tragicamente resignada.

E seria ele quem poria tudo em marcha. Iria sentar-se em salas de comités e em câmaras de grandes júris. Iria discursar de pé lá no Senado dos EUA. Iria descrever como tinha explorado Marsh Bowen. Iria pormenorizar o seu próprio rancor racial de uma vida inteira, delinearia com minúcia o seu passo em falso junto dos militantes negros e cartografaria os custos humanos daí decorrentes. Revelaria a sua amizade com Marsh e pintaria um quadro vívido de um branco e um negro como almas gémeas espelhadas uma na outra por via da coacção. Abraçaria Marsh em perdão e com aquele amor distanciado que se sente por aqueles que subjugamos. Contaria a história do seu esgotamento nervoso. Ele próprio se resignaria a uma vida escrutinada de forma invasiva.

A casa de Karen ficava à distância de uma pedra arremessada. Dwight pegou nos binóculos. Eleanora estava a atirar legos a Dina. A irmã riu-se e desatou a fugir.

Tinha contado o plano a Joan quando estavam na cama. Tinham alugado uma casa em Silver Hill. Ela tremeu da mesma forma que ele costumava tremer. Dwight incutira-lhe o mesmo respeito reverente que ela costumava incutir-lhe a ele.

Iria parar à cadeia. Um período de quatro a cinco anos parecia-lhe bem. Prisão preventiva, campos de ténis, certas regalias por ser informador do FBI. Talvez houvesse lá alguns animais de que pudesse cuidar.

Joan dissera: «Leva isto. Vão ajudar-te a dormir.» Duas cápsulas de ervas acastanhadas.

As ervas não o puseram a dormir. Deixaram-no a pairar algures no intermédio. Joan guiara-o. Colocara as mãos sobre o peito dele e fizera-o respirar em sincronia. Começara a falar em francês e espanhol. Ele captara a maior parte do sentido. *Cap-Haïtien, Cotuí, Pico Duarte. Puerto Plata, Saint-Raphaël, El Guyabo.*

Respira fundo, estou aqui, agora estás em segurança. Vou contar-te o que fizemos com as dádivas do Wayne.

Estavam no Hotel Statler. Sabia que sim. Tinham suítes pagas pelo FBI. Joan tapou-lhe os olhos e disse-lhe para ir aonde ela lhe dizia.

Cada cêntimo daquele dinheiro foi para a luta. Renovámos o mobiliário de quatro casas francas e comprámos medicamentos no mercado negro. A Celia pintou as paredes. O Balaguer planeava transformar o Tiger Klaw num iate de luxo. Quatro camaradas nossos dinamitaram-lhe o casco em doca seca.

Levamos comida e ervas medicinais por via aérea aos bairros-de-lata nos arredores de Dajabón. Uma pequena seita local tinha canonizado o Wayne Tedrow. Ostentavam fotos dele recortadas de jornais, afixadas em chapéus pontiagudos. Existe agora um mito onírico acerca do Wayne. As pessoas acreditam que homens alados o assassinaram e o martirizaram.

Vá, fica quieto, eu sei que estás a ver, eu sei que gostavas dele. Nós honramos os mortos através das imagens. É assim que a fé funciona.

A Celia tratou de escoar armas. Comprámos armas em Cuba e enviámo-las para Port-au-Prince. Paguei para tirar reclusos da prisão de La Victoria e arranjei-lhes bilhetes de identidade falsos e armas. Esse dinheiro foi parar aos bolsos de convertidos à Causa existentes no seio de La Banda. Deixaram as portas da prisão abertas e destruíram os documentos. Um jovem que o Wayne tinha resgatado pagou-lhe a dívida na totalidade. Matou seis torturadores de La Banda numa casa de putas em Borojol. A Celia dinamitou a câmara de tortura existente por baixo do campo de golfe de El Presidente.

Perdemos alguns dos nossos. Houve inevitavelmente represálias aleatórias que nos saíram bem caras. El Jefe amordaçou a imprensa e os relatos noticiosos das nossas acções. A informação circulava apenas através de panfletos impressos e frequências radiofónicas secretas.

Muitos dos escravos que o Wayne libertou juntaram-se a nós. Alguns deles usam a foto dele pendurada do pescoço. Tem havido escaramuças na linha costeira norte da República Dominicana. Uma equipa de demolição do Movimento 14 de Junho fez explodir o Ancoradouro do Tigre. Muitas seitas vudu sustentam agora que os estaleiros de construção dos casinos são terrenos sagrados. Muitas pessoas recusam-se a atravessar agora esses terrenos. Abatemos dois cabecilhas dos Tonton Macoutes e três cruéis sacerdotes bokurs *num campo de golfe perto de Ville-Bonheur. A Celia está perdida algures na República Dominicana ou no Haiti. Tem estado incontactável há meses. Não consigo localizá-la, nem posso continuar a procurá-la como devia ser, pois ainda há muito trabalho por fazer. Se viste algo disto ou tudo isto e se as minhas imagens te guiaram, devias agora tentar dormir.*

O Hotel Statler disponibilizava roupões. Tamanho único. O dele ficava-lhe demasiado pequeno, o de Joan parecia engolfá-la.

Foi ela quem acordou primeiro. O empregado do serviço de quartos viera e saíra. Dwight serviu café. Joan examinou as pilhas de papel. O carrinho do serviço de quartos servia de banca de trabalho. O sofá fazia de poleiro de análise.

— Como vamos dar um aspecto envelhecido aos documentos?

— Basta enfiá-los duas vezes num forno de convecção. Aplica-se um tratamento químico no papel e mete-se no forno. Depois acrescenta-se tinta ou imprime-se o texto.

— Como é que vamos diferenciar o estilo impresso do estilo cursivo?

— Cortamos chapas de letras e imprimimos ou escrevemos à mão dentro dos limites da folha.

Joan acendeu um cigarro. Tinha os olhos vermelhos: noitadas sem dormir e excesso de tabaco.

— O diário é a coisa mais importante. É o nosso texto fundamental e, por conseguinte, tem de ser encontrado por alguém.

Dwight sentou-se no sofá. — Temos de nos certificar se ele não terá já um diário. Temos de o localizar para podermos deitar-lhe a mão e substituí-lo, precisamente antes da convergência.

— Dactilografado, certo? Não podemos forjar à mão um documento assim tão extenso.

Dwight deu um gole no seu café. — Certo. Se ele tiver máquina de escrever, compramos uma igual e avançamos a partir daí. Vou tentar obter uma amostra da fonte tipográfica durante a minha primeira entrada forçada.

Joan agarrou-lhe nas mãos. — E o Scotty Bennett? Agora é unha com carne com o Marsh.

Dwight encolheu os ombros. — O Scotty é o factor imprevisível. Por um lado, é um polícia condecorado, mas por outro não passa dum bruto e dum cabrão. O mais importante é que ele ajude a adensar o texto geral. Matou já dezoito assaltantes armados e pelo menos doze Panteras, e isso acabará por vir à tona ou será abafado, se houver o risco de isso dar uma imagem muito má da Polícia de Los Angeles.

Joan sorriu. — Que tal foram os teus sonhos?

Dwight sorriu. — Vívidos, enquanto tu falavas. Mas depois um pouco mais difusos.

Joan apontou para uma pilha de carteiras de fósforos. Todas elas referentes a locais de maricas: o Tradesman, o Jaguar, o Falcon's Lair. Marsh anda no engate por Hollywood. Guarda *poppers* de nitrato amílico num esconderijo.

— Talvez tenha um amante que possa vir a contradizer o perfil que vamos traçar dele.

Dwight abanou a cabeça. — É um solitário. É discreto e particularmente circunspecto agora que é uma figura pública. Apareceu este mês na capa da revista *Ebony*.

Joan apagou o cigarro. — Quem vai disparar?

— Um tipo do Klan com quem já lidei anteriormente.

— É competente?

— Sim.

— A parte mais difícil vai ser pô-los juntos.

Dwight deu um gole no seu café. Aquilo ajudou-o a dissipar uma dor de cabeça que começava a manifestar-se.

— O Marsh tem de ficar em reclusão. O esquema só vai funcionar se o atirador disparar de longe. O atirador pode disparar, matar o Marsh e deixar lá a arma incriminatória. Tudo se reduz a fazer acontecer uma convergência adequada e preparar uma linha de acção executável.

Joan anuiu com a cabeça. — Tem tudo a ver com pretextos. Dar a Marsh uma razão para estar lá.

— Sim, e Los Angeles seria o melhor local — disse Dwight. — Primeiro, o Marsh está aqui. Segundo, a Polícia de Los Angeles estaria a trabalhar a tempo inteiro nesse caso enquanto tenta enterrar tudo aquilo que pudesse embaraçar o departamento. O Jack Leahy ia virar-se logo contra o FBI, pois já se sabe que o Jack é um tipo mordaz e é malcriado em relação ao senhor Hoover.

Joan esfregou as têmporas. Massajou uma veia saliente.

— Isto vai levar meses.

— Tem tudo a ver com criar os níveis de subtexto. Temos de inserir informações falsas desde o início.

— A incoerência irá desencadear um escrutínio mais rigoroso.

— E um maior grau de paranóia, e um desejo ainda maior de fazer tudo encaixar no sítio.

— O tal acontecimento que vai precipitar tudo, já pensaste bem nisso? — disse Joan.

Dwight estalou os nós dos dedos. — Já comecei a tratar disso. O FBI tem um Centro de Registos lá em Media, na Pensilvânia. Estão lá armazenados dez mil arquivos de vigilância. É um sítio fácil de arrombar.

Joan sorriu. — Arrombamento e entrada forçada publicitados?

— Sim, um pré-anúncio. Esperemos que seja suficiente para desencadear uma expressão pública de indignação e que se torne numa espécie de manual sobre trabalho de arquivo, servindo assim para tornar o nosso acontecimento muito mais acessível.

— Quantas mais pessoas acederem aos arquivos, mais coisas verão e deixarão de ver. Não saberão o que procuram exactamente e, portanto, examinarão com mais atenção. E assim o processo fractura-se e atenua-se.

Dwight espreguiçou-se. Doía-lhe o pescoço. Tinha dormido enroscado em Joan.

— A Karen.

— Sim. Vai ser ela a organizar a equipa — disse Dwight.

Joan puxou o cabelo para trás. — Sim, é muito boa nisso.

— Pois é.

— Não podes contar-lhe o que estamos a fazer.

— Eu sei.

— Estão aqui em jogo dois tipos de ética.

— Eu sei.

Joan acendeu um cigarro. Dwight observou-lhe o rosto. Mais rugas de stresse. Mais cabelos grisalhos do que cabelos escuros agora.

— Quem rasurou o teu dossiê?

— Não te vou dizer.

— Conta-me como as coisas começaram a correr-te mal. Conta-me como conseguiste ultrapassar isso e como tiveste coragem para fazer tudo isto.

— Não te vou dizer.

Dwight estalou os nós dos dedos. — Conhecias o Tommy Narduno. O tipo foi morto no Grapevine Tavern.

Joan olhou-o fixamente. — Sim, eu sei que foi morto lá. Tenho a certeza de que foste tu e os teus colegas que o mataram, tal como tenho a certeza de que foste tu que dirigiste o atentado contra o King.

Dwight olhou-a fixamente. — Conta-me como é que ele sabia.

— Ele tinha-te visto em Memphis dois dias antes. Sabia quais eram as tuas funções junto do senhor Hoover. Viu-te distribuir envelopes a uns polícias de Memphis.

Dwight pestanejou. A churrascaria Smitty's Bar-B-Q. Um polícia a cuspir suco de tabaco, outro polícia a abanar-se com notas de cem dólares, outro polícia a roer beatas de cigarro.

— Que mais?

— A Karen disse que andaste muito em baixo durante aquela Primavera toda.

— A «Escola da Liberdade». Tu e a Karen já se conhecem desde essa época.

Joan encostou-se a ele. Dwight estava a suar. Tinha o roupão completamente encharcado.

— Eu e a Karen já nos conhecemos há mais tempo do que julgas.

— E manipulaste-a para que ela viesse a conhecer-me.

— Sim.

— Porquê?

— Porque eu sabia.

— Isso não é resposta.

— Porque pressentia que tínhamos objectivos comuns. Porque achava que podias ajudar-me a matar o senhor Hoover.

Dwight olhou-a fixamente. Joan tocou-lhe na perna. Wayne sorriu-lhes de algures. *Olha, mamã. Sem medo.*

— Tínhamos chegado à mesma ideia separadamente — disse Joan.
— Tenho vontade de o matar desde que era criança e não te vou dizer porquê.

DOCUMENTO ANEXO: 16/12/70. Excerto do diário privado de Karen Sifakis.

Los Angeles,
16 de Dezembro de 1970

Claro que vou fazê-lo. Vou confiar esse trabalho aos meus camaradas mais chegados e mais prudentes; ninguém sairá ferido na execução desse acto. O Dwight arranjou-me um desenho esquemático do Centro de Registos e convenceu-me que o edifício não estará vigiado. O sistema de alarme está desactualizado e o próprio edifício está relativamente isolado. O Bill K., o Saul M. e a Anna B.-W. concordaram participar. O Dwight chama-lhe um «feito de explicações, em si e por si só». Obviamente que ele não está a ser sincero; obviamente que sabe que uma oportunidade para expor completamente as práticas de vigilância ilegal do FBI é demasiado apelativa para que eu consiga resistir-lhe. Estipulou a data para 8 de Março. O combate de boxe entre o Muhammad Ali e o Joe Frazier vai ter lugar nessa noite. O Dwight acha que os polícias locais vão enfiar-se nos bares para ouvir o combate na rádio ou vê-lo nalguma emissão televisiva pirata e, por conseguinte, os seus poderes de concentração e de vontade de procurar proactivamente ocorrências inusuais serão desviados.

Os meus camaradas são comprometidamente a favor da não-violência. Mas já o mesmo não posso dizer do Dwight. Sofreu um esgotamento nervoso na sequência daquela loucura relativa aos militantes negros e sente-se cúmplice do ocorrido. Vejo isso na forma como olha para as minhas filhas com uma ternura cada vez maior. Será que deveria revelar aqui um segredo? Morreram duas crianças no decurso daquela negociata de droga. Esse choque em particular parece-me ser o motor que impulsiona o Dwight agora. Vejo-o fazer o mesmo que eu faço. Compartimentalizo as minhas filhas e trabalho afincadamente para assegurar a segurança delas enquanto eu própria me comporto com considerável imprudência no mundo exterior. Sou o próprio exemplo da arrogância, de uma forma que o Dwight não é; a sua imprudência é definida por traumas, ao passo que a minha está encapotada com vestes espirituais e pode até ser considerada uma escolha pueril de estilo de vida.

A Eleanora já tem quase dois anos. Para onde quer que vá, costuma levar os animais de peluche que o Dwight lhe comprou. Tal como a Dina, já sabe que tem dois pais a tempo parcial e que lhe saiu o *jackpot* no tocante ao departamento dos papás deleitados. Quando forem mais crescidas, sei que vão pedir-me para lhes explicar isso. Direi então «Foi uma época louca» e sentir-me-ei como uma idiota.

Esta é a minha primeira entrada diarística desde Março passado. Nessa última entrada tinha descrito o meu almoço com a Joan e aquela bela esmeralda que ela me tinha oferecido. Tenho-me relembrado cada vez mais frequentemente da nossa conversa nesse dia. A Joan falou dos sonhos como um estado de consciência interconectado, como um vírus que se propaga entre pessoas de mentes afins que não conseguem reconhecer essa afinidade mental devido ao receio de perder o seu eu. Aquilo fazia sentido para mim, embora os aspectos míticos me soassem a algo pouco típico da Joan. Hoje em dia há muitas coisas estranhas e bizarramente surreais que fazem sentido, porque vivemos numa «época louca». Nesse aspecto, tanto eu como a Joan somos os guias dos sonhos do Dwight. Tento levar-lhe o sonho da paz e sinto ciúmes quando penso que a Joan talvez lhe tenha incutido o sonho de uma ardente conversão do pensamento.

E, para o Dwight, o pensamento resulta sempre em acção.

O meu marido saiu da cidade há dois dias. O Dwight tem vindo cá em noites alternadas. Tenho a certeza de que anda a dormir com a Joan nas noites em que não estamos juntos. E tem-me ligado para falar de política, pelo menos uma vez por dia. Tenta dar um ar de pragmático, mas as percepções idealistas não param de espreitar nas suas palavras.

Tenho reparado no brilho de uns binóculos a toda a hora, proveniente de um cume elevado em Baxter Street. Consegui localizar esse brilho num pequeno bangaló e esgueirei-me lá dentro. Reconheci as roupas que havia no armário. Eram do Dwight e da Joan, claro está.

Vi ferramentas para falsificação de documentos em cima de uma mesa e caixas cheias de substâncias químicas e papel. Só rezo para que os meus sonhos de paz consigam intersectar os sonhos deles e os impeça de criar mais danos.

DOCUMENTO ANEXO: 18/12/70. Excerto do diário de Marshall E. Bowen.

Los Angeles,
18 de Dezembro de 1970

Na semana passada detive um negro vadio. Consultei o sistema e verifiquei que tinha mandados por delitos menores e que não possuía nenhum meio visível de sustento. Estava prestes a levá-lo para a esquadra quando o tipo empertigou o pescoço ao reconhecer-me. Sorriu e disse sem quaisquer rodeios: «És tu, o Homem de quem se fala.»

E tinha razão: sou *mesmo* o Homem de quem se fala. Um oficial altamente condecorado da Polícia de Los Angeles; sou, segundo a revista *Ebony*, «um ícone da nova masculinidade negra» e «um provável futuro chefe da polícia». A possibilidade de cargos políticos também não deveria ser excluída, nem tão-pouco uma carreira no jornalismo televisivo. Sou a cara de capas de revistas: *Ebony* e *Jet* e em breve também a *Sepia*. Tenho permissão para ser magnânimo, tendo em conta a nova abundância financeira da minha vida. Portanto, tratei de dizer àquele vadio «Tens razão, mano. Sou *mesmo* o Homem de quem se fala» e deixei-o ir em liberdade.

Estou a trabalhar na Divisão de Detectives do Gabinete de Hollywood. Conduzo um *Chevrolet C/K* durante as patrulhas nocturnas e coordeno investigações de nível delituoso desde o seu início. Sou alvo de olhares reverentes e ressentidos da parte dos meus irmãos agentes. Tenho vinte e seis anos, com três anos de carreira na Polícia de Los Angeles. Sou agora sargento e trabalho numa prestigiosa divisão de detectives. Sou o tipo negro heróico que se infiltrou e quebrou a espinha a dois cruéis grupos de militantes negros traficantes de droga que, bem no âmago, eram verdadeiramente *contra* os negros. Deixei de ser um mano de salário baixo, obrigado a rumar pelas zonas pobres para um efeito de cosmética. Troquei o pardieiro sombrio de Watts por uma bela casa em Baldwin Hills. Permitam-me voltar a dizê-lo: sou, definitivamente, O HOMEM DE QUEM SE FALA.

Beneficiei com o *zeitgeist* do movimento da militância negra, em grande e em cheio. O movimento da militância negra está agora desbaratado. Reduziu-se a um chorrilho de acusações, julgamentos, condenações e litígios legais em resultado de anos de infiltração policial e disputas intergrupais. O Eldridge Cleaver está escondido algures na Argélia. Os Panteras e os Escravos Unidos explodiram por causa de mesquinhas guerras territoriais, ineptidão geral e rebeldia inata. A ATN e a FLMM estão *kaput*. O meu depoimento levou à cadeia os meus camaradas charrados, bebedolas e putanheiros. O Wayne Tedrow desafiou a morte num gesto grandioso e encontrou-a no Haiti. O Sr. Holly teve um esgotamento nervoso. Sou agora *temido* no gueto. Sou um bufo conhecido, um vira-casaca célebre e um polícia muito empenhado na sua missão.

«És tu, o Homem de quem se fala.» Podes crer, sou mesmo.

Tenho estado a confraternizar na sede dos Táxis Tiger Kab. O novo dono é um tipo chamado Fred Otash. O «Freddy Otash» é um ex-agente da Polícia de Los Angeles, um ex-detective privado, um mercenário mafioso e um íman de rumores não fundamentados: o Freddy anda metido em esquemas de extorsão, de dopagem de cavalos de corrida e esteve envolvido nos atentados contra o Martin Luther King e o Robert F. Kennedy. Não acredito em nada disso, mas também acredito em tudo isso. Ou não fosse eu o *Homem* de quem se fala. Tenho agora uma história recente verificável e muito mais prestígio.

O Sonny Liston continua a ser um frequentador regular dos Táxis Tiger Kab. Costumamos passar tempo juntos. Ele adora confraternizar com as autoridades e adora que eu tenha sido um delator durante todo aquele tempo em que convivíamos. O Sonny é muito viciado em heroína e tem muitas saudades do seu amigo Wayne. Fala com melancolia do Wayne; muitas vezes também me condoo com ele, pois também gostava do Wayne. O Sonny sabe que conheci o Wayne nos Táxis Tiger Kab; mas não sabe que éramos parceiros de conspiração. Sinto sobretudo falta das minhas conversas com o Wayne. Os nossos estados oníricos tinham-se fundido durante uns breves momentos doces enquanto tentávamos decifrar o significado daquilo.

Não sinto falta do Sr. Holly. Já não falamos desde aquela última vez antes do «Tiroteio Fatal». Ele conhece a versão esterilizada dos acontecimentos desse dia e sabe que beneficiei com isso. Não quer ver-me, nem eu quero vê-lo. O Sr. Holly faz-me lembrar o treinador de râguebi por quem tive uma paixoneta lá no Liceu de Dorsey High. Receava-o e ansiava pelo respeito e afecto dele. Entrei depois numa fase de auto-aceitação e ultrapassei tudo isso com o tempo. *Adieu*, Sr. Holly. O senhor ensinou-me umas coisas. Obrigado pela aventura.

Agora entrego-me ao Vício com muita discrição e somente muito longe daqui da cidade. Ventura e Santa Barbara são locais óptimos para isso.

Costumo deter maricas na Selma Avenue e em Hollywood Boulevard e levo sempre comigo luvas grossas com soqueiras no interior para essa tarefa. Tenho por regra o seguinte: qualquer maricas que fale ou se comporte de modo afectado com demasiada insistência na minha presença leva uma surra.

Sou polícia. Atraio uma ampla gama de inimizades junto dos meus irmãos brancos da polícia. Não importa. Sou unha com carne com o único polícia branco que me interessa.

O Scotty perguntou-me se a morte das duas crianças me tinha afectado e respondi-lhe «Nem por isso». Nunca iremos confiar verdadeiramente um no outro, mas mesmo assim gostamos um do outro. Reunimos as nossas informações sobre o assalto ao furgão blindado e chegámos a acordo: temos de encontrar o Reginald Hazzard. Liguei ontem à Mary Beth Hazzard em Las Vegas. Servi-me do meu charme de negro honrado, referi a minha amizade com o Wayne Tedrow e expliquei-lhe que estava a par da investigação do Wayne sobre o filho desaparecido dela. Mencionei as minhas ligações à Polícia de Los Angeles e ofereci-me para a ajudar. Por acaso o Wayne tinha algum dossiê sobre essa matéria? Por acaso chegou a discutir esse caso com ela?

A Sra. Hazzard foi educada. Disse que não chegara a discutir o desaparecimento do Reginald; que tinha deitado fora o dossiê após a morte do Wayne. Não o tinha lido. Não quis conhecer o conteúdo.

Liguei ao Scotty. Descartámo-nos daquela hipótese de deitar a mão a um possível dossiê. Verifiquei os registos hospitalares para descobrir o tipo sanguíneo do Reginald Hazzard. Sim, era AB–. Sim, correspondia ao tipo sanguíneo do assaltante que tinha escapado.

Scotty tratou de verificar então os registos a nível nacional sobre o Reginald, mas não conseguiu apurar nada. Chegámos a acordo: talvez estivesse morto ou talvez tivesse saído do país. O Scotty está agora a verificar os registos de emissão de passaportes.

Agendámos um segundo encontro para delinear a nossa estratégia. O Scotty contou-me as proféticas últimas palavras de um assaltante de bares que ele tinha abatido em 1963. O tipo entrara armado no Bar Silver Star, no cruzamento de Oakwood com Western. O Scotty entrou pela porta das traseiras e assestou-lhe um tiro na nuca. O tipo ainda durou alguns segundos e disse: «Scotty, o Homem de quem se fala.»

Assim já somos dois.

91

(Los Angeles, 19/12/70)

A resposta dos Serviços Alfandegários chegou finalmente. Pedido de passaporte rejeitado, n.º 1189, de 14/3/64.

Tinha sido duas semanas e meia após o assalto ao furgão. Reggie está em Nova Orleães. Faz o pedido do passaporte, em seu próprio nome. Tem um bilhete de identidade falso e recusam-lhe emitir o passaporte. O gabinete dos Serviços Alfandegários de Nova Orleães era *conhecido* pelo seu laxismo. O bilhete de identidade: seguramente falsificado.

Scotty pousou o auscultador. A sala da esquadra estava silenciosa. O seu cubículo estava desprovido de tralha. Deu duas passas num cigarro e apagou-o. Começou a matutar.

O Reggie é o fulcro. O Reggie tenta pisgar-se do país. Em Nova Orleães é-lhe recusada a emissão do passaporte. Terá ele tentado de novo? Terá *obtido* o passaporte e conseguido pisgar-se?

O Jomo Clarkson, um negro *ruuuuim*. O Jomo passava droga ao Dr. Fred Hiltz e atacou esse filho-da-puta racista. E tu trataste de lhe pregar um *susto* por causa daquele assunto de Fevereiro de 1964.

O Jomo tinha dito que tinha sido um «intermediário» a dar-lhe a droga. «Intermediário»: puro jargão dos serviços secretos. O Jomo morreu abruptamente, mas atenta nisto tudo:

Uma *mulher* pôs em cena um falso Marsh Bowen. Disse-lhe para chibar o Jomo. Uma *mulher* fez uma denúncia telefónica a dizer que o Marsh era maricas. O Dwight Holly tinha assistido ao primeiro interrogatório do Jomo. A palavra *mulher* quase o atormentava.

Scotty acendeu outro cigarro e deu mais duas passas. O fervilhar mental acelerou-se.

— Cheira-me a bófia — disse o Macaquito Drogadito. — 'Tou a ver um gigantesco assado de porco sobre duas patas. Porqu'é qu'aquele filho-da-puta porcino 'tá a usar aquele laço engraçado?

Os manos mandriões desataram às gargalhadas. Scotty tirou o chapéu e fez uma vénia. Sonny Liston ficou petrificado a meio de uma snifadela. A mesa do painel telefónico estava coberta de pó.

Fred Otash estava a atender as chamadas. Scotty fez-lhe sinal para o acompanhar até às traseiras. Tinham trabalhado juntos nas patrulhas nocturnas em 1952. Freddy sabia esculpir pedaços de madeira. Tinha muitas habilidades secretas.

O parque de estacionamento estava a precisar de ser varrido. Os preservativos descartados e as latas de licor de malte ofenderam Scotty. Fred Otash disse: — Aguça-me o interesse. Custa-me dinheiro estar aqui a falar contigo.

Scotty enfiou na boca uma pastilha antiácido. — Um trabalho de apertar com um maricas. Há um maricas em quem *não* confio.

Fred Otash escarafunchou nos ouvidos com uma cotonete. — É uma proposta cara. Vai ser preciso um isco, um tipo para as escutas e um cão de vigia.

— Posso dar-te cinco milonas.

Fred Otash apontou para o ar. Scotty disse: — Pronto, dez.

— Quinze. É pegar ou largar. Já que somos velhos camaradas de guerra, vou pôr a coisa a rolar e dar-te tempo para juntar a grana.

— *Okay* — disse Scotty.

— Fiz um desses trabalhos de aperto a um maricas com o Pete Bondurant em 1967. Apertámos com um janota que era activista dos direitos civis. Um colaborador do FBI. Era um tipo chamado Dwight Holly, que estava a financiar a coisa.

Scotty rolou os olhos com impaciência. — Conheço bem o Holly. Não quero que saiba disto.

— Por mim tudo bem.

— Diz aí os nomes da equipa.

— Eu e o Pete estávamos em vantagem em relação ao Sal Mineo por causa de um homicídio que ele tinha cometido. O tipo teve uma briga com o namorado maricas e esfaqueou-o. Os maricas gramam o Sal. Podíamos voltar a usá-lo.

Scotty continuou a mascar a pastilha antiácido. — Já conheço o Sal. Se a presa é macho, então quer foda. Foi estrela de cinema durante seis segundos. Posso colocar a parada a esse nível.

Freddy acendeu um cigarro. — O Fred Turentine para o trabalho de escutas e o Phil Irwin para cão de vigia. O Fred Turentine é o melhor do Oeste inteiro. O Phil é bom como o raio ao volante e tem sido meu motorista a tempo parcial.

Scotty abanou a cabeça. — O Phil é um bebedolas e um putanheiro com preferência por carne negra. Basta ver um bar ou uma garina negra que se distrai logo.

Freddy encolheu os ombros. — Pronto, o miúdo Crutchfield então. Conhece o Sal, por via do Clyde. Tem tomates à sua própria maneira pervertida.

Scotty cravou-lhe um cigarro, deu duas passas e deitou-o fora.

— Muito bem, combinado. Mas há três condições desde já. Primeira, este trabalho é, para mim, o meu trunfo escondido na manga. Segunda, quero ficar na posse de todas as filmagens e fotos. Terceira, sou eu que controlo a ameaça de divulgação desse material.

— Com certeza. Por mim tudo bem. Quem paga és tu e portanto quem decide és tu.

Um táxi da companhia arrancou do parque de estacionamento. Wilt Chamberlain ia sentado ao lado do motorista. O tecto da viatura desgrenhou-lhe a carapinha.

— O alvo é um polícia. Temos de ser muito cuidadosos. Não é nenhum daqueles maricas tolos facilmente amedrontáveis.

— E portanto o Reggie sai lá de Nova Orleães com o pedido de passaporte recusado. Suponhamos que ele tenta ir a outros postos alfandegários munido com melhor documentação ou com um bilhete de identidade falso e o pedido é-lhe rejeitado ou aceite. Fazermos mais uma ronda de telefonemas não nos vai ajudar a resolver nada. Precisamos de ver os registos da porra dos pedidos recusados porque contêm sempre fotos. Fiz já algumas averiguações. Os postos aduaneiros mais permissivos são os de Milwaukee, St. Pete e Lynn, no Massachusetts. Os cabrões com identidades falsas ou bilhetes de identidade falsificados tentam sempre ir primeiro a esses postos.

Como tu tens dias de folga acumulados, vais lá a esses sítios, espetas-lhes com o crachá nas fuças e verificas os arquivos.

Café Pipers, na Western. A clientela das quatro da tarde: idiotas das ambulâncias a beber café.

— Eu trato disso — disse Marsh.

— Isso tudo, mano.

— E quanto ao Banco Popular? Estava aqui a pensar que podíamos pressionar o Lionel Thornton.

Scotty abanou a cabeça. — É demasiado arriscado. Primeiro, o tipo dá-se com todos os políticos de Los Angeles que valem alguma coisa. Segundo, já trabalhaste lá e não conseguiste descobrir nada. Terceiro, infiltrei uns polícias novatos lá no banco em 1966 e 1967 e *também* eles não conseguiram descobrir nada.

Marsh remexeu na comida do seu prato com o garfo. Era muito picuinhas. *Quaaaaaaase* emitia vibrações de mariquice.

Scotty regou as batatas fritas com *ketchup*. — Muito bem, é o ano de 1964. O doutor Fred está mortinho por deitar as mãos àquelas esmeraldas. Depois, em 1968, o doutor Fred é assaltado em casa e assassinado. De seguida, 1969. O Jomo diz-me que um «intermediário», foi essa a maldita palavra que ele usou, lhe disse para avisar o doutor Fred acerca de Fevereiro de 1964.

Marsh anuiu com a cabeça. — Continua.

— Depois *tu* chibas o Jomo, embora não fosses realmente tu. Estamos na Primavera de 1964. A operação do FBI avança em pleno e és o infiltrado do Dwight Holly. O *teu* intermediário é o Wayne Tedrow, que anda à procura do Reggie. Que pena a mãezinha do Reggie ter deitado o dossiê fora, mas isso são águas passadas e aposto que o Wayne andava demasiado sobrecarregado de trabalho para poder fazer grandes progressos no tocante a descobrir o rapaz. É essa palavra *intermediário* que não pára de me acudir à mente. *É puro jargão da polícia e dos serviços secretos*. Penso que há aqui uma espécie de confluência esquerda/direita/polícia.

Marsh anuiu com a cabeça. Scotty disse: — *Cherchez la femme*.

Marsh encolheu os ombros. — Que queres dizer com isso, mano?

— Houve uma mulher a sussurrar ordens aos ouvidos do teu falso sósia. O Grande Dwight torce sempre o nariz quando lhe menciono isso. Voltemos agora a Março passado. Recebo uma dica acerca de uma *mulher* comunista que quer pôr a circular cerca de quilo e meio de heroína.

Marsh franziu o rosto. Depois relaxou o rosto. Inversão imediata. Mano, isso cheira-me a esturro.

92

(Los Angeles, 20/12/70)

Revista *Blak-O-Rama*: «a Nova Essência Afrodisíaca».
Crutch folheou a primeira edição da revista. Tinha-lhe sido dada por Phil Irwin e Chick Weiss. Phil apreciava miúdas negras com carapinhas enormes e biquínis de malha. O artigo principal apregoava os Táxis Tiger Kab. A companhia de táxis que era «o centro da elegância da Nova Masculinidade Negra», um «laboratório social que comprova que a integração racial pode funcionar».
O negócio andava frouxo. Crutch estava refastelado numa limusina-tigre. O fraque tigrino tinha caspa. Os assentos tigrinos tinham sarna. Ele próprio estava a sofrer de um caso *ruuuuim* de fadiga ocular. Tinha lido seis vezes o dossiê de Wayne Tedrow.
Tinha guardado o dossiê no seu poiso no centro da cidade. As novas caixas ocuparam-lhe o espaço livre que restava. Tinha apurado o seguinte através dessas leituras exaustivas:
Wayne não tinha relacionado Reggie Hazzard com o assalto ao furgão blindado. Wayne não sabia que o assalto ao furgão era o acontecimento fulcral dessa coisa toda. Wayne não tinha relacionado Joan Rosen Klein com o assalto. Wayne não tinha feito uma correlação *total* entre Laurent-Jean Jacqueau e Leander James Jackson. Wayne não tinha conseguido descobrir *a terreola* de cuja cadeia Joan tinha sacado Reggie quando lhe pagou a fiança. Wayne tinha morrido antes do «Tiroteio Fatal entre Militantes Negros». Wayne não sabia que Scotty Bennett e Marsh Bowen eram parceiros. *Wayne não tinha conseguido relacionar nada com o assalto.*
Crutch continuou a folhear a *Blak-O-Rama*. Do artigo constavam as opiniões dos clientes mais importantes da companhia de táxis. Wilt Chamberlain dissera: «Os melhores táxis de Los Angeles, meus caros.»

Archie Bell tinha dito: «Os Táxis Tiger Kab são o supra-sumo da inconformidade.» O poeta Allen Ginsberg tinha dito: «Os Táxis Tiger Kab são a vanguarda multirracial.»

O táxi de Phil Irwin entrou no parque de estacionamento. Transportava Chick Weiss e uma puta cubana. Chick estava de olhos pedrados devido aos *Quaaludes*. Buzz Duber zarpou do parque de estacionamento. Transportava no táxi o compositor Lenny Bernstein e um transexual mulato.

Aquilo era agora o novo centro da elegância. Motoristas auxiliares a fazer horas extras após o emprego normal e a beber café saturado de *Dexedrines*. Os Táxis Tiger Kab circulavam agora durante as vinte e quatro horas do dia.

Crutch saiu da limusina e deambulou pelo parque de estacionamento. Lenny B. vasculhou os bolsos. Chick e Phil enfiaram *Quaaludes* na boca e exclamaram *aaaah*.

— «Sem determinação de culpabilidade» — disse Chick. — Sou o primeiro a informar-vos disto. Isto vai ser o dobre de finados de toda a vossa comandita de mandriões, seus cabrões chupistas.

— É, não tarda nada — disse Phil. — Faz tudo parte dessas tretas permissivas dos *hippies* que andam a assolar o país. Vai deixar de ser preciso comprovar a existência de causa para divórcio.

— Isso significa que um advogado charlatão como eu vai deixar de pagar a pervertidos como vós para arrombar portas aos pontapés e espreitar janelas — disse Chick.

— *Pervertidos?* — disse Phil. — Olha quem fala.

Chick fê-lo calar-se. Lenny B. enfiou um *Quaalude* na boca e exclamou *aaaah*.

Crutch fez-lhes um gesto obsceno e foi para o escritório. O Cartel dos Escarumbas estava em acção e a dar nas drogas. Milt Chargin, Fred Otash, Panteras e polícias extraviados. Sonny Liston a snifar cocaína.

Ergueu o jornal *Vegas Sun* bem alto e leu em voz *alta*.

— «Ex-campeão em declínio. Antigo rei dos pesos-pesados na penúria. Numerosas fontes confidenciais disseram a este repórter que o residente local Sonny Liston, outrora o campeão mundial dos pesos-pesados e destemido embaixador do pugilismo, talvez tenha de recorrer aos vales de alimentação ou procurar em breve um emprego de animador de casino como aconteceu a Joe Louis. Corre o rumor de que está prestes a ficar na penúria em resultado de hábitos perniciosos e fala-se de um terceiro combate contra Muhammad Ali, se Liston conseguir sobreviver à luta pelo título a 8 de Março contra Smokin' Joe Frazier, embora os profissionais do boxe considerem que isso não passa de uma fantasia.»

— A mim soa-me a verdade — disse Redd Foxx.

— Vou-te pôr esse lindo cu a render na *rua*. *Nunca* vais ficar teso de grana se andares aí pela rua a vender essas enormes nalgas de preto para *mim* — disse o Macaquito Drogadito.

— Isto não passa de tretas merdosas — disse Sonny. — Tenho catorze milonas em reservas de cereais *Kellogg's Rice Krispies* e seis milonas no bolso.

Freddy fez sinal a Crutch. Enfiaram-se na casa de banho. Freddy trancou a porta.

— Gostavas de fazer um trabalho de apertar com um maricas? Pago-te duas milonas.

Crutch quase desmaiou de surpresa. — Porra, claro que sim. Conta comigo.

— Queremos usar o Sal Mineo como isco. Como o conheces, ficas tu encarregado de o recrutar. Recebe três mil e quinhentos e não pode recusar-se a levar isto até ao fim. Menciona-lhe o meu nome se ele se puser com protestos.

Crutch engoliu em seco. — Quem encomendou o trabalho?

— O Scotty Bennett.

Crutch voltou a engolir em seco. — Quem é o alvo?

Freddy riu-se. — Aquele polícia, o Marsh Bowen. Esse preto ruim gosta de montar machos.

Sonny estava a injectar-se no assento de trás. Estavam a meio caminho de Las Vegas. O Natal era daí a cinco dias. A equipa de motoristas dos Táxis Tiger Kab usava agora gorros de Pai Natal

Crutch tirou o gorro dele. Destoava do fraque tigrino. A meia-noite evaporou-se: mais outro trajecto solitário.

Pressionar o maricas. Sarilhos à vista. Só podia estar relacionado com o assalto ao furgão blindado.

Sonny desfez o torniquete à volta do braço. — Contaram-me o que fizeste, Mirone. Andaste a revelar merdas do Wayne à Mary Beth. Os duendes do Pai Natal contaram-me *tuuuuudo* sobre isso. Isso quer dizer que agora vou andar de olho em ti.

Crutch sentiu o coração bater descompassado. Um coiote atravessou a estrada a correr. Crutch perdeu o controlo do volante e quase galgou a berma.

O rádio voltou a dar sinal de vida. As montanhas tinham barrado o sinal desde há pouco mais de sessenta quilómetros. Desta vez ouviram Brenda Lee a cantar «Jingle Bell Rock».

Crutch olhou pelo espelho retrovisor. Sentiu o pulso bater a duzentos por minuto. Sonny estava completamente pedrado de heroína. A dentadura postiça estava meio saída da boca.

As canções de Natal consolaram-no até chegar à linha da fronteira interestadual. Terapia de diversão à mistura com recordações do passado.

Natal de 1954. A avó Woodard tinha vindo lá de Ortonville, no Minnesota. Um enfarte em Março acabaria por lhe ceifar a vida. A sua mãe desaparece em Junho.

Natal de 1962. O Paul McEachern enche-o de porrada. Natal de 1966. Rouba o carro do namorado da Dana Lund e enche-lhe o depósito de combustível com petardos.

Sonny agitou-se no banco de trás. Que 'tá esta agulha aqui a fazer? Crutch manteve-se de bico calado. Las Vegas assoma lá ao longe, a cerca de cinquenta quilómetros de distância.

— Não estou falido e não sou nenhum caso de caridade — disse Sonny. — O *Vegas Sun* publica umas tretas e um cabrão dum idiota anónimo envia-me uma esmeralda verde pelo correio. Embrulha a maldita coisa na porra do jornal para qu'eu perceba a intenção.

Foi como um murro no estômago: Crutch ficou sem ar e com a visão turva. A estrada pareceu afundar-se. Roçou contra o poste de uma vedação. A Lua pareceu saltar e cabriolar.

Sonny agarrou-se à porta da viatura. Crutch agarrou o volante com firmeza. A Lua pareceu assumir o seu lugar normal no céu.

— Posso ver o envelope e a esmeralda?

— Ná, Mirone, não podes. Podes é levar-me até Las Vegas inteirinho e deixar-me em paz, foda-se.

Esmeraldas, pressionar o maricas, a ligação com o Cartel dos Escarumbas. Tudo aquilo era uma e a mesma coisa.

Tomou uma dose de barbitúricos e deixou-se dormir no parque de estacionamento do Bar Sands. Acordou e engoliu uma dose de panquecas com *Bloody Marys*. Redd Foxx tinha vendido a Sonny quatro saquetas de droga em Los Angeles. Sonny tinha injectado o conteúdo de uma das saquetas na limusina. De certeza que agora estava comatoso.

Crutch pôs-se a vigiar a casa de Sonny. A limusina-tigre suscitava olhares de curiosidade. A casa de Sonny era luxuosa segundo os padrões dos negros. A vizinhança era metade composta por brancos.

Era agora ou nunca.

Tinha uma cunha flexível e o seu estojo de gazuas. O enorme *Buick* de Sonny estava estacionado à entrada. O batente da porta era uma luva de boxe em latão.

Toca a ressuscitar os mortos. Não vais querer cometer erros aqui.

Crutch bateu com o batente, tocou à campainha e deu pontapés na porta. Não obteve nenhuma resposta e repetiu a sequência. O silêncio intensificou-se. Enfiou a cunha na porta e entrou sem mais obstáculos.

Ouviu roncos. Sonny estava esparramado como um velhinho gagá num sofá de pele de imitação. Tinha usado uma corda elástica para fazer de torniquete. Tinha a agulha meio espetada no pulso.

«Campeão na penúria?» Pois claro. A casa dele estava mais do que suja e continha menos do que a mobília necessária. Do tecto caía pó de serrim e suco de fréon, que eram recolhidos por pratos para cães.

Uma olhada rápida, nada de asneiradas aqui.

Deu um giro pela casa. Sala de estar, cozinha, dois quartos. Nada de estantes ou cómodas, a roupa estava enfiada em sacos de papel. Revistar primeiro os armários embutidos da cozinha.

Revistou o lixo. Encontrou embalagens de comida pré-preparada, com o alumínio chamuscado, e garrafas de vodca vazias. Revistou as gavetas da cozinha: eureca, ali estava.

Envelope branco e simples, tamanho normal, sem remetente. O nome e a morada de Sonny em letra de imprensa. Carimbo dos correios de Los Angeles, o recorte de jornal no interior, nem sinal da porra da esmeralda.

Crutch agarrou no envelope pelas margens. Enfiou-o numa saqueta de plástico e substituiu-o por um envelope amarrotado.

Sonny latia como um cachorro enquanto dormia.

Clyde tinha-lhe enviado os três mil dólares, a/c do Dunes. Conseguiu esticá-los até aos cinco mil com o seu trabalho de motorista. Tinha consigo a foto de Reggie Hazzard. Tinha comprado um mapa das estradas da Califórnia-Nevada e ligara para os Táxis Tiger Kab a dizer que estava adoentado. Tinha guardado a limusina-tigre numa garagem alugada para não parecer um totó.

Tratou de alugar uma carrinha *Ford*. Tirou o fraque tigrino e comprou um casaco desportivo. Saiu então para a rua para untar as mãos a polícias saloios. Wayne deveria ter feito isso logo desde o início.

Cidadezinhas merdosas. Terreolas fronteiriças e aterros agrícolas. Pontinhos isolados no deserto, com esquadras policiais de seis, oito e doze agentes.

Rainbow Hill, Crescent Peak, Dyer, Daylight Peak. Woodford, Minden, Pahrump, Salisbury, Mid-Lockie. Catorze cidades da dita região «Cal-Nev».

Seguiu de cidadezinha em cidadezinha. Mostrava a foto presa a uma nota de cem dólares. Subornou polícias saloios, polícias capatazes e cabrões que contrabandeavam imigrantes mexicanos ilegais. Enfatizava sempre a data Dezembro de 1963. Descrevia Joan. Mencionava a fiança paga para tirar Reggie da cadeia: posso consultar os vossos registos, por favor?

Alguns polícias limitaram-se a ignorá-lo. A maioria deles aceitava o dinheiro. Alguns deles disseram até que tinham deitado no lixo as folhas dos registos. A maioria deles citava que tinha havido substituição de pessoal administrativo e deixavam-no assim de mãos a abanar.

Trabalhou naquilo durante três dias. Desembolsou 3400 dólares. Dormia em motéis baratos e sonhava com Joan. Percorreu nove décimos das cidades que constavam do mapa das estradas.

Saiu da auto-estrada I-15 em McKendrick. A esquadra local era uma tenda de cobertura metálica ao lado de um campo de alface. Os reclusos trabalhavam no campo. O parque automóvel reduzia-se a quatro velhos *Fords* e dezasseis cavalos. Os apanhadores de alface usavam fatos-macaco estampados. Os polícias conduziam carrinhos de golfe e emborcavam álcool.

Crutch estacionou ao lado de uma pileca amarrada. Um polícia de rosto queimado pelo sol aproximou-se dele. Tinha chagas malignas como as de Crutch Sénior.

— Posso ajudá-lo, jovem?

— Tinha umas perguntas a fazer, se o senhor tivesse a amabilidade.

O polícia estendeu a mão. — A amabilidade custa dinheiro. Não finjamos que não.

Crutch deu-lhe cinquenta dólares. — Uma detenção por vagabundagem e posse de arma. Dezembro de 1963. Um miúdo negro foi detido e uma mulher branca de cabelo escuro com estrias grisalhas pagou-lhe a fiança.

O polícia estendeu a mão. Crutch abanou a cabeça. O polícia disse: — Eu estava lá nesse dia. A amabilidade não é de graça.

Crutch deu-lhe mais duas notas de cinquenta. O polícia estalou os dedos. Crutch deu-lhe mais duas notas.

O polícia pôs-se a escarolar uma crosta no nariz. — Um miúdo negro e uma gaja judia. Fugidos à justiça. Não me peça para ver registos, porque não existem. O miúdo deixou cá ficar na cela uns livros de comunas e de química, talvez ainda estejam cá.

Ferramentas:
Pó para detectar impressões digitais e pincéis. Fita adesiva transparente para recolher impressões digitais. Uma lupa e a ficha das impressões digitais de Joan Rosen Klein.

Alvos:
O envelope de Sonny Liston. O manual *Química Básica*, de Magruder. O livro *Os Condenados da Terra*, de Franz Fanon.

Estava a trabalhar naquilo no seu poiso nos Apartamentos Vivian. Desocupou a secretária para ter espaço e dispôs tudo em cima do tampo. O candeeiro de braço flexível fornecia-lhe a luz necessária.

As páginas dos livros eram porosas. Certamente não conteriam impressões digitais latentes. Por seu lado, as sobrecapas eram lustrosas e certamente conteriam impressões. O envelope era liso e de superfície macia. As hipóteses de encontrar impressões eram boas.

Embebeu um pincel no pó vermelho. As sobrecapas eram brancas e de um bege-claro.

Calçou luvas de borracha. Dobrou os livros abertos ao meio, com as sobrecapas viradas para cima. Conseguiu obter assim uma superfície quase plana: capas anteriores, capas posteriores, lombadas. Colocou o envelope ao lado.

Agora respira fundo.

Aplicou pó nos livros e no envelope. Obteve manchas, espirais e borrões. Acrescentou uma segunda camada de pó. Obteve duas impressões viáveis no livro comunista. Obteve também duas impressões viáveis no envelope.

Agora respira fundo.

Agarrou na lupa. Examinou as impressões latentes nos livros e as impressões na ficha de Joan. Uma das impressões latentes era bastante parecida.

Espirais, cristas, inversões. Pontos de comparação: 4, 5, 6, 7, 8, 9...

Há coincidência.

Joan tinha tocado no livro de Fanon com o indicador da mão direita. Tinha sido em Dezembro de 1963 ou antes, pois desde então o livro estivera na posse da esquadra de McKendrick.

Crutch examinou o segundo livro. Mãos à obra: grava na mente cada pormenor que vês.

Memorizou os pormenores. Depois pegou na lupa e examinou a ficha com as impressões digitais de Joan. Nada: não havia uma segunda coincidência.

Aplicou a fita adesiva transparente. Recolheu a impressão desconhecida. Reforçou a fita com uma faixa de plástico escuro. Os pormenores da impressão digital estavam agora expostos com uma nitidez preto no branco.

Respira fundo, só falta mais uma.

Debruçou-se sobre o envelope. Examinou as duas impressões latentes. Memorizou os pormenores. Reexaminou a ficha com as impressões digitais de Joan. Semicerrou os olhos e aplicou a lupa. Nada: nenhuma coincidência.

Aplicou duas tiras de fita adesiva transparente. Recolheu com facilidade as impressões desconhecidas. Reforçou as tiras com faixas de plástico escuro. As impressões expuseram então os pormenores com uma nitidez preto no branco.

Colocou as duas tiras com as impressões do envelope ao lado da tira com a impressão recolhida no livro. Aplicou a lupa. Uma das tiras era claramente diferente. A outra coincidia na perfeição.

Isso significava o seguinte:
Joan tinha tocado no livro comunista em 1963. Uma segunda pessoa também tinha tocado no livro nessa altura. Essa mesma pessoa também tinha tocado no envelope de Sonny, no final de 1970.
Não podiam ter sido os polícias de McKendrick. Um tiro no escuro: Reggie Hazzard.
Reggie não tinha cadastro. Isso significava que não existia nenhuma ficha com as suas impressões digitais. Reggie tinha carta de condução emitida pelo estado do Nevada. O Departamento de Veículos Motorizados do Nevada não exigia a recolha de impressões digitais para a emissão das cartas de condução.
O envelope tinha carimbo dos correios de Los Angeles. A esmeralda teria sido enviada de lá. Teria sido *enviada* para Los Angeles para depois ser reenviada daí?
Não tinha conseguido obter uma verdadeira coincidência de impressões digitais. Não passava tudo de suposições. E havia ainda aquela segunda impressão no envelope.
Agora respira fundo. Mais trabalho, foda-se.

O Natal chegou e foi-se. O Ano Novo dissolveu-se numa mancha indistinta por obra dos aguaceiros. Sonny Liston tinha morrido de *overdose* uma semana antes. O velório na sede dos Táxis Tiger Kab foi um verdadeiro acontecimento.
Redd Foxx e Milt Chargin actuaram. A revista *Blak-O-Rama* publicou um artigo de fundo. Fred Otash forneceu as bebidas. Chick Weiss forneceu drogas e putas das ilhas. Os rapazes de Duber compareceram. Os motoristas formaram um *kortejo* de táxis e percorreram a cidade da pretalhada. Os Panteras e a bófia mamaram drogas em perfeita paz. Lenny Bernstein citou Krishnamurti. Scotty Bennett trocou socos com o pugilista Jerry Quarry. Socos a sério. Aquilo quase virou uma cena feia.
O esquema para pressionar o maricas tinha sido adiado. Freddy exigia agora quinze milonas. Scotty, qual judeu, tentou baixar aquilo para dez mil, mas em vão. Scotty andava num frenesi para tentar arranjar a massa. Freddy disse a Crutch para não abordar ainda o Sal larilas.
Crutch fez trabalhos de divórcio para Clyde. Enviou perguntas a Mary Beth Hazzard: Wayne tinha deixado mais alguma papelada?

Trabalhava a tempo parcial nos Táxis Tiger Kab. Todas as noites examinava fichas de impressões digitais no Departamento de Veículos Motorizados no centro da cidade.

Insónias e vista cansada. Ampolas de soporífero *Nembutal* e frascos de colírio. Verificar manualmente fichas de impressões digitais. Compará-las com as duas faixas de plástico.

Fazia mentalmente a contagem das fichas. Acabou por perder a conta às dez mil. Passou a fazer uma contagem por cada noite de trabalho. Acabou por perder a conta a 6 de Janeiro.

No dia 7 chegou atrasado. Subornou o funcionário da noite, como era hábito. Levava consigo as faixas de plástico com as impressões, a lupa e o colírio.

Abriu uma nova caixa de fichas de impressões. Onze fichas e nada. Pegou na ficha n.º 12. As espirais da impressão pareciam falar com ele.

Agora respira fundo. A segunda impressão do envelope. Não, sim, não... talvez.

Pontos de comparação: 1, 2, 3, 4, 5, 6, 7, 8, 9... até 14: uma boa medida.

Coincidência perfeita. *Que cena, era um nome que ele conhecia.* Lionel Darius Thornton, negro. Nascido a 18/12/1919.

O tipo do Banco Popular. Lionel, o Branqueador de Dinheiros. O *consigliere* do Cartel dos Escarumbas.

93

(Los Angeles, 9/1/71)

Chez Marsh: um lar culto e não militante.

Forçou a entrada com uma gazua de tungsténio. Óculos de infravermelhos deram-lhe visão nocturna. Manter as luzes desligadas para dessaturar.

Baldwin Hills. Uma moradia de um só piso a seguir à Stocker. Burguesia negra. Mobiliário tubular de metal. Uma *elegaaaaaaante* estética de escola.

Dwight deu uma olhada à casa. Eram 21.49. Marsh estava ocupado com um discurso importante. Os figurões do Partido Republicano gostavam dele, pois tinha melhorado a sua posição por via do esforço próprio. Tinha sido o governador Reagan a convidá-lo para proferir as palestras.

Tratava-se de um ensaio preliminar: vamos lá aprender as regras básicas.

Dwight começou a tirar fotos. A *Minox* tirava fotos nítidas sem *flash*. Lá no bangaló-refúgio tinham um quarto escuro. Joan poderia revelar aí a película.

Rauschenberg e Rothko em molduras de aço polido. Um espaço austero no geral. Um útero de metal.

Bateu em painéis de parede. Revistou prateleiras e gavetas de arquivo. Viu livros de arte, declarações fiscais e papel de carta intacto. Marsh gostava de acumular papelada. Achava que sim. Joan tinha-lhe chamado um «diarista clandestino».

Revistou o quarto de dormir. O motivo tubular mantinha-se. Marsh adorava metal polido. Era funcional e hostil. Exsudava odor másculo e excluía fragrâncias femininas. Marsh era todo ele uma obstinação refinada.

Marsh era o novíssimo assassino descontente. E isto era o seu covil de psicopata. Uma frieza clínica. A partir daí seria tudo, a começar por *horripilante*.

Dwight revistou as gavetas da mesinha-de-cabeceira. Revistou a agenda de moradas de Marsh e fotografou cada uma das páginas. Viu apenas nomes masculinos, listados pelo nome próprio. Viu números de telefone dos bares Klondike, 4-Star, Tradesman, Spike. Agora Marsh sentia-se seguro. O seu poiso de operações era um verdadeiro Actors Studio. Aquela casa era óptima para rechear de referências maricas.

Iam precisar de espaços para deixar ali provas incriminatórias. Marsh, o ávido coleccionador maricas com gostos castos por arte académica. A casa era uma bela fotografia. Vamos lá tratar de lhe conferir uma moldura erosiva.

Deixar aqui carteiras de fósforos de bares *gay*. Deixar ali fotos de sodomia. Manchar os lençóis com sémen no dia anterior à golpada. Esconder no quarto de banho vibradores cobertos de merda seca.

A casa iria atrair um escrutínio esmagador. A fachada tinha de ruir lentamente. O terror tinha de aumentar lentamente.

Dwight bateu nos painéis das paredes. Não ouviu nenhum som denunciador. *Espaços para deixar provas incriminatórias*. Literatura subversiva e obras pornográficas de ciência política. A intuição de Joan: ele tem um diário, descobre onde está, depois substituímo-lo pelo nosso diário falso antes da golpada.

Uma máquina de escrever *Underwood* eléctrica. Papel de máquina empilhado ao lado.

Dwight enfiou uma folha na máquina e escreveu todas as letras, números e símbolos. À vista desarmada pareciam-lhe isentas de quaisquer defeitos de uso. Tirou fotos do teclado e das teclas. Talvez houvesse teclas com algum defeito de uso. Teria de fazer uma cópia delas com as ferramentas apropriadas. Equipas forenses iriam examinar a máquina. Teria de criar uma verosimilhança convincente.

Bateu em mais painéis das paredes. Não detectou nenhum som oco. Era um primeiro reconhecimento do terreno. Ainda não podia confiar nos ouvidos.

Esconderijos. As equipas forenses iriam demolir a casa de alto a baixo. Marsh deveria ser exposto postumamente na praça pública, de forma cáustica. Era um tipo incrivelmente inventivo e engenhoso. Aquela casa deveria explodir de assombrosas descobertas de última hora.

Deixar aqui papelada incriminatória. Deixar ali papelada incriminatória. Aquilo parecia a sua própria vida refractada. Pois também ele armazena papelada para o Sr. Hoover. O seu trabalho consiste em encontrar as ranhuras adequadas para inserir papeladas incriminatórias.

Há um mês que exercia as suas novas funções. O Sr. Hoover tinha-lhe aumentado o salário. A secção dos arquivos era toda ela relativa a escândalos rascas, muitos deles ocorridos em Los Angeles. Marsh era natural de Los Angeles. Após a sua morte, todos os gabinetes de registos de Los Angeles iriam ser passados a pente fino em busca de referências ao nome dele.

Dwight averiguou dossiês à procura de pontos para inserir informações incriminatórias. Tratava-se de um subtexto operacional: ocultar dados amarelecidos pela passagem do tempo. Isso implica um desequilíbrio político emergente e patologias próprias de um homossexual no armário. A mania arquivística do FBI incrimina Marsh Bowen. Os dossiês inconsistentes são diligentemente passados a pente fino. O Sr. Hoover é acusado postumamente. A compilação de dossiês reduz-se a um tédio meticuloso e a uma escatologia oficialmente sancionada. O horror moral e a titilação irão guerrear-se na arena pública. O agente especial Dwight C. Holly irá declarar o que tudo aquilo significa.

Passava horas dentro do armazém de arquivos. Jack Leahy achou aquilo estranho. Dwight, por seu lado, achava Jack estranho. Jack estava sempre a dizer chalaças acerca da saúde do velho rabeta. Mas desconhecia que o velho rabeta estava lúcido durante a maior parte das vezes.

Dossiês:

Joan tinha menosprezado a ideia de assaltar o Centro de Registos da Pensilvânia. Achava que isso iria expor demasiado cedo a mania arquivística do FBI. Também achava que ele estava a explorar Karen: estava a transformar uma quacre pacifista num acessório de morte.

Tinham desistido de discutir aquilo. Mas o assunto continuava a pairar em silêncio entre os dois.

Dwight revistou os armários do corredor. Viu os uniformes engomados de Marsh e um cinto de arma enrolado numa prateleira.

Arranja alguns actores. Enfia um deles num uniforme policial. Arranja um carro-patrulha. Monta um cenário apropriado em Griffith Park. Lá vai o falso Marsh em uniforme. Não se lhe vê a cabeça. Um suspeito algemado está a fazer-lhe uma mamada. Marsh tem a arma apontada à cabeça do tipo.

Aplicar um tratamento de envelhecimento ao instantâneo. Enfiá-lo dentro de um uniforme já puído. Um adereço esquecido.

Arranja anfetaminas na rua. Esconde-as atrás da roupa interior dele. Marsh droga-se em serviço e patrulha em busca de engates.

Dwight saiu para o pátio das traseiras. Marsh desfrutava ali de uma bela vista. Aquele lugar era encantador. Marsh tinha vinte e seis anos. Tinha no máximo mais um ano de vida.

O serviço de quartos levou-lhes entrecosto e vinho *Bordeaux* demasiado encorpado. Ultimamente andava a beber menos. Joan andava a beber mais. Os períodos de sono de ambos tinham-se invertido.

Comeram com os roupões vestidos. A chuva forte tamborilava nas janelas. Queimaram um tronco de madeira sintética na lareira.

— Não me agrada a entrada forçada. É muito precipitado — disse Joan.

— Estás preocupada com a convergência.

— Sim, claro.

— É a única coisa que não podemos forçar.

— Eles vão ter de estar voluntariamente no mesmo lugar e à mesma hora.

Dwight recostou-se na cadeira. — Na mesma *cidade*, num sítio preestabelecido. Deveria ser em Los Angeles. Das últimas seis vezes que o senhor Hoover esteve cá, hospedou-se sempre no Hotel Beverly Wilshire. Pede sempre uma suíte com vista para a vertente norte. Do outro lado da rua há sete edifícios com dois ou três pisos. Dois deles têm nas janelas letreiros de «aluga-se escritório». Os outros edifícios são *boutiques* e restaurantes. Têm arrecadações no segundo e no terceiro pisos, viradas para o hotel.

Joan acendeu um cigarro. — Continua. Diz-me o que estás a pensar.

— Estou a pensar que devíamos arranjar um miúdo negro mais ou menos da idade do Marsh. É crucial que haja uma parecença grande entre os dois. O miúdo deve alugar um escritório e devíamos decorá-lo. Esse sítio é onde ele vai para foder rapazes, consumir drogas e guardar armas. O Marsh começa a perder o tino. Começa a consumir drogas a torto e a direito. Vou dizer ao atirador para lhe injectar cocaína subcutânea depois de o abater. Vou mostrar-lhe como intensificar o nível de toxinas do fígado para coincidirem aproximadamente com um abuso prolongado de drogas.

Joan soprou um anel de fumo. — És mesmo incrivelmente talentoso, camarada.

Dwight agarrou-lhe nas mãos. — Estás preocupada com a Celia.

— Não quero falar disso. Ela esteve sempre ciente dos riscos.

— Podia fazer alguns telefonemas.

— Não quero que o faças.

Dwight sorriu. — Quando te associei ao Tommy Narduno, pensei que ias acabar por vir atrás de mim.

Joan sorriu. — Cheguei a pensar nessa hipótese. O Tommy achava que podia expor a ligação entre o sucedido no Grapevine e a vossa operação e criar assim um escândalo mediático. Sempre foi muito ingénuo. Bem lá no fundo, não passava de um jornalista de escândalos. Estava equipado com microfones na noite em que vocês o mataram.

Dwight estremeceu. Joan apontou para o vinho. Dwight abanou a cabeça.

— O que te convenceu então a desistir de vir atrás de mim?

— Foi a Karen que me convenceu. Deixou implícito que tu estavas pronto. Chegou até a citar Goethe. A expressão que usou foi «a queda ascendente».

Dwight abriu uma das janelas. Pedras de granizo bateram-lhe no rosto.

— O Jomo e aquela coisa do Marsh. Como chegaste lá?

Uma rajada de vento abanou os vidros. Joan virou a cadeira para a janela e deixou a chuva molhá-la.

— Tu tinhas os teus objectivos e eu tinha os meus. Eram simultaneamente síncronos e inimigos. Sabia que o Marsh só podia ser o teu infiltrado. A tua patologia estava reflectida nessa tua escolha. Foi uma escolha ousada, grandiosa e autodestrutiva. Tinha passado algum tempo com o Marsh e achava-o um fraco e quase um egoísta mesquinho. Engatava homens quando achava que eu não estava a ver, o que acabou por redundar num verdadeiro passo em falso de actor e foi dramaticamente doentio e narcísico. Portanto, liguei ao Scotty Bennett e revelei-lhe a inclinação sexual dele. Voltei a ligar ao Scotty e fiz de mediador na traição que o Marsh pregou ao Jomo Clarkson. Foi uma estratégia dupla. Queria pôr o Marsh em perigo e obrigá-lo a jurar lealdade à ATN. Achei que o Jomo não passava dum homicida perverso e tinha quase a certeza de que o Scotty não iria conseguir resistir à tentação de o matar.

O vento agitou a toalha da mesa e derrubou a garrafa de *Bordeaux*. Dwight levantou Joan da cadeira.

Puckett, no Mississípi. Seis parques de rulotes e nove zonas de acampamento do Klan.

Bob Relyea era o líder do Capítulo dos Cavaleiros Enaltecidos. Fazia de chulo para a polícia local e de bufo da ATN. Vendia cogumelos mágicos e panfletos racistas. Assaltava gasolineiras. Bob era ex-membro da equipa Tiger Krew. Traficou heroína em Saigão e trabalhou com Wayne Tedrow. Tinha abatido Martin Luther King.

Estava um tempo fresco e límpido. A zona do acampamento consistia num barraco de chapa ondulada e num canil. Quatro cabrões deambulavam pelo campo de tiro. Os alvos eram manequins como os que havia nas montras das lojas. Estavam equipados com máscaras com as feições do famoso Pantera Eldridge Cleaver.

Bob viu o carro aproximar-se. Dwight travou e parou ao lado do acampamento. Bob correu para junto dele.

Dwight abriu a porta do passageiro e o porta-luvas. Um maço de notas de cem dólares rolou para fora. Bob apanhou-o e enfiou-o debaixo da camisa.

— E só tenho que falar?
— Certo.
— Não digas mais. Se eu matar alguém, haverá mais maços como este.
— Certo — disse Dwight.
— Maravilha, rapaz — disse Bob.

Dwight acendeu um cigarro. — Vais receber cinquenta mil. Abates o alvo e o bode expiatório no mesmo instante. São dois tiros fáceis.

Essa parte não me preocupa nadinha. O que é preciso é juntar os dois. Se for preciso, rapto o bode expiatório e posiciono-o no lugar apropriado, mas preferia não o fazer.

Bob escarafunchou o nariz. — O alvo é alguém importante?

Dwight piscou-lhe o olho.

— Vai haver falatório até dizer chega — disse Bob.

— É mesmo isso que pretendo. Há aqui um subtexto.

— Quem é o alvo?

Dwight riu-se. — Vais saber assim que o vires.

DOCUMENTO ANEXO: 6/2/71. Excerto do diário privado de Karen Sifakis.

Los Angeles,
6 de Fevereiro de 1971

Vou levar a coisa para a frente, independentemente do que isso possa acarretar para augurar ou apressar o fim da Joan e do Dwight. Vou correr o risco de fomentar a violência. Sinto lealdade em relação à Joan e estou-lhe grata pela mudança que criou no Dwight. Percorremos juntas uma longa estrada. Não seria exagero da minha parte afirmar que o meu pacifismo tem mitigado as acções violentas da Joan ao longo destes anos. É seguramente verdade que a sua personalidade precipitada me aproximou esporadicamente de Deus e de confrontos não violentos. Ela faz *parte* de mim e eu faço *parte* dela e o Dwight faz *parte* de nós as duas. Existe uma profunda alquimia nos pontos em que convergimos e nos pontos em que divergimos. Continuo a confiar no nosso diálogo, tanto como receio os potenciais resultados. A terrível discussão que tive com o Dwight obrigou-me a admitir a arrogância e a especiosidade existentes no âmago da minha lógica moral. O ardor das palavras dele convenceu-me da necessidade de correr este risco.

O Dwight conhece agora a extensão e o alcance da minha relação com a Joan, senão mesmo os pormenores específicos. A Joan tem feito insinuações relativamente à nossa amizade ou revelou-a por via de olhares e apartes que o genial e incrivelmente paranóico Dwight tem conseguido captar até ter alcançado uma certeza mental. Tenho mentido ao Dwight por omissão; tenho hoje a certeza de que a Joan me usou para poder chegar a ele; agora o Dwight e a Joan mentem-me ao sonegarem-me os pormenores da sua «Operação». Sou totalmente culpada pela criação do laço entre o Dwight e a Joan. Deveria ter contado ao Dwight que a Joan tem usado identidades falsas que serviram para ocultar grande parte dos seus actos subversivos. Deveria ter contado ao Dwight que a Joan tinha planeado uma série de assaltos à mão armada lá na zona leste. Deveria ter-lhe contado que estivemos juntas na Argélia e que organizei uma vigília de oração por aqueles soldados pára-quedistas franceses que a Joan e os camaradas dela emboscaram nos arredores de Béchar. Deveria ter-lhe contado que participei no planeamento da invasão do dia 14 de Junho, num papel não violento. Não lhe contei nenhuma destas coisas porque, deploravelmente, desejava a conflagração *deles*, porque queria desamarrá-los para satisfazer uma raiva enterrada no fundo de *mim* mesma, para lhes impor este mundo circunspecto, ideologicamente comprometido, radicalmente chique e eternamente cuidadoso em que eu vivo com a fúria única que sei que *eles* desenvolveriam.

Agora devo levar até ao fim o meu papel de criadora nisto, interpretar o meu papel de interveniente secundário e maldizer as vicissitudes do estilo de vida radical enquanto rezo pela paz. Irei forçar a entrada, roubar dossiês, expor as práticas de recolha de informação de uma burocracia opressiva e esperar que o muito antecipado combate de boxe entre dois talentosos pugilistas negros não relegue as minhas acções para o estatuto de notícia de última página. Ironia: o Dwight chamou ao arrombamento um «acontecimento mediático». O Centro de Registos fica em Media, na Pensilvânia.

A discussão com o Dwight ocorreu aqui em minha casa; a Dina e a Eleanora ouviram a furiosa explosão inicial e o violento desfecho. Foi uma altercação gerada pela minha própria arrogância. Sobrestimei a minha influência sobre o Dwight e menosprezei a influência da Joan sobre ele. Fui estridente, mesquinha, ciumenta e filosoficamente doentia. O Dwight atirou-se a mim com a fúria de um convertido e de um amante convertido. «Fazes explodir coisas, destróis símbolos, atacas simpáticas representações de instituições muito remotamente aparentadas, foda-se», disse-me ele. «É isso que te faz sentir presunçosa enquanto as pessoas sofrem e morrem, e vais continuar a fazê-lo até que um pedaço de plástico explosivo de um qualquer monumento confederado que rebentaste arranque um dia um olho a um miúdo negro e depois voltas para aqui a chorar e a rezar e a tentar magicar algo espectacular e correcto segundo a tua visão quacre para voltares a envolver-te nesse jogo que tanto adoras e que é violento pela sua própria natureza intrínseca.»

E tinha razão.

E depois disse-me: «E nunca sejas arrogante com a Joan Rosen Klein, pois foste tu que a enviaste para os meus braços.»

E tinha razão. Por conseguinte, vou avançar com a missão que ele e a Joan me confiaram.

DOCUMENTO ANEXO: 21/2/71. Excerto do diário de Marshall E. Bowen.

A caminho de Boston,
21/2/71

Tenho viajado e seguido potenciais pistas desde o meu último encontro com o Scotty. Os dias de folga acumulados serviram-me de disfarce para esta tarefa. Tenho alegadamente percorrido o país de automóvel. Tenho verificado à mão, e de forma laboriosa, todos os pedidos de aceitação e rejeição de emissão de passaportes nos postos aduaneiros de Nova Orleães, St. Petersburg e Milwaukee, seguindo-se em breve o posto de Lynn, no Massachusetts. São estas as cidades que o Scotty considerou serem as mais permissivas e incompetentes no tocante às práticas de emissão de passaportes. Tenho cedido ao Vício nessas cidades e aproveitei essa liberdade para me divertir em locais onde não sou nenhuma celebridade. Nessas cidades não descobri nenhum registo de aceitação ou de rejeição de um pedido de passaporte por parte do Reginald Hazzard. Não encontrei a fotografia dele — com ou sem as cicatrizes das queimaduras tratadas medicamente — em nenhum dos milhares de formulários que examinei.

Tenho, portanto, viajado e desfrutado do meu tempo fora de Los Angeles. Tenho ligado ao Scotty de tantos em tantos dias a informar «sem sorte até agora». Tenho viajado mentalmente, tenho tido sonhos muito vívidos e ponderado imenso no comentário do Scotty relativo a *Cherchez la femme*.

Foi uma mulher que me chibou ao Scotty. O Dwight Holly reagiu de forma estranha quando o Scotty lhe referiu esse facto. Começo a convencer-me de que essa mulher é a Joan Rosen Klein.

A Joan cultivou a minha companhia em finais de 1968 e inícios de 1969. Eu era o infiltrado do Scotty e sabia que o Sr. Holly tinha um informador em acção. A Joan era muito cosmopolita e parecia ser demasiado qualificada para o mundo vulgar dos militantes negros. Era muito persistente quando me abordava e talvez estivesse a tentar seduzir-me, mas o seu sentido de predador extremamente apurado disse-lhe que não teria sorte comigo. Tudo isto me pareceu fantasiosamente certo, até ao momento em que me deparei com o Júnior Jefferson, pouco antes de empreender esta viagem.

O Júnior estava a devorar frango e panquecas no Salão de Jogos Tommy Tucker e a queixar-se acerca do destino dos Táxis Tiger Kab. Primeiro, os Rapazes tinham-lhe comprado os Táxis Black Cat Cab e rebaptizado a empresa com o nome daquele felino amaricado. Depois o falecido Wayne Tedrow tinha desfalcado todo o dinheiro dos Táxis Tiger Kab e os Rapazes acabaram por vender o negócio ao Freddy Otash. O Freddy despediu então o Júnior Jefferson e impôs-lhe uma providência cautelar para não se aproximar das instalações. Agora os Táxis Tiger Kab são a coisa mais badaladíssima do planeta Terra e lá na sede vão mostrar o combate Ali-Frazier em circuito televisivo fechado — e o Júnior não pode lá entrar sequer.

Lá continuámos a comiserar-nos. Falámos do «Tiroteio Fatal» com um certo maravilhamento. O Júnior disse: «Eras um cabrão dum chibo do FBI durante aquele tempo todo.» Confessei que era verdade. O Júnior disse que por ele tudo bem e referiu de forma casual que tinha visto o Dwight Holly com aquela «gaja judia e comuna chamada Joan», ambos de mãos dadas numa espelunca de chineses em Pico na semana anterior.

Cherchez la femme.

Lynn é uma lúgubre cidade de fábricas de calçado no meio de magotes de outras cidades lúgubres do mesmo tamanho, e quando entrei lá no posto aduaneiro achei-o igualmente lúgubre. Era um irlandês de cara avermelhada que tratava do expediente. Quase se cagou de medo quando um negro bem vestido lhe espetou na cara com o crachá da Polícia de Los Angeles. Mas dou-lhe algum crédito de inteligência, pois após lhe ter explicado o propósito da minha visita ele disse «O senhor não se parece com o Jack Webb, sargento» e conduziu-me até às pilhas de arquivos nas traseiras.

Foi a sexta ficha da quarta caixa que examinei: era a foto do Reginald Hazzard, com severas cicatrizes de queimaduras no rosto. O nome ao lado da foto estava borratado de tinta e era ilegível. O carimbo de encaminhamento do pedido no verso da ficha era mais do que esclarecedor.

Tinha sido concedido ao Reginald um visto de viagem para o Haiti, a 11/6/64.

Ocorreu-me de imediato o seguinte: não vou contar isto ao Scotty.

94

(Los Angeles, 1/3/71)

— Já tenho a grana — disse Scotty.

— Aqui o Turentine já assaltou uma loja de bebidas. Tem experiência nesse campo — disse Fred Otash.

— Detesto fazer escutas a casas de maricas. As gravações áudio são nojentas — disse Fred Turentine.

Estavam no Barone's Pizza, em Ventura, uma famosa pizaria do Valley. Estavam numa sala privada do restaurante, com as paredes repletas de fotos de italianos famosos.

A cerveja estava tão fria que enregelava os dentes. A piza estava tão quente que escaldava a boca. Scotty atirou o envelope do dinheiro para cima da mesa. O miúdo Crutchfield estava com bichos-carpinteiros. Não parava de coçar os tomates.

Scotty serviu as cervejas. — Falemos dos resultados. Fiz uma segunda hipoteca da minha casa e portanto não quero nem grandes atrasos nem asneiradas.

Fred Otash removeu a espuma da sua cerveja com a faca e atirou-a para o chão.

— Aqui há uns tempos fiz um desses trabalhos de apertar com maricas para o Dwight Holly. Usámos um tipo branco. Podíamos usá-lo para termos um isco sexualmente mais atractivo.

— *Não* — disse Scotty. — Eu e o Dwight não estamos de acordo quanto àquela operação dele com o FBI. Não quero que ele saiba disto.

Fred Turentine enfiou na boca um pedaço de piza com anchovas. *Ooooh*, está a escaldar.

— Cá por mim, mais vale evitarmos o tipo de todo. Ouvi dizer que está a trabalhar no armazém de arquivos do FBI em Los Angeles. Teve uma espécie de esgotamento nervoso.

Scotty deu um gole na sua cerveja. — Quero merdas vívidas. Instantâneos, filmagens, actos sexuais variados. Aqui o miúdo leva lá o Sal. O Sal e o Marsh começam a enrolar-se. Quero acção de foda e chupanço com diferentes panos de fundo.

— Eu trato de localizar o Sal — disse o miúdo.

— Ei, afinal o miúdo sempre fala — disse Fred Turentine.

— Baixem as persianas! A pantera cor de mirone anda por aí à solta! — disse Fred Otash.

Scotty soltou um rugido à pantera e piscou o olho. Chegaram-lhes os ecos de uma melodia a dar na rádio. Dean Martin a cantar «That's amore».

— *Merdas vívidas*. E lembrem-se, isto não é para extorquir dinheiro. Não passará duma ameaça, mesmo que a situação fique feia.

A equipa era boa. A piza era uma merda. Ainda tinha os dentes enregelados da cerveja.

Marsh tinha voltado. A sua incursão pelos postos aduaneiros tinha redundado em zero. A linha de investigação relativa ao passaporte chegara a um beco sem saída. Reggie Hazzard: de volta à estaca zero.

O ponteiro da gasolina chegou ao zero. Scotty saiu da auto-estrada. Mais à frente havia um posto de gasolina da Richfield com uma cabina telefónica.

Entrou na estação de serviço. Disse ao empregado para lhe atestar o depósito. Enfiou trocos na ranhura da cabina e ligou a Marsh.

— Está lá? — disse Marsh.

— Até agora as pistas sobre o Reggie não deram em nada. Começo a ficar frustrado.

— Já somos dois então.

— Acho que devíamos apertar com o Lionel Thornton.

— Não discordo.

Scotty passou o dedo pelos dentes. — Vê lá se és menos equívoco. Ganhaste a porra da medalha de valor. Agora és o Ramar da Selva.

Marsh riu-se. — Tens razão. Devíamos apertar com ele.

— Quando?

— A 8 de Março. O Thornton vai lá à sede buscar o dinheiro dos Táxis Tiger Kab para ser lavado. Vão aparecer todos lá para assistir ao combate de boxe. O Thornton vai estar lá para levar o dinheiro para o banco.

— Gostei. Apanhamo-lo quando ele sair de lá — disse Scotty.

95

(Los Angeles, 4/3/71)

Circuito *gay*:
Tinha ido ao Manhole, ao Cockpit, ao Anvil, ao Tradesman, ao Forge. Sítios de meter medo ao susto. Gajos pervertidos sempre a mirar-lhe o traseiro. *Poppers* de nitrato amílico, cabedal, vestimentas de malha de ferro com as peitaças à mostra.

Sal nunca estava em casa. Sal era um frequentador habitual dos locais homo e de cafés abertos toda a noite. Circuito *gay* das panquecas: o Pines, o Arthur J.'s, o Biff's Char-Broil.

Crutch voltou ao Klondike. Era a base de Sal. O empregado do bar dava-lhe aí a ganhar uns dinheiros suplementares. Era aí que Sal obtinha a sua dose regular de piroca. Fodia com o proprietário, com os dois ajudantes de mesa e com o cozinheiro.

Crutch estacionou em segunda fila à entrada. Maricas por ali encostados lançaram olhares lânguidos ao seu táxi. Lenny Bernstein saiu do bar com dois marinheiros. Os maricas chamavam aos marinheiros «os frutos do mar».

Lenny fez sinal a Crutch. Crutch retribuiu-lhe o cumprimento e pensou: tudo começou aqui.

Verão de 1968. O Dr. Fred contrata-o: encontra-me a Gretchen Farr. Há quase três anos que andava a investigar esse caso. Talvez estivesse prestes a resolvê-lo.

Impressões digitais. Joan tinha tocado num dos livros de Reggie Hazzard. Está comprovado. Uma segunda pessoa tinha tocado no livro e no envelope de Sonny. Um bom palpite: o próprio Reggie Hazzard. Uma terceira pessoa tinha tocado no envelope. Impressão digital confirmada: Lionel Thornton.

Pergunta:
Terá Reggie enviado as esmeraldas para gente de cor necessitada?

Resposta:
Provavelmente, sim.

Reggie tinha sobrevivido ao assalto ao furgão blindado. Reggie tinha uma porção do dinheiro e das esmeraldas roubadas. Reggie não vivia em Los Angeles. Reggie estava noutro lado qualquer, senão Wayne tê-lo-ia encontrado. Reggie é sigiloso. Os carimbos dos correios de Los Angeles talvez acabassem por atrair sarilhos. Reggie já se tinha pisgado há muito tempo.

Uma *grannnnnnnde* pista: agora completamente estragada devido àquele trabalhinho de apertar com o maricas.

Crutch vigiou a porta. Viu o actor Rock Hudson sair com Arthur-Arlene Johannsson. Arthur-Arlene era passador de analgésicos *Dilaudid* e bolachas de canábis. Tinha sido Chick Weiss a tratar-lhe dos divórcios todos. As *esposas* pagavam-lhe pensão de alimentos. Casaste com uma *drag queen*? Vai-te foder.

Rock Hudson acenou a Crutch. Crutch retribuiu-lhe o cumprimento. Um táxi-tigre encostou à berma. Phil Irwin conduzia e Chick Weiss ia no lugar do passageiro. Arthur-Arlene empurrou Rock Hudson para o assento de trás. Tinha a peruca meio descaída.

Crutch girou na mão a bandeirinha vermelha. Joan tinha desaparecido. Não conseguia encontrá-la. Mesmo assim, tinha a impressão de que ela continuava em Los Angeles. Los Angeles era Los Angeles. Era a zona de Joan. Ele próprio tinha seguido Dwight Holly por duas vezes. Dwight talvez fosse amante de Joan. Dwight era perito em perseguições e acabara por lhe escapar.

Lá está o Sal. Vinha acompanhado da actriz Natalie Wood e de uma gaja com ar de machona. Natalie era uma lésbica do mundo do espectáculo. Gostava de lamber cricas nas festas de Hollywood. Clyde tinha-a salvado uma vez de um antro de escravas sexuais lésbicas, por volta de 1960.

Crutch assobiou. Sal virou-se e aproximou-se dele. Natalie e a lésbica machona deram um beijo de linguado. Dois namorados bichonas bateram palmas.

Sal debruçou-se sobre a janela do táxi. — Não me digas. O Clyde tem um trabalhinho de divórcio para mim.

— Não exactamente.

— Nada de miúdas. Já tentámos isso uma vez, lembras-te?

— É o Freddy Otash — disse Crutch. — Sei que ele sabe umas coisas sobre ti e portanto não me parece que possas recusar.

Sal suspirou. O enorme caracol de cabelo cheio de brilhantina baloiçou sobre a testa. Crutch abriu a porta. Sal entrou e acendeu um cigarro *Kool* de mentol. Crutch sentiu o cheiro a haxixe misturado com mentol.

Crutch contornou a curva e estacionou. — Espero que o tipo seja bem apetrechado de verga — disse Sal.

— Vais receber três mil e quinhentos.

Sal mamou o quase-charro quase até à ponta do filtro. Fez aquela expressão de olhos inocentes como uma corça.

— Já estivemos aqui antes. Já estacionei aqui com montes de gajos, mas contigo não foi nada romântico.

— Não comeces com isso — disse Crutch.

— Acredita, não estou a fazer nada.

— O alvo é um tipo chamado Marshall Bowen. É aquele polícia meio famoso.

Sal resmungou. — Mais outro preto. Com o Freddy é sempre pretos. Gosto de carne escura, mas não como dieta fixa.

Crutch abriu o porta-luvas e pegou no frasco de bebida. Sal arrancou-lho da mão e deu uma golada rápida.

— E então, fofura. Sempre conseguiste encontrar a tal Gretchen Farr?

Crutch tirou-lhe o frasco da mão. — Não. Andei lá perto, mas nada.

Sal voltou a tirar-lhe o frasco. Deu uma golada e voltou a dar-lho. Crutch deu uma golada. Sal voltou a tirar-lho e manteve-o no colo.

— Também não a tenho visto. A Gretchie era estritamente uma ave de arribação, à sua própria maneira única.

Crutch agarrou no frasco. Sal largou-o com relutância.

— Contaste-me tudo o que sabias, certo?

— Bem...

— Vá lá, meu.

— Bem...

Crutch cerrou os punhos. Sal fez *oooh, tão assustado que estou*. Crutch esvaziou o frasco. Sal esfregou os polegares contra os indicadores: quero grana. Crutch deu-lhe uma nota de cem dólares. Sal esticou dois dedos no ar. Crutch voltou a pegar na carteira e deu-lhe outra nota.

— Bem... já conheces o *modus operandi* da nossa Gretchie. Fodeu carradas de homens, pediu-lhes dinheiro emprestado e depois desapareceu. Já estamos recordados, fofura?

Crutch anuiu com a cabeça. — Sim. Eras tu que a apresentavas aos tipos, mas não consegues lembrar-te dos nomes deles. Ela tinha sempre o cuidado de não foder com tipos do mesmo círculo social, para evitar que pudessem comparar as respectivas situações.

Sal anuiu com a cabeça. — *Certíííííííssimo*.

Crutch deu um murro no recosto de cabeça do seu assento. Sal deu umas risadinhas. Aquilo fê-lo *riiiiiir*.

— A mim não me *assuuuuustas*, Crutchy. E, francamente, não acredito em todos aqueles rumores idiotas acerca daqueles comunistas que mataste.

Uma repentina dor de cabeça atropelou-lhe o raciocínio. Pontadas dolorosas atrás dos olhos. Tirou do bolso o frasco das aspirinas e engoliu três a seco. *Mantém-te de bico calado/não dês cabo disto, caralho*.

Sal descalçou as sandálias às patadas e enroscou os dedos dos pés em cima do tabliê. A Sra. Frufru tinha pés enormes e chulezentos.

— Portanto, pouco antes de termos falado dela da primeira vez, vi a Gretchie numa festa. Não te tinha contado ainda porque tudo aquilo me parecia muito irreal.

— E?

— Bem... a Gretchie disse que havia uma miúda chamada María, também conhecida por «Tatuagem». Tinha pago dinheiro para sair do «livro dos mortos», tinha traído «a Causa», mas «fez penitência». Acredita-me, nada disto fazia o *míííííínimo* sentido para esta minha cabecinha *louca*, até que a Gretchie me disse que a María vinha para Los Angeles, que ela era «selvagem» e se eu podia apresentá-la a uns tipos da indústria do cinema. Aquela linguagem já eu percebia e portanto disse-lhe que ia sondar o terreno, coisa que não fiz, *claro*, pois a Gretchie devia-me uns dinheiros por causa duns tipos que eu lhe tinha apresentado mas que nunca me pagou e portanto que incentivo tinha eu se ela ia acabar por me deixar outra vez de mãos a abanar? *Portaaaaaaanto*, tudo aquilo acabou por não dar em nada. A Gretchie nunca mais voltou a mencionar a María, mas lá acabou por me dar uma *espécie* de pagamento pelo que me devia. Deu-me uma esmeraldita pequenina e um saco de erva. Era droga haitiana e senti uma pedrada colossal.

Respira fundo agora.

— Agora a *sério*, fofura. Alguma vez ouviste tamanha fantasia?

96

(Los Angeles, 6/3/71)

Trabalho de impressão e aplicação de tintas. Concentra-te nos pormenores.

Notas homo em guardanapos de papel. Falsos excertos de diário. Transferir impressões digitais para romances porno e textos de propaganda.

O bangaló-refúgio estava silencioso. Dwight estava a trabalhar sozinho. Tinha percorrido os bares *gay* na noite anterior. Fora ao Jaguar, ao Tradesman, ao Falcon's Lair. Tinha oferecido notas e roubado guardanapos. Aos maricas cheirara-lhes a bófia em massa.

Imprimia com movimentos bruscos. «Adoro o teu cabelo!», «Em qualquer altura, fofura» e um número de telefone borratado. «Vi-te na TV!!!! Nem acredito que estou a ver-te aqui!»

Vários estilos de impressão. Papel amarrotado. Detritos esquecidos nos bolsos, minúcias de um estilo de vida particular.

Livros: *Entesoados e Bem Apetrechados*, de Lance Greekman. *Gestapo AmeriKKKana*, do Prof. Dr. Richard T. Saltzman. *Mamá-lo até ao fim* e *Demónio do Sémen*. Dissertações sobre a guerra do Sr. Hoover contra o Dr. King.

Dwight aplicou as faixas com as impressões digitais recolhidas. Como se Marsh tivesse tocado realmente nas capas daqueles livros. Redigiu notas de paixões homo. Números de telefone borratados, tiras de guardanapos de papel, palavras semi-ilegíveis. Marsh: «A minha mede quase 23 centímetros. E a tua?»

Mantinha a secretária arrumada. Trabalhava com luvas de borracha. Enfiava as suas obras de arte em sacos de plástico. Rebuscou a mente à procura de ideias para inventar uma falsa entrada de diário.

Pensa bem. Escreve-a agora. Tens uma máquina de escrever *Underwood* idêntica. Lembra-te: usa os duplicados que fizeste das teclas do «c» e do «j» minúsculos.

Vais estar na convergência. A Joan deixará lá então o diário falso. *Isso significa mais incursões de violação de domicílio. Talvez ele tenha realmente um diário privado.*

Desocupou a secretária para ter mais espaço. Enfiou os livros e as notas dentro de sacos e pegou num bloco de apontamentos. A foto que recebera durante a sua estada no sanatório de Silver Hill estava encostada a um candeeiro. Karen, Dina e Eleanora. Com a morada e número de telefone delas. «Se este homem está perdido, por favor devolvam-no à vida.»

Tapou a foto com um lenço. Redigiu uma falsa entrada diarística de Marsh:

«O meu processo de radicalização começou verdadeiramente quando me dei conta de que não conseguia controlar as minhas percepções. Os sintomas físicos manifestavam-se em proporção directa às minhas tentativas de os suprimir. Foi como se um vírus me tivesse invadido. Foi mais desconcertante do que o pânico por que passei quando tive plena consciência da minha homossexualidade há dez anos. Nessa altura arreigou-se em mim um autodesprezo e agora tem-se arreigado em mim um ódio politicamente definido e dirigido contra o exterior. O meu ódio tem recaído sobre alvos imediatos — o bruto do Scotty Bennett, o inescrutável explorador agente Holly e a minha *alma mater* racista, a Polícia de Los Angeles — e tem ascendido de forma gradual e inexorável a um grau inevitável. Só conseguirei deter a propagação deste vírus quando me automedicar com a antitoxina que só será criada com a morte do J. Edgar Hoover.»

Leu a entrada de uma ponta à outra. Tapou a secretária com um pano e saiu para o terraço.

Havia uma moldura de nuvens por cima de Silver Lake. Uma espécie de neblina encobria a casa de Karen. Voltou a recordar-se da discussão. Aquilo tinha deixado Dina assustada, ao passo que Eleanora parecera estar a estudar aquela cena inusitada. Ocorreu-lhe algo de repente: Eleanora sabia coisas que ele desconhecia. Soubera-as através de Joan.

As merdas agitam-se no *spiritus mundi*. Karen fala dele a Joan. O camarada Tommy está em Memphis no dia da golpada. Karen leu-lhe os pensamentos e amparou-o durante os pesadelos que o assombravam. *Joan simplesmente compreendeu.*

Um esquilo empoleirou-se no rebordo do terraço. Dwight atirou-lhe bolotas com movimentos suaves. O animal enfiou-as na boca com as patas e escapuliu-se velozmente.

A campainha da porta tocou. Dwight olhou através da janela lateral. Viu Eleanora saltitar no pátio.

Dwight correu para a entrada e abriu a porta. Eleanora agarrou-se às pernas dele. Dwight levantou-a no ar com uma só mão. Eleanora fingiu que lhe mordia o pescoço.

Karen encostou-se a uma das estacas do pátio. Dwight disse: — Podias ter forçado a entrada.

— Estava a poupar-me para o trabalho lá em Media.

— Obrigado.

— Não tens de quê.

Eleanora remexeu-se inquieta. Dwight pousou-a no chão. A menina correu para dentro da sala.

— Como descobriste isto aqui?

Karen entrou para a sala. — Localizando o brilho dos binóculos. Pensei «estou a detectar uma presença voyeurística» e apliquei a geometria espacial.

Dwight riu-se. Karen abraçou-o pelos ombros. Dwight levou-a para longe da secretária. Eleanora estava a espreitar enfiada dentro de uma caixa de cartão. Dwight agarrou nela e tirou-a dali.

A menina soltou-se e apontou com o dedo. Fez uma careta que queria dizer «*Que é aquilo?*».

— São armas incriminatórias, minha doçura — disse Dwight.

Karen deixou cair a bolsa ao chão e chutou-a para o lado.

— Amas-me? — perguntou Dwight.

— Sim, maldito sejas — disse Karen.

Anexos para inserir:

Estava a trabalhar na secção de arquivos. Estava descontraído por dentro. Sentia-se despreocupado enquanto trabalhava clandestinamente àquelas horas tardias da noite.

Consultou dossiês da Brigada de Costumes e ficheiros de mexericos. Encontrou fichas de interrogatório no terreno e inseriu o nome de Marsh Bowen: Marsh interrogado em rusgas a três bares *gay*, Marsh num baile de *drag queens*, Marsh numa festa de ódio aos brancos.

Consultou as fileiras de arquivos de material subversivo. Inseriu um dossiê envelhecido por meios químicos.

Tinha sido Joan a criá-lo. Ele limitara-se a fornecer a perspectiva adequada. Assinaram o dossiê com o nome de um agente já falecido e dataram-no de finais de 1966. Nessa altura Marsh trabalhava para Clyde Duber. Marsh agia contra Clyde, a mando dos Muçulmanos Negros. O agente falecido suspeitava dele. Clyde nunca chegara a saber.

Dwight vendeu acções para arranjar dinheiro. Precisava de custear o pagamento inicial a Bob Relyea. Precisava do itinerário de viagem do Sr. Hoover. Na manhã seguinte ia apanhar um voo para Media.

Consultou o índice de dossiês de delações. Ficou estupefacto com alguns dos nomes que viu. Bill Buckley a chibar neoconservadores. O actor Chuck Heston a chibar gente que fumava ganza. Sal Mineo a chibar mariconços por atacado. O lascivo do Sal: o isco estragado usado para apertar com Bayard Rustin, o activista dos direitos civis dos negros.

Encontrou mais fichas de informações sobre maricas. Escreveu numa delas em cursivo com tinta azul. Escreveu em duas outras com letra de imprensa a negro. Marsh, a abelhinha industriosa: em 1966 e 1967. Masturbações em grupo no Klondike. Cenas obscenas com rapazes *hippies* em engates em Griffith Park.

Dwight arrumou a pasta e saiu. Encontrou Jack Leahy junto do elevador.

— Não me digas. Não consegues dormir e começaste a gramar arquivos.

Dwight sorriu. — És o único agente federal da terra que alguma vez disse a palavra *gramar*.

— Sim, mas não respondeste à minha pergunta.

Dwight carregou no botão para chamar o elevador. — Os ficheiros sobre segredos sujos são viciantes. Pergunta àquele que tu bem sabes.

Jack riu-se. — Já não falo com o velho rabeta há séculos. Tenho um posto mais elevado do que tu, mas ele fala muito mais vezes contigo do que comigo.

— Estás a ser irreflectido, Jack. Esqueces-te de quem estás a falar e com quem estás a falar.

As portas do elevador abriram-se. Ambos entraram. As portas estremeceram e fecharam-se.

— Alguém anda a vigiar-me, Jack? Já que estamos a ser insubordinados, gostava de ter uma resposta.

Jack abanou a cabeça. — Dwight Holly, «o Agente da Lei». Um viciado em café e cigarros desde que o conheço há vinte anos e que só agora começa a perceber as coisas.

Entrou no bangaló-refúgio. O telefone estava a tocar de forma insistente. Largou a pasta no chão e agarrou no auscultador às apalpadelas no meio da escuridão.

— Ninguém vai morrer — disse Karen, e desligou.

97

(Los Angeles, 8/3/71)

Muhammad Ali! Ali! Ali!
O Congo da pretalhada reverberava com os gritos de entusiasmo. O brilho das transmissões televisivas piratas iluminava lojas de bebidas e salões de bilhares. Desfrutavam de cobertura total em directo. Os gangues de rua estavam de ouvidos colados a rádios portáteis. Circulavam canecas de cerveja e charros. Os grupos continham entre dez e cem pessoas. A Central Avenue era uma *macacofonia* total.

Luzes catódicas a jorrar de janelas. Ligações às emissões piratas: Mosque 19, Sultan Sam's, Salão Cedric's Hair Process. A cena ocorria tanto no interior como no exterior. Os parques de estacionamento fervilhavam de agitação. Os chulos de botas de tacões altos faziam apostas por cada *round*.

Scotty passou pela sede dos Táxis Tiger Kab. O escritório sobrelotado estava iluminado pelo brilho do televisor. A equipa de motoristas estava arrebatada. Fred Otash, Milt Chargin, o Mirone Crutchfield. Inúmeros zulus da zona sul. O Macaquito Drogadito com mitenes de boxe, sentado em cima do televisor.

E Lionel D. Thornton: com um saco de dinheiro de fecho-de-correr.

Scotty deixou-se ficar no parque de estacionamento. Viu Marsh chegar na sua viatura. Usava sapatos de sola de crepe e luvas. Scotty agarrou nas suas luvas pousadas em cima do tabliê. Olharam na direcção do escritório.

O rádio crepitou. O sinal chegava entrecortado. Marsh rodou o botão de sintonização. Estática e veredicto: Frazier é declarado o campeão.

Marsh desligou o rádio. Scotty disse: — Ele está armado.

— Eu sei. Um pequeno revólver, na parte de trás do cinto.

— Vai voltar a pé. Não vejo aqui o carro dele.

— São seis blocos até ao banco.

Scotty passou-lhe o frasco de bebida. Marsh deu uma golada.

— Perdi cem dólares — disse Marsh.

— Eu compenso-te. Ganhei trezentos.

— Apostaste contra o Ali?

— Estive em Saipan. Os refractários à tropa metem-me raiva.

Marsh passou-lhe o frasco de bebida. — Conta aí. Mataste mais tipos da infantaria japonesa ou assaltantes à mão armada?

Scotty deu uma golada. — Pus a arder um *bunker* de munições. Fritei cem japonocas que estavam a dormir.

— Ganhaste alguma medalha?

— A cruz da Marinha. Porreira, mas não tão importante como a tua.

Marsh sorriu. O frasco continuou a circular de forma contrapontística. Lionel Thornton saiu do escritório.

Seguiu na direcção sul. As portas do banco davam para uma rua virada para sul. — Apanhamo-lo lá — disse Scotty.

A sede dos táxis explodiu de agitação. Uns cabrões gritavam «Frazier!». Outros cabrões gritavam «Ali!». Dois manos trocaram socos. Fred Otash desapartou-os. O televisor tombou. O Macaquito Drogadito aterrou no chão.

Scotty seguiu para sul e virou na Stanford. Voltou a virar na 63.ª e estacionou do outro lado da rua.

— A porta daquele armazém ali do lado direito da entrada do banco. Não vai conseguir ver-nos ali.

Scotty calçou as luvas. — Quatro minutos até ele chegar.

Marsh engoliu em seco. Estava nervoso e ligeiramente suado. Scotty pressentiu que ele estava nervoso.

— Como estão esses fornicoques, mano?

— Rijos e tesos, irmão. *Sabes bem que quero fazer isto.*

Scotty piscou-lhe o olho. — Siga lá, então.

Atravessaram a rua. A porta ocultava-os perfeitamente. Marsh verificou as horas. Scotty ouviu passos.

Passos agora mais próximos. Mais nítidos. Ei-lo a ofegar, eis a sombra dele, eis o tilintar das chaves.

Eis a chave na fechadura, eis o estalido de destrancamento, eis a porta a abrir.

Atacaram.

623

Caíram-lhe em cima. Imobilizaram-no. Empurraram-no para o interior do banco. O saco do dinheiro voou pelo ar. Scotty tapou-lhe a boca com a mão. Marsh tirou-lhe a arma. Thornton esperneou e contorceu-se. Marsh levou uma patada na cara.

Thornton tentou morder. Não conseguia mexer a boca. Marsh assestou-lhe um soco na nuca. Thornton ficou sem ar. Marsh agarrou nas chaves e trancou as portas por dentro. Thornton não parava de esbracejar e espernear. Scotty lançou-o por cima da cabeça, a uma distância de seis metros.

O cabrão voou mesmo. O corpo inteiro deu cambalhotas no ar. Os pés roçaram-lhe no tecto. Aterrou perto do guichê do caixa.

Thornton desatou aos gritos. Marsh agarrou num candeeiro de pé e lançou-lhe luz sobre a cara.

O chão estava escuro. O quebra-luz do candeeiro era em forma de funil. Iluminava somente a cara de Thornton e mais nada.

Thornton continuou a gritar. Scotty calcou-lhe o pescoço. Thornton parou de gritar. Tinha a boca em sangue. O embate da aterragem arrancara-lhe os dentes da frente.

Scotty fez sinal com a cabeça. Marsh disse: — Estamos interessados nas esmeraldas e no dinheiro, tanto manchado de tinta como não. Sabes bem ao que nos referimos. Achamos que tens informações que nos podem ajudar.

Thornton esbracejou e esperneou. Scotty calcou-lhe o pescoço com mais força. Thornton parou de se mexer. Scotty pegou no frasco de bebida de reserva. A poção do Pastor Bennett para as confissões: *Valiums* misturados com uísque.

Marsh tirou-lho da mão. Agarrou Thornton pelo cabelo e levantou-lhe a cabeça com força. Thornton foi obrigado a abrir a boca. Marsh despejou-lhe um trago na boca. Thornton quase vomitou o líquido. Marsh calcou-lhe a cara e continuou a fazer pressão.

Scotty fez-lhe sinal com a cabeça. Marsh retirou o pé. Thornton arfou por ar e disse: — Não.

Marsh esbofeteou-o. Thornton mordeu-lhe a mão. Scotty agarrou-o pelo cabelo e puxou-o para trás do guichê do caixa. Marsh desenrolou o fio do candeeiro e levou-o para trás do guichê.

O guichê estava às escuras. O quebra-luz do candeeiro era em forma de funil. Marsh fez incidir o foco de luz sobre o rosto de Thornton. O guichê ficou iluminado por trás.

— Não estás em situação de ganhar aqui. Podes facilitar-te a vida ou não — disse Scotty.

Thornton estava a sangrar. Um insecto correu apressadamente sobre a mancha de sangue. Marsh pisou o insecto. Thornton arfou por ar.

— Tu, branquelas racista, não passas de lixo. E tu és um negro merdoso e lambe-botas — disse Thornton.

Scotty fez sinal com a cabeça. Marsh sacou do cassetete e assestou-o nos joelhos de Thornton. Thornton mordeu o lábio inferior e reprimiu um grito.

— Eu e o sargento Bennett reunimos as nossas informações sobre este assunto — disse Marsh. — *Sabemos* que lavaste pelo menos uma pequena porção do dinheiro do assalto ao furgão blindado. Que tens a comentar sobre isto?

Thornton cuspiu sangue e tecido gengival. Rastejou para junto de uma coluna da parede e apoiou as costas. Abanou a cabeça: não, nem pensem, puta que vos pariu.

Scotty aproximou mais o candeeiro. Marsh inclinou o foco para obter um brilho mais intenso. Thornton tinha a boca aberta e sangrenta. Marsh agarrou no frasco de bebida e despejou-lhe um trago na boca.

Thornton tentou vomitar o líquido. Scotty agarrou-o pelo cabelo e puxou-lhe a cabeça para trás. Marsh despejou-lhe outro trago na boca.

Gargarejos agora: sangue, bílis e uísque com *Valium*. O líquido começou a escorrer-lhe da boca. Marsh fechou-lhe a boca com força e obrigou-o a engolir.

Thornton abanou a cabeça: *nyet, nein, não*. Marsh deixou de lhe apertar a boca e bateu-lhe com o cassetete nas pernas.

— Eu e o sargento Bennett recolhemos separadamente informações que decidimos partilhar um com o outro. Ambos estávamos lá naquela manhã. Seria uma tolice da nossa parte se não cooperássemos um com o outro.

Thornton abanou a cabeça. Caiu-lhe um dente que estava solto. Scotty largou-lhe o cabelo. Thornton tombou para a frente e engoliu sangue. Abanou a cabeça: *nein, nyet, nyet*.

— Eu tinha lá um vizinho, um médico negro e idoso — disse Marsh. — Foi ele que tratou o membro do gangue do assalto que o cabecilha tinha deixado ali, pensando que estava morto. O médico recebeu vinte mil dólares em notas manchadas de tinta como pagamento pelos seus serviços. Esse médico deu-te o dinheiro a ti e disse-te para o escoares de forma prudente para a comunidade. O membro sobrevivente do gangue recuperou e nunca mais foi visto. Que tens a comentar sobre isto?

Thornton ficou de olhos esbugalhados. A perplexidade que se apoderara do seu raciocínio era visível. Marsh era genial como a porra. Scotty pensou: *Oh. Tu, rapaz.*

Estava quente ali no guiché. Scotty estava empapado de suor. Marsh igualmente. Scotty reparou num aparelho de ar condicionado de parede e ligou-o.

Começou a sair ar frio. Thornton engoliu ar às arfadas. Marsh espancou-o nos joelhos. Thornton gritou. O ruído do aparelho de ar condicionado juntou-se ao berreiro.

Marsh ergueu o cassetete. Scotty abanou a cabeça. Thornton pestanejou para proteger os olhos do brilho intenso do foco. Scotty avançou para junto dele para lhe providenciar alguma sombra. Marsh acocorou-se ao lado de Thornton e fez-lhe cócegas no queixo com o cassetete.

— Eu e o sargento Bennett acreditamos que o membro sobrevivente do gangue era um jovem estudante de Química chamado Reginald Hazzard. Tenho uma teoria que ainda não partilhei com o sargento Bennett. Estou em crer que o jovem Hazzard talvez tenha arranjado uma forma de disfarçar parcial ou completamente as manchas de tinta nas notas e que talvez *tu*, um experiente branqueador de dinheiro, tenhas acabado por ficar com a lista de lavagem do dinheiro *todo*. Que tens a comentar sobre isto?

Thornton ficou de olhos *esbugaaaaaaalhados*. O soro da verdade estava a fazer efeito. Marsh, seu cabrão genial. *O cabecilha do gangue também tinha abordado o Branqueador de Dinheiro por sua própria conta.*

Thornton mijou e cagou nas calças. Marsh, o adivinho, levantou-se e vomitou.

Scotty piscou-lhe o olho. O aparelho de ar condicionado soprava agora fragmentos de gelo. Uma barata correu aos ziguezagues pela poça de sangue.

— O Reginald Hazzard — disse Marsh.

Thornton chorou e cuspiu sangue.

— Quem está a enviar esmeraldas aos negros necessitados? — perguntou Marsh.

Thornton rolou para longe do foco de luz. Marsh atingiu-o nas costas com um pontapé. Scotty abanou a cabeça. Marsh fez um ar de *E agora?* Scotty tirou a lanterna do bolso e ajustou o feixe de luz num foco amplo.

Marsh pegou num rolo de fita adesiva e selou atabalhoadamente a boca de Thornton. Scotty algemou-lhe o punho direito a um tubo na parede. Foi telepatia: vamos virar isto de pernas para o ar.

Trabalharam com duas lanternas e com as chaves-mestras de Thornton. Revolveram, rebuscaram, examinaram, reviraram e viraram do avesso. Reviraram tudo de pernas para o ar em triplicado.

Abriram cada gaveta dos gabinetes e cada gaveta dos guichés dos caixas.

Verificaram cada armário.

Rebuscaram cada prateleira.

Reviraram cada tapete.

Estriparam cada cadeira estofada.

Revistaram cada peça de mobília.

Despedaçaram cada acessório de iluminação.

Perscrutaram cada superfície, recanto e cubículo à procura dos números da combinação do cofre-forte.

Fizeram-no uma, duas, três vezes. Verificaram minuciosamente todos os detritos daquilo que tinham destruído.

— Aqui não vamos encontrar nada — disse Marsh.

— Vamos sim — disse Scotty.

— Meu, ele não é assim tão estúpido. Deve estar nalgum sítio na casa dele ou nalgum esconderijo algures.

Scotty abanou a cabeça. — Ele é complacente. É aqui que ele lava o dinheiro. De certeza que guarda aqui registos aos quais possa aceder. Deve ter um cofre algures.

Marsh voltou para junto de Thornton. O tipo era *realmente* o Sr. Limpeza e o Branqueador de Dinheiro. Mas *agora* estava reduzido a merda, sangue e mijo.

Marsh calçou as luvas equipadas com soqueiras no interior. Cerca de trezentos e cinquenta gramas cada: palma e pontas dos dedos revestidas a chumbo.

— Vais abrir o bico já — disse Marsh. Flectiu as mãos e assestou um murro nas costas do Sr. Limpeza.

Thornton chorou e enroscou o corpo para se proteger. Scotty correu para junto deles e afastou Marsh.

— Não. Não faças isso. Acalma-te, irmão. Primeiro vamos rasgar as paredes.

Marsh perdeu o ímpeto da fúria. Sim, irmão... está bem, sim, sim.

Scotty largou-o. Marsh deixou-se cair contra o aparelho de ar condicionado. Scotty foi a um armário de ferramentas e agarrou num pé-de-cabra. Marsh esboçou um sorriso apalermado.

Começaram a demolir as paredes.

Rasgaram e furaram as paredes.

Revezavam-se de tantos em tantos minutos.

Estavam a suar copiosamente. Ficaram empapados de suor. Revezavam-se para recuperar o fôlego e continuavam o trabalho de destruição.

Demoliram as paredes do gabinete de Thornton e as paredes da sala de convívio e as paredes dos guichés dos caixas. Depois começaram a demolir as paredes propriamente ditas do banco e continuaram a tarefa. Arrancaram rodapés e soalhos. Engoliram pó e lascas. Ouviram Thornton gemer e tossir. Continuaram a destruir e a arrancar e revezavam-se e vacilavam de cansaço.

Chegaram ao corredor das traseiras. Scotty encostou-se à parede, completamente exausto. Marsh assestou o primeiro golpe. Caiu um pedaço da parede. E caiu-lhe nas mãos um livro de contabilidade.

Estava envolto em plástico e selado com fita adesiva. Tinha cerca de trinta centímetros por vinte e era pesado. Scotty rasgou o invólucro. Marsh examinou a primeira página. Apenas colunas bissegmentadas e números. Datas do lado esquerdo. A primeira: 4/64.

Limparam os olhos. Viraram páginas. Viram datas, números e designações codificadas. Viram as somas das transacções diárias e as somas retidas no banco. Soma final: mais de sete milhões.

— O dinheiro do assalto ao furgão serviu de capital inicial — disse Marsh. — Ele lava o dinheiro e empresta-o. Começou com dois milhões e agora já vai em sete. E esse dinheiro está escondido algures por aqui.

— Há ali um cofre-forte — disse Scotty.

O livro de contabilidade estava forrado a couro. Marsh rasgou as pontas com uma navalha e procurou dentro e à volta das capas e da lombada. Uma tira de papel deslizou para fora.

Um desenho esquemático. Uma caixa negra. Números a assinalar o tamanho e a localização. Um esconderijo secreto. Talvez fosse aqui, ou talvez não. Um cofre-forte secreto. *Não o cofre-forte principal.*

Voltaram para junto de Thornton, que estava a soerguer-se. O sangue dos ferimentos era grosso e pegajoso e começava a criar crostas. Reuniu os dentes caídos num pequeno montinho. Estava coberto de pó de estuque. O suor transformara o pó em lama.

— Onde fica o cofre-forte? — perguntou Scotty.

Thornton abanou a cabeça.

Marsh mostrou-lhe o desenho. — O cofre. A combinação.

— Não — disse Thornton numa voz meio abafada.

Scotty deu-lhe um pontapé na perna. Thornton fez-lhe um gesto obsceno com o dedo. Marsh dobrou-lhe o dedo para trás e partiu-lho. Thornton soltou um grito abafado através da boca semitapada.

Marsh agarrou no pé-de-cabra e avançou para o corredor. Scotty verificou as horas: estavam lá dentro há três horas. Thornton cuspiu um dente por cima da fita adesiva já meio descolada. Scotty piscou-lhe o olho.

— Fico sempre espantado quando tipos brilhantes como tu se armam em durões. Deveríamos estar todos a festejar agora.

A mordaça de fita adesiva tombou-lhe da boca. — Puta que te pariu! Não passas de lixo branco e escumalha rasca! — disse Thornton.

Começaram a derrubar as paredes do corredor. Marsh desferia golpes fortes e rápidos. Mais poeira e mais pedaços de argamassa. Mais poeira a assentar.

Marsh não parava. Thornton cuspiu sangue empapado de pó. Scotty sentou-se no chão e fechou os olhos. Doía-lhe o corpo todo.

A demolição cessou. Marsh exclamou *Uauuuuuuuu!* Correu para junto de Scotty. Manteve os olhos fechados. As pálpebras pesavam-lhe toneladas.

— É uma pasta de arquivo, mano. Remonta à Primavera de 1964. Tem aqui recortes de jornais sobre os beneficiários e uma lista com os respectivos nomes e moradas. Isto aqui é História, meu. Estão aqui as famílias de alguns tipos que foram linchados no Mississípi, os familiares das miúdas do coro de Birmingham, a mulher que perdeu o filho nos motins de Watts.

Scotty abriu os olhos. Marsh tinha o colo repleto de rolos de papel e recortes de jornais. Thornton rangeu a boca. Estava sem metade dos dentes. Não passou de um ranger de gengiva contra gengiva.

Marsh deixou cair no chão a pilha de papéis. Quase caíram em cima da poça de sangue. O ar gelado agitou a papelada.

— Centenas, parceiro. Vítimas de tiroteios policiais, pessoas doentes, manifestantes abatidos lá no Sul. Fala aqui desde a Mary Beth Hazzard e o falecido marido dela até ao «Ex-Campeão Liston na Penúria».

Scotty deu uma pancadinha amistosa no ombro do Branqueador de Dinheiro. — Diz-me a combinação.

Thornton abanou a cabeça.

— As esmeraldas estão aqui nas instalações? — perguntou Scotty.

— Vai-te foder! — disse Thornton. Marsh agarrou-lhe no polegar direito e partiu-lho.

AGORA SIM, um verdadeiro grito: durou dez segundos.

— Conta-me como conheceste o Reginald Hazzard — disse Scotty.

— Vai-te foder! — disse Thornton. Marsh agarrou-lhe no dedo mindinho direito e partiu-lho.

AGORA SIM, um verdadeiro guincho: durou doze segundos.

— As esmeraldas estão aqui nas instalações? — perguntou Scotty. — Costumas enviá-las para o exterior? São-te enviadas para depois as enviares tu? O Reginald está algures no estrangeiro? Quem mais está envolvido em tudo isto?

— Vai-te foder! — disse Thornton.

Marsh agarrou-lhe no polegar esquerdo e partiu-lho.

Gritos e guinchos. Um berreiro ensurdecedor: durou um minuto inteiro.

Scotty voltou a pegar no frasco com a poção da confissão. Marsh agarrou Thornton pelo cabelo e puxou-lhe a cabeça para trás. Thornton abriu bem a boca. Engoliu quanto quis. Os seus olhos diziam *Voltem a atestar*.

Com certeza, patrão. É por conta da casa.

Thornton teve espasmos de vómito mas manteve o líquido no estômago. Scotty verificou as horas. Era dar-lhe um minuto para aquilo começar a fazer *efeeeeeito*.

Thornton ficou corado e flectiu as mãos. Pôs-se a massajar as partes do corpo que lhe doíam. Aquilo começara a fazer efeito aos quarenta e três segundos.

— Não sei onde está o Reggie. Recebo correspondência do estrangeiro. É enviada de lugares diferentes. Sou eu que reenvio as esmeraldas, mas chegam-me às mãos através de um intermediário.
«Intermediário», uauuu... grande fezada!
— Diz o nome do «intermediário» — disse Scotty.
Thornton tossiu. — Não sei o nome dela.
— *Dela?* — disse Scotty.
— Descreve-a — disse Marsh.
Thornton tossiu em seco. — Branca, quarenta e tantos, usa óculos. Cabelo escuro com melenas grisalhas.
Marsh ficou estupefacto. Scotty apercebeu-se. *Já te conheço, irmão.*
Thornton voltou a tossir. Escorreu-lhe sangue pelo queixo.
— Onde fica o cofre?
— Não digo.
— Vais dar-me a combinação?
— Não.
— E se nos contasses tudo? Temos tempo de sobra para te ouvir.
— Explica lá aqueles códigos de transacções do livro de contabilidade.
— Não.
Marsh flectiu as luvas com soqueiras. Scotty afastou-lhe os braços para trás.
— Vai ali ao gabinete e traz a agenda de moradas. Está na primeira gaveta de cima, à direita.
Thornton recostou-se contra a parede e estremeceu. Marsh correu para o gabinete enquanto acendia a lanterna. Scotty verificou as algemas de Thornton. Tinha lanhos profundos nos pulsos.
Marsh voltou apressado. Scotty examinou a agenda, nome a nome. Leram à luz da lanterna. Marsh estava debruçado sobre Scotty. «A» a «K»: duas mulheres. Janice Altschuler, April Kostritch. Uma enorme surpresa na letra «L»: agente especial responsável Jack Leahy/FBI n.º 48770.
Mais duas mulheres: Helen Rugert e Sharon Zielinski. Intermediários? Intuição básica: *não.*
Scotty lançou a agenda para o chão. Marsh disse: — Altschuler, Kostritch, Rugert, Zielinski.
Thornton tossiu com espasmos. — Essas mulheres são funcionárias da câmara municipal e advogadas. Já vos disse que não sei o nome do intermediário.

Scotty estalou os nós dos dedos. — Para onde costumas ligar-lhe?

— *Nunca* lhe ligo. É ela que me liga.

Marsh pegou na agenda e folheou-a. Scotty estalou ruidosamente os dedos por cima da cara de Thornton.

— Porque é que o nome do Jack Leahy está na tua agenda?

— Somos amigos. Jogamos golfe juntos.

— És informador do FBI? O número 48770 é o teu número de informador confidencial no FBI?

— Não, só jogamos golfe!

Scotty esbofeteou-o. Thornton sacudiu a cabeça com força. Scotty teve de limpar sangue e ranho de uma das pernas das calças.

— És informador confidencial no FBI?

— Sim.

— Alguma vez conheceste ou chegaste a trabalhar para o falecido doutor Fred Hiltz?

— O filho-da-puta do «Rei do Ódio»? Mas porque faria eu isso? O soro da verdade: vou acreditar.

— Quem chibas ao Jack?

— Escumalha do gueto. Passadores de droga e idiotas dos Panteras.

Marsh deitou a agenda ao chão. Scotty fez-lhe sinal com a lanterna. Marsh retribuiu-lhe o sinal. Olharam-se nos olhos. Estavam a comunicar telepaticamente.

— Onde é o cofre, Thornton? — perguntou Scotty.

— Não digo.

— O que é que não nos disseste e que deverias ter dito em nome da verdade total? — perguntou Marsh.

Thornton riu-se. — Meu, não passas dum preto cheio de palavreado caro.

— Leva-nos ao cofre, por favor — disse Scotty.

— Não.

— Onde estão as esmeraldas? — perguntou Marsh.

— Mesmo que soubesse, não te dizia.

Scotty encolheu os ombros.

Marsh encolheu os ombros.

Ambos assestaram os feixes das lanternas sobre o rosto de Thornton. Um alvo iluminado por um foco em forma de funil. Marsh sacou do bolso uma arma incriminatória e abateu-o.

98

(Los Angeles, 8/3/71)

O maricas Sal adorava comida africana. Esfomeado, atacou o lanche pós-combate e comeu mais do que os manos. Estava pedrado de tanto charro fumado. Tinha a libido à solta. Devorou asas de frango e andou por ali a confraternizar com a masculinidade do submundo. Faltava ali Marsh Bowen. Crutch queria que Sal o visse. A tarefa de Sal: dar início à vibração da química entre os dois.

A festa prosseguiu ao ritmo dos charros fumados. As discussões por causa do resultado do combate decorriam agora sem grandes altercações. Com pedantismo da parte dos Panteras. Com mau humor da parte dos fãs de Frazier, que discutiam com os mongolóides dos muçulmanos.

Os imbecis estavam todos a tirar proveito daquele momento. O preço de entrada no lanche dava direito a paparoca e aperitivos de drogas variadas. A comida era fornecida pela Big Mama's Kitchen. Fred Otash fornecia os fármacos. O consumo no local seguia a todo o vapor. Os mais totós enfiavam-se dentro dos táxis-tigre e desmaiavam.

Onde estava Marsh?

Crutch bocejou. Sentia os nervos entorpecidos. Os pensamentos passavam-lhe desenfreadamente pela cabeça. A mulher da tatuagem quer encontrar-se com homens da indústria do cinema. Tinha sido desenfeitiçada. As impressões digitais no envelope: possivelmente de Reggie Hazzard e seguramente de Lionel Thornton.

Sal estava a comer verduras. Crutch voltou a bocejar. Tinha estado a ler. O seu novo interesse: química e dialéctica esquerdista.

Estava a enfiar-se na pele de Reggie Hazzard. Tinha enviado outra carta a Mary Beth a solicitar-lhe o envio de algum dossiê, mas não obtivera nenhuma resposta. Andava a ler os livros de Reggie. Tinha realizado algumas experiências simples, seguindo as instruções. Tinha liquefeito dois pés e fizera explodir um caixote do lixo. Tinha lido coisas sobre a multinacional United Fruit na Guatemala. Deixara-se embalar pela narrativa. Os papéis herói/mau da fita tinham-se invertido. Ficara com a vista cansada. Tinha começado a ver VERMELHO.

Marsh chegou finalmente. Parecia muito abalado e agitado. Que mancha é aquela nas calças?

Sal reparou nele e esboçou uma expressão de *ooo-la-la*. Marsh dirigiu-se para a casa de banho. Crutch seguiu atrás dele. Marsh deixou a porta entreaberta.

Lavou as mãos. As manchas escuras passaram a vermelho-claro e a rosa. Molhou os punhos da camisa e torceu o tecido. Crutch sentiu o cheiro a sangue.

Marsh lavou o rosto. Pegou numa caneta e escreveu algo no braço esquerdo. Crutch tentou ver melhor e conseguiu ler.

FBI/48770.

99

(Media, 8/3/71)

Agência Resident. Um edifício de quatro andares. Dois pisos com armazéns de arquivos de registo. Um gabinete.

A cidade de Media era um bocejo total. Um trólei percorria vinte quilómetros até Filadélfia. A porta da frente da agência parecia ter sido feita de propósito para ser arrombada com pés-de-cabra finos.

São 23.49. O mundo está em alvoroço: Frazier vence Muhammad Ali.

Dwight estacionou numa rua lateral. Dali tinha uma visão quase em diagonal. Via a porta da frente e as janelas do gabinete.

Karen tinha-o posto a par dos pormenores no dia anterior. Tinham discutido os resultados esperados.

A opinião dele: o Sr. Hoover iria tentar abafar aquilo. Isso implicava que eles teriam de fazer chegar fugas de informação aos jornais. Apostar nos *grannnnnnndes* jornais diários. Incluir documentos. Aguçar o bico aos jornalistas de escândalos. Deixar a coisa rolar por si só. Deixar escapar páginas de dossiês através de intermediários. Inventar um nome para um grupo esquerdista. Reivindicar o arrombamento e roubo em nome dessa bandeira fictícia.

Joan tinha discordado. A opinião dela: vamos estar a roubar a maior revelação de sempre. A opinião dele: isto é o prelúdio e a estreia. Os dossiês armazenados em Media são *brandos*. Pormenorizam brigas prosaicas e vigilâncias de rotina. As cenas mais sumarentas estavam noutro lado. A *nossa* operação irá expor tudo isso. O FBI pós-Hoover não conseguirá abafar a coisa. O sucedido na Agência de Media acabará por expor publicamente a expressão PROGRAMA DE CONTRA--INTELIGÊNCIA. O jargão do FBI tentará distorcer a verdade. Mas *eu* direi ao mundo o que aquilo significa realmente. O FBI não conseguirá reagrupar-se após a golpada. A Agência de Media terá criado um clamor público à volta dos dossiês. A ofuscação não irá funcionar após a golpada. As pessoas virão ter *comigo*. E *eu* abandonarei então as fileiras do FBI. Irei apresentar-me para depor.

Dwight espreitou pelos binóculos. Uma carrinha entrou na sua linha de visão.

Viu sair quatro pessoas: dois homens e duas mulheres. Todos vestidos como normais cidadãos de meia-idade. As mulheres traziam bolsas volumosas, cheias com sacos de lavandaria. Karen vestia um conjunto calça-casaco de mamã suburbana.

Tinham um duplicado da chave. Avançaram lentamente para a porta da entrada e destrancaram-na. Karen danificou a fechadura com uma gazua para simular um arrombamento.

Fecharam a porta. Mantiveram tudo às escuras. Dwight viu reflexos de feixes de lanterna. Viu-os subir pelas escadas das traseiras. Nada de correr riscos usando o elevador.

Dwight verificou as horas. Era meia-noite. Observou as quatro janelas. Passou-se meio minuto. Voltou a ver os feixes das lanternas.

Passou um carro à frente do edifício. Um *Mercedes* último modelo, para mamãs e papás de posses médias pertencentes a clubes sociais suburbanos. O papá ia de rádio ligado. Dwight ouviu «Muhammad Ali».

Os feixes das lanternas continuaram a perfurar a escuridão. Viu-os tremular nos vidros das janelas. Um carro-patrulha passou à frente do edifício. Dois polícias gordos a bocejar.

Dwight continuou a cronometrar os segundos no relógio. O ponteiro dos segundos parecia rastejar. As janelas mantiveram-se escurecidas durante quarenta e oito segundos. Pronto, já está.

Observou o vestíbulo. Ali estão eles. Com os sacos de lavandaria cheios. Saiam daí. Entrem na carrinha e arranquem.

Os outros três iam à frente. Karen manteve-se no passeio e virou-se para ele. Dwight soprou um beijo nos dedos e encostou a mão ao pára-brisas. Karen ergueu a mão com o punho cerrado.

DOCUMENTO ANEXO: 12/3/71. Artigo do *Los Angeles Herald Express*:

ROUBO-HOMICÍDIO NA ZONA SUL CAUSA ONDAS DE CHOQUE
Investigação Traz à luz Retrato Complexo da Vítima

Lionel Thornton, 51 anos, o presidente do Banco Popular do Sul de Los Angeles, foi vítima de uma morte horrível na noite de segunda--feira. Foi atacado à porta do banco e levado para o interior à força quando regressava depois de ter assistido ao combate de boxe entre Muhammad Ali e Frazier na sede de uma empresa local de táxis. Foi subsequentemente despojado das receitas da empresa de táxis, torturado e assassinado. A investigação preliminar do Departamento da Polícia de Los Angeles revelou que o perpetrador ou os perpetradores revistaram o banco num acesso de raiva, talvez à procura de um cofre secreto ou de dinheiro escondido pelo Sr. Thornton algures nas instalações. Infelizmente, o crime talvez derive de rumores nunca confirmados relativos ao próprio Sr. Thornton.

«Só tenho coisas boas a dizer do Senhor Thornton», declarou o principal investigador, o sargento Robert S. Bennett, aos repórteres numa conferência de imprensa convocada à pressa na tarde de terça-feira. «Foi durante muitos anos um pilar da comunidade negra local, como se pode verificar pelas manifestações de pesar pela sua morte e pelo número de tributos ardentes de que temos tido notícia desde que esta notícia foi divulgada esta manhã.»

O sargento Bennett, de 49 anos, está a supervisionar a tempo inteiro seis detectives encarregados de deslindar este caso e levar o suspeito ou suspeitos perante a justiça. «Pessoalmente, acredito que o Senhor Thornton foi sempre um indivíduo irrepreensível», declarou o sargento aos repórteres. «Dito isto, acredito que este crime deriva de um rumor que há muito circula pela zona sul: que o Senhor Thornton talvez tivesse ligações ao crime organizado e que estaria a lavar dinheiro nas instalações do banco. Mas não acredito nesses rumores. Acredito, sim, que este crime deriva de informações falsas que já circulam por aí há imenso tempo. A tragédia é que o Senhor Thornton perdeu a vida por um montante de dois mil dólares em receitas da companhia de táxis e os suspeitos ou suspeitos mataram-no e destruíram o interior do banco à procura de algo que não estava lá.»

A investigação prossegue. O sargento Bennett e a sua equipa de seis detectives irão liderar os esforços para tentar capturar o homicida ou os homicidas de Lionel D. Thornton. Também será realizada uma investigação complementar pelo Gabinete do FBI em Los Angeles, sob a supervisão do agente especial responsável Jack C. Leahy.

<u>DOCUMENTO ANEXO</u>: 12/3/71. Transcrição literal de telefonema gravado pelo FBI. Assinalado: <u>«Gravado a pedido do Director»</u> / <u>«Classificado Confidencial 1-A: Estritamente Reservado ao Director»</u>. Interlocutores: Director Hoover, agente especial Dwight C. Holly.

DH: Bom dia, senhor.

JEH: Não é decididamente um dia bom.

DH: Como assim, senhor?

JEH: A Agência Resident em Media, na Pensilvânia, foi assaltada na noite de segunda-feira. Foi roubada uma enorme quantidade de dossiês.

DH: A situação está controlada, senhor? E perdoe a minha ignorância, mas não sei onde fica Media.

JEH: É um escritório apenas com dois funcionários, perto de Filadélfia. O depósito de arquivos contém arquivos excedentes, provenientes dos escritórios de Nova Iorque, de Boston e de Filadélfia. O assalto ocorreu enquanto agentes da polícia local estavam na Shakey's Pizza Parlor a assistir a uma retransmissão da Batalha dos Macacos entre Cassius Clay e Smokin' Joe Frazier.

DH: A situação está controlada, senhor?

JEH: Sim. O assalto foi descoberto pelos próprios agentes. Não comunicaram o ocorrido ao Departamento da Polícia de Media e ligaram directamente para o agente especial responsável por Filadélfia. O sucedido em Media ainda não chegou aos média.

DH: E os dossiês, senhor?

JEH: Conteúdos brandos, segundo os padrões do Gabinete de Los Angeles. Mas conteúdos incriminatórios, segundo os padrões desses estúpidos libertários dos direitos civis. Perdemos dossiês de vigilâncias secundárias, dossiês de escutas e adendas de <u>PROGRAMAS DE CONTRA--INTELIGÊNCIA</u>.

DH: É uma chocante quebra de segurança, senhor.

JEH: Você hoje está confuso e aturdido de emoções, Dwight. As estadas prolongadas em sanatórios minam as pessoas fortes. Começam a confundir os seus estados emocionais com o mundo.

DH: Sim, senhor.

JEH: Agora sim. O velho «Agente da Lei». Incisivo e submisso.

DH: Sim, senhor.

JEH: Muito melhor agora.

DH: Sim, senhor.

JEH: Tenho a certeza de que estamos a pensar segundo linhas similares. Que grupo de lunáticos marginais irá reivindicar o crédito disto? Irão divulgar os dossiês? A que traiçoeiro jornal esquerdista irão entregar os dossiês?

DH: Quantos agentes estão a trabalhar nisso, senhor?

JEH: Quarenta e seis, a tempo inteiro. Claro, não há testemunhas e os ladrões não deixaram nenhuma prova física.

DH: Vou averiguar junto dos meus informadores, senhor.

JEH: Faça isso. Ofereça incentivos pecuniários e recorra aos seus métodos gerais de intrusão, com o meu total beneplácito.

DH: Sim, senhor.

JEH: Você enviou um memorando geral a todos os nossos agentes de campo. Neste preciso momento estão a ser implementadas medidas de segurança adicional nas secções de arquivos.

DH: Sim, senhor.

JEH: Não subestime a minha determinação em prevenir futuros roubos de arquivos. Não subestime o robusto estado da minha saúde. O meu médico, o doutor Archie Bell, considera-me um espécimen notável.

DH: Sim, senhor.

JEH: O presidente Nixon deve ter alguma doença mental. Recusa-se a informar-me se irá renomear-me como director após o feito consumado da sua reeleição no próximo ano. Vou dizer as coisas como elas são, Irmão Dwight. O Dick Manhoso pediu-me para pôr sob vigilância os principais candidatos democratas, coisa que me recusei fazer. Tenho estado a protelar isto. Este rapaz Nixey está a começar a suar as estopinhas.

DH: Estou a morder o esquema, senhor.

JEH: Tenho a certeza de que sim. E quanto à sua saúde mental? Tem recuperado a sua rude visão da vida?

DH: Tudo preto no branco, senhor.

JEH: Perdemos alguns dossiês, mas no final sairemos vencedores. Os dossiês que tenho lá na minha cave supremamente segura podiam fazer ruir o mundo inteiro.

DH: Assim é que é, senhor.

JEH: Bom dia, Dwight.

DH: Bom dia, senhor.

<u>**DOCUMENTO ANEXO**</u>: 12/5/71. <u>**TRANSCRIÇÃO LITERAL DE NÍVEL-1 / CONTACTO ULTRA-SECRETO / REENCAMINHAMENTO PRIVILEGIADO de transcrição de telefonema**</u>. Documento Ultra-Secreto n.º 48297. Interlocutores: Richard M. Nixon e agente especial Dwight C. Holly, FBI.

RMN: Boa noite, Dwight.

DH: Boa noite, senhor presidente.

RMN: Já não falávamos há muito tempo, meu amigo.

DH: Concordo, senhor.

RMN: Tem-se mantido ocupado?

DH: Certamente que sim, senhor.

RMN: Não esperava outra resposta, aliás. Continuar até ao fim enquanto toca o bandolim.

DH: É um conselho muito sábio, senhor.

RMN: Com efeito. E, já que falamos nisso, diria que aquele que você sabe muito bem quem é deve andar muito preocupado com aquele roubo de arquivos.

DH: Anda sim, senhor. Estivemos a discutir isso esta manhã. Posso perguntar-lhe se foi ele que o informou?

RMN: Foi o procurador-geral que me ligou. Disse: «O velho rabeta talvez tenha ficado com a pila presa no espremedor da roupa.»

DH: Posso ser rude, senhor?

RMN: Mas com certeza, Dwight. Para quê hesitar nas palavras? Só lhe telefono quando eu próprio levei umas quantas chicotadas e depois só me apetece ser rude.

DH: Os ladrões irão ou não reivindicar o crédito da acção e podem ou não divulgar os dossiês. E acrescentaria, de forma parentética, que Media, lá na Pensilvânia, é a Sibéria dos esconderijos de dossiês e que todos os dados deles constantes são anteriores à sua administração.

RMN: Estou a gostar de o ouvir.

DH: Achei que ia gostar, senhor.

RMN: Eis o meu receio. Estou a pensar que aquele que sabemos muito bem quem é está enfermo ao ponto de se servir de todos os seus dossiês sobre mim para continuar a exercer o seu posto.

DH: O senhor vai ser reeleito no próximo mês de Novembro. O Dia da Tomada de Posse de 1973 parece-me ser uma boa altura para reduzir os possíveis danos.

RMN: Estou a gostar de o ouvir.

DH: Achei que ia gostar, senhor. E, se me permite, deixe-me acrescentar o seguinte: se o assalto aos arquivos for reivindicado e os dossiês acabarem por ser divulgados, isso fará com que aquele que sabemos muito bem quem é se mostre muito circunspecto em abrir mão de dossiês que sejam de alguma forma depreciativos.

RMN: Dwight, não há dúvida de que você é o meu braço-direito.

DH: Obrigado, senhor.

RMN: Quanto à eleição no próximo ano. Ora bem, o velho rabeta tem andado a protelar a sua decisão numa certa frente. Um «trabalhinho de luvas negras». Como conceito, tem alma, não acha?

DH: Francamente, senhor, não passa de jargão do gueto. É assim que encaro as coisas.

RMN: Dwight, você é um cromo. Voltaremos a falar disso da próxima vez.

DH: Sim, senhor.

RMN: Há alguma coisa em que possa ajudá-lo?

DH: Sim, há uma coisa, senhor.

RMN: Sou todo ouvidos.

DH: O Gabinete de Los Angeles está a reforçar a segurança da secção de arquivos. Os agentes receiam que aquele que sabemos muito bem quem é possa comparecer inesperadamente antes que aquilo esteja terminado. Pode pedir a alguém lá do Departamento da Justiça para me fornecer o itinerário de viagem dele?

RMN: Com certeza, Dwight. Em segredo, meu amigo. Tal como todas as nossas conversas.

DH: Obrigado, senhor presidente.

RMN: É seguir sempre em frente, rapaz.

100

(Los Angeles, 13/3/71)

Scotty estava a rabiscar algo.

O seu cubículo de trabalho era resguardado por três paredes. Estava a desenhar pequenas esmeraldas. Acrescentou aquele símbolo grego respeitante ao género sexual. Significava «*Quem é a Mulher?*».

Era cedo. O turno da noite tinha deixado tudo num caos. Ele próprio tratara de ser cúmplice para criar esse caos. Tinha mandado os seus agentes seguir pistas que eram verdadeiros becos sem saída. Tinha supervisionado a primeira investigação forense. A equipa seguira os rastos mas não conseguira obter nenhuma pista durante aquele primeiro reconhecimento da cena do crime. Isso implicava que haveria um segundo reconhecimento.

Tinha sido roubado o dinheiro das receitas dos Táxis Tiger Kab e nada mais. Jack Leahy estava a conduzir uma investigação paralela em colaboração com o FBI. O Sr. Limpeza era um bufo do FBI. Os aspectos de masturbação mental sobrepunham-se.

Aquele cofre-forte secreto: até agora ainda não fora localizado. O canal: o Irmão Bowen a aguentar firme.

Scotty analisou uma lista que lhe tinha sido enviada por telex por Fred Otash: os convidados que tinham assistido ao combate de boxe lá na sede, listados por ordem alfabética.

Milt Chargin e Fred Turentine. Lenny Bernstein e Wilt Chamberlain. Lá estava o Sal Mineo, ao cuidado do Mirone Crutchfield. O Sal maricas deveria supostamente ter conhecido o Macho Marsh nessa noite.

Continuou a ler a lista. *Aha*: o Marcus e o Lavelle Bostitch.

Os Bostitch moravam em Watts. Viviam num barraco de ocupas ilegais por trás da Mesquita Mumar's. Drogados, assaltantes, pedófilos. Candidatos ao Prémio Nobel da Paz.

Os miúdos Bostitch circulavam sem carro. Eram lendários por isso. Moviam-se em bicicletas da marca *Schwinn Sting-Ray*, com guiadores pescoço de cisne ajustáveis e selins alongados, em forma de banana.

As bicicletas não estavam ali. A porta do barraco estava destrancada. Os mouros da mesquita estavam ruidosamente absorvidos com Alá. Scotty entrou sem mais delongas.

Tinha trazido um estojo de provas. Tinha nos bolsos um canivete e três maços de notas envolvos em cintas de riscas à tigre. Tinha trazido fichas de impressões digitais, fita adesiva transparente, pó de recolha de impressões digitais e seis saquetas de plástico.

Aquele pardieiro fedia que tresandava. Fedia a drogado. Falta de higiene e supuração. Revistou o local. Não encontrou nenhuma arma. Mas isso não queria dizer nada.

Duas cadeiras estofadas, chão de lona, um colchão. Sem casa de banho, sem cozinha, sem armários ou prateleiras.

Mãos à obra.

Scotty rasgou o fundo do colchão e enfiou dentro os três maços de notas. Abriu uma das saquetas de plástico e despejou fragmentos das paredes do banco. Recolheu cabelos de carapinha do parapeito de uma janela e enfiou-os numa saqueta.

Deitou pó de recolha de impressões digitais na ombreira da porta e em quatro superfícies de uso frequente. Obteve dois conjuntos de impressões latentes. Comparou-as com as impressões das fichas que tinha trazido. Os miúdos Bostitch, dez pontos de coincidência.

Transferiu-as com a fita adesiva transparente e guardou-as em frascos de recolha de impressões. Guardou quatro fibras recolhidas da cadeira e mais cabelos. Guardou fragmentos de detritos e resíduos de pó. Enfiou uma arma incriminatória num rasgão do colchão.

Os pagãos continuavam a entoar os seus cânticos. Scotty passou pela mesquita e enfiou-se no carro. Um preto com o típico chapéu de feltro fez-lhe uma vénia com as mãos unidas em oração. Scotty retribuiu-lhe a saudação.

Cena do crime: Polícia de Los Angeles/FBI. Fita amarela e agentes de guarda ao perímetro à volta do banco.

Scotty mostrou o crachá ao tipo de guarda à porta. O tipo deixou-o entrar. Os soalhos estavam cobertos com oleados. Uma série de crivos de malha metálica para recolha de indícios, até à altura da cintura. Os detritos recolhidos tinham sido guardados em sacos gigantescos. O guiché do caixa tresandava a barbitúrico *Luminal*. Estavam a tentar identificar o tipo sanguíneo. Talvez Thornton tivesse ferido os assassinos quando estes o feriram.

Errado.

Scotty entrou no gabinete do Sr. Limpeza e trancou a porta por dentro. Transferiu as tiras com as impressões digitais para as superfícies das paredes e estantes. Despejou cabelos, detritos e poeira. Enfiou uma nota de cem dólares manchada de sangue debaixo de um tapete.

Destrancou a porta e saiu. Os guardas do perímetro estavam a almoçar junto de uma carrinha de refeições volantes. Jack Leahy estava refastelado dentro de uma viatura do FBI.

Scotty aproximou-se. — Deixa-me adivinhar. O Branqueador de Dinheiro tinha certas ligações com as quais deves ficar preocupado. O Senhor Hoover disse-te para vires cá dar uma olhada.

— Em síntese, sim.

— Aquilo lá dentro está um caos. A Divisão de Investigação Científica não descobriu nada no primeiro reconhecimento. Ordenei um segundo reconhecimento.

— Sempre foste muito eficiente — disse Jack.

Scotty sorriu. — O Senhor Limpeza merece o melhor. Ganhei dinheiro com a vitória do Frazier e por isso sinto-me generoso.

Jack limpou os óculos. — Há suspeitos?

— Dois negros. Estiveram lá na sede dos Táxis Tiger Kab a ver o combate. Creio que seguiram o Thornton até aqui e depois assaltaram-no.

Um calhambeque passou pela rua. Dois manos ergueram os punhos cerrados na direcção da bófia.

Scotty riu-se. — Isto começa a lembrar-me a golpada contra o Fred Hiltz.

— Admito que sim — disse Jack.

— Nessa altura apropriaste-te desse caso, mas desta vez não vou permiti-lo.

— Por enquanto vou abrir mão disso — disse Jack.

— O Hiltz era informador do FBI. E julgo que o Senhor Limpeza também era.

— Sem comentários — disse Jack.

A Mesquita Mumar's tinha encerrado para a noite. As duas bicicletas *Schwinn* estavam à porta.

Bicicletas da selva. Mochilas de tecido a imitar pele de crocodilo e guarda-lamas. Pneus completamente carecas e buzinas que faziam aaa-
-uuu-gaaah.

Scotty espreitou pela janela. Ah, irmãos: mas que simpático da vossa parte.

Estavam inertes. Com os torniquetes à volta dos braços e a ressonar. Colheres, seringas e heroína à plena vista.

Scotty calçou luvas e entrou. Marcus e Lavelle estavam a dormir afundados em cadeiras ao lado um do outro. Scotty tirou do bolso duas armas incriminatórias. Marsh tinha matado o Sr. Limpeza com a arma n.º 1. A arma n.º 2 tinha sido apreendida numa rusga de drogas por volta de 1962.

Paz, irmãos.

Enfiou a arma n.º 1 na mão direita de Marcus e colocou-lhe o dedo indicador direito no gatilho. Ergueu a arma e encostou o cano ao ouvido direito de Marcus. Colocou o seu próprio dedo sobre o gatilho e apertou.

Foi um disparo ruidoso. Marcus tombou para trás, morto. A bala ficou alojada na cabeça. Scotty deixou tombar o braço que segurava na arma. A arma caiu junto da sua mão.

Enfiou a arma n.º 2 na mão direita de Lavelle e colocou-lhe o dedo indicador direito no gatilho. Ergueu a arma e encostou o cano ao ouvido direito de Lavelle. Colocou o seu próprio dedo sobre o gatilho e apertou.

Foi um disparo ruidoso. Lavelle tombou para trás, morto. A bala ficou alojada na cabeça. Scotty deixou tombar o braço que segurava na arma. A arma caiu junto da sua mão.

Boas queimaduras de pólvora. Empiricamente correctas e consistentes com os manuais. Bons fluxos de sangue a escorrer da boca. Mais tarde também haveria sangue a escorrer dos olhos.

101

(Los Angeles, 14/3/71)

FBI/48770.
Mistura-te com os outros. És um dos trabalhadores. Vais conseguir enganá-los.

Crutch tinha observado a equipa no dia anterior. Usavam fatos-macaco e almoçavam de lancheira no relvado do edifício do FBI. Os agentes contavam os operários pela manhã. À tarde não. És mais um totó com um cinto de ferramentas.

Clyde disse que o FBI tinha sido assaltado nos arredores de Filadélfia. O sucedido obrigava agora a uma verdadeira operação-relâmpago para melhorar a segurança dos armazéns de arquivos. Clyde tinha dito que os números de cinco dígitos eram referentes a códigos de delatores. Merda, que foda: vamos lá tentar.

Crutch estava a comer uma comprida sanduíche de salame. Os outros operários da equipa não faziam caso dele. *Tudo se reduzia a uma única coisa.* O Sr. Limpeza morre. Marsh com as mãos cheias de sangue. Scotty fica encarregado do caso, drogados que se suicidam, caso encerrado.

Ouviu-se um apito. A equipa de operários levantou-se e espreguiçou-se. Seis tipos mais ele próprio. Nada de contar as cabeças, por favor.

Crutch misturou-se com o resto da equipa. Ninguém lhe dirigiu a palavra. Estava com barba de dois dias e usava um boné de trolha que lhe ocultava os olhos. Tinha manchado a cara com tinta.

Entraram no átrio. Havia um agente federal a operar o elevador. Crutch comprimiu-se entre dois polacos gordos. Ninguém lhe dirigiu a palavra.

O elevador parou no décimo primeiro andar. O agente conduziu-os ao longo de um corredor. Dwight Holly passou por ali com uma prancheta de apontamentos na mão. Não reparou em nada.

A secção dos arquivos era afastada da sala principal da divisão. Tinha o tamanho de um hangar de aviões.

O agente acenou-lhes adeus. A equipa dispersou-se. Começaram a desaparafusar fileiras de prateleiras. Crutch avançou para seis fileiras mais à frente e imitou-os.

Trabalhou calmamente. Os outros tipos começaram a mover os painéis. *Agora já percebo. É para proteger as estantes dos arquivos. Acesso unicamente por abertura de fechadura com chave própria.*

Prateleiras de arquivos, bancos de arquivos, fileiras de arquivos. Directórios de índices presos por correntes. «ICA.» Jargão abreviado do FBI: «Informadores confidenciais da agência.»

Os verdadeiros operários estavam a *trabalhar*. A colocação dos painéis e das fechaduras avançava com *rapideeeeez*. Crutch avançou a passo rápido. Agora finge-te muito ocupado. Aperta alguns parafusos.

Afastou-se dos outros tipos. Folheou índices que estavam abertos. Leu os índices de dezasseis fileiras. As abreviaturas começaram a confundir-se na sua mente. Número 17: «ICA/00001.»

Engoliu em seco. Olhou para cima. Contou números e prateleiras até ao tecto. Puta que pariu: a série de quatro dígitos ficava no topo.

Aqui não há escadas de acesso às prateleiras. Vais ter de trepar.

Trepou. As prateleiras abanaram. Agarrou-se como um macaco, içou-se e continuou a subir. Chegou ao topo. Estava muito próximo do tecto.

Rastejou pelo topo das prateleiras. Engoliu pó e encontrou velhos elásticos de borracha e insectos há muito mortos. Espreitou pela borda para ver as etiquetas dos índices. Viu a série 4-5, a série 4-6, a série 4-7. Conteve espirros. As prateleiras abanaram. Chegou à série 4-8. Viu a etiqueta vermelha do dossiê que procurava.

Pegou nele.

Leu a primeira página.

O Branqueador de Dinheiro do Orgulho Negro: um bufo cobardolas a soldo do FBI.

Chibava exclusivamente assaltantes. Relatava directamente ao patrão da divisão, Jack Leahy. Essa relação tinha começado em 1963. Os nomes dos assaltantes estavam rasurados. *Está tudo demasiado próximo agora, tudo se reduz a uma única coisa. Nada é tangencial: está tudo aqui, ao alcance da minha mão.*

As prateleiras abanaram. Crutch quase vomitou o almoço. Denúncias de assaltos. Disseminação e desinformação. Só podia ser.

Espirrou. A fila de prateleiras abanou. Quase deixou cair o dossiê. Uma página soltou-se. Reparou num parágrafo rasurado a tinta escura. Deus falou-lhe então: Jack Leahy tinha rasurado o dossiê de Joan Rosen Klein.

102

(Los Angeles, Mississípi Rural, 15/3/71-18/11/71)

A Operação.
Nunca chegaram a dar-lhe um nome. Não precisaram de o fazer ou não quiseram. Nunca chegaram a trocar memorandos. Não havia necessidade de referenciar as suas tarefas por meio de papelada. Os acrónimos eram auto-indulgentes e satíricos. Tresandavam a agentes federais pueris a lixar os desgraçados por mera diversão.

Dwight trabalhava no seu quarto de arquivos de forma negligente e dedicou toda a sua atenção à Operação. Um assessor de Nixon enviou--lhe a lista do itinerário de viagem do Sr. Hoover. O velho rabeta estava fragilizado. Agora viajava menos. Este ano não havia nenhuma viagem prevista para Los Angeles.

Dwight andava a dormir bem. Tinha os nervos sob controlo. Tinha--se descartado da bebida e da sua reserva de comprimidos para dormir. Imaginava que estava a ser seguido e adoptava acções evasivas. Os carros que o seguiam acabavam por desaparecer. Não passava de medo residual.

O velho rabeta confiava nele. A Operação era segura. O seu refúgio era inviolável. Ninguém estava a vigiá-lo.

Deixou de se preocupar com possíveis perseguições e circulou de carro. Já estava recuperado do esgotamento nervoso. Realizava as tarefas uma a uma, sem qualquer paranóia. A Operação era incompreensível. Ninguém suspeitaria dos seus objectivos ou disputaria os resultados. Seguir-se-ia uma avalancha de papelada. O assalto à Agência de Media assim o tinha pré-anunciado. O Acontecimento era agora inevitável.

Joan trabalhava com ele, tarefa a tarefa. Compreendia o nível de pormenor exigido. Conversaram, maquinaram e construíram um gigantesco labirinto de papelada. Joan tinha-se recusado a explicitar a sua surpreendente afirmação: «*Tenho vontade de o matar desde que era criança e não te vou dizer porquê.*»

Dwight não voltou a perguntar-lhe. Também não perguntou a Karen. Verificou mais registos sobre familiares conhecidos dela. Todos esses dossiês tinham sido perdidos, extraviados, desviados, destruídos ou roubados. Dwight desistiu. Supostamente não deveria saber essas informações. Ela própria lhe diria, ou não. Deu por si cada vez menos curioso em relação a isso. A Operação era deles os três. O seu bruto alcance era o vínculo que os unia.

O assalto aos arquivos da Agência de Media tinha sido um êxito. Karen e a sua equipa continuavam no anonimato. Karen tinha despachado arquivos através de uma série de intermediários. A bomba aterrou na sede do jornal *Washington Post* a 24 de Março. Seguiram-se o *New York Times* e o *Village Voice*. O clamor público subiu de tom. Karen atribuiu as fugas ao «Comité de Cidadãos para Investigar o FBI». O cidadão anónimo teve direito a dar uma olhada a brandos dossiês de vigilância. A cidadã anónima teve direito a inteirar-se do significado da expressão PROGRAMA DE CONTRA-INTELIGÊNCIA. O Sr. Hoover teceu comentários de estupefacção. O presidente ficou aliviado. Os arquivos revelavam apenas tramóias pré-Nixon.

Aquilo estava a funcionar. Joan reconheceu que sim. O acontecimento captava as atenções públicas e voltava a esmorecer. Os jornalistas esquerdistas não paravam de fincar o dente nessa matéria. A expressão PROGRAMA DE CONTRA-INTELIGÊNCIA estava repleta de alusões subtextuais. O Acontecimento iria gravar esse conceito a sangue.

O trabalho era agora tenso. A Operação sustentava-o ao nível ideológico. A Operação impelia Joan de uma forma completamente vingativa. Agora encarava tudo aquilo como uma vingança pessoal. Nunca iria revelar a origem da sua demanda de vingança. Começava a ficar cada vez mais exausta. A morte de Lionel Thornton tinha-a perturbado. O tipo era um branqueador de dinheiro, na pior das hipóteses; e um subornador de políticos, na melhor das hipóteses. Joan não queria falar disso. Dizia sempre aquilo que sempre dizia: «Não te vou dizer.»

Joan dormia com ele em suítes de hotel e trabalhava com ele no refúgio. Pernoitava em casas francas nas noites em que ele dormia com Karen. Estava preocupada com Celia. Não parava de fazer telefonemas para tentar encontra Celia na República Dominicana. Tinha recusado todas as ofertas de Dwight para a ajudar nessa tarefa.

Costumava sentar-se sozinha no terraço. Bebia chá e tomava cápsulas de ervas. Dwight tinha recolhido furtivamente uma amostra dessas ervas e mandara analisá-las. Eram poções haitianas de fertilidade. Joan tinha quase quarenta e cinco anos e estava a tentar engravidar. Um filho dela e dele: aquilo deixava-o estupefacto. Não havia qualquer hipótese de concepção. Dwight sabia-o bem. Mas nunca lho disse. Nunca lhe mencionou as poções. Via como o rosto dela parecia reconfigurar-se enquanto tentava obrigar o seu corpo a engravidar. Dwight estava deleitado com as loucas tarefas em mão e com a obstinação dela.

A casa de Karen ficava no sopé de uma encosta íngreme. Dwight pegou nos binóculos e observou as meninas a brincar. Karen tinha-lhe feito o relato da missão em Media e não lhe dissera mais nada. Tinham formalmente terminado a sua relação de delação. Dwight aceitou a situação. Karen tinha descrito a missão em Media como uma dívida para com Joan e ele e afirmou, numa voz que impunha respeito, que a dívida estava saldada. Dwight corroborou. Karen nunca mais tinha voltado ao refúgio. Dwight trazia no bolso a foto dela com as meninas. Karen tinha-lhe enviado mensagens nocturnas codificadas. Pressentia a presença dele ali no terraço e punha-se a tocar os quartetos de cordas de Beethoven nas alturas. Costumava deixar uma luz da cozinha acesa para lhe indicar a direcção da proveniência do som.

A música invadia-lhe os sonhos. Agora via Wayne nos sonhos em vez do Dr. King. Crocodilos e rios no Haiti. Explosões na República Dominicana e negros esqueléticos com asas.

A Operação prosseguia. A convergência continuava a ser o único obstáculo. Dwight deslocou-se quatro vezes ao Mississípi de avião. Bob Relyea continuava empenhado. Estava a treinar e manter-se-ia de boca fechada. Só iria saber o nome do alvo no próprio dia do atentado.

Dwight forçou a entrada da casa de Marsh mais seis vezes. Revistou tudo à procura de um diário secreto mas não encontrou nenhum. Joan tinha a certeza de que Marsh tinha um diário cândido. A forma como se autocentrava no seu desempenho de actor parecia indicar isso. O diário falso que tinham redigido era o *deus ex machina* da Operação. Precisavam de ter a certeza de que nunca seria encontrado um diário verdadeiro.

Marsh estava a trabalhar nos turnos nocturnos e proferia discursos de motivação. Dwight vigiava-lhe o domicílio e espiava-o. Rusgas ao lixo dele, rusgas à secretária e gavetas, escutas ocultadas atrás de falsos painéis. Numerosos livros de arte e brochuras de viagens ao Haiti. Nenhum sinal de um diário secreto por enquanto.

A secção de arquivos estava agora equipada com dispositivos de segurança. Tratara-se de uma precaução após o incidente em Media. Não importava. Ele próprio era agente do FBI, tinha as chaves de acesso aos arquivos. Marsh Bowen estava agora profusamente referido nos anexos que inserira nos arquivos. O sargento Bowen era indiscretamente promíscuo. O sargento Bowen era politicamente instável, uma faceta que remontava já a vários anos.

Dwight saía bastante tarde do gabinete. Conversava com o mordaz Jack Leahy. Jack tinha uma fixação no declínio ofegante do velho rabeta. O incidente de Media tinha sido uma irritação menor. Jack achava que aquilo já era previsível. Tinha a reforma assegurada e era bronco por natureza. Não parecia minimamente preocupado com toda aquela situação.

Dick Nixon costumava ficar bronco após dois uísques com soda. Telefonava a Dwight duas vezes por mês. O Sr. Hoover ligava-lhe o dobro das vezes. Nixon estava irritado com Hoover. Hoover estava irritado com Nixon. O presidente ficou meio tosgado e descarregou a frustração que sentia. Hoover enraivecia-se e pedia-lhe que restaurasse a confiança nele no meio de um atropelo de gafes mentais. Ambos achavam Dwight, o Agente da Lei, um interlocutor reconfortante. Dwight era agora o pistoleiro em acção após ter convalescido do esgotamento nervoso.

A *sua* consolação? O diário de Marsh.

Está a criar um mundo de homens perturbados *in extremis*. Agora atribui os seus sonhos a Marsh. O discurso de Marsh é moldado pelo seu próprio discurso junto de Karen e Joan. O diário de Marsh quase parece utópico. Refuta o mundo vigente e profetiza o mundo que poderia existir. As entradas diarísticas abrangem desde o início da OPERAÇÃO IRMÃO RUUUUIM até ao momento presente. Marsh carrega a culpa de ter explorado em seu proveito o «Tiroteio Fatal entre Militantes Negros». Está determinado a matar J. Edgar Hoover. O seu papel de polícia-actor tinha-lhe granjeado a glória e semeado a morte.

A sua confusão moral servia de contraponto à sua vida interior atormentada e à sua indulgência quotidiana na perversão.

Dwight acrescentou pormenores retirados do seu próprio esgotamento nervoso. O esgotamento mental de Marsh é o esgotamento mental do próprio Dwight, mas hiper-radicalizado. Criou um vínculo entre Holly e Bowen que não existia. Os dois homens discutiam o esgotamento mental como um apelo à violência armada e como um meio de transcender as suas patologias egocêntricas. As medidas políticas públicas são retratadas como um pesadelo privado e um veículo de expiação. A premente sensação de precisar de se *fazer* algo para evitar ficar demente. A sua história e a história de Marsh revisitadas.

Chegou a sentir uma espécie de afecto por Marsh. Mas não se arrependerá de o matar.

103

(Los Angeles, 15/3/71-18/11/71)

Frustração. Incessante como a porra, dia após dia.

O grande júri do condado condenou postumamente os miúdos Bostitch. Scotty pôde então respirar aliviado. Os manos tinham despachado o Sr. Limpeza e fizeram um pacto suicida. Lindo, mas o caso do assalto ao furgão blindado continuava num impasse.

Quem é a Mulher?

A tipa era o intermediário e o canal que escoava as esmeraldas para Thornton. O interrogatório de Jomo tinha sido ensombrado por uma *Mulher*. Marsh costumava espevitar as orelhas quando ele referia a palavra *Mulher*. Marsh é um tipo bifurcado: sólido e pouco digno de confiança.

Quem é a Mulher? A sua opinião: a tipa tinha participado na OPERAÇÃO IRMÃO RUUUUIM. Uma ideia catita, mas:

É-lhe impossível apertar com Dwight Holly. Dwight é incrivelmente astuto e subtil e pressioná-lo-ia igualmente. Também não pode apertar com Jack Leahy. Jack estava a par da OPERAÇÃO IRMÃO RUUUUIM. É incrivelmente astuto e subtil e pressioná-lo-ia igualmente.

Frustração. Um verdadeiro tormento, noite após noite.

Tinham roubado o registo com os nomes dos beneficiários das esmeraldas e o livro de contabilidade codificado. Scotty tinha tentado decifrar o código. Passara meses nisso. Chegara até a pensar em contratar um criptógrafo. Um perito talvez conseguisse decifrar aquele código. Mas acabou por desistir dessa ideia. O criptógrafo ficaria então a *saber* também. Seria mais uma ponta solta.

Inspectores bancários do FBI viraram o Banco Popular de pernas para o ar. Scotty e Jack Leahy acompanharam-nos. Reduziram paredes, soalhos e tectos a pedaços. Conseguiram localizar o cofre-forte a partir do desenho elaborado pelo Sr. Limpeza. Lá dentro tinham encontrado uma reserva de drogas e 89 000 dólares.

Uma solução improvisada. Um tapa-buracos a longo prazo. Uma salvaguarda contra uma possível exposição pública.

O dinheiro e as restantes esmeraldas estavam escondidos noutro lugar qualquer. Thornton era astuto. Não tinha revelado a localização do cofre-forte. Jogara a carta de trunfo do «Não sei». Mas sabia que iria morrer de qualquer forma. Teoria: o dinheiro e as pedras preciosas *estavam* no cofre-forte. Os tipos do assalto ao furgão sabiam isso. Tinham-nas sacado dali para fora antes de os guardas bancários entrarem no banco.

Onde está Reggie? *Quem é a Mulher?* Quem irá repartir as esmeraldas agora que o Sr. Limpeza morreu?

Frustração. Suores nocturnos. *Chiça*, muda os lençóis.

Marsh estava frustrado. Tinha lido todos os dossiês em posse dos dois. Leu-os e estudou-os à procura de pormenores. Juntos, são a melhor equipa de polícias renegados e amigos raciais do mundo inteiro. Há anos que andavam a investigar aquilo e mesmo assim ainda não tinham conseguido chegar perto do arco-íris.

A frustração implicava reacções extremadas. Scotty fodia ainda mais com a esposa e namoradas e vivia para as vigilâncias. Em Maio deteve dois mestiços mexicanos à porta de uma adega em Boyle Heights. Marsh adorou aquilo: pelo menos os tipos não eram negros. Uma semana mais tarde prendeu dois neonazis que tinham assaltado uma mercearia em Vermont cujo proprietário era negro. Scotty chegou a despedaçar um braço a um dos assaltantes e conseguiu salvar a vida a uma criancinha negra. Marsh *adorouuuuuuu* aquilo. Marsh tinha influência junto da Associação Nacional para o Progresso das Pessoas de Cor. Talvez viessem a dar-lhe uma medalha.

Marsh descarregava a frustração à sua própria *maneira*. Tens-te dedicado àquela tua cena? Claro. Marsh tinha desaparecido três vezes em oito meses. Tinha *dito* que fizera viagens de carro para desanuviar a cabeça. Só podiam ser cenas de maricas. Excursões maricas, idílios maricas, circuitos maricas.

Frustração. Queres um *bommmmmm* par de nádegas? Deixa o Pastor Bennett e o Mirone Crutchfield fazerem de teu chulo.

O maricas Sal andava de asa completamente arrastada por causa do Macho Marsh. Mas Marsh não estava interessado em saltar-lhe em cima da espinha. Aquilo estava a deixá-lo *louco*. Idem em relação ao Mirone, a Fred Turentine e a Fred Otash.

Tinha andado a farejar pela cidade da pretalhada inteira. Não tinha conseguido obter nada de substancial. A descrição que referia da mulher deixava algumas pessoas alarmadas. Alguns totós pareceram ficar ligeiramente assustados. Um tipo disse que ela talvez tivesse ligações a militantes negros. Inquiriu junto dos seus contactos nos Panteras e nos Escravos Unidos mas não conseguiu apurar nada. Os totós da ATN e da FLMM estavam todos na cadeia. Não podia apertar com eles dentro da cadeia. As suas visitas chamariam as atenções. Daria azo a falatórios que acabariam por se espalhar.

O caso resumia-se agora inteiramente a *Ela*. A mulher de cabelo com estrias grisalhas representava *Tudo*.

DOCUMENTO ANEXO: 18/11/71. Excerto do diário privado de Karen Sifakis.

Los Angeles,
18 de Novembro de 1971

O incidente de Media foi há oito meses. Eu e os meus camaradas não fomos detidos; ninguém abandonou as fileiras; as vigilâncias ilegais do FBI a organizações políticas, a grupos de luta pelos direitos civis e a indivíduos propensos a protestos públicos têm sido reveladas num frenesi de reportagens jornalísticas, editoriais enfurecidos e tempo de antena televisiva e radiofónica. A revelação pública aconteceu e desvaneceu-se. O conceito de <u>PROGRAMA DE CONTRA-INTELIGÊNCIA</u> foi divulgado ao povo americano, que optou largamente por o ignorar. As operações encobertas mais draconianas do FBI não foram mencionadas em nenhum dos dossiês entregues aos meios de comunicação. O Dwight e a Joan pareceram ficar satisfeitos com isso. Quase consigo discernir os pensamentos ocultos do Dwight. Está contente pelo facto de a guerra específica do FBI contra os grupos do movimento dos direitos civis e de militância negra não ter sido colocada preventivamente sob a alçada dos <u>PROGRAMAS DE CONTRA-INTELIGÊNCIA</u>.

Não quero saber o que a Joan e o Dwight estão a planear; desconfio que acabarei por saber na arena pública e começo a acalentar um pressentimento de que vai ser um acontecimento grandioso e mediático. O incidente de Media foi uma táctica de diversão e/ou uma cilada. As ramificações do meu único ataque proactivo a favor do Dwight e da Joan irão tornar-se aparentes com o decorrer do tempo. Não quero saber. Eles sabem isso e não me põem a par dos seus planos. Tenho rezado e fiz um voto de continuar a amá-los, independentemente dos horrores e caos que possam vir a perpetrar.

Nunca nos reunimos em trio. A Joan tem ressurgido na minha vida; encontramo-nos duas ou três vezes por semana para tomar café ou almoçar, sempre aqui em Silver Lake ou em Echo Park. Discutimos política sem parar. Nixon, o Vietname, questões laborais e o declínio do movimento da militância negra conseguem absorver-nos durante horas seguidas. A Joan anda cansada e explode em invectivas nervosas mas perfeitamente coerentes, à mistura com monólogos políticos perspicazes. As encantadoras estrias grisalhas tão características dela começam a encanecer e a sobrepor-se aos restantes cabelos escuros. Receio que ela esteja a ficar paranóica — ela diz que tem tido um pressentimento intermitente de estar a ser seguida — e fala muitas vezes da sua amante/camarada Celia, que está incontactável algures no Haiti ou na República Dominicana. Certa ocasião a Celia chegou a dizer à Joan para não tentar encontrá-la se um dia desaparecesse. Quantas vezes é que a Joan disse o mesmo aos seus amantes ou amantes//camaradas? Agora é a própria Joan quem se sente abandonada e foi a sua ligação ao Dwight Chalfont Holly que a levou a esta situação, ao ponto de não ser capaz de suprimir a dor que sente.

A Joan fuma constantemente e bebe chás de ervas haitianas que ela própria prepara. Engole cápsulas de ervas haitianas a todas as refeições, em momentos específicos do dia. Perguntei-lhe acerca disso e disse-me que estava a tentar engravidar. Queria ter um filho.

Não questionei os motivos dela. Sabia que não valia a pena perguntar-lhe «Porquê?». A Joan limitar-se-ia a responder «Não te vou dizer». Uma mulher da idade dela não pode conceber um filho. Ela parece desconhecer como isso é altamente improvável. Este assunto é quase tabu, embora seja inevitavelmente verdadeiro. Quer ter um filho do Dwight.

Eu e a Joan sempre escondemos coisas uma à outra. Temos os nossos compromissos individuais e não somos sinceras uma com a outra; vivemos num mundo desonesto que sobrecarregamos de moralidade para depois o minarmos e subvertermos. Podia dizer à Joan a única coisa que nunca disse ao Dwight. Talvez isso a magoasse ou não. Mas sei o que isso faria ao Dwight. Receio o esgotamento nervoso que isso pudesse causar, bem como a profunda determinação que isso criaria certamente.

<u>DOCUMENTO ANEXO</u>: 18/11/71. Excerto do diário de Marshall E. Bowen.

Baldwin Hills,
18/11/71

Pensei que o homicídio iria magoar-me mais e invadir-me o corpo e a mente de forma mais dolorosa. Mas não. Assumi o papel do homicida e agi como um assassino estreante determinado a sobreviver. Demorei alguns dias até conseguir reajustar o meu equilíbrio mental.

Devaneei acerca dos possíveis resultados das minhas acções enquanto o Scotty se ocupava da situação. Encontrei-me uma série de vezes com ele em jantares tardios no Restaurante Ollie Hammond. Bebemos um pouco e comemos sanduíches de rosbife. O Scotty pregava-me: no fim acabas por sobreviver. Fizeste o que era necessário; e fá-lo-ás outra vez se for necessário. Já te sentes melhor agora?

Sim, já me sentia melhor nessa ocasião, e continuo a sentir-me bem. Estou em posição de vantagem nesta nossa parceria. Sei duas coisas que o Scotty desconhece: o Reginald Hazzard e as esmeraldas estão no Haiti. A mulher é a Joan Rosen Klein.

A minha vida é uma série de jogos de sombras e inconsistências. Trabalho no gabinete de detectives na esquadra de Hollywood. Vou a *cocktails* da indústria do cinema e divirto-me com as reacções ambivalentes que a minha presença provoca. Há três anos não passava de um polícia que tinha sido espancado, ostracizado e convertido ao credo da militância negra. Tudo *isso* me valeu uma boa dose de prestígio na indústria do cinema. Agora fui exposto publicamente como um polícia que era um informador infiltrado; um polícia que elogia valores autoritários em palestras prestigiosas e se destaca no seu uniforme azul da Polícia de Los Angeles. Os tipos da indústria do cinema adorariam odiar-me como um vendido, mas não podem fazê-lo. Ganhei o jogo e sou demasiado bem-parecido.

Tenho andado a saltar de festa em festa e tenho conhecido gente, nomeadamente o muito atraente actor Sal Mineo, que na década de 1950 protagonizou vários filmes notáveis sobre adolescentes rebeldes. O Sal também é adepto do Vício e resolveu partilhá-lo comigo. O Sal deixa-me intrigado; estamos sempre a topar um com o outro; falamos ao telefone, namoriscamos, saímos para tomar café, mas não fazemos *aquilo*. O Sal é muito persistente e é *mesmo* um querido, mas tenho o prato demasiado cheio para poder acomodar um arranjinho a tempo parcial ou inteiro. Eis uma coisa tão estranha que até me ponho a imaginar coisas: falo com o Sal e desligo e cinco minutos depois liga-me o Scotty. O Scotty ocupou-se daquela tramóia Thornton/irmãos Bostitch com grande desenvoltura e tratou de enviar anonimamente aos jornais dossiês da Divisão dos Serviços Secretos que revelavam que o Sr. Limpeza era, de facto, um lacaio da Máfia. Os jornalistas armados em paladinos pegaram imediatamente na história; surgiram artigos em

Los Angeles e esses dossiês receberam uma enorme cobertura a nível nacional. O Scotty continua a difamar as nossas vítimas enquanto tentamos descobrir pistas entre os vivos. Chegámos a pensar em tentar deitar a mão ao dossiê do FBI sobre o Thornton, mas o Scotty acha que é demasiado arriscado. Por *minha* parte, pensei em tentar dar uma olhada a esse dossiê de forma independente, mas ainda não imaginei como.

Tenho retido para mim a informação de que o Reggie está no Haiti e que a *Mulher* é a Joan. É a amante do Dwight Holly. Isso torna-a inabordável. Um Dwight Holly todo fodido poderia estragar de vez o nosso esquema.

Devaneios: dissimulações, manobras à margem da lei, retenção de informações e logros.

Tenho sonegado essas informações ao Scotty. Tenho contornado a lei para conseguir aceder aos registos aduaneiros *completos* sobre o Reginald Hazzard, mas em vão. O acesso requer mandados legais. Esta minha atitude de sonegar informações ao Scotty é motivada por pura arrogância e puro ódio racial. Aprendi certas coisas com a OPERAÇÃO IRMÃO RUUUUIM. Honra seja feita ao Sr. Holly: transcendi em parte a minha patologia de actor egocêntrico. Tornei-me *verdadeiramente* radicalizado.

O Scotty Bennett representa o mundo dos brancos empenhado em arrasar-me com indiferença. Não posso deixar que isso aconteça. O Scotty é o opressor branco e não vou rebaixar-me perante ele. O Scotty não vai dividir o dinheiro e as esmeraldas. Tenho de lhes deitar a mão primeiro e matar o Scotty antes que ele me mate a mim.

Fiz três viagens ao Haiti. Fi-las coincidir com as excursões de uma semana inteira que o Scotty costuma fazer com os colegas da polícia para ir à pesca e embebedar-se. O Sal já esteve no Haiti a rodar um filme e partilhou comigo os seus conhecimentos acerca desse lugar maravilhoso e atavístico. Apanhei um voo para Port-au-Prince. Visitei o Haiti como um negro de classe média e fluente em francês. Mostrei a fotografia do Reggie Hazzard e fiz perguntas. Não consegui apurar nada de substancial e só me ocorria pensar que o Reginald só podia estar lá.

O Haiti era uma terra primitiva e sedutora. Sentia-me como se estivesse a retroceder no tempo. Foi como um processo de imersão do actor. Visitei tabernas de seitas vudus e bebi licor de *klerin*. Sonhei com homens que em vez de braços tinham asas. Assisti a algumas cerimónias vudus e comi punhados de ervas. Quando saía dos estados de transe dava por mim a dançar com homens com máscaras de madeira. Certa vez acordei de uma tripe de ervas e vi que tinha sangue nas mãos. O homem deitado ao meu lado na cama disse que eu tinha comido uma galinha acabada de matar.

A minha personalidade transformacional foi-me muito útil no Haiti. Fingia ser um turista francês, o que me ajudou nas minhas averiguações sobre o Reginald. Ninguém conhecia o Reginald. Muitas pessoas contaram-me histórias sobre o falecido Wayne e os seus corajosos actos a favor do Haiti. Que diria o coitado do Wayne a tudo isso? As pessoas andam na rua com fotografias dele penduradas ao pescoço. Ouvi vinte ou trinta vezes a história da morte de Wayne. Os pormenores variavam. Várias pessoas disseram-me que ele tinha sido levado por homens alados. Eu e o Wayne tínhamos partilhado o conceito de estado onírico. Ele relacionava-o com processos químicos. Mas tinha tudo a ver com almas condenadas a um processo de transformação.

Estive três vezes no Haiti. Hei-de lá voltar. O Reginald Hazzard só pode estar lá.

104

(Los Angeles, 15/3/71-18/11/71)

Mirone.
É o seu antigo nome e o seu nome recém-descoberto. As pessoas costumavam chamar-lhe Pedaço-de-Merda e *pariguayo*. Fez perguntas a Clyde sobre isso. Clyde disse: «Já andas nisto há uns tempos. As pessoas da Vida do Crime já te conhecem. Há rumores acerca de ti. Alguns acreditam, outros não. Quando um rótulo nos fica colado na testa, temos de perceber que deve haver alguma verdade nisso.»

Deixou cair o assunto por ali. Não mencionou que tinha conhecimento dos atentados contra John F. Kennedy/Martin Luther King//Robert F. Kennedy. Não referiu que tinha matado comunas nem referiu o caso em que andava a trabalhar há anos. Não mencionou os pesadelos que tinha ou as merdas que tinha visto e feito naquela ilha.

Mirone: claro, é verdade. Mirone: por enquanto, tudo bem.

Fez trabalhos de vigilância para Clyde e Chick Weiss. Armava ciladas a esposas infiéis. Arrombava portas aos pontapés e espreitava janelas.

Mirone, claro. Leitor também. Estudante a tempo parcial: encaixava bem.

Leu mais alguns livros de química e de teoria esquerdista. Misturou uma pasta de enxofre e fez explodir uma tabuleta de rua na esquina da 1.ª com Oxford. Leu acerca dos Wobblies e do atentado bombista contra o edifício do jornal *L. A. Times*[14]. Misturou pasta fertilizante e fez explodir um cartaz de VIVA O VIETNAME.

---

[14] Wobblies: designação dos membros do sindicato Industrial Workers of the World (Operários Industriais do Mundo), uma organização que pretendia derrubar o sistema capitalista. Atentado bombista contra o *L. A. Times*: atentado perpetrado pelo sindicalista James B. McNamara a 1 de Outubro de 1910, no qual morreram 21 funcionários do jornal e cem ficaram feridos. O julgamento viria a transformar-se numa causa célebre para o movimento do operariado americano. (*NT*)

Havia agora um movimento onírico dentro dele. Era como se estivesse a transformar-se em Reggie e em Wayne.

Continuou a estudar. Aprendeu coisas. Trabalhava a tempo parcial nos Táxis Tiger Kab. Foi a Las Vegas de carro e tentou localizar o tipo haitiano versado em ervas. O tipo tinha desaparecido. Fez averiguações e descobriu outros tipos versados em ervas. Nenhum deles conhecia Reggie. Todos sabiam preparar ervas e induzir transes selvagens.

Disseram que podiam ensiná-lo. Passou duas semanas em Las Vegas e aprendeu alguns truques. Ensinaram-no a misturar órgãos de sapo e toxinas de peixe-balão. Mostraram-lhe como os fetos e os fígados das rãs-arborícolas causavam ataques cardíacos. Aprendeu a zombificação. Misturou poções que causavam convulsões epilépticas. Aprendeu algumas fórmulas químicas capazes de desencadear tripes alucinatórias. Comprou ervas, pipetas e provetas. Aprendeu um pouco de crioulo francês.

Fez explodir um cartaz do Nixon na zona leste de Los Angeles. Ingeriu ervas, deu voltas de carro e espreitou janelas. Voltou a tentar seguir Dwight Holly. Mas Dwight despistou-o três vezes seguidas. Teve mais sorte da quarta vez.

Dwight conduziu até um bangaló em Silver Lake. Crutch manteve-se no carro e espreitou. Dwight mantinha-se dentro de casa durante longos períodos. Às vezes fazia pausas e ia a pé até uma casa ao fundo da rua onde vivia uma mulher alta e duas meninas. Ocasionalmente surgia um marido a tempo parcial. Crutch verificou os registos de venda da casa e conseguiu obter o nome da mulher: Karen Sifakis.

Fez mais averiguações. Ligou a Clyde e este disse-lhe que Karen Sifakis era professora universitária e delatora a soldo do FBI. Era a amante do Grande Dwight. O Grande Dwight entrava pela porta das traseiras quando o marido partia. Aquilo durava já há uns cinco ou seis anos.

Ingeriu ervas e vigiou o bangaló. O sítio estava atulhado de dossiês, tal como os seus próprios poisos. Chegou a pensar em forçar a entrada. Mas não podia fazê-lo. A mera ideia imobilizava-o de medo. Tinha aprendido todas aquelas coisas novas. Mais lhe valia ficar ali quietinho e limitar-se a *observar*.

Foi então que ela apareceu.

Estava mais envelhecida e mais grisalha e ainda mais feroz. Os óculos ainda lhe assentavam no nariz num ângulo torto. O seu jeito indolente de andar era o mesmo. Crutch espiou-a sem ser visto e viu-a ir lá durante vinte dias seguidos. Já conseguia adivinhar o que ela traria vestido. Nalguns dias via-lhe a cicatriz de navalhada, noutros não. Ele próprio ainda tinha aquela cicatriz 14/6 nas costas.

Viu-a chegar e partir. Começou a fazer uma ideia do que tudo aquilo significava.

Ele era o elemento de ligação de acontecimentos grandiosos e surpreendentes. Ninguém sabe e ninguém quer saber. Conseguiu fazer a ligação entre uma série de crimes desconcertantes. Ninguém sabe e ninguém quer saber. Scotty Bennett e Marsh Bowen tinham matado Lionel Thornton e andavam agora atrás do saque do assalto ao furgão blindado. Só ele sabe isto. Mais ninguém sabe e mais ninguém quer saber.

Scotty desconfia de Marsh. Scotty está a organizar um esquema para tramar o maricas. Sal não consegue seduzir Marsh. Só ele sabe isto. Mais ninguém sabe e mais ninguém quer saber.

Foi Jack Leahy quem rasurou o dossiê de Joan Rosen Klein. Ninguém sabe e ninguém quer saber. Ele próprio seguiu Joan e Jack e espiou três encontros deles à hora do almoço. Mantivera-se por perto e ouvira-os falar de Celia, algures perdida na República Dominicana. Ouviu a palavra *Haiti*. Reggie estava a viver no Haiti. Era um pressentimento muito forte. Era Reggie quem enviava as esmeraldas. Mais ninguém sabe e mais ninguém quer saber.

Está sozinho nas suas averiguações. Joan e Jack tinham participado no assalto ao furgão blindado. Crutch acaba por aceitar esta conclusão como um facto. Marsh e Scotty sabiam mais coisas, ou menos coisas, do que ele sabia. Já estava a trabalhar naquele caso há muito tempo. Nada daquilo era passível de ser provado. Os seus rastos de papelada são logicamente invioláveis e especiosos. Está tudo dentro da sua cabeça.

A ilha aterroriza-o. Tem medo de regressar. Podia acabar por transformar-se novamente naquela criança monstruosa e perder tudo o que tinha alcançado.

Agora é um aprendiz de química e um aprendiz da teoria esquerdista. Lê dossiês e livros e anota coisas em papel. O dossiê sobre a sua mãe, o dossiê sobre a «Tatuagem». Perde-se em certezas lógicas e inconsistências. Ninguém sabe como ele trabalha arduamente e ninguém quer saber.

A Tatuagem queria encontrar-se com tipos da indústria do cinema. Crutch não sabia *quem* chegara ela a conhecer de facto. A sua lista de suspeitos era enorme. Não foi Joan quem matou a Tatuagem. Isso consolava-o e permitia-lhe continuar a vigiá-la e viver assim mais tempo com ela tão perto.

Joan almoça com Karen Sifakis. Crutch observa-as. Sabe que ambas partilham o mesmo amor por Dwight Holly. Nunca mencionam Dwight nas suas conversas. Ele próprio não passa de um terceiro elemento ali a pairar dissimuladamente. Somente os mirones sabem como isto funciona.

Segue Joan. Vive na esperança de que ela o conduza algures. Talvez isso venha a justificar todo aquele tempo que gastou a estudá-la. Ela tem de fazer algo ou dizer algo que lhe permita a ele descansar e desistir daquilo tudo.

Tenho estado a seguir-te durante três anos, quatro meses e vinte e nove dias. Sei que tens uma história e que só podes contá-la a mim.

PARTE V
ARMA INCRIMINATÓRIA

18 de Novembro de 1971-26 de Março de 1972

105

(Puckett, 18/11/71)

— E então, quem vou matar?
— Vais saber quando o vires.
— Já escolheste uma data?
— A nossa melhor hipótese é no próximo Verão. Tem de acontecer em Los Angeles.
— Estes atentados políticos agitam muitas merdas. Vários grupos patrióticos acabam por ser demasiado escrutinados.

O acampamento estava apinhado de gente. *Mi kasa es su kasa*. Os Cavaleiros Enaltecidos tinham convidado alguns colegas. Iriam pernoitar no acampamento. Cretinos do Klan, exilados cubanos, fascistas sul-americanos.

O barraco estava cheio. O campo de tiro estava movimentado. O xerife do condado estava a temperar um alce de quatro hastes. Os seus delegados estavam a preparar o enorme grelhador.

— *Queres* conversas de conspiração — disse Bob. — Mas receio que o meu nome acabe por surgir na lista de suspeitos.

Dwight abanou a cabeça. — Não vai acontecer nada disso. Vai ser o bode expiatório a receber todas as atenções desta vez. Ninguém vai querer olhar para além dele. Fomos nós que o criámos a partir do zero. Quanto mais as pessoas olharem, mais vão querer continuar a olhar.

Bob ficou amuado. Deixou-se afundar na cadeira. A túnica roçava no chão. Estava um calor de meados de Outono. O crepúsculo começava a abater-se. Os exilados começaram a acender lâmpadas de arco voltaico. Uma *frau* submissa do Klan estava a preparar um repasto.

Dwight fechou os olhos. Foi a deixa para Bob se pisgar dali. Não passas dum assassino falhado, vai-te embora daqui, por favor.

Bob deambulou por ali. Dwight abriu os olhos. Aquele acampamento não tinha classe nenhuma. O Klan do seu paizinho era o cúmulo da ostentação comparado com isto. Indiana, década de 1920. Tertúlias nativistas e esquemas financeiros em pirâmide. Leituras sobre eugenia. Um quarteto de cordas feminino.

A noite sobreveio. Os insectos não paravam de bombardear as lâmpadas. O alce a assar no grelhador cheirava bem. Os idiotas amontoaram-se na zona do bufete para beber malte ácido e devorar aperitivos *Cheetos*.

Dwight afastou-se do grupo. As lâmpadas libertavam um brilho intenso e quente. O chão do acampamento era de terra batida. Os palhaços do Klan confraternizavam. Tinham as túnicas sujas de lama até à altura dos joelhos.

Estava preocupado com Joan. Estava magra. Fumava cigarro atrás de cigarro e bebia uísques duplos à noite. Sentia um ódio perverso pelo Sr. Hoover. Era um sentimento nada pragmático e pouco característico dela, mas Joan recusava-se a explicar a razão daquelas invectivas. Calava-lhe as perguntas com olhares e frases do tipo «Não te vou dizer». Era frustrante. As suas balizas temporais estavam a ser «insanamente distendidas». Joan sabia que o Sr. Hoover estava envelhecido e que viajava cada vez menos. O homem tinha sofrido um certo descrédito. Fazia menos aparições em público. Ultimamente, as viagens que empreendia eram sempre precedidas de visitas ao médico. A Casa Branca iria enviar por telex um itinerário actualizado. Joan estava preocupada com Celia. Dwight tinha telefonado ao presidente a solicitar ajuda. Nixon recusara-se: «Já me pediu demasiadas coisas desse género, rapaz. Não pode estar sempre a pedir-me.»

Havia coisas estranhas que deixavam Joan comovida. A morte de Lionel Thornton afectou-a imenso. Continuava a recusar-se a explicar *porquê*. Scotty Bennett trabalhou no caso e deu-o por encerrado, de um momento para o outro. Scotty perturbava-o vagamente. Achava intrigante a amizade dele com Marsh. O Mirone Crutchfield tinha-o informado antes do «Tiroteio». A vida de Marsh iria ser passada a pente fino a título póstumo. Aquela amizade entre os dois suscitava uma questão: deveriam incluir Scotty no diário falso?

Os insectos alados não paravam de bombardear as lâmpadas. Os idiotas do Klan comiam, bebiam e não faziam caso dele. Sabiam que ele era do FBI. Era um preconceito mal direccionado. Não passavam de vadios com queda para fazer trocadilhos. FBI: Agência Federal de *Integração* em vez de Investigação.

O diário definia a Operação. Dwight trabalhava nisso enquanto Joan ou Karen dormiam. Usava o estilo verbal de Marsh e dava ênfase a uma linguagem política que tinha desenvolvido na sua cabeça. Atribuía a Marsh as recordações da sua própria infância. Alquimia e transposição. Não passara de um miúdo do Klan a dar chutos na areia. Marsh não passava de um miúdo negro a levar com a areia na cara. Dwight estava a construir um retrato simpático. Estava a criar a paixoneta não existente de Marsh pelo próprio agente Holly. Estava a distorcer o trabalho de Marsh na OPERAÇÃO IRMÃO RUUUUIM. Não sabia nada acerca dessa amizade entre Scotty e Marsh. O diário deveria retratar Marsh com veracidade. As secções relativas a Scotty deveriam resistir ao escrutínio público e às belicosas refutações de Scotty. O tema deveria ser a autoridade. Marsh odeia a autoridade ao nível ideológico, mas é incapaz de abrir mão dela. Nesse aspecto, é como o seu velho compincha Holly.

A festa do Klan começou a animar-se. Dwight captou fragmentos de histórias. Emmett Till era um agente comuna. Rosa Parks[15] prestava favores sexuais a uma cabala sionista. O Dr. King era hermafrodita.

Uma criancinha do Klan levou a Dwight comida e uma cerveja *Jax*. Dwight agradeceu-lhe e observou-a enquanto se afastava. A gordura que escorria do naco de carne de alce matou-lhe o apetite. Acendeu um cigarro.

Joan continuava a tomar os comprimidos de fertilidade. Dwight nunca lhe tinha dito que mandara analisá-los. Joan tinha feito quarenta e cinco anos no mês passado. Era impossível engravidar. Ainda assim, essa ideia não saía da cabeça dele. Fazia castelos no ar. Foi agradável durante algum tempo. Depois essa ideia começou a esmorecer cada vez mais. Isso lembrava-lhe o que era a sua vida. Levava-o para junto das filhas de Karen e deixava-o algures num lugar frio à chuva.

---

[15] Emmett Till: ver nota da página 423. Rosa Parks: afro-americana do Alabama que recusou ceder o seu lugar a um passageiro branco no autocarro em 1955, um incidente que viria a encorajar a luta pelos direitos civis dos negros americanos e o fim da segregação racial. (*NT*)

Os membros do Klan pegaram em cadeiras e sentaram-se à beira dele. Começaram a contar histórias, embalando nas mãos os pratos de papel. Um tipo tinha vendido a pila do Che Guevara ao nazi Josef Mengele. O Quarto Reich iria erguer-se a partir do Paraguai. Um tipo contou uma história de golpes perpetrados pela direita e mencionou esmeraldas místicas.

Joan estava a beber chá na cama. As ervas ruborizaram-lhe intensamente o rosto. Dwight reparou em mais pêlos grisalhos nas sobrancelhas.

O roupão dela estava aberto. As ervas faziam-na suar. Dwight beijou-lhe os seios suados.

— Diz-me em que pensas.

— Acho que eu própria devia abrandar. Acho que devias ligar ao teu amiguinho das conversas ao telefone e obrigá-lo a fazer umas chamadas para saber do paradeiro da Celia.

Dwight abanou a cabeça. — Liguei-lhe lá do Mississípi. Disse que não.

Joan afastou-se dele. Dwight tirou o roupão, despiu-a também e enroscou-se nela. Joan enfiou os dedos dele na boca por um segundo e depois colocou a mão dele debaixo da sua cabeça.

— Isto está tudo a demorar demasiado tempo.

— O Senhor Hoover vai estar provavelmente em Los Angeles no próximo Verão. Em breve vou receber o itinerário revisto dele.

— E se ele não ficar hospedado no Beverly Wilshire?

— Vai fazê-lo. Em breve vamos ter de alugar o sítio e começar a semear indícios.

Joan tossiu. — O miúdo negro que vai alugá-lo será uma testemunha.

— Vai trabalhar através de um intermediário. Se falar com as autoridades, vão considerá-lo um louco. Há sempre pessoas a querer ficar para a História. Só no caso do Jack Kennedy houve mais de quatro mil falsas testemunhas.

A almofada dela estava toda suada. Dwight substituiu-a por outra.

Joan agarrou numa cápsula que estava em cima da mesinha-de-cabeceira. Dwight deu-lhe o copo de água.

Joan engoliu a cápsula. Tinha o cabelo molhado. Dwight enxugou-lho delicadamente com a ponta do lençol.

Joan começou a dormitar. Adormeceu com a cabeça apoiada na mão dele.

Trabalhou até tarde. A meia-noite significava momentos de «Marsh na minha pele». Recordou-se de uma permuta entre a polícia em 1953. A Polícia de Cleveland queria um dossiê do FBI. Um grande suspeito de roubo estava tingido de vermelho-comuna. O agente especial responsável recusou-se a permutar dossiês. A Polícia de Cleveland enviou então a ex-mulher de um polícia para lubrificar Dwight Holly, o Agente da Lei. A tipa gostava de foder com homens desconhecidos. E nessa época ele gostava de foder com mulheres desconhecidas. Passaram a noite no Shaker Heights Plaza. Ela tinha levado champanhe. Ele tinha levado o dossiê. Gostaram da companhia um do outro. Ela leu o dossiê na manhã seguinte. A Polícia de Cleveland deteve o tipo: acusação por seis delitos.

Pois bem, passemos agora à perspectiva do Marsh Bowen.

Tempo actual. Marsh está a fazer o turno nocturno em Hollywood. Está sozinho. Está a patrulhar na sua viatura. Marsh caga onde come. Avista um prostituto bem constituído e machão. Revista-o e fica cheio de tesão. O prostituto apercebe-se.

Marsh verifica os registos à procura de informações e mandados pendentes sobre o tipo. Depara-se com um cadastro sujo: dois anos de cadeia por posse de droga. Marsh diz-lhe: «Como queres resolver isto?» Enquadramento seguinte: o sôfrego abraço dos dois ao fundo da viela.

Não conseguia dormir. Joan dormia profundamente. Marsh estava a dormir em Ventura. O Conselho dos Líderes Negros tinha-o convidado para uma palestra. O tema do discurso: «Agentes da lei de minorias raciais e o seu papel no policiamento em grupo.»

Eram 2:14 da manhã. Dwight forçou a entrada da casa dele com uma gazua de tungsténio e pôs óculos de infravermelhos. Levava consigo a *Minox* minúscula. Começou a vasculhar envolto numa escuridão tingida de rosado.

Abriu gavetas e sondou painéis. Tudo normal. Examinou as paredes do quarto. Marsh tinha uma nova reprodução de uma pintura de Rothko. Verificou a estante da aparelhagem estereofónica. Novos discos de Chet Baker e da orquestra Dresden Stattskapelle. Verificou o lixo da cozinha. Marsh tinha uma nova queda gastronómica por comida pré-preparada. Lá está um bilhete de embarque de avião. Marsh tinha viajado recentemente para Port-au-Prince, no Haiti. Um palpite fundamentado: fazer merdas *sem* correr riscos. Uma retirada pelos meios *gay* caribenhos.

Dwight voltou à sala de estar. Novamente, tudo normal. As molduras de aço polido, a secretária de trabalho bem arrumada, a agenda de moradas junto do telefone.

Folheou-a. Ah, na letra *B*: o número do telefone da casa de Scotty Bennett e outros do trabalho. Folheou da letra *C* à *M*. Ah, eis um número novo.

Sal Mineo. Um número com indicativo da zona oeste de Hollywood.

Lógico: Sal é maricas, o Sal é um cão com cio, o Sal tem um cu já com grande quilometragem.

Mas:

Ele próprio tinha usado Sal num esquema para tramar um maricas, há mais de quatro anos. E tinha visto o nome de Sal na lista de bufos do FBI.

Tudo normal? Provavelmente, mas...

Um agente estava a dormitar na sala da esquadra. As chaves do arquivo estavam penduradas de um gancho no quadro de avisos. Dwight agarrou nelas e voltou directamente para trás.

Os arquivos sobre os informadores confidenciais da agência estavam codificados com cinco dígitos e chegavam até ao tecto. Dwight folheou o directório. Ali estava: «Mineo, Salvatore»/02108. Ali estava: terceira prateleira a contar de cima, duas fileiras à frente.

Destrancou o painel, pôs-se nas pontas dos pés e retirou o dossiê. Era bastante reduzido. Quatro páginas no total. Simples síntese narrativa.

Agosto de 1966. Sal conseguiu um papel de co-protagonista. É cúmplice num crime falhado. O filme tem por título *Southside Crackdown*. É exibido em circuitos de *drive-ins* de segunda classe e desaparece de circulação. É uma adaptação livre do famoso assalto de 1964.

Até agora, só bocejos.

Jack Leahy faz uma visita ao local das filmagens. Abraça Sal e o resto dos actores e a equipa de filmagens. Se tinham visto por ali tipos suspeitos a rondar. Se alguém tinha feito perguntas estranhas sobre o assalto real.

Sal não sabia népias. As restantes pessoas também não. Jack consegue encantar Sal e desvirginou-o como bufo. Ocasionalmente, Sal chibava actores homo para ganhar uns cobres extra.

Bocejos, roncos, tudo normal: mas ainda não descartes nada por enquanto.

Ficou imóvel. Conseguiria ouvir uma caixa inteira de alfinetes cair.

O FBI só tinha investigado o assalto ao furgão blindado *durante uns míseros dez segundos.* O caso estava nas mãos da Polícia de Los Angeles e transformara-se numa fixação pessoal para Scotty Bennett. Scotty e Marsh eram agora grandes amigalhaços. O assalto: uma fixação moderada da parte de Clyde Duber. Nessa época, Marsh trabalhava para Clyde. Scotty tinha interrogado Jomo à bruta acerca do assalto. Na altura nada daquilo fizera sentido. Mas agora talvez começasse a fazer sentido. Jomo tinha matado Fred Hiltz, e Jomo era um assaltante. E o nome de Joan sempre a pairar no ar. Tinha sido ela a delatar Jomo, usurpando o nome de Marsh. Tinha denunciado a homossexualidade de Marsh. Que pretenderiam Marsh e Scotty? Dossiê de fita vermelha, bandeira vermelha. O vínculo Marsh-Scotty não pode impedir a Operação.

Colocou o dossiê no sítio. O hipotético som de alfinetes a cair transformou-se num formigueiro intenso como picadas de agulhas.

O devasso Sal nunca dormia. Era o último a sair dos bares *gay* e relatava as suas informações em cafés. O seu meio eram festas só de gajas antes do romper da alvorada. O cozinheiro do Klondike tinha dito a Dwight para tentar o Café Arthur J.'s.

Dwight seguiu rapidamente para lá. O sodomita Sal estava enfiado numa cabina com três transexuais. Não parava de tagarelar. Comi o James Dean durante a rodagem do *Rebelde sem Causa.* O tipo tinha uma pilinha do tamanho de um interruptor de luz. Dei-lhe naquele cu até ele guinchar como um porco.

Os transexuais soltaram risadinhas contidas. O libertino Sal falou de Rock Hudson. O tipo tinha uma pilinha do tamanho de um micróbio. Fiz-lhe cócegas naquelas amígdalas até ele trinar.

Dwight acercou-se da mesa deles. Os transexuais engoliram em seco e pisgaram-se dali, deixando ficar o jarro de café e as panquecas. Dwight serviu-se.

Sal pôs-se a mexer distraidamente no caracol de cabelo cheio de brilhantina e caído sobre a testa. — Olá, Senhor Holly.

— Que tal essa vida de apertanços?

— Espero que não tenha vindo aqui para apertar comigo.

Dwight serviu-se de café. — Nada disso.

— Nada de esquemas? Nada de vitimizar algum pobre campeão da justiça social que por acaso tem queda por rapazes?

Dwight limpou o batom da chávena. — Verão de 1966. Estavas a trabalhar na rodagem do filme *Southside Crackdown*. O Jack Leahy apareceu por lá a fazer umas perguntas.

Sal barrou manteiga nos croquetes de massa de batata. — E? Há tempos que isso já lá vai. Esse chui era um falhado. Tive de o processar para poder receber os meus honorários diários.

— Começaste a fazer de bufo para o Jack.

— Bem...

Dwight agarrou num palito de pão e coçou o pescoço. Redd Foxx e aquele cabrão charlatão do Chick Weiss entraram no café amparados por um totó dos Táxis Tiger Kab.

— Presumo então que a história não se ficou por aí. «O Jack Leahy apareceu lá e...». Agora continua tu.

Sal encolheu os ombros. — E então depois aparece lá outro polícia a fazer o mesmo tipo de perguntas.

— O Scotty Bennett? — perguntou Dwight.

Sal esbugalhou os olhos de surpresa. — Oh, sim. O Scotty.

Dwight partiu o palito de pão. — Vou dizer-te um nome. Quero ver como reages.

— É um bocadinho *cedo* para jogos de nomes, mas tudo bem.

— Marshall Bowen — disse Dwight. O servil Sal engasgou-se e quase vomitou. Oh, sim: ficou mesmo entalado.

— Fala-me disso.

Sal pôs-se a brincar nervoso com o caracol caído sobre a testa. — E porquê?

— Pago-te o pequeno-almoço se me contares. Senão espeto-te em cima com uma acusação de corrupção de menores. Há um pervertido que anda a assediar rapazinhos lá no Liceu de Berendo Júnior High. E tu correspondes à descrição.

Sal engoliu um *Valium* com um gole de café. Respirou fundo para pôr fim aos tremeliques.

— Pronto, querido. Tenho em curso mais um apertão a um maricas. O Freddy Otash recrutou-me. É um polícia que está a financiar o esquema, mas não sei o nome dele. O alvo é o Bowen, mas *não* tenho conseguido fazê-lo perder a cabeça para dançar o *rock'n'roll* comigo. Alguns tipos são assim. Estou *mortinho* por cair nos braços dele, mas o rapaz não quer morder o isco.

Scotty Bennett. Marsh. Ultimamente andava a deparar-se com eles por toda a parte.

— Quem mais está metido nisso?

— O Fred Turentine é o tipo das escutas. O mal-encarado Mirone Crutchfield não pára de me vigiar como um cão de guarda.

— O Bowen. Que história é essa?

Sal rolou os olhos com irritação. Remexeu no caracol de cabelo. Esboçou uns gestos de maricas exasperado.

— O rapaz simplesmente não quer *mordeeeeer* o isco. Tenho muito por onde se morder, mas ele *naaaaaaada*. Isto é de *louuuuucos*. De certezinha que o Marsh é *gay*, mas não alinha no *jooooogo*. Ele é *tãããão* estranho. Fica ali quieto ou então põe-se a falar de cenas bizarras lá do *Haiti*, imagine só.

Dwight esfregou os olhos. Sentiu as antenas vibrar. Mais alfinetes a cair, mais alfinetadas na pele.

Ora bem, o Jack Leahy. Sabe acerca de Marsh e da OPERAÇÃO IRMÃO RUUUIM. Jack detesta o Sr. Hoover. É um rancor malcriado e vexante. Ele próprio tinha acabado de invadir o domicílio de Marsh Bowen. Vira lá o bilhete de avião para o *Haiti*. Joan tinha ervas *haitianas*. As merdas que tinham sucedido recentemente na República Dominicana e no *Haiti*. Celia estava lá. O Mirone Crutchfield *estivera* lá. O rumor persistente sobre o Mirone: anda à procura de uma mulher fugida à justiça. A tipa defrauda homens. Talvez tenha ligações aos *comunistas*. O Mirone não passa dum falhado, é melhor deixá-lo em paz com as cenas dele.

Vínculo: Celia é a defraudadora. Lança a rede, Dwight, e dá o salto. Salta mais agora.

Os antecedentes de Joan. As coisas que ela não queria dizer. Salta ainda mais, Dwight: foi o Jack que rasurou o dossiê da Joan. Participaram ambos no assalto ao furgão blindado.

Desabou uma tempestade. A chuva começou a tamborilar nas vitrinas. Caíram bátegas-alfinete. Entraram três *drag queens*. Com os vestidos de gala completamente encharcados. Com os pêlos do peito à mostra. Viram Sal e acenaram-lhe. Repararam em Dwight e desataram a correr dali.

Sal ficou amuado. Repreendeu Dwight com o garfo na mão. — Senhor Holly, está a dar cabo da minha vida amorosa.

106

(Los Angeles, 22/11/71)

O televisor do bar estava num berreiro. A América de luto pela morte de JFK, oito anos depois da perda. Nessa altura éramos inocentes. Agora o mundo odeia-nos.

Scotty fez sinal ao empregado e este mudou de canal. Anúncio publicitário em desenhos animados com o castor Bucky Beaver a apregoar o dentífrico *Ipana*. Scotty voltou a fazer sinal ao empregado e este desligou o televisor.

— Estás em baixo, irmão — disse Marsh. — Vai lá fora dar cabo duns quantos assaltantes. Depois já te vais sentir melhor.

O Kibitz Room, no Canter's Deli. A clientela das seis da tarde: judeus alcoolizados a caminho de casa após a ida à sinagoga.

Scotty acendeu um cigarro, deu duas passas e apagou-o. Deu uma dentada num bolinho de massa *kreplach* e empurrou o prato para trás.

— Estamos sempre a dar de caras com becos sem saída.

— Acabou-se, Scotty. Os inspectores bancários deitaram a mão ao que havia lá no cofre-forte e não vão divulgar nada. Não conseguimos encontrar o Reggie, não conseguimos encontrar as esmeraldas e não há mais nada que possamos fazer.

— *Ainda não está tudo acabado*. Precisamos de encontrar a mulher. Apertamos com ela, obrigamo-la a falar e depois avançamos a partir daí.

Marsh abanou a cabeça. Condescendência, arrogância, tretas de negro com princípios.

— Vais verificar as companhias de navios a vapor. Vais examinar as listas de passageiros delas. Começas em 1964 e continuas até ao final desse ano. Vais verificar todos os portos principais com destino ao estrangeiro. Vais fazer isso, caralho, e vais começar já!

107

(Los Angeles, 26/11/71)

Tinha chegado uma encomenda aos Apartamentos Vivian. Tinha carimbo do serviço de entrega de encomendas de Las Vegas. O conteúdo fazia ruído. Pesava a porra duma tonelada.

Crutch pagou ao carteiro e levou a encomenda para dentro. Remetente: Mary Beth Hazzard, Apartado 19. Com um envelope preso com fita-cola.

Foda-se, ela tinha respondido às perguntas dele. Foda-se, ela tinha encontrado mais...

Abriu o envelope. Mary Beth Hazzard tinha escrito:

Sr. Crutchfield,
Um agente policial de Cleveland, no Ohio, enviou isto em resposta a uma das muitas perguntas feitas pelo Wayne. Trata-se de um dossiê actualizado do FBI sobre uma mulher chamada Klein, da qual o Wayne suspeitava. Como pode ver, para além do cabeçalho e de vários números processuais, o corpo do texto também foi rasurado. O Wayne disse-me que tinha tido um sucesso muito limitado na eliminação da tinta por meio de processos químicos, mas incluí aqui as ferramentas e as substâncias químicas que ele me disse que usava.

Os meus sinceros cumprimentos,
M. B. H.

O dossiê estava actualizado: 8/12/68. SUJEITO KLEIN, JOAN ROSEN, números processuais ilegíveis. Seis páginas completamente rasuradas.

Um dossiê. Enviado a um homem morto. O cabrão do génio da química: «sucesso muito limitado».

E um espectroscópio.
E um fluoroscópio.

E ácido hidróxido de pH elevado.

E os apontamentos de Wayne sobre contraste por bombardeamento de raios de luz.

Dispôs tudo à sua frente. Folheou os seus livros de química e encontrou os dados sobre as proporções de ácido hidróxido. Não encontrou nada sobre espectroscópios nem fluoroscópios. Ligou os aparelhos a uma tomada na parede e posicionou-os sobre a secretária. Agarrou numa série de cotonetes e calçou luvas de borracha. Dispôs as páginas rasuradas sobre a secretária.

Ligou os aparelhos. Acenderam-se luzinhas azuis e rosa. «*Bombardeamento*»... hã?... isso significaria misturar e encontrar correspondências?

Tentou. Aprontou os aparelhos e deixou os feixes de luz entrecruzarem-se. Das primeiras quatro vezes, os feixes escureceram a tinta escura. Depois, nas duas vezes seguintes aclararam a tinta escura. Aplicou um *niquiiiiinho* de ácido hidróxido sobre a tinta mais clara. O ácido corroeu o papel até ao tampo da secretária.

Reajustar os feixes de luz. Aplicar agora sobre a tinta mais escura.

Experimentou. Aplicou mais ácido e aplicou menos ácido. Queimou o papel até ao tampo da secretária.

Parou. *Respira fundo agora.* Tentou com feixes de luz azul e aplicou mais ácido. Queimou o papel até ao tampo da secretária. Comecemos de novo. Tentou o feixe de luz rosa e aplicou menos ácido. Queimou o papel até ao tampo da secretária.

A mão tremia-lhe. O frasco tombou e o ácido espalhou-se. Quatro páginas inteiras queimadas até ao tampo da secretária.

Recomeça. Respira fundo agora. Estou a tentar, irmão Wayne. Ainda nos restam duas páginas.

Limpou o ácido derramado com papel mata-borrão. Voltou a entrecruzar os raios. Conseguiu realçar *todas* as linhas de caracteres mais claros. Aplicou ácido com toques *ultraleves*.

O papel começou a ficar corroído e largou bolhas. As linhas ficaram queimadas até ao tampo da secretária.

Última página.

O tampo da secretária estava cheio de marcas de queimaduras. Limpou-o com uma toalha. Centrou a página. Reajustou os feixes. Obteve um híbrido rosa-azulado completamente diferente. Conseguiu realçar linhas de tinta escura e linhas de tinta clara e foi então que viu algo.

Leves marcas de teclas de uma máquina de escrever. Ali, por baixo da tinta.

Examinou-as com atenção. Pegou na lupa e voltou a olhar. Não conseguiu discernir as palavras cobertas de tinta.

Respira fundo agora. Não apliques ácido, nem queimes, nem escaldes, nem chamusques por enquanto.

Sim, tenta isso.

Foi à cozinha. Esvaziou uma garrafa de detergente *Windex* munida de aspersor que usava para limpar as janelas. Limpou o interior da garrafa com outro detergente mais suave. Deixou secar. Levou a garrafa para a sala de estar e pousou-a em cima da secretária.

Encheu-a com o ácido hidróxido. Apertou bem a tampa. Testou o aspersor e obteve uma fina nébula de ácido.

A nébula causou-lhe ardência nos olhos. Deixou-a dissipar-se. Centrou a página sob os feixes de luz rosa-azulada. Aspergiu *muito levemente* as linhas de tinta, de cima para baixo. A tinta dissolveu-se em estrias aleatórias. Viu palavras e fragmentos de palavras por baixo.

«SUJEITO JOAN ROS» / «tem usad» / «várias identid» / «Williamson, Margaret Susan / Broward, Sharon / Goldenson, Rochelle / Faust, Laura» / «B», «D», «L», «Q», «A», uma salgalhada de palavras borratadas.

«Suspeita de participação» / «folha de pagamentos», borrões, «averiguaç», «desde 194», «doou», borrões, «causas esquerd».

«SUJEITO KLEIN, JOAN ROSEN», parêntesis, borrões, parêntesis. «Celia Reyes, vulgo Gretchen Farr» / «Movimento 14 de Junho», borrões e texto borratado. «À data deste relatório (8/12/68), os ICA informaram que o SUJEITO REYES-FARR tem andado à procura do presumível assassino da mulher dominicano-haitiana conhecida como "Tatuagem" (sem nenhum apelido conhecido) e alegadamente desaparecida em Los Angeles desde o Verão de 1968. Também informaram que o SUJEITO REYES-FARR solicitou a ajuda de (presumível militante negro) LEANDER JAMES JACKSON para esta missão.»

«SUJEITO», borrões, «EIN», «suspei», «revolu», borrões, «Argélia», «Palesti», «Caraíb».

Oh, merda. Viu linhas completas. Moradas em espanhol. Casas francas na República Dominicana.

«Um rumor persist», borrões, «alegadamen», «tentar interditar um canal de contrabando de esmeraldas que segundo os rumores foi financiado por», borrões, borrões, «golpes de Estado».

A impressão começou a dissipar-se.

Perdeu letras e palavras inteiras. Uma frase dissolveu-se numa mancha branca. Crutch pestanejou. Esfregou os olhos. Perdeu um parágrafo inteiro. Perdeu a palavra «JOAN».

Borrifou a página. Aspergiu demasiado ácido. A nébula saiu quase num jorro. As palavras desapareceram. Sentiu ardência nos olhos. A página foi consumida por chamas.

108

(Los Angeles, 26/11/71)

O avião aterrou na pista. Dwight ia entalado num lugar numa das filas centrais. Ir a um cu-do-mundo no Mississípi e regressar dezassete horas depois.

Tinha sido uma viagem improvisada. Bob Relyea tinha tido um ataque de fúria: «Dwight, uma pessoa gosta sempre de saber quem vai matar». «Não te vou dizer, Bob. Toma lá cinco milonas. Vai lá imprimir mais panfletos racistas e gamar farmácias.»

O portão de desembarque ficava junto do parque de estacionamento. Dwight desembarcou do avião, enfiou-se no carro e zarpou em direcção à auto-estrada. Eram 21.16. Joan estava no refúgio. Marsh estava em Oxnard, a convite do Fórum do Orgulho Negro. Aquele Marsh Bowen sabia mesmo discursificar.

Dwight seguiu para La Cienega e subiu Stocker Pass. Estava exausto e irritadiço. O nervosismo e as noites mal dormidas tinham voltado. O esquema com Sal Mineo não lhe saía da cabeça. Já não via Joan desde essa altura. Não tinham trocado uma única palavra. Dwight continuava a preparar tudo de forma agressiva. O presidente ia enviar-lhe o itinerário actualizado de Hoover. Precisava de ir a Washington. Nixon queria uma reunião para preparar as escutas aos democratas. Os participantes: Dwight, o Agente da Lei, e Howard Hunt, um antigo adjunto do FBI. Karen e as meninas também iriam estar em Washington. Karen ia mostrar-lhes alguns monumentos. Só mais tarde as ensinaria a usar explosivos.

A teoria Joan/Jack Leahy atormentava-o. A primeira suspeita que tivera em relação a Joan: ela tem um amigo qualquer no FBI. Três anos depois, a antiga suspeita transformara-se numa *ténue certeza*.

O Mirone Crutchfield atormentava-o. O cabrãozinho metediço. Presciente como a porra e persistente como um super-homem. *Os tipos tinham-no deixado viver*. Já *naquela altura* o rapaz sabia tudo. O que saberia ele *agora*?

A grande questão: a convergência. A subquestão: o vínculo Marsh-Scotty. A grande questão: o esquema para matar o maricas implica que abortemos a nossa missão?

Dwight engoliu três aspirinas com um gole de café. Era auspicioso: a sua primeira enxaqueca desde a estada no sanatório de Silver Hill.

A gazua de tungsténio funcionava sempre. A camada de óleo que recobria a ferramenta impedia-a de deixar marcas. Os óculos de infravermelhos forneciam-lhe uma luz de casa assombrada.

Trancou a porta por dentro. A sala de estar estava carregada de cheiros. Viu restos de pauzinhos de incenso queimados. Marsh tinha-se dado ao luxo de comprar um novo Kandinsky. O quadro estragava a simetria da parede virada para a vertente norte.

Dwight lançou mãos à obra. Entrada forçada n.º 6000. Fútil repetição de trabalho policial: adorava estas merdas.

Sondou painéis, abriu gavetas, espreitou debaixo de sofás e tapetes. Reparou num montículo de pó que tinha caído de uma das vigas do tecto. A viga tinha um acabamento polido. Aquele pó não deveria estar ali.

Pegou numa cadeira e empoleirou-se nela. Semicerrou os olhos para ver melhor. Viu marcas ténues num dos lados da viga. O pó tinha tombado através de uma junta quase invisível.

Pressionou-a com o dedo. A peça de madeira abriu para dentro. Ouviu ranger uma dobradiça minúscula. Aquela espécie de minialçapão de forma rectangular era praticamente invisível. As dimensões eram vinte por vinte e cinco centímetros.

Cheirou-lhe a papel. Foi a primeira coisa que detectou de imediato.

Enfiou a mão. Um objecto encadernado a couro. Marsh, o estiloso: folhas de papel de corte cru nas bordas.

Tirou-o para fora e desceu da cadeira. Preparou a sua *Minox*. Levou o objecto para a secretária de Marsh e começou a ler.

Estava ali a prova de como ele *conhecia* Marsh bem. O diário era a confirmação imediata. Os estilos narrativos de ambos eram similares. Ambos sabiam como eram espertos. Ambos tinham a mesma subtileza irónica. Ambos idolatravam a impiedade. Marsh era novo naquilo e revelava ainda um certo assombro. Oh, rapaz. Oh, meu irmão. Ainda não sabes como isto sai caro.

Eram 22.21. Tinha doze rolos de película. Podia fotografar a maior parte do texto.

Era uma tarefa cansativa. Folhear a página, apontar a câmara, fotografar. Estava debruçado sobre as páginas e ia lendo enquanto fotografava. Estava tudo ali. Era o mundo dele e o mundo do Irmão Bowen fundidos.

O assalto ao furgão blindado como o Santo Graal. A sua paixoneta infantil por Dwight C. Holly. A sua relação dúbia com Scotty Bennett. Wayne Tedrow e Reggie há muito desaparecido. Reggie no papel de sobrevivente do assalto e como canal de escoamento das esmeraldas. O homicídio de Lionel Thornton. As três viagens ao Haiti. Marsh consegue identificar Joan como sendo a Mulher. Sonega essa informação a Scotty.

Fotografou setenta e três páginas. A película esgotou-se. Memorizou o texto restante. Guardou o diário no esconderijo e limpou os vestígios de pó. Deixou a sala imaculada.

A enxaqueca deixara de o atormentar. A Operação estava em perigo. Sentia-se calmo e leve e algo mais.

O refúgio estava às escuras. Joan não estava lá. Karen tinha posto a composição *Grosse Fugue* no volume máximo. Dwight foi ao terraço. A luz do quarto de banho de Karen estava acesa. A música saía atroadora de um minúsculo quadrado iluminado.

O quarto escuro estava completamente equipado. Joan sabia revelar melhor as películas do que ele. Dwight sabia apenas o básico. Ligou a luz vermelha, preparou tabuleiros e desenrolou os rolos de película. Aquilo iria ocupá-lo durante quatro horas inteiras.

Cortou os rolos de película em tiras, submergiu-as no líquido de revelação e pendurou-as a secar. Observou enquanto as palavras surgiam no papel de revelação. Fez uma pausa e telefonou ao Mirone. O cretino não disse uma única palavra. Dwight fez alusões às esmeraldas, a Joan Klein e ao assalto ao furgão blindado. *Não faças nada, Pedaço-de-Merda. Percebeste?*

O Mirone engoliu em seco e disse «Está bem». Dwight voltou ao trabalho.

Terminou de submergir as tiras de película no líquido. Pendurou todas as fotos a secar. Depois pegou nelas e levou-as para a sala de estar.

Vamos lá criar uma narrativa. Vamos lá ver isto a olho nu. Vamos lá examinar isto.

Afixou as fotos na parede. As fotos contavam a história de Marsh e a história deles os dois. Marsh contava-a em fotos penduradas em três paredes.

As fotos estavam ligeiramente escurecidas e tortas. Não importava. As luzes da sala de estar eram suficientes para o efeito.

Saiu para o terraço. A luz do quarto de Karen ainda estava acesa. Dwight pegou nos binóculos. Viu Dina entrar no quarto a chorar. Karen pegou nela ao colo e confortou-a. Minha querida filhinha, foi só um sonho mau.

A luz apagou-se. Dwight esperou pela luz do quarto de banho e mais música. Desta vez não houve. As luzes dos arranha-céus piscavam lá no centro da cidade.

Ouviu o ruído de uma chave a rodar na fechadura da porta da frente. O som da porta a abrir e a fechar. Os passos extremamente leves dela. Não a ouviu largar a bolsa no chão.

Esperou. Perscrutou o céu e viu as luzes da Câmara Municipal. Viajou no tempo até 1951. Nessa época o edifício albergava a sede da Polícia de Los Angeles. Recordou-se da imagem de um polícia jovem a algemar um suspeito. Quase dois metros de altura, cabelo à escovinha: um presságio do futuro Scotty Bennett.

Viu a sombra dela e sentiu o cheiro do champô que ela costumava usar. Apoiou-se à balaustrada do terraço. Joan surgiu e encostou-se a ele por trás.

— Nunca te menti nem nunca te traí.

— Eu sei que não.

— O Marsh conseguiu juntar muitas peças soltas.

Dwight virou-se para ela. Joan abraçou-o. O queixo dele roçava no cocuruto da cabeça dela.

— Fui eu que recrutei o Reggie Hazzard. Eu e o Jack já éramos amigos há muitos anos. Planeámos o assalto juntos. O Reginald já está a viver há muito tempo no Haiti.

Dwight afagou-lhe o cabelo. Os fios de cabelo escuro da semana passada estavam agora grisalhos e encanecidos.

— O assalto confere a isto toda uma nova dimensão. O Scotty sabe que o Marsh não é do tipo assassino solitário. Trata-se de um nível de escrutínio a que não podemos dar-nos ao luxo. O Scotty descobriria imediatamente que estávamos por trás disto.

— Discordo — disse Joan.

Dwight abanou a cabeça. — Andam ambos a enganar-se um ao outro. O Scotty está a preparar um esquema sexual para apertar com o Marsh. O Marsh sabe o teu nome e sabe que eras minha informadora. Foram eles que mataram o Lionel Thornton. Não acredito que o Marsh vá enfiar-se no esconderijo de um atirador furtivo com tudo isto em curso.

— Discordo — disse Joan. Dwight cerrou os punhos. Joan agarrou-lhe nas mãos e encostou-as ao seu peito.

— O diário adensa todos os níveis do nosso subtexto. Acusa o Scotty e promove a necessidade de um encobrimento por parte da Polícia de Los Angeles, o que só fará crescer o rasto de papelada e aumentar ainda mais o grau de exposição pública. Podemos fazer uma junção dos dois diários. Podemos retirar todas as referências ao Jack Leahy, ao Reginald Hazzard e a mim. Podemos eliminar as referências ao Lionel Thornton, para que a comunidade dele não fique magoada. Encara isto como um documento social que nos conduz infalivelmente ao Senhor Hoover e a todas as coisas cruéis que ele fez. O assalto ao furgão blindado irá turvar os rastos e realçar a leitura e a erudição em geral. A amizade Bennett-Bowen explica cada ponto relativo ao ódio e à ganância que sempre quisemos destacar.

Dwight afastou Joan para trás. A luz continuava acesa no quarto de banho de Karen. Dwight tentou detectar compassos de música. Não havia música a tocar.

— Fala-me do Lionel Thornton.

— Era como uma espécie de camarada.

— Foi ele que branqueou o dinheiro para ti e para o Jack.

— Sim.

— O Jack estava conluiado com os inspectores bancários. Tinha sacado de lá antecipadamente a maior parte do dinheiro.

— Sim — disse Joan. — Já percebeste isso tudo, mas há uma coisa que ainda não referiste e uma pergunta que ainda te falta fazer.

Dwight olhou para ela. — Não censuro o teu papel em nada disto. Simplesmente não posso censurar-te, tendo em conta o que eu próprio fiz.

— E a pergunta?

— A pergunta é: quem ficou com o dinheiro? A resposta é: foi todo para a Causa.

A música começou a tocar baixinho. Sons estridentes de cordas. Era já bastante tarde. Karen queria que eles ouvissem a música baixinho.

— Não quero perder isto — disse Joan.

Dwight prestou atenção à música. Uma leve aragem distorceu os sons.

— O Marsh sabe quem és e o Scotty *pode* vir a saber também. O Marsh não lhe vai contar a ele nem a mais ninguém. É um sujeitinho ganancioso e invejoso. Quer tudo só para ele. *Tu* viste as páginas do diário. Mais ninguém as viu. O meu nome não será referido e ninguém irá acreditar naquilo que o Scotty disser de ti. O Scotty é o polícia branco amiguinho do negro maricas e tu és a testemunha-estrela do governo, a testemunha que finalmente cedeu e teve de confessar tudo.

Dwight limpou as lágrimas do rosto. Joan apertou-lhe as mãos até ficar com os nós dos dedos brancos.

— Diz-me o que o Senhor Hoover te fez.

— Não. Não te vou dizer — disse Joan.

DOCUMENTO ANEXO: 3/12/71. Comunicado via telex do FBI. Assinalado: «Código de Acesso 1-A / Estritamente Reservado ao Destinatário / Destruir depois de ler.» Para: Agente especial Dwight C. Holly. De: Gabinete de Itinerários de Viagem, Centro de Comunicações Centrais, Washington, D. C.

Senhor,
Em relação ao seu último pedido por telefone, informamo-lo que o itinerário de viagem do SUJEITO foi encurtado devido a recentes episódios de agravamento do seu estado de saúde. Até à data, o SUJEITO irá viajar até Miami a 14/4/72, a Cleveland a 5/5/72 e a Los Angeles a 10/6/72. Quaisquer alterações ou actualizações ser-lhe-ão reencaminhadas sob pedido expresso. Como sempre, por favor destruir o presente documento depois de ler.

DOCUMENTO ANEXO: 4/12/71. Transcrição literal de telefonema gravado pelo FBI. Assinalado: «Gravado a pedido do Director» / «Classificado Confidencial 1-A: Estritamente Reservado ao Director». Interlocutores: Director Hoover, agente especial Dwight C. Holly.

JEH: Bom dia, Dwight.
DH: Bom dia, senhor.
JEH: (Ataque de tosse: doze segundos.)
DH: Bom dia, senhor.
JEH: Não precisa de repetir.
DH: Entendido, senhor.
JEH: Nem sei por que continuo a falar consigo.
DH: Sim, senhor.
JEH: Pare lá de se repetir. Não estou senil. Encontro-me de perfeita saúde.
DH: Entendido, senhor.
JEH: Lá está você outra vez. Pare lá com isso. Já lhe disse para não responder.
(Silêncio: trinta e três segundos.)
JEH: O Dick Manhoso pediu-me para colocar o Hotel Watergate sob escuta. Recusei-me a fazê-lo. Só conseguirei manter o meu posto enquanto continuar assim num braço-de-ferro com ele. Sou um provocador

nato. Vou continuar neste braço-de-ferro com ele. Chamou-me maricas. Chamou «histerectomia» à minha cirurgia às hemorróidas.

(Ataque de tosse: nove segundos.)

JEH: Tenho um dossiê inteiro sobre o Dick Manhoso. Ele chamou-me maricas. Reforcei a minha cave com kriptonita. Nenhum ladrão de dossiês do mundo inteiro conseguiria lá entrar.

(Ataque de tosse: dezasseis segundos/transcrição de telefonema termina aqui.)

109

(Los Angeles, 5/12/71)

— Sal, tens um bom pedaço de corpo. Mas então porque é que não consegues deitar a mão a este tipo?

Cimeira n.º 2 de aperto ao maricas. Preside o sargento Robert S. Bennett. Também presentes: Sal, Fred Otash e o Mirone Crutchfield.

— Ouçam lá, há tipos que simplesmente não mordem o isco. Às vezes fazem-se de mariquinhas difíceis, outras vezes simplesmente não têm fome de dar quecas.

O Silver Star, na Western. Scotty jantava lá de borla. O proprietário era propenso a roubos à mão armada. E quando isso acontecia ligava directamente a Scotty.

Um empregado serviu-lhes *cocktails* à base de gim e rolinhos de pão estaladiço. A cabina ficava virada para a porta, por insistência de Scotty. Dessa posição poderia reconhecer instantaneamente os rostos de quem entrasse. A sua experiência policial dotara-o de uma memória visual fabulosa.

Fred Otash estava entretido a arrancar uma pele solta na base da unha. O Mirone não parava de coçar os tomates. O maricas Sal estava deprimido. Adorava carne cor de carvão. Ansiava pelo profundo poço de carvão de Marsh.

O empregado afastou-se. Sal disse: — Já nos tínhamos encontrado antes, sargento. Foi durante a rodagem de um filme.

— Eu sei. Do filme *Southside Crackdown*. Levei lá os meus miúdos a ver. A minha filha tinha uma paixoneta por ti. Disse-lhe: «Não tens mesmo sorte nenhuma, esse tipo é um larilas.»

Sal riu-se. Fred riu-se. O Mirone não. O Mirone estava sempre perdido nos seus próprios pensamentos. Estava concentrado nas vitrinas mais à frente.

Scotty comeu mais rolinhos de pão. — Faz-me lá a vontade. Porque é que esse estúpido não cede?

Sal encolheu os ombros. — O Marshey é um osso duro de roer. Tem o seu mundozinho muito bem organizado e não aprecia interrupções. Anda ocupado com as suas cenas de polícia, mais os discursos e as tretas artísticas. E agora só lhe dá para falar daquelas viagens que fez ao Haiti.

Uuu-la-la.

Jogo manso. Tacada fácil, captura fácil. Marsh andava a reter-lhe informações. O Haiti era ao lado da República Dominicana. As esmeraldas tinham sido enviadas de lá. O Haiti só poderia significar Reggie e as esmeraldas.

O maricas Sal continuou a tagarelar. Scotty deixou de o ouvir. O Mirone não parava de se remexer inquieto na cadeira. Repara só nas mãos e no pescoço suados do miúdo.

Scotty esvaziou a sua bebida. — Continua a tentar deitar-lhe a mão, Sal. Vou arranjar-te alguns *Quaaludes*. Um pouquinho de música de negros a tocar na aparelhagem e truca-truca.

Sal riu-se às gargalhadas. — Como se *eu* não estivesse mortinho por isso. O Marshey é uma brasa total. Costumo chamar-lhe «a Rainha Africana».

Fred Otash agarrou-se à barriga às gargalhadas. O Mirone riu alto e bom som. Pedacinhos de massa de pão semimastigada voaram pelo ar.

— Tudo isto fica aqui entre nós, meus irmãos brancos. Não podem falar disto ao Dwight Holly. Este esquema só a *nós* diz respeito. Os esquemas de apertar com maricas que ele costumava fazer são águas passadas.

Uuu-la-la.

Sal corou ao ouvir mencionar «Dwight Holly». O Mirone revelou indícios de inquietação.

Sal pôs-se a enrolar o dedo no caracol de cabelo caído sobre a testa. — Só costumava ver o Senhor Holly há muitos anos. O *meu* contacto no FBI era sempre o Jack Leahy. Fez-me uma carrada de perguntas acerca do *Southside Crackdown*. Lembra-se, sargento? O senhor também esteve lá. Assalto ao furgão blindado para cá, assalto ao furgão blindado para lá, como se este rapaz soubesse *o que quer que fosse* acerca desse tipo de acção.

Uuu-la-la.

O Mirone pestanejou ao ouvir o nome «Leahy». Pestanejou ao ouvir «assalto ao furgão blindado». Lá está o Mirone de olhar fugidio e ligeiramente suado.

Scotty olhou irritado para Sal. Sal passou a língua pelos lábios e esboçou um sorriso afectado. Fred Otash concentrou-se a arrancar a pele solta na base da unha. O ar sobrecarregado de tensão parecia fervilhar à volta de Scotty. O Mirone engoliu em seco: uma, duas vezes. A sua maçã-de-adão parecia estar a bailar o *twist*.

Scotty foi aos lavabos. Os azulejos frios pareciam estar a chamá-lo. Encostou a cabeça à parede. Pronto, pronto, pronto: vamos lá processar isto com lógica.

O Leahy. Perguntas acerca do assalto ao furgão blindado. O escândalo *recente* à volta do Banco Popular. O Jack tinha lá ido acompanhado dos inspectores bancários. Esteve envolvido no assalto ao furgão blindado. É ele quem tem agora a grana toda.

«Haiti» significava que Marsh teria de ser eliminado.

110

(Los Angeles, 5/12/71)

Friso do tabliê: fotos novíssimas.

A febril actividade de queimar a tinta das rasuras no dossiê permitira-lhe obter uma pista importante e quatro identidades falsas. Tinha conseguido associar esses nomes a números de fichas de fotos cadastrais. Tinha obtido quatro novas Joans.

Williamson, Goldenson, Broward e Faust. Joan em 1949. Joan três, cinco e sete anos mais tarde.

É mais nova, tem o cabelo mais escuro, ainda não parece tão feroz. Mas sempre com aquele ar desafiador. Olhos sem óculos. Ombros mais macios. Linha do queixo menos áspera.

Crutch olhou fixamente para as fotos. A cimeira terminara há poucos instantes. Tinha-se sintonizado com as ondas cerebrais de Scotty. Scotty tinha percebido a alusão ao Haiti e a Marsh.

Enfiou a chave na ignição e seguiu para sul. Clyde tinha trabalho para ele. Tinha ainda os biscates nos Táxis Tiger Kab. O seu caso estava a abrir rachas por todo o lado e estava a cair-lhe em cima.

Dwight Holly tinha-lhe ligado a avisá-lo. Não faças nada, Pedaço-de-Merda. Celia andava à procura do assassino da Tatuagem, tal como ele. Scotty andava atrás de Marsh com uma pressa filha-da-puta.

Atravessou Hancock Park. Espreitou janelas à luz do dia. Não sentiu nenhuma excitação.

O Natal estava para breve. A sua mãe iria enviar-lhe mais um cartão de boas-festas e uma nota de cinco dólares. Iria comprar mais uma prenda para Dana Lund.

Passou pelo parque de estacionamento dos motoristas. Phil Irwin e Buzz Duber acenaram-lhe. Chick Weiss estava todo enrolado com uma puta negra.

A miúda saiu a mancar em direcção aos lavabos. Chick, o apreciador de carne negra, franziu a testa enquanto a via afastar-se. Crutch parou o carro. Chick inclinou-se sobre a janela.

— Que ar tão melancólico, miúdo. Devias juntar-te aos Voyeurs Anónimos.

— Vai mas é foder a tua mãe.

— Já o tentei uma vez. Ela rejeitou-me e enviou-me de malas feitas para a Faculdade de Direito.

Levantou-se uma aragem quente. Crutch direccionou as saídas do ar condicionado para os tomates.

— Dá-me aí um trabalho de divórcio.

— Népias — disse Chick. — Agora o meu homem para isso é o Phil. Tenho de reserva aquele filipino de pila de cavalo e portanto não posso esticar-me nas minhas despesas correntes para acomodar o teu tédio.

Crutch riu-se. Chick disse: — Vai-te embora. Faz algo estúpido e corajoso para que o mundo pense que andas a dar quecas.

Passou pela sede dos Táxis Tiger Kab. A Polícia de Los Angeles tinha colocado alguns presos a trabalhar. Usavam fatos-macaco de riscas à tigre. Faziam trabalhos forçados de lavagem e polimento dos táxis. Redd Foxx servia-lhes refeições de comida afro.

Crutch estava a evitar aquilo tudo. Não podia deixar-se ir abaixo sem mais nem menos.

Milt Chargin viu-o e acenou-lhe. O Macaquito Drogadito acenou-lhe com uma das patas. Crutch retribuiu os cumprimentos e seguiu para Stocker.

O poiso era agradável. Baldwin Hills era habitada por negros abastados. Os cantores Ray Charles e Lou Rawls viviam ao fundo da rua. Crutch costumava servir-lhes de motorista na limusina-tigre.

Crutch saiu do carro e tocou à campainha. Marsh Bowen abriu a porta. Estava de uniforme. A medalha de valor reluzia.

Marsh ficou estupefacto. Oh, sim: o miúdo do Clyde Duber.

— O Scotty sabe que foste ao Haiti. Acho que é melhor desatares a fugir — disse Crutch.

111

(Washington D. C., 7/12/71)

O Restaurante Harvey's estava sobrelotado. Dwight esperou junto do balcão. Howard Hunt estava atrasado. A multidão da hora do almoço não parava de saltitar de mesa em mesa.

Viu Ted Kennedy e John Mitchell. O vice-presidente Agnew a contar uma piada sentado a uma mesa cheia de gente. Dwight conseguiu captar fragmentos das palavras. Um leão a foder uma zebra, ah, ah.

Está sob o efeito do *jet lag* e de olhos raiados de sangue devido a quatro noites mal dormidas. Tinha almoçado com Jack Leahy na véspera. Tinha sido uma conversa crua e estridente como unhas a arranhar num quadro de ardósia. Não discutiram a Operação. Joan assim lho pedira. Dwight concordara e também queria que assim fosse. O olhar dele indicava que concordava. De forma bem clara.

Jack aceitara aquele encontro, mas unicamente segundo os seus próprios termos. Disse que conhecia Joan há muitos anos. Disse que tinha sido ele a sacar o dinheiro lá do cofre-forte do Banco Popular. Não discutiram o assalto ao furgão blindado. Jack disse que odiava Hoover tanto como Joan o odiava. Dwight perguntou-lhe porquê. Jack respondeu: «Não te vou dizer.»

Hunt estava atrasado. Dwight estava irritado. Karen e as meninas estavam também em Washington. Dwight bebeu café e observou a movimentação no restaurante. Viu Ronald Reagan entrar. Foi acolhido com ooohs, aaahs e olhares de desdém.

Dwight tinha trabalhado três dias seguidos com Joan. Tinham combinado excertos do diário falso com trechos do diário verdadeiro de Marsh. O resultado era agora impecável. Tinham eliminado a referência ao homicídio de Lionel Thornton. Esta táctica iria gerar muita pressão sobre Scotty e obrigá-lo a falar. A omissão talvez o convencesse a manter-se em silêncio. Joan chegara a ter um relacionamento próximo com Lionel Thornton. A omissão talvez viesse a poupar a família dele de mais revelações dolorosas.

O novo texto revelava a fixação de Marsh pelo assalto ao furgão blindado. Tinha feito parceria com o igualmente obcecado Scotty e trataram de seguir pistas infrutíferas. Marsh era agora todo ele ganância e perversão. Só chegara tardiamente à arena dos agravos políticos. Era um mero peão e o próprio mestre que mexia os cordelinhos. A sua psique tinha-se desarticulado em dezasseis milhões de formas. A polícia acolheu-o no seu seio e deu-lhe uma identidade. A polícia disse-lhe para reter essa identidade enquanto ele próprio assumia ao mesmo tempo uma outra identidade antitética. O trabalho de busca do dinheiro e das esmeraldas não o tinha levado a lado nenhum. Já não sabia quem ele próprio era, onde estava ou o que fazia. Decidiu então matar uma figura pública para que tudo fizesse sentido de uma vez por todas.

Howard Hunt entrou finalmente. Dwight fez-lhe sinal. O empregado viu-o e preparou um martíni.

Hunt deu dois goles e preparou o cachimbo. Depois limpou os óculos à gravata.

— Não posso ficar para almoçar.

— Já contava que dissesses isso.

— Está calor lá fora. Vai ser uma Primavera tórrida.

Dwight entregou-lhe um envelope. Hunt guardou-o e acendeu o cachimbo.

— E então?

— Este Verão. No Watergate. Escolhes tu o momento exacto e o pessoal necessário.

— O velho rabeta disse-lhe não. Ouvi uns rumores acerca disso.

— O Velho gosta de mim. Deixemos a coisa por aqui.

Hunt bebeu o martíni. — És tu que estás ao comando?

Dwight abanou a cabeça. — Vê dentro do envelope. Tem lá um número de telefone para o qual podes ligar. O Velho tem um rancor de estimação aos cubanos. Sabes bem do que se trata. Escutas, intermediários e manobras de diversão. A partir deste momento estou fora disto.

Hunt pousou uma nota de cinco dólares em cima do balcão. Dwight devolveu-lha.

— Fica por minha conta.
— Dwight, o «Agente da Lei». Sempre cavalheiro.
— Foi bom voltar a ver-te, Howard.

Hunt enfiou o boné de basebol e saiu. A porta escancarou-se de repente. A claridade do sol atingiu o interior do bar e a zona das mesas. Entraram dois tipos corpulentos que amparavam um velhote.

O velho arrastava os pés pelo chão. As roupas descaíam-lhe do corpo. Os óculos escorregaram-lhe do nariz. Manchas hepáticas no rosto, paralisia, pescoço frouxo. Passinhos afectados, centímetro a centímetro.

O velho olhou em volta e viu-o. Tinha olhos castanho-escuros muito turvos. Nada transparecia para fora. Dwight pestanejou e voltou a focar os olhos. O Sr. Hoover fixou nele aquele olhar morto.

Os guarda-costas sentaram-no a uma mesa. Tinha demorado três minutos a percorrer quinze metros. Olhou em redor do restaurante com o mesmo olhar vazio. Ninguém lhe prestava atenção. As pessoas continuavam a saltar de mesa em mesa à volta dele. Um empregado trouxe-lhe comida pré-preparada.

Dwight estava agora directamente à frente dele. A distância entre os dois era agora bastante curta. Dwight afastou-se do balcão e converteu-se numa imagem ampla e simples.

O Sr. Hoover olhou em frente. Dwight acenou-lhe. O Sr. Hoover manteve o mesmo olhar vazio.

Um dos guarda-costas cortou-lhe o bife em pedacinhos. O outro levou-lhe as garfadas à boca. Ted Kennedy reparou nele e desviou o olhar. Ronald Reagan sorriu e acenou na direcção dele. O Sr. Hoover continuou com o mesmo olhar vazio. Escorria-lhe saliva pelo queixo.

Dwight aproximou-se mais três passos. O seu vulto era agora mais nítido. O Sr. Hoover tossiu. Caiu-lhe saliva no prato. Um empregado acercou-se rapidamente e levou o prato. Dwight aproximou-se mais. Estava agora quase debruçado sobre a mesa. O Sr. Hoover estava agora muito próximo. Olhou directamente para Dwight e não o reconheceu.

As meninas estavam a saltitar à volta do monumento. Dwight e Karen estavam sentados num banco, de mãos dadas.

— Já lhes disseste que o George Washington foi o pai da nossa nação?

Karen sorriu. — A tua História americana não é a minha História americana.

— Podia refutar-te esse comentário neste preciso momento.

O relvado estava cheio de amas-secas com carrinhos de bebé e miúdos a jogar à bola. Um rapazinho reparou no cinto da arma de Dwight e sorriu.

— Já estamos juntos há sete anos — disse Karen.

— Eu sei. Vais fazer quarenta e sete em Fevereiro.

— Leva-me a algum sítio durante um fim-de-semana. Estou sempre a preparar-me para o pior. Estás a fazer algo que é irreparável. Mas primeiro quero passar alguns momentos a sós contigo.

Dwight pousou um dos pés sobre o banco e olhou para ela. Karen olhou-o nos olhos. Dwight segurou-lhe no rosto. Caíram lágrimas. Dwight limpou-lhas com os polegares.

— Não vou fazer isso.

Karen apartou-se dele. As lágrimas caíam agora profusamente. Tirou a camisola e enxugou os olhos.

A camisola de caxemira roxa. O primeiro presente de Natal que ele lhe dera. Ela tinha dito: «O quê? Não me compraste em *vermelho*?»

— Porquê?

— Ninguém vai morrer — disse Dwight.

Tinha uma suíte enorme no Hotel Willard. Poisos financiados pelo FBI. A casa de banho estava equipada com um polibã.

O serviço de quartos tinha-lhe levado uma garrafa de uísque. A visão da garrafa fez-lhe crescer água na boca. Levou a pasta e a garrafa para a casa de banho. Deitou as páginas do diário dentro do polibã e regou-as com uísque.

Acendeu um fósforo e deixou-o cair. O cubículo do chuveiro ajudaria a conter as chamas. Deixou as chamas subir bem alto.

O bocal do chuveiro estava pendurado do lado de fora do cubículo. Dwight abriu a torneira e apagou as chamas. As páginas desfizeram-se num muco carbonizado.

Por cima da sanita havia um telefone de parede. Dwight ligou directamente para o refúgio. Ao terceiro toque de chamada ouviu «Sim?».

— Vamos desistir disto. Não consigo fazê-lo.

— Não — disse Joan, e desligou.

DOCUMENTO ANEXO: 8/12/71-17/1/72. Excerto do diário de Marshall E. Bowen.

Sei sempre quando alguma coisa chegou ao fim. Abri a porta, vi aquele imbecil no meu pátio e compreendi que muitos fios da minha vida se tinham desenrolado até à extensão máxima. Não lhe pedi para explicar a afirmação que fez; não lhe disse que já o tinha vislumbrado aqui e ali o suficiente para saber que ele só podia ser um hábil artista das vigilâncias, com consideráveis conhecimentos sobre mim. O carro dele estava estacionado na minha rampa de acesso. Fui ao relvado buscar o jornal do dia e reparei que o rapaz tinha fotos da Joan Rosen Klein coladas ao tabliê. Foi nesse instante que eu soube: está tudo acabado.

O rapaz foi-se embora. Tirei o meu diário do esconderijo, liquidei a minha conta bancária, preparei uma mala e apanhei um voo para aqui. Duvido que o Scotty possa vir aqui ou corra o risco de expor os nossos vários crimes lançando a Polícia de Los Angeles no meu encalço. O instinto disse-me que o dinheiro estava em Los Angeles e que o Reginald e as esmeraldas estavam aqui no Haiti. Por conseguinte, apanhei um voo para Port-au-Prince.

Isto aqui é muito negro. Sou um negro fluente em francês, um americano, um polícia. Tenho aquele faro de actor talentoso para assimilar línguas. Nunca conseguiria passar por puro haitiano, mas tornei-me exímio no crioulo francês. Os nativos daqui sentem-se honrados quando estrangeiros ignorantes tentam falar a língua deles e acabam por o conseguir. A minha fluência no crioulo e o meu charme natural deram-me carta branca para me entregar ao prazer e observar.

Viajo a pé e de bicicleta e hospedo-me em pequenos hotéis. Aonde quer que vá, faço perguntas acerca do Reginald Hazzard em francês e inglês. Descrevo o jovem negro com cicatrizes de queimaduras na cara e às vezes exibo as minhas credenciais de polícia. Muitas pessoas lembram-se de ter visto o Reginald, mas ninguém sabe onde ele está. Tenho todo o tempo do mundo para o encontrar. Não vou voltar para a América.

Os Tonton Macoutes vigiaram-me em várias ocasiões e interrogaram-me já quatro vezes. O meu estatuto de polícia americano deixa-os desconcertados. *Todos* eles são polícias renegados e pressinto que também sou um deles. Viram-me distribuir dinheiro a troco de dicas sobre o Reginald. Tenho a certeza de que sabem quem ele é e talvez onde está agora. Os tipos dos Tonton contaram-me a história admonitória de outro polícia americano que se sentiu compelido a explorar o Haiti rural. O Wayne Tedrow era branco e carecia da minha coloração protectora. Os tipos dos Tonton nunca me ameaçaram; deixaram implícito que negros americanos com recursos financeiros podem comprar a sua segurança anónima e viver com segurança no Haiti desde que tenham dinheiro. Também deixaram implícito que talvez fosse esse o caso do Reginald Hazzard e insinuaram que talvez fosse melhor eu voltar para casa.

Mas vou continuar por cá. Os tipos dos Tonton aceitaram a minha decisão com uma certa relutância: porque o Haiti é um lugar perigoso, porque sou um polícia negro que fala a língua deles com grande desenvoltura e porque parecem gostar de mim. Um deles disse-me que a Polícia de Los Angeles lhes tinha feito perguntas acerca do meu paradeiro. Mas até agora ainda não tinham dado nenhuma resposta. Só podia ser um inquérito privado e não oficial por iniciativa do Scotty. Dei algum dinheiro ao tipo e disse-lhe para se recusar a responder a qualquer inquérito desse género. Ele disse-me que assim faria.

Estou sempre a deambular por Port-au-Prince, pelas cidades maiores e mais próximas e por aldeias mais remotas. Bebo licor de *klerin* e faço viagens mentais com todos os tipos de ervas haitianas. Numa dessas viagens mentais consegui acompanhar o rasto do último dia de Wayne neste mundo. Um sacerdote *bokur* preparou-me uma poção baptizada com o nome do Wayne. Foi uma viagem mental de cortar o fôlego. Muitas vezes vejo rostos saídos do meu passado, sob formas inteiramente alteradas. Penso na minha vida sob a perspectiva de um miúdo negro da classe média, de um agitador esquerdista, de um polícia, de um homossexual, de um falso militante negro e de um assassino. Vivo num estado contemplativo e sem fardos a pesar-me nos ombros. Os acontecimentos de 24 de Fevereiro de 1964 e tudo o que fiz em proveito próprio parecem-me agora completamente irrelevantes.

Penso ocasionalmente no Scotty. Penso frequentemente no Wayne, mas sobretudo no Sr. Holly. Amei-o da mesma forma que as pessoas moralmente atormentadas amam aqueles que melhor exemplificam a sua complexa vontade de se afirmarem e sobreviverem. Acho que nos conhecíamos um ao outro. No final, não passou disso. Tendo em conta quem sou, quem ele é e quem ambos somos, foi um vínculo caracterizado por uma certa solvência — e, da minha parte, também de afecto. É esta ideia que, estranhamente, me acalenta agora.

O Haiti rural atrai-me. Tem uma certa afinidade com as sórdidas zonas de engate masculino na zona leste de Hollywood. Assisti a uma série de cerimónias vudus. Vi homens e mulheres zombificados. Às vezes sou seguido por grupos de homens, mas nunca me sinto ameaçado. Penso no Wayne e nos nossos discursos sobre o estado onírico. Quero estar fisicamente imobilizado, para poder ficar absolutamente imóvel e desprovido da vontade de convocar pensamentos e reacções conscientes. Tenho acumulado uma reserva de ervas incrivelmente potentes e de toxinas de peixe-balão para uma ocasião especial. Trago-a sempre no bolso. Procuro estímulos e os estímulos procuram-me. Quero estar quimicamente preparado para ampliar qualquer estado de revelação em que possa vir a encontrar-me. Lembro-me muitas vezes da minha primeira conversa com o Sr. Holly. Foi durante os motins contra a Polícia de Chicago, no Verão de 1968. Eu estava numa cadeia da zona sul, era uma vítima do racismo policial que por acaso também era polícia de profissão. O Sr. Holly estava ainda na fase inicial da cilada para me recrutar para a OPERAÇÃO IRMÃO RUUUUIM. Referiu «uma mulher muito sensata», que só mais tarde vim a saber que era a sua namorada quacre esquerdista. «Tem cuidado com o que procuras, pois isso que procuras anda atrás de ti», disse-me o Sr. Holly. Foi um reconhecimento imediato da minha vida até àquela data e uma assombrosa profecia do meu futuro. Estive ontem sentado no banco em Cayes-Jacmel. Estava a devanear acerca desta ideia e a contemplar o mar das Caraíbas. O tempo estava soalheiro e não muito quente. Comprei a um vendedor de rua uma guloseima de raspas de gelo regada com licor de *klerin*. Tinha um gosto adocicado a fruta, com um ressaibo amargo. O Reginald Hazzard acercou-se e sentou-se ao meu lado.

Reconheci-o de imediato, apesar de não o ver desde aquele dia, há quase oito anos. A fotografia que Wayne tinha dele era uma imagem plana, anterior à desfiguração facial. Este homem era o mesmo que eu e o meu vizinho médico resgatámos do assalto ao furgão blindado e do cruel rescaldo policial.

Cumprimentámo-nos. As cicatrizes das queimaduras do Reginald tinham-se esbatido e deixaram-lhe manchas brancas na pele escura.

Agradeceu-me por o ter salvado e disse-me que tinha ouvido rumores acerca de um polícia que andava a fazer perguntas sobre ele. Três semanas antes alguém lhe tinha indicado que era eu e desde então andara a seguir-me. Soube imediatamente quem eu era. Demorou bastante tempo até perceber que eu não pretendia fazer-lhe nenhum mal.

Tinha consigo uma garrafa de licor de *klerin*. Trocámos alguns tragos. Não o pressionei para lhe arrancar pormenores sobre o assalto ao furgão blindado e ele não me pressionou para saber pormenores sobre a minha carreira policial ou sobre a minha recente celebridade lá na minha cidade natal. Sabia muitas coisas sobre mim. Pressenti-o de imediato e soube que seria pouco cortês da minha parte tentar arrancar-lhe informações ou intrometer-me na vida dele.

Perguntei-lhe se se sentia seguro no Haiti. Respondeu que sim, mas acrescentou que tinha enormes saudades da mãe. Não lhe referi a morte do seu pai no Verão de 1968, dado o Wayne Tedrow ter estado muito envolvido nesse incidente. Não mencionei que o Wayne era agora um herói do folclore haitiano. Não mencionei a união do Wayne com a Mary Beth Hazzard, nem as investigações dele para tentar encontrar o rapaz que tão facilmente me tinha encontrado a mim. Ele sabia isso tudo, não sabia nada disso, sabia apenas uma parte ou a maior parte. Compreendi isso e voltei a comportar-me com tacto.

O Sol tombou sobre o mar. Ficámos ali sentados, mais em silêncio do que a falar. O Reginald perguntou-me se eu tinha conhecido a Joan. Disse-lhe que sim. Colocou-me então uma esmeralda na mão e disse-me que era a última que restava. Agradeci-lhe. Ele levantou-se e foi embora.

Percorri de bicicleta a zona interior do Haiti. As aldeias estavam dispersas ao longo de cordilheiras de baixa altitude e planícies cobertas de arbustos. Os ramos caídos e as rochas afiadas retalharam-me os pneus da bicicleta. Continuei a pé. A escuridão da noite adensou-se. Pressenti a presença de grupos de homens a seguir-me.

A Lua permitia-me ver algo de vez em quando. Captei vislumbres de crocodilos ao longe e árvores marcadas com sangue. Pressenti que os grupos de homens se alargavam. Cheguei a uma pequena aldeia com um hotel muito pequeno. Fiquei encandeado pelos faróis de um carro que se aproximava. Fiz sinal ao condutor. O tipo usava uma máscara de madeira branca.

Ingeri a minha reserva especial de ervas e entrei na aldeia. Um cão com um chapéu pontiagudo preso à cabeça correu para mim e mordeu-me. Entrei no hotel e falei em francês com o recepcionista. Alugou-me um quarto no segundo piso, virado para a rua.

O quarto era de tecto baixo e estreito, mobilado apenas com um lavatório, uma cadeira e uma cama. Desliguei as luzes. Peguei na esmeralda que o Reginald me tinha dado e mantive-me de pé à frente da janela. As ervas começaram a fazer efeito. A Lua transformou a pedra verde num prisma. Vi pessoas entrar e sair dos raios e ouvi-as dizer coisas assombrosas.

Agora está a formar-se um grupo de homens lá fora. Estão a olhar para mim. São três. Têm catanas enfiadas em bainhas. Têm braços só do lado esquerdo e asas onde deveriam ter os braços direitos.

Começo a ficar imobilizado. Os meus pensamentos dispersam-se assim que começo a formá-los. De um momento para o outro vou largar a caneta com que estou a escrever. Os homens alados entraram agora no hotel. Deixei a porta destrancada para eles.

112

(Los Angeles, 22/1/72-18/3/72)

Só soube a notícia tardiamente. Ficou arrasado. Aquilo deixou-o completamente desorientado.

Tinha passado semanas a correr numa única direcção. Aquela notícia obrigou-o a correr na direcção oposta até parar para pensar. Sentia mais falta dele do que de tudo o resto. Considerara-o um amigo naquele esquema que tinham em mãos. Esse amigo lixara-o e fugira. Mas mesmo assim sentia a falta dele.

Marsh tinha sido assassinado no Haiti. Scotty sabia que ele tinha fugido para lá. Tinha enviado um inquérito em nome da Polícia de Los Angeles e obtivera uma resposta tardia. *Mas* não podia ir lá. O seu estatuto de chui branco impedia-o de fazer isso. A extradição estava fora de questão. Marsh estava ausente sem licença oficial, mas estava limpo. A Divisão de Assuntos Internos fizera uma busca na casa dele. Tinham encontrado listas de bares *gay* na agenda dele. Tinham interrogado Scotty: tu e o Marsh tiveram confrontos em 1968, fala-nos disso.

Scotty contou-lhes que Marsh tinha sido um infiltrado a soldo do FBI. Os tipos dos Assuntos Internos agarraram essa deixa e apertaram com Dwight Holly. Dwight disse-lhes que Marsh tinha feito um trabalho notável. Os tipos dos Assuntos Internos formularam então teorias imbecis: Marsh tinha chibado militantes negros; talvez se tratasse de uma vingança tardia.

Scotty não fez caso. O Haiti, quem se importa com esse lugar. Que pensem o que quiserem. Chamem-lhe uma excursão pelo circuito maricas se quiserem. Não reveles que ele era *gay*. Não conspurques a Polícia de Los Angeles. Não manches a reputação do seu idoso pai.

Talvez Marsh tivesse um diário secreto. Essa perspectiva causava-lhe arrepios. Virou-lhe a casa do avesso e descobriu um esconderijo numa das vigas do tecto. Cheirava a couro e a papel. Era mais do que óbvio: Marsh tinha levado o diário com ele. Os tipos dos Assuntos Internos resolveram abandonar o caso. Era o melhor a fazer. O polícia do famoso «Tiroteio Fatal entre Militantes Negros» era um maricas, afinal. Tinha sido condecorado com a Medalha de Valor: vá-se lá perceber *porquê*.

A notícia inesperada deixara-o arrasado. Nas semanas anteriores andara completamente tenso e esquizóide. Tinha-se encafuado no seu covil a matutar. Tinha trabalhado em vigilâncias. Tinha levado Ann e os miúdos à Disneylândia. Tinha levado quatro das suas namoradas a Las Vegas durante semanas consecutivas. Tinha espalhado dinheiro pela cidade da pretalhada e esperara por telefonemas. Quem era a mulher comunista?

Marsh fora sempre muito sigiloso. Tinham perpetrado juntos merdas ultrajantes. Marsh fugira *e* fechara-se em copas. Respeitava-o por isso. Ele próprio continuava vivo apesar das merdas que tinham perpetrado juntos. Marsh tinha morrido por culpa das merdas que tinham perpetrado juntos. A porra do Haiti: centopeias aladas e vudu. Marsh era um místico escondido no armário. Às vezes falava de tretas desse teor. Quanto a Reggie e às esmeraldas: um fiasco total. O dinheiro era outra coisa.

Alguém tinha dado alguma dica a Marsh. Tinha sido logo após a cimeira do plano do aperto ao maricas. Suspeitos: Sal Mineo, Fred Otash, o Mirone Crutchfield. Sal e Fred não tinham nenhum motivo para o fazer. Restava o Mirone. Era a conclusão a que chegara após semanas a matutar nisso.

O Mirone tinha o dom da ubiquidade. Circulava de carro e espreitava e mantinha-se de bico calado. Fred Otash insinuara que o Mirone *sabia* coisas. Que tinha *visto* merdas e *feito* merdas. Portanto, não subestimes as capacidades desse miúdo.

O Mirone andava sempre encafuado nos seus próprios pensamentos. O mesmo se passava com ele ultimamente. O assalto ao furgão blindado ocupava-lhe agora a cabeça por completo. Marsh tinha estado *lá* nesse dia. Também ele. Ambos sabiam o que aquilo significava e por que razão tinham de deitar a mão ao saque. Mais ninguém percebia isso.

Decidiu adiar aquele assunto relativo ao Mirone. Passou pelo parque de estacionamento dos motoristas e induziu medo. As peças tinham-se encaixado lá na cimeira. Eis a conclusão a que chegara:

Jack Leahy tinha participado no assalto ao furgão blindado. Os pormenores não interessavam. Estivera conluiado com a equipa de inspectores bancários. Tinha sacado antecipadamente o dinheiro lá do banco.

Vai ser uma confrontação suave. Ele vai perceber e vai aceitar repartir comigo.

Scotty saturou a zona sul de subornos. O Sr. Scotty anda a espalhar *carraaaaadas* de notas. Na semana anterior tinha conseguido obter pistas muito congruentes.

O palpite mais provável: Joan Rosen Klein. Tem um forte *pedigree* de esquerdista radical. Há ficheiros policiais que desapareceram. Há rumores de assaltos à mão armada. Ela é informadora do FBI. Talvez fosse a queridinha do Grande Dwight.

Conferiu todas as suas folhas de dicas. Mascou pastilhas de menta enquanto matutava naquilo. Parecia-lhe bater certo. Ela é comuna, uma ressentida. Tem estado marginalmente envolvida em merdas da militância negra desde 1968.

Tens de convocar uma cimeira de polícias renegados. Com uma única ordem de trabalhos: a repartição alargada do dinheiro.

Essa decisão sobrepõe-se a todos os outros assuntos. É uma decisão essencialmente de esquerda. Vamos repartir a riqueza. Não quero prejudicar ninguém.

Sim, vai dar uma palavrinha ao Dwight. Depois o Dwight dá uma palavrinha ao Jack e à Joan. O saque de dinheiro esgotar-se-á então. Mesmo assim, ainda é muita grana.

Sentia falta de Marsh. As saudades não o largavam. O tipo tinha feito um gesto grandioso.

O esquema de aperto ao maricas foi pelo cano abaixo. Fred Otash devolveu-lhe metade do dinheiro que lhe tinha adiantado. Scotty passou depois um cheque e enviou-o ao pai de Marsh em Chicago.

Ei, avozinho. O nosso acordo não deu em nada, mas eu gostava do seu filho.

113

(Los Angeles, 22/1/72-18/3/72)

Casa Franca.
Um termo radical. Nomenclatura da Zona Joan. Crutch tinha a sua própria variação desse termo.
Precisava de uma casa franca. Ele próprio era um comuna sem grande convicção. Estava na posse de conhecimentos assustadores e tinha um estojo de química. Tinha algumas ideias novas. Tinha à perna um branco da ala direita à procura de vingança.
Scotty tinha passado pelo parque de estacionamento dos motoristas e piscara-lhe o olho. Scotty tinha os seus brutamontes a trabalhar a tempo parcial nos Táxis Tiger Kab. O Brutamontes Um e o Brutamontes Dois tinham a mesma corpulência de Scotty. Piscaram-lhe o olho *e* esboçaram um sorriso afectado.
Pedaço-de-Merda, Mirone, *pariguayo*. Acrescente-se «bufo» à lista. Scotty sabia que ele tinha posto Marsh Bowen de sobreaviso. As piscadelas de olho significavam «estás morto»: mas por enquanto ainda não.
Casa Franca.
Alugou um sítio em Hollywood Hills. Guardou lá os seus dossiês, livros, ervas e equipamento de química. O sítio era *seguro*. Mas ele não estava *seguro* lá. Vai esporadicamente ao seu poiso nos Apartamentos Vivian e ao poiso no centro da cidade. Dorme no carro. Aluga quartos de motel de improviso. Faz trabalhos de divórcio para Clyde e Chick. Sente-se *seguro* quando está a seguir pessoas. Sente-se *inseguro* quando pára de seguir pessoas.
Marsh tinha ido para alguma parte. Crutch percorreu Baldwin Hills durante o Inverno inteiro e detectou carradas de tráfico de vigilância. Scotty estava de atalaia à casa de Marsh. Dwight estava de atalaia à casa

de Marsh. Uns polícias dos Assuntos Internos tinham vasculhado a casa no final de Janeiro. Dwight tinha-o alertado: Não faças nada, Pedaço-de-Merda. Dwight estava a par da maior parte das coisas que ele sabia. Dwight talvez o matasse ou não. Scotty de certezinha que o mataria.

Casa Franca.
Execução Adiada.

Não podia fugir. Los Angeles era Los Angeles. Só ali se sentia *seguro*. O seu caso passava-se todo *ali*. Era *ali* que transportava passageiros e seguia pessoas. Tinha sido *ali* que fizera explodir tabuletas de rua conotadas com a ala direita. *Ali* sabia como viver. Não podia fugir para mais nenhum lugar. Los Angeles dava-lhe coisas urgentes para fazer.

Gretchen/Celia tentara localizar o assassino da Tatuagem. O falecido Leander James Jackson tinha-a ajudado. Crutch tinha encontrado quatro dos associados conhecidos de Leander. Tinham-lhe dito que Leander estava muito empenhado nesse caso. Disseram que ele não tinha guardado nenhum registo. Uma miúda chamada «Celia» partilhava da mesma fixação que ele. Tinham comunicado por via de telefones públicos. O assunto relativo à Tatuagem tinha começado com más vibrações haitianas.

Casa Franca.

O seu equipamento estava seguro aí. Mas ele não. Uma situação curiosa e fodida. Tinha acabado de fazer vinte e sete anos. Mas parece mais velho. Tem cabelos grisalhos e uma cicatriz comunista nas costas. Não pode falar com as pessoas que mais lhe importam. Em vez disso, segue-as.

Segue Dwight Holly. Tudo indicava que Joan o tinha deixado. Dwight encafua-se durante dias seguidos no poiso perto da casa de Karen. As caixas e o equipamento desapareceram. Dwight aguarda ao lado do telefone. Pega no auscultador de meia em meia hora. Observa a casa de Karen através dos binóculos. Fica animado quando vê as meninas dela.

Dwight permanece imóvel. Crutch tem de continuar a circular. Às vezes segue Karen. Karen já o conduziu a uma série de encontros de almoço com Joan.

Seguir pessoas é fácil. A mobilidade era o seu ponto forte. Os carros forneciam-lhe a camuflagem necessária. O seu ar de miúdo vulgar proporcionava-lhe uma cobertura adicional. Os trabalhos de escuta eram fáceis. Era perito em furar e enfiar fios. Mas tentar ouvir conversas à socapa era complicado. As pessoas podiam reparar e aperceber-se da intenção dele.

Aproximou-se do lugar onde estavam Karen e Joan. Estavam a tomar café e a fumar cigarro atrás de cigarro em Hillhurst. Joan disse que tinha «o dinheiro». Que era isso que lhe dava coragem. Mas estava preocupada. Celia estava desaparecida no Haiti ou na República Dominicana. Joan tinha cortado os laços com Dwight. Tudo por causa da «Operação». Esta palavra fez Karen estremecer. Joan referiu «casa franca» duas vezes. Joan disse que Dwight nunca iria conseguir encontrá-la.

Eram amigas muito chegadas. Ouviu-as referir Nova Iorque. Karen tinha cabelo ruivo e não parecia ser grega. Ultimamente o tempo estava mais frio. Joan usava camisolas grossas. Agora não conseguia ver-lhe a cicatriz de navalhada.

Tirou-lhes uma foto às escondidas. Joan tinha nascido há quarenta e cinco anos, quatro meses e dezassete dias.

Colou a foto ao tabliê. Estava sempre a circular. Todas as suas fotos estão seguras.

114

(Los Angeles, 22/1/72-18/3/72)

Desaparecidos.
Joan tinha levado os documentos forjados e as ferramentas de falsificação. Jack tinha-se demitido do FBI. Tinha apresentado a sua carta de demissão na sala da divisão. Era uma carta respeitosa. Nela agradecia ao Sr. Hoover e elogiava-lhe a liderança. Por favor, envie os cheques da minha pensão para o meu apartado na zona rural do Oregon.

Marsh tinha fugido para o Haiti e aí fora assassinado. A Divisão de Assuntos Internos da Polícia de Los Angeles tinha-o interrogado, mas Dwight não lhes mencionou o nome do sargento Robert S. Bennett. Elogiou o desempenho do sargento Bowen na OPERAÇÃO IRMÃO RUUUUIM. Os polícias disseram-lhe que Marsh era homossexual. Dwight fingiu ficar surpreendido.

Desapareceram. Ela desapareceu. Levou tudo o que havia lá no refúgio e deixou a linha telefónica intacta. Era um número telefónico clandestino. Ela era a única pessoa que conhecia esse número. Se o telefone tocar, só pode ser ela.

Diz-me coisas.
Diz-me o que aquele homem te fez.
Não, não te vou dizer.

O ódio que ela sentia ultrapassava o ardor da conversão dele. Jack, por seu lado, não deixava transparecer nenhum ódio que porventura sentisse. A raiva deles eclipsava a culpa e a vergonha que ele sentia. A mágoa deles era mais profunda. Dwight não podia matar o velho. Mas Joan e Jack tinham decidido fazê-lo à sua própria maneira. Não podiam usar Marsh e trataram então de arranjar um novo bode expiatório para o fazer sem recorrer a subtextos. Dwight não intercederá. Eles sabiam que não. Se Joan lhe ligar, dir-lhe-á isso mesmo.

Forçou a entrada da casa de Marsh pela última vez. Verificou o esconderijo. O diário tinha desaparecido.

Ligou a Bob Relyea e disse-lhe para abortar o esquema: fica com o dinheiro e compra uma túnica nova. Bob ficou aliviado: Dwight, aquilo tresandava a asneirada duma ponta à outra. Bob, a merda ainda continua a escorrer. Fica de olhos atentos à televisão.

Não parava de pensar no sucedido em Washington. Ainda bem que Karen estava lá com ele. Tinha visto o Sr. Hoover. Perdoou a Marsh, tendo em consideração aquilo que o velho lhe tinha feito. «*Ninguém vai morrer*» não tinha sido nenhum exagero.

Vai ao gabinete. O telefone do refúgio e o telefone do escritório-fachada nunca tocam. O Sr. Hoover não ligou. Nixon não ligou. O Mirone Crutchfield segue-o e fica de vigia no exterior. O miúdo sabe tudo, excepto que *Está Tudo Acabado*. Não tenho vontade de te matar, filho.

Levou Karen para fora durante um fim-de-semana por ocasião do aniversário dela. Alugaram um chalé e fizeram amor imensas vezes. Karen tinha estado com Joan. Dwight já o sabia. Joan nunca chegara a mencionar o nome dele.

Karen põe a tocar quartetos de cordas todas as noites. Dwight fica no terraço a ouvir. Segura na mão a pequena bandeira vermelha de Joan. Karen deixa uma luz acesa para ele.

115

(Los Angeles, 19/3/72)

Sultan Sam's Sandbox às oito da manhã: decididamente surrealista.

Scotty tinha uma chave. O proprietário negro era bufo da Agência de Álcool, Tabaco e Armas de Fogo e da Polícia de Los Angeles. Também dava festas de aposentação no seu estabelecimento. Redd Foxx fazia lá actuações a troco do pagamento instantâneo de fianças. Redd animava a sala como um verdadeiro filho-da-puta.

A secção das cabinas estava a precisar de uma boa limpeza. O palco das actuações era um autêntico monte de lixo. Os Soul Survivors tinham deixado todas as suas merdas em cima do palco. As paredes eram de veludo verde-limão. Absorviam o fumo de cigarro. Os tapetes eram de felpo grosso. Absorviam o mijo.

Sê breve. O segredo das cimeiras é a brevidade. Mantém-te firme, aperta mãos e pisga-te daqui.

Scotty sentou-se numa cabina ao fundo. Acendeu um cigarro, deu duas passas e apagou-o. Deixou a porta entreaberta. Dwight Holly entrou logo de seguida.

A luz ténue desorientou-o. Parou à entrada, até os seus olhos se adaptarem à semiobscuridade. Orientou-se então. Viu Scotty e juntou-se a ele.

Os joelhos de ambos roçaram sob a mesa. Remexeram-se nos bancos para criar mais espaço.

— Obrigado por teres vindo.

— Não perderia isto por nada.

— Não vai demorar muito.

— Ambos somos bons negociadores — disse Dwight. — Acho que facilmente chegaremos a um acordo.

Scotty fez girar um cinzeiro. As beatas dos cigarros caíram sobre a mesa.

— Contaste aos outros, certo? Estás a negociar em nome deles?

Dwight abanou a cabeça. — Vamos resolver o assunto entre nós os dois. Depois trato de assegurar que eles aceitam. Todos sabemos que isto tem de acabar. Se fores razoável, poderemos chegar a um acordo ainda hoje.

Scotty fez-lhe uma vénia com o chapéu. — Pensei que ias revistar-me à procura de microfones de escuta.

— E eu pensei que ias revistar-me à procura de alguma arma no tornozelo.

Scotty riu-se. — Demorou uma porra de tempo até tudo se encaixar finalmente.

— O Senhor Hoover tem umas coisas em curso. Confesso que sim.

— Confirma-me lá que não estou louco: o assalto ao furgão blindado foi levado a cabo pelo Jack Leahy, pela Joan Klein e por aquele rapaz de cor que ficou com a cara queimada. Tudo uma louca jogada política.

Dwight sorriu. — Foi mais ou menos isso.

— Vou deixar-vos ficar com as esmeraldas — disse Scotty.

— Vindo da parte de um branco, é muita gentileza tua — disse Dwight.

— Foi o Leahy que tirou o dinheiro lá do banco.

— Sim.

— Quanto?

— Pouco mais de sete milhões.

Scotty estalou os nós dos dedos. — E foi todo lavado? Já não há notas com manchas de tinta?

Dwight anuiu com a cabeça. — Limpinho, em notas de números de série não consecutivos. Notas de cinco até cem dólares. É o dinheiro mais limpinho que alguma vez viste.

— Quero metade disso.

Dwight abanou a cabeça. — Quarenta por cento.

— Quarenta e cinco por cento — disse Scotty.

— Combinado — disse Dwight.

A atmosfera tóxica da sala estava a causar-lhes comichão na pele. O tecido aveludado das paredes estava esfarrapado nalgumas zonas. Scotty teve a sensação de que as partículas do tecido estavam a corroer-lhe a pele.

— Falemos do Mirone. O tipo é aqui uma questão secundária. Acho que ele sabe imenso sobre isto.

— Tenho a certeza que sim — disse Dwight.

— Já anda aqui desde o início disto tudo. Conhece todos os intervenientes. É um risco potencial que dispensamos bem.

Dwight anuiu com a cabeça. Scotty disse: — Terá que ser despachado.

— Nada disso — disse Dwight. — Posso dar-te até cinquenta por cento, mas não quero que ele saia magoado.

— Vamos lá repensar isto então. A oferta de cinquenta por cento é generosa, mas tenho de insistir.

— Não. Vou fazer-te outra cedência, mas não cedo quanto ao Mirone.

Soou uma buzina lá fora. Dwight remexeu-se ligeiramente. Estava magro. O peito parecia excepcionalmente volumoso. De certeza que estava vestido com um colete à prova de balas.

— Não podemos deixá-lo andar por aí a espreitar e sair disto na mó de cima. O cabrãozinho simplesmente nunca irá desistir.

— Não — disse Dwight. Remexeu-se um pouco. A camisa ficou esticada, expondo o tecido do colete por baixo.

— Tenho de insistir nisto. Agora parece que é uma decisão difícil, mas um dia vais agradecer-me por isso.

— Não. Voltemos ao início. Dou-te até cinquenta e cinco por cento e mais um conselho grátis: eu subo a parada, tu voltas atrás na tua decisão e tudo acaba bem.

Soou uma buzina. Dwight voltou a remexer-se. Enfiou a mão sob a mesa. Scotty agarrou-se ao rebordo da mesa. Dwight observou os gestos das mãos dele. Scotty leu-lhe os pensamentos. *Está a pensar: vai sacar a arma do lado esquerdo ou do lado direito/está a usar colete ou não?*

Fixaram os olhos um no outro. As mãos de ambos desapareceram.

Dwight disparou. A bala fez ricochete debaixo da mesa. Uma das almofadas do banco explodiu. Scotty baixou-se e rolou sob a mesa. Viu as pernas de Dwight e a arma empunhada na mão. Scotty sacou de duas armas incriminatórias. Dwight disparou duas vezes. Atingiu o poste de suporte da mesa e o colete à prova de balas de Scotty. Scotty tombou para trás com o impacto e embateu contra a parede. O impacto deixara-o a ver as coisas em duplicado. Começou a empurrar a mesa para tentar derrubá-la. Dwight voltou a disparar. A bala ricocheteou e atingiu-lhe o pescoço. A mesa tombou sobre ele. Estava a sangrar e disparou várias vezes. Scotty rolou para fora da cabina e disparou com as duas mãos. Atingiu Dwight em ambas as pernas e nas virilhas. Despedaçou a mão com que Dwight empunhava a arma.

Dwight continuou a disparar. Uma secção da parede tombou. Dwight disparou, mas a arma tinha encravado. Já não conseguia mexer os dedos. A arma já não funcionava. O sangue cobria agora o cilindro e o gatilho. Scotty rolou para mais perto e arrancou-lhe a arma da mão com um pontapé.

Dwight cuspiu-lhe sangue contra a cara. Scotty puxou-lhe o colete para cima e disparou-lhe contra o estômago. O ar estava denso de fumo. Os vapores de cordite causaram-lhe ardência nos olhos.

Scotty recuperou o fôlego e o uso das pernas. Apalpou-se. Tudo bem: nenhum rasgão, nenhum ferimento. Ambos tinham disparado com revólveres. Não havia balas extraviadas.

Tirou do bolso um maço de notas de cem dólares envoltas numa cinta de riscas à tigre. Enfiou-o no bolso do casaco de Dwight. Esfregou o seu próprio peito. Sentiu a bala incrustada no colete. Muito bem, já podes ir embora daqui.

Fê-lo de forma descontraída. Como se estivesse a *passearrrrr*. Reparou na caixa de correio na esquina e enfiou lá o envelope.

Uma denúncia. Anónima. Escrita em jargão do gueto. O gabinete do FBI em Los Angeles acabaria por receber o envelope. Jack Leahy acabaria por o *ver*. O renegado agente federal Dwight C. Holly. Tinha subornado e eliminado os irmãos Bostitch. Observa bem, não ajas. O Agente da Lei foi o autor daquele esquema lá no Banco Popular.

Nuvens baixas por cima da cidade da pretalhada. Vapores de pólvora a sair pela porta. Um arco-íris na direcção sul.

Meu Deus: uma verdadeira revisitação do sucedido em 24/2/64.

116

(Los Angeles, 19/3/72)

Estava a correr deitado no chão ou a rolar no ar. Nas costas tinham-lhe nascido pernas que o impulsionavam. Não percebia como aquilo podia ser.

Paredes verdes a tombar. Uma película vermelha impedia-o de ver. O braço direito latejava-lhe. Viu correr um homenzinho verde de garrafa na mão e parar à frente dele.

Acho que já estou a perceber.

Lembrou-se de ter rastejado, lembrou-se do passeio e do negro idoso. A foto dentro do bolso. O número do telefone dela no reverso da foto.

Estavam a nascer luzes brancas das paredes verdes. As suas pernas pareciam rodas. A película vermelha dissolveu-se e deixou-o ver rostos. Mais homenzinhos verdes com garrafas nas mãos. Não eram os rostos que queria ver.

Sabes bem quem és. Só mais uma vez, por favor.

Começou a apalpar com as mãos e a pestanejar. A película vermelha voltou. Roçou em coisas e derrubou coisas. Ouviu-as estilhaçar-se. As mãos pareciam não pesar nada. Mais pareciam asas.

As pernas pararam de rodar. Alguém lhe dissipou o vermelho dos olhos. Alguém lhe agarrou nas mãos e incutiu-lhes vida. Viu bordas de rios à volta de Karen.

Ela disse: — São tuas filhas, Dwight. Juro que é verdade.

Os rios comprimiram-se e engolfaram-na. Karen abriu caminho por entre os rios e manteve-se ali próxima. Dwight procurou as palavras, encontrou-as e disse-as em voz alta.

— Amas-me?

Os rios aproximaram-se envoltos em escuridão. As paredes verdes desvaneceram-se em pontinhos. Ela disse «Vou pensar nisso» quando as luzes se apagaram.

117

(Los Angeles, 23/3/72)

Loja de bebidas Uncle Gibb's Liquor: *outra vez*.

A loja era detentora do recorde na zona sul: vinte e nove assaltos à mão armada desde 1963. O velho Gibb abanava sempre a cabeça: «Senhor Scotty, tenho uma nuvem escura a pairar por cima de mim.»

A informação tinha-lhe chegado há uma hora. Através de uma pessoa de confiança. Uma senhora de cor tinha ouvido uma conversa na rua. Dois miúdos vadios com caçadeiras. Sr. Scotty, tem de pôr fim a isto.

Scotty estava de atalaia na viela. A porta das traseiras era logo ao lado. Tinha vindo na sua viatura à paisana. Ia deitar-lhes a mão quando estivessem a entrar.

O esquema do envelope tinha resultado. A morte de Dwight Holly não chegou a ser divulgada. O dinheiro do banco e Jack Leahy, o abjecto passado do Agente da Lei. Tal como planeado: o FBI tinha enterrado aquele assunto.

Em breve abordaria Joan. Ela mostrar-se-ia dócil. Trataria de contornar Jack e abordá-la-ia directamente. Ela acabaria por concordar que seria melhor dividir o dinheiro.

O tempo estava enevoado. O pára-brisas estava perlado de gotas de condensação. Scotty ligou a ignição e accionou o limpa-pára-brisas.

Aproximou-se uma mulher. Era alta e de cabelo ruivo. Não parecia estar perdida. Parecia destoar daquele ambiente da cidade da pretalhada.

Scotty baixou o vidro da janela. A mulher contornou o carro e debruçou-se sobre a janela. Scotty preparou-se para largar uma tirada do género «andas perdida, miúda?». A mulher pousou a mão no rebordo da janela. Foi só nesse momento que ela lhe pareceu uma pessoa estranha.

A mulher sacou de um pequeno revólver de cano curto. Disparou-lhe seis tiros na cara.

DOCUMENTO ANEXO: 24/3/72. Excerto do diário privado de Karen Sifakis.

As páginas seguintes irão servir de minha confissão, caso a situação chegue a esse ponto. Não vou fugir. Não vou mentir se for oficialmente confrontada. Não vou servir-me de nenhuma justificação pessoal ou política para a coisa horrível que fiz. Fi-lo porque amava o Dwight Holly do fundo da alma e porque a outra mulher que ele amava não teve coragem para o fazer. Estou determinada a sobreviver sem o Dwight e só rezo para ter forças para o conseguir, em nome das nossas filhas.
Executei aquele acto num estado de raiva. Não parei sequer para rezar ou reflectir por breves instantes. Fui ao bangaló do Dwight e encontrei uma arma incriminatória numa caixa. Matei num espírito de apostasia desumana. Recuso-me e sempre me recusarei a abdicar da minha responsabilidade pessoal por este acto. O Dwight desistiu da Operação e poupou uma vida. Foi a minha persistente pregação a favor da não-violência que influenciou essa decisão dele. A profunda censura que ele fazia das suas próprias vilezas compeliu-me a reconhecer de forma violenta o preço que ele pagou para revogar o seu passado e encontrar a transcendência. Não conseguiria viver comigo própria se não tivesse completado o círculo de regresso a esse homem corajoso e a essa mulher que eu própria enviei para o ensinar. O laço entre nós os três deve continuar a florescer dentro de mim. O meu acto foi uma tentativa para saldar todas as dívidas e manter-nos unidos, com um de nós agora incapacitado e outro de nós morto. Consigo ver através da grandiosidade e especiosidade destas declarações no próprio momento em que estou a escrevê-las. Neste momento sinto-me para além de qualquer preocupação. Irei assumir sempre a responsabilidade do que fiz.
Sinto agora a urgência do legado do Dwight. Não irei analisar aqui se deveria ou não ter-lhe dito mais cedo. Ele soube durante um breve instante de consciência e saberá lá no mundo a seguir a este. Na altura certa tratarei de mudar os apelidos das nossas filhas para «Holly».
O Dwight preocupava-se mais com o Marshall Bowen do que alguma vez chegou a admitir. O Bowen morreu no Haiti há alguns meses. Vou pedir que enviem o corpo dele para os Estados Unidos e vou enterrá-lo juntamente com o Dwight. Irei certificar-me de que descansam ambos em paz, perto de algumas cabras mansas.

118

(Los Angeles, 26/3/72)

Ela estava lá dentro. Nunca saía de casa. Crutch estava a vigiá-la há dias.

Tinha falado com Clyde na noite anterior. Circulavam rumores desenfreados. Dwight Holly estava morto. Uns assaltantes tinham matado Scotty a tiro. Clyde analisou todas as teorias propostas. Eram falsas. *Ele* tinha olhos com visão de raios X. Só *ele* sabia o que isso significava.

Ela mantinha-se dentro de casa. Ele dormia no carro e observava as janelas. Chegou a vê-la uma vez há dois dias. Estava à procura de algo no armário onde costumavam estar as caixas. Estava de calças de ganga coçadas e com um dos casacos de Dwight.

Crutch começou a contar os dias desde que a vira pela primeira vez. Parou ao chegar ao número mil. Olhou para as fotos no tabliê e sentiu uma coragem inusitada. Subiu as escadas a correr e empurrou a porta.

A porta escancarou-se. Ela estava sentada no chão. Tinha o rosto inchado e manchado de lágrimas. Tinha arrancado um punhado de cabelos. Tinha crostas de sangue nos pulsos. Havia uma navalha espetada numa parede recuada. Ela tinha escrito a palavra *Não* com sangue, ao lado da navalha.

Crutch quase lhe calcou os óculos. Ela olhou-o de olhos inchados. Crutch pegou nos óculos e aproximou-se dela. Ela afastou-se para longe dele e apoiou as costas contra a parede.

Crutch deu-lhe os óculos. Ela pô-los. Tinha um olhar atento por detrás das lágrimas. Olhou para ele.

— Senhorita Klein, chamo-me Donald Crutchfield. Há muito tempo que ando a segui-la e ficar-lhe-ia grato se pudesse falar comigo.

PARTE VI
CAMARADA JOAN

26 de Março de 1972-11 de Maio de 1972

119
Joan Rosen Klein

(Los Angeles, 26/3/72)

Ela tinha-o visto. Ele era um rosto e uma mancha difusa que surgiam de forma inesperada mas persistente. Era uma visão intermitente. Ele parecia ser quase dotado da capacidade de se transformar fisicamente. Desaparecia e reaparecia, sempre diferente.

Vou contar-te então. É a história que eu deveria ter contado a ele.

Recompôs-se e agasalhou-se dentro do casaco de sarja de Dwight. Preparou um bule de chá para ambos. As nuvens rolavam baixas no céu. Estava a formar-se uma tempestade primaveril.

Tudo começou com as pedras preciosas. «Fogo Verde», «Morte Verde». Colômbia, algures em meados do século XVI. Os colonizadores espanhóis tinham conquistado os índios Muzos e saquearam as minas de esmeraldas. Os espanhóis tornaram-se então colombianos. Os Muzos tornaram-se na sua mão-de-obra escrava. A tradição prolongou-se até à actualidade. As companhias mineiras não param de pilhar as montanhas Itoco. Ficam perto de Bogotá.

Os avós dela eram emigrantes judeus alemães. Vieram para a América e instalaram-se em Nova Iorque. Isidore Klein viajou para a América do Sul e mergulhou no folclore relativo ao Fogo Verde.

Era quase um místico. Era comunista da cabeça aos pés.

Bandidos vermelhos chegaram às minas do vale dos Muzos. Autodenominavam-se *quaqueros*. Esta palavra significava «caçadores de tesouros». Escavaram túneis para interceptar os túneis das companhias mineiras e eles próprios começaram a desenterrar as esmeraldas. Lutavam contra os esquadrões de rufias das companhias. Saqueavam esmeraldas de forma rotineira e eram rotineiramente encurralados, torturados e assassinados. Havia dezenas de bandos de *quaqueros*. Alguns tinham uma identidade política. Isidore Klein comprava esmeraldas exclusivamente a esses bandos de cariz político. Uma parcela dos seus lucros finais era sempre destinada a grupos de insurgentes na América do Sul. Vendia as esmeraldas a finas joalharias espalhadas pelo território dos Estados Unidos. Enriqueceu. Doava pequenas fortunas a cabalas anarquistas e a organizações esquerdistas do movimento operário. Vivia com conforto. Vivia mais modestamente do que outros imigrantes arrivistas. A sua ascensão à riqueza era equivalente à ascensão ao poder de um jovem advogado chamado John Edgar Hoover. Era funcionário do Departamento da Justiça. Era brilhante e sabia pressentir oportunidades em acontecimentos que se sucediam de forma desenfreada.

O Terror Vermelho após a Segunda Guerra Mundial garantiu a Hoover um lugar na História. A casa do procurador-geral foi alvo de um atentado bombista. A partir daí foi Hoover quem tomou as rédeas.

As Rusgas aos Vermelhos. Liberdades civis suspensas, abolidas, reprimidas, interditadas, suprimidas. Os direitos da Primeira Emenda espezinhados. Rusgas por motivos políticos, encarceramentos com base em provas falsas, deportações infundamentadas. Um concomitante ressurgimento de grupos nativistas e do Ku Klux Klan. John Edgar Hoover apercebeu-se da força do medo e explorou-a. O seu açambarcamento do poder foi proporcional ao medo que semeou pelo país.

Isidore Klein tinha um filho chamado Joseph. Tinha nascido em 1902. Isidore criou-o para ser um *VERMELHO*. Joseph casou-se com Helen Hershfield Rosen em 1924. Helen tinha sido educada para ser *VERMELHA*. Joan, a filha de ambos, nasceu na Noite das Bruxas de 1926. Os seus pais e avós criaram-na para ser *VERMELHA*.

O FBI acabava de ser criado por decreto. A velha Agência de Investigação tinha sido considerada moribunda. J. Edgar Hoover assumiu o comando. Era um génio ao nível organizativo e um mago das relações públicas. O seu mandato consistia em abafar a dissensão. Tinha aperfeiçoado as suas técnicas durante a leviana década de prosperidade. Compreendia o valor metafísico do Inimigo. Sabia que os Vermelhos poderiam servir para esse papel. Os *gangsters* não passavam de pontos de referência picarescos para a imaginação do público. Careciam da força ubíqua dos Vermelhos. A prosperidade depressa se transformou na Depressão. A Esquerda americana mobilizou-se. Hoover pressentiu uma mudança insurgente e reagiu. Entrou na arena pública com desenvoltura. Pregou uma mensagem anticomunista e ignorou o crime organizado. Transformou-se a si mesmo num herói nacional. Desencadeou um maremoto de vigilâncias ilegais, escrutínio oficial e falsas detenções. Isidore Klein concentrou todas as suas atenções nele.

O nome de Hoover reinava de forma ubíqua. Isidore lembrava-se de ouvir esse nome ser proferido pelos seus selvagens camaradas em 1918. Começou a estudar Hoover. Desenvolveu o sentimento de que Hoover era seu inimigo pessoal. Começou a intervir na arena pública. Começou a usar as esmeraldas.

Pagou fianças para tirar subversivos da cadeia. Pequenas e grandes ofertas de esmeraldas destrancavam as portas das cadeias. Eram as esmeraldas que pagavam o sustento de Joseph, de Helen e da criança Joan. Acorriam às salas de sessões socialistas e distribuíam panfletos nas filas para o pão. Albergavam e alimentavam fugitivos esquerdistas. Entravam em confrontos com os rufias das linhas de piquete e suportavam detenções de três e quatro dias. Estavam a combater a sua *própria* guerra. Isidore Klein estava a combater uma guerra cada vez mais visível contra J. Edgar Hoover.

As suas armas eram as palavras. As esmeraldas financiavam a publicação clandestina de panfletos anti-Hoover. Isidore Klein publicava os panfletos em quantidade significativa. Enfurecido com a situação, o Sr. Hoover empreendeu então uma vigilância implacável. As operações de impressão clandestina foram repetidamente perseguidas e Isidore foi repetidamente encarcerado. Isidore serviu-se das esmeraldas para sair da cadeia. As pedras preciosas eram bugigangas, talismãs, lembranças e subornos. A Depressão assolava o país com violência. Uma pequena esmeralda dava para sustentar a família de um polícia durante muitos meses. O Fogo Verde era a chama da magia e da revolução, como o Sr. Hoover bem o sabia. O Sr. Hoover não conseguiu interditar o tráfico de esmeraldas nem, consequentemente, a avalancha de panfletos. Acreditava que Isidore Klein tinha uma reserva de esmeraldas em sua casa na Rua 63 Este. Ordenou então a um pelotão de agentes da cidade de Nova Iorque para pilhar a casa e roubar as esmeraldas. Foi em 1937. Joan Rosen Klein tinha dez anos.

O pelotão era chefiado pelo agente especial Thomas D. Leahy, um viúvo com um filho de dezasseis anos chamado Jack. O pelotão demoliu então a casa de Isidore. Encontraram pouco mais de dez quilos de esmeraldas muzos da mais alta qualidade e roubaram-nas. Isidore chegou a casa tarde nessa noite. Sofreu um ataque cardíaco fatal ao descobrir que tinha sido roubado.

Joseph e Helen Klein estavam agora desprovidos de recursos. Sabiam que tinha sido Hoover a ordenar o roubo e contaram essa história a Joan com todos os pormenores. Hoover ficou em posse das esmeraldas. Distribuía pequenas quantidades delas aos seus lacaios em troca de favores prestados. Os *quaqueros* trataram de encontrar importadores de gemas que eram menos controversos. Hoover ofereceu esmeraldas a capitães de piquetes de fura-greves e a infiltrados de grupos subversivos. Guardou o resto das esmeraldas para si.

A morte de Isidore Klein deixou Thomas Leahy devastado. Estava horrorizado com o Sr. Hoover. O seu medo e repulsa eram tão intensos quanto a culpa e o autodesprezo que sentia. Houve algo dentro dele que fez clique para o mal ou para o bem: começou a radicalizar-se.

Dava assistência encoberta a esquerdistas e alertava-os de rusgas iminentes do FBI. Agia com grande cautela e tratava de cobrir os rastos dessas acções. O agente Thomas tornou-se num segredo muito acarinhado do submundo esquerdista. Os Kleins tinham ouvido falar dele. Ninguém sabia que tinha sido ele a chefiar a rusga à procura das esmeraldas. Hoover tinha abafado qualquer menção pública a esse facto. O agente Thomas confessou o seu acto a Joe e a Helen Klein e à filha destes. Joe e Helen perdoaram-no. Começou então a desenvolver-se uma profunda amizade entre eles. O agente Thomas ficou profundamente comovido com esse perdão. Aquilo inspirou-o. Era um advogado e um talentoso investigador criminal. Sabia como recolher informação e construir um caso até à fase de acusação. Decidiu então elaborar um volumoso dossiê sobre J. Edgar Hoover e divulgá-lo publicamente.

Fez averiguações junto de outros agentes, de subordinados de Hoover, de colegas das forças da lei e de rivais. Recolheu os depoimentos de testemunhas relativamente à negligência e à ofuscação premeditada de Hoover. O dossiê aumentou para vários milhares de páginas. Catalogava a cobiça, a mesquinhez, a violação a larga escala das liberdades civis e um desenfreado abuso do poder. Joe e Helen Klein leram o dossiê. A jovem camarada Joan também leu o dossiê e ficou embevecida e enfurecida.

Chegou então o Outono de 1940. Joan tinha catorze anos. Jack, o filho de Thomas Leahy, tinha então quase vinte anos. Thomas Leahy era um comunista com crachá do FBI. Estava a preparar Jack para se tornar num polícia revolucionário. O Sr. Hoover tinha quarenta e cinco anos nessa altura. Continuava em posse das esmeraldas. Continuava em plena ascensão na arena política. Detinha agora o poder que sempre almejara.

Tinha criado um mito. A imprensa e as ondas radiofónicas difundiam esse mito por ele. Soube ler habilidosamente os tempos em que vivia. Criou uma história de certeza moral e da sua própria supremacia. Essa história parecia ter sido feita à medida para aqueles tempos da Depressão e do início da Segunda Guerra Mundial. Essa história postulava o inimigo invisível como estando epidemicamente em toda a parte. Essa história garantia a existência do FBI e da sua própria liderança desde que ele fosse capaz de tornar esse mito em realidade.

Hoover tinha informadores em toda a parte. Soube da traição de Thomas Leahy e da existência de um dossiê contra a sua própria pessoa. Soube que Thomas Leahy se tinha ausentado para recolher depoimentos e que estava isolado num acampamento de esquerdistas na região montanhosa das Catskills. A altura não poderia ser mais perfeita.

Subornou um pelotão de polícias montados do estado de Nova Iorque. Em vez de dinheiro pagou-lhes com esmeraldas. Os polícias atacaram o acampamento. Várias pessoas resistiram. Os polícias prenderam-nos e deitaram fogo ao barracão das mulheres.

Joseph e Helen Klein tentaram resistir. Foram presos e severamente espancados numa cadeia da polícia estadual perto de Poughkeepsie. Acabariam por morrer dos ferimentos.

Joan estava em casa em Brooklyn nesse fim-de-semana. Um véu de raiva e horror abateu-se sobre ela.

Agentes da Polícia de Nova Iorque invadiram o apartamento de Thomas Leahy. Encontraram o dossiê que ele tinha compilado. Hoover leu-o e destruiu-o. Os seus informadores ajudaram-no a preparar um caso de sedição contra Thomas Leahy. A guerra recrudescia. Hoover jogou então a sua carta de trunfo: «segurança nacional». Mandou prender Thomas Leahy e julgou-o em segredo. Thomas Leahy foi julgado por um juiz e um júri arrolados à pressa. Foi condenado a seis anos de prisão em Sing Sing.

O dossiê de Thomas Leahy era muito abrangente. Era diligentemente pormenorizado e tinha sido elaborado de forma soberba. Foi esse dossiê que deu origem à devoradora loucura arquivística do Sr. Hoover.

A acumulação de papelada por parte do FBI aumentava à razão de dez toneladas por ano. Thomas Leahy morreu na prisão em 1943, vitimado por uma beberagem de má qualidade confeccionada clandestinamente na prisão. Tinha sido repetidamente espancado. Os guardas que o tinham espancado usavam anéis de esmeraldas.

Jack, o filho de Thomas, desapareceu e viveu sob anonimato. Frequentou a universidade e esteve na Marinha dos Estados Unidos. Ingressou na Faculdade de Direito de Notre Dame. Era um ferrenho *VERMELHO* e estava igualmente comprometido em alcançar a sua vingança. Criou um rasto de documentos relativos a obscuras mudanças de nome cuja origem remontava ao rebelde Jack Leahy. Esse rasto de papelada foi construído desde a data aproximada do seu próprio nascimento. O dossiê que o pai elaborara sobre Hoover tinha-o ensinado a criar documentos fraudulentos. Conseguiu passar pelo crivo do FBI relativo à verificação de antecedentes. Ingressou no FBI em 1950.

Agente especial Jack C. Leahy: *VERMELHO*.

Ocupava-se de trabalhos rotineiros no FBI. Manteve-se em contacto com os amigos subversivos do pai. Rasurava em segredo os dossiês dos seus camaradas e tratava de desviar a interferência do FBI. Jack Leahy: manga-de-alpaca do FBI durante o dia. Jack Leahy: agitador *VERMELHO* à noite.

Reatou o seu vínculo com Joan. Ela juntara-se ao movimento clandestino e tornara-se numa criminosa. O seu desejo de vingança tornara-se indiscriminado. Continuava a ser obstinadamente *VERMELHA*.

Joan começou a recrutar novos elementos nas universidades. Retivera orgulhosamente o seu nome verdadeiro, tal como Jack fizera. O uso esporádico de nomes de guerra ajudava-a a ocultar os seus rastos. Um dia conheceu Karen Sifakis e assim se iniciou a sua profunda amizade, definida por um diálogo instável. Karen advogava a não-violência. Joan quase sempre discordava.

Um fura-greves tentou alvejá-la e Joan espancou-o com uma tábua. Noutra ocasião foi vítima de uma navalhada que lhe deixou uma cicatriz para a vida.

Certo dia dois legionários encurralaram-na durante um famoso concerto de Paul Robeson, activista dos direitos civis. Joan foi gravemente espancada. Esperou então nove anos e depois matou a tiro os dois tipos enquanto dormiam.

Joan adorava a excitação dos assaltos à mão armada. Planeava essas missões mas nunca participava nelas. Tinha consciência de si como mulher. Mantinha-se oculta na sombra enquanto a sua raiva *VERMELHA* crescia.

Jack fornecia-lhe informações confidenciais sobre trabalhos de roubo de dinheiro para pagar salários e de cofres-fortes bancários. Joan doava sempre os saques dos roubos à Causa. Ela e Jack tornaram-se camaradas-amantes. Partilhavam uma mesma história familiar e um ódio de família. Avançavam juntos e em círculos que se sobrepunham. Joan tornou-se Williamson, Goldenson, Broward e Faust e depois regressava sempre ao apelido Klein. Jack continuou a ser um agente do FBI sob o seu nome verdadeiro. Chegou a tirar Joan da cadeia. Servia-se dos seus contactos nas polícias municipais para apagarem os registos criminais dela. Joan planeou dois assaltos a fábricas de têxteis em Los Angeles: em 1951 e 1953. Acabaria por ser detida durante uma rusga policial. Jack tirou-a da cadeia e apagou-lhe o registo criminal. Joan planeou um assalto em Dayton, no Ohio. Jack subornou os principais investigadores e eliminou a maior parte da documentação recolhida.

Joan começou a visitar e a vaguear por países onde havia focos revolucionários. Era uma missão esgotante e um dever sangrento de grande urgência. O seu diálogo com Karen Sifakis restringia-lhe os seus piores instintos. A sua luxúria atingiu o auge e agravou as coisas: em 1951, 1956 e 1961. Somente Karen estava a par dos pormenores. Somente Karen sabia o preço que ela pagava para continuar naquele ritmo demente.

Joan traficou heroína para financiar golpes de Estado de esquerda. Fomentou revoltas na Argélia e em Cuba. Era destemida, imprudente, vingativa e em muitos aspectos ideologicamente doentia. A morte do seu grande amor Dwight Holly acabaria por lhe ensinar certas coisas. A sua trajectória esquerdista era paralela à trajectória direitista dele, tanto no ódio como no rigor especioso. Joan deveria ter-lhe contado tudo antes de ter fugido dele.

Continuou a vaguear. Fugia e aproximava-se alternadamente de J. Edgar Hoover. Pensava nas esmeraldas de forma quase constante. Tinha ouvido certos rumores e começou a recolher histórias e suposições. Pôs em prática o seu bom senso e seguiu o rasto desses relatos.

Jack ajudou-a nesse processo. Partilharam informações e chegaram à seguinte conclusão:

Hoover tinha vendido as esmeraldas a um fascista paraguaio após a guerra. Por mera ganância e como forma de recompensa política. *El jefe* deu guarida aos cientistas nazis que os Estados Unidos queriam ter ao seu serviço. *El jefe* conhecia gemólogos brilhantes. Tinham conhecimento da *existência* das esmeraldas e tinham os seus próprios desígnios.

Examinaram as esmeraldas. Dessas análises nasceu uma tese sobre técnicas de exploração mineira. Foi então desenvolvida uma tecnologia de perfuração directa através da rocha. Essa tecnologia foi aplicada com sucesso e pôs fim aos assaltos por parte dos *quaqueros*. *El jefe* receava uma vingança aberta por parte dos *quaqueros* e ordenou massacres. Foram chacinadas várias vintenas de *quaqueros*.

A tecnologia de perfuração directa provocou despedimentos em massa de operários. Os lucros desta extracção melhorada de esmeraldas viria a financiar golpes de Estado da direita ao longo da América do Sul e nas Caraíbas.

O Fogo Verde serviu para manter Rafael Trujillo no poder. O Bode tornou-se obcecado. Tinha de recuperar imediatamente as esmeraldas muzos-Klein originais. A origem dessas pedras preciosas consumia-o. Queria ser ele a pôr o ponto final nessa história.

Trujillo apropriou-se de dinheiros dominicanos e de terras pertencentes aos haitianos. Papa Doc Duvalier tinha sido financiado com esmeraldas e queria as gemas para si. Trujillo e Duvalier odiavam-se. Trujillo assassinou refugiados haitianos. Duvalier pôs em prática represálias. Os dois *führers* descobriram que tinham um anseio comum e decidiram confiar um no outro na questão da aquisição das pedras preciosas, mas em nada mais. Joan conseguiu localizar o rasto das esmeraldas até esse ponto e nada mais. Foi então à República Dominicana no início de 1959.

Encontrou lá um país prestes a explodir em revolta. Também encontrou Celia.

Uma rede esquerdista proporcionou o encontro entre as duas. Celia era uma herdeira que tinha sido arruinada pela multinacional United Fruit. Era meio americana, meio dominicana e descendente de antigas famílias ricas. Usava alternadamente o apelido Farr do avô e o apelido Reyes de quando a sua mãe era solteira. Gretchen e Celia eram nomes que ela usava segundo as circunstâncias. Joan preferia este último nome. Celia era uma vítima da revolução, tanto da esquerda como da direita. Castro tinha nacionalizado os campos de cana-de-açúcar e levara o seu pai à falência. O Bode tinha arruinado a sua mãe numa recente expropriação de terras. Celia era uma famosa jogadora de pólo a nível nacional e uma extraordinária artista da vigarice. Era omnivoramente inteligente, embora não fosse genial. Joan considerava-a suficientemente amadurecida para a conversão, devido ao seguinte:

As esmeraldas. Celia estava enfeitiçada pelas esmeraldas.

Tornaram-se camaradas/amantes. Celia era obstinada e afável, independente e voluntariamente submissa ao conceito de revolta. Celia era uma mística. Joan não. Celia interessava-se pela filosofia oriental e estava mais do que interessada no vudu. Acreditava na força espiritual das esmeraldas. Joan não. Ambas reconciliaram as suas diferenças e viajaram até à Cuba de Castro. Começaram então a planear a invasão de 14 de Junho.

A invasão falhou. Uma rebelde chamada María Rodríguez Fontonette traiu a Causa. Um Tonton Macoute chamado Laurent-Jean Jacqueau começou a ajudar a Causa. Tinha emigrado secretamente para a América e mudara o nome para Leander James Jackson. Joan e Celia foram capturadas, encarceradas e depois libertadas por meio de subornos: Joan estava na posse do saque de um roubo a um cofre-forte em Los Angeles e Jack Leahy usou esse dinheiro para subornar os funcionários da cadeia.

Joan e Celia apanharam um voo para os Estados Unidos. O Bode foi assassinado. Juan Bosch e Joaquín Balaguer foram os seus sucessores. Ambos foram governantes repressivos e bastante menos extravagantes. Balaguer tinha herdado a obsessão do Bode pelas esmeraldas quando não passava ainda de um advogado governamental de olho na presidência. Papa Doc Duvalier permaneceu no poder e manteve a sua fixação pelas esmeraldas.

Balaguer e Duvalier encontraram-se. Decidiram colaborar um com o outro e fizeram um acordo paralelo. Descobriram a identidade do *el jefe* paraguaio e deram-lhe um pagamento antecipado por conta da reserva de esmeraldas Muzos-Klein. *El jefe* estava quase falido e em mau estado de saúde. Queria vender as esmeraldas. Era Dezembro de 1963. O destino interveio e estragou tudo.

Balaguer tinha sofrido um revés financeiro. Papa Doc tinha sofrido um revés financeiro. Faltava-lhes o dinheiro necessário para comprar as esmeraldas de imediato. Recorreram então a um americano rico para lhe entregarem as pedras preciosas à consignação.

O circuito de boatos da ala direita acabou por lhes fornecer um nome: Dr. Fred Hiltz. Era autor de panfletos racistas e idolatrava o mito das esmeraldas. Os dois ditadores contactaram então o Dr. Fred e este pagou ao *el jefe* paraguaio com um cheque bancário. As esmeraldas foram enviadas para São Domingos através de um mensageiro. Balaguer e Papa Doc encontraram-se no Paraguai *só para tocar nas gemas*. Afirmaram que não confiavam nos serviços dos mensageiros para entregar as gemas em mão. O Dr. Fred insistiu no uso de um furgão blindado. Foi contratado um homem haitiano para levar as esmeraldas de avião para Los Angeles. Era o dia 16/1/64. O haitiano só poderia partir a 21/2/64. Balaguer e Papa Doc ficaram contentes com esse atraso. *Assim já podiam tocar mais vezes nas esmeraldas.*

DE REPENTE:

Um rufia dos Tonton Macoutes soube do envio das esmeraldas e contactou o seu velho *frère* dos Tonton Macoutes: Leander James Jackson. Leander contactou as suas velhas camaradas Joan e Celia. Coincidência das coincidências: Richard Farr, o irmão de Celia, trabalhava na Wells Fargo em Los Angeles.

Jack Leahy era o director do Gabinete do FBI em Los Angeles. Richard conhecia o percurso do furgão blindado. Jack conhecia escumalha criminosa descartável que poderiam deixar morta no local do crime. O maior obstáculo a este plano seria dificultar a identificação posterior das suas identidades. Joan conhecia um brilhante químico chamado Reginald Hazzard. Tinha sido mentora dele na «Escola da Liberdade» e no mês anterior tinha-lhe pago a fiança para o tirar da cadeia.

Trataram então de desenvolver o plano. Reginald preparou uma solução química que causava queimaduras profundas até aos ossos.

Jack recrutou um tipo sacrificável do Klan chamado Claverly e um vadio igualmente sacrificável chamado Wilkinson. O plano estava agora completamente delineado, *mas*:

Reginald queria *estar lá*. Disse isto a Joan e a Jack, mas eles tentaram dissuadi-lo após discutirem a questão. Reginald insistiu em participar. Achava que a sua perícia química o tornava inestimável e imune a logros. Tinha razão, mas também estava errado. Joan e Jack discutiram. Jack achava que deveriam conceder o pedido ao rapaz, mas Joan era terminantemente contra. Ganhou Jack. Reginald iria participar e iria sobreviver. O plano estava agora completamente delineado, *mas*:

Reginald temia uma traição. Acalentava um sentimento de criança ressentida. Os seus camaradas confiavam nele para preparar os compostos químicos que causariam as queimaduras profundas, mas não nas suas capacidades para participar no assalto. *Mas ele esteve lá nesse dia*. Foi por impulso que rasgou a cinta de um maço de notas e libertou jactos de tinta. Foi por impulso que Jack disparou contra ele.

Foram as suas precauções de retardamento das chamas que o salvaram. Mesmo assim, foi atingido por balas dundum. Os seus compostos químicos funcionaram de forma errática. Os grânulos paliativos dentro da boca impediram lesões maiores. Mas, paradoxalmente, os químicos antifogo alimentaram ainda mais as chamas.

Conseguiu sobreviver. Marsh Bowen e o médico salvaram-no. Tinha agarrado em punhados de notas manchadas de tinta quando tinha sido abatido. Deu-as ao médico.

Escondeu-se na zona leste de Los Angeles. Scotty Bennett chefiou o Grupo de Trabalho da Polícia de Los Angeles. Jack encarregou-se da investigação em nome do FBI. Os relatos jornalísticos e os relatórios da cena do crime deixaram-no chocado: havia *apenas dois* assaltantes mortos no local do crime.

Jack queria encontrar Reginald e matá-lo. Joan disse-lhe «Não». A discussão enfurecida prolongou-se durante dias. No final ganhou a camarada Joan. Procurou Reginald e acabou por o encontrar. Implorou que ele a perdoasse. Reginald disse-lhe que queria viver no Haiti e estudar a química das ervas. Joan deu-lhe as esmeraldas e disse-lhe para servir a Causa.

Joan e Jack possuíam agora milhões de dólares. As notas de uma dúzia de maços tinham ficado manchadas de tinta. As manchas impediram que esse dinheiro fosse posto a circular logo de imediato. Aguardaram então. Jack ouviu um rumor: tinha sido lavado dinheiro pertencente ao saque do assalto através do Banco Popular. Contou a Joan e ela começou então a fazer averiguações sobre Lionel Thornton. Apurou que ele tinha contactos com a Máfia e que tinha participado na luta laboral em Detroit por volta de 1940. Tratou então de marcar um encontro com ele.

O encontro correu bem. Houve uma colaboração instintiva e instaurou-se um nível de confiança nos dois sentidos. Thornton era politicamente versado e egocêntrico. Joan tratou de recolher segredos sujos da vida dele, como apólice de seguro.

Deu-lhe as notas do assalto, tanto as manchadas como as intactas. Reginald tinha desenvolvido um composto químico para eliminar as manchas de tinta. Joan deixou Thornton aplicar o dinheiro como bem entendesse. O montante inicial foi crescendo num cofre-forte secreto. Joan deixou-o implementar o plano de escoamento das esmeraldas congeminado por Reginald. As gemas verdes descreveram assim um circuito cujo ponto de partida remontava a Isidore Klein e à sua luta. Isso proporcionou a Joan uma espécie de paz interior.

Thornton cumpriu a sua parte e manteve a sua palavra. Scotty Bennett e Marsh Bowen acabariam por o matar depois. Mas Thornton não revelou o nome de Jack nem o de Joan.

Reginald permaneceu no Haiti. Ainda continuava a viver lá. O seu paradeiro exacto era desconhecido. Perdoou a Joan e a Jack. Na altura do assalto tinha dezanove anos, era ganancioso e facilmente ludibriável. Foi um cúmplice passivo e tão culpado como eles os dois. Acreditou cegamente na ideia da revolução e nunca foi capaz de perceber os custos que isso poderia acarretar. Joan tinha agora uma consciência mais profunda das consequências dos actos revolucionários. Há trinta anos que andava envolvida nesse tipo de jogadas.

Os tumultos decorrentes do assalto acabaram por se desvanecer. Joan abraçou o *zeitgeist* da década de 1960. Jack continuou a trabalhar para o FBI. Disseminava informações. Rasurava dossiês e extraviava os dossiês dos seus camaradas. Joan manteve-se em contacto com Karen Sifakis. Karen contou-lhe do seu caso com um agente federal renegado chamado Dwight Holly.

Dwight tinha feito coisas terríveis para o Sr. Hoover. Dwight estava derreado de trabalho na Primavera de 1968. Tommy Narduno pressentiu a mão do FBI por trás do atentado contra King. Tinha visto Dwight alguns dias antes em Memphis. Joan não contou a Karen as suspeitas de Tommy sobre Dwight. Karen disse que Dwight estava a planear um PROGRAMA DE CONTRA-INTELIGÊNCIA e que precisava de um informador. Joan decidiu então que esse informador só poderia ser ela própria.

Iniciou-se então a fase da planificação da OPERAÇÃO IRMÃO RUUUUIM.

Ocorreu depois um confronto inesperado. Jack ligou a Joan e contou-lhe dos rumores que circulavam.

Tinha a ver com o Dr. Fred Hiltz. O homem tinha chegado a certas conclusões após juntar pistas sobre o assalto que tinha obtido a partir do dossiê de Clyde Duber. Não estava à procura de vingança. Balaguer e Papa Doc tinham-lhe reembolsado o dinheiro. Queria, sim, uma segunda oportunidade para tentar recuperar as esmeraldas.

Fred Hiltz queria inteirar o Sr. Hoover das pistas de que dispunha sobre o assalto. Era um informador fidedigno do FBI e um dos interlocutores das conversas telefónicas de Hoover. Joan agiu então de forma sumária.

Sabia do dinheiro que o Dr. Fred tinha guardado num abrigo antibombas. Leander estava a par de Jomo Clarkson através de rumores que tinha ouvido da parte dos militantes negros. Roubar o dinheiro do Dr. Fred. Não o magoar. Assustá-lo para manter o bico fechado em relação aos acontecimentos de Fevereiro de 1964. O homem acabaria por morrer.

Joan não queria mais mortes, mas aconteceram de qualquer modo. Jomo e o parceiro mataram o Dr. Fred. O parceiro de Jomo escondeu-se. Jomo encontrou-o e matou-o.

A OPERAÇÃO IRMÃO RUUUUIM prosseguiu. Joan tornou-se na informadora e amante de Dwight. Ocorreu então a imprevisível parceria entre Marsh Bowen e Scotty Bennett. Nessa altura, Joan e Dwight ainda desconheciam a verdadeira extensão dessa parceria.

Marsh e Scotty queriam deitar as mãos ao dinheiro e às esmeraldas. Conluiaram e traíram-se mutuamente e morreram em resultado da sua *própria* ganância. Dwight e Joan conluiaram e conspiraram. Joan traiu-o unicamente por se manter em silêncio sobre o seu passado. Ambos tinham congeminado uma operação que iria servir para emendar todas as injustiças que tinham cometido. Dwight decidiu então anular a operação, de forma unilateral. Os documentos estavam escondidos na casa de um camarada. Joan acatou a decisão de Dwight de abortar o plano. Faltava-lhe a determinação necessária para levar o plano avante sozinha.

Celia continuava perdida naquela ilha. La Banda e os Tonton Macoutes tinham-na localizado. Os mandados de captura emitidos contra ela derivavam da sua colaboração com Wayne Tedrow. Celia encontrava-se já para lá da razão em certos aspectos. Era quase certo que María Rodríguez Fontonette tinha sido assassinada em Los Angeles vários anos antes. Celia sentira-se cúmplice dessa morte. Tinha lançado feitiços contra a Tatuagem. Era afrontoso. O vudu não passava de um capitalismo bárbaro encapotado de magia. Mas Celia não pensava assim. Não importava. Celia era corajosa para lá das ideologias. É assim que a fé funciona.

Joan deveria ter contado a sua história a Dwight. Mas havia uma coisa que ainda a enfeitiçava. A última palavra que disse a Dwight não deveria ter sido «Não».

A chuva começou a desabar. O rapaz parecia diferente. A extensão da história dela correspondia à amplitude das vigilâncias que ele efectuara. Aquele rosto sempre presente.
Sei que queres tocar-me.
E por isso vou deixar-te fazê-lo.
Crutch percebeu o sinal e inclinou-se para ela. Joan pensou que ele iria agir de forma desajeitada. Crutch limpou-lhe o sangue seco dos pulsos e beijou-lhe o cabelo.

120

(Los Angeles, 27/3/72)

A CADEIRA ELÉCTRICA, AS MÃOS E OS PÉS, O OLHO.
A pele queimada, os tocos, o cheiro nauseabundo do lança-chamas. Imagens em *Cinerama* e *Aromarama*. Espera: lá está um cão com um chapéu de vudu e uma palmeira em chamas.

Crutch acordou. Os latidos pertenciam a um cão que estava a ladrar lá fora. As chamas eram o sol das seis da manhã.

Tentou recuperar o sentido de orientação. Estava no seu poiso n.º 3/casa franca n.º 1. Scotty estava morto. Já não precisava de continuar escondido.

Tens de voltar. Para onde ela te levou. Isso custou-lhe tudo. Ela picou o teu ponto de início do trabalho de vigilância. E picaste o ponto de saída ao fim de três anos e nove meses.

Preparou café e escreveu uma lista de questões para Celia. Ela sabia coisas acerca da Tatuagem. Perguntou-se se ela ainda se importaria com isso.

Entreteve-se com o seu conjunto de química. A história continuava a desenrolar-se na sua bobina mental. De vez em quando a película ficava encravada.

A Operação. O plano de Joan e de Dwight. Só podia ser *Isso*.

Foi ao escritório de Clyde Duber & Associados e forçou a entrada. Eram 7.10 da manhã. Dispunha de tempo para estar ali sozinho.

Leu o dossiê de Clyde sobre o assalto ao furgão blindado e o dossiê pessoal de Marsh Bowen. Dispunha agora também da história de Joan. Os factos encaixavam agora uns nos outros de forma redundante. Mas quem se importaria com isso?

Uma incursão de despedida. Não podes continuar a espreitar e a andar à cata de documentos durante a vida inteira. Não estás bom da cabeça.

Enfiou-se no carro e passou pelo parque de estacionamento dos motoristas. Phil Irwin e Bobby Gallard estavam a dormir dentro dos respectivos carros. Clyde estava a preparar uma festa em honra de Scotty. O parque de estacionamento seria iluminado com luzinhas e adornado com galhardetes de tecido axadrezado.

Joan tinha recuperado as forças e contara-lhe mais coisas antes de ele ir embora. Falara-lhe da lista negra e de todas as pessoas que Hoover tinha lesado. Crutch memorizou os nomes dessas pessoas. Queria tocar na cicatriz dela e mostrar-lhe a sua própria cicatriz nas costas.

Virou para leste. Parou à frente do bangaló-refúgio e subiu as escadas. O intercomunicador não funcionava. Bateu uma série de vezes à porta com bastante força. A fechadura era demasiado frágil para não tentar forçá-la.

Joan tinha feito uma espécie de ninho no chão com os coletes, as camisolas e os fatos do FBI de Dwight. Sentiu o cheiro dos cigarros que ela fumava e do *after-shave* de Dwight. Os fatos estavam bastante impregnados desse cheiro. Joan tinha-lhes despejado o *after-shave* em cima.

Crutch foi ao terraço. Viu uns binóculos *Bausch & Lomb* pousados em cima do parapeito. Ajustou as lentes e observou a casa de Karen. Karen e Joan estavam a queimar papéis no grelhador do pátio das traseiras. Joan tinha os punhos envoltos em ligaduras.

As meninas estavam a brincar às escondidas. Uma toalha com sangue seco estava pendurada de uma cadeira. Crutch aumentou o *zoom*. Joan quase sorria e ria.

Teve UMA IDEIA. Não a estragou proferindo-a em palavras, tanto dentro como fora da sua cabeça. O seu conjunto de química estava guardado no poiso n.º 3. Entregou-se a uma verdadeira noite de Valpúrgia e trabalhou até cair exausto.

Toxinas de peixe-balão e urtigas. Fígados de rãs-arborícolas que tinha no congelador. Fórmulas rigorosas, misturas várias e improvisação. Três chapas eléctricas a ferver mistelas e nuvens em forma de cogumelo como em Hiroxima.

Mistura, reduz, realça, revê, volta a calcular e a tentar. É como fabricar gel de cabelo *Brylcreem*: «Basta aplicar um pouco e já está.» Reformula e reduz tudo até ao tamanho subatómico.

Estava quase a conseguir. Porções do tamanho de gotículas conseguiam queimar papel e madeira. Voltou a calcular e a tentar. Modificou infindáveis cadeias moleculares e reduziu a dose. Julgou ter chegado sub-ultra-próximo da dose perfeita, mas cometeu um erro de cálculo. Conseguiu chegar ainda mais próximo do que da primeira vez e gritou «*Alto aí!*» antes que caísse de exaustão no chão.

Enfiou uma partícula da dose num pedaço de queijo e deixou-o no pátio das traseiras. Engoliu dois comprimidos de *Seconal* e adormeceu.

Sedação. Sem pesadelos. Sem *flashbacks* da Zona Zombie.

Os trinados dos pássaros acordaram-no do coma. Saiu de passo arrastado até ao pátio das traseiras.

Lá estava o pedaço de queijo e um rato morto. Bastara uma minúscula dentada para dar cabo do roedor.

121

(Los Angeles, 28/3/72)

— Quem matou o Scotty Bennett?
— Não te vou dizer.
— Lembro-me da primeira vez que disseste isso.
— Foi em 1944. Tinhas-me perguntado se andava a dormir com o rapaz da Aliança da Juventude Socialista.
— E andavas?
— Não te vou dizer.

Estavam sentados no carro de Jack. O Elysian Park ainda estava molhado da chuva. Joan tinha-se encontrado ali com Dwight algumas vezes no passado. A Academia da Polícia de Los Angeles era muito perto dali. Era o local de intimidação de Dwight.

— Destruíste o dossiê? — perguntou Jack.
— Eu e a Karen queimámo-lo ontem.
— Ela chegou a lê-lo?

Joan acendeu um cigarro. — Não precisou de o fazer. Já sabia que só poderia ser aquilo.

Passou ali perto uma viatura da polícia. Joan olhou enquanto o veículo passava. Jack disse: — Podíamos ter entregue aos meios de comunicação algumas das páginas sobre o Marsh Bowen e a OPERAÇÃO IRMÃO RUUUUIM.

— Só iríamos lesar o nome do Dwight.
— Os mortos estão mortos. Os camaradas perdidos servem rotineiramente a Causa a partir da sepultura. «Não chores o luto. Organiza!» Não me digas que nunca ouviste isto.
— As coisas mudaram.
— Tu e o dito «Agente da Lei».
— «Há pessoas pelas quais esperamos uma vida inteira.» Foi o Wayne Tedrow quem me disse isto.

Jack acendeu um cigarro. O sol bateu-lhe nos olhos. Baixou o visor.

— A Divisão de Assuntos Internos enterrou o Scotty. Encontraram o dossiê dele, com referências ao Bowen por toda a parte. Acusaram postumamente o Scotty e o Bowen pela morte do Thornton. No dossiê não constava nenhuma referência a nós os dois, senão eu já teria sabido.

Joan limpou os óculos com a fralda da camisa. Jack fez o mesmo. Joan recordou-se da primeira vez em que ambos tinham feito esse gesto: Brooklyn, 1946.

— Temos sete milhões.

— Eu sei.

— Sinto falta da Celia. Sou demasiado conhecida para voltar lá e procurá-la.

— Ela estava ciente dos riscos — disse Jack. — Tu bem lhe chamaste a atenção para isso. Ela disse-te para não tentares encontrá-la se isso acontecesse. Tens que respeitar a decisão dela. É assim que o nosso mundo funciona.

Joan deitou fora o cigarro. — Mas tu podias lá voltar.

— Não vou fazer isso.

— Por princípio?

— Sim.

— Unicamente por princípio?

Jack apertou-lhe o braço. Joan sentiu dor. Um gesto de camarada//amante rejeitado que remontava a 1946.

— Foste *tu* que decidiste abortar a Operação e não *eu*. Foste *tu* que tiveste um lapso sentimental. Foste *tu* que puseste uma relação pessoal à frente do dever e não *eu*.

Joan olhou pela janela. Um polícia jovem acenou-lhe. Joan retribuiu-lhe o cumprimento.

— Recebi uma dica — disse Jack.

— Sou toda ouvidos.

— O Dwight tinha recrutado uma equipa de espiões a pedido do Nixon. Podíamos tirar partido disso.

— Não.

— Porquê?

— Não te vou dizer.

Jack riu-se. Joan engoliu dois comprimidos a seco.

— Devíamos ter um filho.

Jack apertou-lhe o braço, desta vez com delicadeza. — Lembro-me da primeira vez que disseste isso.
— Foi quando?
— Outono de 1954. Estavam a dar na TV as inquirições das testemunhas do caso Exército *versus* McCarthy.
— Por que razão te recordas das coisas dessa maneira?
— Por pura arrogância. Somos tão egocêntricos que confundimos as nossas vidas com a própria História.
Joan sorriu. Jack abriu a pasta.
— Tenho um dossiê sobre o teu novo amigo. Estava em cima da secretária do Dwight. Foi o Clyde Duber que elaborou esse dossiê. Pensava que o miúdo poderia um dia sair da linha.

DONALD LINSCOTT CRUTCHFIELD. Nascido em Los Angeles a 2/3/45. Cabelo e olhos castanhos, 1,79 metros, 71 quilos.
Joan leu o dossiê no bangaló-refúgio. O ninho de roupas estava agora impregnado do cheiro dela. Sentia cada vez menos o cheiro de Dwight.
Clyde Duber tinha copiado as informações de relatórios policiais e inserira as suas próprias notas. Havia uma cópia a papel químico afixada com um clipe no verso. O borrão persistente começa a tomar forma.
O pai vadio e viciado em apostas em corridas de cavalos. A mãe desaparecida. O rapaz aos dez anos. A mãe envia-lhe cinco dólares e um cartão de boas-festas por ocasião de cada Natal. O rapaz começa a investigar.
Adenda de Clyde Duber:
Tinha localizado Margaret Woodard Crutchfield em Maio de 1965. Tinha morrido de alcoolismo crónico em Beaumont, no Texas. Duber decidiu que não podia informar o rapaz do sucedido e destroçar-lhe o coração. Contactou então amigos seus espalhados pelo país inteiro para prolongar a tradição do envio de um cartão de boas-festas pelo Natal. A investigação do paradeiro da mãe permitia assim ao rapaz ocupar-se com uma tarefa fora do âmbito do seu habitual voyeurismo.
O miúdo era hábil. «Os *voyeurs* dão bons colaboradores dos detectives e às vezes bons investigadores.» Clyde livrou o rapaz de sarilhos e deu-lhe trabalho. Destacou a intransigência e invisibilidade dele. Receou as «tendências bizarras» dele. Referiu o caso Dr. Fred Hiltz/Gretchen Farr.
Com que então foi aí que tudo começou. Foi a partir daí que me encontraste.

Celia era Gretchen nesse Verão. Estava quase louca sob esse disfarce. Roubava dinheiro a homens, consumia drogas e transportava cocaína em aeroplanos alugados. Andava numa fase mística. A revolução entediava-a. As mortes de King e de JFK tinham dado azo a cruéis brincadeiras *hippies*. Estava preocupada com a Tatuagem. Tinha-a enfeitiçado e desenfeitiçado. Acreditava piamente que a Tatuagem estava em perigo. *Verão de 1968. O rapaz vê-te então.*

O dossiê dactilografado de Duber terminava aí. Joan pegou no relatório dos informadores confidenciais da agência. O rapaz conhecia um motorista chamado Phil Irwin e um advogado de casos de divórcio chamado Charles Weiss. Irwin era um informador do FBI e tinha chibado cônjuges infiéis a partir das informações que recolhera para os casos de divórcio em que trabalhara. O seu intermediário no FBI citou-o:

«Sim, tenho de admitir. Eu e o meu colega Chick gostamos de espreitar. Aprendemos com o melhor dos professores: Crutch Crutchfield. Não há uma única janela de Hancock Park que esse cabrão pervertido não tenha espreitado. Ele nunca chegou a saber, mas eu e o Chick costumávamos segui-lo para aprender a técnica dele. O Chick disse que ele era tão bom que estava lá no "topo do Pártenon dos Mirones", o que quer que essa porra signifique.»

Em baixo estavam listadas três notas de arquivo provenientes de departamentos policiais municipais. Polícia de Santa Monica: Irwin e Weiss tinham sido interrogados por vadiagem em Setembro de 1967. Polícia de Beverly Hills: Irwin e Weiss tinham sido interrogados por vadiagem em Abril de 1968. Nota da Polícia de Los Angeles: o agente imobiliário Arnold D. Moffett tinha sido interrogado em relação ao assunto «festas de porno».

Joan recordava-se desse nome. Era o tipo que tinha alugado uma casa a «Gretchen».

A Polícia de Los Angeles desistira do inquérito. Festas de porno: e que mal tem isso? Uma lista de «associados conhecidos» em nota de rodapé: quatro nomes além do de Charles Weiss. «O Senhor Weiss partilha do gosto do Senhor Moffett por arte negra bizarra.»

Joan pensou no rapaz. Deveria mostrar-lhe o dossiê? Talvez, em parte.

Pegou na navalha. Rasurou à navalhada as linhas referentes a Margaret Woodard Crutchfield. A navalha encaixava perfeitamente na mão dela. Tinha esfaqueado com ela um rufia dos piquetes de fura-greves em 1956.

122

(Los Angeles, 29/3/72)

— O Scotty estava a foder com um porco-espinho — disse Redd Foxx. — Tenho de vos dizer, seus cabrões, que era um porco-espinho *fêmea*, e portanto não vejo nada de pervertido nisso.

Gargalhadas e mais gargalhadas: a multidão riu, de olhos húmidos. Uns pretos tinham despachado Scotty desta para melhor: vamos lá apanhar uma piela e chorar a morte dele.

Parque de estacionamento dos motoristas. Luzinhas de Natal precoces e bandeirolas de tecido axadrezado. Bebidas e fármacos enfiados dentro de um boião de gomas. Ninguém poderia deixar de gostar.

Crutch, Clyde, Buzz, Phil Irwin e Chick Weiss. Milt Chargin estava em cima do palco improvisado, juntamente com Redd Foxx e o Macaquito Drogadito. Também estavam presentes vários chuis e o ex-governador Pat Brown. Catorze Panteras Negras. Um assaltante de cor transformado em teleevangelista. Frau Scotty e seis das namoradas do falecido sargento.

— O Scotty prendeu-me este meu coiro símio por um ridículo assalto à mão armada — disse o Macaquito Drogadito. — Tinha roubado seis bolachas recheadas, quatro embalagens de couratos, uma palete de garrafas de vinho *T-Bird* e dez maços de cigarros *Kool* de tamanho gigante. O Scotty viu que eu tinha brio na *alma* e deixou-me viver. Consumimos aquelas porcarias todas lá no departamento da polícia e depois saímos à procura de putas.

Gargalhadas e mais gargalhadas: estamos de luto, mas é divertido. Frau Scotty passou um charro à Namorada n.º 4. A Namorada n.º 5 estava a debicar uma bolacha de haxixe.

— O Scotty andava à procura dum mano chamado Cleofis — disse Redd Foxx. — O tipo fazia assaltos à mão armada e gostava de enrabar gajos. Andava a assaltar lojas de bebidas com uma caçadeira de cano serrado e andava a foder as putas do Scotty com um pau de aço negro e duro, dez vezes mais grosso do que o cano da arma.

A Namorada n.º 3 riu às gargalhadas. A Namorada n.º 2 abraçou Frau Scotty. Phil Irwin lançou um *Quaalude* ao ar. Chick Weiss apanhou-o com a boca. Pat Brown pestanejou: *Mas que estou eu a fazer aqui?*

Crutch estava a sentir-se incomodado com o barulho da festa. Tinha passado três dias a relembrar pormenores e a fazer telefonemas. O assunto em questão: casas francas na República Dominicana e vítimas de Hoover.

Trouxera à memória a lista das casas francas da CIA. Trouxera à memória a lista das casas francas que constava do dossiê de Joan. Tinha ido ao seu poiso n.º 3 e começara a fazer telefonemas.

As pessoas que responderam a esses telefonemas tomaram-no mais por um chui do que por um camarada. Mas o nome de Joan conferiu--lhe um certo grau de credibilidade. Dispunha de um verdadeiro rol de nomes retirado da história e monólogos de Joan. Fez averiguações de números de telefone, ligou para esses números e falou com as pessoas. Ficou a par das novidades mais recentes e de histórias mais antigas. J. Edgar fodeu-te a vida, fala-me acerca disso.

Chegaram-lhe rumores. Anos de encarceramento, suicídios, desânimos. Mortes prematuras e assédios. Carradas de acordos forçados de delação: algumas pessoas sucumbiram, outras não.

Continuara a fazer chamadas. Os cabrões continuavam a dar com a língua nos dentes e a fornecer-lhe números de telefone. A sua conta telefónica disparara. As más notícias não paravam de lhe cair em cima como uma avalancha. Agentes do FBI a espreitar pelas janelas das casas e a espreitar crianças na escola. Irritaste o Gay Edgar, seu desbocado, *e agora vamos apanhar-te*.

As informações não paravam de se acumular e ajudaram-no a refortalecer *Aquela Ideia*. Mais suicídios. Mais entes queridos desaparecidos. A dor tinha-o assolado como um terramoto e um *tsunami*.

Frau Scotty subiu ao palco improvisado e ficou muito sentimental. Foi a deixa para os Panteras começarem a dançar. O Macaquito Drogadito pôs-se a lançar olhares debochados às Namoradas n.º 1 e n.º 6. As tipas desataram às gargalhadas.

Crutch foi a uma cabina telefónica. Ainda era cedo. Podia fazer mais alguns telefonemas e continuar a refortalecer o seu plano. Rebuscou os bolsos à procura de moedas. Não tinha uma única moeda de cinco nem de dez cêntimos. Tirou do bolso a esmeralda reluzente.

O seu presente aquando do abraço de despedida. Tinha sido durante esse momento que ela lhe enfiara a esmeralda no bolso.

Não precisavas de ter feito isso, querida. Já me tinhas transformado em Vermelho.

Sills Tip-Top ficava na zona norte de Las Vegas. A viagem até lá deixou-o exausto. Ela chamava ao local o seu amuleto da sorte. Já que vens, podes encontrar-me lá.

Era um café num cu-do-mundo perto da Base da Força Aérea de Nellis. A clientela da manhã constava de totós e escumalha vadia. Crutch tinha chegado lá a tempo: foi por um triz.

Ela estava à espera numa cabina recuada. No café não havia segregação racial. Pairava no ar uma tensão mínima.

Crutch sentou-se. Mary Beth Hazzard disse: — Tens sempre o ar de quem anda esbaforido.

Uma empregada serviu-lhe café. Crutch deu um sorvo apressado e queimou a boca.

— Venho sempre aqui a correr para lhe contar alguma coisa. Mas desta vez liguei-lhe antecipadamente.

Mary Beth deu um gole no seu café. — Pareces ter sempre um ar diferente. Talvez seja porque só te vejo de vez em quando e sempre muito agitado.

Crutch estava distraído a remexer na chávena. Entornou café. Mary Beth limpou a toalha.

— Fazes-me lembrar o Wayne.

— Lamento muito a morte dele.

— Foi o Wayne que fez a própria cama onde se deitar. Durante uns tempos fiquei-lhe grata por poder partilhar da mesma cama com ele, mas aquilo só podia ter acabado da forma que acabou.

Um tipo da base aérea lançou-lhes um olhar maldoso. Crutch olhou-o com dureza.

— Não faças isso — disse Mary Beth. — Vê só onde os gestos grandiosos levaram o Wayne. Tenta ser mais prudente. No fim acabas por ficar melhor servido.

Crutch sentiu uma cãibra devido à viagem prolongada que tinha feito. Esticou as pernas e embateu nas pernas de Mary Beth. Aquilo deixou-o nervoso. Ela manteve-se impassível e deixou a perturbação dele acalmar.

— Sou bom a encontrar pessoas.

— Já me tinhas dito isso da última vez.

— Agora sou melhor ainda. Aprendi umas coisas.

— Pareces diferente. Tenho de admitir.

A empregada serviu-lhes café fresco. Mary Beth enrolou as mangas da blusa. Usava uma pulseira de prata com uma única esmeralda incrustada.

— Foi o seu filho que lhe enviou essa gema.

— Como sabes isso?

— Não lhe vou dizer.

Mary Beth olhou pela janela. Crutch acompanhou-lhe o olhar. Mary Beth estava a olhar para um cartaz que dizia REELEGER NIXON.

— Sei onde está o seu filho.

— Como soubeste onde ele está?

— Não lhe vou dizer.

Mary Beth tocou-lhe na mão. — Não te vou fazer perguntas acerca disso. Farás o que muito bem entenderes, independentemente dos meus desejos. Só te peço que não atribuas todas as loucuras a alguma presumível dívida para com o Wayne.

A empregada acercou-se da mesa. Crutch ficou nervoso. Mary Beth enlaçou a mão na dele. A empregada apercebeu-se e ficou de olhos arregalados.

Mary Beth cobriu as mãos dele com as suas e manteve-as sobre a mesa. Crutch viu os pontinhos verdes nos olhos dela.

— Porque fazes estas coisas loucas?

Crutch reflectiu.

— Para que as mulheres me amem — disse ele.

Os tipos das ervas viviam ali perto. Partilhavam um laboratório na garagem de um sujeito chamado François. Crutch apareceu lá com cervejas e piza. Encontrou os tipos em plena sessão de preparação de ervas.

Os tipos decidiram fazer uma pausa para o lanche de piza e cerveja. Crutch disse que tinha tido *Uma Ideia*. Quero chamuscar papel sem chegar ao limite da combustão e da deflagração de chamas.

Muito bem, rapazinho. Nós trabalhamos, tu observas e aprendes.

Crutch explicou o trabalho de Wayne de detecção de palavras sob as rasuras e os seus próprios resultados mais ou menos bem-sucedidos. Disse que podia trazer-lhes os líquidos ou os pós necessários, mas não os dispositivos de emissão de raios. Explicou-lhes todos os gráficos moleculares que tinha acabado de memorizar. Os tipos discutiram em francês e disseram-lhe para observar.

Três chapas eléctricas com mistelas a ferver a todo o vapor. Crutch perdeu a noção das proporções e do processo de redução. François despejou carradas de papel de máquina de escrever no chão da garagem. Os outros tipos encheram garrafas de detergente *Windex* com líquido. Crutch contou seis garrafas e seis montículos de papel. François foi de montículo em montículo e borrifou o líquido.

O montículo n.º 1 manteve-se intacto, embora molhado. O montículo n.º 2 borbulhou e pingou o líquido. O montículo n.º 3 explodiu em chamas. Os outros dois tipos apagaram as chamas.

O montículo n.º 4 engelhou-se, crepitou e largou um vapor escuro.

123

(Los Angeles, 1/4/72)

Eleanora sentia a falta de Dwight.

Só o contou aos seus animais de peluche. Não contou a Karen. *Jacarés* de peluche: prendas que Dwight lhe tinha oferecido.

Joan observou-a. Eleanora pousou os jacarés em cima da mesa de piquenique e sussurrou-lhes numa voz teatral. Tinha três anos. Estava a desenvolver qualidades estóicas e começava a imitar os adultos. Em breve iria começar a compartimentar a informação.

Dina entrou em casa a correr. Karen disse: — Decidi desaparecer do mapa. Aconteceram demasiadas coisas aqui. Vou levar as miúdas comigo e partir para longe daqui.

Joan esfregou os pulsos. Estavam a sarar. Tinha removido as ligaduras na noite anterior. Estavam a formar-se novas cicatrizes.

— E o teu marido?

— Vou deixar-lhe um bilhete. É demasiado centrado em si mesmo para se dar ao trabalho de me procurar. Vai sentir a falta das miúdas durante uns tempos e depois seguirá com a vida dele.

— Posso dar-te algum dinheiro — disse Joan. — Assim não precisas de dar aulas.

— Ficava-te agradecida.

Os jacarés estavam puídos. Eleanora era rigorosa e atribuía-lhes tarefas. Pouco falava. Limitava-se a ouvir e a agir. Era determinada e circunspecta. Mais tarde iria tornar-se calculista e inflexível.

— Quero forjar alguma documentação — disse Karen. — Vou manter o meu nome próprio e criar uma identidade diferente.

— O Jack pode arranjar-te fotos de identificação policial e fichas de impressões digitais. O teu nome irá continuar a constar de dossiês de «associados conhecidos», mas assim poderás limitar a tua exposição.

Eleanora agarrou nos jacarés e correu para dentro de casa. Joan olhou na direcção do bangaló-refúgio.

— Existirá um elo genético em relação à virtude da persistência? Karen apontou para a sombra de Eleanora. Joan sorriu. Um brilho intenso atingiu o pátio. Karen protegeu os olhos.

— Estamos a ser vigiadas.

— Sim, eu sei.

— Ele é inofensivo?

— Não tenho bem a certeza. É uma espécie de convertido e tenta ser simpático.

— Foi o meu marido que me deu aqueles binóculos. Ainda lhe dava um ataque se soubesse por onde tinham andado.

— Deixa-lhos ficar juntamente com o bilhete. São um bom pisa--papéis.

O brilho das lentes dos binóculos desapareceu. Joan acenou na direcção do bangaló e fez-lhe sinal: *Vem Cá*.

As raparigas inspeccionaram-no. Eleanora *examinou*-o. Dina tapou a boca com a mão e desatou a correr. Eleanora deambulou de um lado para o outro enquanto espreitava por cima do ombro.

— Aquele café lá em Hillhurst — disse Karen. — Estavas sempre lá.

— Sigo pessoas. É assim que ganho a vida — disse o rapaz.

Joan ouviu Dina chorar. Karen esboçou um gesto de desculpa e entrou em casa. Era um rapaz saudável. Tinha pequenos olhos acastanhados e notavam-se algumas estrias grisalhas no cabelo cortado à escovinha. Era um estilo desafiador, do tipo «que se foda esta época».

— Os teus pulsos estão a sarar bem.

— Sim.

— Espero não estar a incomodar-te a ti nem às tuas amigas.

— É assim que ganhas a vida.

Crutch sorriu. — Sou bom a encontrar pessoas.

Joan sorriu. — Já discutimos antes as tuas proezas.

— Hei-de encontrar a Celia. Vou tirá-la de lá e trazê-la de volta.

Ouviram Karen ralhar a Dina. O rapaz tinha perturbado a menina. Dina estava agora a fazer uma birra.

— Talvez fosse melhor eu ir embora.

— Não é preciso.

— Vou trazer o Reginald de volta. Talvez consiga trazer a Celia também.

— Que pretendes?

— Não sei. É a minha maneira de dizer «Não te vou dizer».

Voltaram para o bangaló a pé e conversaram envoltos pelo crepúsculo. O rapaz descreveu as suas loucuras na República Dominicana. Joan reforçou com chá haitiano as cápsulas que andava a tomar. Deixaram a porta do terraço aberta para que a brisa corresse. Joan verificou a sua temperatura em segredo e contou os dias.

Joan acendeu velas. Ele disse que gostava do efeito do brilho das chamas no cabelo dela. Joan sacudiu o cabelo para trás. Crutch disse que viu centelhas.

Os pés de ambos entrechocaram-se. Joan olhou para ele. O olhar dizia *Sim, agora*. Crutch beijou-a. Foi um beijo delicado. Joan beijou-o com intensidade. Esse beijo dizia *Não Tenhas Medo*. Crutch abriu-lhe um dos botões da blusa. Enfiou as mãos dentro e acariciou-lhe os seios.

Joan tirou-lhe a camisa e viu a cicatriz. Crutch começou a contar-lhe a história. Joan obrigou-o a calar-se. O seu gesto dizia *Eu sei*. Aquilo trouxe-lhe recordações imediatas de Dwight.

Crutch tirou-lhe as botas. Joan deitou-se no chão. Tinha a blusa puxada para cima e as calças de ganga abertas. Crutch acariciou-lhe a pele exposta com os lábios. Joan arqueou o corpo. Crutch tirou-lhe as calças de ganga e as cuecas e tirou os seus próprios sapatos e calças. A blusa dela estava semiabotoada. Crutch desabotoou os três últimos botões. Joan sentiu a frieza do chão nas costas.

A luz das velas e o jogo de sombras criaram *algo*. As cabeças de ambos convergiram de forma estranha. Joan calculou a diferença de idade entre ambos. Tabulação telepática. Dezoito anos, quatro meses e cinco dias.

Joan rolou para cima do colchão. O cheiro de Dwight continuava lá impregnado. O rapaz ajoelhou-se e sentiu cãibras nas pernas. Joan esfregou-lhe as pernas, fê-lo esticar-se e descontraiu-o. Crutch beijou-lhe as pernas. Joan começou a abrir-se para ele. Delicados toques com o nariz fizeram-na abrir-se por completo. Gostou que ele tivesse feito aquilo.

Uma aragem fria arrepiou-lhe a pele. Crutch mostrou-se então protector. Usou o seu próprio corpo para a tapar. *Estás seguro/fica calmo/estou aqui.* Joan deitou-o para trás e percorreu-o com as mãos.

O cabelo dela abriu-se como um leque enquanto o tocava. Crutch soergueu-se para *observar. Fica calmo/não olhes/estou aqui.*

Os gestos das mãos dela eram cada vez mais intensos. As cabeças de ambos voltaram a entrechocar-se. Crutch deitou-se para trás e fechou os olhos. Emitiu gemidos dolorosos que ela nunca tinha ouvido.

As luzes das velas tremularam. Formaram-se sombras nas paredes. Crutch abriu os olhos e viu-a de perfil. As cabeças de ambos voltaram a entrechocar-se. Aquilo nunca tinha acontecido a *nenhum* deles daquela forma.

Crutch tentou rolá-la para a virar de costas. Joan não o deixou. Cobriu-o com o seu próprio corpo. Deixou-o olhar e desejou que ele fechasse os olhos. Moveu o corpo e levou os olhos dele para um lugar longe dali. Aquilo continuou durante algum tempo. As velas arderam até aos cotos.

— *Estás determinado a fazer isto?*
— *Sim.*
— *Há uma casa franca em Borojol. Um pequeno edifício perto da adega de fachada aberta. Talvez encontres lá alguém que possa fornecer-te alguma pista.*
— *Cheguei a decorar algumas moradas.*
— *Há lá um médico chamado Esteban Sánchez. Tem um consultório itinerante. Ele e a Celia são muito chegados. Talvez ele saiba onde deves procurar.*
— *Tenho algumas ideias. Conheço lá algumas pessoas.*
— *São subornáveis?*
— *Sim.*
— *Vou dar-te algum dinheiro.*
— *Aquilo assusta-me. Sabes bem o que cheguei a ver lá.*
— *Foste lá à procura dessa coisa e essa coisa acabou por te encontrar. É sempre assim.*
— *Achas que a Celia vai saber onde o Reginald está?*
— *É possível. São camaradas.*

— *Aquilo assusta-me. O próprio lugar assusta-me. Assusta-me mais do que qualquer outra coisa que possa acontecer lá.*
— *Foste lá à procura de quê?*
— *De tudo.*
— *O que encontraste?*
— *Uma foto de ti na praia e um bilhete de regresso para cá.*
— *E valeu a pena?*
— *Não precisas de te preocupar comigo. Sei bem o custo das coisas.*
— *Não sabes, não. Não podes continuar sempre a correr neste ritmo, porque um dia esse ritmo esgota-se.*
— *Não me digas isso. Ainda estou apenas a começar.*

124

(São Domingos, 7/4/72)

A Zona Zombie, destilada. *MAIS* da mesma porra.
Mais rusgas na via pública, mais roedores tóxicos, mais mendigos haitianos. Mais fascistas de cassetete na mão e mais fossos raciais por causa da cor da pele.
Mais calor. Mas insectos voadores. Mais pretos de pernas reduzidas a cotos e a moverem-se em tábuas munidas de rolamentos.
Crutch foi de táxi até Borojol. Tinha quatrocentos mil dólares e uma arma com silenciador. Não teve dificuldade em passar nos serviços alfandegários. Não constava dos ficheiros de comunas procurados. Tinha memorizado as listas de moradas. Joan tinha forjado dois passaportes: uma para Celia e outro para Reggie.
Aquilo que é demasiado familiar acaba por dar de caras com a maldade. Tudo o fazia recordar-se de algo que estava a tentar esquecer. Passou pelo campo de golfe. Os seus olhos de raios X despertaram. Lá está o *bunker* das torturas e a cadeira eléctrica.
O jornal *New York Times* distraiu-o. Os incompetentes dos democratas e Nixon. A gafe mais recente de J. Edgar. Uma agitação na rua distraiu-o da leitura do jornal. Uma investida da bófia contra uma cabala de distribuição de panfletos.
Tinha passado quatro noites com Joan. Tinham conversado e feito amor. Ele saíra por breves períodos, só para tomar ar. Não lhe referira a Sua Ideia. Não podia arriscar-se a ouvir um «Não» como resposta. Não dormira grande coisa. Enroscara-se nela e cheirara o odor do cabelo dela na almofada. Ela mantivera as mãos dele sobre os seus seios.
O táxi chegou a Borojol. O «Mais» converteu-se em «Pior». Mais cenas de tortura. Mais mendigos apoiados em tábuas com rolamen-

tos. Mais haitianos de pés descalços a vaguearem por entre caganitas de rato e cacos de vidro.

Lá está a adega de fachada aberta. Lá está a casa franca.

Crutch pagou ao taxista e saiu da viatura. A casa franca tinha um aspecto inócuo. Bateu à porta mas ninguém atendeu. Não ouviu passos no interior nem nenhum som de alguém a fugir.

Encostou os ombros à porta e forçou a entrada. A claridade do sol que entrava através das janelas quebradas revelou-lhe o interior.

As paredes estavam esburacadas de tiros. O chão estava coberto de cartuchos gastos. Uma das paredes estava manchada de sangue e crivada de buracos de balas à mistura com fios de cabelo escuro.

Viu moscas zumbirem à volta de uma bata médica pendurada de uma cadeira e empapada de sangue.

Mantém-te acordado. É só uma última olhada. Vai lá ver mais do «Mais». As regras do estilo de vida esquerdista restringiam-lhe os movimentos. Joan conhecia os seus camaradas maioritariamente pelos nomes próprios. Na casa franca não tinha encontrado nenhuma lista do Dr. Sánchez com números de telefone. Isso iria implicar arranjar uma viatura e espreitar.

Alugou um calhambeque e rebuscou as casas francas constantes da lista. Tinha memorizado catorze endereços. Começou em Gazcue e continuou para oeste.

Os três primeiros poisos estavam vazios. Bateu à porta em vão e forçou a entrada. Viu indícios que revelavam que os poisos tinham sido esvaziados. Cheirou-lhe a amónia e a um leve odor a sangue. Acendeu a lanterna de bolso e reparou nos cartuchos que os tipos da limpeza se tinham esquecido de recolher.

São Domingos à noite: quase 28 graus e ainda sob o jugo da opressão fascista.

Crutch continuou a circular de carro. Perdia-se nos detalhes. Viu três mulheres que acabara de espreitar há pouco.

Miúdos negros a comer os restos da pescaria que os pescadores tinham deitado às águas do rio Ozama. Os velhos estaleiros dos casinos com bandos de ocupas ilegais e casas minúsculas em construção.

Verificou mais quatro dos endereços. Duas das casas já não existiam. Falou na rua com um mendigo meio tresloucado. O tipo disse que La

Banda tinha queimado essas casas francas todas. Crutch ficou perturbado. Teria preferido que eles tivessem queimado antes tabernas ilegais. Toc, toc. Alguém a espreitar pelo ralo da porta. Crutch diz: — Sou um amigo. Venho da parte da camarada Joan.

Continuou a circular. Foi aos sete poisos seguintes. Encontrou duas famílias normais a instalarem-se. Tinham acabado de alugar aquela espelunca. Não conhecemos nenhuma Celia nem nenhuns comunas.

Verificou os últimos cinco poisos. Deparou-se com mais um trabalho de fogo posto e quatro trabalhos de limpeza. Um bêbedo disse-lhe que os cabrões de La Banda eram uns filhos-da-puta incendiários. Crutch viu buracos de balas e montículos de vermes a devorarem pedaços de cartilagem. Viu uma peruca de carapinha que tinha sido arrancada à força das balas.

Foi então que teve Outra Ideia.

— *Hola, pariguayo* — disse Ivar Smith.

— Nunca pensei que ia voltar a ver aqui esse teu cu de mirone — disse Terry Brundage.

Estavam no bar do El Embajador. Eram oito da manhã. *Bloody Marys* decorados com talos de aipo. Ambos os tipos tinham envelhecido. Ambos pareciam prematuramente esclerosados.

Crutch abriu espaço para se sentar à mesa. Brundage deitou molho de tabasco na sua bebida. Smith apontou para a pasta de Crutch.

— *¿Qué es esto?*

— Quatrocentos mil dólares — disse Crutch.

— Oh, grande merda. Voltou a trabalhar para os Rapazes — disse Brundage.

— Como se o Wayne Tedrow e a equipa Tiger Krew não tivessem sido suficientes — disse Smith.

— Só nos faltava mais esta. Mais problemas à mafioso e mais sabotagens à comuna — disse Brundage.

— O Wayne matou o mormonismo para mim. Costumava achar que eram uns brancos decentes de direita — disse Smith.

Brundage mordiscou o talo de aipo da sua bebida. — Odeio os cabrões dos italianos.

Smith mordiscou o talo de aipo da sua bebida. — Odeio os cabrões dos convertidos à esquerda que são peritos em química.

Crutch mostrou-lhes as fotos: Reggie e Celia Reyes.

— Quem é a *chiquita*? Tem uns belos olhos — disse Brundage.

— Esse preto parece o cantor Chubby Checker. «'Bora lá, miúda. Vamos dançar o *twist*» — disse Smith.

Crutch enfiou a mão na pasta e deu dez milonas a cada um. Smith engasgou-se e quase deixou cair a bebida. Brundage deixou cair o talo de aipo.

— São comunistas, isso podem ter a certeza — disse Crutch. — Quero encontrá-los e levá-los para os Estados Unidos.

Brundage inspeccionou o seu maço de notas. — Porquê?

— Não te vou dizer — respondeu Crutch.

Smith inspeccionou o seu maço de notas. — Ponhamos o motivo de lado por uns instantes. Com quanto dinheiro vamos ficar no fim?

Crutch deu uma palmadinha na pasta. — Com todo. Paguem a quem precisarem de pagar e fiquem com o resto.

— Explica-me lá isso — disse Brundage. — Não vou dizer que não, mas dá-me mais pistas.

— Estou sem pistas. Vocês têm os dossiês, os informadores e a mão-de-obra. As duas pessoas que procuro foram detidas numa rusga. Encontrem-nas ou encontrem comunas que saibam onde essas duas pessoas estão.

Brundage deitou sal na sua bebida. — Detenções.

Smith deitou pimenta na sua bebida. — Interrogatórios. Vamos falar com os tipos de La Banda.

— Eles podem estar no Haiti — disse Crutch.

Brundage rolou os olhos com desdém. — Isso quer dizer que foram os Tonton Macoutes.

Smith rolou os olhos com desdém. — Uns primitivos malvados que só sabem foder com galinhas e que não gostam de trabalhar barato.

Brundage deu uma dentada no seu talo de aipo. — O Papa Doc vai querer meter-lhe o dente.

Smith deu uma dentada no seu talo de aipo. — Bem como o Anão.

Crutch pegou num maço de notas. — Há dinheiro que chegue.

— Tenho sangue judeu nas veias — disse Brundage. — Fazemo-lo por quinhentos mil.

— Estou a ficar mais judeu a cada segundo que passa — disse Smith.

— Quinhentos mil e o negócio fica acordado.

Crutch abanou a cabeça. — Quatrocentos mil, é pegar ou largar.

Brundage suspirou e olhou para Smith. Smith deitou sal na sua bebida e suspirou também.

— A coisa pode vir a ficar feia. Estás aqui a lidar com subversivos da ala dura.

Crutch bateu com as fotos na mesa. — Não quero saber disso, desde que eles os dois não saiam magoados.

Manteve-se acordado. Tinha medo de dormir. Os pesadelos acabariam por eclipsar as merdas que o assombravam em tempo real. Foi comprar *Dexedrinas* a uma farmácia de prescrições rápidas. Engoliu os comprimidos com um sorvete regado com licor de *klerin*. A base de fruta do sorvete reduziu-lhe o efeito da desidratação.

Smith e Brundage vasculharam dossiês e elaboraram uma lista de nomes. A repartição do dinheiro foi por água abaixo. Papa Doc e o Anão deitaram a mão à maior parte da grana. Ficaram com centenas de milhares cada um. Smith e Brundage ficaram com cinquenta mil cada um. O resto foi para custos operacionais e rufias. La Banda e os Tonton forneceram os tipos para arrancar informações.

Esquadrões aéreos: na República Dominicana e no Haiti. As cadeias de detenção na zona rural confinavam com o rio. Polígrafos, pentotal, coerção. Tipos durões que usavam listas telefónicas e cassetetes como instrumentos de persuasão.

Demorou três dias a planificar tudo. O gabinete de Smith servia de posto de comando. Crutch manteve-se acordado enquanto aguardava os resultados. Brundage e Smith vasculharam listas de «associados conhecidos». Encontraram dezanove Celias listadas e zero referências a Reggie. Isso limitava-lhes os alvos. Smith disse: «Mantenhamos a coisa em segredo. Deter, interrogar, pressionar e/ou libertar.» Brundage discordou. «Os comunas conhecem-se todos uns aos outros. Vamos mas é recrutar um grande bando de bufos.»

A discussão prolongou-se. Crutch concordava com Brundage. «Mais» sempre era melhor. Smith era a favor de um esquema de «menos igual a mais»: nada de atulhar as cadeias com gente. Não podemos deixar os cabrões amontoar-se juntos e conspirar. Mais vale oferecer dinheiro para se chibarem. Mais vale restringir os interrogatórios a prováveis suspeitos.

Concordaram com um total de trinta e quatro nomes. Vinte e três deles viviam na República Dominicana, onze no Haiti. Dispunham de quatro equipas de La Banda com carros-patrulha. Dispunham de três equipas de Tonton Macoutes com carros-patrulha. As cadeias ficavam a meio da ilha, perto de Dajabón. O acesso era feito por via de uma ponte pedonal. A Plaine du Massacre estava infestada de crocodilos nessa zona. Os cabrões alimentavam-se à base do lixo descartado e de haitianos que por lá vagueavam nas suas tripes de ervas vudus.

Os polígrafos estavam montados. O pentotal estava pronto. Os interrogadores estavam preparados para começar. Ambas as cadeias comunicavam entre si por via rádio. Os carros-patrulha estavam equipados com radiotransmissores. O sistema montado tinha bom aspecto.

Era Smith quem comandava a operação. Crutch juntou-se a ele na cadeia do lado da República Dominicana. Os crocodilos arrastavam-se prazenteiros pela margem do rio. Pareciam felizes. Crutch olhou-os da janela.

Atenta nas horas: sete da manhã em ponto.

Smith falou aos carros-patrulha através do rádio. Das viaturas responderam-lhe em inglês e francês. Havia fotos cadastrais afixadas nas paredes: trinta e quatro camaradas no total.

Crutch tinha lido os dossiês deles na noite anterior. Eram maioritariamente miúdos da idade dele. E pareciam miúdos de facto. Mas ele não. Já tinha cabelos brancos e uma cicatriz nas costas. Só havia uma excepção àquele conjunto de subversivos jovens: o médico Esteban Sánchez. Tinha aquele ar envelhecido de quem combatera já em muitas batalhas. Joan tinha-o descrito como «um guerreiro veterano das Brigadas Vermelhas».

As comunicações via rádio sucederam-se: já os apanhámos, já os apanhámos, já os apanhámos. Era Smith quem manejava o rádio. Crutch ouviu palavras entrecortadas e gritos lancinantes. Alguns comunas resistiam, outros não. «Estamos quase a chegar aí.»

Crutch saiu para o exterior e esperou em cima da ponte pedonal. Alguns crocodilos estavam deitados ao sol e outros nadavam em baixo. Atirou-lhes pedaços de carne seca. Os animais lançavam-se fora da água para os abocanhar. Os dentes reluziram ao sol. Os focinhos viraram-se na direcção da ponte.

Joan.

Ocupava-lhe agora todos os seus pensamentos. Sempre a insinuar-se no seu caso e nas suas ideias. Sempre a insinuar-se no seu *Agora*.

Joan ergue os braços. Crutch beija-a aí. Ela diz: «És insanamente resistente e persistente.» Insiste nesse assunto. Fala do gene da persistência. Crutch pergunta-lhe o que ela quer dizer com aquilo. Ela diz: «Não te vou dizer.»

As horas passaram-se. Crutch mantinha-se na Zona Joan. Tomou *Dexedrinas*. Observou os crocodilos. Ouviu as comunicações via rádio através do altifalante. Sim, temos aqui uns comunas, mas nenhum deles é o Reggie ou a Celia.

Os carros-patrulha surgiram finalmente. O ruído dos tubos de escape anunciou-os ao longe. Pumba: alto e bom som, em ambas as margens do rio. Parecia sincronizado. Crutch tinha dali uma visão panorâmica do rio.

À direita: tipos dos Tonton Macoutes e comunas pretos. À esquerda: tipos de La Banda com comunas pretos e acastanhados. Crutch manteve-se na ponte e contou o número de detidos. Da República Dominicana: dezoito no total. Do Haiti: nove dos onze previstos. Nem sinal de Reginald Hazzard ou de Celia Reyes.

Os camaradas estavam algemados. Crutch contou vinte e quatro homens e três mulheres. Os rufias não paravam de os empurrar à bruta. Alguns dos detidos arrastavam os pés, mas os golpes de cassetete obrigavam-nos a avançar mais depressa.

Entraram nas cadeias. Uma visão panorâmica de ambos os lados do rio. Fora e dentro, de forma instantânea.

Não se via nada através das janelas. Crutch manteve-se na ponte e continuou a alimentar os crocodilos. Sentia-se aturdido e melancólico. Via pontos brancos à frente dos olhos. Já não dormia desde que partira de Los Angeles.

Um crocodilo saltou incrivelmente alto. Crutch estendeu o braço para baixo e tocou-lhe no focinho. Um homem gritou lá dentro da cadeia do lado da República Dominicana, num som bem audível. Um homem gritou lá dentro da cadeia do lado do Haiti, num som ténue.

Aquilo continuou durante dez segundos. Os crocodilos nadavam agora debaixo da ponte. *Dá-nos mas é essas merdas a comer, já.*

Crutch alheou-se de tudo o que o rodeava. Os crocodilos dispersaram-se. O tempo dispersou-se. Engoliu mais *Dexedrines*, sentiu-se ainda mais melancólico e viu mais pontos brancos. Joan tira os óculos e esfrega os olhos. Ele beija-lhe os braços. Tira-lhe as botas com sofreguidão. Ela ri-se e resiste-lhe. Ele cai de cu.

Um homem gritou lá dentro da cadeia do lado da República Dominicana. Dois homens gritaram lá dentro da cadeia do lado do Haiti, num som ténue. Aquilo prolongou-se durante um minuto e meio e depois parou.

Crutch voltou a alhear-se de tudo. Sentiu um formigueiro nos braços. Sentiu os efeitos iniciais da insolação. Viu pontos brancos. Sentiu as calças caírem-lhe da cinta. Os pontos brancos começaram a assumir o aspecto de insectos.

Um homem gritou lá dentro da cadeia do lado da República Dominicana. Aquilo prolongou-se e não parou. Crutch evocou a imagem de Joan com mais força. Viu-a tocar nas roupas de Dwight e chorar. Ele disse-lhe então que cuidaria dela. Ela disse: «Não podes.»

Uma mulher gritou lá dentro da cadeia do lado da República Dominicana. Aquilo prolongou-se e não parou. Crutch tapou os ouvidos. Isso não o impediu de continuar a ouvir os gritos. Virou costas e afastou-se um pouco mais. Foi pior ainda. Sentia dores nos ouvidos. Os pontos brancos ampliaram-se em grelhas de pontos e pareciam enquadrar tudo. Os gritos recrudesceram. Virou costas e começou a correr.

A porta da entrada estava aberta. Viu miúdos acorrentados a canos de esgoto e a bancos. O som reverberava ao longo do corredor ao fundo.

Crutch continuou a correr. Os pontos brancos transformaram-se em vultos. Derrubou um tipo dos Tonton e um tipo de La Banda armado com uma submetralhadora. Chegou a um corredor de ligação. Viu salas de interrogatório com painéis espalhados de ambos os lados. Viu miúdos resistirem aos testes do polígrafo. Viu rufias algemarem miúdos a espaldares de cadeiras. Viu rufias espancarem detidos com listas telefónicas e pedaços de mangueira.

A mulher gritou mais alto. Crutch localizou o som e abriu a porta aos pontapés. A mulher estava algemada a uma cadeira. Tinha os braços ensanguentados. Um cabrão dos Tonton tinha-a espancado com um cassetete envolto em arame farpado.

Ela viu-o e gritou mais alto ainda. O tipo dos Tonton avançou. Oh, não, não, rapazinho, esta é minha.

Crutch assestou-lhe uma coronhada com a arma. Ouviu as cartilagens da garganta dele estalarem. Deu-lhe um soco no nariz e quebrou-lho. O tipo dos Tonton deitou as mãos à garganta e entrou em convulsão. A mulher gritou. Crutch tirou a camisa e mostrou-lhe a cicatriz nas costas.

Smith entrou a correr na sala. O cabrão dos Tonton estava a vomitar estilhaços de cartilagem e sangue. Crutch sentiu-se ourado e viu pontos brancos. A mulher estava de olhos fixos na cicatriz dele. As cabeças de ambos convergiram. Ela disse algo em espanhol. Crutch julgou ouvir «Celia» e «Port-au...».

Dois tipos dos Tonton levaram-no dali de carro. Brundage e Smith puseram fim à contenda. Foste demasiado zeloso. Reagiste de forma excessiva. Obrigado pela grana.

A viatura era um carro vudu. Um *Impala* de 1963, de suspensão baixa e tejadilho baixo. Com bandeirolas da seita Bizango. Pneus carecas e jantes cromadas. No tabliê, fotos de cães com chapéus pontiagudos.

Crutch estava deitado no assento de trás e sentia-se ourado. Aqueles pontinhos brancos não paravam de girar. Tinha quebrado o seu recorde de Los Angeles de noites sem dormir à base de fármacos. Os tipos dos Tonton gostavam dele: o tipo das torturas tinha fodido com a mulher do motorista. Isso era mau juju. Tu és um rapazinho branco íntegro.

O carro tinha ar condicionado. As janelas de vidro fumado ocultavam a *pauvre* miséria do exterior. Aldeolas e cartazes enormes a glorificarem Papa Doc. As ubíquas árvores manchadas de sangue e totós com chapéus engalanados com cabeças de galinha.

As pessoas esfumavam-se em pontinhos brancos e vice-versa. Os tipos dos Tonton falavam num misto de inglês e francês. A rusga tinha-lhes rendido cem dólares a cada um. Os rufias de La Banda tinham estado envolvidos numa escaramuça com uns comunas em São Domingos. Isso era mau *gre-gre*.

Port-au-Prince era um cu-de-mundo arejado por uma brisa marítima. Praias rochosas, cubatas de estuque e edifícios derruídos, mais antigos que Deus. O carro parou junto de uma casa de paredes verde-limão apoiada em estacas e afastada da estrada. Crutch despediu-se deles e arrastou-se pelos degraus acima.

Bateu à porta. A porta abriu-se. Ali estava Celia Reyes, encostada à ombreira. Ela disse: «Já te tinha visto antes.» Ele disse: «Toda a gente me diz o mesmo.» Os pontinhos brancos aglutinaram-se e tornaram tudo escuro.

Tenente Maggie Woodard, reserva da Marinha dos Estados Unidos. Estava vestida com o casaco azul do uniforme de Inverno e com as calças de caqui de Verão. A insígnia com o nome dizia WOODARD. Nunca tinha casado com Crutch Sénior. Bebia demasiado e ficava irritadiça ou efusiva. Continuara na reserva militar após a Primeira Guerra Mundial.

Usava o uniforme aos fins-de-semana. Crutch costumava observá-la oculto nas entradas das casas circundantes. Ela bebia uísque com soda e punha a tocar Brahms num fonógrafo estridente. Fumava cigarro atrás de cigarro. Punha-se a baloiçar o sapato do uniforme castanho no pé esquerdo. E no pé direito punha-se a baloiçar o sapato do uniforme preto. Ela apanhou-o a espreitar e riu-se. Dava-lhe as cerejas do licor de cereja que costumava beber.

Pontinhos a esfumarem-se e a dispersarem-se. A escuridão a converter-se em pontinhos.

Estamos em Ensenada. Estás com uma dor de ouvidos. Não consegues aguentar a dor. Vou a uma farmácia e dou-te uma injecção para a dor.

Estamos em Los Angeles. O teu pai estoira o nosso dinheiro. Recolhemos garrafas vazias e empanturramo-nos no Bob's Big Boy.

Estamos em San Diego. O teu pai anda algures. Saíste para vadiar, como sempre fazes. Voltas a casa inesperadamente. Apanhas-me com um amante no Hotel El Cortez.

Estás sempre a observar-me. Parto naquele dia. Ficas à janela, à espera. Não cheguei a ver, mas sei.

— Tu despiste-me.
— Estavas a delirar. Nada do que dizias fazia sentido.
— Quanto tempo estive assim?
— Dois dias inteiros.
— Meu Deus. Tudo parece diferente.
— Se calhar é verdade.

O roupão era demasiado grande. Tinha perdido quase dez quilos. Ela preparou-lhe um pequeno-almoço enorme. O cheiro causou-lhe náuseas. A cozinha era exígua. Estava tudo fora de escala. Os pratos cobriam a mesa e exalavam vapores estranhos.

— Foi a Joan que te enviou cá — disse Celia.
— Como sabes?
— Encontrei uma foto dela na tua roupa.
— Que mais encontraste?
— Um medalhão de São Cristóvão, uma automática de calibre quarenta e cinco e uma lista de perguntas meticulosamente preparadas.

Crutch tentou clarificar as ideias. Tinham-se passado quatro anos desde então até agora. Desde Hollywood até ao Haiti. Ela não tinha mudado. Tudo o resto tinha mudado.

— Espero que estejas disposta a responder a essas perguntas.

Celia deu um gole no seu café. — Acho que isso é mais importante para ti do que para mim.

— Não estou a perceber.

Ela sorriu. — Estou a dizer que mudei. As minhas crenças tornaram-se mais sólidas. Já não sou aquela pessoa imprudente e vingativa, tão determinada a vingar a morte da Tatuagem.

Crutch sentiu-se ourado. O quarto fora de escala pareceu contrair-se. Sentiu o calor que provinha da cozinha e começou a suar.

— Ficava-te grato se pudesses contar-me o que sabes e aquilo de que te lembras.

Celia barrou uma tosta com manteiga. Estava vestida com uma combinação que lhe dava pelos joelhos. Tinha o cabelo bem preso com um gancho de barra.

— A Tatuagem era uma sacerdotisa vudu. Nessa altura partilhava mais das crenças dela do que agora. Ela era destemida e eu também. Eu estava a tentar manipular um homem que trabalhava para o Howard Hughes. Queria que aqueles casinos fossem construídos no meu país. Eu e a Joan pensávamos que podíamos moldar esse acontecimento em benefício da Causa.

Crutch serviu-se de café. — Essa parte já sei. Sei do feitiço que lançaste à Tatuagem e como quiseste reverter esse feitiço. O que me preocupa são os pormenores específicos dessa...

— Eu era destemida. Ela era destemida. Ambas nos vimos envolvidas em coisas de grande envergadura. Eu tinha-lhe lançado uma maldição porque naquela altura acreditava nessas coisas. Tínhamos voltado a encontrar-nos nesse Verão. Viviam-se tempos perigosos no mundo. Eu queria magoar a Tatuagem e também salvá-la, tudo de uma só vez. Ela tinha feito um filme pornográfico com um tema relacionado com o vudu. Um agente imobiliário sem princípios estava a tratar de organizar projecções do filme na altura em que a Tatuagem desapareceu. As coisas começaram a encaixar umas nas outras. O agente imobiliário conhecia o tipo que trabalhava para o Howard Hughes. Tudo aquilo parecia uma coisa mística. A Joan fez-me a vontade e deixou-me alugar uma das casas desse agente. A Tatuagem estava a pernoitar numa casa ali perto. Tinha sido a Joan a falar-lhe desse lugar que costumava ficar vazio durante longos períodos. A Joan e alguns camaradas tinham-na usado como casa franca alguns anos antes.

Convergência, confluência, coincidência. Arnie Moffett, Casa dos Horrores, as notas da reunião dos comunistas. Um salto temporal: de 1968 para 6/12/62.

— O agente imobiliário chamava-se Arnold Moffett.

— Sim, acho que era esse o nome. Tinha uma vaga ligação às Caraíbas. Acho que ele estava envolvido nalgum negócio de importação e exportação de objectos artísticos do Haiti.

*R*econvergência. Arnie Moffett em 1968: as minhas casas de aluguer servem de cenários para filmes de foda.

— Tu conhecias o Sal Mineo. Pediste-lhe para apresentar a Tatuagem a tipos da indústria cinematográfica. Ele já te tinha recomendado antes a outras pessoas. Tu querias reverter a maldição. A Tatuagem tinha feito a sua penitência e conseguira sair do livro dos mortos. Ela...

Celia agarrou-lhe nas mãos. Crutch estava muito agitado e encharcado de suor. Deixou que ela o amparasse.

— Nessa altura o Sal chamou-lhe uma «fantasia» e é isso que vou chamar-lhe agora. *A Tatuagem era destemida, eu era destemida. Ambas éramos destemidas como tu és destemido agora.* A Tatuagem reconciliou-se com os membros do Movimento 14 de Junho e fez favores à Joan. A Joan disse-me: «Querida, pára lá com esta loucura. A Tatuagem fica melhor servida se deixares tudo isto enterrado no passado.»

Crutch soltou as mãos. — E fizeste *isso*? E estás a dizer-me que foi só *isso*?

Celia anuiu com a cabeça. — Isto te digo: a Tatuagem desapareceu e tive uma legítima premonição de que ela tinha sido assassinada nesse

Verão. E devo dizer-te que essa premonição nunca mais me largou. Tive-a mais tarde nesse mesmo ano e falei disso a um amigo e...

— O Leander James Jackson, que...

— Que já está morto. Andou a fazer perguntas acerca da Tatuagem. Falou com o agente imobiliário e não conseguiu chegar a nenhum lado.

Crutch massajou as pernas. Sentia os membros entorpecidos. Rebobinou os acontecimentos na sua mente, voltou ao ponto de partida e voltou a recordar-se.

— Estás a dizer que foi só isso?

— Sim.

— Estás a dizer que não te lembras dos homens a quem apresentaste a Tatuagem?

— Sim.

— Estás a dizer que não sabes quem assistiu àquelas projecções?

— Sim. Tenho uma cópia do filme, mas eu e o Leander nunca conseguimos identificar os outros actores.

— Estás a dizer que o Leander apertou com o Arnie Moffett em relação às projecções e que não conseguiu obter nada, e que a partir daí te limitaste a esquecer tudo?

Celia tocou-lhe no braço. — És engenhoso e persistente, senão não terias conseguido encontrar-me. Se estás assim tão ansioso por agradar à Joan, como penso que estás, sempre podes arranjar formas melhores de servir a Causa.

Rebobinar, parar/começar, estalidos/estática/desligado.

— Sabes onde está o Reginald Hazzard?

— Sei. Vive a pouco mais de quilómetro e meio daqui.

Crutch riu-se. — Assim sem mais nem menos?

Ela pegou num guardanapo e limpou-lhe o rosto. Escorriam-lhe gotas de suor para os olhos.

— Vou levar-te de volta para a Joan.

— Não vais, não. Eu escrevo-lhe um bilhete.

A lata do filme era pesada. O envelope estava selado e na parte de trás estava impresso C. R./J. K.

Crutch tinha decidido dar uma caminhada para reescalonar as coisas. Não resultou. Sentia-se *re*norteado e não *des*norteado. Aquela pista do Arnie Moffett *re*orientara-o. Ainda continuava com Aquela Ideia na cabeça.

Ligou a Ivar Smith da casa de Celia. Discutiram os planos de viagem. Os Tonton transportá-los-iam até São Domingos. Daí apanhariam um voo para Los Angeles. Depois ligar para Las Vegas e rezar para que tudo desse certo.

Tinha cortes de papel nos dedos. Era o que acontecia às vezes quando se lia dossiês. Sentia os dedos latejar. O cérebro voltara a assinalar-lhe a dor.

Espuma do mar e humidade. O aroma de especiarias no ar. Negros a falar francês.

Atirou o passaporte de Celia para um caixote do lixo. Furtou uma banana de uma banca de venda e comeu-a. Viu miúdos a ouvir música de um rádio portátil. Aquilo trouxe-lhe recordações do passado: Archie Bell and the Drells a cantar «The Tighten Up».

Ali está a casa de Reggie, naquele verde fluorescente típico das Caraíbas.

A porta estava aberta. A rede de mosquiteiro rasgada estava presa por um gancho. Crutch enfiou a mão por um buraco na rede e desprendeu-a para poder entrar.

Deparou-se com um laboratório e um manancial de arquivos. Fileiras de frascos e pastas de dossiês empilhadas. Manuais de química, tubos de ensaio, bicos de Bunsen e potes. Alguns gráficos moleculares elaborados com elegância.

Sentiu picadas nos dedos. Vasculhou prateleiras e teve um palpite. Deve haver aqui algures *Ocimum basilicum*. Claro, porque não?

Enfiou os dedos da mão esquerda no líquido do frasco. Voltou a sentir picadas e depois a dor desapareceu. Retirou os dedos. Os cortes desapareceram à medida que a pele se engelhava.

— Acreditas na química haitiana?

Crutch virou-se. O aspecto à Chubby Checker tinha desaparecido. Agora Reggie parecia o actor Harry Belafonte, com manchas brancas no rosto e um bigode à Fu Manchu.

— Acredito em tudo — disse Crutch.

O sono encontrou-o e venceu-o. Crutch queria ver tudo uma vez mais e dizer adeus a Wayne. Tudo o que obteve foi uma cortina de escuridão e baforadas de fumo de cigarro.

Sentiu o cheiro do aeroporto. O cheiro de combustível de jacto e de borracha queimada. Logo a seguir ouviu cânticos.

«*Muerto*», La Banda, «ataques» *en español*.

Abriu os olhos. Viu miúdos com cartazes de bordas negras. Uma foto de um tipo de pele trigueira. ESTEBAN JORGE SÁNCHEZ, 1929-1972.

Voltou a fechar os olhos. Reggie disse: — Não adormeças. Já estamos no avião.

O Anão tinha-lhes arranjado um voo em primeira classe para Los Angeles. Reggie era alto. Ficou encantado por poder dispor de espaço mais do que suficiente para estender as pernas à frente do assento. Crutch tentou evocar a imagem de Joan, mas só lhe ocorria a imagem ininterrupta de Esteban Sánchez.

Reggie era todo ele o Sr. Calmo. Toda aquela situação exsudava um ar de *fait accompli*. Não fez críticas, não questionou nem protestou. Reggie, o génio inepto com um passado de obstinação.

Crutch manteve-se acordado. A possibilidade de ser assombrado por pesadelos revitalizou-o e manteve-o acordado. Reggie leu livros de química e comeu excessivamente. As cicatrizes das queimaduras davam-lhe um ar exótico. A hospedeira parecia estar encantada com ele. Reggie, o sábio socialmente descuidado e angélico.

Crutch ficou repentinamente muito enfurecido. A trepidação do motor a jacto alojou-se de alguma forma dentro dele. Sentiu vertigens. O sono encontrou-o e venceu-o.

— Senhor, já aterrámos.

A hospedeira estava a sacudi-lo. Os passageiros da primeira classe já estavam a desembarcar. Reggie tinha desaparecido. *Não, ainda não. Por favor, meu Deus... deixa-me ver...*

Levantou-se apressado. Agarrou na mochila e abriu caminho empurrando as pessoas à sua frente. O casaco abriu-se. As pessoas viram a arma dele e entraram em pânico. Crutch continuou a abrir caminho à força pela rampa abaixo. Empurrou uns palermas *hippies* e uma freira para o lado. Chegou à pista. Viu Reggie e Mary Beth abraçados.

O miúdo estava a chorar. Mary Beth mantinha-o abraçado a si. Levantou a cabeça e viu Crutch. Lançou-lhe por breves instantes aquele seu olhar pontilhado de pontinhos verdes e levou o filho para fora dali.

125

(Los Angeles, 13/4/72)

Joan estava a forjar identidades.
Estava a trabalhar na secretária de Dwight. Klein e Sifakis eram agora apelidos proibidos. Tinham acontecido demasiadas coisas. Usara em excesso os apelidos Williamson, Goldenson, Broward e Faust.
Precisavam de certidões de nascimento. O gabinete do Cemitério de Forest Lawn tinha-lhe enviado uma lista dos lotes. A lista incluía nomes, datas de nascimento e datas de óbito. Folheou a lista. Os defuntos estavam referidos por ordem alfabética. Precisavam de uma mulher. Pessoas nascidas na década de 1920: uma de origem étnica, outra não. Ela era judia e o seu aspecto corroborava-o. Karen era grega mas o seu aspecto não o corroborava.
Examinou as colunas de defuntos. A selecção de nomes com as idades adequadas era escassa. Precisavam de mulheres solitárias. Com poucos parentes vivos ou nenhum. Isso iria exigir mais investigação. Depois: cartas de condução, cartões da Segurança Social, inserção de documentos nos registos oficiais.
Os nomes que via na lista entediavam-na. Bebeu um pouco de chá e acendeu um cigarro. Ainda sentia um leve latejar nas cicatrizes dos pulsos. Olhou à sua volta.
Viu um envelope debaixo da porta. De papel caro. Mal cabia na ranhura da soleira.
Levantou-se e recolheu-o. Reparou no conjunto de iniciais na parte de trás. Rasgou a parte de cima e leu o bilhete.

Mi Amor,
Me quedo. Por la Causa. Con respeto al regalo que eres tú.

Celia tinha beijado a página por baixo da assinatura. Os lábios tinham deixado uma marca de um vermelho-vivo.

126

(Los Angeles, 14/4/72)

Toca a rolar a fita. Clyde e Buzz estavam fora. Crutch estava a mexer no projector da sala de reuniões. Tinha enfiado a bobina e ajustara as ranhuras da película no carreto denteado. Apagou as luzes e esticou o ecrã de parede. Centrou o feixe de projecção e... *Acção*.

Filmagem a cor, imagem granulosa. Ajustou a lente de projecção. Agora estava melhor: a imagem era nítida.

Uma imagem a surgir gradualmente. Enquadramento panorâmico. Uma sala de estar. A câmara foca uma janela. É dia lá fora. A sala é pequena e decorada com mobília baratucha. Não é a Casa dos Horrores.

Um enquadramento fixo: a sala de estar, agora mais próxima. Surgem cinco pessoas no enquadramento. Três mulheres e dois homens. Estão completamente nus e com os corpos pintados. Símbolos vudus da cabeça aos pés. Os dois homens são negros. Duas das mulheres são brancas. Todos eles usam máscaras de madeira. A outra mulher está sem máscara e tem tatuagens impressionantes no corpo. É María Rodríguez Fontonette.

Crutch sentou-se numa cadeira com o espaldar virado para si. A câmara percorreu a sala de estar. Lá está a janela outra vez. A rua é visível, é Beachwood Canyon, fica *perto* da Casa dos Horrores.

A câmara volta a focar-se no centro da sala. Os actores engolem cápsulas de cor acastanhada. Ervas haitianas, de certeza. Corte para um grande plano. Lá está María. Lá está a tatuagem no braço. A mutilação posterior acabaria por lhe retalhar essa obra de arte. Tinha umas mãos encantadoras. Também iriam ser retalhadas. Movia-se com graciosidade. O assassino iria retalhá-la por dentro. Todos aqueles movimentos ágeis que acabariam por ser anulados.

Crutch continuou a olhar. Sentia-se comprimido. Verão de 1968. A Tatuagem pernoita na Casa dos Horrores e morre lá. As casas de aluguer de Arnie Moffett. Joan e Celia alugam uma delas. As projecções do filme na casa de aluguer. Está tudo comprimido. Ele esteve lá perto no início, mas desde então nunca mais. Um clique de alerta: algo que te escapou à atenção.

Corte brusco: agora estão num quarto. Lá está uma cama, com o colchão à mostra. Os actores rodeiam a cama. Falam com alguém fora do enquadramento. Os seus lábios movem-se sem emitirem nenhum som.

Crutch olhou fixamente para a Tatuagem. É bonita, está viva. Traiu o Movimento 14 de Junho em 1959 e mais tarde reconciliou-se. «Foi uma época louca», dissera Celia. Mas Crutch não conseguia reconciliar a Causa com um filme de foda. Essa noção ofendia-o.

Os homens estavam agora a tremer e a contorcer-se. Caíram em cima da cama. Com as costas arqueadas. As pernas estremeciam em espasmos. As poções apoderaram-se deles. Estavam no estado inicial da zombificação. Arrancaram as máscaras para respirar melhor. O suor abundante começou a apagar a tinta vudu dos seus corpos.

A Tatuagem chicoteou-os. Chicotadas suaves, só para dar espectáculo. As duas raparigas brancas começaram a tremer. Os seus movimentos eram sacudidos como os de marionetas presas pelos cordéis. Puseram-se em cima da cama e começaram a acariciar os tipos com força. Todos eles agarravam com força e sacudiam pernas e braços. Todos eles se convulsionavam com espasmos epilépticos, completamente fora de si. As convulsões dos homens amainaram e deitaram-se então de costas. Os seus movimentos abrandaram. As mulheres brancas sentaram-se de pernas abertas em cima deles e empurraram-nos para dentro de si. A câmara focou de mais perto os movimentos de inserção.

Ervas diferentes. As mulheres contorciam-se a um ritmo hiperacelerado. Mantinham os homens imobilizados debaixo de si. As coxas e os braços moviam-se em contraponto. As suas cabeças moviam-se num eixo espasmódico. A câmara focou os homens de mais perto. Estavam de olhos abertos e vazios. A Tatuagem continuava a chicotear as mulheres com suavidade. As contorções delas aceleraram.

A Tatuagem saiu do enquadramento e voltou a aparecer. Tinha na mão um atiçador de lareira com a forma de um falo. A ponta do falo reluzia. Estava quase branco-rubra. A Tatuagem encostou a ponta ao tapete e o tecido entrou em combustão. As mulheres contorceram o corpo e abriram a boca. A Tatuagem deu-lhes a lamber a ponta do falo. Elas lamberam-no sem evidenciarem nenhum sinal de dor. Depois afastaram as bocas e comprimiram a ponta do falo contra o revestimento do colchão. O tecido queimou até se ver as molas.

Os homens estavam zombificados. As mulheres continuaram a fodê-los sob o efeito da tripe vudu. A Tatuagem agarrou no falo ardente e gravou marcas a fogo na parede. Crutch *percebeu então*. Já *conhecia* aquelas marcas. A Tatuagem tinha-as gravado na Casa dos Horrores. A Tatuagem tinha-as gravado a fogo numa parede de cenário de um filme de foda.

A fita encravou no carreto. O ecrã ficou completamente branco. O filme tinha cessado precisamente naquele ponto.

Convergência. Conexão. Confluência. O mote de Clyde: *Tem tudo a ver com quem se conhece, a quem se dá graxa e como todos se interligam.*
Um clique de alerta: falta algo. Não sabes quem matou a Tatuagem. Não sabes quem congeminou isto tudo.

Crutch conduziu até Beachwood Canyon. Tudo continuava igual. Lá estava a Casa dos Horrores. Lá estava a casa que Joan e Celia tinham alugado. Lá estavam as outras casas de Arnie Moffett. As suas memórias de há quatro anos continuavam intactas.

Circulou por ruas secundárias. Concentrou-se na visão que tivera da rua através da janela que tinha visto no filme de foda. Lá está, intacta. As mesmas palmeiras e a mesma rampa de acesso, do outro lado da rua. Um cartaz da Agência Imobiliária Moffett.

Tudo continuava igual. A paisagem deste lado da rua, a paisagem do outro lado da rua. Quem ou o quê dera início àquilo tudo e fizera tudo convergir ali?

Celia tinha dito que Arnie Moffett tinha um negócio de importação e exportação. Clique: toca a voltar *lá* outra vez.

Confluência. Tem tudo a ver com quem se conhece, a quem se...
Seguiu para o centro da cidade. Clyde tinha influência no Departamento de Registo de Licenças Comerciais. O acesso aos registos iria custar-lhe cinquenta dólares e uma piscadela de olho.

O funcionário de serviço reconheceu-o. Registos de licenças de importação e exportação de há uns anos? São as caixas da sala 12.

A sala era um pântano de papel bafiento. As caixas estavam assinaladas por anos. Sem etiquetas, sem qualquer ordem alfabética. Iria ser um verdadeiro trabalho de desenterrar papéis.

Começou pelo ano de 1966 e foi recuando a partir daí. Chegou ao ano de 1963.

Arnie tinha em curso um pequeno negócio de aluguer de casas a preço baixo. «Arnie's Island Exotics, Limited.» Objectos de colecção, recordações, *conexão*. Importações a partir de: Jamaica e Haiti; a República Dominicana estava cada vez mais perto. Onde estava aquele pequeno clique que faria a ligação entre tudo?

O mesmo escritório. A mesma charcutaria na porta ao lado. «O Lar do Herói Hebraico».

Tinha trazido uma garrafa de uísque *Jim Beam*. Arnie era um borrachão. Daquela primeira vez a bebida tinha-lhe atenuado a dor da sova que levara. Talvez voltasse a resultar agora.

Crutch entrou. Soou uma sineta. Arnie estava sentado à mesma secretária. Desta vez a camisa de bólingue que usava era de cor verde. Estava a catar o nariz e a ler a revista *Car Craft*.

Crutch sentou-se na cadeira destinada aos clientes. Arnie não fez caso dele. Crutch pousou a garrafa em cima do papel mata-borrão da secretária.

Arnie olhou para a garrafa. Crutch disse: — Verão de 1968. Qual é a primeira coisa que te ocorre à mente?

Olhos fixos na garrafa. Arnie considera a oferta, *re*considera e *re*pensa. Aaah, já percebeu.

— A primeira coisa que me ocorre tem a ver com todas aquelas preocupações políticas. E a segunda coisa és tu.

Crutch desrolhou a garrafa e passou-lha para a mão. Arnie bebeu com sofreguidão.

— A terceira coisa que me ocorre dizer é que pareces bastante mais velho. A quarta coisa é que espero que já tenhas posto de lado aquela cruzada. Se o assunto tem a ver com as minhas casas, Gretchen Farr, Farlan Brown ou Howard Hughes, já te disse tudo o que sabia.

— O Leander James Jackson — disse Crutch.

Arnie voltou a beber. — O quê?

— O outro tipo que andou por aí a fazer perguntas. Aquela mulher chamada «Tatuagem», a tua casa alugada que serviu de cenário para o filme de foda, a casa que alugaste para as projecções desse filme.

Arnie voltou a catar o nariz. — Estamos aqui a falar de dois assuntos completamente diferentes. Só não sei qual é a ligação entre ambos. Tu tinhas aquela tua cruzada relativa à Gretchie, ele tinha uma paixoneta pela Tatuagem. A propósito, ele já morreu. Foi abatido naquele «Tiroteio Fatal entre Militantes Negros». E, a propósito, não vos ocultei nada daquela vez. Disse-vos que tinha alugado as minhas casas para cenários de filmes porno, mas não me perguntaram nada acerca da Tatuagem.

*R*econvergência, *des*convergência. Até agora, Arnie estava a jogar limpo. Mas certamente haveria merdas a pairar por perto.

— Fala-me da Tatuagem.

— Que há para dizer? Conhecia uma pessoa que conhecia uma pessoa que a conhecia a ela. Eu tinha ouvido dizer que ela estava sem dinheiro. Ela soube que eu costumava importar coisas lá do país merdoso dela. Queria fazer um filme vudu porno *farkakte* e precisava dum lugar para o projectar depois. Falámos ao telefone. Indiquei-lhe alguns tipos, todos eles uns tarados que constavam das minhas antigas listas de clientes do negócio de importação e exportação. Ela ligou-lhes e assim acabou o nosso breve e quase lucrativo encontro.

Crutch esfregou os olhos. — Estavas lá quando o filme foi rodado?

— Não.

— Chegaste a conhecer a equipa de filmagem ou os outros actores?

— Não.

— Chegaste a ver o filme?

— *Nyet*. A pornografia não me interessa. Gosto da coisa ao vivo e na minha própria cama. Sou do tipo mete e tira e já está. Dez minutos de felicidade e depois volto a pôr-me à frente da TV para ver o concurso de bólingue no Canal 13.

Crutch esfregou o pescoço. Sentia o corpo muito tenso e retesado.

— Quem assistiu às projecções? Dá-me alguns nomes.

Arnie voltou a beber da garrafa. — Não sei. Tinha enviado à Tatuagem uma cópia da minha lista.

— Ela foi assassinada nesse Verão. Que me tens a dizer a isso?

Arnie fez-lhe um gesto obsceno. — Não tenho nada a dizer. O tipo haitiano achava que ela tinha sido despachada e portanto vou dizer-te a mesma coisa que lhe disse a ele. O Bobby Kennedy e aquele figurão dos direitos civis foram abatidos e não é uma gaja extraviada, vinda de lá das ilhas, que me vai preocupar agora.

Crutch viu VERMELHO. Tal como na ocasião *anterior* em que pressionara Moffett. Não, não faças isso.

— Onde está a porra dessa lista de clientes?

Arnie rebentou uma borbulha no pescoço. — Se estiver nalgum lado, só pode ser na minha garagem. A chave está pendurada num gancho ao lado da retrete. Diverte-te, mas não me voltes a aparecer daqui a quatro anos e obrigar-me a passar por isto outra vez.

Pó, mofo, teias de aranha, ninhos de aranha, ratos. Latas de óleo, pilhas gastas, um motor avariado. Edições da revista *Car Craft* desde 1952. Quarenta bolas de basebol com a assinatura forjada de Sandy Koufax.

A garagem de Arnie Moffett, em Mar Vista.

Blocos de receitas médicas roubados. A série completa das edições de *Food Service Monthly*. Uma foto de Marlon Brando com um piroco na boca. Quatro espingardas de ar comprimido, dois cortadores de relva defuntos, os restos do esqueleto de um gato.

Crutch lançou mãos à obra. Enfiou as mãos no meio de merdas infestadas de ratos para conseguir alcançar uma pilha de caixas. Começou pela primeira fileira de caixas. O extenso currículo de Arnie: vendia preservativos com protuberâncias, vendia rosários, vendia extensores de pénis *Donkey Dan*. Vendia bilhetes falsificados para desafios de futebol. Dirigia o Clube de Fãs da Actriz Debra Paget. Vendia bonecos JFK e Jackie K. por correspondência. Fornecia *poppers* de nitrato amílico a bares *gay*. Era dono de uma agência de emprego que oferecia imigrantes mexicanos ilegais para ajudantes de cozinha.

Ali estava: «Arnie's Island Exotics.»

Rasgou a tampa da caixa. Viu uma pilha de facturas. Despejou o conteúdo da caixa no chão. Ali estava: «Clientes / 1959-1963.»

Quatro folhas agrafadas. Uma carrada de nomes.

Examinou a lista por ordem alfabética. Nenhum dos nomes ou endereços lhe despertou a atenção. Chegou à última página. Verificou os nomes listados de *T* a *Z*. Parou de repente ao ver o seguinte:

«Weiss, Charles. 1482 North Roxbury, Beverly Hills.»

Chick: o advogado de divórcios. Chick: o seu companheiro lá do parque de estacionamento dos motoristas. Chick: o melhor amigo de Phil Irwin. Phil: tinha sido contratado e despedido pelo Dr. Fred Hiltz — encontra-me essa ladra da Gretchen Farr. Chick: um drogado viciado em carne negra.

E...

Lá está...

O...

CLICK.

O escritório de Chick. A estratégia seguida durante os trabalhos de divórcio. A estátua de três falos. A deusa negra de pernas abertas. Importações: tudo um vudu maligno.

Precisava de uma arma incriminatória. O bangaló-refúgio era perto dali. *Armas não identificadas.* Talvez Dwight tivesse lá deixado ficar alguma.

Começava a anoitecer. Crutch seguiu para nordeste. De caminho passou pela casa de Karen. Visão através da janela: Karen e Joan na sala de estar. As meninas a brincar excitadas.

As luzes do bangaló-refúgio estavam ligadas. Crutch pegou na chave escondida debaixo do tapete da entrada e entrou. Viu um dossiê em cima da secretária. Joan tinha-lhe deixado uma nota.

D. C.,

Um amigo encontrou isto. O FBI tem um dossiê sobre ti. Achei que ias gostar de ver isto.

J. K.

CRUTCHFIELD, DONALD LINSCOTT.

Relatórios elaborados por Clyde Duber. Com parágrafos eliminados com um canivete. As avaliações de Clyde: «Os *voyeurs* dão bons colaboradores dos detectives.» «Tendências bizarras.» O miúdo estava a trabalhar no caso Farr. Estava demasiado empenhado nesse caso.

Um relatório do FBI: Phil Irwin, delator do FBI.

«Eu e o meu colega Chick gostamos de espreitar. Aprendemos com o melhor dos professores: Crutch Crutchfield. Não há uma única janela de Hancock Park que esse cabrão pervertido não tenha espreitado. Ele nunca chegou a saber, mas eu e o Chick costumávamos segui-lo para aprender a técnica dele.»

Por baixo, relatórios da polícia: Phil e Chick detidos por vadiagem. Associado Conhecido Arnie Moffett interrogado acerca de «festas de porno». Arnie partilha do mesmo fascínio de Chick por «arte negra bizarra».

Crutch viu VERMELHO. Não conseguia respirar. Bebeu água pela torneira do lavatório e cuspiu-a num ataque de tosse. Conseguiu respirar melhor.

Dwight tinha deixado um cesto de objectos no armário. Encontrou lá uma arma incriminatória, algemas e um rolo de fita adesiva.

Phil vivia dentro do carro. Na maior parte das noites dormia dentro do seu táxi-tigre. Geralmente estacionava o veículo no parque de estacionamento dos motoristas, longe da rua.

Crutch foi lá de carro. A gasolineira estava fechada. Viu uma limusina-tigre estacionada ao lado do barraco das ferramentas. Phil estava a dormir no assento de trás. Com os braços pendurados da janela aberta.

Roncos. Um bafo que tresandava a álcool. Phil tinha a cabeça apoiada no rebordo da janela.

Crutch estacionou e aproximou-se. Phil continuava a dormir. Crutch abriu as algemas e prendeu-lhe o pulso esquerdo. Phil gemeu algo no seu sono. Crutch prendeu a outra algema ao manípulo da porta. Phil contorceu o rosto e ressonou.

Crutch abriu a porta com força. A corrente da algema arrancou Phil do assento. Phil acordou à bruta de joelhos no chão. Estava desorientado. Não consigo mexer-me. Tenho o braço por cima da cabeça e *dói*.

Gritou. Pestanejou e viu Crutch. Disse: — Ei, Miron...

Crutch deu-lhe um pontapé nos tomates. Phil vomitou álcool e pedaços de amendoim. Tentou levantar-se para dar folga à corrente. Crutch assestou-lhe outro pontapé nos tomates. Phil voltou a tombar de joelhos no chão.

Gritou. A algema mordia-lhe o pulso com força. Começou a escorrer-lhe sangue pelo braço. Crutch disse: — Verão de 1968. Ocupaste-te primeiro daquele trabalho da Gretchen Farr e depois foi a minha vez. Andaste metido nos copos e ocupei-me eu então do caso.

Phil tentou sentar-se no chão. A corrente da algema ficou ainda mais retesada. Phil tentou levantar-se. Crutch deu-lhe um pontapé nos tomates. Phil tombou de joelhos, com mais força ainda.

Gritou, tossiu, vomitou. Deixou tombar a cabeça sobre o peito e ofegou.

— Tu e o Weiss — disse Crutch. — As vigilâncias clandestinas, o Arnie Moffett, aquele filme de vudu.

Phil abanou a cabeça. Crutch esbofeteou-o. Phil tentou esquivar-se e morder-lhe a mão. Crutch pegou na arma e apontou-lha ao nível dos olhos.

— Vou ligar o rádio. Ninguém vai ouvir o tiro. Trabalhas para os Táxis Tiger Kab. Costumas circular pela zona inteira da pretalhada. Tens andado a foder metade das tipas negras a sul de Washington Boulevard. Quanto tempo achas que a Polícia de Los Angeles iria dedicar ao caso?

Phil respirou fundo. Arrastou-se apoiado nos joelhos. Ficou com um olhar de bufo emborrachado. O sangue que lhe escorria pelo braço empapou-lhe a camisa.

— Sim, gostamos de espreitar. Tu gostas, eu gosto, o Chick gosta. Ele conhecia esse tal Arnie. O Chick costumava comprar-lhe quinquilharias e outras merdas. O Arnie alugava casas para festas e fazia lá projecções de filmes. O Chick tinha visto lá um filme de tarados e ficou de beiço caído por uma miúda qualquer que aparecia no filme. Ouviu dizer que ela estava a viver numa casa vazia naquela zona e o meu palpite é que andou a espreitá-la.

— Só tens isso a dizer? — disse Crutch.

— Queres mais?

— Sim.

— Pronto, como queiras. Espreitámos-te enquanto andavas a espreitar e foi assim que aprendemos com o rei. O que quer que te excitava a ti, só a ti dizia respeito.

Crutch pegou na fita adesiva. Phil contorceu-se e sacudiu a cabeça com violência. Crutch agarrou-o pelo cabelo e envolveu-lhe a cabeça com fita. Deixou-lhe apenas um buraco na zona do nariz para respirar. Tapou-lhe a boca, a cabeça, os ouvidos. Levantou-o do chão e enfiou-o no assento de trás. A algema mordeu-lhe ainda mais o pulso. O osso estava exposto. A manta do assento a imitar pelagem de tigre cobriu-o de pêlos.

Fumo de haxixe. Segue o rasto. O carro da esposa não estava lá. Está ali à beira da piscina, a curtir o efeito da droga.

Crutch avançou pela rampa de acesso. O pátio das traseiras estava às escuras. A piscina reflectia uma luz ténue.

Piscina de tamanho olímpico. Nus artísticos em exposição no leito da piscina. Picasso numa tripe de LSD.

Chick estava sentado junto da borda da zona mais funda. Baloiçava na cadeira, com as pontas dos pés apoiadas na prancha de mergulho. Os vapores do haxixe intensificaram-se. Chick estava a fumar de um cachimbo com bocal protegido por uma malha metálica.

Crutch pegou numa cadeira. Chick fixou os olhos nele.

— Devias ter ligado primeiro. O Clyde já sabe como é.

— O Phil precisa de ligar primeiro?

— O Phil é um caso especial. O Clyde também já sabe isso.

Crutch virou a cadeira e sentou-se de frente para o espaldar. O fumo do haxixe causou-lhe ardência nos olhos. Cheirou-lhe a água-de--colónia *Hai Karate*.

A água da piscina tremulou. Chick deu uma passa e ofereceu-lhe o cachimbo. Crutch abanou a cabeça.

— Descobri umas coisas e gostaria de ouvir os teus comentários.

Chick voltou a acender o cachimbo. A minúscula malha metálica ficou incandescente.

— Esta tua visita cheira-me a mau agoiro. Começo a ficar aborrecido.

— Mataste uma mulher chamada María Rodríguez Fontonette. Gostava que me falasses disso.

Chick sorriu e piscou-lhe o olho. Era um gesto ensaiado. Chick tinha aprendido isso com o falecido Scotty Bennett.

— Não há muito para dizer, embora deva dar-te crédito por me teres dado uma ajudinha nesse assunto.

— Houve outras mortes?

— Algumas, aqui e ali.

— Espreitas, vês alguma mulher que te agrada e depois mata-la?

— Mais ou menos.

— Fala-me da María.

Chick deu uma passa. Os olhos ficaram vermelhos e as pupilas reduziram-se a pontinhos minúsculos.

— Andei a espreitá-la. A tipa gostava de vudu, eu gostava de vudu, ambos gostávamos de arte vudu. Ingeríamos umas ervas e conversávamos acerca do Haiti. Tudo muito bem, até que ela começou a falar cheia de remorsos de uma invasão de comunas que ela tinha atraiçoado. Aquilo deixou-me arrasado, até que comecei a pensar: olha lá, estás aqui nesta casa abandonada, sempre quiseste fazê-lo, ela não passa duma tipa negra que anda por aí perdida e ninguém vai dar pela falta dela.

Crutch aproximou mais a cadeira. — E fizeste-o então.

— Sim. Retalhei-lhe o corpo e decepei-lhe as mãos. Ela tinha-me contado todas aquelas histórias acerca de esmeraldas e portanto desfiz uns pedaços de vidro verde e enfiei-lhos nas feridas. Tinha começado a ter esse tipo de fantasias cinco anos antes. Tinha comprado um conjunto de instrumentos cirúrgicos e guardava-os na mala do carro, mas nunca pensei que algum dia teria coragem para o fazer. Bem, nessa noite a Lua estava em Escorpião e acabei por o fazer.

Crutch olhou para a Lua. Estava em quarto minguante e meio eclipsada.

— Não me venhas com censuras, Mirone. Essas merdas deixam-me deprimido.

— Ai sim?

— Sempre achei que tinhas tomates mas poucos miolos. Mas agora tenho de acrescentar «mentalidade hipócrita» à lista.

Crutch enfiou as mãos nos bolsos. Chick deu uma passa e soprou-lhe fumo contra o rosto.

— Não se pode andar para aí de nariz enfiado nas janelas e sair disso tudo sem manchar as mãos de sangue. Inspiração é inspiração. É como aquele tipo, o King, disse: «Tenho um sonho.» Uma pessoa nunca sabe quem anda a espreitar-nos ou a intrometer-se nos nossos pensamentos.

Crutch tirou as cápsulas do bolso e mostrou-lhas. Chick disse: — Que tens aí?

— São cenas haitianas. Dá-te uma pedrada monumental. Vais ficar a voar durante um dia e meio.

Chick esboçou um gesto de *Posso provar?* Crutch esboçou um gesto de *Com certeza*. Chick engoliu as cápsulas em seco e voltou a acender o cachimbo.

Crutch inclinou-se sobre ele. — Fala-me das outras.

— Que há para dizer? Tinham bom aspecto e eu estava enfadado.

— Assim sem mais nem menos?

Chick deu uma passa. — Sim, «assim sem mais nem menos». Estamos na década de 1970, miúdo. «Faz o que te der na gana.»

Crutch olhou em volta. A piscina, o luar, o momento. Um pássaro esvoaçou lá no alto.

Chick olhou para ele. Decorreram alguns segundos. O olhar dele vidrou-se. Escorreu-lhe espuma verde dos olhos, do nariz e da boca. Os braços contorceram-se com espasmos e retesaram-se. Os ossos estalaram. Crutch ouviu o som dos ossos a estalar. Chick levantou-se e cambaleou. Escorria-lhe espuma dos ouvidos.

Crutch estendeu a perna e fê-lo tropeçar. Chick caiu dentro da piscina. Crutch observou enquanto ele esbracejava e flutuava de cara enfiada na água.

127

(Los Angeles, 17/4/72)

— Não escolhas nenhum apelido para mim. Tenho andado a pensar num.

— Posso tentar adivinhar?

— Digamos que esse nome faz honra aos últimos anos e que foge deles a sete pés.

O pátio traseiro estava transformado no viveiro de jacarés de Eleanora. As nuvens adensavam-se no céu e auguravam chuva. Joan começou a recolher os animais de peluche.

— Executor testamentário literário. Que achas? — perguntou Karen. — Todos os nossos dossiês, diários, memorandos. Tudo aquilo que reunimos.

Joan olhou na direcção do bangaló-refúgio. — Ele seria uma boa escolha. Não pára de acumular papelada.

— E que faria ele com isso?

— Ia ler tudo de uma ponta à outra à procura de respostas. Iria ver coisas que mais ninguém viu e imporia a sua própria lógica. Se ele crescer, acabará por perceber o que tudo isso significa.

As meninas estavam entretidas dentro de casa. Joan espreitou pelas janelas. Dina estava a ver desenhos animados na TV. Eleanora aproximou-se sorrateiramente, desligou a tomada da corrente e riu-se.

— Sinto falta do Dwight — disse Karen.

— Sinto algo a mudar dentro do meu corpo — disse Joan.

A chuva caía incessante, acompanhada de um vento forte. Joan amparou as pilhas de papelada com as armas incriminatórias e os objectos pessoais de Dwight. Queria sentir o vento. O rapaz adorava ver o cabelo dela esvoaçar ao vento.

Era uma bênção mista. O vento fornecia-lhes o pano de fundo. As rajadas apagaram as chamas das velas.

Ele estava ali com ela e ausente algures. Estava de olhos abertos. Ela beijou-lhos até ele os fechar e manteve-os assim fechados e acariciou-lhe uma veia que pulsava no pescoço. Ele emitiu sons que ela nunca tinha ouvido antes. O rapaz tinha um repertório de sons infantis. Os sons ajudavam-no a conter as lágrimas. Crutch enfiou o rosto no cabelo dela para que ela não visse.

Aquilo prolongou-se durante algum tempo. Ele desaparecia para longe e continuava a tocar em Joan lá de longe. Passava tempo longe dela e depois voltava para ela. Via o que via ou pensava o que pensava e voltava para ela. Crutch enfiou o joelho entre as pernas dela e beijou-lhe a parte de trás dos braços. Tentou encaixar-se nela com muita força. Ela rolou e ajoelhou-se sobre ele. Os olhos dele pareciam tresloucados. Joan fechou-lhos. Crutch beijou-lhe as palmas das mãos e manteve os dedos dela na boca.

— *Diz-me o que andaste a fazer.*
— *Não posso.*
— *Tens andado a pensar na ilha?*
— *Sim, em parte.*
— *Ouvi dizer que o Esteban Sánchez foi assassinado.*
— *Sim, é verdade.*
— *Tiveste alguma participação nisso?*
— *Sim.*
— *Confia na pureza da tua intenção. Haverá sempre fatalidades e haverá sempre menos mortes se agires com ousadia.*
— *Há mais coisas.*
— *Diz-me.*
— *Não te vou dizer.*
— *Tiveste alguma participação nessas outras coisas?*
— *Sim.*
— *Tiveste consciência de que tinhas de agir porque mais ninguém o faria?*
— *Sim.*
— *Sentes-te confortado com isso agora?*
— *Não.*

— *As tuas opções eram fazer tudo ou não fazer nada. Fizeste a escolha correcta.*
— *Como vou saber que fiz a escolha errada?*
— *Quando o resultado for uma catástrofe que nada consegue minimizar.*
— *Que faço então nessa altura?*
— *Procura dentro de ti uma determinação ainda mais profunda e tenta ser mais forte e mais astuto da próxima vez.*
— *Há uma coisa que não pára de me dar voltas à cabeça.*
— *Conta-me.*
— *Não posso.*
— *Está bem.*
— *Diz-me por que razão cortaste coisas do dossiê sobre mim.*
— *Não te vou dizer.*
— *Acho que nunca mais vou voltar a sentir-me seguro. Vou estar sempre à procura de algo que pode ou não estar lá.*
— *Sempre foste assim.*
— *Há alguma forma de fugir de tudo isto?*
— *Não há, nem para ti nem para mim. Podemos fugir, mas acabaremos sempre por voltar.*

128

(Los Angeles, 18/4/72-30/4/72)

Estava a trabalhar no poiso n.º 3. Tinha fechado as cortinas e os estores e ligara o ar condicionado. Tinha feito parar os relógios todos. Tinha desligado o telefone da tomada. Tinha transformado o dia em noite e a noite em dia.

Seria um incêndio controlado. Tinha esvaziado o seu esconderijo de arquivos nos Apartamentos Vivian. Encaixotara tudo e transportara todos os seus arquivos para o poiso no centro da cidade. Tinha a fórmula para liquefazer as ervas e a seringa. Tinha escrito as fórmulas indicadas por aqueles tipos das ervas. Iria queimar o dossiê sobre a mãe, o dossiê sobre Wayne, o dossiê do seu caso. Fabricaria as suas bombas de papel e depois avaliaria os resultados.

Tinha-se apropriado das gazuas de Dwight. O tungsténio pré-oleado conseguia abrir tudo. Tinha os bilhetes de avião, a barba e o bigode falsos, o bilhete de identidade falso. Tinha tudo preparado de antemão. Tinha de agir, porque mais ninguém o faria.

Esvaziou os caixotes. As pilhas de papel atingiam uma altura de três metros. Despejou por último o caixote com os dossiês do seu caso. Parecia que o homicídio tinha ocorrido há momentos. Deveria ter deduzido logo nessa ocasião. Só mais tarde viria a perceber tudo. Agiu, porque mais ninguém o faria.

Pegou nas fotos cadastrais de Joan. Afixou-as com um prego na parede da cave. Pendurou o seu medalhão de São Cristóvão no prego.

Os tipos das ervas tinham-lhe dado umas folhas de apontamentos. Crutch ferveu líquidos e encheu frascos de conta-gotas. Despejou algumas gotas em cima de papel mata-borrão. Comparou gráficos moleculares. Refinou o efeito de queimar palavras/reter palavras no papel.

Papel de arquivo exposto. Papel de arquivo enegrecido, engelhado, crispado. Cheiros e nébulas: mas sem emitir absolutamente nenhum fumo.

Preparou seis garrafas de líquido e embrulhou-as num invólucro protector. Enfiou três garrafas vazias de detergente *Windex* na mochila. Comprou quarenta sacos de lavandaria de rede plástica. Atulhou-os de papelada.

Bolas de papel amarrotado, casulos de papel, cilindros de papel. À espera de serem aspergidos com líquido.

Encheu a garrafa de *Windex* n.º 1. Borrifou o seu Pártenon de Papel, o trabalho de uma vida inteira. O líquido engelhou, borbulhou, chamuscou, reduziu e vaporizou texto. Aquilo criou um fedor intenso. Aquilo irritou-lhe os olhos. Os ninhos de papel vibravam. As pequenas redes plásticas romperam-se. Um infindável redemoinho de papelada agora inútil.

Crutch aproximou-se da parede do fundo. As fotos de Joan estavam cobertas de fuligem. Limpou-as. Pendurou o medalhão de São Cristóvão no pescoço.

Irei vingar-te.

Irei honrar a grandiosa dádiva que és tu.

Hesitaste e deste-me a tua bandeira para a guardar por ti. Levá-la-ei comigo por agora.

129

(Los Angeles, 1/5/72)

Primeiro de Maio.
Bandeiras vermelhas a esvoaçar ao longo de Silver Lake Boulevard. Com estandartes políticos à mistura. FIM À GUERRA, ORGULHO NEGRO, DIREITOS DAS MULHERES. Os manifestantes obrigavam o trânsito a desviar-se. Polícias irritados a trabalhar horas extra.
Joan estava a observar do terraço. Os binóculos de Dwight forneciam-lhe uma visão detalhada. Reconheceu rostos da marcha Liberdade para os Rosenbergs de há vinte anos.
Iria partir em breve. Os documentos falsos já estavam prontos. Iria recomeçar a vida como Jane Anne Kurzfeld. Karen também estava prestes a partir. Não quis revelar-lhe o apelido que escolhera. Iriam comunicar através de telefones públicos.
Dispunha de um grande montante de dinheiro. Tinha dado a Karen um montante igual. Jack iria administrar o restante.
Os carros contornavam a rota da marcha. Alguns condutores buzinavam em nome da paz. Outros lançavam balões cheios de mijo e faziam gestos obscenos aos manifestantes.
O rapaz tinha desaparecido. Andava perturbado com algo desde a última vez que tinham estado juntos. Karen era da mesma opinião: ele é persistente e rico em sincronicidades. Vamos deixar-lhe a nossa papelada.
Joan acendeu um cigarro, deu duas passas e apagou-o. Não deveria ter fumado. Aquela mudança que notara no corpo persistia. *Sim, tenho a certeza de que é isso.*

130

(Washington, D. C., 1/5/72)

Primeiro de Maio.
Bandeiras vermelhas e *yippies*, uma abundância de pacifistas envelhecidos. Carradas de estandartes e causas políticas. Polícias montados como em Chicago em 1968. Desta vez a situação não se aproximava sequer desse banho de sangue.
Algumas escaramuças, algumas perseguições, alguns atropelos. Uns totós com latas de *spray* de tinta vermelha, uns mórbidos com máscaras do Nixon.
Crutch misturou-se com a multidão. Estava a usar uma peruca de cabelo à *hippie*. O bigode e a barba falsos causavam-lhe comichão. A peruca assentava-lhe um pouco esquinada. A mochila cheia realçava o efeito geral.
Tinha chegado a Washington de avião dois dias antes. Servira-se de um pseudónimo para comprar o bilhete e a estada no hotel. Tinha passado três vezes à porta da casa-alvo. A porta da cave parecia ser inexpugnável. A caixa de fusíveis da cave parecia ser fácil de forçar. A janela do quarto da lavandaria estava sempre entreaberta.
À noite não havia funcionários de serviço no edifício. Não havia carros-patrulha do FBI de vigia à entrada. Não havia cães de guarda.
Ela iria perguntar-lhe se tinha sido ele a fazê-lo. A resposta dele seria piscar-lhe o olho como Scotty Bennett costumava fazer. Diria: «Não te vou dizer.»
As manifestações diurnas transformaram-se em festas nocturnas. Crutch decidiu deambular por Lafayette Park. A Casa Branca ficava do outro lado da rua. Ele próprio tinha ajudado a eleger o Dick Manhoso. Com a ajuda do Franciú. Aquilo parecia ter sido há um milhão de anos, antes de se converter num Vermelho.

Os *hippies* fumavam erva e divertiam-se. Passaram algumas miúdas em *topless*. Os polícias deambulavam de vez em quando por ali, por mera formalidade.

Crutch seguiu para Rock Creek Park. Washington estava cheio de gente quadrada e renegados. Ninguém reparava nele.

Chegou a uma gasolineira da Texaco e trocou a indumentária pelas suas roupas habituais. Cortou a peruca, o bigode e a barba em tiras e despejou tudo pela sanita abaixo. Saiu para o parque e encontrou um local sossegado. A acção começaria à meia-noite.

Os jornais de Los Angeles tinham relatado a morte de Chick Weiss como uma *overdose* de estupefacientes. Phil Irwin manteve-se de bico fechado. Crutch recordou-se de algumas coisas que Joan lhe tinha contado. Esteban Sánchez não parava de lhe dar a volta à cabeça.

Estava quente e húmido. Os insectos nocturnos bombardearam-no. Estava ali isolado. Viu fogo-de-artifício a explodir do outro lado do parque.

A contagem decrescente parecia não ter fim. Os ponteiros do relógio pareciam não ter corda suficiente. A meia-noite chegou por fim. Sentiu-se meio atordoado até às 00.03. Pumba: engoliu adrenalina de reserva.

Caminhou, deambulou, passeou. Uma noite agradável, um bairro agradável. Sou um miúdo simpático de mochila às costas com a roupa da escola e a caminho de casa da mãe.

Lá está a Northwest Thirtieth Place. Lá está a rampa de acesso. Lá está a casa de estilo neogeorgiano.

Por la Causa. Sê ousado, sê audacioso.

A janela não tinha rede de mosquiteiro e estava entreaberta. Aproximou-se, levantou a janela e saltou para dentro. Aterrou de mansinho no chão.

As luzes do piso térreo estavam apagadas. A cozinha cheirava a cera de lustro com odor a limão. Crutch tinha visto fotos na revista *Antique Monthly* e desenhara diagramas dos pisos. Pegou na lanterna de bolso e avançou para a porta da cave.

Estava trancada. Inseriu uma gazua n.º 6 e fez saltar o fecho. O acesso pelo exterior era impossível. Mas o acesso pelo interior era fácil.

Desceu as escadas. Reduziu o foco da lanterna a um feixe estreito. Aquele espaço mastodôntico era mais amplo do que a soma do seu espaço de arquivo mais o espaço de arquivo de Wayne e o laboratório de Reggie juntos. A cave tinha a mesma largura e comprimento da casa. O tecto tinha sido alteado para fornecer mais espaço de armazenamento de arquivos. As prateleiras eram mais altas do que a montanha Matterhorn e quase pareciam roçar as nuvens.

Crutch tinha quarenta e quatro bombas de papel envoltas em rede de malha e equipadas com cavilhas simples. Abriu a mochila e começou a colocá-las nas prateleiras. Quando chegou ao fundo da mochila reparou que a sua poção para causar ataques cardíacos se tinha derramado. E a seringa estava esmagada.

Ficou petrificado. Ouviu um milhar de vozes dizer «*Pedaço-de--Merda, Mirone, pariguayo*». Tapou os ouvidos. As vozes continuaram a atormentá-lo. Sentou-se no chão e deixou as vozes gritar até se esgotarem.

Pôs a máscara de gás. Percorreu rapidamente a cave enquanto retirava as cavilhas.

Os vapores elevaram-se no ar.

Formaram-se nuvens rosadas.

As paredes confinaram os vapores ao espaço da cave.

Papel chamuscado, engelhado, gretado e queimado. Irromperam pequenas explosões. As prateleiras de arquivos tremeram ruidosamente. A tinta das paredes começou a escamar. Os vapores assumiram novas tonalidades: escuro/claro, escuro/claro. Fragmentos de papel vaporizavam-se no ar rarefeito.

Crutch subiu as escadas e fechou a porta. A luz da cozinha acendeu-se de repente. O Sr. Hoover estava ali especado ao lado do frigorífico.

Crutch tirou a esmeralda do bolso. O Sr. Hoover estremeceu e ficou de olhos fixos no brilho emitido.

O brilho era incessante. Magnetizava o olhar. O reluzir verde intensificou-se mais e mais. O Sr. Hoover vacilou e babou-se. Agarrou o peito com força e subiu as escadas a cambalear.

131

(Los Angeles, 3/5/72)

Foi notícia de primeira página nos jornais. Ataque cardíaco aos setenta e sete anos.

Joan não sentiu nenhuma emoção. Os obituários iriam glorificá-lo e difamá-lo. Dwight tinha-lhe arrancado do coração aquele ódio ao Sr. Hoover. Já não se importava mais.

Estacionou à entrada da casa.

Na casa ao lado ouvia-se o noticiário aos berros. O brilho do televisor reflectia-se na janela. O rapaz chamava àquele lugar o seu «poiso n.º 3». Não viu o carro turbinado dele. Abriu a porta com um cartão de crédito falso e entrou.

A sala de estar estava um caos. Uma leve aragem fez rodopiar fragmentos de papel. O ar estava impregnado de um cheiro estranho. As paredes estavam manchadas de pontinhos de fuligem.

Uma pilha de revistas de automóveis. Tubos de ensaio e frascos de substâncias químicas. Notas rabiscadas em blocos de apontamentos. Uma caçadeira de cano serrado.

Tirou a câmara da bolsa. Levantou a camisola para lhe mostrar como o seu corpo tinha mudado. Afastou a câmara e tirou a foto.

A foto instantânea saiu um minuto depois. A imagem começou a adquirir contornos mais nítidos. Joan colocou a foto em cima do parapeito da janela da frente.

A tua determinação ressuscitou a minha determinação.
Não consigo imaginar quem vais ser de futuro.
Estou feliz por isto ter acontecido contigo.

DOCUMENTO ANEXO: 11/5/72. Excerto do diário privado de Karen Sifakis.

Los Angeles,
11 de Maio de 1972

Estou de partida. Esta será a última entrada do meu diário. A casa foi vendida, as malas já estão todas no carro. As meninas estão sentadas em segurança no banco de trás, juntamente com os animais de peluche da Eleanora. Nunca mais vou precisar de leccionar na faculdade. Os dividendos de um roubo diabolicamente violento irão sustentar-me para o resto da minha vida.

Por enquanto ainda não possuo um apelido. Tenho resistido a todas as identidades falsas que me foram propostas. É um risco, mas de bom grado aceito corrê-lo. Na altura própria contarei a história toda às raparigas e como ganhei o apelido Holly.

Tranquei a casa e dei uma última olhada ao bangaló-refúgio; mas primeiro certifiquei-me de que todas as portas do carro estavam bem fechadas. A Dina amuou ligeiramente e a Eleanora sorriu-me. Reparei na pequena bandeira vermelha afixada no assento.

Olhei em redor do bangaló. Queria vê-la uma última vez ou pelo menos sentir o cheiro dos cigarros dela. A Joan tinha desaparecido. Sempre foi da opinião de que as despedidas eram místicas e presunçosas. Os camaradas deveriam estar prontos para se reunifica ou perderem-se para sempre. É assim que a fé funciona.

AGORA

A fotografia foi preservada. A História parou nesse momento ocorrido há trinta e sete anos. A História retomou o seu curso com o primeiro lote de papelada.

Começaram a chegar documentos a intervalos regulares. Eram sempre enviados de forma anónima. Compilei excertos de diários, transcrições de histórias orais e um manancial de dossiês policiais. Esquerdistas e militantes negros mais velhos contaram-me as suas histórias e forneceram-me documentos comprovativos. A Lei da Liberdade de Informação também me facultou a leitura de intimações judiciais.

Encontrei os diários do Marshall Bowen e do Reginald Hazzard. Encontrei os livros de apontamentos do Scotty Bennett. Joaquín Balaguer foi surpreendentemente sincero. A Biblioteca de Richard M. Nixon proporcionou-me um apoio desinteressado. A Biblioteca de J. Edgar Hoover mostrou-se resistente às minhas indagações. Os porta-vozes de Hoover negaram sempre com determinação a existência de arquivos queimados na cave dele e recusaram-se a associar esse incidente à morte de Hoover nessa noite.

Entrevistei numerosos camaradas da Joan Rosen Klein e da Karen Sifakis. As memórias que me facultaram foram um enorme contributo para esta narrativa. Recusaram-se no entanto a revelar as novas identidades da Joan e da Karen. Todos os meus esforços para subornar e coagir esses velhos camaradas delas falharam rotundamente.

A minha própria memória irrompe intempestivamente, em sincronia com tudo aquilo que descrevi nestas páginas. Não esqueci um único momento daquilo que ocorreu. Este meu relato está ancorado em quarenta mil páginas de novos dossiês. Queimei toda a minha papelada inicial. Voltei a acumular papéis para poder contar-vos esta história.

A maior parte das pessoas aqui referidas já morreu. O Sal Mineo foi assassinado num assalto fracassado. A bebida roubou a vida ao Phil Irwin. Os Táxis Tiger Kab foram à falência. O Freddy Otash sofreu um ataque cardíaco fatal. O Drácula morreu em 1976. O Farlan Brown morreu um ano depois. O Clyde e o Buzz também já desapareceram. Os tipos mafiosos estão mortos. A Mary Beth continua viva. O Reginald Hazzard voltou para o Haiti. A Dana Lund morreu em 2004. O Jack Leahy desapareceu.

Eu era o mais novo de todos. Continuo de boa saúde. Sou director de uma bem-sucedida agência de detectives em Los Angeles. A minha firma fornece serviços de guarda-costas para celebridades e verifica histórias para tablóides e revistas sensacionalistas. Sou frequentemente convidado para programas televisivos de revelação de escândalos. Os meus empregados usam a tecnologia de ponta. Por minha parte, limito-me a colher os lucros dos esforços deles. Esses lucros permitem-me reviver a História e continuar a procurar a Joan.

Sei que ela continua viva. Sei que a Karen e as suas filhas estão vivas e prósperas. Mas, apesar de todas as minhas proezas de caçador, ainda não consegui chegar a elas.

Deus deu-me um temperamento inquieto e a disciplina de um investigador. As minhas compulsões rebeldes estão agora direccionadas para fazer o bem. Procuro entes queridos desaparecidos e devolvo-os aos seus lares. Faço-o constantemente, de forma anónima e às minhas próprias custas. Encontrei já um grande número de pessoas desaparecidas, bem como uns quantos cachorros perdidos. Este livro condensa quatro anos e circunscreve muitos arcos de magia. Fiapos dessa magia residem agora dentro de mim. Ouço, olho, elaboro arquivos. Sigo pessoas que me levam a outras pessoas e trago-as de volta para as pessoas que mais as amam. Este processo cumpre uma confiança sagrada e aproxima-me mais da Joan, até me deixar sem fôlego.

Ela tem agora oitenta e três anos. A nossa criança tem trinta e seis anos. O instinto diz-me que é uma rapariga. A minha mãe tem noventa e quatro anos. Continua a enviar-me um cartão de boas-festas e uma nota de cinco dólares pelo Natal.

«As tuas opções eram fazer tudo ou não fazer nada», disse-me a Joan. Tenho pago um preço alto e selvagem para viver a História. Nunca deixarei de olhar. Rezo para que estas páginas a encontrem e que não interprete mal a minha devoção.

Tenho viajado pelos pontos revolucionários mais instáveis do mundo. Fui à Nicarágua, à ilha de Granada, à Bósnia, ao Ruanda, à Rússia, ao Irão e ao Iraque. Desenhei imagens da Joan e envelheci-a na visão que guardo dela na minha mente. Leio jornais e revistas e procuro sinais das acções dela em elipses. Vejo mulheres que poderiam ser ela e sigo--as até as suas auras se dispersarem. Tenho desbaratado milhões de dólares a troco de informações fornecidas. Ponho-me a investigar fotos no computador assim que ouço falar de atentados bombistas com carros armadilhados ou de negócios de armamento. Tenho um laboratório equipado com tecnologia de refinamento de imagem. Tenho correspondentes que me enviam imagens todos os dias. Observo então com atenção as cenas de multidão e fico de respiração suspensa à espera do momento «é ela».

A foto dela. O meu gene de persistência.

As minhas opções flutuam entre o Outrora e o Agora. Vivo neste último com relutância. Vivo no primeiro com uma rectidão de miúdo convertido.

Há uma festa na sede dos Táxis Tiger Kab. Uma estranha ilha chama por mim. Persigo um assassino com vista a um fim auto-acusatório. Tenho feito amigos e inimigos e tenho vagueado a toda a velocidade. Tenho licença para roubar e carta livre para me movimentar.

Aquilo está sempre presente. Está sempre a desenrolar-se. Está sempre a ensinar-me coisas novas. Ofereço-te este livro e unjo-te, minha camarada. Aqui está a minha dádiva em vez de uma reunião: a minha mãe desaparecida, a minha criança desaparecida e Joan, a Deusa Vermelha.

1. Post-Mortem, PATRICIA CORNWELL
2. A Máscara de Desonra, MINETTE WALTERS
3. Corpo de Delito, PATRICIA CORNWELL
4. Morte no La Fenice, DONNA LEON
5. Tudo o Que Resta, PATRICIA CORNWELL
6. O Sacrifício da Borboleta, ANDREA H. JAPP
7. A Câmara Escura, MINETTE WALTERS
8. Cruel e Invulgar, PATRICIA CORNWELL
9. Confissões de Uma Farmacêutica, INGRID NOLL
10. Morte Numa Terra Estranha, DONNA LEON
11. A Quinta dos Cadáveres, PATRICIA CORNWELL
12. Um Assassino entre os Filósofos, PHILIP KERR
13. Ecos na Sombra, MINETTE WALTERS
14. O Cemitério dos Sem Nome, PATRICIA CORNWELL
15. Testemunhas do Silêncio, KATHY REICHS
16. O Dono da Cidade, ALEKSANDRA MARÍNINA
17. Sangue na Lua, JAMES ELLROY
18. Causa de Morte, PATRICIA CORNWELL
19. Violetas de Março, PHILIP KERR
20. Contágio Perverso, PATRICIA CORNWELL
21. O Violador, MINETTE WALTERS
22. Jogo de Alto Risco, MARTHA GRIMES
23. No Escuro da Noite, JAMES ELLROY
24. O Criminoso Pálido, PHILIP KERR
25. O Jardim Suspenso, IAN RANKIN
26. Vestido para a Morte, DONNA LEON
27. O Vespeiro, PATRICIA CORNWELL
28. No Segredo dos Mortos, ALEKSANDRA MARÍNINA
29. Um Requiem Alemão, PHILIP KERR
30. Assassino sem Rosto, HENNING MANKELL
31. Ponto de Origem, PATRICIA CORNWELL
32. Cadáveres Inocentes, KATHY REICHS
33. A Conspiração da Aranha, JAMES PATTERSON
34. Morte e Julgamento, DONNA LEON
35. Encontro às Cegas, FRANCES FYFIELD
36. O Suspeito Principal, MICHAEL RIDPATH
37. A Quinta Mulher, HENNING MANKELL
38. A Cruz do Sul, PATRICIA CORNWELL
39. Sonho Roubado, ALEKSANDRA MARÍNINA
40. Acqua Alta, DONNA LEON
41. A Ilusão de Eva, KARIN FOSSUM
42. A Falsa Pista, HENNING MANKELL
43. Uma Paixão Obsessiva, INGRID NOLL
44. A Colina dos Suicídios, JAMES ELLROY
45. Dinheiro Sujo, JANET EVANOVICH
46. Cadáver não Identificado, PATRICIA CORNWELL
47. A Vingança de Uma Mulher, PAUL EDDY
48. Os Cães de Riga, HENNING MANKELL
49. A Vida por Um Fio, JANET EVANOVICH
50. A Sombra da Serpente, MINETTE WALTERS
51. O Último Reduto, PATRICIA CORNWELL
52. À Margem da Lei, JAKE ARNOTT
53. Corrupção na Justiça, LISA SCOTTOLINE
54. No Silêncio da Noite, DONNA LEON
55. O Caso da Criança Desaparecida, MINETTE WALTERS
56. Não Contes a Ninguém, HARLAN COBEN
57. A Leoa Branca, HENNING MANKELL
58. Matar por Matar, ALEKSANDRA MARÍNINA
59. A Morte de Um Jornalista, PHILIP KERR
60. Radiação Fatal, DONNA LEON
61. Fraude na City, MIGUEL ÁVILA
62. Falsa Identidade, LISA SCOTTOLINE
63. Crime em dois Actos, TOBY LITT
64. Na Pista de Um Rapto, HARLAN COBEN
65. Os Crimes da Doninha, JAMES PATTERSON
66. O Homem Que Sorria, HENNING MANKELL
67. Delito sem Provas, SUSANNA JONES
68. Os Últimos Morrem Primeiro, ALEKSANDRA MARÍNINA
69. A Tentação do Dinheiro, MIGUEL ÁVILA
70. A Ilha dos Cães, PATRICIA CORNWELL
71. Se o Olhar Matasse, KATE WHITE
72. À Procura do Culpado, JAMES HUMPHREYS
73. Na Senda do Crime, DONNA LEON
74. Desaparecido para Sempre, HARLAN COBEN
75. O Olhar de Um Desconhecido, KARIN FOSSUM
76. Numa Fracção de Segundo, DAVID BALDACCI
77. Pele de Cobra, COURTTIA NEWLAND
78. A Contas com o Passado, DENISE MINA
79. Homicídio no Parque, LIZA MARKLUND
80. Projecto Midas, BRAD MELTZER
81. O Viajante Assassino, JOHN CONNOLLY
82. A Mosca da Morte, PATRICIA CORNWELL
83. A Rainha do Inverno, BORIS AKUNIN
84. O Caçador de Raposas. MINETTE WALTERS
85. Amigos Influentes, DONNA LEON
86. Apenas Um Olhar, HARLAN COBEN
87. O Arquitecto, KEITH ABLOW
88. Segredos Imorais, BRIAN FREEMAN
89. Sem Motivo Aparente, PATRICIA CORNWELL
90. Sob Suspeita, MINETTE WALTERS
91. A Dália Negra, JAMES ELLROY
92. Um Passo Atrás, HENNING MANKELL
93. Predador, PATRICIA CORNWELL
94. A Noiva Assassina, JAMES PATTERSON & HOWARD ROUGHAN
95. Nas Teias do Crime, JAKE ARNOTT
96. Aposta de Risco, JESS WALTER
97. A Pele do Diabo, RICHARD HAWKE
98. Cidade Inquieta, BRIAN FREEMAN
99. Jogada de Mestre, BORIS AKUNIN
100. O Imenso Adeus, RAYMOND CHANDLER
101. A Muralha Invisível, HENNING MANKELL
102. Casamentos e Infidelidades, JOHN BINGHAM
103. Culpados ou Inocentes, DENISE MINA
104. Fantasmas do Passado, MINETTE WALTERS
105. Perseguida, BRIAN FREEMAN
106. O Homem de Pequim, HENNING MANKELL
107. White Jazz, JAMES ELLROY
108. Os Rostos do Mal, RUTH NEWMAN
109. O Registo dos Mortos, PATRICIA CORNWELL
110. Sangue Vadio, JAMES ELLROY